산하는 잠들고

일러두기

1. 본문 중의 설명은 원주와 역주를 분리하여 표기해 두었습니다.

2. 인명과 지명은 국립국어원 외래어표기법에 따라 중국어 발음으로 표기하였습니다.

3. 단 고유명사와 일부 건축물, 자연물은 독자들의 친숙함을 고려해 한자음 그대로 표기하였습니다.

강남 3부작 제2권

산하는 잠들고

거페이 장편소설 | 유소영 옮김

더봄

'중국문학전집'을 출간하면서

마오둔茅盾은 루쉰魯迅과 함께 중국 현대문학의 발전에 이바지한 진보적 선구자이자 혁명문학가로 평가받는 인물이다. 그의 뜻에 따라 1981년에 제정된 마오둔문학상은 4년을 주기로 회당 3~4 편, 2015년까지 총 9회 수상작을 발표하면서 중국 문학계에서 가장 권위 있는 문학상으로 자리매김했다.

특히 중국 인민문학출판사가 1998년부터 '마오둔문학상 수상작 시리즈'를 출간하면서, 수상작들은 중국 현대 장편소설 중 최고의 걸작으로 인정받아 광범위한 독자들로부터 지속적인 사랑을 받고 있다. 노벨문학상 수상자인 중국 소설가 모옌莫言도 2012년 제8회 마오둔문학상을 수상한 바 있다.

출판사 '더봄'은 중국 최대의 출판사인 인민문학출판사의 특별한 협조를 받아 '중국문학전집'을 기획하고, 마오둔문학상 수상작과 수상작가, 그리고 당대 유명 작가의 최신작을 중심으로 중국 현대 장편소설을 지속적으로 펴낸다.

출판사 '더봄' 대표 김덕문

차례

제1장 | **현장의 결혼식** 07

제2장 | **복사꽃 한창이니**
배꽃도 무성하네 141

제3장 | **국화 지고**
가지에 서리 내리고 283

제4장 | **햇살 아래 자운영** 421

제1장

현장의
결혼식

1

　1956년 4월 어느 날, 메이청梅城현 현장 탄궁다譚功達는 지프차를 타고 푸지普濟 저수지로 향하는 매설공로煤屑公路(석탄 부스러기를 깐 도로)를 달리고 있었다. 도로 왼쪽으로 세찬 물길이 흐르고, 언덕 가장자리에는 갈대와 창포가 빽빽한 가운데 무리를 이룬 백로 떼가 수면을 박차고 하늘을 향해 날아올랐다. 도로 오른쪽으로는 거대한 보리밭과 면화 밭이 마치 비단처럼 멀리 지평선까지 매끈하게 끝도 없이 펼쳐져 있었다. 밭 사이사이로 순무, 누에콩, 자운영이 흰색, 보랏빛, 연둣빛 꽃을 피웠다.

　탄궁다는 여러 가지 걱정에 마음이 울적했다. 그의 무릎 위에는 너덜너덜한 지도가 펼쳐져 있었다. 손으로 직접 그린 메이청현의 행정구역도였다. 이따금 빨간 색연필로 지도에 동그라미를 그리거나 점을 찍었다. 차가 들썩거릴 때마다 지도 아래로 느껴지는 비서 야오페이페이姚佩佩의 종아리 때문에 자꾸만 신경이 쓰였다. 자기도 모르게 고개를 들고 그녀를 쳐다보곤 했다. 야오페이페이는 두꺼운 면직물로 된 인민복1) 차림으로 푸른빛이 많이 바랬다. 쌍상투머리(머리를 둘로 갈라 상투를 두 개로 틀어 올린 머리)에 긴 목에는 진홍색 스카프를 둘렀다. 그녀는 앞에 앉은 부현장副縣長 바이팅위白庭禹와 이야기를 주고받으면서 킥킥거리다가 나긋나긋한 허리를 비비 꼬면서 이따금 창문 밖을 손가락으로 가리켰다.

"두루미가 어쩜 저렇게 많을 수가 있어요? 어디로 날아가는 거예요?"

야오페이페이가 물었다.

"바보, 그건 두루미가 아냐. 백로랑 갈매기지."

바이팅위가 말했다.

"저건 뭐예요? 저게 왜 움직여요?"

야오페이페이가 바이팅위의 어깨를 툭툭 치며 먼 곳을 손으로 가리켰다.

"어, 저건 창장長江의 범선이지. 높은 강둑에 가려서 선체는 안 보이고 흘러가는 돛의 꼭대기만 보이는 거야."

"빨리 저것 좀 보세요. 와! 들꽃이 엄청나요. 너무 예뻐요! 하늘은 또 어찌나 파란지 물감이 주르르 쏟아질 것 같고……. 정말, 정말이지 무릉도원에 온 것 같아요."

야오페이페이가 감탄을 금치 못했다.

"어때? 헛걸음은 아니지? 어제 시골에 가야 한다는 말을 들었을 때만 해도 싫다고 난리였잖아."

---

1) 인민복: 문화혁명 시기 복장. 국방색과 남색, 검은색, 회색, 황색 등 단색이 주를 이룬 남자복장이었지만 중국에서 여자도 이 복장을 하면서 '혁명복'이 되었다.

산하는 잠들고

바이팅위가 으스대며 웃음 띤 얼굴로 뒤를 돌아봤다.

"풍경이 좋긴 한데 그래도 뭔가 아쉽군. 뭔가가 빠진 것 같아."

생각에 잠겨 있던 탄궁다가 대화에 끼어들었다.

"그래요? 뭐가 빠진 것 같은데요?"

야오페이페이가 커다란 눈망울을 깜빡거리며 진지한 표정으로 현장을 바라봤다.

"예를 들면 굴뚝?"

"굴뚝요?"

"맞아, 굴뚝!"

탄궁다가 한숨을 내쉬며 말했다.

"메이청을 빠져나온 뒤로 굴뚝이 하나도 안 보였어. 우리 현이 아직은 많이 낙후됐다는 증거지. 작년에 소련 집단농장을 참관했는데 굴뚝과 고압선을 도처에서 볼 수 있었어. 정말 장관이더군."

탄궁다의 말에 바이팅위와 야오페이페이는 조금 전의 흥취가 싹 가시고 말았다. 페이페이의 표정이 시무룩해졌다. 지프차의 단조로운 엔진 소리 외에는 아무것도 들리지 않았다. '이건 뭐지? 내내 웃고 떠들다가 왜 갑자기 내 말 한마디에 모두 입을 다물었지?' 탄궁다는 머쓱해져 자신이 연필로 콕콕 찍어 만신창이가 되어버린 지도로 다시 시선을 돌렸다. 그러자 이번에는 종이에 자신이 해놓은 짓을 보고 어안이 벙벙했다. 지도 가장자리 공백에 빨간색 연필로 적어놓은 등식이 눈에 들어왔기 때문이다.

44-19=25

44-23=21

22-19=3

조금 전 자기도 모르는 사이에 적어놓은 등식이었다. 왜 이런 걸 적었지? 이 숫자들은 무슨 의미지? 도무지 기억이 나지 않았다. 그는 숫자에서 시선을 떼지 못했다. 자신이 애써 뭔가를 고민하며 적은 것이 아니라 마치 누군가 다른 사람이 이 숫자를 통해 그에게 뭔가 중요한 계시를 전하려 한 것 같았다. 머릿속이 뒤죽박죽이었다. 그는 숫자들의 조합을 한참 동안 노려보았다. 그러다가 문득 눈앞이 환해지면서 얼굴이 살짝 달아오르고 쓴웃음이 나왔다. 황당하기 짝이 없군. 이런! 대체 무슨 생각을 한 거야? 그는 고개를 절레절레 흔들며 자기도 모르게 고개를 돌려 페이페이를 힐끗 쳐다봤다. 차 안에서 향긋한 오일 냄새가 풍겼다. 물론 그 속에는 야오 비서에게서 나는 쉐화가오^{雪花膏}(글리세린과 물을 희석시킨 크림, 일명 베니싱 크림) 향도 섞여 있었다. 그 순간 야오페이페이가 바이팅위의 어깨를 두드리는 모습이 눈에 들어왔다. 그녀가 물었다.

"들어가다니요? 어디를 들어간다는 말이에요?"

야오 비서의 손가락이 가리키는 방향을 따라가자 창밖 멀지 않은 곳 농가 담벼락에 붙어 있는 표어가 눈에 띄었다.

지금 들어가지 않으면 언제까지 기다릴 것인가?

바이팅위가 입을 열려는 순간, 탄궁다가 답답하다는 듯 퉁명스럽게 말했다.

"뭐겠어? 당연히 고급사²⁾를 말하는 것이겠지."

현장의 말투에서 평소와 다른 노기가 느껴졌다. 놀란 야오페이페이가 혓바닥을 쏙 내밀다가 잠자코 입을 다물었다. 곧이어 나타난 표어가 방금 전 현장의 말이 맞다는 것을 입증했다. 그 옆 돼지축사 앞에 붙어 있는 표어는 다음과 같았다.

혼자 하면 수치, 고급사 참여는 영광單干可恥, 入社光榮
미국에 대항하고 조선을 원조하여 가정과 나라를 보위하자抗美援朝, 保家衛
國

이 밖에도 무너진 흙담 위에 백석회로 적힌 표어 한 줄이 있었는데, 그 문장은 좀 난해했다.

농민이 돈이 생겼다고 쟁기를 수리하는 대신 축음기를 사면 자산계급이 된다.

"페이페이, 이 표어가 누구의 말인지 알아?"
바이팅위가 웃는 얼굴로 물었다.
"마오 주석인가요?"
"아니, 스탈린 동지."
'아, 스탈린이었구나. 난 또 마오 주석인 줄 알았네. 역시, 하루라도 학습을 게을리 하면 사상에 녹이 슬고 끊임없이 전진하는 시대의 흐름에 낙후되기 마련이야.' 지도를 접고 나서야 조금 전까지 계속 자신의

---

2) 고급사: 고급농업생산합작사의 준말. 1956년 초급생산합작사에서 발전한 형태이다. 토지 경작용 가축, 대형 농기구 등 생산도구를 집단소유화하고 토지에 따른 이익배분을 취소하여 오로지 노동에 따른 분배원칙을 시행했다.

종아리를 건드리던 것이 야오 비서의 다리가 아니라 예전에 일본인으로부터 노획한 문서가방이라는 것을 알았다. 그는 조심스레 지도를 가방에 넣고 무뚝뚝하게 말했다.

"어디까지 왔나요?"

"얼마 안 남았어요. 곧 푸지에 도착합니다."

바이팅위가 말했다.

"잠깐 집에 들렀다가 가시겠습니까?"

바이팅위의 말에 운전하던 왕 기사가 눈치껏 차 속도를 늦췄다.

"그럴 필요는 없을 것 같네요."

탄궁다가 뒤로 등을 기대며 눈을 감았다.

"저수지 쪽 일이 급하니 서둘러 가죠!"

그의 말에 야오페이페이가 옆으로 몸을 돌려 배시시 웃는 얼굴로 탄 현장의 팔을 잡고 고개를 저으며 아양을 떨었다.

"집에는 가시지 않는다고 해도 말이에요. 한참을 왔는데 여태껏 물한 모금 못 마시고! 얼마나 배가 고픈지 신물이 다 올라와요……."

페이페이는 평소 현縣 정부에서 일할 때면 모든 분야에서 유능한 업무 수완을 발휘했다. 그런데 그와는 어울리지 않게 입만 열면 애교를 부리는 데다 번번이 상대방의 손이나 팔을 밀고 당기는 등 신체 접촉이 잦았다. 현의 수장인 탄궁다에게까지 이런 형편이니 현장은 강직한 상급자로서의 태도를 유지하기가 힘들었다. 몇 번이나 호되게 훈계를 했지만 안타깝게도 바보 같은 이 어린 여자애는 그의 말을 알아듣기는커녕 오히려 더 눈치 없이 행동하는 바람에 종종 사람을 당혹스럽게 했다. 그녀를 과장 같은 직위로 승진시켜도 괜찮겠다고 생각했었지만……. 하지만 페이페이! 아이고, 나긋나긋 아양을 떠는 듯한 쑤저우蘇州 말투에 귀여운 몸짓까지, 아직도 어린애만 같으니 이래가지고 어떻게 하급 직원을 단속하겠는가?

"이렇게 하시죠."

바이팅위가 말을 받았다.

"현장님께서는 '우임금의 치수'를 본받아 집 앞을 지나가면서도 들르지 않겠다고 하시지만, 정말 심각하게 배가 고프긴 합니다. 오는 길 내내 씹은 것이라곤 딱딱한 건빵이 고작인데 그것도 마치 모래나 석탄 가루를 씹는 것 같았다고요. 그러지 말고 푸지 열사공원에 가서 잠시 쉬면서 선열에 대한 묵념도 하고 배도 좀 채우고 가는 게 어떻겠습니까?"

"이 고물차도 좀 쉬게 해줘야겠어요. 자꾸만 시동이 꺼지고 이제는 실린더에서 연기까지 올라오네요."

왕 기사가 맞장구를 치며 백미러로 탄궁다의 낯빛을 살폈다. 그는 현장이 반대 의사를 밝히지 않자 자동차 속도를 늦추기 시작했다.

지프차가 멈춘 후 왕 기사가 차에서 양동이를 꺼내 길가 도랑으로 가서 물을 떠왔다. 바이팅위와 야오페이페이도 뻣뻣한 몸을 우두둑 펴며 차에서 내려 기지개를 켰다. 야오 비서는 한 손으로 가녀린 자기 허리를 문지르며 길옆에 웅크리고 앉았다. 그녀는 길가의 푸른색 꽃을 구경하다 한 송이를 꺾어 향기를 맡으면서 바이팅위 앞으로 다가가 물었다.

"이건 무슨 꽃인데 이렇게 예뻐요?"

"아이고! 저것 좀 봐. 또 한심한 말을 하고 있네!"

바이팅위가 웃었다.

"이건 무슨 야생화가 아니라 누에콩 꽃이야!"

탄궁다가 차에서 내리자 세 사람은 함께 길을 건너 맞은편 가게로 향했다. 지나가는 차도 없는데 야오 비서는 그 작고 보드라운 손으로 행여 차에 부딪히지나 않을까 탄궁다에게 바짝 붙어 현장의 팔을 꼭 잡았다. 수 년 동안 계속되어 온 그녀의 습관이었다. 탄궁다는 산야의 맑은 공기, 그녀의 몸에서 풍기는 매혹적인 향기를 들이마시며 마음속으로 묵묵히 그녀의 이름을 되뇌었다. 1차 5개년 계획이 완성되어 푸지 저수지의 댐 공사가 끝나 전기를 돌리기 시작하면 그녀가 단독으로 맡을 일을 배정할 수 있겠지. 공산주의청년단 현위원회 쪽은 사람이 너무 많고……, 그럼 여성연합회 쪽은? 그쪽은 부주임 자리가 공석이긴 한데 자오 부현장이 며칠 전 현縣 방송국의 저우 양을 추천했지. 그렇다면 차라리 현의 문예공작단이 낫겠네. 나름 먹물도 조금 들었고 평소 노래하고 춤추는 걸 좋아하니 그쪽이 맞을지도 모르는 일이야. 아차, 바이샤오셴白小嫻이 그곳에 있잖아…….

바이샤오셴의 모습이 뇌리에 떠오르자 현장은 심란해지면서 자신도 모르게 얼굴이 벌겋게 달아오르고 숨이 가빠졌다.

이렇게 생각하는 사이 그는 두 사람을 따라 벌써 가게 입구에 도착해 있었다.

문밖 길목 바닥에 노인과 아이 둘이 앉아 노래를 부르며 구걸을 하고 있었다. 장님 할아버지는 대나무 걸상에 앉아 호금胡琴(중국 현악기)을 타면서 푸지 일대에 널리 알려진 전통 창극을 어설프게 읊조렸다. 여자아이는 그 옆에 바짝 붙어 앉아 까맣고 커다란 눈망울로 잔뜩 겁을 먹은 듯 눈앞의 낯선 이를 빤히 쳐다보았다. 발 옆에 놓은 낡은 깡통에 동전 몇 개가 들어 있었다. 가게 안은 어두웠다. 4인용 탁자 하나가 벽에 바짝 붙어 놓여 있고 작은 나무 걸상에는 백발노인 한 사람이 엉덩이를 대충 붙이고 탁자에 엎드려 단잠을 자고 있었다. 탁자에는 차가 가

산하는 잠들고

득 담긴 유리잔이 놓여 있고 어디에 있는 건지 윙윙 벌 소리가 들려왔다. 바이팅위가 몇 번이나 흔들어 깨우고 나서야 노인이 부스스 잠에서 깼다.

"영감님, 여기 뭐 먹을 것 없어요? 허기만 좀 채우고 금방 또 가야 해서."

노인은 게슴츠레 눈을 뜨고 앞에 서 있는 사람들을 힐끗 바라봤다.

"여긴 차밖에 안 팔아요, 먹을 건 없소."

노인은 내뱉듯이 말하고는 다시 엎드려 자려 했다.

"그럼 국수 몇 그릇만 말아주면 안 돼요? 돈은 넉넉히 드릴게요."

야오페이페이가 말했다.

국수라는 말에 뜻밖에 노인이 벌떡 일어나더니 씩씩거리며 탁자 위 행주를 집어 들어 눈곱을 닦은 후 야오페이페이를 향해 버럭 성을 냈다.

"국수? 흥, 국수라고! 아가씨, 무슨 하늘에서 내려오신 선녀라도 돼? 국수를 찾게! 눈이 있으면 좀 봐. 나무껍질까지 벗겨먹는 마당에 뭐, 국수? 이게 모두 합작이니 지랄이니 하는 바람에 일어난 사달이라고. 그것도 모자라서 무슨 빌어먹을 저수지까지 만든다고! 보리가 아직 패지도 않았는데 말이야."

"그럼……."

야오페이페이가 초조한 표정으로 그의 말이 끝나기도 전에 끼어들었다.

"그럼 뭐가 있어요?"

"아무것도 없어."

노인이 이렇게 말하며 한참 동안 기침을 하더니 진한 가래를 뱉었다. 컥, 하는 소리와 함께 가래가 정확하게 야오페이페이의 발 옆에 떨어졌다. 그녀가 화들짝 놀라며 잽싸게 비켜섰다.

"그럼 평소에는 뭘 먹어요?"

왕 기사까지 나타나 손으로 문틀을 짚으며 물었다.

"좆이나!"

노인네가 자기 가랑이를 치며 소리를 질렀다.

그의 말에 바이팅위와 왕 기사가 낄낄거렸다. 야오페이페이는 얼굴이 붉으락푸르락하며 못 들은 척 몸을 돌려 벽에 걸린 세화歲畵(새해를 송축하고 재앙을 막기 위해 그린 그림)를 구경했다.

"귀 영감님,"

탄궁다가 눈살을 찌푸리며 냉랭한 말투로 물었다.

"영감님이 생각하기에도 댐을 만들지 않는 것이 낫겠어요?"

영감님이라는 말에 노인은 화들짝 놀랐다. 고개를 들어 탄궁다를 발견하고 얼굴이 잿빛이 된 노인은 잠시 어쩔 줄을 몰라 하다가 억지로 얼굴에 웃음을 띠고 연신 굽실거리며 말했다.

"아닙니다. 지어야죠, 암요! 어떤 놈이 짓지 말아야 한다고 합니까? 댐을 건설하면 집집마다 전등을 밝힐 수 있으니 얼마나 좋은 일입니까! 이 나이까지 사는 동안 볼 것 안 볼 것 다 봤지만 전등은 여태껏 구경조차 한 적이 없습지요. 현장님, 잘 지내셨습니까? 현장님을 왜 모르겠습니까? 합작화, 좋은 거지요. 현장님 일행이셨군요. 먼저 좀 앉으십시오. 제가 잠시 나갔다 오지요."

노인은 이렇게 말을 늘어놓으며 한편으로는 걸상을 옮기고, 탁자를 닦아 사람들을 앉힌 후 문발을 젖히고 밖으로 사라졌다.

잠시 후 귀 영감이 푸른 문발 뒤에서 뒷걸음질로 손에 김이 모락모락 나는 하얀 만두와 적설탕 한 접시에 반찬 하나를 들고 들어왔다.

"네 분인데 만두가 세 개밖에 없네요."

궈 영감이 멋쩍게 웃으며 말했다.

"사실 이 만두도 지난달 제 칠순 생일 때 만든 건데 아까워서 계속 못 먹고 있었습죠. 아쉬운 대로 나눠 드세요."

탄궁다는 노인을 끌어당겨 앉힌 후 함께 먹으며 이야기를 나누었다. 그는 저수지에 대한 이야기도 나누고 열사능원을 지키는 일이 혼자서 할 만한지도 물었다. 궈 영감은 작은 눈을 껌뻑이며 신중하게 표현을 가려가며 대답했다. 두 사람이 이야기를 나누는데 야오페이페이가 반찬을 가리키며 말했다.

"할아버지, 이 요리는 뭐예요? 어쩜 이렇게 맛있어요?"

궈 영감이 웃었다.

"아가씨, 내가 가난하다고 놀리는 거지? 이게 무슨 요리야? 소금에 절여둔 버들눈이지."

노인은 이렇게 말하면서 연신 실실 웃었다.

잠시 후 노인은 뭔가 생각이 난 듯 탄궁다의 손등을 툭툭 건드리더니 정중하게 물었다.

"현장님, 요즘 마오 주석님의 건강은 괜찮으십니까?"

노인의 말에 네 사람은 서로를 쳐다만 볼 뿐, 어찌 대답해야 할지 몰랐다. 야오 비서는 입술을 꼭 다문 채 애써 터져 나오는 웃음을 꾹 참았다. 그때 왕 기사가 그럴싸하게 말을 받았다.

"그럼요. 매일 공원에 나가 태극권도 하시고, 식사도 잘 하시고, 잠도 잘 주무시면서 잘 계십니다!"

그의 말에 야오페이페이는 더 이상 참지 못하고 '푸우' 하고 웃음을 터트리며 입안에 물고 있던 버들눈을 탁자 가득 뿜어버렸다. 줄곧 근엄한 표정을 잃지 않던 탄궁다마저 그들을 따라 웃기 시작했다. 페이페이는 현장이 웃는 걸 좀체 본 적이 없었다.

식사를 마치고 일어난 바이팅위가 주머니에서 2위안을 꺼내 노인에게 건넸다.

"밥값입니다. 너무 적다고 서운해 하지는 마시고요."

노인은 한사코 받지 않겠다고 웅얼거리긴 했지만 손으로는 돈을 꼭 잡고 놓지 않았고, 상대가 느슨한 틈을 타 바지 주머니에 돈을 꼭꼭 쑤셔 넣었다. 일행은 작별인사를 한 후 밖으로 나왔다. 탄궁다는 입구에서 장님이 부르는 남희南戱(남송 말년부터 명대 초기까지 중국 동남연해에서 유행했던 전통극)에 자신의 어머니 이름이 나오자 문을 나서다 말고 발걸음을 멈춘 채 가만히 귀를 기울였다. 마음이 영 불쾌했다.

푸지 일대에 그의 어머니인 슈미의 일생을 모르는 사람은 아무도 없었다. 성, 현의 각 극단에서는 그녀의 일생을 서너 가지 창극으로 만들어 거리곳곳을 다니며 공연했으며 작년에는 소학교 교과서에 실리기도 했다. 그런데 그녀의 이야기가 노래를 팔아 생계를 잇는 장님의 입을 통해 부지불식간에 변질되어 망국의 슬픔을 전하는 노랫말이 되다니…… 장님이 부르는 노랫말이 나름 아름답고 곡조가 애절하고 구성져 필경 다른 판본인 것 같은데, 뭔가 날조된 것이 끼어들었다는 생각이 들었다. 잠시 자리에 서서 창을 듣던 탄궁다는 정체를 알 수 없는 분노가 스멀스멀 치밀어 올랐지만 그렇다고 이런 마음을 대놓고 드러낼 수도 없었다. 헝클어진 머리에 장작개비처럼 비쩍 마른, 네다섯 살 정도 되어 보이는 여자아이가 박자에 맞춰 젓가락으로 찌그러진 깡통을 두드리며 맑은 콧물을 자꾸만 들이마셨다. 장님은 주변 사람은 안중에도 없는 듯 호금을 연주하며 느릿느릿 노래를 불렀다.

그대의 능라 치마와 금비녀, 해와 달이 높이 빛나는 것을 보았네.

아리따운 이팔청춘 그대의 모습을 보았네.

백마선白馬船을 타고 동쪽 바다로 나가는 것도 보았고,

빈객을 접대하고, 학당을 꾸리는 것도 보았으나

결국 높은 뜻은 허물어진 채 사람은 떠나고 다락방 쓸쓸하게 비었으니

세상천지 빛이 사라져버렸네.

일찍이 안락한 규방의 봄날을 알았더라면

어찌 기산祁山으로 여섯 번이나 떠나 헛되이 큰 슬픔만 얻는단 말인가!

이제 나 눈 먼 영감의 거문고와 북을 빌어 노래하니

들보의 텅 빈 제비집, 허무한 꿈이려니.

탄 현장은 가슴이 부르르 떨리고 코끝이 시큰해지면서 눈물이 주르르 흘러내렸다. 갑자기 끝을 알 수 없는 꿈의 나락에 빠진 것처럼 도저히 발걸음을 뗄 수가 없었다. 고개를 들어 장님에 이어 여자아이를 바라봤다. 그리고 열사능원의 빽빽한 푸른 소나무와 잣나무, 높이 솟은 기념탑 너머 쪽빛 하늘의 흰 구름으로 시선을 옮겼다. 소학교 학생들이 줄을 서서 기념탑 아래에서 노래를 부르고 있었다. 노랫소리가 산들바람에 실려 왔다. 도무지 눈물을 멈출 수가 없었다. 왕 기사가 길 맞은편에서 계속해서 경적을 울려댔다. 탄궁다는 길을 건너며 '일찍이 안락한 규방의 봄날을 알았더라면'이라든가 '기산으로 여섯 번이나 떠나'[3]라

---

3) 제갈량이 228~234년까지 여섯 번의 북벌을 감행해 기산(祁山)으로 진격한 것을 말한다.

는 구절과 이에 담긴 뜻을 되새겼다. 가슴이 울렁거렸다. 그 내용이 자신을 겨냥한 것만 같아 의기소침해졌다.

차 앞에 이르자 야오 비서와 바이팅위 두 사람은 조금 전 일에 대해 이야기를 나누고 있었다. 야오 비서가 깔깔거렸다.

"그 영감님은 우리가 마오 주석과 한집에 사는 줄 아나 봐요."

바이팅위가 정색했다.

"페이페이! 영감님을 비웃으면 안 돼. 그 영감님은 진지했단 말이야. 합작화에 대한 비판을 한가득 늘어놓고 난 후라 걱정이 돼서 우리 기분을 맞추려고 애쓴 거지."

탄궁다가 말을 이었다.

"대ᄎ 상하이에서 온 너희 같은 지식인들은 우리같이 가난한 집안 출신들과는 비교할 수도 없지. 농민들이 고지식하고 무능력해 보이지만 사실은 타고난 철학자이자 외교가야. 수완이 보통이 아니라고. 결코 우리에게 뒤지지 않아. 농민들을 무시했다가는 언젠가 큰코다치게 돼."

"맞는 말씀입니다."

바이팅위가 웃으며 뒤돌아 탄궁다에게 말했다.

"현장님, 전통극 좋아하시면 내일 메이청에 가서 문예공작단 바이샤오셴에게 창을 좀 부탁해 보시지요?"

야오 비서가 말했다.

"맨날 바이샤오셴, 바이샤오셴하던데, 그게 대체 누구예요?"

바이팅위가 머뭇거렸다. 그는 야오페이페이를 향해 눈을 흘기더니 탄궁다를 쳐다본 후 왕 기사에게 지시를 내렸다.

"늦었어. 출발하지."

한껏 속도를 올린 지프차가 먼지와 매연을 내뿜으며 댐을 향해 달려갔다.

2

푸지 저수지는 탄궁다의 건의로 건설되었다. 1935년, 옌징燕京대학 수리공정학과 학생 몇 명과 그들의 교수였던 미국인 로버트가 푸지를 방문해 1년여 동안 수문 조사와 지질 답사를 통해 상세하게 시공 도면을 작성한 후, 2년 뒤 난징의 국민정부에 타당성조사보고서를 제출하였다. 이후 노구교 사건盧溝橋事件4)이 발생하면서 이 일은 잠시 보류되었다.

탄궁다가 제안서를 낸 후 크고 작은 회의가 십여 차례 열렸지만 이에 대한 반응이 영 좋지 않았다. 모든 사람들이 그가 뜬구름을 잡고 있다고 생각했다. 특히 공업, 수리를 담당하고 있는 부현장 자오환장趙煥章이 누구보다 강하게 반대 입장을 표명했다. 벌써 몇 년째 흉년이 이어져 재정이 엉망이라는 이유에서였다. 이제 막 문을 연 구리파이프공장, 시멘트공장도 모두 도산 위기에 처해 있었다. 수로 준설, 난민 구제, 군인과 열사가족 구휼, 학교 신축, 교사 급여 지불 등도 시급한 일이었다. 심지어 댐을 건설하기 위해서는 마을 몇 곳을 수몰시켜야 한다. 그럴 경우 주민들 이주비용은 어디서 마련할 것인가? 자오환장의 말에 현 정부 대, 소 관원들이 이구동성으로 한목소리를 내자 탄궁다의 얼굴이 일그러졌다.

그는 사적으로 야오 비서에게 이 문제에 대한 의견을 물어본 적이 있었다. 반대 의견을 내는 것은 충분히 받아들일 수 있었다. 그런데 이 조그만 계집애는 생각도 못한 신랄한 어조로 그를 조롱했다.

---

4) 노구교 사건(盧溝橋事件): 1937년 7월 7일 노구교에서 일어난 일본군과 중국 국민 혁명군 제29군과의 충돌 사건. 중일 전쟁의 발단이 되었다.

"아, 우리 탄 현장님! 농업대표단을 끌고 코카서스 다녀오고, 스탈린 집단농장 전등, 전화를 보고 돌아오더니 우리더러 댐 쌓고 전기 생산하라고 하시네? 상트페테르부르크 다녀왔다가는 크렘린궁도 세우라고 하겠어요?"

탄궁다는 그녀의 말에 치가 떨렸다. 마음 같아서는 당장이라도 달려들어 길고 가녀린 그녀의 목을 조르고 싶었다. 그런데 다시 생각해보니 이 조그만 계집애가 그냥 평범한 상대가 아니라는 느낌이 들었다. 어쨌거나 대 상하이 출신의 문화 수준이 높은 청년 아닌가. 크렘린궁이 레닌그라드에 있다는 것도, 레닌그라드가 원래 상트페테르부르크라는 것도 알고 있는 것을 보면 자기가 생각한 것처럼 그렇게 천지분간 못하는 애는 아닌 것 같았다.

통신원 출신으로 지금은 현 정부 사무실 주임인 첸다췬을 불러 물어보기도 했다. 첸다췬은 예전에 그와 일 년 동안 유격전에 함께 참여했었다. 그는 사람들 앞에서는 탄궁다를 탄 현장이라 부르고, 사적으로는 탄 형이라 불렀다. 탄궁다에게는 유일하게 못할 말이 없는 지기였다. 그런데 탄궁다가 댐 건설 이야기를 꺼내자 뜻밖에도 첸다췬은 끙, 하고 신음소리를 내더니 좋은 마음에서 '뼈아픈 말'로 그에게 권고했다.

"구 사회에서 관리를 하던 사람들을 보면 그저 지역의 태평무사만을 기도할 뿐이었죠. 긴급 상황이 발생하면 질질 끌 수 있는 일은 최대한 미루고, 대충 지나갈 수 있는 일은 못 본 척 눈을 감아버려요. 공적이 전혀 없는 것도 문제가 되지만, 또한 너무 과하지 않도록 신경을 쓰죠. 대충 속이고 넘어갈 상황이 아니라 코앞까지 위기가 닥치면 그때는 동쪽 담장 허물어 서쪽 담장을 보수하고, 복숭아꽃을 배나무에 접붙이고, 북쪽 강의 물을 끌어 남산의 불을 끄곤 합니다. 그저 관직에서 밀려

나지나 않을까, 임기가 끝나가면 승진에 신경을 쓰느라 여념이 없어요. 겨울이 가는지, 봄이 오는지, 추운지, 따뜻한지, 백성들이 굶어죽는지, 아파죽는지 신경도 안 써요. 이제 막 해방이 되니 허물어졌던 세상이 흥할 일밖에 없지 않아요? 자질구레하고 골치 아픈 일까지 일일이 신경 쓸 시간이 없다고요. 괜히 사서 고생할 필요 없잖아요. 고생만 하고 뾰족한 결과도 없을 일을 뭐 하러 합니까? 저수지나 댐에 대해서는 아는 바가 없지만 쉬운 일이 아니라는 건 다들 알아요. 공력은 엄청나게 들어가는 반면, 길흉을 점칠 수 없는 데다 만에 하나 사고라도 나는 날이면 말로가 좋을 수 없으니……."

말이 길어지자 탄궁다는 자리에서 일어섰다 앉기를 반복하며 뭔가 반박을 하고 싶었지만 쉽게 입을 열지 못했다. 결국 첸다쥔의 말이 채 끝나기도 전에 그는 탁자를 내리치고는 아무 말 없이 밖으로 나가버렸다. 그는 문을 나가 복도에서 욕을 퍼붓기 시작했다.

"흥! 난 또 대단한 엘리트라고! 이제 보니 교활한 데다 대가리에 든 것도 없는 좀생이네."

결국 그는 그의 옛 상급자로 허비鶴壁에 사는 '라오후'老虎(호랑이)에게 부탁할 수밖에 없었다. '라오후'의 본명은 녜주평聶竹鳳, 집은 칭상慶港이며 그의 부친 바오천을 따라 루씨 집안에서 여러 해 동안 일을 했다. 탄궁다가 신사군新四軍5)에 참가했을 때 '라오후'는 이미 중대의 연대장이었다. 1926년, 대기근이 메이청 일대를 휩쓸었을 때 '라오후'가 쌀가마니를 들쳐 업고 엄청난 눈길을 헤치고 달려가 야밤에 푸지에 도착해 마을

---

5) 신사군(新四軍): 1937년에 설립된 국민혁명군 소속 부대. 다른 부대와 달리 중국 공산당의 지시를 받았으며, 팔로군과 더불어 공산당의 주력부대로 활약함.

사람들의 목숨을 건졌다. '라오후'는 수년 동안 흥미진진하게 이에 대한 이야기를 되풀이했다.

"자네 어머니는 돌아가시기 전까지도 그 쌀가마니를 누가 가져다놓았는지 궁금해하지 않으시더군."

푸지 댐 건설에 관한 이야기를 들은 녜주평 역시 당혹스러움을 감추지 못했지만 탄궁다의 끈질긴 설득에 하는 수 없이 허락하고 말았다.

"지위地委(중국공산당 지구 일급위원회. 이하 지구위원회)에서는 자네가 요구하는 액수의 반밖에 해줄 수가 없어. 나머지는 자네가 마련해야 하네. 엔지니어 기술은 나도 좀 거들어줄 수 있지. 하지만 아우, 창장의 물은 그렇게 함부로 다룰 수 없네. 절대 서두르지 말고 신중을 기해야 해. 만일 댐이 무너지기라도 해서 마을이 모조리 물에 잠기기라도 하면 그땐 인정이고 사정이고 봐줄 수 없네. 내가 자네 뒤치다꺼리를 해줄 거라곤 아예 기대도 하지 말게."

지프차가 댐을 향해 내달렸다. 산길이 점점 가팔라졌다. 산에서 튀어나오는 원숭이를 피하느라 왕 기사가 좌우로 핸들을 꺾어대는 바람에 야오페이페이가 연신 비명을 질렀다. 그 와중에도 바이팅위는 드르렁드르렁 코를 골며 잠에 곯아떨어졌다. 자동차가 울창한 숲으로 들어섰다. 탄궁다는 창백한 얼굴로 연신 신물을 넘기는 야오페이페이를 바라보다 고개를 돌려 산골 마을 하늘가의 붉은 해를 응시했다. 문득 그의 눈앞에 집집마다 수백, 수천의 꽃등을 환하게 밝힌 아름다운 전경이 떠올랐다. 사회주의 유토피아가 펼쳐질 새로운 농촌의 모습을 떠올리자 그의 눈빛이 아득해지며 점차 황홀경에 빠져들었다.

야오페이페이가 성질을 부렸다.

"현장님, 이마에 주먹만 한 혹이 몇 개나 났는지 알아요? 못 믿겠으면 만져보라고요."

그녀가 현장에게 머리를 들이밀었다. 하지만 탄궁다의 귀에는 그녀의 목소리가 전혀 들려오지 않았다. 귀신 들린 《홍루몽》의 가보옥처럼 얼빠진 현장의 모습에 페이페이는 그가 또 아름다운 꿈속을 헤매고 있다는 것을 눈치채고 그를 흔들며 나지막한 소리로 말했다.

"현장님, 들어 봐요. 이게 무슨 소리죠?"

탄궁다는 그제야 앞쪽에서 들려오는 곡소리에 정신이 들었다.

지프차가 멈추자 상복을 입은 농민들이 우르르 몰려와 차를 에워쌌다. 민병의 저지에도 불구하고 사람들은 밀물처럼 밀려와 지프차를 물샐틈없이 에워쌌다. 탄궁다 일행은 가까스로 차문을 열고 차에서 내렸다. 지프차 앞 유리창은 이미 멜대와 대나무로 내려쳐 박살이 났다. 지역 향鄉 간부 몇 명이 사태를 진정시켜보려다 사람들의 등쌀에 못 견뎌 이미 모두 달아난 후였다. 다행히 총을 멘 무장 민병 몇 명이 인간 장벽을 만들어준 덕분에 탄궁다는 잠시 숨 돌릴 틈을 얻을 수 있었다.

새벽에 전화를 받고 댐에 사고가 났다는 말은 들었지만 이렇게 많은 사람이 모여 있을 줄은 몰랐다. 탄궁다는 샤좡夏莊 일대의 살벌한 분위기를 익히 들어서 알고 있었지만 주민들이 이렇게 흥분해 있을 줄은 생각 못 했다. 그토록 오랜 세월 전투를 치렀지만 이런 상황은 처음이라 그저 당황스럽기만 했다.

야오 비서는 손에 빨간색 구두 한 짝을 들고 바닥을 두리번거리며 다른 한 짝을 찾고 있었는데 사람들에게 휩쓸리다보니 손에 들고 있던 것마저 잃어버리고 말았다. 허리를 펴고 고개를 들어 올리는 순간 탄궁다의 팔이 등에 닿았다. 현장의 억센 팔 근육이 느껴졌다. 어느새 사람들에게 떠밀린 그녀는 발이 허공에 뜬 채 사람들 사이를 둥둥 떠다니고 있었다. 바로 그때 정수리 위로 시커먼 물체가 나타났다. 이건 또 뭐야! 가까이 다가온 물체를 보는 순간 등줄기에 식은땀이 흘렀다.

붉은 칠을 한 커다란 관이었다. 관을 이리저리 피하다보니 그녀는 어느새 자기도 모르게 탄궁다의 품을 파고들었다. 머리가 아찔했다. 문득 사람들 틈에서 고함소리가 흘러나왔다.

"현장 그 개 같은 새끼더러 말하라고 그래!"

현장을 생각하니 야오 비서는 진땀이 났다.

그녀의 눈에 왕 기사의 호위를 받으며 지프차 꼭대기에 올라선 바이팅위의 모습이 들어왔다. 어디서 구했는지 양철로 된 확성기를 붙잡고 주민들을 향해 일장 연설을 시작하려는 그의 모습이 마치 장판파長坂坡(조자룡이 장판파에서 혈혈단신으로 조조의 군대와 맞서 유비의 아들을 구했다)에 올라 일갈하며 백만 병사를 격퇴시켰던 장군 같았다.

"모두들 조용히 하시오. 난……."

그의 말이 채 끝나기도 전에 '픽!' 하고 돌 하나가 날아와 그가 들고 있던 확성기에 명중했다. 바이팅위가 허! 하고 웃더니 이내 개의치 않고 목청을 가다듬은 후 소리 높여 외쳤다.

"진정하시오. 나는 부현장……."

누군가 고함을 질렀다.

"너희 현장 개새끼 나오란 말이야!"

말이 떨어지기가 무섭게 두 번째 돌이 날아와 바이팅위의 아래턱을 정통으로 맞췄다. 바이팅위가 확성기를 떨어뜨리고 아래턱을 감싸는가 싶더니 다리에 힘이 풀리면서 지프차에서 굴러 떨어졌다. 그가 입을 움켜쥔 채 괴성을 지르며 피를 뱉었다.

야오페이페이는 탄궁다의 품안에 웅크리고 있을 수밖에 없었다. 페이페이의 부드러운 머릿결이 그의 얼굴을 스쳤다. 페이페이. 페이페이. 일부러 그러는 게 아니야. 그녀의 목덜미로 흐르는 땀에서조차 향긋한 냄새가 났다. 그녀의 입안에서 과일사탕 굴리는 소리가 들렸다. 사탕을 먹고 있었던 거야? 페이페이, 이런 마당에 사탕이라니! 탄궁다는 그의 부하직원과 조금이라도 거리를 유지하려고 한참을 버둥거렸지만 결국 파도에 떠밀리듯 스스로를 맡길 수밖에 없었다. 어쩌면 이렇게 부드러울까! 진한 사탕 향이 사탕이 아니라 그녀의 입술, 그녀의 머리카락, 그녀의 몸에서 풍기는 듯했다……. 멀지 않은 곳에 총으로 무장한 민병대원 하나가 사람들에게 떠밀려 같은 자리를 맴돌고 있었다. 탄궁다는 심장이 터질 것 같았다. 땀으로 속옷까지 흠뻑 젖었다. 수습이 불가능했다. 탄궁다가 갑자기 헛웃음과 함께 소리를 낮춰 민병에게 말했다.

"자네의 빌어먹을 손에 든 건 뭔가?"

"네, 현장님. 총입니다."

"그걸 대답이라고!"

탄궁다가 그를 나무랐다.

"총에 총알 들어 있나, 없나?"

"있습니다."

"그럼, 총 쏠 줄 아나, 모르나?"

"압니다."

"제기랄, 그럼 바보같이 뭐하고 있어! 총을 쏴!"

"저, 어……. 그게, 어딜 향해……?"

"그건 자네 맘대로야."

민병은 얼굴이 하얗게 질리더니 힘겹게 몸을 돌렸다. 아마도 현장의 의도를 정확히 파악하려고 했던 것 같다. 하지만 그새 탄궁다는 어디로 갔는지 보이지 않았다. 더 이상 지체할 시간이 없었다. 민병이 '철 컥!' 노리쇠를 당긴 후 반자동 총을 들어 올려 하늘을 향해 한 발을 갈 겼다.

총소리 한 방에 순간적으로 주변의 공기가 얼어붙은 듯했다. 정적 이 감돌았다. 자신의 행동에서 효과를 확인한 민병은 아예 총을 두 손 으로 받쳐 들고 언제라도 쏠 자세를 취했다. 다른 민병들도 함께 모여들 어 총알을 장전하고 총구를 사람들 쪽으로 향했다. 동요하기 시작한 이 들이 밀치락달치락 서서히 포위를 풀며 뒤로 물러서기 시작했다. 주민 한 사람이 대담하게 소리쳤다.

"무서워할 것 없어. 공산당의 총구는 백성을 향하지 않아······."

그의 말에 사람들이 오히려 더욱 빨리 뒤로 물러섰다. 얼마 안 있어 관 앞에 커다란 공터가 생겼다. 탄궁다는 이때다 싶어 사람들 틈을 비 집고 빠져나왔다.

그가 옷매무새를 가다듬었다. 사람들은 그가 무슨 말을 할 거라고 생각했다. 그런데 탄궁다는 인상을 쓴 채 관 주위를 뚜벅뚜벅 걸으며 두 번이나 돌아보고 나서야 천천히 입을 열었다.

"샤창의 쑨창훙孫長虹 향장 어디 있나?"

조금 후 상복 차림의 중년 남자가 구부정한 모습으로 다가와 팔을 축 늘어뜨리고 섰다. 탄궁다는 그를 거들떠보지도 않은 채 곁에 있던 민병 몇 사람을 향해 손을 휘두르며 말했다.

"체포해!"

이어서 다시 그가 물었다.

"푸지 가오마쯔高麻子 향장은 어디 있어?"

산하는 잠들고

조그만 몸집의 남자 하나가 잰걸음으로 탄궁다 앞으로 다가와 고개를 들더니 탄궁다를 향해 곁눈질을 했다.

"에이……! 이봐, 탄 현장. 이건 내 소관이 아니야. 그렇게 다짜고짜……."

탄궁다는 그의 말이 채 끝나기도 전에 좀 전과 마찬가지로 호통을 쳤다.

"체포해!"

야오페이페이가 자세히 들여다보니 이름 그대로 가오 향장의 얼굴에는 곰보자국이 많았다.

"초상난 집이 누구네야?"

사람들 무리에서 즉시 네댓 사람이 나섰다. 흰 서양목 상복과 마대 자루 조각을 걸치고 있었는데 그중 윗사람으로 보이는 노인 하나가 탄궁다 옆으로 다가와 힘껏 머리를 조아렸다.

"노인장, 죽은 사람과는 어떻게 되십니까?"

그때 노인 뒤에 서 있던 젊은 여자 하나가 갑자기 노인을 밀치며 앞으로 나서더니 핏대를 세우며 고함을 질렀다.

"그 죽은 귀신이 명줄 짧은 내 남편이야! 그래서, 어쩔 건데?"

야오페이페이는 그 여자를 보자마자 대충 얼마나 사나운 여잔지 알 것 같았다. 탄궁다가 한껏 부드러운 말투로 말했다.

"어떻게 죽었습니까?"

"죽으면 죽은 거지, 그런 쓸데없는 건 물어서 뭐에다 쓴답디까?"

사람들이 와르르 웃음을 터뜨렸다. 옆에 있던 할머니가 서너 살 된 아이 손을 잡고 앞으로 나섰다.

"죽은 이는 내 아들이요. 왕더뱌오라고 합니다. 며칠 전 댐에서 벌어진 싸움에 끼어들었다가 사람들에게 떠밀려 절벽으로 떨어져 죽었소."

"몇 사람만 남아서 이야기하고 다른 사람들은 모두 돌아가십시오."
탄궁다가 말했다.

"모두 돌아가십시오."

바이팅위가 그 뒤를 이어 소리쳤다. 그의 뺨이 불룩하게 부어 있었
다.

탄궁다는 그제야 고개를 돌려 조금 전 총을 쏜 민병의 어깨를 툭
치며 작은 소리로 말했다.

"잘했어! 이름이 뭔가?"

3

바이팅위의 고향은 댐에서 멀지 않은 샤쨩이었다. 다음 날이 청명
절이라 댐 사건을 처리하고 고향에 가서 며칠 쉬겠다고 하던 터였다.

그 전에 댐 근처 막사에서 간부회의가 열렸다. 쑨창훙, 가오마쯔의
처벌에 대한 탄궁다의 입장은 강경했다.

"댐에서 폭력 사태가 이처럼 크게 벌어진 건 지역 간부들이 유화적
인 정책으로 일을 대충 덮은 때문입니다. 가오마쯔는 그렇다 쳐도 쑨창
훙은 바로 면직해야 합니다. 그는 저수지 일에 대해서도 면종복배하는
태도를 취해왔습니다. 망자가 그의 외조카로, 일부러 한쪽 편을 든 데다
소란을 주동하고 사달을 일으켰으니 그 음험한 속내를 모든 사람이 알
고……."

산하는 잠들고

바이팅위는 탄 현장의 의견에 십분 동조했지만 최종적으로는 완전히 반대 입장을 보였다. 적어도 야오페이페이가 보기에는 그랬다.

"이 정도 사건은 샤챵과 푸지 두 향의 간부만으로도 무마시킬 수 있습니다. 현위縣委(중국공산당 현 일급위원회. 이하 현위원회)까지 들쑤실 필요가 없지요. 사람 하나 죽은 게 뭐 대숩니까? 놀라서 호들갑을 떨다보니 적절하게 대응하지 못하고 결국 사달을 일으킨 거죠. 탄 현장님이 고육지책을 써서 읍참마속하지 않았더라면 이 일을 어찌 해결할 수 있었겠습니까? 탄 현장님의 이번 처리는 풍부한 혁명투쟁의 경험에서 비롯된 부득이한 행동이었습니다. 결코 여러분을 진심으로 면직시키려는 것이 아닙니다. 사람이야 매일같이 죽어나가지요. 사람 하나 죽은 걸 가지고 왜 이리 우왕좌왕합니까? 두 사람은 이번 일을 교훈 삼아 실수를 만회할 공을 세워 탄 현장님의 마음에 보답하도록 하세요."

그의 말에 지역 향, 촌 대소 간부들이 모두 맞장구를 치면서 사건은 흐지부지 종료되었다. 탄궁다는 발끈하며 나서려 했지만 옆에 앉아 있던 야오페이페이가 계속해서 눈짓을 보냈다. 가만히 생각해보니 현위원회 각급 지도자들 가운데 늘 그를 지지했던 사람은 바이팅위뿐이었다는 생각이 들었다. 그는 애써 화를 억누른 채 딱딱하게 굳은 표정으로 입을 다물었다.

바이팅위가 집에 간다는 말에 쑨창훙은 사람을 시켜 달구지에 비단 솜이불을 깔게 한 다음, 직접 달구지를 몰아 바이팅위를 샤챵까지 데려다줬다. 나머지 탄궁다 일행은 지프차로 밤에 현성縣城(현 정부 소재지)으로 돌아갔다.

가오마쯔는 히죽거리며 조수석에 앉아 가는 내내 탄궁다와 이야기를 나눴다. 페이페이는 곰보 향장과 현장의 관계가 보통이 아니라는 것을 알게 되었다. 십여 리 길을 배웅하고 나서야 가오마쯔는 차에서 내려 작별인사를 하더니 마지막으로 새로 딴 양매楊梅를 가득 담은 커다란 광주리를 왕 기사에게 건넸다.

가오마쯔와 작별을 하자마자 연거푸 육중한 천둥소리가 울려 퍼지고 금세 비가 퍼붓기 시작했다. 탄궁다가 잔뜩 찌푸린 표정으로 곁에 앉아있는 야오 비서에게 말했다.

"조금 전 회의할 때 왜 내게 계속 눈짓을 보냈지? 무슨 뜻이었어?"

"제가요?"

야오페이페이가 무슨 소리냐는 듯 의아한 표정을 지었다.

"내가 언제 눈짓을 보냈어요? 몇 번 눈을 깜빡거린 적은 있을지 몰라도요. 잘못 보셨나 봐요. 졸렸든지 아니면 눈에 뭐가 들어갔든지……."

날은 이미 완전히 어두워져서 상대방의 얼굴이 보이지 않을 정도였다. 길 옆 목화밭에 쏟아 붓는 빗줄기 소리가 쏴쏴, 귓전을 때렸다. 왕 기사는 앞 유리창이 깨지는 바람에 비가 얼굴에 내리쳐서 눈을 뜰 수가 없다느니, 차창 밖이 어두운 데다 차량 등도 어두컴컴해서 시야가 뚜렷하지 않다느니 투덜댔다. 번개가 번뜩이고 천둥이 귀를 찢는 가운데 계속 시동이 꺼지면서 자동차가 가다 서다를 반복하는 바람에 탄궁다는 심기가 매우 불편했다. 낮에 그토록 활달했던 야오페이페이도 이때만큼은 조금 풀이 죽은 듯했다. 탄궁다는 애써 기분을 전환할 만한 대화를 해보려 했지만 그녀는 못 들은 척 상대하지 않았다.

탄궁다가 화젯거리를 찾아냈다.

"댐을 건설하자고 했더니 모두 반대하는군. 전기를 생산해 도로 양

측에 전봇대를 세우고 가로등을 밝히면 이렇게 어둠 속을 헤맬 필요도 없을 텐데, 안 그래?"

야오페이페이는 여전히 아무런 대꾸도 하지 않았다. 어두워서 좋았다. 어둠속에서만 나라는 존재를 오롯이 느낄 수 있기 때문이다. 따분해진 탄궁다가 대놓고 그녀에게 물었다.

"야오 비서, 잠들었나?"

"아뇨."

어둠 속에서 야오 비서가 말했다.

"아직도 뭐 먹고 있나?"

"사탕요."

야오페이페이가 입을 벌리고 새하얀 이를 드러내며 혀끝으로 납작해진 과일사탕 조각을 내밀었다. 애석하게도 탄궁다는 아무것도 볼 수가 없었다.

"하나 드실래요?"

탄궁다는 아무 대답도 하지 않았다. 페이페이가 호주머니에서 작은 알루미늄 통을 꺼내 뚜껑을 열고는 팔꿈치로 탄궁다를 쿡 찔렀다. 탄궁다는 잠시 멈칫하더니 코르덴 방석에 손을 문질러 닦은 후 알루미늄 통에서 사탕 하나를 집어 입속에 집어넣었다. 페이페이의 이모가 아는 사람을 통해 보내준 사탕이라고 했다.

"이모가 상하이에 계시다고 했나?"

"아뇨, 홍콩에 있어요."

"아버지, 어머니도 홍콩에 계신가?"

"아뇨."

"두 분은……?"

"어디에도 안 계세요."

야오페이페이는 목이 메었다. 번갯불 한 줄기가 허공을 가로지르며 그녀의 얼굴을 비췄다. 놀랍게도 야오페이페의 창백한 얼굴은 온통 눈물범벅이었다. 어둠 속에서 페이페이가 코맹맹이 소리로 말했다.

"자동차 천장에서 비가 새서 얼굴이 다 젖었어요."

그가 혀로 사탕을 굴렸다. 또르르 사탕 굴리는 소리가 경쾌하게 들렸다. 순간적으로 야오 비서의 말에 적당한 대꾸가 떠오르지 않았다.

페이페이, 밤이 되니 완전히 딴 사람 같군. 그녀는 마치 전설에 나오는 청사와 백사처럼 중추절에 웅황주雄黃酒를 마시면 원래의 모습으로 돌아가 거대한 두 마리 뱀이 되는 것 같았다.

"메이청에 있다는 친척은 누구야?"

"고모예요."

"의외로군." 탄궁다가 잠시 생각해보더니 말했다.

"자네 집안도 상당히 복잡하군."

바로 그때 왕 기사가 급제동을 걸었다. '끽!' 하는 소리와 함께 지프차가 길옆으로 비껴 나가 하마터면 도랑에 굴러 떨어질 뻔했다. 희미한 차량 불빛 너머로 멀지 않은 도로 중간에 그들의 길을 가로막고 있는 삼륜 오토바이 몇 대가 보였다. 검은 그림자 하나가 그들을 향해 손짓을 했고, 다른 몇 명은 우비 차림으로 손전등을 들고 그들을 향해 재빨리 다가왔다. 카빈총을 멘 사람 하나가 험악한 표정으로 차창 안으로 고개를 들이밀었다. 그가 손전등을 들어 그들을 향해 비춰보며 나지막한 소리로 명령했다.

"신분증!"

탄궁다는 자신의 신분증을 꺼내 야오 비서에게 주었다. 야오페이페이가 신분증을 상대에게 건넸다. 그가 손전등으로 신분증을 비춰보더니 중얼거렸다.

"아, 현장님이시군."

상대방은 차량 앞좌석 광주리 속에 든 양매를 발견하고 손을 뻗어 양매 하나를 집어 입안에 넣으며 야릇하게 웃었다. 그가 엄숙하게 야오페이페이를 바라보며 말했다.

"성 공안기관에서 나왔소. 명령에 따라 중요 사건의 범인을 체포하기 위해 검문 중이오. 그런데 당신은 왜 울고 있소?"

당황한 야오 비서가 지프차 지붕에서 비가 샌다는 둥 구차한 변명을 늘어놓았다. 그녀는 울지 않았다는 것을 증명이라도 하려는 듯 이를 드러내며 억지웃음을 지었다. 상대가 다시 손전등으로 탄궁다의 얼굴을 비췄다. 현장이란 직함 따위는 전혀 신경도 쓰이지 않는 모양이었다.

"이 부근에 제파이界牌라는 곳이 있는지 아시오?"

"모르는데요!"

탄궁다의 말투에서 그의 인내심이 한계에 달했음을 짐작할 수 있었다. 그의 얼굴이 벌겋게 달아오르고 눈에 실핏줄이 섰다. 허리춤을 더듬던 그의 손길이 야오페이페이의 손에 닿았다. 뭘 더듬고 있는 거지? 설마 총? 페이페이는 재빨리 그의 소매를 잡아당기고는 힘껏 눌러 그의 충동적인 행동을 자제시켰다.

야오페이페이와 왕 기사 역시 맹세코, 단 한 번도 '제파이'라는 곳은 들어본 적이 없다고 대답했다. 상대방의 어깨에 멘 카빈총이 자꾸만 지프차 문에 쿵쿵, 부딪혔다.

"됐소. 그럼 또 봅시다."

그자가 씩 웃더니 대나무광주리에서 다시 양매 한 움큼을 집어 들더니 '탁' 하고 문을 닫았다.

지프차가 한참을 달려간 후에도 야오페이페이는 이를 딱딱 부딪치며 온몸을 부들부들 떨었다. 탄궁다는 걱정이 되어 학질이라도 걸린 건지, 아니면 어디가 안 좋은지 물었다. 페이페이가 몸을 웅크리며 울적한 목소리로 말했다.

"멀쩡해요! 아무것도 아니에요."

탄궁다는 그녀의 이마에 손등을 대봤다. 서늘했다. 열이 없는 것을 확인하자 마음이 놓였다. 그녀는 수시로 고개를 돌려 뒤를 살폈다. 마음이 정말 약하군. 언제 여유를 갖고 천천히 이야기를 나눠봐야겠어. 상하이에 있을 때 무슨 마음의 상처를 입은 건 아닐까…… 부모 이야기를 꺼내니 곧바로 눈물을 흘리잖아! 조금 전 그 낯선 사람들을 보고도 왜 그렇게 놀랐을까? 기회를 봐서 다시 이야기를 해봐야겠어.

그녀를 안정시키기 위해 탄궁다는 평소와 달리 페이페이에게 농담을 건넸다.

"아까 내게 분명히 눈짓을 했었는데 딱 잡아떼는군. 조금 전에는 내 소매를 왜 잡아당겼을까?"

페이페이는 아무 말도 하지 않았다. 차 안에 코를 찌르는 기름 냄새가 났다. 빗줄기가 줄어들자 왕 기사가 속력을 냈다. 조금 후 야오페이페이가 팔로 그를 치며 작은 소리로 말했다.

"조금 전 현장님 신분증 검사하던 사람 얼굴 말이에요, 자세히 봤어요?"

"아니, 별로 주의 깊게 안 봤는데……. 얼굴이 왜?"

"눈썹이 없었어요."

뭔가 의아한 눈초리였다.

잠시 뜸을 들인 후 야오페이페이가 다시 말을 이었다.

"그 사람 입술 색을 보니까 진하게 립스틱을 바른 것 같기도 하고, 얼굴에도 연지랑 분을 발랐는데 비에 젖어 엉망이 되어 있었어요."

"멀쩡한 남자가 왜 얼굴에 덕지덕지 화장을 해? 그건 연극하는 사람이나 하는 것 아냐?"

탄궁다가 웃었다.

"내가 볼 때 조금 전에 본 이들은……, 사람이 아니에요."

"그럼 뭔데?"

"귀신이요."

왕 기사가 그녀의 말에 오싹 소름이 끼쳤는지 페이페이를 바라보며 말했다.

"야오 비서, 괜히 사람 놀라게 하지 말아요. 간이 콩알만 해졌네. 다른 건 몰라도 귀신은 정말 무서워."

"어젯밤에 꿈을 꿨는데요." 야오페이페이가 말했다.

"염라대왕이 청명절에 날 잡으러 귀신을 보냈어요. 대장 귀신이 조금 전 그 사람과 꼭 닮았어요. 제파이에 골짜기가 많잖아요. 꿈에서 본 것 같아요."

탄궁다가 껄껄 웃었다.

"그 사람 말하는 것 못 들었어? 명령을 받고 중요한 범인을 쫓고 있다고 하잖아."

"절 잡으러 온 건 아니겠죠?"

"범죄를 저지른 것도 아닌데 야오 비서를 왜 잡겠나? 허튼 생각 좀 그만해."

"제가 범죄를 저지르지 않았다는 걸 어떻게 확신해요?"

쓴웃음을 짓던 탄궁다는 문득 무슨 생각이 난 듯 온몸을 마구 더듬었다. 뭔가 중요한 물건을 찾는 것 같았다. 잠시 후 그는 발 옆에 있던 공문서 가방을 들어 올려 안을 뒤졌다. 야오페이페이가 뭘 찾고 있는지 물었지만 그는 대답을 하지 않았다. 한참 만에 그가 왕 기사에게 차를 멈추게 하더니 야오페이페이에게 물었다.

"페이페이, 지금 종이 가진 것 있나?"

"이렇게 컴컴한데 종이는 왜요?"

탄궁다가 허허 마른 웃음을 짓더니 쑥스러운 듯 말했다.

"내 말은 화장지……."

왕 기사와 야오 비서는 그제야 상황 파악을 했다.

"금방 메이청에 도착해요. 현장님, 조금만 참으시면 안 될까요?"

왕 기사가 말했다.

"현성까지 얼마나 더 가야 하나?"

"길어야 20분도 안 걸려요."

"안 돼, 안 돼."

탄궁다의 얼굴이 벌게졌다.

"20분이라니, 못 참을 것 같은데……."

하는 수 없이 왕 기사가 차를 멈추고 야오페이페이에게 말했다.

"야오 비서, 휴지 가진 것 있어요?"

야오 비서는 주머니란 주머니는 다 뒤져 자수 손수건 한 장을 찾아냈다. 그녀가 손수건 양면을 살펴본 후 탄궁다에게 내밀며 웃었다.

"현장님, 수건이 아까운 것이 아니라…… 제가 쓰던 거라서. 더러워도 괜찮으시면 아쉬운 대로 써보세요."

탄궁다는 페이페이의 손에서 낚아채듯 손수건을 챙겨 차문을 열고 나갔다.

"다녀올게."

그가 후다닥 차를 빠져나가 휑하니 사라졌다. 야오 비서가 창밖으로 손을 내밀었다. 비는 이미 그친 상태였다.

왕 기사는 품에서 담배 한 개비를 꺼내 불을 붙였다. 팔을 핸들에 올려놓은 채 여유롭게 담배를 피우며 야오 비서와 이런저런 이야기를 나누었다. 왕 기사는 안후이安徽 추저우滁州 사람으로 원래는 화동야전군 운전병이었는데, 대군이 강을 건넌 후 강남에 남았다. 야오 비서는 추저우라는 말에 그 일대의 역사적인 인물, 풍물 등에 대해 이야기했다. 아쉽게도 왕 기사는 구양수歐陽脩란 인물도, 취옹정醉翁亭(취옹은 구양수의 호. 〈취옹정기〉라는 산문이 있다)도 들어본 적이 없었다. 야오 비서는 그에게 집이 그립지 않은지 물었다.

"왜 고향에 돌아가지 않아요?"

"메이청도 추저우에서 멀진 않아요. 철로가 완성되면 서너 시간 거리예요."

그녀가 결혼은 했는지 물었다. 왕 기사는 조금 창피한 듯 말했다.

"현장님도 마흔이 넘었는데 아직 결혼 안 하셨잖아요. 내가 무슨 염치로 '강인소난'强人所難(남이 하기 싫은 일을 억지로 시키다) 하겠어요?"

야오 비서는 왕 기사가 앞뒤가 맞지 않는 엉뚱한 성어를 인용하자 절로 '푸우!' 하고 웃음이 터져 나왔다. 왕 기사는 어리둥절한 표정으로 뭐가 잘못된 것인지 알아채지 못했다.

"현장님은 그 나이에 왜 아직도 결혼을 안 했대요? 정작 본인는 급하다는 생각도 안 하나보던데요?"

"급하게 생각하지 않는다고요? 현장님이 왜 푸지에서 묵지 않고 이

밤에 메이청으로 돌아가는지 알아요? 내일 아침 일찍 선을 보러 가야 하기 때문이에요." 왕 기사가 말했다.

두 사람이 이야기를 나누고 있을 때 탄궁다가 돌아왔다. 그가 혼잣말로 중얼거렸다.

"잘 됐어, 좋아. 왕 군, 출발하지."

얼마 가지 않아 탄궁다가 부드러운 물건을 야오 비서의 손에 건네주었다. 야오페이페이의 자수 손수건이었다.

"어? 안 썼어요?"

야오페이페이가 의아한 눈으로 물었다.

"너무 좋은 수건이라서. 쓸까 말까 생각만 하다가 결국 못 썼지."

그들 일행이 현위원회 마당으로 들어섰을 때는 이미 새벽 한 시가 넘어서였다. 주방장 장씨와 현 정부 사무실 주임 첸다쥔錢大鈞 등이 식당에서 대기 중이었다. 첸다쥔은 파이프를 입에 문 채로 일행이 세수할 물을 떠주었다. 현장이 돌아온다는 소식을 듣고 장씨가 식사를 준비해놨다고 말했다. 식은 음식을 몇 번 데웠는지 모른다고도 떠들었다. 하지만 장씨는 아무 불평도 하지 않은 채 그냥 허허 웃기만 하며 일행들을 불러 식사를 하도록 했다. 탄궁다는 첸다쥔을 만나자마자 멀찍이 떨어져 댐에 대한 이야기를 나누었다. 마지막에 야오페이페이는 첸다쥔이 현장에게 속삭이는 말을 들었다.

"이번에 제가 다시 사람 하나를 구해……."

야오 비서는 탁자 앞에 앉아 커다란 그릇에 담긴 배추고기찜을 바라봤다. 배에서 꾸르륵 소리는 나는데 도무지 입맛이 없었다. 다시 탄궁다에게 눈길을 돌렸다. 그녀의 머릿속에서는 계속해서 한 가지 의문이 맴돌았다. 수건을 돌려줬으면, 그럼 볼일을 본 후에는 무엇으로 닦았지?

정말 궁금했다.

4

3, 4년 전 어느 겨울 밤, 탄궁다가 기억하기로는 섣달그믐 전날 밤
이었다. 그는 바이팅위와 치판가棋盤街에 있는 메이청 공동목욕탕에 갔
었다. 하늘에서 나풀나풀 눈이 내리기 시작하고 목욕탕 밖에는 사람들
의 줄이 길었다. 겨우 창구 앞에 이르렀을 때 나무로 된 작은 문이 '픽'
하고 닫혔다. 열예닐곱쯤 되어 보이는 여자아이가 눈길 한 번 주지 않고
차갑게 소리쳤다.

"이제 만두(교자餃子) 더 못 끓여요. 기다려요."

"만두를 못 끓이다니 무슨 말이야?"

탄궁다는 이해가 되지 않았다.

바이팅위가 웃으며 말했다.

"공동목욕탕에서 목욕하는 걸 물에 만두를 넣는 것에 비유하죠.
탕에 사람이 많다는 말입니다. 제가 가서 해결해 볼게요."

바이팅위가 옆문으로 돌아들어가 목욕탕 책임자를 만났다. 조금
후 창문이 다시 열렸다. 쌍상투머리를 한 조금 전 그 아이였다. 앳된 얼
굴에다 목에는 진초록 스카프를 두르고 있었다. 아이가 탄궁다의 손에
서 잽싸게 돈을 채 가더니 세상 귀찮은 표정으로 그를 향해 붉은 술 장
식이 있는 산가지 두 개를 내던졌다. 산가지 하나가 창문턱을 통통 넘어
눈밭에 떨어졌다. 탄궁다는 어쩔 수 없이 허리를 굽혀 산가지를 집어
들어야 했다. 지랄 맞네! 어린애가 성깔 한번 더러워! 탄궁다가 몸을 펴
고 아이를 향해 시선을 돌렸지만 창문은 이미 닫힌 후였다.

목욕탕이 만원이라는 말에 줄을 서 있던 사람들 사이에 웅성웅성

일대 혼란이 빚어졌다. 사람들의 손이 탄궁다의 정수리를 쑥 넘어오더니 세차게 창문을 두드리며 욕을 퍼부었다. 소녀가 다시 '와락' 문을 열고 창구 앞에 모인 사람들을 향해 소리를 질렀다.

"두드려봤자 소용없어요! 정 기다리지 못하겠거든 사람 없는 옆쪽 여탕에 가서 푹 담가보시든지!"

그녀의 말에 사람들 사이에서 폭소가 터져 나왔다. 탄궁다는 건방진 아이의 태도에 화가 치밀었다. 한마디 해주려는 순간, 촉촉하게 젖어드는 아이의 긴 속눈썹이 눈에 들어왔다. 눈물이 맺혀 당장이라도 굴러떨어질 것만 같았다. 바로 그때 바이팅위가 돌아왔다.

"현장님, 여기 서서 뭐해요? 어서 들어가요."

두 사람이 목욕을 마치고 욕실에서 나오는데 입구가 소란스러웠다. 뚱뚱한 남자 하나가 매표소 앞에서 펄쩍 뛰며 큰 소리로 욕을 퍼붓고 있고, 구경꾼들은 멀찌감치 팔짱을 끼고 서 있었다. 욕실 책임자로 보이는 중년 여자가 남자를 달랬다.

"동지, 우리 직원이 불친절한 점에 대해서는 호되게 야단을 칠게요. 그래도 그렇게 욕을 하는 건 아니지!"

뚱보가 말했다.

"욕 좀 하면 어때서? 욕 좀 했다고 빗으로 내 얼굴을 이렇게 그어도 돼? 좀 보쇼, 멀쩡한 얼굴에 이렇게 흉터가 생겼어. 이런 얼굴로 장가를 어떻게 간단 말이야! 안 돼! 손해 배상하라고 해!"

구경꾼들 가운데 누군가 소리를 질렀다.

"어이, 뚱보. 당신도 그만 해! 둘이 조금씩만 양보하면 되겠네. 아예 저 처자랑 결혼하면 되지 않을까?"

다시 폭소가 터졌다. 탄궁다는 아이가 빗으로 상대방 얼굴을 그었

　　　　　　　　　　　　　　　　산하는 잠들고

다는 이야기에 자초지종을 알아보려 했지만 바이텅위가 그를 잡아당겼다.

"이런 자질구레한 일까지 현장이 나서야 합니까? 어디 가서 술이나 한잔 하죠?"

그것이 탄궁다와 야오페이페이의 첫 만남이었다. 그렇게 야오페이페이는 금세 그의 머릿속에서 사라졌다.

그해 봄이 끝나갈 무렵, 사무실에 앉아 있던 탄궁다는 따분한 생각에 손에 잡히는 대로 탁자 위에 있던 《당시삼백수》唐詩三百首를 펼쳤다. 신기하게도 책을 펼치자마자, 다음과 같은 구절이 눈에 들어왔다.

단지 눈물 젖은 모습 보일 뿐
누구를 원망하는지 알 수 없네.6)

그 순간 갑자기 분노에 찬 슬픈 표정이 떠올랐다. 창밖에는 벌과 나비가 춤을 추고 버들개지가 뽀얗게 날리고 있었다. 이미 길거리는 오동나무로 푸릇해지고, 오동 꽃이 버들개지와 어우러져 신록 사이로 한들한들 바람에 날렸다. 탄궁다는 멍하니 그 두 구절을 계속 바라보았다. 그 아가씨의 모습은 이제 기억도 나지 않았다. 날이 점차 따뜻해지고 있으니 이제 메이청의 목욕탕도 문을 닫고 휴업에 들어갈 것이다. 이참에 한가할 때 목욕이나 하러 가면 좋겠네. 그는 아래층으로 내려와 혼자서 자전거를 타고 치판가로 향했다.

---

6) 이백(李白), 〈원정〉怨情, "단견루흔습(但見淚痕濕), 부지심한수(不知心恨誰)."

목욕탕 앞은 텅 비어 있었다. 산가지를 나누어 주던 창구에는 백발이 성성한 노인 한 사람이 앉아 졸고 있었다. 주변을 살폈지만 여자아이의 모습은 보이지 않았다. 노인은 현장을 알아보고 애써 웃음을 지으며 허둥지둥 탁자에서 담배 한 갑을 들어 두 손으로 건넸다. 탄궁다는 자기 담뱃갑을 열어 노인에게 담배 한 개비를 주고 자기도 담배에 불을 붙였다. 두 사람은 창문을 사이에 두고 이야기를 나누기 시작했다.

"그 아이 이름이 뭐더라……? 갑자기 생각이 안 나네요. 그냥 상하이에서 왔다는 것만 압죠. 불쌍한 아이예요. 아마 막 해방이 되던 그 해인가, 어찌된 사연인지 어린 나이에 혼자 무슨 친척인가 하는 사람을 따라 상하이에서 메이청에 왔었어요. 고몬가 이몬가 정확치 않네요. 한번 성질이 났다 하면 나이고 뭐고 안 가리는 아이예요. 기분이 안 좋으면 며칠 동안 말도 한마디 안 하지요. 뭐, 괜찮을 땐 나름 예의바르게 행동해요. 일이 없을 때면 혼자 구석에 멍하니 웅크리고 있고요. 우리 책임자가 아이를 달래려 무슨 이야기를 해보려고 해도 아이가 아무 말도 안 합니다. 듣자하니 어찌된 일인지 모르겠지만 메이청의 친척이라는 사람이 처음에는 잘 대해줬는데 나중에는 애한테 못되게 굴었더라고요. 하긴, 요 몇 년 동안 먹고 살기가 이렇게 빠듯한데 입이 하나 늘면 누군들 좋아하겠어요. 작년 겨울에, 고몬지 이몬지 하는 그 사람이 애를 보고 나가라고 했나 봐요. 좋게 말해 자립이지, 결국 쫓아낸 거나 마찬가지죠. 연전에 보따리 하나 들고 친척 집에서 나와 우리 책임자에게 임금은 받지 않을 테니 그냥 목욕탕에서 지낼 수 있게 받아줄 수 없냐고 부탁했대요. 책임자가 보기에 정식 직원이 아닌 데다 호구도 없으니 받아줄 수가 없어서 모질게 그냥 보내버렸답니다."

"그리고 다시 상하이로 돌아갔나요?"

"아뇨."

노인이 담배부스러기를 뱉고 물 한 모금을 마시더니 말을 이었다.

"안 떠났어요, 아직 메이청에 있지요. 소문에 들었는데 일자리를 찾았대요. 시진두西津渡 거리에 있는 홍성紅星 여관에서 청소부로 일한다나 봐요. 그 여관이 장사는 잘 안 되지만 그래도 빈 침상이 있으니 묵을 수는 있죠."

탄궁다는 '홍성 여관'이란 말을 듣고 뜨악했다. 시진두 일대는 원래 메이청의 기생집이 몰려 있던 곳이다. 크고 작은 기생집 20여 곳이 있었는데 홍성 여관의 전신이 바로 그 이름도 유명한 '시진두 4대 고깃간' 가운데 하나인 수침루秀枕樓였다. 해방 후 기생집 주인을 필두로 몇몇 기생어미들을 모두 체포했고 기생들 대부분도 모두 사상개조를 위해 압송되었다. 하지만 기생집에서 머리 빗겨주는 여자, 일하는 아줌마, 시녀, 잡역부, 건달, 폭력배 등이 개미떼처럼 한곳에 모여들었다. 은밀하게 사창이 생겨나고, 풍기문란으로 인한 사건이 수시로 들려오는 등 역겹고 추악한 분위기가 완전히 사라지지 않은 상태였다. 얼마 전 현의 보위부가 그곳에서 마약 밀매 사건을 수사해서 용의자를 체포하기도 했다. 사람도, 땅도 낯선 곳에 와서 하필이면 그런 불결한 곳에 자리를 잡다니, 탄궁다는 아이가 걱정스러웠다. 그렇게 생각하고 있는데 갑자기 노인이 끼어들었다.

"현장님, 먼저 욕조에 몸 좀 담그시겠습니까? 조금 있다가 제가 발톱도 깎아드리고, 등도 밀어드리죠."

메이청 목욕탕에서 나와 현위원회에 도착한 탄궁다는 사람을 보내 현위원회 사무실 주임 첸다췬을 불렀다. 탄궁다는 그에게 여자아이에 관한 일을 대충 설명한 후, 시진두에 있는 홍성 여관으로 사람을 몇 명 보내 상황을 알아보도록 했다. 그리고 마지막으로 특별히 당부했다.

"그 여자아이는 내 먼 친척뻘이네. 그쪽 사람들을 놀라게 할 필요는 없고, 대충 상황만 알아보면 돼. 그런 다음에 다시 이야기하세."

"염려 마십시오. 말씀하신 대로 실행하겠습니다."

첸다췐은 겉으로는 허허 웃고 말았지만 속으로는 '왜 갑자기 그런 여자아이를 감싸고도는 걸까. 옛말에 고여 있는 물은 파도가 일지 않지만 그래도 봄바람에 흔들릴 때는 있다고 하더니……'라는 생각을 했다.

날이 거의 어두워져서야 첸다췐이 시진두에서 돌아왔다.

"홍성 여관은 무슨! 여관에 있는 사람들을 죄다 불러 모아 물어봤지만 그런 사람은 없던데요. 그래서 시진두 옛 거리를 음으로 양으로 조사하다가 마지막으로 털실 파는 가게에서 그 여자아이를 찾았어요."

탄궁다는 여자아이가 털실 가게로 갔다는 말을 듣고 마음이 놓였다.

"그래서 어떻게 했어?"

"제가 다 처리했어요. 밖의 복도에 있습니다. 직접 물어보시겠습니까?"

첸다췐은 일을 할 때 너무 앞서가는 경향이 있었다. 한 가지 지시를 내리면 다섯 정도 일을 할 때까지 멈추는 법이 없었다. 그는 번번이 지도자의 의도를 잘못 이해하고도 득의양양했다. 자오 부현장이 그에게 '과유불급'過猶不及(지나침은 미치지 못함과 같다)이란 별명을 붙인 것도 당연하다는 생각이 들었다. 아예 사람을 데리고 오다니, 탄궁다는 골치가 아팠지만 여자아이를 들어오라고 할 수밖에 없었다.

야오페이페이는 빨간 스카프를 두르고 있었다. 봄이 다 가고 있는

데도 두꺼운 솜옷을 위, 아래로 입고 있었다. 안으로 들어와 여기저기를 두리번거리는 그녀의 손에 꽃무늬 천보따리가 하나 들려 있었다. 탄궁다가 그녀에게 보따리에 든 것이 무엇인지 물었다. 그제야 야오페이페이가 그를 힐끗 바라봤다.

"짐이요!"

"웬 짐을 가지고 왔어?"

야오페이페이가 의아한 표정을 지었다.

"이분이 챙기라던데요? 짐 챙겨서 따라오라고 하면서 다른 것은 묻지도 말라고 했어요. 난 또 무슨 일이 난 줄 알았죠. 털실 가게에서 한 달을 일했는데 임금 계산할 틈도 없었다고요."

탄궁다가 멍하니 첸다쿤을 봤다. 여자아이 앞에서 그를 나무랄 수는 없었다. 첸다쿤은 사무탁자 앞에 앉아 다리를 꼰 채 종이를 자를 때쓰는 칼로 발톱을 자르며 웃었다.

"탄 형, 이 아가씨가 그 먼 곳에서 우리 메이청 현까지 왔는데 고모도 받아주질 않잖아요. 사람도 땅도 낯선데 시진두 같은 몹쓸 곳에서계속 그렇게 지내는 건 아닌 것 같아 제가 멋대로 데려왔습니다. 우선우리가 현에서 이 아이 신분증을 좀 만들어주면 후에 일을 처리하기도쉽고……."

화가 난 탄궁다의 얼굴이 하얗게 질렸다. 첸다쿤에게 이 일을 시킨것을 후회했다. 그러나 이미 엎질러진 물이니 울며 겨자 먹기로 그녀와이야기를 나눌 수밖에 없었다. 탄궁다는 의례적으로 그녀의 이름, 나이,본적 등에 이어 글자는 아는지 등을 물어봤고, 상대방은 예의상 마지못해 모두 대답했다. 대답은 간결했고 군더더기라고는 단 한마디도 붙지않았다. 다만 탄궁다가 그녀의 부모에 대해 묻자 야오페이페이는 입을 꼭 다문 채 아무 대꾸도 하지 않았다. 탄궁다가 첸다쿤에게 말했다.

"다쿤, 이 아가씨 당장 오늘 밤부터 어디에 묵지?"

"그거야 간단하죠. 먼저 우리 집에 있도록 하겠습니다."

첸다쿤이 스스럼없이 말했다.

"방이 한 칸 비어 있거든요. 조금 전 아내에게 전했어요. 침대를 정리해두라고요."

다음 날 퇴근시간이 다가올 무렵, 첸다쿤이 땀으로 범벅이 되어 뛰어 들어왔다. 그는 안으로 들어서자마자 탄궁다의 찻잔을 들어 벌컥벌컥 들이켰다. 그는 입을 닦고는 헉헉거리며 탄궁다에게 말했다.

"일이 묘하게 됐어요."

탄궁다는 그가 워낙 과장이 심한 사람이라는 걸 알기에 심드렁하게 무슨 일인지 물었다. 첸다쿤은 오늘 아침 일찍 야오페이페이가 맡을 만한 업무에 대해 상의하러 현의 각 부서를 돌아다녔다고 했다. 민정국, 경영사무실 여러 곳, 공업사무실, 여성연합회, 학교, 병원, 유아원 심지어 기관 식당까지……. 그러나 모두들 빈자리가 없다는 말뿐이었단다.

"이 일을 어쩌죠?"

"자네가 데리고 왔으니 난 모르겠네."

탄궁다는 퉁명스럽게 대꾸하고는 자리에서 일어나 어지럽혀진 탁자를 정리하며 퇴근할 준비를 했다.

"제게 생각이 있는데……."

탄궁다가 정색을 했다.

"첸 주임, 자네가 생각이 많은 걸 누가 모르나? 책임이란 책임은 모두 다 맡고 있지 않나?"

"생각해봤는데, 갑자기 적절한 곳을 찾지 못하면 아예 현장님 비서로 삼으시는 편이 어떻겠습니까?"

"그 아이 시중 같은 건 필요 없어!"

탄궁다가 그의 말에 불같이 화를 냈다.

"비서가 필요하면 그대나 쓰시게나. 괜히 말 빙빙 돌리지 말고."

첸다쵄은 탄궁다가 정말로 화가 난 걸 보고는 곧바로 만면에 미소를 지으며 권유했다.

"공무가 바쁘신데 사실 비서가 정말 필요하긴 하지요. 문서가 너무 많아 다 훑어볼 수도 없지 않습니까. 평소 차 타 주는 사람도 하나 없는데……."

"내 방에는 샤오양小楊이 있잖아?"

"샤오양은 수술 때문에 병원에 입원하지 않았습니까? 야오페이페이에게 잠시 샤오양이 병원에서 돌아올 때까지만 해달라고 하고 그 다음엔 다시 생각해보죠."

"비서 일은 할 수 있겠어?"

"문제없어요. 어젯밤에 몇 가지 물어봤는데 여간 아니에요. 위로는 천문부터 아래로는 지리까지 모르는 게 없으며, 글씨에 그림도 그릴 줄 알고, 게다가 점까지 칠 줄 알더라니까요?"

"그럼 사주팔자도 알고 운명도 점칠 수 있겠군?"

탄궁다가 코웃음을 쳤다.

"그런 식으로 말하지 마시고. 혹시 알아요, 정말……."

"됐어, 됐어."

탄궁다가 짜증스러운 표정으로 그의 말을 끊었다.

"이렇게 하지. 우선 그 아이를 첸 주임 사무실에 배치하고 두고 봐. 여긴 샤오양이 없으면 없는 대로 며칠 조용하게 내버려 두고."

상황은 그렇게 정리되었다.

야오페이페이는 현에 출근한 첫날, 탄궁다를 보더니 거침없이 '아저씨'라고 불렀다. 친숙하게 들리긴 했지만 그녀의 호칭에 탄궁다는 얼굴이 화끈거리며 어찌할 바를 몰랐다. 사무실 직원들이 모두 탁자에 엎드려 킥킥거렸다. 점심시간, 첸다쥔이 그녀를 한쪽으로 불러 당부했다. "하루 종일 걸핏하면 아저씨! 아저씨! 탄 현장님 나이가 마흔을 넘긴 했어도 별로 나이 들어 보이지도 않는다고! 게다가 결혼도 안 했는데 입만 열었다 하면 아저씨, 아저씨! 누가 들으면 널 뒷문으로 채용한 줄 알겠어. 진짜 친척 아저씨라고 해도 공식적인 장소에서 함부로 그렇게 불러선 안 되는 건데, 여긴 정부 기관이야. 털실 가게가 아니라고! 매사에 규칙이 있어야지."

한바탕 훈계를 늘어놓자 야오페이페이는 목을 움츠린 채 혀를 쏙 내밀고는 잽싸게 도망가 버렸다. 다음 날, 야오페이페이는 아저씨라고 부르진 않았지만 대신 '궁다 오빠'라고 호칭을 고쳤다. 첸다쥔은 낮에는 할 수 없이 꾹 참고 아무 말도 못하다가 퇴근해서 집에 돌아갈 때가 되자 호되게 나무랐다.

"뭐하는 거야! 어? 왜 '오빠'라고 불러? 어떻게 '오빠'란 호칭을 쓸 수가 있어?"

"거기도 탄 형이라고 하잖아요?"

야오페이페이는 이해할 수가 없다는 표정이었다.

"아이고, 난 그렇게 부를 수 있어도 넌 안 되지. 나는 현장님이랑 생사고락을 함께 한 지가 벌써 20년이야. 그냥 직접 이름을 불러도 되는 사이란 말이야. 넌? 넌 지금 몇 살이냐? 딸이라고 해도 믿을 판국에! 그렇게 간단한 세상물정까지 내가 일일이 다 가르쳐줘야 해?"

산하는 잠들고

야오페이페이는 전에도 그랬던 것처럼 목을 움츠린 채 아무 말도 하지 못했다.

현의 농업공사에서 회계를 맡고 있는 첸다쥔의 아내 톈샤오펑田小鳳이 옆에서 콧방귀를 뀌더니 혼자 해바라기 씨를 까먹으며 그들에게 등을 돌리고 앉았다. 첸다쥔이 아내와 아무런 상의도 없이 어린 여자애를 집에 들이자 그녀는 페이페이에게 한마디도 하지 않았다. 첸다쥔은 부엌 물독에 물도 없고 부뚜막도 썰렁한 것을 보고 아내가 일부러 자기 밥을 해주지 않고 있다는 것을 알아차렸다. 요 며칠 동안 아내가 꾹 참으며 전면 공격을 준비하고 있다는 생각이 들었다. 그날이 오늘일지도 모를 일이었다. 바로 그때 탄궁다로부터 전화가 왔다. 현장이 주작교 옆 술집에서 식사를 하자고 했다. 첸다쥔이 서류가방을 들고 나가려 하자 아내가 '이봐요!' 하고 그를 불렀다.

"밥 먹을 곳이 생겼나보네? 난 어떻게 하죠?"

'우리'라고 하지 않는 것을 보고 첸다쥔은 아내가 속으로 이 조그만 여자아이를 아예 없는 사람 취급하고 있다는 것을 알았다.

탄궁다가 음식 몇 개를 시켜놓고 식당에서 그를 기다리고 있었다. 잔뜩 인상을 찌푸리고 있는 것을 보고 첸다쥔은 또 댐 건설 때문에 골머리를 썩고 있는 것이리라 생각했다. 그런데 뜻밖에 이번에는 시위향西裕鄕에서 일이 터졌다.

메이청현 전체에서 시위향은 마지막으로 합작사合作社(집단 노동, 집단 경영을 위해 세워진 합작조직)가 세워진 향이다. 현에서 공작조를 파견해 가까스로 초급사初級社(초급농업생산합작사의 약칭. 농업생산합작화 운동에서 초급농업생산합작사로 발전)를 세운 지 두 달도 못 돼 마을 사람들이 하룻밤 사이에 너도나도 초급사에서 탈퇴했다. 심지어 초급사에 배분했던 농기구, 소, 양, 돼지, 장신구, 주석그릇 심지어 관까지 모두 다 털어가버렸다. 어느 마을에서는 현 정부에서 다시 강제로 가입시킬 것을 우려한 농민이 소 다리에 못을 박아 소를 절름발이로 만든 후 아예 소를 죽여 꿀꺽하고 말았다. 생산자재와 공공물품도 팔 건 팔고, 감출 건 감추는가 하면 관棺은 부숴서 장작으로 썼다. 선두에 나선 사람 몇몇이 군중을 선동해 사당에 이들을 집결시킨 후 반동 표어를 붙이고 반동 구호를 제창했다. 마오 주석을 이틈왕李闖王(명나라를 전복시키고 대순大順 정권을 세운 이자성李自成)에 비유하며 스스로 성에 들어가 황제가 되었으니 곧 농민을 잊을 거라고 떠들어댔다. 또 뭐라고 했더라, 마오 주석이 시위향에서 가져간 식량은 이미 배에 실어 밤새 베이징으로 운반하여 중난하이中南海 자기 집 부뚜막에 쌓아놓았으니 20년을 먹어도 다 먹지 못할 거라고도 했다. 공작조의 간부가 분통이 터져 앞으로 나가 몇 마디 비판을 하자 도리어 간부를 붙잡아 마을 돼지우리에 감금했다.

"어떻게 하죠?"

첸다쥔이 물었다.

"뭘 어떻게 해?"

탄궁다가 말했다.

"내일 아침 일찍 사람을 보내 주동자를 모조리 잡아들여야지."

"아마 못 잡을 겁니다."

첸다쥔이 깊은 한숨을 내쉬었다.

"시위향은 궁핍한 오지 마을이에요. 예로부터 산자락 아래 그 조그만 땅이 외부와 단절되어 있었으니 풍토가 다른 곳과는 다르죠. 그곳 사람들은 상대하기가 쉽지 않아요. 47년에 우리가 유격전을 펼칠 때도 그곳에 비밀 아지트를 만들었는데, 글쎄 만드는 족족 부숴버리는 바람에 나도 하마터면 그곳에서 산송장이 될 뻔했다고요. 사람들을 보내 진압하려고 한다면 아마도 난리가 날 겁니다."

"그럼 어떻게 하면 좋겠나?"

"서두를 것 없고요, 우선 내일 직접 가서 상황을 좀 보고 나서 얘기하죠."

이어 메이청현 병원과 종자관리소 건설, 그리고 야간농민학교 보급 확대에 대한 이야기를 나누다보니 밤이 깊었다. 떠나기 전 탄궁다가 문득 생각이 난 듯 물었다.

"다쿤, 페이페이라는 그 여자아이 말이야, 호구는 정리가 되었어?"

첸다쿤은 현장을 바라보며 한참을 주저하다 오히려 그에게 되물었다.

"탄 형 생각에는 그 아이가 어때 보여요?"

"왜?"

"좀 모자라 보여서요."

첸다쿤이 손으로 자기 머리를 가리키며 웃었다.

"평소에 출근하면 단 한순간도 가만히 있질 못하고 두리번거리잖아요. 말할 때도, 일할 때도 장소고, 규정이고 아무것도 아는 게 없고요. 그날 자오 부현장이 날 찾아와 이야기를 하다가 실수로 글자 하나를 틀리게 말했는데, 그 아이가 그 자리에서 고쳐주는 바람에 부현장 얼굴이 시뻘게졌어요. 게다가 항상 목소리에 잔뜩 애교를 섞어 가지고 앵앵거리는 바람에 온몸에 소름이 돋을 것 같고요. 동작은 또 왜 그렇게 요란한지 위아래도 없이 그저 사람을 보면 치고, 때리고! 얼굴은 제법 예쁜데 아쉽게도……."

"뭐가 아쉬워?"

첸다췬이 탄궁다를 향해 눈을 찡긋하며 장난기 가득한 얼굴로 웃었다.

"아쉬운 건 나이가 어려도 너무 어리다는 거죠."

탄궁다는 첸다췬의 속뜻을 애써 모르는 척했다.

"한눈에 봐도 평범한 집안 출신은 아닌 것 같아. 어려서부터 자유롭게 컸던 것 같고. 시간이 지나면 그런 작은 결점은 천천히 고쳐지겠지. 메이청에 친척이 있다고 하지 않았어? 조사는 해봤나?"

"조사해봤죠. 고모라더군요. 강변 다바바항大壩壩巷에 사는데 예전에 전통극 배우였나 봐요."

"시간을 내서 둘 사이에 중재를 좀 해봐. 가능하면 고모에게 가면 좋지. 내내 자네 집에서 지내는 건 좋은 방법이 아닌 것 같아."

"그건 그래요. 그 아이 때문에 아내가 벌써 일주일 넘게 날 상대도 안 해요."

그러나 첸다췬이 다바바항에 찾아가기도 전에 페이페이의 고모가 직접 현을 찾아왔다. 그녀는 오륙십 정도 되어 보였는데, 붉은색 실크 조끼차림에 얼굴에는 덕지덕지 짙은 화장을 하고 있었다. 그녀는 사무실에 들어서자마자 페이페이의 탁자를 향해 돌진해서는 연거푸 애달픈 목소리로 페이페이를 불러댔다. 그 바람에 놀란 페이페이가 사무실을 이리 뛰고 저리 뛰며 고모를 피했다. 마지막엔 더 이상 도망갈 데가 없어진 페이페이를 붙잡은 고모가 그녀를 끌어안고 엉엉 울기 시작했다. 어찌나 요란하게 소란을 피웠는지 옆 사무실 사람들까지 모두 나와 구경할 정도였다. 고모는 엉엉 울며 페이페이의 머리를 자기 가슴팍에 힘

　　　　　　　　　　　　　　　산하는 잠들고

껏 껴안았다.

"못된 계집애, 어떻게 아무 말도 없이 그렇게 집을 나가버려? 네 불쌍한 고모부하고 한 달 가까이 메이청을 샅샅이 찾아다녔어. 고모부는 하마터면 강으로 뛰어들 뻔했다고! 요즘은 아예 식음을 전폐하고 미음조차 입에 안 대려고 하잖니. 단 하루도 편안하게 잠을 잔 적이 없어. 너한테 무슨 일이라도 생겼으면 우리가 어떻게 살겠어! 다행이다, 이렇게 널 찾아서. 네가 현에 와서 높은 자리에 앉다니 전생에 무슨 덕을 쌓았는지 모르……."

여자의 탄식이 끝날 것 같지 않아 첸다췬은 재빨리 둘을 옆 회의실로 데려갔다. 메이청의 한 고등학교 선생님인 페이페이의 고모부는 척 보기에도 전형적인 샌님 모습이었다. 중산복을 입고 목 끝까지 단추를 채웠으며, 귀밑머리가 희끗희끗했다. 그는 시종일관 단 한마디도 하지 않고 이따금 첸다췬을 향해 고개를 끄덕이며 미소를 지을 뿐이었다. 그녀의 고모는 조카가 당장이라도 자기 집으로 거처를 옮겼으면 좋겠다고 말했다. 페이페이가 자기 침실이 북향이라 어둡고 습해서 싫다고 한다면 남향인 안방을 내준다고도 했다. 또한 밤에 공부할 조카를 위해 이미 목공에게 책상도 짜달라고 부탁해 뒀으며 예쁜 스탠드도 사다놓았다고 덧붙였다. 첸다췬도 옆에서 거들고 나섰다. 이쯤 되자 페이페이는 지긋지긋하게 싫긴 해도 고모의 제안을 거부할 수가 없었다. 고모는 페이페이의 손을 자기 손바닥 위에 올려놓고 토닥이더니 자리에서 일어나 첸다췬에게 그녀를 데리고 현장을 만나러 가겠다고 했다. 큰 은혜를 입었으니 직접 감사의 인사를 해야겠다는 말이었다. 그녀는 특별히 커다란 반야板鴨(소금에 절여 납작하게 눌러 건조한 오리고기) 두 마리에 휘투이火腿(돼지다리를 절여 훈제한 중국식 햄) 하나도 가져왔다. 첸다췬은 현장이 시골에 갔다고 둘러대고 대신 현장에게 전해주겠다고 했다. 페이페이의 고모는 그제야 거듭 감사인사를 한 후, 남편 팔을 잡아끌고 신바람이 나서 돌아갔다.

그날 밤, 탄궁다에게 반야와 훠투이를 전달하러 아래층으로 내려가던 첸다췬은 무슨 일인지 탄궁다가 부현장인 자오환장과 얼굴을 붉히며 대판 말다툼을 벌이고 있는 장면을 목격했다. 자세히 들어보니 시위향 마을사람들이 초급사를 탈퇴한 일 때문이었다. 부현장은 일이 이 지경이 된 것은 현 정부가 공을 세우는 데 급급해서 적절치 못한 정책을 실시했기 때문이라고 했다. 초급사든 고급사든 그렇게 단번에, 그것도 강제적으로 가입시켜서는 안 된다는 이야기였다. 그렇게 성급하게 공산주의를 향해 획일적으로 내달리는 것은 극히 잘못된 우경기회주의라고 비난했다. 나중에 그는 첸다췬을 사납게 노려보고는 인사도 없이 휑하니 그 자리를 떠나버렸다.

현 정부 사람들은 탄궁다와 자오환장이 종종 의견이 맞지 않는다는 것을 잘 알고 있었다. 두 사람이 큰 소리를 내며 싸움이 붙었던 적도 한두 번이 아니었다. 첸다췬은 원래 탄궁다의 통신병 출신이었다. 그는 둘을 좀 말려보고 싶었지만 입장이 난처했다. 게다가 손에 반야와 훠투이를 들고 있지 않은가. 분명히 부현장은 그가 현장에게 아첨을 하러 온 것이라 오해할 것이 뻔했다. 탄궁다는 퉁퉁 부은 얼굴로 소파에 앉아 고개를 뒤로 젖힌 채 씩씩거렸다. 첸다췬은 괜히 이런저런 수다를 떨며 익살을 부렸다. 그렇게 조금 시간이 흐르자 탄궁다의 마음도 서서히 가라앉았다. 그가 오리는 웬 거냐고 물었다.

첸다췬이 웃었다.

"제가 어디서 오리를 구해오겠어요? 현장님 딸이 양부^{養父}에게 효도

한다고 가져왔죠."

"딸? 무슨 딸? 그놈의 입은 하루 종일 헛소리만 지껄이는군!"

"못 들었어요? 현 정부 사람들 모두가 현장님이 요즘 양딸 하나를 들였다고 소곤거리는데……."

그제야 감을 잡은 탄궁다는 코웃음을 치며 차갑게 대꾸했다.

"딸? 마누라도 어디 있는지 모르는 마당에!"

"있을 거예요, 그럼요. 빵도 있을 거고, 마누라도 있을 거고요."

첸다쥔이 웃으며 말했다.

"제가 열심히 노력해보겠습니다."

"오린 필요 없어. 자네나 가져가. 마침 잘 됐네. 아내에게 사과도 할 겸."

5

그날 밤, 탄궁다는 푸지 저수지에서 비를 맞고 현성으로 돌아왔다. 식당에 들어서자 첸다쥔이 담배를 입에 물고 그를 기다리고 있었다.

"제가 좋은 사람을 한 명 구했어요. 내일 오전 10시에 메이청 공원 망강정에서 만나시면 돼요."

첸다쥔이 탄궁다 귓가에 대고 속삭이듯 말했다.

탄궁다는 구두끈을 만지다가 머리를 살짝 기울이며 자신을 바라보고 있는 야오페이페이를 보고는 재빨리 첸다쥔을 끌고 마당으로 나갔다.

"다췐, 내가 몇 번이나 말했어? 나 때문에 더 이상 걱정할 필요 없다고 했지! 이런 일은 인연이 중요한 거야. 억지로 밀어붙인다고 되는 게 아니라니까. 게다가 소문이 퍼지면 좋을 것이 없어. 난 안 만나겠어."

"안 돼요. 벌써 상대방에게 이야기 다 해뒀다고요. 이번만요."

"그렇지 않아도 골치 아픈 일이 산더미인데 내가 맞선 볼 마음의 여유가 어디 있어?"

잠시 주저하던 탄궁다가 하는 수없이 다시 입을 열었다.

"어디 사람인데? 나이는? 공부는 했어?"

"몰라요. 정말요. 나도 아는 게 없어요. 사실 아내가 연결한 거예요. 자기네 농업기계공사 동료의 먼 친척 사촌누이래요. 그냥 아내 체면 좀 봐주세요. 아내 말이 됨됨이도, 성격도 모두 흠잡을 데가 없대요."

다음 날 아침 일찍, 탄궁다는 한 솥 가득 물을 데워 커다란 나무 욕조통에서 목욕을 하고 깨끗한 옷으로 갈아입은 후, 강변에 위치한 메이청 공원으로 향했다. 메이청 공원 역시 당시 탄궁다의 제안으로 조성되었다. 현사무실 회의에서 그가 이 구상을 내놓자 자오환장이 언제나처럼 즉시 반대했다. 자오환장은 메이청이 현성이긴 하지만 주민들 대부분이 농사와 어업에 종사하고 있는 현실을 감안하면 노는 데 일가견이 있는 대도시 사람들과 비교할 수는 없다고 했다. 하루 온종일 일하느라 뼈마디가 쑤시고 피곤해서 금방이라도 쓰러질 것 같은데 공원에 가서 운동할 시간이 어디 있겠는가? 그러나 탄궁다가 고집을 부려 어쨌든 공원이 조성되었다. 그런데 처음 개장식 때를 제외하면 그 역시 한 번도 이곳에 와본 적이 없었다.

그날은 청명절이었다. 날씨가 맑고 따뜻했다. 그러나 공원에는 연을 날리는 아이들 몇 명을 빼면 놀러 나온 사람이라고는 없었다. 당시 심었던 은행과 버드나무는 돌보는 사람이 없어 말라죽기 직전이었고, 공원 주변의 담장도 집을 지으려고 가져가는 바람에 모두 무너졌으며, 망강정의 지붕과 나무 기둥도 누구 짓인지 죄다 허물어뜨려 정자 한가운데 받침돌만 남아 있었다. 당시 얼마나 고심해서 만든 곳인데 이렇게 황폐해지다니, 시든 꽃나무와 허물어진 담장을 보고 있자니 자오환장이 그를 향해 냉소를 보내고 있는 것 같았다.

불쾌한 마음을 뒤로 하고, 망강정 쪽을 바라보니 받침돌 옆으로 사람들이 보였다. 탄궁다는 자기도 모르게 발걸음이 빨라졌다.

받침돌 가장자리에 세 사람이 앉아 있었다. 그중 두 아주머니는 나이가 좀 들어 보였다. 아마도 중간에 스웨터를 입고 있는 사람이 맞선 상대자인 모양이었다. 다가오는 탄궁다를 발견한 세 사람이 허겁지겁 자리에서 일어나 그를 향해 미소를 지었다. 그들은 메이청에서 20여 리 떨어진 제파이라는 곳에서 왔다고 했다. 날이 밝기도 전에 길을 서두른 탓인지 아직도 머리에 이슬방울이 맺혀있었다. 탄궁다는 '제파이'라는 말에 어리둥절했다. 어제 메이청으로 돌아오는 길에 만났던 오토바이 탄 공안……. 그러고 보니 정말 그런 곳이 있었구나, 라는 생각이 들었다. 어쩐지 허탈한 마음이 들었다.

그가 받침돌에 앉은 후에도 두 아주머니는 여전히 배시시 웃으며 그를 바라만 보고 있었다. 그중 커다란 금니를 하고 있는 아주머니가 그를 빤히 살펴보며 계속 중얼거렸다.

"그만큼 나이가 안 들어 보이는데? 정말이야, 전혀 안 들어 보여. 형님 보기엔 어때요?"

다른 아주머니도 웃으며 말했다.

"안 들어 보이네. 우리 집 춘성이나 같은 나이로 보여."

이어 두 사람은 탄궁다를 한쪽에 앉혀두고 자기들끼리 쑥덕거리며 이따금씩 힐끗힐끗 탄궁다를 살펴봤다. 탄궁다는 안절부절못하며 어쩔 줄을 몰랐다. 아가씨는 왜소한 체격에 허약해 보였다. 머리가 작은 그녀는 눈을 내리깐 채 마치 체를 치듯 몸을 부들부들 떨었다. 청명이라 날씨도 많이 따뜻해졌는데 털옷을 입고도 저렇게 덜덜 떨고 있다니 뭔가 영양이 부족한 것은 아닐까 싶었다. 사람은 단정해 보였는데 다만 뭐가 두려운지 그를 똑바로 쳐다보지 못했다.

두 아주머니가 한참 동안 귀엣말을 하더니 금니 아주머니가 탄궁다에게 말했다.

"여기 아가씨는 성은 '류'고 아명은 '류야'柳芽예요. 어려서 부모님 두 분이 다 돌아가셔서 큰아버지, 작은아버지 밑에서 컸어요. 제가 작은엄마 됩니다."

그렇다면 다른 쪽은 큰어머니일 것이다.

"작은 동네 출신이라 별로 보고 자란 것이 없어요. 그래서 낯선 사람을 만나면 많이 무서워하죠. 하지만 둘이 한 베개 쓰고 함께 식사하면 말할 기회가 많아질 거예요. 저 애 말 잘해요."

작은어머니라는 사람이 웃었다.

"큰조카께서는 언제 강림하셨나?"

무슨 뜻인지 이해할 수가 없었던 탄궁다는 웃으며 다시 한 번 말씀해달라고 했다. 그러자 큰어머니가 나서며 물었다.

"올해 몇 살이냐고요."

탄궁다는 자기 나이를 말했다.

"그럼 뱀띠네. 우리 류야보다 18살 많군."

작은어머니가 말했다.

이어 그녀는 탄궁다에게 태어난 날과 시를 물었다. 탄궁다는 메이청의 감옥에서 태어났기에 그냥 7, 8월이라는 소리만 들었지 정확한 시간을 알지 못했지만 작은어머니란 사람이 하도 다그치는 바람에 그냥 대충 알려줬다. 아주머니는 입으로 뭐라고 중얼거리면서 실눈을 뜨고 손가락을 꼽으며 탄궁다의 사주를 점쳤다. 탄궁다는 뭔가에 홀린 것 같은 아주머니의 표정이 혐오스러웠다. 은근히 짜증이 밀려들면서 그는 마음속으로 어떻게 하면 이곳을 벗어날까 궁리하기 시작했다.

바로 그때 작은어머니란 사람이 손뼉을 치며 허허 웃기 시작했다.

"세상에! 천생배필일세. 조카님 사주가 좀 위험한 일도 당할 팔자인데 우리 집 류야랑 결혼하면 흉한 일도 길한 일이 되고, 어려운 일도 잘 풀리겠어. 아마 십만 명을 모아놓아도 이런 짝은 찾을 수가 없을 겁니다. 천생연분이야, 정말이지 천생연분이야. 형님, 그럼 혼사는 이렇게 정하는 걸로 하지요?"

큰어머니도 환하게 웃으며 기뻐서 어쩔 줄 모르는 표정으로 연신 고개를 끄덕였다.

"좋지, 그렇게 정하면 되겠네."

두 사람의 말을 듣고 아가씨는 흥분을 했는지 조금 전보다 더 심하게 떨기 시작했다. 그녀는 두 손, 두 다리, 머리 할 것 없이 바들바들 떨었다. 심지어 수줍은 미소를 머금은 입가까지 파르르 떨리고 있었다. 그녀에게 추운 건지 아니면 어디 몸이 안 좋은 건지 물어보자 그녀는 대답 대신 희미하게 웃기만 했다.

"학질에 걸린 것처럼 보이지만 사실 아무 병도 없어요."

큰어머니가 말했다.

"그냥 잘 떨어요. 병이 있는 건 아니고 태어나면서부터 저래요. 우리 시골에는 저런 애가 엄청 많다니까요."

작은어머니도 웃으며 말했다.

"의사에게 가면 뭔가 알아듣지도 못하는 말을 잔뜩 늘어놓을지도 몰라요. 하지만 사실은 아주 정상적인 애라오. 밥하고, 일하고, 잠자는 데 전혀 지장이 없어요. 정말 심하게 떨 땐 말을 하려고 하면 치아까지 덜덜 떨린다니까요? 그래도 손짓으로 저애가 무슨 말을 하고 싶은지 알면 되니 괜찮아요."

탄 현장은 쓴웃음을 지었다. 첸다쥔과 그의 처 톈샤오펑이 야속하기 그지없었다. 빌어먹을! 내게 이런 엉망진창인 사람을 소개하다니…….

그들을 마주하는 순간부터 탄 현장은 수동적인 입장이었다. 두 여자가 돌아가며 그를 들었다 놨다 정신이 없었다. 탄궁다는 어떻게든 빠져나갈 변명을 둘러대려고 목청을 가다듬었다. 그런데 그가 미처 입을 열기도 전에 큰어머니란 사람이 함박웃음을 지으며 물었다.

"조카님은 어디서 돈을 버시나요?"

탄궁다는 그녀의 물음에 상대방이 자신의 신분을 모른다고 단정하고 속으로 톈샤오펑에게 감격했다. 신분을 드러내지 않았다는 사실에 안도한 그는 아무렇게나 입에서 나오는 대로 거짓말을 했다.

"공장 정문 수위예요."

그의 말에 작은어머니가 대놓고 웃기 시작했다. 입안의 금니가 시커면 잇몸과 함께 고스란히 드러났다.

"정문을 지킨다고! 하하, 정문 수위라! 조카님이 말씀도 잘 하시네. 정문 수위도 여러 등급이 있지. 굳이 말할라치면 마오 주석도 정문을 지키는 사람이지. 이렇게 큰 중국을 혼자 지키고 있으니!"

뭔가 풍자적인 말투에 그는 혹시 자기 신분을 알고 있지만 그냥 모른 체한 건 아닐까, 라는 생각도 들었다. 두 아주머니가 대놓고 사람을 보고 웃더니 다시 고개를 맞대고 논의에 들어갔다. 멍하니 그곳에 앉아 있던 탄궁다는 바보가 된 것 같았다. 두 여자에게 휘둘리다보니 어느새 식은땀이 흘렀다. 키득거리는 두 나이 든 아주머니의 모습이 전혀 진지해 보이지 않았지만 자기는 도무지 그들의 상대가 되지 못했다. 이렇게 계속 말려들다가는 상황이 묘하게 돌아갈 것 같았다. 탄궁다는 정색을 하고 자리에서 일어나며 말했다. "두 분, 멀리서 여기까지 걸음 하시느라 힘드셨죠. 시간이 많이 늦었네요. 어디 시내로 들어가 식사라도 하셔야 할 것 같습니다. 결혼문제는 좀 생각해볼 시간을 주십시오."

"아이고, 조카님, 뭘 또 생각해본다고 그럽니까. 조금 전에 다 정한 일 아닙니까?"

작은어머니가 말했다.

"밥이야 시내 식당 같은 곳에 갈 것 있습니까? 벌써 준비해왔지요. 이제 결혼하려면 돈도 절약해야 하고. 옛말에 가늘게 흐르는 물이 오래오래 흐른다고 했잖아요. 조금씩 아껴 쓰면서 검은머리가 파뿌리가 되도록 사랑하며 백년해로해야지요. 얘야, 어제 직접 만든 전 좀 드시게 해!"

류야는 작은어머니의 말에 덜덜 떨며 바닥에서 범포帆布로 만든 자루를 들어 올려 무릎에 놓고 다시 부들부들 떨리는 손으로 안에서 알루미늄 도시락을 꺼내고 뚜껑을 열어 받침돌 위에 놓았다. 자루에서 작은 단지도 꺼냈다. 안에 장아찌와 염장 오리 알이 들어 있었다. 마지막으로 젓가락 몇 쌍과 군용 물주전자, 빈 공기그릇 하나를 꺼냈고, 도시락과 항아리를 탄궁다 앞으로 밀어놓은 후 빈 백자 공기에 물을 따라 그의 앞에 놓았다. 길이가 같은 젓가락 한 쌍도 골라 공기 위에 올려줬다. 이렇게 한참 동안 분주하게 상을 차린 그녀가 고개를 들고 대범하게 탄궁다를 바라봤다.

　　마치 요술을 부리듯 순식간에 상을 하나 가득 차렸는데 손이 부들부들 떨리긴 했지만 동작은 무척 날렵했다. 그릇이나 젓가락이 모두 깔끔한 것을 보면서 그는 자기도 모르게 그녀가 존경스럽다는 생각이 들었다. 낡은 털스웨터는 소매의 코가 빠져 실 몇 가닥이 매달려 있었다. 외투를 입고 있지 않은 것으로 봐서 아마 그녀의 집에서 가장 좋은 옷을 입고 나왔을 것이다. 어릴 적 부모를 잃고 그렇게 오랜 세월 큰아버지, 작은아버지 밑에서 자라는 것이 쉽지는 않았을 것이라는 생각이 들었다. 콧날이 시큰해지며 측은한 마음이 들었다. 멍한 그의 모습에 아가씨가 도시락을 그의 앞으로 밀어놓으며 더듬더듬 말했다.

　　"드, 드, 드세요."

　　그녀의 목소리가 젖어 있었다. 만난 이후 처음으로 듣는 그녀의 말이었다. 탄궁다는 찬찬히 앞에 있는 아가씨를 살펴봤다. 햇살이 얼굴을 비췄다. 여리고 하얀 피부에 까맣고 긴 속눈썹이 커다란 눈동자를 덮고 있었다. 외모는 평범했지만 맑고 순수한 모습을 보니 순간적으로 마음이 따뜻해졌다. 결혼까지 이어지지 않을, 그냥 스쳐가는 우연한 만남이라 할지라도 상대방의 정성을 무시할 수는 없었다. 그는 젓가락을 들고 전 하나를 집어 뜨거운 물과 함께 한입 크게 먹기 시작했다. 곰곰이 생각해보니 조금 우스꽝스럽다는 생각도 들었다. 특별히 이른 아침부터 목욕하고 새옷으로 갈아입은 것이 이 전 한 입을 위해서란 말인가.

　　탄궁다가 이런 생각에 빠져 있을 때 갑자기 큰어머니가 작은어머니에게 하는 말이 들렸다.

"설탕 20근. 어때, 충분할까요?"

큰어머니가 말했다.

"그럼. 내가 보기엔 충분해."

"그럼 잔치는요? 우리 집 친척이 많은 걸 생각하면 아무리 못해도 상을 열 개 정도는 차려야 할걸요?"

"열 상? 안 돼, 안 돼. 류야, 이 불쌍한 것이 태어나서 지금까지 순탄치 않았는데. 이번만은 떠들썩하게 크게 차려서 액운을 쫓아내버리자고!"

이어 그들은 이불, 요, 탁자, 의자, 마통馬桶(나무로 만든 변기)까지 혼수품에 대한 이야기를 나누었다. 상성相聲(중국의 설창)을 하듯 주거니 받거니 이야기를 나누는 그들의 모습에 탄궁다는 마치 도둑질이라도 한 것처럼 가슴이 두근거렸다. 귀엣말을 하며 소리는 높지 않았지만 마치 일부러 탄궁다에게 들으라는 듯이 매번 또렷하게 말을 주고받았다. 그들이 말을 하면 할수록, 상세한 내용까지 언급되면서 혼사는 점점 더 현실이 되어갔다. 다만 두 사람이 '몰래' 무슨 상의를 하는지 알 길이 없으니 끼어들기도 불편했다. 더욱 큰 문제는 조금 전 상대방이 음식을 권했을 때 전혀 사양하거나 주저하지 않고 덥석 음식을 먹었다는 것이었다. 이런 경거망동이 반신반의하던 두 여자의 믿음을 굳게 다져주었을 것이다.

탄궁다는 바늘방석에라도 앉은 듯 자리가 불편하고 얼굴이 화끈거렸다. 그는 자기도 모르게 구원요청이라도 하듯 류야를 바라보았다. 류야는 그의 마음을 꿰뚫어보는 것처럼 그를 향해 부드럽게 미소를 지어 보였다. 마치 '안심해요'라고 말하고 있는 것 같았다. 탄궁다가 정신을 가다듬고 젓가락을 내려놓은 후 입을 열려고 할 때였다. 두 부인이 갑자기 일어서며 그를 보고 웃었다. 작은어머니가 말했다.

"우리는 공원을 돌아보고 올 테니 둘이서 이야기 좀 해요."

이렇게 말한 후 그녀는 큰어머니의 소매를 잡아끌었다. 두 사람은 눈 깜빡할 사이에 후다닥 울창한 나무숲으로 모습을 감췄다.

사방이 조용해졌다. 파란 하늘에는 바람 한 점 없었다. 연을 날리며 시끄럽게 떠드는 아이들의 목소리가 내내 억눌려 있던 공기가 터져나가는 것처럼 멀리까지 전해졌다. 그곳에서 멀리 동쪽으로 흘러가는 창장과 강변의 목화밭, 강물 위로 헝겊 조각으로 돛을 만든 범선이 보였다. 탄궁다는 전을 먹으며 때로 고개를 들어 류야를 바라봤다. 그녀 역시 똑바로 그를 바라봤다. 그녀의 눈빛이 많이 안정되어 보였고 잔잔한 미소까지 머금고 있었다. 그가 전을 다 먹자 류야가 말했다.

"가세요. 어서 빨리요."

그녀의 어두운 목소리가 마치 한숨을 내뱉는 것 같았다. 탄궁다는 멍하니 그녀를 쳐다봤다. 정말 이 처자랑 결혼해도 뭐 그리 나쁘지 않을 수도……

류야가 나지막이 말했다.

"가세요. 두 분이 돌아오시면 다시는 못 벗어나요."

그녀가 이렇게 말하며 일어나 식기를 정리하기 시작했다.

한참 동안 앉아서 먹기만 하고 그녀에게 단 한마디도 건네지 않은 자신의 모습이 떠올랐다. 탄궁다가 그녀에게 지금 무슨 일을 하고 있는지, 현에서 농아학교를 세울 건데 메이청에 와서 일하고 싶은 생각은 없는지 물었다. 류야가 말없이 이마에 드리워진 머리카락으로 자기 눈썹을 덮었다. 그녀의 손이 다시 심하게 떨리기 시작했다. 탄궁다는 끊임없이 떨리는 그녀의 왜소한 몸을 바라보며 마음이 아팠다. 자기도 모르게

산하는 잠들고

눈물이 나왔다. 마흔이 넘어 영문도 모르는 어떤 일 때문에 괜히 마음이 상하고 슬퍼지는 이유는 뭘까?

탄궁다는 무거운 마음으로 정자를 내려와 재빨리 그곳을 떠났다.

공원 입구에 이른 그는 자기도 모르게 그녀가 있던 방향으로 고개를 돌렸다. 류야의 모습은 보이지 않았다. 정자는 텅 비어 있었다. 구름 그림자로 인해 정자가 더욱 어두워보였다.

6

그날 아침, 야오페이페이는 평소와 다름없이 자전거를 끌고 현에 출근했다. 마당에 들어서니 왕 기사가 양철통을 들고 마포걸레로 차를 닦고 있었다. 검은색 승용차로, 창문에 하얀색 망사커튼이 드리워져 있었다.

"또 어뭉거리며 늦게 오네."

왕 기사가 킥킥 웃으며 말했다.

"어물거리며 늦게 왔다는 말이죠?"

야오페이페이가 표현을 바로잡았다.

"어디서 이렇게 멋진 자동차를 구했어요?"

왕 기사는 손가락으로 사무실 건물을 가리켰다.

"내가 이런 차 몰 팔잔가? 성에서 사람이 왔어요."

야오페이페이가 손목시계를 들여다봤다. 오늘도 족히 20분은 지각이다. 첸다줴이 또 잔소리를 늘어놓을 것이 뻔했다. 야오페이페이는 위층으로 올라갔다. 복도가 쥐 죽은 듯이 고요했다. 사무실 문이 죄다 열려 있는데 사람들이 아무도 보이지 않았다. 그녀는 자기 사무실로 들어갔다. 그곳도 마찬가지로 쥐새끼 한 마리 없었다. 책상 앞에 앉아 머리를 넘기고 뜨거운 물 한 컵을 따른 후,《재난통보》를 집어 뒤적거렸다. 그런데 뭔가 기분이 이상했다. 현장 사무실의 양푸메이楊福妹로부터 전화가 왔다. 그녀의 말투가 이상했다.

"왜 이렇게 늦어? 사람들 모두 4층 회의실에서 회의하고 있어. 빨리 가 봐."

"푸메이는 왜 안 가는데요?"

"나? 난 전화 받아야 돼. 내가 당직이야."

양푸메이가 전화를 끊었다.

야오페이페이는 마지못해 4층 대회의실로 향했다. 다행히 문이 안으로 잠겨 있지 않았다. 회의실에 모인 사람들이 모두 서서 노래를 부르고 있었다. 그녀는 한숨을 내쉬었다. 회의가 이제 막 시작된 모양이었다. 야오페이페이는 가사를 몰랐기 때문에 그냥 사람들을 따라 입만 뻐끔거렸다. 노래가 다 끝난 후, 페이페이는 가슴이 철렁 내려앉았다. 큰일 났네! 사람들은 다들 자기 의자가 있잖아! 노래가 끝나자 모두들 착석했는데 페이페이만 바보같이 자리에 서 있었다. 회의실에 모인 사람들의 시선이 일제히 자기에게 향하자 심장이 마구 방망이질치기 시작했다. 회의를 이끌던 탄궁다가 매섭게 그녀를 노려보더니 잠시 침묵한 후 다음과 같이 선포했다.

"이제 회의를……."

다행히 경영사무실의 탕 양이 그녀를 향해 손짓했다. 페이페이는 목까지 벌겋게 달아오르고 식은땀이 주르륵 흘러내렸다. 재빨리 허리를

산하는 잠들고

굽힌 채 종종걸음으로 탕 양에게 다가가 두 사람이 한 의자에 앉았다.

엄숙한 회의 분위기에 맞추느라 탕비원은 짐짓 뭔가 기록하는 것처럼 종이에 글을 끄적거리고는 페이페이의 팔을 쿡 찌르며 종이를 가리켰다. 페이페이가 슬쩍 곁눈질로 종이를 내려다보니 종이 위에는 이런 글이 적혀 있었다.

내게 어떻게 보답할 거야?

페이페이 역시 탕비원처럼 시선은 똑바로 의장석에 두고 열심히 연설을 듣는 척하면서 종이에 재빨리 몇 글자를 끄적거렸다.

양짜탕羊雜湯(일명 양짜수이탕羊雜碎湯. 양고기의 각종 부위를 넣어 끓인 곰탕)
어때?

탕비원은 평소 소고기, 양고기 등을 좋아하는 데다 성이 '탕'씨이고 온종일 헛소리를 지껄였기 때문에 그쪽 사무실 사람들은 그녀를 '양짜탕'이라 부르며 놀려댔지만 탕비원은 별로 신경을 쓰지 않았다. 탕비원은 페이페이의 허리를 세게 꼬집었다. 페이페이는 사람들 시선 때문에 아픈 내색을 할 수가 없었다.

의장석에서 연설을 하고 있는 사람은 페이페이가 모르는 사람이었다. 검은 면직물 중산복 차림에 표정이 근엄하고 입가에 커다란 점이 있었다. 페이페이가 종이에 적었다.

저기 말하고 있는 사람은 누구야?

탕비원이 종이에 답을 적었다.

치와이其外

페이페이는 이해가 가지 않았다. 무슨 이름이 이렇게 괴상하지? 그녀는 되는 대로 탁자 위의 자료를 뒤적이다가 회의 참석자 명단에서 '진위'壺丕라는 사람을 찾아냈다. 분명히 탕비원이 말한 '치와이'[7]가 이 사람일 것이다. 페이페이는 몰래 킥킥거리며 한참을 웃다가 다시 종이에 이렇게 썼다.

'치와이'겠어? 내가 보기엔 분명히 '치중'其中인데

탕비원이 무슨 뜻인지 알겠다는 듯 자기도 입을 가리고 웃었다.

단상에 선 남자가 개막사를 하면서 일장 연설을 늘어놓고 있었다. 연설 내내 안경을 썼다, 벗었다를 수차례 반복하다가 한참 후에야 성위원회의 결정문 하나를 읽기 시작했다. 성위원회의 새로운 결정에 따라 일주일 전에 병으로 사망한 메이청 현의 판진런 서기 대신 탄궁다가 메이청 현위원회 서기를 겸임하고, 첸다쥔이 부서기 겸 문화교육 담당 부현장, 현장 사무실 비서 양푸메이는 사무실주임에 임명되었다. 오랫동안 박수소리가 울려 퍼졌다. 탕비원이 페이페이의 귓가에 대고 살며시

---

7) 치와이(其外): "밖은 금이나 옥처럼 생겼지만 그 안에는 낡은 솜이 들어 있다"(金玉其外, 敗絮其中)에서 나온 말. 겉만 번지르르한 사람을 비유함.

산하는 잠들고

말했다.

"너희 지도자 승진했네. 어쩐지 새 셔츠를 입었다 했더니."

의장대를 보니 첸다쿤이 제일 가장자리에 앉아 있는데 정말 최신식 서양목 셔츠를 입고 가슴 주머니에 만년필을 몇 개나 꽂고 있었다. 뒤로 빗어 넘긴 머리카락이 번질거리는 것이 머릿기름을 바른 것 같았다.

"근데 왜 계속 인상을 쓰고 있지?"

페이페이가 물었다.

"원래들 그래. 직위가 오르면 기분은 좋지만 옆 사람에게 이런 기분을 들키면 안 되거든. 그러니까 잔뜩 인상을 쓰고 있을 수밖에."

그 말에 페이페이는 첸다쿤의 표정을 자세히 살폈다. 그러네? 이건 거의 애통해서 눈물을 쏟기 직전인데? 갑자기 우르르 사람들이 모두 일어섰다. 요란한 박수소리가 절도 있게 울려 퍼졌다. 성 지도자가 결정문을 읽은 후 자리를 떠나고 있었다. 진위라는 남자가 자리에서 일어나 웃음 띤 얼굴로 의장석에 자리한 사람들과 일일이 악수를 나누며 친절하게 작별 인사를 했다. 그런데 입가의 큰 점 때문에 아무리 웃어도 왠지 조금 험악해 보였다. 왜 모든 영도자들에게는 흉악한 모습이 엿보이는 걸까?

그가 첸다쿤 앞으로 걸어갔다. 두 사람은 마치 아교로 붙인 것처럼 서로의 팔을 잡고는 그네처럼 마구 흔들어댔다. 바라보는 페이페이의 손이 다 시큰하게 느껴질 정도였다. 진위가 첸다쿤의 귀에 바짝 대고 뭐라고 말하자 첸다쿤이 목을 뻣뻣이 치켜들고 회의장 쪽으로 시선을 돌려 누군가를 찾는 것 같았다. 이어 첸다쿤이 진위의 어깨에 얼굴을 대고 웃으며 이야기를 하자 진위는 눈을 끔뻑거리며 웃음을 지은 뒤 단상을 내려왔다. 드디어 가는구나! 페이페이는 그제야 긴장을 내려놓았다.

그런데 뜻밖에 탄궁다와 자오환장 등에게 에워싸여 막 입구에 이른 진위가 갑자기 몸을 돌리며 사람들을 향해 손을 흔들었다. 다시 한 번 마치 폭풍우처럼 박수소리가 울려 퍼지기 시작했다. 그 틈에 탕비원은 어디서 가져왔는지 페이페이에게 의자 하나를 밀어주면서 속삭였다.

"허리도 가는 애가 엉덩이는 왜 그렇게 커? 좁아서 의자에서 떨어지는 줄 알았네."

페이페이가 웃었다.

"점심에 청진관淸眞館(회교도가 경영하는 음식점)에 가서 한턱낼게."

"됐어. 괜히 비위 맞출 필요 없어."

"정말이야. 빈말 아냐. 조금 있다가 회의 끝나면 가자."

야오페이페이가 진지하게 말했다.

"지난 달 월급 한 푼도 안 썼어."

"가긴 어딜 가? 잊었어? 오늘 점심은 직원식당에서 '억고반'憶苦飯8)을 먹는 날이야."

'억고반'이란 말을 듣자마자 페이페이는 머리가 터질 것 같았다.

"억고반? 보름 전에도 먹었잖아! 왜 또 먹어?"

탄궁다 등 몇 명이 성 정부에서 온 지도자를 보낸 후 회의실로 돌아와 바이팅위의 주재 아래 계속해서 회의를 진행했다.

야오페이페이는 현에서 일한 지 벌써 2년이 넘어가지만 이곳 업무에 도무지 적응이 되지 않았다. 한도 끝도 없는 회의, 농촌활동, 훈련, 이루 다 셀 수도 없는 문서 작성, 스크랩, 서류 때문에 하루 종일 머리가

---

8) 억고반(憶苦飯): 문화대혁명 기간에 외세에 지배받던 시절의 고통을 기억하면서 새로운 사회의 달콤한 미래를 생각하자는 뜻인 억고사첨(憶苦思甛)이라는 사상운동이 유행했다. 억고반은 1949년 이전 윗세대가 당한 고통을 잊지 말자는 뜻에서 마련하는 식사시간을 말한다.

산하는 잠들고

돌 것만 같았다. 그중에서도 농촌 활동이 가장 두려웠다. 언젠가 메이청 부근의 한 시골에 가서 '쌍창'雙搶9) 작업에 참가한 적이 있었다. 무릎 깊이의 논에 서서 모내기를 배우는데 처음에는 나름 재미가 있었다. 그런데 나중에 논두렁으로 올라와보니 자기 종아리에 통통한 거머리 대여섯 마리가 달라붙어 있었고 그중 한 마리는 몸뚱이가 이미 절반이나 그녀의 살 속으로 파고들어가 있지 않은가. 그 순간 눈앞에 깜깜해지면서 그대로 논바닥에 고꾸라지고 말았다. 그녀는 이 현 지역에 향鄕, 진鎭, 자연촌이 몇 개나 되는지 알지 못했다. 또한 연결 기관으로 어느 정도의 하급 단위가 속해 있는지에 대해서도 명확한 지식이 없었다. 때문에 그녀가 자주 문서를 엉뚱하게 보내는 바람에 첸다쥔으로부터 호되게 야단을 맞기도 했다.

이 정도면 그래도 다행이다. 직장 사람들 가운데 단 한 사람도 마음에 드는 이가 없었다. 사무실의 일반 비서들조차 으스대는 꼴이 참으로 가관이었다. 뭐라고 말을 걸거나 물을라치면 눈 한 번 깜빡거리지 않고 한참 동안이나 상대방의 흠만 들추어낼 뿐 쉽사리 대답을 해주지 않았다. 그런데 페이페이의 손버릇이 문제였다. 그녀는 사람들과 이야기를 나눌 때면 꼭 사람들 어깨를 툭툭 건드렸다. 언젠가는 문서 수발 담당자인 퉁씨를 툭하고 쳤다가 된통 혼난 적이 있었다. 그가 불같이 화를 냈기 때문이었다. 첸다쥔은 이런 일로 번번이 그녀를 호되게 야단쳤다. 페이페이는 다시는 그러지 않겠다고 맹세하면서, 마음속으로 수도 없이 자기 자신은 물론이고 조상들까지 들먹이며 다짐했다. 그 결과 그녀는

---

9) 쌍창(雙搶): 서둘러 수확하고 서둘러 파종하자는 뜻. 남부지역은 이모작을 위해 한 달도 안 되는 기간에 수확, 쟁기질, 모내기를 모두 마쳐야 한다.

말수도 줄고 전처럼 까불지 않게 되었다. 그러자 첸다쿤은 이번에는 민중을 무시하고 혼자서만 고상한 척하는 꼴이 쁘띠부르주아 성향이 심각한 것 아니냐고 비난했다. 화가 난 페이페이가 들고 있던 연필을 탁자에 홱 내던지며 미친 사람처럼 첸다쿤을 향해 울고불고 난리를 쳤다.

"어차피 내가 무슨 짓을 해도 틀렸다고 할 거죠? 그래요, 안 그래요?"

그녀의 말에 첸다쿤은 순간 얼음처럼 얼어붙었다. 페이페이의 눈에 눈물이 그렁그렁했다. 첸다쿤은 그녀의 어깨를 도닥거리며 좋은 말로 달래려 했다. 하지만 페이페이는 대충 넘어갈 기세가 아니었다.

"사람 치지 말라면서요? 내 어깨는 왜 치는 거죠?"

사무실 사람들이 폭소를 터트렸고, 첸다쿤 역시 멋쩍게 웃을 수밖에 없었다. 페이페이는 자신이 또 말실수를 했나 생각했지만 대체 이번엔 또 뭘 잘못했는지 알 수가 없었다. 그녀는 화도 나고 창피하기도 해서 애먼 자기 옷자락만 쥐어뜯었다. 그 일이 있은 후 야오페이페이는 누구와도 가까이 하지 않았다. 일이 없을 때는 혼자서 턱을 괴고 앉아 창밖의 포플러를 바라봤다. 현에서 일하는 것은 당초 목욕탕에서 산가지를 팔 때만큼 편하지 못했다. 혼자서 답답하게 사무실에 앉아 하염없이 생각에 잠기던 그녀는 중요한 일 하나가 생각났다. 언젠가 첸다쿤을 따라 시골에 가는 길에 그에게 이런 질문을 한 적이 있었다.

"다른 현에는 현장이랑 서기가 있는데 우리 메이청 현에는 왜 현장만 있고 서기가 없어요?"

"서기가 있긴 있지. 다만 자리에 오르자마자 병이 나서 계속 요양원에 있어. 그래서 네가 한 번도 본 적이 없는 거야."

"병이 나서 일을 안 하면 다른 서기를 파견해야 하는 것 아니에요?"

생각에 잠긴 첸다쥔의 얼굴 표정이 점점 애매해졌다. 그는 말을 돌려 야오페이페이를 타일렀다.

"내가 너라면 물어서 안 될 일은 단 한마디도 입 밖에 안 꺼낼 거야."

야오페이페이는 그에게 혀를 쏙 내밀며 괴상한 표정을 지었다.

현에서는 두 달에 한 번씩 전체 직원들을 민주적으로 평가한 후 이에 대한 성적을 복도에 게시했다. 현에 출근하기 시작하면서부터 그녀는 언제나 맨 꼴찌였다. 매번 '나쁨' 또는 '비교적 나쁨'이었다. 딱 한 번 '보통'을 받아본 적이 있는데, 그것도 그녀가 잘해서가 아니라 맹장염에 걸리는 바람에 한동안 병원에 입원해 있느라 얻은 성적이었다.

그녀가 아무리 열심히 일을 해도, 아무리 자존심 내려놓고 사람들에게 아양을 떨며 미소를 지어도 그녀의 이름은 언제나 정확하게 게시판 맨 끝에 자리했다. 그러자 나중에 그녀는 어차피 그른 것, 될 대로 되라는 심정으로 아예 산만하고 나태한 태도로 일관했다.

그런데 어느 날, 게시판 자기 이름 아래 드디어 '받침돌'이 등장했다. 탕비원! 눈이 번쩍 뜨였다. 몰래 한참을 웃었다. 얼마나 기쁜지 하늘을 날아갈 것 같았다. 하지만 한참을 웃다가 생각해보니 현에서 자기보다 성적이 나쁜 사람이라면 굉장히 괜찮은 인재일 거란 생각이 들었다. 야오페이페이는 마음속으로 그 사람을 숭배하기 시작했다. 자기 속내를 들켜 허탕치지 않도록 요란하게 여기저기 묻지 않고 조심해서 행동했다. 그녀는 각 사무실에 문서를 전달하는 기회를 틈 타 눈치껏 사람들을 살펴본 결과 드디어 다각경영판공실이라 부르는 부서에서 일하는 불량분자를 찾아내는 한편 그녀의 별명이 '양짜수이'羊雜碎라는 것까지 알아냈다.

야오페이페이가 탕비원을 찾아낸 그날, 하필 '양짜수이'는 코 밑에 거뭇거뭇 털이 난 노처녀 상관에게 바가지로 욕을 먹고 사무탁자에 앉아 눈물콧물 범벅이 되어 있었다. 페이페이는 그녀를 불러내 자기 사무실 사람들에 대해 돌아가며 실컷 욕을 퍼부음으로써 손쉽게 탕비원의 마음을 얻을 수 있었다. 두 사람은 마당의 해당화 아래 앉아 서로의 고충을 털어놓았고, 그렇게 나눈 몇 마디 말에 의기투합하여 이제야 인연이 닿게 된 것을 아쉬워했다.

우린 불량분자야. 하하하
우린 낙오자야
우린 아무도 원하지 않는 철부지야
하하하하
그래서
우린 친구야

두 사람은 향후 자신들의 삶에 희망이 생기는 것 같았다. 두 사람은 먼저 단 한 사람도 빼놓지 않고 자기 사무실 사람들의 별명을 지었다. 그리고 마지막에 야오페이페이는 감동적인 표정으로 만약 탕비원이 남자였다면 전혀 망설임 없이 그에게 시집을 갔을 거라고 고백했다. 탕비원 역시 자기 마음도 그렇다고 말했다.

신바람이 나서 이런저런 생각에 빠져 있을 때였다. 회의를 주재한 바이팅위가 갑자기 야오페이페이의 이름을 부르는 바람에 그녀는 깜짝 놀랐다.

"그래 바로 너!"

산하는 잠들고

탕비원이 웃는 얼굴로 그녀를 바라보고 있었다.

"축하해, 너도 승진했어."

야오페이페이가 자세히 들어보니 현 정부에 약간의 인사이동이 있었다. 양푸메이가 현사무실 주임으로 승진한 걸 감안하여 야오페이페이는 탄궁다 사무실로 옮겨 양푸메이의 자리를 대신해 현장 비서가 되었다. 회의는 낮 12시가 되어서야 끝났다.

식당으로 가는 길, 야오페이페이는 걱정이 한가득이었다. 왜 하필이면 거기지? 정말 이렇게 재수가 없을 수가 있나? 멀구슬나무와 자운영 위의 먹구름은 영원히 사라지지 않아……. 영원히. 탕비원이 끊임없이 그녀에게 농담을 했지만 페이페이는 대꾸도 하지 않았다. 탕비원은 그녀가 생각에 빠져 있는 걸 보고 그녀를 툭 치며 말했다.

"뭐 좀 손에 쥐었다고 또 잘난 척하는 거야? 옛말이 그른 게 하나도 없어. 지위가 높아질수록 사람이 능구렁이가 되어간다니까!"

"무슨 소리야! 그 사람 성격이 얼마나 지독한데. 그리고 도통 씻지도 않아. 멀리서도 쉰 냄새가 난단 말이야."

"그거야 간단하지,"

탕비원이 정색하고 말했다.

"매일 목욕 시켜주면 되겠네."

"허튼소리하고 있네."

야오페이페이가 핀잔을 줬다.

"네 말을 들으니 구역질이 올라올 것 같아. 퉤, 퉤, 퉤. 왜? 너도 너희 털보 아줌마 씻겨드리면서 대체 남잔지 여잔지 좀 알아보지 그래?"

두 사람이 이렇게 입씨름을 하고 있다가 고개를 돌리니 탄궁다와 첸다쥔이 자신들을 향해 다가오고 있었다. 둘이 슬그머니 그 자리를 뜨려하는데 갑자기 첸다쥔이 뒤에서 그들을 불렀다. 두 사람이 머뭇거리고 다가가자 탄궁다는 그들에게 눈길 한 번 주지 않고 두 사람을 그대로 지나쳐버렸다. 첸다쥔은 눈길은 야오페이페이에게 둔 채, 웃는 얼굴로 말은 탕비원에게 걸었다. "양짜수이, 오후에 내 사무실에 다녀 가. 할 말이 있으니까."

첸다쥔이 말을 마친 후 다시 야오페이페이를 힐끗 쳐다봤다. 마치 자신을 처음 보는 사람 같은 눈초리였다. 눈빛이 이상했다. 눈썹을 위로 살짝 올리며 눈짓을 하는데 무슨 의미인지 감을 잡을 수 없었다.

이른바 '억고반'이란 밀기울, 쌀겨, 콩비지 등을 한데 끓인 죽이다. 커다란 나무통에 담아 나오는데 기름기 하나 없이 멀건 국물이나 다를 바 없었다. 탕비원의 표현에 의하면, 나무통 안을 들여다보면 얼굴이 고스란히 비칠 그런 멀건 국물이었다. 야오페이페이는 울며 겨자 먹기로 죽 한 그릇을 떠서 탕비원과 함께 구석자리에 나란히 앉았다. 억지로 반 정도는 넘겼지만 도저히 더 이상 먹을 수가 없었다. 계속 구역질이 올라오면서 토할 것만 같았다.

"콩비지에서 쉰내가 나. 돼지죽보다 더 해."

야오페이페이가 툴툴거렸다.

"야채 잎도 누런 게 진흙 속에 한참 파묻혀 있던 걸 꺼내놓은 것 같아."

탕비원이 말했다. 그녀는 그릇을 휘휘 저어 누에콩을 건져먹었다. 몇 알 안 되는 누에콩을 다 먹고 난 탕비원은 그릇을 한쪽으로 밀어놓고 젓가락을 내던지더니 맥없이 머리를 늘어뜨렸다.

"저것 좀 봐. 첸 부현장은 신이 났네, 신이 났어. 내가 세어봤는데 벌써 세 그릇째야."

야오페이페이가 작은 소리로 말했다.

탕비원이 목을 빼고 멀찌감치 떨어져 있는 첸다췬을 바라보더니 차갑게 쏘아붙였다.

"승진해서 기분이 달짝지근하구만. 누가 구정물 한 독을 가져다줘도 아마 신나서 들이킬걸?"

잠시 후 탕비원이 물었다.

"지난 분기 심사에서 내 이름이 왜 너 뒤에 있었는지 알아?"

"사상이 뒤쳐졌거나 업무성과가 안 좋아서?"

"무슨 소리! 지난 번 '억고반' 모임에 안 가고 여자 화장실에 숨어서 몰래 과자 먹다가 털보 상급자에게 붙잡혔거든."

"너희 상급자도 잘 먹더라."

"그 여자, 말도 마. 꼭 생긴 건 두꺼비 같아가지고. 목이 머리보다 두껍다니까? 기침 한 번 하면 온몸의 살이 한참 동안 덜덜 떨려."

탕비원이 쓴웃음을 지으며 고개를 저었다.

잠시 후 야오페이페이가 말했다.

"형식주의가 사람을 망가뜨려. 지금만 해도 그래. 한창 싱싱한 야채들이 시장에 쏟아져 나오는 때잖아. 좋은 야채가 없는 것도 아닌데 왜 그렇게 누렇게 시든 잎만 넣는 거야?"

"안 그러면 왜 '억고반'이라고 하겠어?"

"이딴 걸 어떤 미친놈이 생각해냈는지 모르겠어."

"청진관 찐만두 생각난다. 와, 미치겠다."

"그래. 소고기만두!"

"그리고 양짜탕도!"

"란저우 라면도!"

"연잎 전병도!"

……

두 사람이 한참 신나게 이야기를 나누고 있는데 갑자기 등 뒤에게 누군가 끼어들었다.

"내가 보기엔……."

고개를 돌린 두 사람은 심장이 멎는 것 같았다. 그들 뒤 벽 쪽으로 작은 네모난 탁자 하나가 있었다. 야오페이페이는 조금 전 밥을 풀 때만 해도 뒤에 누가 없는지 주의 깊게 살폈었는데, 자오환장 부현장이 인기척도 없이 다가와 그곳에 앉아 있었다.

"내가 보기엔 청진관에서 가장 맛있는 건 딩쯔궈쿠이(錠子鍋盔10)야. 그렇게 생각 안 해?"

자오환장이 말했다.

"네, 네……."

야오페이페이가 얼빠진 표정으로 웃으며 자오 부현장을 향해 힘껏 고개를 끄덕였다.

"맛있죠, 그럼요. 딩쯔궈쿠이 맛있죠……."

탕비원 역시 황급히 맞장구를 쳤다.

두 여자가 하얗게 질린 얼굴로 자기를 멍하니 바라보자 자오 부현장은 젓가락으로 자기 머리를 가리키며 말했다.

"걱정할 것 없어. 두 사람이 조금 전 한 말, 단 한마디도 못 들었어. 하지만 앞으로는 말할 때 조심해. 벽에도 귀가 있단 말이 있잖아."

---

10) 딩쯔궈쿠이(錠子鍋盔): 회족 먹거리. 수공으로 凹 형태로 소다나 설탕을 넣지 않고 굽는다. 수백 년의 역사를 가진 먹거리로 과거 병사들이 행군할 때 허기를 달래는 한편 그릇으로도 사용했다고 전해진다.

산하는 잠들고

이렇게 말한 후 자오환장은 밥그릇을 들고 후루룩 들이켜 그릇을
비운 후, 자리에서 일어나 빙긋 웃고는 나가버렸다.

7

다음 날 오전, 야오페이페이는 양푸메이에게 인수인계를 받은 후
아래층 사무실로 갔다. 그런데 찻잔을 가져온다는 것을 깜빡하는 바람
에 다시 위층으로 올라가야 했다. 첸다췬 역시 자리를 바꾸느라 바빴
다. 바닥에 종이들이 잔뜩 떨어져 있었다. 야오페이페이가 잔을 들고 나
가려는데 첸다췬이 등 뒤에서 말했다.

"페이페이, 왜 머리 잘랐어?"

여전히 웃을 듯 말 듯 눈빛이 묘하게 헛헛했다. 그 시선에 야오페이
페이의 얼굴이 빨개졌다.

"어때요? 예뻐요?"

그녀가 옆머리를 귀 뒤로 넘기며 물었다.

어젯밤에 미용실에 가서 쌍상투머리를 짧은 단발로 잘랐다. 고모
가 탄식을 하며 별로라고 말했고, 고모부는 전처럼 예쁘지 않다고 했
다. 아침에 출근할 때 입구에서 탕비원을 만났는데 그녀 역시 깜짝 놀
라며 말했다.

"세상에! 순식간에 예닐곱 살은 더 늙어버렸네."

"좋아, 좋아. 그렇게 자르니 더 성숙해보이네. 정말이야. 아래층으로
내려간다니 조금 섭섭하군."

첸다쥔이 웃으며 말했다.

"진심인지 아닌지 모르겠네요."

야오페이페이는 헤헤 웃으며 이렇게 말하고는 뒤돌아 나갔다.

탄궁다는 마치 숙면 중인 어린애처럼 조용했다. 출근과 동시에 서류와 서적더미에 묻혀 반나절 동안 옴짝달싹하지 않았다. 야오페이페이가 목을 길게 빼도 얼굴이 보이지 않았다. 그녀는 서랍에서 《삼국지》를 꺼내 대충 손길 닿는 대로 책장을 넘겼지만 글이 눈에 들어오지 않았다.

오늘 아침 새로 만든 치마를 찾아 한참 동안 망설이며 쳐다보다가 결국은 입지 않았다. 창밖은 이미 봄이 무르익어 있었다. 마당의 푸른 풀밭 위를 한가득 날아다니던 버들개지가 남풍이 불자 공중에 뜬 채 창문 앞을 떠나지 않았다. 수시로 버들개지가 실내로 날아드는 바람에 코가 간질간질했다. 단풍나무와 아카시아에도 새잎이 돋아나고, 따스한 햇살 아래 비온 뒤에 습기가 증발하면서 올라오는 흙냄새를 맡고 있으려니 온몸이 나른하고 금방이라도 잠이 쏟아질 것 같았다.

아홉시 쯤 바이팅위가 고개를 절레절레 흔들며 들어왔다. 성격 좋은 바이팅위는 언제나 싱글벙글이었다. 그는 야오페이페이가 창문 앞에서 혼자 졸고 있자 그녀에게 다가가 손에 들고 있던 책을 낚아채며 책장을 넘겨봤다.

"어때, 정말 졸리지? 이 계절엔 늘 이렇게 졸리기 마련이지. 차라도 한 잔 진하게 타서 마시면 좋을 거야."

그가 뒤돌아 탄궁다에게 말했다.

"왕 기사가 아래층에 대기 중입니다. 탄 형, 출발하시지요?"

"그러지."

산하는 잠들고

탄궁다가 책상 위의 서류를 정리하며 일어섰다.

바이팅위가 그를 슬쩍 살피다가 다시 고개를 돌려 야오페이페이 쪽으로 시선을 돌리며 웃었다.

"오, 두 사람이 약속이라도 한 겁니까? 둘 다 머리를 잘랐네?"

야오페이페이는 그제야 현장도 이발을 했다는 사실을 알았다. 게다가 요즘 유행하는 짧은 가르마머리였다. 원래보다 훨씬 젊어 보이긴 했지만 어쨌거나 조금 어색하고 우스꽝스럽게 느껴졌다. 야오페이페이는 삐죽삐죽 웃음이 나올 것 같았지만 감히 웃을 수가 없었다. 그녀는 재빨리 몸을 돌려 창밖을 보는 척했다. 탄궁다가 커다란 사무탁자를 빙돌아 곧장 야오페이페이 앞으로 다가오더니 작은 소리로 말했다.

"페이페이, 빗 있어? 좀 빌려줘."

허겁지겁 가방을 뒤져보니 참빗밖에 보이지 않았다. 이거라도 괜찮은지 물었다. 탄궁다는 이것저것 따지지 않고 참빗을 받아들어 벽에 붙은 작은 사각 거울 앞에서 정성껏 빗질을 했다. 그리고 다시 참빗을 야오페이페이에게 돌려주면서 신기한 듯 말했다.

"이건 무슨 빗인데 이렇게 미끄러워?"

야오페이페이는 결국 터져 나오는 웃음을 참지 못하고 '푹!' 하고 웃음을 터트렸다.

"참빗이요."

바이팅위가 말했다.

"자주 머리를 감지 않았던 옛날 여자들이 이걸로 이를 잡았죠."

탄궁다가 '아' 하고 고개를 끄덕이더니 거울에 몸을 반쯤 숙여 옷깃을 정리했다.

야오페이페이는 현에서 일을 시작한 후로 현장이 이렇게 말끔하게 치장하는 모습을 본 적이 없었다. 짙은 청색 중산복에 하얀 셔츠, 바지를 칼같이 다리고 구두도 반짝반짝, 수염은 깨끗이 면도한 상태였다. 몸에서는 연하게 나프탈렌 냄새도 났다. 어쨌거나 냄새도 좋은데? 분명히 얼굴도 열심히 씻었을 거야. 예전보다 훨씬 하얘졌어.

"현장님, 선보러 가시는 건 아니죠?"

야오페이페이가 웃으면서 물었다.

"누가 그런 소릴 해?"

탄궁다가 뒤돌아서며 재빨리 그녀의 눈치를 살폈다.

"헛소리는! 바이팅위 현장과 식량관리소에 출장 가는 거야."

이렇게 말한 후 갑자기 생각난 듯 야오페이페이에게 당부했다.

"아, 참! 내 책상 위에 방금 서명한 문서 좀 민정과 뤄 주임에게 가져다주게."

이어 두 사람은 바람처럼 사무실을 나갔다. 곧이어 텅 빈 층계에서 그들의 소란스러운 발걸음소리가 들려왔다. 흥! 뭐가 그렇게 바빠? 불이라도 끄러 가는 사람들 같네. 이어서 들려오는 지프차 모터 소리에 그녀는 길게 한숨을 쉬었다. 하긴, 마흔이 넘었는데 아직도 결혼을 못했으니 이번엔 정말 좀 급해 보이네. 탄궁다가 떠나자 야오페이페이는 턱을 괴고 이런 저런 생각을 하다가 의자에 기대 잠시 졸려고 하는데 갑자기 전화벨소리가 울렸다.

문화선전공작단에서 걸려온 전화였다. 상대방은 마치 소생小生(중국 전통극에서 어린 남자 역할) 역을 하는 사람처럼 목소리가 남자도 여자도 아닌 것이 무척 이상하게 들렸다. 상대방이 물었다.

"현장님 출발하셨어요?"

"네."

상대방이 전화를 끊었다.

그럼 현장은 문화선전공작단에 갔다는 이야기네. 그런데 왜 식량관리소에 간다고 했지? 거짓말도 그럴듯하게 못하는군. 그럼 이번 현장님 맞선 상대는 문화선전공작단의 여자 배우란 소리군. 그럼……, 이렇게 하나씩 생각의 고리를 연결하던 그녀는 갑자기 짜증이 밀려들었다. 남이 선을 본다는데 내가 여기서 웬 걱정이람! 이때 갑자기 조용히 문을 두드리는 소리가 들렸다. 돌아보니 비쩍 마른 노인 한 사람이 입구에 서서 그녀를 향해 고개를 끄덕이며 멋쩍게 웃고 있었다. 그가 허리를 굽실거리며 사무실로 얼굴을 들이밀고 사방을 살폈다.

"어, 현장님 안 계신가?"

노인이 물었다.

야오페이페이는 잠시 생각하다 말했다.

"현장님, 식량관리소에 회의하러 가셨어요."

노인이 '어, 그렇군!' 하고 돌아가려는데 야오페이페이가 그를 부르며 어디서 오셨는지, 무슨 일 때문에 현장을 찾는지 물었다. 노인은 웃는 얼굴로 자신은 현 정부 신방판공실(信訪辦公室)[11] 주임으로 성이 '쉬(徐)'라고 했다. 난처한 일이 생겨 어찌 처리해야 할지 몰라 현장님께 지시를 받으러 왔다고 했다. 야오페이페이는 난처하다는 말에 서둘러 그를 사무실로 들어오게 한 후 벽에 기대어 놓은 나무 의자에 앉도록 했다. 노인은 한참 동안 감사인사를 한 후에야 자리에 앉아서 입을 열었다.

"오늘 아침, 그러니까 한 아홉 시쯤 되었을 거야. 신방판공실에 시

---

11) 신방판공실(信訪辦公室): 서신이나 방문을 통해 일반인들과 정부기관이 소통할 수 있도록 하는 상담 관리부서. 일종의 민원실.

골 여자 한 사람이 찾아왔어. 손에 청색 보따리를 들고 서너 살 정도 되어 보이는 아이를 안고 있었지. 그 여자가 오자마자 현장을 만나야 한다고 떠들어서 이름은 뭐고, 집은 어디냐고 묻고, 무슨 일로 현장을 만나려 하느냐고 물었지. 그 여자 말이, '당신에게 말할 건 없고, 현장님 오면 내가 직접 말할 거예요'라고 했어. 아주 세게 나오던데, 내가 자꾸만 캐묻자 그제야 자기는 샤쨩 사람으로 아침에 출발해 어두워져서야 메이청에 도착했다고 하더군. 모자 두 사람이 거리에서 하룻밤을 노숙하고 오늘 아침부터 물어물어 현을 찾아왔다고 했어. 내가 계속해서 무슨 일이냐고 물으니 그에 대한 대답은 하지 않은 채 그냥 현장님 친척이라고 했어. 친척 누구냐고 물으니 쌀쌀맞게 쏘아붙이는 거야. '당신은 상관없는 일이고, 현장님이나 만나게 해줘요. 그럼 자연히 알게 될 거니까.' 말이 앞뒤가 안 맞는 데다 차림이 남루하고 머리도 엉망이라 차마 현장님께 안내할 수가 없었지만 그렇다고 어찌 처리를 해야 할지 몰라서 말이야. 그래서 '현장님 친척이면 현장님 성이 뭔지는 알겠네요? 이름은요? 여자가 처음에는 '장'씨라고 했다가 다시 '주'씨라고 했다가……."

"그거야 그리 어렵지 않지요."

야오페이페이가 웃었다.

"있다가 현장님 돌아오신 후에 만나게 해주면 알 것 아니에요?"

"그건 안 돼, 안 돼!"

쉬씨가 계속해서 손을 내저었다.

"올해만 해도 온갖 이유를 대며 현에 와서 억지를 쓰고 뒹구는 사람이 얼마나 많았다고. 고소, 고발 아니면 돈을 요구하는 일이지. 현장님을 만나게 해주면 오히려 안 좋아. 게다가 그 여자는 한사코 자기가 현장님의 무슨 친척이라고 하는데 아마 친척이라고 해도 분명히 엄청나게 먼 친척일 거야. 안 돼!"

쉬씨는 자신이 신방판공실에서 서신 수발을 담당하고 있지만 한가할 때면 현의 지방지, 사무실 자료 정리 등의 일을 돕고 있다고 말했다. 현장님의 집안일은 좀 복잡한데 자신이 누구보다도 정확하게 알고 있다고 했다.

"현장님은 친척 같은 것 없어. 현장님 집안사람들은 하나도 남김없이 깡그리 죽었어. 한 명도 안 남았다니까."

쉬씨 말을 듣고 야오페이페이는 정신이 번쩍 들었다. 평소 현 정부에는 현장의 집안에 관한 여러 가지 소문이 떠돌았다. 헛소문이 난무하고 그 대부분이 현실과는 거리가 먼 허황된 것들로 결코 믿을 만한 것이 되지 못했다. 그녀는 이에 대해 첸다췬에게 물어본 적이 있는데 그는 웃기만 할 뿐 아무 말도 해주지 않았다. 오늘 쉬 주임을 만나 이야기를 나누다 보니 궁금한 일들이 많았다.

"현장님 출신배경이 정말 궁금해요. 소문은 무성한데 어느 게 진실인지 잘 모르겠더라고요."

"아이고, 그 나이에 어떻게 알겠나? 케케묵은 옛날이야긴데. 말하자면 길어. 현장님 어머니가 메이청 감옥에 있을 때 아이를 낳았는데 그게 경자년庚子年 한여름이었어. 내 기억으로는 아마 7월 3일이었지. 날은 덥고, 모유는 부족하고. 엄청나게 더운 날씨에 감옥 자체가 또 시궁창처럼 더러운 곳이잖아. 그래서 메이스광梅世光이라는 옥졸이……."

"사람들이 그러는데 현장님 어머니 루슈미라는 분이 일대에서 손꼽히는 미인이었다던데요?" 야오페이페이가 쉬씨의 말을 끊고 잔뜩 호기심 어린 말투로 물었다.

"그건, 어떤 기록도 남아 있지 않아. 사람들이 그렇게 말하지만 어쨌거나 누구도 직접 본 적은 없으니까. 현 지방지에 그 여자분 초년 사진이 한 장 남아 있긴 하지. 일본에서 기모노를 입고 찍은 거야. 오래 전 사진이라 또렷하지가 않아. 하지만 눈매가 현장님하고 판박이야. 그분이 어떻게 생겼는지 알고 싶으면 현장님을 보면 대충 들어맞지."

"현장님 이름이 지금하고 달리 그 뭐였더라, 성이 '메이'라던가?"

"그 옥졸 이름이 메이스광인데 아내도, 자식도 없었대. 아기가 금방이라도 숨이 끊어질 것 같아 보이니까 측은한 마음에 몰래 아이를 감옥 밖으로 데리고 나가서 유모 하나를 수소문해 키웠다는군."

"그런데 어쩌다 성이 '탄'譚이 되었어요?"

쉬씨가 잠시 뜸을 들인 후 웃으며 말했다.

"거긴 또 다른 곡절이 있어. 푸지 일대에 부자父子가 살았는데 아버지 이름은 '탄수이진'譚水金, 아들 이름은 '탄쓰'譚四였어. 두 사람이 푸지 강가에서 뱃사공 일을 하며 살았지. 루슈미가 일본에서 귀국하면서 상황이 급변하고 혁명군이 흥기했어. 탄쓰는 루슈미를 따라 푸지 학당을 창설하고 몰래 동지들을 규합하여 대사를 도모했지. 그런데 믿었던 동지에게 배반당한 루슈미는 포로가 되고 탄쓰 역시 청나라 병사들의 총에 죽었어. 루슈미는 감옥에서 아이를 낳았는데 푸지 사람들은 모두 이 아이가 탄쓰의 혈육이라고 생각했다나 봐. 하지만 사실 여부에 대해서는 지금까지 아무도 아는 사람이 없어. 이런 추측들은 원래 망령된 사람들의 헛소문이 많은데 탄수이진은 그걸 그대로 믿었어. 노년에 하나뿐인 아들을 잃었으니 진위 여부에 상관없이 탄씨 집안의 향불을 켜 줄 사람은 그 아이 하나뿐이라는 거지. 그러다보니 그냥 소문을 다 믿어버렸어. 그는 사방으로 아이를 수소문한 끝에 포구에서 아이를 찾았어. 당시 아이의 나이가 이미 여섯 살이었는데 탄수이진은 한사코 아이를 푸지에 데려가 키우겠다고 했지. 옥졸인 메이스광이 양보를 하지 않자 두 집안이 서로 싸우다 결국 소송까지 하게 됐어. 마지막에 사람들의 중재로 양측이 한 걸음씩 양보해서 아이의 성은 '탄'으로 하고 양육은 메이스광이 하기로 했어. 그 후 현장의 이름은 탄위안바오가 되었고. 궁다라는 이름은 해방이 되던 해에 현장 자신이 바꾼 거야. 위안바오라는 이름은 과거 시골에서는 흔히 볼 수 있던 이름인데 지금은 어쨌거나 봉건적인 냄새가 많이 나니까.(위안바오元寶, 고대 화폐의 이름으로, 정식으로는 원대부터 이를 화폐로 사용했다) 이제 루씨, 탄씨, 메이씨 등 세 집안사람이 모두 죽었으니 현장님 본인을 제외하면 친척이라고는 아무도 없어. 그런데 어디서 갑자기 친척이 나타나겠어?"

"그럼 어떻게 하려고요?"

야오페이페이가 입을 헤 벌린 채 멍하니 쉬씨를 바라봤다.

"신방판공실 동지들과 상의해서 돈을 좀 걷었어. 여자에게 돈 좀 쥐어 돌려보내려고. 그래도 신중을 기하기 위해 현장님이 돌아오시면 보고해야지."

말을 마친 쉬씨가 일어나 자리를 떴다.

8

현의 문화선전공작단은 메이청시 서쪽 산간평지에 있는 정원이 딸린 서양식 건물에 속해 있었다. 검은 철책 울타리와 화살나무로 에워싸인 이 건물은 한 영국인 여자선교사가 출자해서 세웠다고 한다. 이곳은 한때 메이청 감옥으로 사용되기도 했다. 신해혁명 이후 루슈미가 1년 6개월 동안 갇혀 있던 곳이기도 하다. 화원 주위에는 나무들이 빽빽하게 들어차 있고 산과 바위가 어우러진, 무척 외지고 한적한 곳이었다. 현재는 현의 문화교육국, 문화관, 문화선전공작단이 모두 이곳을 사무실로 사용하고 있다.

탄궁다의 지프차가 도착하기 훨씬 전부터 문화선전공작단 단장은 입구에서 그들을 영접하기 위해 기다리고 있었다. 그의 곁에는 백발노인이 서 있었다.

단장은 당시 감옥 주방에서 취사원으로 일했던 사람이라고 노인을 소개했다. 노인은 이미 일흔이 넘었으며 예전의 이곳 상황을 잘 알고 있다고 했다.

"이분 말이 자당을 뵌 적이 있다고 하네요."

단장의 소개에 노인은 연신 고개를 끄덕였다.

"네, 뵌 적이 있습니다."

붉은 벽돌로 지어진 3층짜리 건물은 마당이 매우 넓은 데다 중국식 정자와 회랑, 좁은 돌길이 조성되어 있었다. 마당 가운데는 분수와 청동으로 만든 천사상도 보였다. 바닥은 잔 벽돌로 깔려 있는데, 벽돌 틈새로 풀이 삐져나와 자라고 있었다. 막 비가 내렸기 때문에 분수에는 물이 가득했는데 푸른 이끼가 잔뜩 끼어 밑바닥이 보이지 않았다. 청동상은 약간 비뚤어지게 놓여 있었고, 멀지 않은 곳에 자리한 종루의 시계 바늘은 녹이 슬대로 슬어 어느 날인가의 8시 15분에 멈춰 있었다. 마당의 합환수 아래 꽃잎이 가득 떨어져 있었다. 탄궁다는 분위기가 음산한 이곳이 꺼림칙하니 마음에 들지 않았다.

열려 있는 3층 창문 안에서 흘러나오는 풍금 소리가 반복해서 똑같

산하는 잠들고

은 선율을 연주했다. 노생老生(경극의 나이가 많은 남자배우 역)이 《삼가점》 三家店(경극의 일종) 중 〈타등주〉打登州 부분을 노래하고 있었다. 노랫소리를 들으니 탄궁다는 마음이 더욱 심란했다. 사람들 역시 아무 말도 하지 않고 주위 회랑을 한 바퀴 돌았다. 단장이 현장을 위층으로 안내했다.

"당시 현장님이 태어난 곳을 보시겠습니까?"

탄궁다는 주저하는 기색이 역력했다. 그가 인상을 쓰며 곁에 있던 바이팅위에게 말했다.

"굳이 볼 필요가 있을까?"

바이팅위가 재빨리 대꾸했다.

"그래도 여기까지 왔는데 보고 가죠. 특별히 안내자도 물색해 뒀는데……."

2층 복도는 불빛이 어둡고 곰팡이 냄새가 풍겼다. 복도에 북, 창, 극戟, 깃발, 알루미늄 칼, 옷, 수염 등 경극용 소품과 잡다한 물건들이 제멋대로 쌓여 있었다. 백발의 노인이 탄궁다 옆으로 다가와 당시 루슈미가 갇혀 있었던 기간, 그녀가 받았던 처우를 설명하면서 감옥을 나갈 수 없었던 것을 제외하면 기본적으로 매우 자유로웠다고 말했다.

"이렇게 큰 건물에 죄수는 자당 한 분뿐이었습니다. 식당의 취사원, 잡부까지 모두 11명이 그분 하나를 모셨습니다. 메이청의 통령統領(청나라 말기 무관) 룽칭탕龍慶棠이 자주 사람을 시켜 먹을 것을 보냈고 심지어 직접 감옥까지 찾아와 만난 적도 몇 번이나 있었습니다. 당시 감옥은 지금 같지 않았어요. 자당께서 마당 분수에서 햇살을 쬐거나 등나무의자에 앉아 책을 읽는 것도 자주 봤고요. 그땐 제가 아직 어려서 대체 죄인이 어떤 사람이기에 이렇게 좋은 곳으로 이송이 되었을까 생각했습니다. 어쨌거나 룽칭탕도 배운 사람이니만큼 매우 점잖게 사람을 대했지,

무슨 고문을 하거나 하는 일은 없었습니다. 처음부터 끝까지 손님처럼 깍듯이 대했지요……."

단장은 탄궁다의 표정이 점점 일그러지는 데다 노인이 갈수록 말도 안 되는 소리를 하자 슬쩍 그의 소매를 잡아당겼다. 노인이 입을 다물었다.

일행은 복도 동쪽 끝의 한 방문 앞에 멈췄다. 탄궁다는 아치로 된 나무문에 가는 노끈이 달려 있고 그 노끈 한쪽 끝에 복숭아씨가 매달려있는 것을 발견했다.

단장이 말했다.

"이건 프란치스코회 수도사들의 전통인데요, 소박한 생활을 상징하는 것으로 보입니다."

탄궁다가 복숭아씨를 잡아당기자 문이 열렸다. 20평방미터도 채 안 되는 방은 바닥이 여기저기 허물어져 있었다. 비가 새는 듯 벽의 석회도 들떠 있었다. 창이 위치한 곳에 작은 책상과 함께 팔걸이가 있는 둥근 목제 의자가 하나 있었다. 벽 옆 바닥에 큼직한 나무판이 바짝 붙어 있는데 아마도 어머니가 당시 침상으로 사용하던 것 같았다. 침상 머리 쪽 벽에는 벽감이 하나 있고 안에 작은 등잔이 하나 있었다.

"원래 벽 구석에 깨끗한 통 하나가 있었던 걸로 기억합니다."

백발노인이 덧붙였다.

"나머지는 당시 그대로입니다. 자당이 떠나신 후 문만 닫아놓고 아무것도 건드리지 않았습니다."

이 낯선 방을 보고 있으려니 탄궁다는 순식간에 40년 전으로 돌아간 것 같았다. 비바람 부는 어느 날, 어머니가 이 목판 위에서 그를 낳았다. 머리에 잠화를 단 노부인이 옥졸의 손에서 아이를 받아들고 방을 나섰다. 어머니가 창문 앞 의자에 앉았다가 고개를 돌려 그를 향해 조용히 웃음 짓는 것 같았다. 엄마, 엄마. 그녀의 일생은 온통 수수께끼였다. 그녀의 모습에 대해서도 숱하게 많은 소문과 기록이 있지만 그에게는 마치 흘러가는 구름처럼, 바람처럼, 녹아버린 얼음처럼, 아무런 흔적도 없이 그렇게 허무했다. 엄마, 엄마. '루슈미'라는 세 글자 이외에 희문戲文의 내용, 높이 솟은 기념탑 등으로 만들어진 형상이 당신의 얼굴에 잔잔히 퍼져 있는 웃음과 대체 무슨 연관이 있단 말인가? 교과서에 당당히 등장하여 구름떼처럼 사람을 불러 모으는 영웅호걸이 당신의 쓸쓸하고 슬픈 상처와 무슨 관계가 있는가? 생각해보면 어머니가 돌아가실 때 나이라 해봐야 현재 탄궁다의 나이와 엇비슷했다. 어머니가 메이청에서 출옥해 푸지로 돌아갔을 때는 기껏해야 서른이 넘지 않은 나이였다. 왜 그런데 갑자기 말을 하지 않겠다고 맹세하여 자신을 묵언수행하는 승려나 벙어리와 같은 신세로 만들었을까? 푸지에 칩거한 10년 세월 동안, 왜 어머니는 마당의 화초만 돌볼 뿐 거의 아무 말도 하지 않았을까? 그러한 행동을 탄궁다는 이해할 수 없었다. 거기에는 분명 그가 알 수 없는 어떤 비밀이 숨겨져 있을 것이다. 어머니에 관한 모든 자료와 기록을 다 뒤져봤지만 끝내 그는 아무런 답도 찾지 못했다.

어머니 생전의 마지막 동반자는 시췌喜鵲였다. 당연히 어머니에 대해 많은 것을 알고 있었겠지만 그녀는 그냥 《등회집》燈灰集이라는 얇은 시집 한 권을 남겼을 뿐이다. 시들이 유치하고, 수식이나 비유도 별로 없는데다 운율이 맞지 않는 곳도 많았다. 그러나 시작詩作에 대해 초보적인 지식뿐인 탄궁다가 쉽게 이해할 수 있는 정도는 아니었다. 힘겹게 시집을 읽어 내려가던 그는 비현실적인 느낌을 강하게 받았다. 푸지 일대의 풍광, 파종과 수확 등의 농사일이 그녀의 붓을 통해 은은한 아름다움

속에 아픈 마음을 위로받는 내용으로 거듭나면서 문득 생활의 정취가 싹 가시게 만들었다. 해가 갈수록 탄궁다의 가슴속 어딘가에 두려움이 똬리를 틀고 떠나지 않았다. 자신이 아무리 몸부림을 쳐도 결국 어머니가 걸었던 길로 가게 되리라는 것, 어머니가 맞닥뜨리고 받아들였던 운명이 자신의 길에서 재연될 것이라는 두려움이었다.

탄궁다는 가만히 문을 열고 다시 어두운 복도로 나왔다. 안내자는 어디로 갔는지 보이지 않았다. 작은 소리로 뭔가 상의를 하고 있던 단장과 바이팅위가 암담한 표정의 탄궁다를 발견했다. 그의 눈빛에서 꿈을 꾸는 듯한 맑은 빛 한 줄기가 느껴졌다. 바이팅위는 그가 곧 이어질 바이샤오셴과의 만남 때문에 마음이 불안한가 보다 여기고 웃음으로 그를 위로했다.

"탄 형, 나이가 몇인데 아이처럼 긴장하고 그래요? 걱정 말아요. 맘 푹 놓아도 돼요. 이건 시험장에 가는 거나 마찬가지예요. 게다가 이미 답안을 훔쳐봤잖아요?"

"답안? 무슨 답안요?"

탄궁다는 어리둥절했다.

"이것 좀 보게나, 내가 우리 탄 형이 고지식하기 이를 데 없다고 하니까 안 믿었었죠?"

바위팅위가 문화공작단 단장에게 농담을 건넸다.

단장이 따라 웃으며 상황을 정리했다.

"부현장님의 말뜻은 현장선생님과 바이샤오셴의 일은 이미 받아놓은 밥상이나 마찬가지라는 말입니다. 첫 만남이 어떻든 세월이 흘러 정이 들면 자연스럽게 부부가 된다는 뜻이지요. 현장선생님이 마음에 드시면 절대 여자는 달아나지 않습니다. 걱정할 것 없습니다. 현장선생님은 그저 가벼운 마음으로 만나시면 됩니다. 그냥 다 형식일 뿐이죠."

단장은 북방사람인지 말끝마다 선생님, 선생님을 붙였다.

"아, 난 또 무슨 이야기라고요."

탄궁다가 어색하게 웃으며 물었다.

"어디서 만나는 거죠?"

"제 사무실 어떻습니까? 1층이긴 하지만 커튼을 치면 밖에서는 안이 안 보입니다."

단장이 이렇게 말하며 손목시계를 들여다봤다.

"바이샤오셴은 지금 연습실에서 수업을 하고 있어서요. 사무실도 살펴보실 겸 먼저 가서 앉아 있어도 좋을 것 같은데요. 조금 있다가 수업이 끝나면 불러오겠습니다."

"아니면 우리가 먼저 연습실에 가서 볼까요?"

바이팅위가 제안했다.

"탄 현장님이 사진만 보고 실물은 본 적이 없어서요."

"그것도 좋지요."

바이 단장이 이렇게 말하면서 탄궁다를 바라봤다.

"그럼, 연습실로 가보시죠."

세 사람은 복도를 따라 서쪽으로 이동해 계단을 내려간 후 작은 수풀을 돌아 뒤뜰에 있는 간이 목조 건물 앞에 이르렀다. 열린 문을 통해 안을 살펴보니, 젊은이들이 대머리 무용선생의 지도 아래 공중회전 연습을 하고 있었고, 여자들은 모두 창문 아래 나무 바에 다리를 걸치고 스트레칭을 하고 있었다. 세 사람이 다가오자 아이들은 호기심 어린 눈으로 그들을 힐끔거리며 소곤거렸다. 대머리 감독이 그들을 발견하고 단숨에 뛰어왔다. 단장이 그에게 손짓했다.

"계속 연습해요. 손님 두 분 모시고 참관하러 왔습니다."

감독은 그들을 향해 허리가 접히도록 인사를 한 후 다시 숨차게 뛰어갔다.

"환경이 좀 초라합니다. 풀을 엮어서 만든 바다 위에 무명을 깔았습니다. 참, 문화선전공작단 환경 개선을 위해 제가 현에 보고서를 올렸는데 계속 허가가 떨어지지 않고 있습니다. 고생스러운 거야 별것 아니지만 스펀지 매트가 없으면 정말 연습이 안 되거든요. 수련생들이 공중제비를 할 때 허리를 삐거나 다리가 부러질 수 있습니다. 재미삼아 하는 것도 아니고요."

"걱정하지 말아요. 바로 결재하지요."

바이팅위가 웃으며 답했다.

탄궁다는 그러나 이 문제에 대해 생각이 달랐다. 그가 희미하게 웃으며 단장에게 이의를 제기했다.

"스펀지 매트가 없다고 연습을 못한다는 건 지나친 엄살 아닙니까? 연기자들이 진짜 무대에 올라갈 때 거기서도 스펀지 매트를 깔고 하나요?"

단장은 탄궁다의 말에 가시가 있다고 생각했다. 그러나 탄궁다가 평소 문화예술작업을 별로 좋아하지 않는다는 것을 잘 알고 있었기 때문에 그냥 멋쩍게 웃기만 할 뿐, 더 이상 반박하지 않았다. 그는 탄궁다 앞으로 다가가 창문 너머를 가리키며 조용히 말했다.

"저기 검은색 달라붙는 타이츠를 입고 머리에 빨강 리본을 맨 여자가 바로 바이샤오셴입니다."

탄궁다가 고개를 끄덕였다.

사실 벌써부터 그녀를 주목하고 있었다. 다른 여학생들보다 키가 크고 균형 잡힌 늘씬한 몸매에 피부가 하얗고 깨끗했다. 그녀는 땀을 흘리며 몸을 옆으로 틀면서 머리를 발끝에 대고 스트레칭을 하고 있었다. 전혀 시골 처녀 같지 않았다. 그녀의 얼굴을 본 탄궁다는 깜짝 놀랐다. 마치 예리한 송곳에 찔린 것처럼 온몸에 힘이 풀려 제대로 버티고 서 있을 수가 없을 정도였다. 옛 사람들이 경국지색傾國之色이라고 하더니 과장된 부분이 없지 않으나 전혀 가당치 않은 말은 아닌가 보다. 그렇지 않다면 어찌 처음 보자마자 마치 취한 것처럼 온몸이 흔들릴 수 있단 말인가?

바이팅위가 한 달 전에 건네준 그녀의 사진을 얼마나 들여다봤는지 모른다. 매번 그녀의 사진을 볼 때마다 그녀만 못한 자신이 부끄러워 자꾸 주눅이 들었다. 실물을 보니 사진보다 훨씬 더 예뻤다. 저도 모르게 땀이 흐르고 심장박동이 빨라지기 시작했다. 정말 업보야, 업보! 세상에, 이건 너무해. 왜 한시도 저 여자한테서 눈을 뗄 수가 없을까. 뉘 집 딸일까? 뉘 집 딸이기에 저토록 아름다운 것일까? 조금 전 복도에서 바이팅위가 시험이니 답안이니 하고 떠들던 말을 생각하면서 미친 듯이 기쁨이 차올랐다. 정말 큰 위안이었다. 그는 뒤돌아 바이팅위를 쳐다봤다. 바이팅위가 자신만만한 눈빛으로 그를 향해 미소를 날리며 고개를 끄덕였다. 마치 '그것 봐요!'라고 말하고 있는 듯했다.

잠시 후 대머리 감독이 수업이 끝났음을 알리자 연습생들은 각자 자기 옷과 물건을 챙겨 나갈 준비를 했다. 바이샤오셴이 옷 한 보따리를 들고 수건으로 땀을 닦으며 빠른 걸음으로 문을 향해 다가왔다. 그녀를 보고 탄궁다는 이러지도 저러지도 못한 채 멍하니 자리에 서 있었다. 문을 나오던 그녀는 사람들이 입구를 막고 서 있자 눈살을 찌푸리며 화난 목소리로 탄궁다에게 말했다.

"비켜요!"

화가 난 그녀의 모습에 바이팅위는 분위기가 이상한 방향으로 흘러간다고 생각하고 재빨리 앞으로 나가 그녀를 붙잡으며 목소리를 낮춰 말했다. "탄 현장님이야."

"현장인 거 나도 알아요!"

바이샤오셴이 손을 뿌리치는 바람에 바이팅위는 하마터면 문에 부딪힐 뻔했다. 그녀가 다시 한 번 탄궁다에게 소리쳤다.

"비키라니까요!"

탄궁다의 눈에 그녀의 입술에 가득 맺힌 작은 땀방울, 흠뻑 젖은 이마의 앞머리가 들어왔다. 공기 중에 향긋한 땀 냄새가 퍼졌다. 그가 반사적으로 몸을 뒤로 젖히자 바이샤오셴이 몸을 옆으로 틀어 빠져나간 후 쏜살같이 떠나버렸다. 바이팅위와 탄궁다는 서로 얼굴을 마주봤다. 돌발 상황에 미처 대처하지 못한 단장은 정신을 가다듬고는 급히 사람을 보내 그녀를 데려오도록 했다. 하지만 그녀의 모습은 벌써 사라져버린 뒤였다.

대머리 감독이 다가와 자기 생각을 말했다.

"분명히 숙소로 돌아갔을 겁니다. 제가 가서 데려올까요?"

바이팅위가 속삭였다.

"필요없어요."

그는 뒤돌아서더니 아직도 자리에 멍하니 서 있는 무용수들을 보고 소리쳤다.

"모두 아주 훌륭했어요. 리허설 좋았어요. 기본기도 튼튼하고……, 모두 계속 더 열심히 연습하도록."

그가 말을 마치자 수련생들은 모두 흩어졌다.

연습실 입구에 세 사람만 남게 되자 남자 단장이 말했다.

"먼저 식사부터 하시죠. 홍싱반점^{鴻興飯店}입니다. 식사 후에 제가 찾아가서 사상 작업을 좀 하겠습니다. 아마……."

"그럴 필요 없습니다,"

탄궁다가 말했다.

"우린 오후에 3급간부회의가 있습니다."

탄궁다가 충격을 받고 심기가 불편한 모습을 보이자 바이팅위도 어쩔 도리가 없었다. 그가 단장에게 말했다.

"오늘은 우선 이 정도로 끝내겠습니다. 다음에 다시 말씀 나누죠. 제 조카애가 다 좋은데 그 성깔이 꼭 제 형수와 똑같아서요. 그럼 가보겠습니다."

바이 부현장의 말에 울적해진 단장은 그들을 문까지 배웅한 후 손을 흔들어 작별했다. 지프차가 먼지를 일으키며 울퉁불퉁한 골목을 따라 사라져갔다.

현 기관에는 대형회의를 할 만한 장소가 없었기 때문에 오후의 3급간부회의는 메이청의 한 고등학교 대강당에서 이루어졌다. 이미 정오가 넘은 시각, 탄궁다는 왕 기사에게 메이청 고등학교로 곧바로 가자고 하고, 그와 바이팅위는 학교 맞은편에서 아무 음식점이나 찾아 식사를 해결했다.

바이팅위는 특별히 탄 현장의 마음을 진정시키기 위해 고량주 한 병을 시켰다.

"이 일은 다시 한 번 잘 생각해 봐야겠어요,"

탄궁다가 말했다.

"다른 것은 차치하고라도 나이는 확실히 문젭니다."

"아무 문제없어요. 속담에 좋은 일은 우여곡절이 많다고 했어요. 이런 사소한 문제는 마음에 담아둘 것 없습니다."

바이팅위가 위로했다.

"솔직히 말해 얼마 전 고향에 갔었던 것도 다 이 일 때문이었어요. 이번 혼사에 대해 형과 형수에게 여러 가지로 분명하게 말했어요. 싫다고 할 이유가 있겠어요? 서른 네다섯에 금지옥엽을 얻었으니 그저 애지중지하며 키웠죠. 제 이야기에 형수 얼굴이 환해지면서 손뼉을 치더군요. '이번 혼사가 이루어지면 5, 6년 묵은 체증이 다 사라지겠어요.' 이렇게 말하더라고요. 두 사람이 토지개혁과 진반鎭反12)에 간담이 서늘해졌거든요. 하하, 사실 좀 불쌍해요."

"두 분이 무서울 게 뭐 있어요? 부현장님 집이 지주地, 부농富, 반혁명反, 불량분자壞는 아니잖아요?"

"반혁명, 불량분자라고 할 수는 없죠. 하지만 우리끼리 이야기인데 형네는 지주나 부자와 약간의 관계가 있어요. 우리 조상들은 대대로 창장과 화이허淮河에서 소금 장사를 했죠. 적은 자본으로 큰 이익을 보는 사업이에요. 또 집에 부동산이 많이 있었어요. 난 열여덟에 혁명에 참가하면서 집안과 선을 분명히 그었습니다. 하지만 형은 달랐어요. 장남인데다 가산이 어찌나 많은지 분가하여 집안 재산을 쪼갰다고 하지만 해방 무렵 우리 형 이름으로 된 부동산이 적어도 200무(4만평)가 넘었어요. 이게 지주가 아니고 뭐겠어요! 52년에 성분을 구분할 때 토지개혁

___

12) 진반운동: 반혁명진압운동. 1950년 12월부터 이듬해 10월까지 전국적으로 이루어진 반혁명분자 색출 및 진압운동. 신중국 성립 이후 항미원조(抗美援朝), 토지개혁과 더불어 3대 운동 가운데 하나이다.

산하는 잠들고

공작조에서 그간 혁명에 참가한 내 이력과 여러 부분에서 일한 것을 감안하여 형 집을 중농으로 규정했어요. 성분은 그렇게 규정되었지만 우리 형하고 형수는 한바탕 소란을 겪으면서 마음에 병이 생겼습니다. 어느 날 다시 옛 일을 들고 나오면 언제 목이 달아날지 모르니까. 그래서 작은 소동만 벌어져도 지레 겁을 먹고 간담이 서늘해져요."

"형 이름이 뭐예요?"

"바이무야오白慕堯요!"

탄궁다는 바이무야오라는 이름을 듣고 문득 생각나는 일이 있었다. 예전에 익명의 편지를 연거푸 세 통이나 받은 적이 있었다. 토지개혁 공작조가 사사로운 일로 법을 위반하면서까지 바이무야오의 성분을 부당하게 분류한 것을 고발하는 내용이었다. 물론 바이팅위는 자신과 관계된 부분을 깔끔하게 처리했겠지만 남들 몰래 다방면으로 손을 썼을 것임을 능히 짐작할 수 있었다. 하지만 이 모든 것은 지난 일이고 게다가 바이팅위와의 오랜 정을 생각하여 더 이상 거론하지 않고 말을 돌렸다.

"그럼 바이샤오셴 본인은 그 일을 아직 모른단 말인가요?"

"알 리가 있겠어요?"

바이팅위의 얼굴이 술 몇 잔에 닭 볏처럼 새빨개졌다.

"본가인 샤좡에서 돌아온 그날 밤, 그 애를 찾아가 얘기했죠."

"뭐라던가요?"

"어휴, 이런 일은요."

바이팅위가 어물거리며 넘어갔다.

"어떤 아가씨가 다짜고짜 좋다고 합니까? 그냥 서너 번 계속 빼기만 했죠. 그렇게 입으로는 싫다고 했지만 내심 화들짝 꽃이 피었을지 아무도 모르는 일이죠. 여자 마음이라는 것이 고집을 피우기 시작하면 정말 아무도 못 말려요. 하지만 아무리 험한 말도 일단 타서 한 바퀴 돌면 모두 순종하기 마련이죠. 괜히 고심할 필요 없어요. 여자들이 생각하는 게 다 그렇지요. 하긴 현장님이 뭘 알겠나! 내 조카가 성격은 확실히 좀 드세지만 마음은 순수하고 천진난만합니다. 결혼해서 살다보면 좋아질 거예요."

탄궁다는 혼자 잔을 들어 술을 들이켰다. 기분이 울적했다. 바이팅위의 말인즉, 그녀가 원하지 않는다는 건데……. 선을 보고 싶지 않다고 한 건 그렇다 치자. 조금 전 대놓고 날 무시한 건 내 나이가 많아서일까? 그러자 다시 밑도 끝도 없이 화가 치밀었다. 그냥 이 정도로 그만두고 싶기도 했지만 갓 피어난 복사꽃처럼 화사하고 요염한 그녀의 얼굴을 생각하자 차마 물러서기가 아쉬웠다. 한참을 멍하니 아무 말 없이 주저하고 있는데, 갑자기 바이팅위가 입을 열었다.

"집에 가면 집 안팎 좀 정리해요. 돼지우리처럼 해놓지 말고요. 이 늙은이가 보기에도 창피할 정도라고요. 모레 아침 일찍 그쪽 식구들 데리고 갈게요."

탄궁다는 자기 귀를 의심했다.

"누, 누구를 데리고 온다고요?"

"왜 그래요? 첸다쥔이 말 안 하던가요? 잊어버릴 게 따로 있지. 우리 형하고 형수가 현에 한번 들른다고 했어요. 탄 형 얼굴도 보고 현 구경도 하면서 물건도 좀 산다고. 오늘 저녁에 도착해요. 이미 출발했을 거예요."

"첸다쥔이 말은 했겠죠. 내가 무심코 들어서 그렇지."

탄궁다는 얼이 빠진 것처럼 보였다. 생각해보니 그저께 낮에 첸다쥔이 자기 사무실에 다녀갔을 때였다. 탄궁다는 마침 새로 성립된 현縣

과학기술위원회 사람들과 메탄가스 시범사업에 관한 이야기를 나누고 있었다. 첸다쿼이 그를 밖으로 불러내 가구는 뭐가 더 필요한지 물었다. 탄궁다는 과학위원회 사람들을 보낸 후 첸다쿼이 왜 뜬금없이 가구 이야기를 꺼냈나, 라고 의아해하며 조금 답답해했던 기억이 어렴풋이 떠올랐다.

9

탄궁다의 집은 현위원회에서 멀지 않았다. 주위가 오래된 나무로 둘러싸여 매우 한적하게 느껴졌다. 원래 그 집에는 '펑'씨 성의 과부 한 사람이 살고 있었다. 실제로 과부라고 할 수는 없지만 남편이란 사람이 허구한 날 밖으로만 나돌며 10년 넘게 소식이 없었고 생사도 불분명했다. 외모가 제법 뛰어나다보니 남자들이 꼬이면서 매춘을 시작했다. 1953년, 메이칭의 삼반공작조三反工作組13)가 그녀를 시가지 입구 비판투쟁집회에 불러냈지만 한사코 거부했다. 그러자 마지막에 젊은 사람 몇 명이 새끼줄을 그녀의 목에 걸어 마치 개 끌고 가듯이 문밖 골목까지 질질 끌고 갔다. 구경꾼들이 골목을 빽빽하게 에워싸고 점차 혼란이 가중되면서 지역 건달들까지 가세해 상황은 극으로 치달았다. 서로 밀치고 당기고 욕을 퍼부으며 펑 과부에게 달려들어 그녀의 옷을 다 벗겨버

---

13) 삼반공작: 1951년 말부터 1952년 10월까지 당정기관 직원들 사이에 펼쳐진 탐욕, 낭비, 관료주의 반대 작업을 말한다.

렸다. 펑 과부는 창녀이긴 했지만 그래도 반듯한 사람이었다. 집으로 돌아온 그녀는 들보에 목을 매 자살했다.

옆집에 사는 신방판공실의 쉬씨 말이, 그날 아침 시신 수습을 도우러 갔는데 과부 책상에 타다 만 초가 있었고 그 옆에는 종이에 시가 한 수 적혀 있었다고 한다. 자살하던 그날 밤 쓴 것인지는 확인할 수가 없었다.

꽃 피어나니 상념 담은 듯
꽃 흐드러지니 타오르고 싶은 듯
하룻밤 비바람에
낭자狼藉한 꽃잎, 차마 볼 수 없네.

그녀의 집 창문 아래 해당화가 한 그루 있는 걸 보면 아마도 해당화를 읊은 것 같았다. 쉬씨 말이 벽에 작은 독사진 하나가 걸려 있었는데 펑씨의 젊었을 때 사진으로 뿔테 안경을 쓴 모습이 공부를 좀 한 사람으로 보였다고 했다. 외지에서 온 과부는 평소 사람들과 말을 잘 섞지 않았기에 그녀의 과거를 아는 이웃이 없었다. 성품이 좋은 사람이라 사람들을 만나면 언제나 웃기는 하는데 겁이 많은 듯 사람을 정면으로 바라보지 못했다. 펑 과부가 죽은 후 그녀의 집은 주인 없는 집이 되어 현 간부들에게 배정되었다. 원래부터 음침했던 이 집에서 목을 매달아 죽은 사건까지 생겼으니 간부 가족들은 이 집이 재수 없는 불길한 집이라고 하며 마지막까지도 원하는 이가 없었다. 결국 이 집은 탄궁다의 차지가 되었다.

탄궁다가 막 그 집으로 이사를 갔을 때 마당의 커다란 아카시아나무 아래 녹슨 어린이 자전거가 있었던 것을 기억한다. 당시 메이청에서는 귀한 물건이었다. 마치 그 과부의 과거가 평범치 않았음을 말해주는 것 같았다. 아이가 있었을지도 모른다. 아이가 일찍 죽은 걸까? 아니면 다른 곳으로 갔을까? 알아볼 길이 없었다. 아카시아나무 옆에 우물이 하나 있었고, 마당의 썩어버린 대나무울타리 사이로 옆집 닭이 수시로 들어와 모이를 먹는 바람에 작은 채마밭에 남아나는 것이 없었다. 부엌은 작은 우물을 따라 안방과 이어져 있었는데 모두 벽돌담에 반투명의 얇은 기와가 얹혀있었다. 방은 크진 않았지만 밝고 반듯했다.

거실에 나무로 만든 조그만 문이 하나 있었는데 이 문은 뒤쪽 작은 뜰로 이어져 있었다. 폭이 좁고 자갈이 깔린 바닥 가운데 한 떨기 제라늄이 심겨 있었다. 사방에 높은 담장이 둘러쳐 있는데 담장 밖으로 물억새가 지천에 깔려 있고 큰 강이 흐르고 있었다. 강을 오가는 선박의 기적소리가 이따금씩 울려 퍼졌다.

그날 밤, 밤이 깊어서야 3급 간부회의를 마치고 돌아왔다. 하루 종일 분주히 움직였더니 물 먹은 솜처럼 몸이 무겁고 기운이 없었다. 세수도, 양치도 하지 않은 채 그대로 침대에 엎어져 잠이 들었다.

한밤중에 갑자기 비가 오기 시작했다. 기와 고랑에 후두둑 빗방울 떨어지는 소리가 들렸다. 몽롱한 잠결에 동쪽 창문을 통해 들어온 빗방울이 얼굴을 내리치는 것이 느껴졌다. 침대 위 모기장도 바람에 너풀거리며 자꾸만 머리를 휘감는데 아무리 떼어내려 해도 자꾸만 휘감겼다. 일어나 창문을 닫아야겠다고 생각하면서도 눈을 뜰 수가 없었다.

얼마나 지났을까, 갑자기 창밖에서 여자 웃음소리가 들렸다. 가슴이 철렁했다. 설마 정말 귀신이 있는 것은 아닐까! 화들짝 놀라서 잠에서 깼다. 허겁지겁 얼굴에 덮인 휘장을 걷어치우고 눈을 떠보니 벌써 아침이 밝아 있었다.

톈샤오펑이 창밖에 서서 킥킥거리며 웃었다.

"현장님, 어제 저녁에 창문도 안 닫고 주무셨죠? 침대가 빗물에 떠내려가겠어요!"

탄궁다는 후다닥 침대에서 일어났다. 침대 주위가 온통 물바다였다. 그는 침대에서 뛰어내려 신발을 끌고 마당으로 나가 문을 열었다.

"정말 곤히 잠드셨더군요." 첸다췬이 손에 담배를 들고 문밖에서 그를 바라보며 미소를 지었다. "우리는 집 마당을 말끔히 정리할 생각이었지 현장님을 깨울 생각은 아니었어요."

그의 뒤편으로 예닐곱 명의 젊은 여자애들이 서 있었는데 너 나 할 것 없이 그를 바라보며 킥킥거리고 웃어댔다. 그녀들은 모두 현 기관의 여러 부서에서 일하고 있는 직원들로 첸다췬이 집을 청소시키기 위해 데려온 이들이었다.

"이 낡은 집이야 나중에 내가 정리하면 되는데, 굳이 여러 사람들 휴식 시간을 빼앗을 필요 있나?" 탄궁다가 눈을 비비고 하품을 하면서 말했다.

"여하간 우리는 딱히 할 일도 없고 한가하던 참이니 의무노동이라고 생각하죠."

첸다췬이 이렇게 말할 때 톈샤오펑도 마당을 돌아 들어왔다. 탄궁다는 그녀가 허리에 꽃무늬 천으로 만든 앞치마를 질끈 동여매고 배를 불뚝 내민 채 마치 오리처럼 뒤뚱거리며 걸어오는 것을 보고 첸다췬을 향해 웃으며 말했다. "어떻게, 샤오펑도 왔네?"

"물론이죠, 벌써 6개월이나 되었는데요." 첸다췬이 웃으며 말했다.

산하는 잠들고

"처음부터 이것저것 가리지 않고 일찌감치 장가를 갔다면 지금쯤 아이들이 마당 가득 뛰어놀고 있겠죠."

텐샤오펑이 말을 받았다. "현장님, 우리 집 양반이 소개해준 여자만 해도 한 다스는 되겠어요. 조건이 좋으면 바랄 수가 없고 조건이 나쁘면 눈에 차지 않는다고 하더니 현장님 눈에 드는 이가 정말 없나 봐요. 하지만 바이 부현장이 처음으로 중매를 섰으니 서둘러 신방을 꾸며야 할 거예요. 그 아가씨는 인품으로 보나 생김새로 보나……."

첸다쥔이 마누라를 보고 손을 휘젓더니 다시 눈짓을 해댔다. 샤오펑은 그제야 하려던 말을 끊었다. 탄궁다가 멋쩍게 웃으며 말했다. "팔자八字의 한 획도 긋지 않았는데요. 아직 어찌될지 모르잖아요."

"집 정리하는 일은 샤오펑이 진두지휘하라고 하고, 우리는 방안에 들어가서 이야기나 하지요. 참, 맞다. 바오쯔包子(소가 든 만두)는?" 첸다쥔이 고개를 돌리며 물었다. 코르덴 조끼를 입은 여자애가 쪼르르 달려오더니 손에 든 종이봉지를 탄궁다에게 건넸다. "저희가 오는 길에 샀는데, 아직 따끈따끈해요. 현장님이 조반을 드시지 않았을 것이라고 첸 부현장이 말씀하셨거든요."

"맞아요. 첸 부현장님은 현장님이 조반을 드셨는지 오직 그것만 걱정하시더라고요." 다른 여자애가 말했다. "우리가 아침밥을 먹었는지 안 먹었는지는 전혀 관심이 없으시더라고요."

사실은 우스개로 한 말이었는데 막상 입 밖으로 내뱉고 보니 그녀 자신이 생각하기에도 어딘가 껄끄럽다는 생각이 들었다. 그러던 차에 텐샤오펑이 자신을 바라보며 눈을 흘기자 그녀는 얼굴이 벌겋게 달아올라 그 자리에서 어쩔 줄을 몰랐다. 자신도 모르는 사이에 곤경에 처한 것 같았다.

탄궁다가 그 모습을 보고 서둘러 손에 든 바오쯔를 그녀에게 넘겨주며 말했다. "자, 함께 먹어. 함께 먹자고."

"저는 이미 아침밥을 먹었어요. 조금 전에 한 말은 그냥 웃자고 한 소리였어요." 그녀가 말했다. 탄궁다는 그녀가 왠지 안면이 있다는 생각이 들어 물었다. "무슨 부서에서 일하지? 이름이 뭐야?"

"양짜수이羊雜碎." 첸다쥔이 웃으며 말했다. "저 애의 입이 수다스러워서 그 유명한 낙후분자落後分子입니다."

그가 이렇게 말하자 주변에 있던 사람들 모두 웃기 시작했다.

첸다쥔은 집안으로 들어가 성큼성큼 걸으며 모든 방을 휘젓고 다녔다. 이거는 버리고 저거는 바꾸고, 저쪽 벽에는 그림을 걸고, 이쪽 탁자에는 화병을 놓고. 이렇게 한참 동안 자기 혼자 말하고 다니더니 잠시 후 팔을 들어 시계를 보면서 또다시 중얼거렸다. "야오페이페이는 왜 이렇게 안 오는 거야?"

"왜? 그녀까지 불렀어?" 탄궁다가 바오쯔를 먹으며 웅얼거렸다.

"불렀어요. 어제 퇴근길에 우연히 만났거든요. 그녀도 오겠다고 했어요. 그녀는 산만하고 게을러서 아마 아직도 잠자리에서 일어나지 않았을 걸요?"

"불러서 뭐하게? 괜히 도와준다고 하면서 더 성가시게 만들 텐데."

"그래도 너무 무시하지 마세요." 첸다쥔이 말했다. "상하이에서 왔다고 하잖아요. 집안도 돈깨나 있는 자본가라고 하고. 나름 큰물에서 놀아본 적이 있는 사람이에요. 제가 그녀보고 오라고 한 것은 집안 구조를 살펴보고 가구나 장식품을 더 사야 할지 말아야 할지 물어보기 위한 거예요."

"그녀가 자본가 집안 출신이라는 것은 어떻게 알지?"

"아, 한 1주일 전쯤인가, 상해시 제3여자중학에서 간부 두 사람이 온 적이 있어요. 탐문조사차 왔다고 하는데, 야오페이페이가 메이청에서 어떻게 살고 있는지 상황을 알아보려는 것 같았어요. 그애 집안의 산더미 같은 이야기를 말하자면 엄청 길어요."

두 사람이 한참 이야기를 나누고 있을 때 문밖에서 시끄럽게 웃고 떠드는 소리가 들렸다. 탄궁다가 잠시 어리둥절하더니 이내 웃으며 말했다. "호랑이도 제 말 하면 온다더니 페이페이가 온 모양이네. 내가 나가봐야겠군." 말을 마친 그는 먹다 남은 바오쯔를 책상에 놔둔 채 서둘러 뛰어나갔다.

탄궁다가 마당으로 나가 보니 무슨 야오페이페이? 알고 보니 신방판공실의 쉬씨였다. 손에 가는 삼밧줄을 가지고 온 것을 보니 그를 위해 울타리를 엮으러 온 듯했다. 쉬씨는 나이가 많았음에도 제자리에 웅크렸다가 뒤쪽으로 몸을 뒤집어 공중제비를 도는 바람에 여자애들이 환호성을 지르고 난리가 났다. 집 마당 밖 큰길은 지난밤에 내린 비 때문에 떨어진 꽃송이가 가득하여 바람이 부는 대로 어지럽게 날아다녔다. 멀리 강가의 풀밭은 짙푸르기만 하고 사방은 텅 비어 적막한 것이 사람 그림자조차 보이지 않았다.

첸다췬 등은 한참을 바쁘게 일하다 저녁 어스름이 되어서야 돌아갔다.

탄궁다는 집 안팎을 둘러봤다. 먼지 한 점 없이 깨끗하게 정돈되어 있었다. 기분이 상쾌해졌다. 대나무 울타리도 수리되어 있고, 잡초도 다 뽑고, 우물도 말끔하게 청소되어 있었다. 마당에 어지럽게 놓여 있던 벽돌 부스러기나 돌은 벽 구석에 한데 쌓여 있었고, 채마밭에도 새로 흙을 뿌려놓았다. 쉬씨 아내가 집에서 채소 종자를 조금 가져다 심었다. 그녀가 탄궁다에게 말했다.

"다음에 두세 번 더 비가 오고, 보리 수확 철이 지나 새 신부가 들어올 때쯤이면 마당에 자라난 채소를 먹을 수 있을 거예요."

새로 바른 방의 창호지에서 은은한 흙냄새에 섞여 비누냄새가 느껴졌다. 한 가지 아쉬운 점이라면 모기장을 조금 늦게 빤 까닭에 아직 좀 축축하다는 것뿐이었다. 하지만 톈샤오펑이 떠나기 전 그래도 모기장을 달아주고 갔다. 작은 의자를 가져와 마당 가운데 우물 옆에 앉아 씻은 듯이 깨끗한 하늘, 나뭇가지에 걸린 달을 쳐다보고 있자니 문득 적막감이 밀려왔다. 귓가에 여자아이들의 말소리가 맴돌았다. 아직 떠나지 않고 자기 집을 들락거리는 것 같았다. 여자아이들이 짝을 지어 예쁘게 치장하고 재잘재잘 떠드는 모습은 색다른 재미가 있다. 평온하고, 아늑하고, 즐거운…… 여자아이들이 떠나고 나니 문득 마음속에서 뭔가가 빠져나간 느낌이다. 왜 이럴까?

이건 정말 문제다.

다음 날 오전 아홉 시 경, 바이팅위가 그의 형과 형수를 데려왔다. 바이무야오 부부는 만면에 웃음이 가득한 모습으로 크고 작은 선물들을 들고 왔다. 처음 방문이라 그냥 작은 성의로 지역 특산품을 좀 들고 왔다고 말했다.

"탄 형, 난 또 좀 일이 있어서 안 들어갈게요. 가족끼리 이야기 잘 나눠요."

나가려던 그가 다시 돌아와 탄궁다에게 말했다.

"밥 할 줄 모른다는 거 알아요. 그래서 훙싱반점에 예약해뒀어요.

열두 시쯤 다시 부르러 올게요."

탄궁다는 두 사람을 거실 탁자 옆에 앉히고 잔을 준비해 차를 따랐다. 형수라는 사람은 머리의 파란 두건을 벗어 손에 쥐고는 잔뜩 어질럽혀져 있는 방을 둘러보며 말했다.

"집이 꽤나 넓네요. 정리도 깨끗하게 되어 있고요. 현장님이 살림을 잘하고 계시네. 다만 좀 너무 수수하긴 하네요."

그녀가 배시시 웃으며 탄궁다를 바라봤다. 탄궁다는 주머니에서 담배 상자를 꺼내 손톱으로 연 후 바이무야오에게 담배를 권했다. 바이무야오가 황망히 손을 내저으며 연거푸 담배를 거절했다.

"아닙니다, 괜찮습니다."

여자가 남편을 힐끗 쳐다본 후 탄궁다를 향해 웃으며 말했다.

"평소에 피우긴 하는데 낯선 사람 앞에서는 거북해해요. 한 번만 더 권하면 혀라도 깨물지 않을까 걱정되네요."

그녀가 팔꿈치로 남편을 툭 건드렸다.

"앞으로 한 식구가 될 거잖아요. 현장님이 권하면 그냥 피워요."

바이무야오는 말주변이 없었지만 오십 대의 매우 크고 건장한 남자였다. 그런데 옆으로 시선을 돌려 여자의 얼굴을 본 순간, 탄궁다는 소스라치게 놀랐다. 바이샤오셴과 완전히 판박이였다. 그럼 바이샤오셴도 나중에 저렇게 늙는다는 건가? 눈 아래가 벌겋게 축 늘어지고, 턱은 두 개에다 코도 펑퍼짐하고 웃을 때마다 주름이 가득한 저런 모습으로? 어제 문화선전공작단에서 그녀를 봤을 때 느꼈던 신비한 느낌은 전혀 찾아볼 수 없었다. 머릿속으로 그녀가 늙어가는 모습을 그려보니 절로 슬픔이 밀려왔다. 허망한 눈빛으로 자신을 뚫어져라 쳐다보는 탄궁다의 모습에 여자는 어리둥절했다. 처음에는 그냥 꾹 참으며 어색한 웃음만 웃고 있었지만 현장이 계속 멍한 눈빛으로 자신을 바라보자 절로 얼굴이 붉어지며 마음속으로 이상한 생각이 들었다. 저렇게 입을 벌리고 계속 웃을 듯 말 듯 왜 날 빤히 바라보는 거지? 혹시 색정광인가? 난 쉰이 넘었으니 그럴 가능성은 없겠지만…….

여자의 직감으로 볼 때, 미래의 사위가 마흔을 넘기긴 했지만 양미간에 여전히 영특하고 용맹한 기운을 간직하고 있다는 생각이 들었다. 또 뭔가 사람의 마음을 설레게 만드는 꿈결 같은 눈빛을 가지고 있었다. 조금만 더 젊었더라면 아마도 수많은 여자들이 그로 인해 망가졌을지 모른다. 어제 시동생은 언뜻 보면 현장의 첫 인상이 좀 바보 같은 데가 있다고 몇 번이나 말했었는데……. 하지만 명색이 현장인데 좀 멍청해 보여도 별로 문제될 건 없었다.

이런 생각을 하며 그녀가 탄궁다에게 말했다.

"샤오셴은 다른 건 다 좋은데 고집이 좀 세요. 듣자하니 그저께 공작단에 갔을 때 현장님을 대놓고 무시했다는데 정말 말도 안 되는 일이죠. 현장님뿐만 아니라 우리에게도 마찬가지예요. 다 아빠 탓이죠. 어릴 적부터 오냐오냐 키워서 버릇을 다 버려놨어요."

탄궁다가 서둘러 말했다.

"따님 탓할 건 아니에요. 저랑 나이 차이가 너무 많아서, 아마 제가 싫지 않을까 걱정이네요."

"아뇨, 아뇨!"

여자가 말했다.

"그럴 리가요. 어제 하루 종일 애한테 좀 언짢은 소리를 했는데 아무 소리 없는 걸 보면 그래도 조금은 마음이 있나 봐요. 원래 오늘 데려오려고 했는데 공작단에서 아침 일찍 공연이 있어서 시골에 내려갔어요."

잠시 뜸을 들이다 여자가 다시 입을 열었다.

"해 넘기고 나면 우리 애도 스물이에요. 우리는 정월 초에 혼사를 치르면 어떨까 이야기하는 중이에요."

탄궁다는 대답 대신 그냥 웃었다.

"샤오셴은 집에서 막내예요. 위로 오빠가 둘 있고요. 큰애는 원래 아버지랑 장사를 하려고 산시성山西省부터 광둥성, 광시성廣西省까지 여러 지역을 다녔어요. 원체 성실하고 믿을 만하고요 그런데 해방이 되고 나서 장사를 못하게 되니 집에서 그냥 소꼬리만 잡고 있지요(하는 일 없이 지냄). 작은애는 올해 열여섯인데 주산을 잘 해요. 아이들 중에 가장 영리하죠. 오늘 이 자리에서 혼사가 정해지면 앞으로는 한집안이잖아요? 저……, 그냥 까놓고 말씀드릴게요. 현장님이 말씀 좀 잘해서 두 아이가 현에서 일을 좀 할 수 있게 해주세요."

"그건 불가능합니다."

탄궁다가 딱 잘라 말했다.

그가 몇 마디 말을 덧붙이려는 순간, 갑자기 여자가 허벅지를 내리쳤다.

"아이고, 뭐가 불가능합니까? 하나는 현장, 또 하나는 부현장. 모두 우리 집안사람인데 두 사람이 나서서 말하면 누가 감히 거부하겠습니까? 이런 사소한 일도 못한다면 그건 말이 안 되지요!"

첫 만남부터 대놓고 이런 주제넘은 요구를 하다니, 앞으로 진짜 결혼이라도 한다면 장인, 장모된 명분으로 어떤 일을 벌일지 모른다! 그는 속으로 심히 불쾌했다. 또한 말끝마다 바이샤오셴을 조건으로 협박을 한다는 느낌이 들면서 혐오감이 일었다. 그의 얼굴에서 웃음기가 싹 가시며 정색을 했다.

"그건 안 됩니다. 정말 안 될 일입니다."

"한 번에 둘을 집어넣기가 힘드시면 이렇게 하죠,"

여자가 억지웃음을 지었다.

"우선 큰애 자리부터 잡아주고, 작은애는 몇 년 후에 해주시면 돼요. 한껏 양보해서 현 정부가 불편하면 뭐 향장, 부향장 자리도 괜찮습니다. 현장님 아래에서 일을 하기는 좀 어색할 수도 있겠네요."

"현이고, 향촌이고 안 됩니다. 간부의 임면은 일정한 규정과 절차가 있습니다. 누구 한 사람이 나선다고 되는 것이 아닙니다."

탄궁다가 단호하게 그녀의 요구를 거절했다.

여자는 탄궁다가 한 번 고민하는 척하지도 않고 자신의 요구를 딱 잘라 거절하자 세상물정에 도통 어두운 사람이라고 생각했다. 크게 실망한 그녀는 낯빛이 달라졌다. 화가 나서 더 이상 말을 잇지 못했다. 한편으로는 마음속으로 딸이 걱정되기 시작했다. 이 사람 정말 바보로군! 어쩌다 이런 사람이 현장이 됐지? 정말 모를 일이야. 누구 다른 사람이라도 함께 있었다면 가식을 떠느라 그렇다 쳐. 하지만 다른 사람도 없는데 청렴결백한 척하기는! 이런 생각이 밀려오자 모욕을 당했다는 생각에 화가 치밀었다. 그녀는 바이팅위가 '절대 말해서는 안 된다'고 한 경고는 깡그리 까먹은 채 냉소를 지으며 말했다.

"이것도 안 된다, 저것도 안 된다! 그럼 목욕탕에서 산가지나 팔던 계집애는 뭐죠? 쓸데없이 가만히 있는 그런 애한테는 자리를 마련해주는 것도 모자라 호구까지 만들어줬다면서요? 그러면서 왜 우리 집 애들에게는 그렇게 매몰찹니까?"

그녀의 악다구니에 바이무야오와 탄궁다 두 사람 모두 경악을 금

산하는 잠들고

치 못했다. 여자는 자기도 말이 지나쳤다 싶었는지 조금 겁먹은 모습으로 고개를 돌리고 앉아 얼굴이 벌겋게 달아올랐다.

그녀의 말을 들은 탄궁다는 상대하기 만만찮은 지독한 여자라는 사실을 깨달았다. 이렇게 다투다 이웃들까지 알게 되면 그야말로 웃음거리가 될 것이다. 게다가 야오페이페이의 일은 분명히 자기 시동생 입에서 나온 말일 테니, 지금 문제를 삼으면 바이팅위의 체면도 구겨질 일이었다. 탄궁다는 한동안 화를 진정시키고는 웃는 얼굴로 조용히 말했다.

"이 일에 대해서는 나중에 바이 부현장과 상의하지요. 어떻습니까?"

탄궁다는 분위기를 풀어보려 말을 돌렸지만 여자는 여전히 씩씩거리며 불쾌함을 감추지 않았다. 한동안 침묵이 이어지면서 모두가 어색하고 난처한 자리가 되어버렸다.

잠시 딴 얘기를 하던 탄궁다가 농촌합작사에 관한 의견을 물었다. 그의 물음에 시종일관 입을 다물고 있던 바이무야오가 입을 열었다.

"합작사요? 그건 이미 취소된 것 아닙니까?"

"취소라뇨?"

탄궁다는 자기 귀를 의심했다. 그가 인상을 찌푸리며 소리를 높였다.

"누가 취소하라고 했습니까?"

"지금은 모두 다 개인 소유로 돌아간 것 아닙니까?"

바이무야오 역시 의아한 눈초리였다.

여자가 말했다.

"그게 어떻게 된 거냐 하면, 합작사에 귀속되었던 논밭을 다시 개인들에게 분배했어요. 우리 집도 그렇게 해서 60평짜리 연못을 받았어요. 올해 초봄에 치어 5백여 마리를 풀었으니 설 지나면 거둬들일 겁니다. 그때 현장님께도 큰 걸로 잡아 보낼 테니 맛이라도 좀 보세요."

탄궁다의 얼굴이 어두워지면서 애써 화를 억누르고 물었다.

"누가 그렇게 했습니까?"

"마을 간부가 그러는데 위에서 무슨 새로운 정신이 내려와……."

바이무야오의 말이었다.

"위라니요, 향이요? 현이요? 아니면 성 말입니까?"

다그치는 현장의 안색이 일그러지고 말투에 잔뜩 화가 섞여 있다는 것을 감지한 여자가 재빨리 남편의 소매를 잡아당기며 웃었다.

"그런 건 우리는 잘 모르죠. 우리가 무슨 관리도 아니고, 그런 걸 어떻게 알겠어요?"

"잠깐 앉아계십시오. 나갔다 오겠습니다."

탄궁다는 쌀쌀맞게 말한 뒤, 자리에서 벌떡 일어나 방으로 전화를 걸러 갔다.

전화통을 잡은 후에야 탄궁다는 오늘이 일요일이라서 출근한 사람이 없을 거라는 생각이 들었다. 그는 첸다쥔 집에 전화를 걸었다. 톈샤오펑이 전화를 받았다. 조금 전 바이 부현장이 불러서 나갔는데 무슨 일인지는 모른다고 답했다. 이어 그녀가 웃으며 물었다.

"맞선 본 것은 성공했어요? 장모님이 집을 잘 정리했다고 칭찬하던가요?"

탄궁다는 그녀와 농담할 기분이 아니었기에 대충 얼버무리고 전화를 끊었다.

그가 전화를 끊고 와 보니 바이무야오 부부는 벌써 사라지고 없었

산하는 잠들고

다.

10

그날 밤, 탕비원은 청진관에서 야오페이페이에게 한턱을 냈다. 야오페이페이가 자전거를 타고 식당에 도착하니 탕비원이 벌써 창가의 작은 식탁에 자리를 잡고 그녀를 기다리고 있었다. 탕비원이 다짜고짜 그녀의 소매를 잡아당기더니 호들갑을 떨며 그녀에게 말했다.

"어서 앉아 봐, 어서! 놀라운 소식이 있어."

"놀라운 소식? 너 남자친구라도 생겼어?"

야오페이페이가 웃었다.

"헛소리는! 남자친구는 네가 생긴 것 아냐? 좀 진지하게 들어 봐."

탕비원이 그녀를 자기 곁으로 바짝 잡아당긴 후 작은 소리로 말했다.

"너네 양아빠 있잖아, 날 샜대."

"양아빠고, 음아빠고 헛소리 좀 그만해!"

야오페이페이가 눈살을 찌푸렸다. 잠시 후 그녀가 다시 입을 열었다.

"신바람이 나서 장모님 만나러 가지 않았어? 근데 이렇게 빨리 날이 샜다니?"

"싸웠대."

탕비원의 목소리에 잔뜩 힘이 들어있었다.

"무슨 일인지는 모르겠어. 그런데 현장 장모 될 여자가 엄청나대. 우리 바이 부현장 얼굴을 좍좍 긁어놨대."

"대체 누구랑 싸웠단 이야기야? 말을 좀 정확하게 해 봐."

"현장 장모될 여자랑 바이 부현장이 싸웠대."

그녀에 말에 두 사람 옆에서 주문을 받으려고 서 있던 종업원이 '푸!' 하고 웃음을 터트렸다.

"현장 장모될 사람이라면 바이 부현장의 형수잖아?"

"그래, 맞아."

야오페이페이가 종업원을 힐끗 쳐다보며 말했다. "우리 두 사람 이 야기 좀 하다가 시킬게요."

종업원이 미소를 지은 뒤 종종걸음으로 가버렸다.

탕비원은 그제야 오늘 낮에 일어난 일을 줄줄이 풀어놨다.

"오후에 엄마랑 현의원에 진찰하러 가서 약 타고 나오다가 우연히 현장 지프차 모는 왕 기사를 만났거든. 혼자 복도 벤치에 멍하니 앉아 있기에 뭐 하느냐고 물었더니 왕 기사 말이 바이 부현장을 모시고 상처 를 치료하러 왔다고 하더라고. 그래서 부현장님이 무슨 일이냐고 물어 봤지. 그랬더니 왕 기사가 누구한테 맞았다고 했어. 간덩이가 부었지, 누 가 감히 부현장님을 치냐고 했어. 왕 기사가 아무 말 없이 그냥 자리에 앉아 씩 웃는 거야. 내가 자꾸만 물고 늘어지니까 날 계단 입구로 데려 가서 살짝 알려줬어. 바이 부현장이 형수하고 싸웠다고. 아니, 시동생하 고 형수하고 무슨 힘겨루기를 한다고, 게다가 그 여자 현장님 선보러 갔 었잖아?"

"왕 기사가 구체적인 상황은 자기도 정확하게 모르겠고, 어쨌거나 가족끼리 낮에 훙싱반점에서 밥을 먹다가 싸움이 벌어졌대. 왕 기사는 원래 바깥 자리에서 먹고 있었는데 안에서 욕하는 소리가 점점 커져서 어쩔 수 없이 들어갔었나 봐. 그런데 들어가 보니 바이팅위가 서서 화 를 내고 있더래. 그렇게 오랫동안 부현장을 모셨지만 단 한 번도 그때처럼 화를 내는 걸 본 적이 없다나? 부현장이 자기 형이랑 형수를 가리키며 욕을 했대. 제기랄, 두 사람 도대체 뭐하는 사람들이에요? 미친 개자식도 아니고. 자기 분수를 몰라도 그렇게 몰라! 어떻게 현장님한테 그런 말을 해요? 현장이 형네 집이나 지키는 사람이에요? 어? 그렇게 백만 번 천만 번 부탁했는데, 내가 아침에 한 말은 어디로 들었냐고요!"

"부현장의 형은 그래도 괜찮아. 어디 그 형수라는 이가 욕먹고 가만히 있을 여자야? 식탁에 있던 고기 한 접시를 냅다 자기 시동생 얼굴에 던져버렸대. 그 순간 부현장님이 목을 움츠렸는데, 접시가 그대로 부현장님 정수리를 맞고 날아가 문틀에 부딪히며 산산조각이 났지. 부현장님이 형수고 뭐고 그 여자에게 삿대질을 하면서 소리쳤대. '다시 한 번 개지랄 떨면 당장 사람을 시켜 감옥에 처넣어버리겠어!' 그 말에 그 여자가 대성통곡을 하면서 욕을 퍼부었겠지. '어차피 더 이상 살고 싶지도 않아!'라는 소리와 함께 부현장님에게 몸을 날리면서 같이 죽자고 덤볐대. 부현장님이 놀라서 식탁을 빙빙 돌며 '왕 기사, 왕 기사! 빨리 이 미친 여자 좀 막아!'라고 소리쳤대. 하지만 자기가 어떻게 말리냐고 그러더라. 식당 사람들이 둘을 갈라놓았을 땐 이미 부현장님 얼굴이 온통 벌겋게 손톱자국이 나서 엉망이 되고 말았다나 봐!"

"왕 기사 말이, 아마도 바이무야오 부부가 현장님에게 해서는 안 될 말을 한 것 같대. 원래 부현장님이 낮에 현장님이랑 식구들과 같이 식사를 할 거였는데 한참 동안 전화를 해도 현장님이 안 받았대. 그래서 오늘 네 양 아빠 일이 순조롭지 못했구나 생각한 거지."

탕비원이 그럴 듯한 표정으로 '놀라운 일'을 이야기하는 동안 야오 페이페이는 별반 관심 없이 삐딱하게 고개를 기울인 채 그녀를 덤덤하게 바라봤다. 그저 탕비원 혼자서만 깔깔거리며 웃느라 정신이 없었다.

"얘, 너 왜 그래? 안 웃겨?"

"웃길 게 없는데?"

페이페이가 어깨를 으쓱하며 지겨운 듯 턱을 괴었다. 뭔가 생각에 잠긴 듯했다. 탕비원은 흥이 아직 가시지 않았지만 페이페이의 표정이 딱히 좋아 보이지 않자 그냥 입을 다물고 종업원을 불러 음식을 시켰다. 잠시 후 탕비원이 다시 어제 현장 집 정리해준 이야기를 꺼냈다. 그녀가 물었다. "어제 오전엔 왜 안 왔어? 첸다쿼이랑 탄 현장이 계속 너 왜 안 오냐고 물어보던데. 그래서 병났다고 거짓말했어."

"나 때문에 거짓말할 필요 없어. 그냥 안 가고 싶었어. 첸다쿼이야 자기 직속 우두머리한테 아첨하느라 그런 거겠지. 난 그런 거 싫어."

"안 가길 잘했어. 집 안팎으로 치우느라 하루 종일 힘들어서 미쳐 죽을 것 같았어. 물 한 모금도 마실 수 없었거든. 지금까지 허리가 쑤시고 아파."

"그래도 싸네. 그 사람들이 호루라기 불자마자 엉덩이 흔들며 달려갔잖아. 그러니 당해도 싸지 뭐야!"

야오페이페이가 웃었다.

탕비원은 온종일 노동을 하긴 했는데 수확이 하나도 없는 건 아니었다며 적어도 어쩌다보니 '중대한 비밀' 하나는 발견했다고 말했다. 야오페이페이는 '양짜수이'가 평소 호들갑스러운 성격이라 소문만 들었다 하면 입이 근질거려 참지 못한다는 걸 알고 있었기에 '중대 비밀'이 뭔지 애써 묻지 않았다. 페이페이는 고개를 숙인 채 식사만 했다. 한참 동안 간지러운 입을 꾹 눌러 참고 있던 탕비원은 먼저 비밀을 털어놓기로 마음먹었다.

"페이페이, 현장이 왜 마흔이 넘어서까지 아직 배우자를 못 찾았는지 알아?"

"적당한 사람을 못 찾았든지, 적당한 사람을 만났어도 상대가 싫다고 했던 거겠지. 이 두 가지 중 하나 아냐?"

"웃기시네."

탕비원이 말했다.

"현장이 비록 나이는 마흔이 넘었지만 잘 생긴 데다 늙어보이지도 않고, 이제 서른을 갓 넘은 사람 같잖아. 현장이란 지위에다 첸다췬, 바이팅위 같은 사람들이 앞 다투어 뚜쟁이를 자처하고 나섰으니 현장이 맘만 먹으면 하나는 당연하고 열 명, 스무 명 찾는 것도 식은 죽 먹기일 거야."

"어제 오전에 현장한테 만두 갖다 줄 때 자세히 얼굴을 들여다봤거든. 제법 잘 생겼더라고. 피부도 하얗고 고와."

탕비원은 이렇게 말하다가 키득키득 웃기 시작했다.

"그럼 대체 왜 그런 거라고 생각하는데?"

야오페이페이가 따라 웃으며 물었다.

"그건, 완벽한 색정광이기 때문이지. 완벽한 색정광!"

탕비원이 그럴듯한 표정을 지었다.

"현장이 색정광이라고 어떻게 단정해?"

"우리 거리에 두부가게 하는 색정광이 하나 있는데 평소에는 아주 멀쩡해요. 근데 예쁜 여자만 보면 눈알이 고정 돼서 굴러가질 않아. 그 눈빛, 난 정확하게 기억하는데 네 양아빠가 똑같지 뭐니. 그날 우리 여자애들 일곱 명이 마당에서 일을 하는데 현장이 나와서 우리랑 이야기를 나눴거든. 때로 나무도 보고, 하늘의 구름도 봤는데, 일단 여자애들에게 눈길이 가면 그냥 멍하니 정신을 못 차리는 것 있지? 그러면서 점차 눈에서 푸른빛이 돌기 시작해. 이게 바로 전형적인 색정광의 눈빛이지. 어릴 때 항상 두부가게 종업원들하고 함께 놀았거든? 내 눈이 틀림없어. 이런 사람들은 어떤 여자애 하나만 좋아하지 않아. 하늘 아래 모든 여자를 다 좋아하지. 마흔이 넘도록 아내가 없는 이유는 바로 그거야. 우리 엄마가 그러는데 하늘 아래 남자가 다 죽어도 절대로 그런 남자한테 시집가면 안 된대."

그녀의 말에 야오페이페이는 식탁에 엎드려 숨넘어갈 듯 킥킥거렸다. 실컷 웃고 난 페이페이가 말했다.

"그럼 현장이 널 그렇게 뚫어져라 바라봤다는 거야?"

"물론!"

탕비원은 색정광 이론을 증명하기 위해 자신을 희생할 수밖에 없었다.

"하지만 현장이 제일 좋아하는 사람은 현의 여성연합회 차오 양, 방송국의 주 양, 그리고 맞다! 당 사무실의 친 양이야. 친 양은 수줍음이 많잖아. 현장이 쳐다보니까 쑥스러워서 '현장님, 뭘 쳐다보세요?'라고 말하더라고. 그러자 현장이 그때야 정신을 차리고는 웃었어. 그리고 '깜짝이야, 쉬씨가 울타리 엮는 거 보고 있었는데'라고 했어. 애들이 서로 꼬집으며 몰래 킥킥거리느라 난리가 났었어. 탄 현장은 계속 그곳에서 멍하니 '차오 양, 뭐가 그렇게 우스워? 어디 한번 말해 봐'라고 하고 있고! 너무 웃어서 우린 허리가 끊어지는 줄 알았어. 쉬씨 아저씨조차 뒤돌아 입을 가린 채 웃더라고!"

"너도 참 헛소리도 좋아한다. 이젠 나 웃기려고 아주 생으로 이야기를 만들어내는구나? 현장이 너한테 못되게 굴지도 않았는데 그렇게 독하게 말할 필요 없잖아? 그 이야기가 만약 바이샤오셴 귀에 들어가 봐,

그럼 남의 혼사를 망치는 거잖아!"

"넌 왜 또 현장 편을 들고 있어? 우리 엄마가 그러는데 색정광은 동정할 필요가 없대. 동정하는 순간 상대에게 말려드는 거랬어."

탕비원이 진지하게 말했다.

"하지만 현장은 평소 기관에서 여자 직원에게도 아주 엄격하잖아. 네 말처럼 그러지 않는데……."

"하, 그건 그런 척하는 거야. 생각해 봐, 진짜 색정광이면 평소에는 반듯한 척해야 하잖아. 그러니 속으로는 얼마나 고통스럽겠어? 내가 알기로는 이런 색정광도 여러 종류가……."

"됐어, 됐어. 헛소리 그만해. 너무 웃어서 말할 기운도 없어."

"어때? 이제 기분 좋아졌지? 내가 널 즐겁게 만들었다고 확신합니다!"

"너 정말 나 놀린 거구나?"

"내가 일부러 널 놀리려고 그런 건지는 현장님과 사무실에 있는 시간이 길어지면 네 스스로 알게 되겠지."

식사 후 잠시 이야기를 나눈 후 탕비원이 페이페이에게 함께 산책을 하지 않겠느냐고 물었다. 이어 탕비원은 주머니에서 공연표 두 장을 꺼내 그중 한 장을 페이페이에게 줬다.

"내일 밤 8시 메이청 고등학교 강당이야. 이 표 두 장 때문에 그저께 첸다쥔과 한참 동안 말다툼을 했어."

"무슨 공연인데?"

"새로 무대에 오른 《십오관》十五貫(청나라 주소신朱素臣의 전기 작품)이란

---

14) 곤곡(昆曲): 16세기 말부터 성행한 중국 연극의 한 파. 경극(京劇)보다 앞서 발달한 중국의 전통극.

곤곡崑曲14)이야. 성에서 온 극단인데 메이청에서는 세 번밖에 공연 안 한대."

두 사람은 이야기를 나누며 어둡고 울퉁불퉁한 길을 따라 걸어갔다. 거리에는 사람도, 가로등도 하나 없었다. 양쪽 가게들이 모두 문을 닫아 좁은 틈새로 새어나오는 어두운 불빛만 거리에 깔리다보니 멀리서 보기에 마치 거리 전체에 사다리가 가로놓여 있는 것 같았다. 공급합작사 입구에 이르렀을 때 야오페이페이가 갑자기 무슨 생각이 난 듯 제자리에 멈춰 서서 탕비원에게 물었다.

"비원, 그날 식당 입구에서 첸다쿼을 만났을 때 뭔가 중요한 일로 너랑 상의할 일이 있다고 나오라고 하지 않았니?"

"이상해,"

탕비원이 어둠 속에서 부르르 떨더니 길게 한숨을 내쉰 후 중얼거렸다.

"그렇지 않아도 이 일을 네게 말할까 말까 생각 중이었는데 이렇게 네가 먼저 물어보네? 신기하지 않니?"

"무슨 일이래?"

탕비원은 한참 동안 아무 말도 하지 않았다. 어둠속이라 얼굴이 정확히 보이진 않았지만 심란한 마음이 그대로 느껴졌다. 어디선가 시냇물이 졸졸 흐르는 소리가 들렸다. 더 먼 숲속에서는 산비둘기 울음소리가 들려왔다.

"어차피 무슨 좋은 일도 아닌데……."

탕비원이 이렇게 말하며 혼자 앞으로 몇 걸음 걸어 나가더니 다시 뒤돌아 페이페이에게 말했다. "첸다쿼이란 사람 어떤 것 같아?"

"대체 무슨 일인데 그렇게 횡설수설이야?"

조급해진 페이페이는 마치 상대가 못다 한 말을 털어내기라도 할 듯이 탕비원의 팔을 잡아 마구 흔들어댔다.

　"넌 애가 근거도 없는 이야기는 잘도 떠들어대면서 정작 중요한 일은 이렇게 망설이기만 하고 말을 못해? 그래도 네가 말하기 불편하다면 그냥 입 닫아. 뭐라고 안 할게."

　"내가 왜 숨기고 싶겠어? 사실 나도 아직 확신이 없어서 그래. 사실대로 말하면 그냥 네가 너무 놀라고 무서워할까 봐 그렇지."

　"내가 무서워한다고?"

　페이페이가 의아한 눈초리로 말했다.

　"나랑 무슨 관곈데?"

　"됐어, 그냥 이야기 안 할래. 첸다쿼에게 맹세했거든."

　한참을 망설이다 탕비원은 그냥 입을 다물었다. 두 사람은 메이청 면방적공장 앞에서 몹시 지친 채로 헤어졌다.

　다음 날 오전, 4층 회의실에서 간부회의가 열렸다. 현위원회 사무실 양푸메이 주임이 야오페이페이를 불러 회의기록을 맡겼다. 회의실에 들어서니 얼굴 여기저기에 자약수紫藥水(겐티안 바이올렛용액)를 바른 바이팅위의 모습이 보였다. 언뜻 보기에는 마치 연극배우가 화장을 한 것 같았다.

　회의는 양푸메이가 주재했으며, 중심의제는 탄궁다가 제안한 메이청 대운하 건설 건이었다. 바이팅위, 첸다쿼의 황당한 표정을 보니 아마도 처음 제기된 의제 같았다. 양푸메이 이외에는 현장이 사전에 간부들에게 자기 뜻을 알린 것 같지 않았다.

　탄궁다의 구상은 다음과 같았다.

"강남에 자리한 메이청은 봄, 여름에 강우량이 많아 5, 6월 사이에 종종 강물이 불어나 홍수피해를 입습니다. 그러다 가을에 접어들면 강우량이 급격히 줄어들어 강바닥이 드러나고 황폐해진 땅이 끝없이 이어지기도 합니다. 오랫동안 농민들이 가뭄, 홍수 등의 고통에 시달리고 있다는 생각에 '밤새도록 생각한' 끝에 인공운하를 건설해서 메이청의 각 향촌을 연결해 가뭄 때는 창장의 물을 끌어 논밭에 대고, 강물이 범람하는 여름철이면 넘쳐나는 강물을 배수할 수 있어요. 그렇게 하면 한 번의 고생으로 오랜 시름에서 벗어나 매년 풍작을 기대할 수 있고 운하를 넓게 건설하면 배가 다닐 수 있어 수로 교통이 크게 개선될 수도 있습니다."

탄궁다가 말을 마치자마자 자오환장이 손에 쥐고 있던 빨간 연필을 높이 들어 올리며 발언 요청을 했다.

그는 메이청 현에서 주민의 노동력 및 재정을 악화시킬 운하를 건설하는 일은 불가능할 뿐만 아니라 그럴 필요도 없다고 말했다. 메이청 일대는 오랜 기간 적정의 강우량을 기록, 가뭄과 홍수 등의 재해가 현장이 말한 것처럼 심각하지 않다는 것이다. 실제로 그는 직접 지방지 사무실의 수문기상자료를 조사한 적이 있는데 비교적 심각한 홍수는 역사적으로 20년 전인 1936년에 단 한 번 발생했으며 그것도 창장의 둑이 터지는 바람에 발생한 재해였다고 했다. 또한 가뭄은 더더욱 드문 일로 이는 30여 년 전인 1919년에 발생했다는 것이다. 따라서 메이청에서 운하를 건설한다는 건 그야말로 뜬구름 잡는 허황한 잠꼬대라고 말했다. 게다가 푸지 댐 건설만 해도 이미 현기관 재정에 막대한 적자를 내고 있어 주민들의 고통이 이루 다 말할 수 없다고 했다. 3, 4년 후 발전기가 어느 정도의 전기를 생산할 수 있을 것인지도 지금으로서는 정확

산하는 잠들고

히 알 수가 없다는 말도 덧붙였다.

"어떤 방안도 모두 다양한 부분의 수용능력을 고려하고 과학적 논증과 정책을 거쳐야 합니다. 절대 누군가 하룻밤에 그런 꿈을 꾸고 가슴이 벅차오른 나머지 터무니없는 망상을 주장한다고 해서 결정할 수 있는 일이 아닙니다."

그의 말에 순식간에 회의장에 정적이 흘렀다. 야오페이페이는 탄궁다가 새파랗게 질린 얼굴로 계속해서 종이에 뭔가를 긁적거리는 모습을 힐끔힐끔 곁눈질하며 보았다. 자오환장은 아무도 입을 열지 못하자 우쭐하며 다시 말을 이었다.

"수상교통이라니, 이건 더더욱 황당무계한 일입니다. 우리가 무슨 경화瓊花(양저우의 시화市花인 꽃나무) 구경하러 양저우揚州에 갈 것도 아니고, 왜 우리가 수양제隋煬帝가 하던 짓을 따라해야 합니까! 역사책만 좀 뒤져봐도 당시 수양제가 징항대운하京杭大運河(베이징에서 항저우까지 이어지는 운하)를 건설하느라 얼마나 많은 이들이 죽어갔는지 알 수 있지 않습니까? 게다가 메이청은 구릉지에 있습니다. 험준한 준령은 없어도 작은 산들이 많아요. 주민은 많고 땅은 적은데 그런 곳에다 운하를 건설하면 좋은 밭들이 어떻게 되겠습니까?"

그때 첸다쿤이 더 이상 참고 앉아있을 수가 없었던지 자오환장을 향해 눈을 흘기며 코웃음을 쳤다.

"메이청에 홍수나 가뭄 같은 재해가 절대 없을 거라고 누가 감히 단언합니까? 만약 내년이라도 백 년에 한 번 올까 말까 한 홍수가 난다면 누가 책임을 질 겁니까? 누가 수양제예요? 할 말 있으면 똑바로 해요, 책 몇 권 읽은 것 가지고 괜히 빙빙 돌려 비난하지 말고!"

첸다쿤이 말을 마치자 바이팅위가 바로 이어서 말했다.

"탄궁다 동지의 제안에 전적으로 동의합니다. 걱정하거나 생각이 다르거나 아예 대놓고 반대하는 사람이 있는 것도 지극히 정상입니다. 하지만 탄 현장을 수양제에 비유하는 건 잘못일뿐더러 야박한 일입니다. 수양제가 대운하를 건설하면서 많은 사람이 죽었다는 건 사실일 수 있습니다. 하지만 언제 사람이 안 죽을 때가 있습니까? 안 죽는 사람도 있답니까? 관건은 죽는 사람이 누구냐를 봐야 하고, 또한 어떻게 죽느냐를 봐야 합니다. 태산만큼 중요한 의미를 갖는가, 아니면 깃털처럼 가벼운가를 생각해야죠. 당시 수양제가 대운하를 건설하며 버려진 옛 하도河道가 있습니다. 조금만 정리하면 이용할 수도 있지요. 게다가 메이청은 수로가 빽빽이 들어차고, 골짜기가 종횡으로 뻗어 있어서 일부 사람들이 생각하는 것처럼 그렇게 힘든 공정이 아닙니다. 노동력 부족이라면 운하 건설 시기를 겨울에서 봄 사이 농한기로 설정하면 문제가 안 됩니다. 게다가 현, 향의 각급 간부들을 동원할 수도 있습니다. 우리들 중 일부 간부, 그러니까 일부 간부 중에는 하루 종일 사무실에 앉아 일할 줄도 모르고 농사라고는 오곡조차 분간할 줄 모르는 사람들이 있어요. 뱃속에는 잡초만 자득 자라고, 머리는 녹슬고요. 정말이지 밖에 나가 햇빛 아래 근육 좀 움직여야 해요!"

눈치를 살피던 다른 간부들이 너도나도 지지를 표시했다. 이어 양푸메이가 표결에 들어갔다. 야오페이페이가 사람 수를 셀 때 손을 들지 않은 사람은 자오환장 한 사람뿐이었다. 그는 시뻘겋게 충혈된 눈으로 의자에 뻣뻣하게 앉아 있었다. 입에 물고 있는 담배에서 재가 뭉텅이로 몸에 떨어져도 알아차리지 못했다.

회의는 11시가 못 돼 끝이 났다.

간부들이 나간 후 야오페이페이는 탁자의 찻잔, 재떨이, 여기저기 흩어진 문서자료들을 정리하기 시작했다. 탄궁다의 자리로 간 그녀는 몽당연필 아래 놓여 있는 쪽지 한 장을 발견했다. 종이에 숫자 계산 몇 줄이 적혀 있었는데 그녀가 지난주에 탄궁다 사무실 탁자 위에서 본 것과 대충 비슷했다.

43-19=24
43-23=20
20-19=1

야오페이페이는 쪽지를 들어 창문 앞 햇살 아래에서 한참 동안 들여다봤지만 도무지 무슨 뜻인지 알 수 없었다. 그녀는 고개를 절레절레 흔들며 웃다가 종이를 구겨 쓰레기통에 버렸다.

11

탄궁다가 메이청 고등학교 강당에 들어섰을 땐 성의 석극단$^{錫劇團15)}$이 공연하는 《십오관》이 막을 올리기 직전이었다. 그는 서둘러 자기 자리를 찾았다. 뜻밖에 강당 맨 뒷줄 가장자리 자리였다. 최악의 자리였

---

15) 석극단(錫劇團): 석극(錫劇)연희단체. 석극은 장시성, 저장성 일대 설창(說唱) 예술의 지류로 고대 오가(吳歌)에서 발원했다. 예전에는 탄황(灘簧)이라고 불렀다.

다. 탄궁다가 최대한 목을 빼도 사회를 맡은 여자의 틀어 올린 머리끝 밖에 보이지 않았다. 그는 속으로 하필 이런 자리를 골라준 바이팅위를 원망하며 투덜대다가 문득 자기 옆에 앉아 있는 검은색 원피스를 입은 여자를 발견했다. 난초 향기가 은은하게 났다.

바이샤오셴은 그를 못 본 체하고 목을 꼿꼿이 세운 채 무대에만 시선을 고정하고 있었다. 해바라기씨 한 봉지를 들고 있었고 머리는 이제 막 감은 듯 촉촉했다. 강당의 불이 다 꺼져 있었지만 어둠 속에서도 그녀의 목선을 느낄 수 있었다. 어찌 저리 하얗고 길까? 탄궁다는 그녀의 머리카락과 몸에서 나는 향기를 한껏 들이켰다. 목구멍이 바짝바짝 타고 온몸의 피가 머리로 솟는 것 같아 머리가 어질어질했다. 바이팅위, 이 사람! 미리 언질을 좀 해주지 않고! 그는 애써 정신을 가다듬고 장내를 둘러봤다. 어찌해야 할지 갈피를 못 잡고 있을 때였다. 바이샤오셴이 시선은 그대로 앞을 향한 채 손에 들고 있던 종이봉지를 그에게 내밀며 말했다.

"먹을래요?"

탄궁다가 웃으며 손에 찬 땀을 바지에 닦은 후 봉지에서 씨 몇 개를 집었다. 어색하나마 첫 번째 말문은 그렇게 튼 셈이었다. 씨를 까서 먹던 그는 바이팅위가 얼마나 고심해서 이런 자리를 마련했는지 알 것 같았다. 극장에서 가장 은밀하고 구석진 곳에 자리를 준비하고, 바이샤오셴의 자리에서 우측으로 대여섯 좌석을 비워놓은 것도 모두 그의 주도면밀한 계획 아래 이루어진 것이다. 게다가 출구 비상구 바로 옆자리라 극에 관심이 없으면(이런 장소에서는 공연 관람이 가장 중요한 목적이 아니기 때문에) 사람들의 시선을 끌지 않고도 언제든지 떠날 수 있었다.

과연 조금 후 바이샤오셴이 혼잣말로 중얼거렸다.

"이런 공연 구경이 제일 지겨워요. 여기서는 보이지도 않고."

비록 탄궁다를 향해 한 말은 아니었지만 옆에 다른 사람이 없으니 자연히 탄궁다가 조용히 말을 받았다.

"샤오셴, 석극 좋아해요?"

"안 좋아해요. 당신은요?"

"나요? 나도 안 좋아해요."

탄궁다가 우물거리며 대답했다.

"갈까요?"

바이샤오셴이 고개를 돌리며 말했다.

"나가요!"

탄궁다가 나지막하게 대답했다. 차마 그녀의 눈을 쳐다볼 용기가 나지 않았다.

두 사람이 거의 동시에 일어나 비상구 옆으로 다가가 문을 밀었다. 문이 잠겨 있었다. 옆에 완장을 찬 직원이 예의바르게 말했다.

"이 문은 공연이 끝나야 열립니다. 나가시려면 정문으로 가십시오."

두 사람은 차례로 정문을 빠져나갔다. 그들이 막 계단을 내려갈 때 야오페이페이와 탕비원 두 사람이 손을 잡고 헉헉거리며 뛰어오는 것이 보였다. 탄궁다를 발견한 두 사람은 자리에 굳은 듯 멈춰 섰다.

"탄 현장님!"

'양짜수이'가 달짝지근한 목소리로 그를 불렀다.

야오페이페이는 한 손을 허리에 얹은 채 고개를 돌리고는 숨을 헐떡였다.

"왜 이렇게 늦었어?"

탄궁다가 물었다.

"공연 시작했어요?"

이렇게 말하는 탕비원의 시선은 계속 바이샤오셴을 향하고 있었다.

"시작했지, 그럼. 어서 들어가 봐!"

"현장님은 왜 안 보고 나왔어요?"

야오페이페이가 냉소를 지으며 물었다.

"안에 앉아있으려니까, 음…… 그게, 좀 답답해서 나가서 한 바퀴 돌아보려고."

"아……."

탕비원은 머쓱해진 바이샤오셴이 몸을 돌릴 때까지 그녀를 계속 바라봤다.

"그럼 우린 들어갈게요."

탕비원이 야오페이페이를 끌고 달려갔다. 그들이 계단을 올라갈 때였다. 야오페이페이의 한쪽 신발이 벗겨졌다. 그녀가 다리를 절룩거리며 계단을 하나씩 내려와 신발을 주웠다.

"저 두 사람은 누구예요?"

바이샤오셴이 물었다.

"우리 기관의 정신 나간 처자들이요!"

탄궁다는 이렇게 말하며 자기도 모르게 강당 입구 쪽으로 고개를 돌렸다. 현관 천장 조명은 꺼져 있고 문 앞에는 이미 아무도 없었다.

이제 막 여덟 시를 지났을 뿐인데 메이청 거리에는 어둠이 짙게 깔렸다. 그들이 큰길을 따라 북쪽으로 한 블록쯤 갔을 때 탄궁다가 자기 집에 들르지 않겠느냐고 말했다. 바이샤오셴이 잠시 생각하더니 말했다.

"사람들 말이 그 집에는 귀신이 나온다고 하던데요? 난 안 들어갈 래요."

"그럼 사무실로 가요. 어때요?"

샤오셴은 아무 말도 하지 않았다.

현위원회 입구에 이르렀을 때 탄궁다는 속으로 조금 후회가 됐다. 불도 다 꺼진 늦은 시각에 아가씨를 데리고 사무실에 가다니! 만약 수위실 창※씨가 물어보면 뭐라고 둘러대지? 다행히 정문이 열려 있었고, 두 사람이 들어오는 것을 본 창 씨가 못 본 척 고개를 숙여준 덕분에 난처한 상황은 피할 수 있었다.

탄궁다는 그녀를 데리고 3층 사무실로 갔다. 등을 켜자 맨 처음 눈에 들어온 건 벽에 걸려 있는 야오페이페이의 파란색 근무복과 의자 등받이에 걸린 흰색 토시였다.

바이샤오셴은 그가 권하기도 전에 벽 쪽에 있는 긴 의자에 앉아 계속해서 해바라기씨를 까먹으며 호기심 가득한 눈으로 사무실을 훑어봤다. 탄궁다가 차를 마시겠냐고 물어보니 그러겠다고 대답했다. 씨를 너무 많이 먹어 목이 좀 마르기도 했다. 탄궁다가 힐끗 그녀를 보며 말했다.

"아직도 먹고 있어요?"

그녀가 손을 멈추고 그를 향해 하얗고 가지런한 이를 드러낸 채 환하게 웃었다.

탄궁다 사무실에는 손님용 찻잔이 없었다. 그는 사무용 탁자 앞으로 다가가 찻물이 든 자기 유리병을 들어올렸다. 나일론 망이 뜯어져 있었다. 야오페이페이의 책상에 흰 도자기 잔이 보였다. 빨간색 벌 그림이 그려진 예쁜 잔이었다. 그는 페이페이의 잔을 헹궈 바이샤오셴에게 차를 타췄다. 보온병 안의 물이 식어 차가 잘 우러나지 않았다. 그래도 샤오셴은 별로 개의치 않았다.

그녀는 탄궁다가 건네는 잔을 받아 이리저리 살펴봤다.

"이건 누구 잔이에요? 정말 예쁜데요?"

"사무실 직원 거예요. 조금 깨끗해 보여서요."

바이샤오셴이 웃었다.

"그런 건 별로 안 가려요."

샤오셴이 목을 뒤로 젖히며 꿀꺽꿀꺽 차를 모두 마신 후 입술에 묻은 찻잎 찌꺼기를 떼어냈다.

그제야 탄궁다는 조마조마하던 마음을 내려놓았다. 사무실로 오던 내내 마음에 걸렸던 일들이 모두 기우에 불과했다. 바이샤오셴은 자기가 생각했던 것처럼 사납고 드세지 않았다. 아직 몇 마디밖에 나누지 않았지만 이미 오래전부터 알고 지내던 사이처럼 낯설거나 어색하지 않았다. 탄궁다가 의자를 꺼내 야오페이페이의 책상 앞에 앉아 손가락으로 탁자 위 유리를 튕기며 그녀에게 물었다.

"부모님은 시골로 돌아가셨어요?"

"음……, 시골에 하루 있다가 다음 날 오후에 다시 밤을 새워 현성으로 달려왔어요."

"왜요?"

"작은아버지 놀라게 하려고 그랬겠죠."

그녀의 부모는 자기 동생과 말다툼을 한 후 홧김에 그날 오후에 바로 샤좡으로 돌아갔다. 두 사람은 집에서 꼬박 하루를 밥도 못 먹고, 잠도 못 자고 끙끙대다가 결국 나귀가 끄는 달구지를 빌려 타고 현성에 도착했다. 그들은 한밤중에 바이샤오셴의 문화선전공작단에 도착했다.

산하는 잠들고

하지만 차마 수위를 깨울 수가 없어 입구의 작은 수풀 속에서 밤을 샜다. 바이샤오셴은 날이 밝은 후 집단구보를 하러 나와서야 운동장 옆 백양나무 아래에 있는 부모를 발견했다. 어머니는 딸을 보자마자 대뜸 통곡을 하면서 말끝마다 우리 집안은 완전히 망했다는 말을 되풀이했다. 아버지는 아무 말 없이 누렇게 뜬 얼굴로 옆에 서 있었다. 문화선전 공작단 원생들이 그들을 에워쌌다. 바이샤오셴은 하는 수 없이 부모를 데리고 자기 숙소로 갔고, 그제야 아버지로부터 자초지종을 들을 수 있었다.

어머니가 말했다.

"어쩌다 이렇게 됐는지……. 그게, 갑자기 엄마가 머리가 돌았었나 봐. 순식간에 두 현장 나리에게 단단히 미움을 샀어. 네 작은아버지는 말끝마다 날 잡아가겠다고 난리야. 혈육도 이제 완전히 등을 돌렸어. 네 작은아버지는 총 둘러메고 싸움터에 나가기까지 했던 사람인데 대의멸친大義滅親이 뭐 그리 어렵겠니!"

아버지는 옆에서 얼굴이 잿빛이 된 채 어줍게 말했다.

"우리를 체포하기까지야 하겠니. 하지만 우리 집 성분이 걱정이야. 마을의 가난뱅이, 거지들이 온종일 우리를 아니꼽게 쳐다봐. 어제는 마을 입구에서 촌장을 만나 담배를 건넸는데 뜬금없이 금연 중이라고 하면서 멀찍이 가버리더라. 불쾌한 표정은 그렇다고 치더라도 몇 걸음 안 가 돌아서서 날 노려보는 건 또 뭔지……. 이상하지 않니?"

어머니가 울부짖었다.

"제 버릇 개 못 준다더니, 당해도 싸! 오래 지내다보니 너희 작은아버지가 부현장이란 것도 잊어버리고 성질을 부리고 개망나니 짓을 했으니, 이걸 어쩐다니?"

바이샤오셴의 부모는 이번 일로 완전히 정신이 나가 있었다. 그중에서도 절절한 구원의 눈길을 보내고 있는 아버지의 모습을 보니 가슴이 아파 절로 눈물이 나왔다.

"우리 미친 노인네들이야 잡혀가면 그만이야. 근데 아직 어린 널 어떻게 해야 할지! 가까스로 이렇게 좋은 혼처를 찾았는데 우리 손으로 네 앞길을 망치게 되었으니 말이다."

어머니가 말했다.

"우리 둘은 더 이상 미안해서 그 사람 못 찾아가겠다. 네 작은아버지에게 부탁해서……."

어머니 말이 채 끝나기도 전에 바이샤오셴은 그 말뜻을 이해했다. 그녀는 두 사람을 위로하며 작은 여관을 잡아준 후, 자신은 남도만南道灣으로 작은아버지를 찾아갔다.

작은아버지는 현 정부 사무실에 있을 시간이었다. 성격이 원만하고 느긋한 작은어머니부터 공략을 하면 일이 쉬워지지 않을까 생각했다. 그런데 뜻밖에도 작은아버지가 집에 있었다. 열이 나서 하루 쉬는 중이라고 했다. 얼굴이 온통 붉은 자약수 범벅인 작은아버지 얼굴을 보고 나서야 그녀는 부모님이 왜 그렇게 걱정을 하는지 알 수 있었다.

바이팅위는 샤오셴이 왔다는 말에 침대에서 벌떡 일어나 그녀의 부모에 대해서는 단 한마디도 하지 않고 먼저 자아비판을 시작했다. 그는 자신이 그날 지나치게 감정적으로 행동해 형이랑 형수의 심기를 건드려 후회가 막심하다고 했다. 작은아버지의 화가 누그러진 걸 보고 안심이 된 바이샤오셴은 밤을 새워 현으로 달려온 부모님 정황을 대충 설명했다. "이거야 정말! 내가 성질 좀 냈다고 그렇게 놀래가지고. 어서 가서 집으로 모시고 와. 내가 직접 사죄를 해야겠군."

그가 아내에게 조카를 따라가게 했다.

바이샤오셴이 막 출발하려고 할 무렵, 바이팅위는 갑자기 무슨 생각이 났는지 조카를 안쪽 서재로 불러 한참 동안 이야기를 한 후 공연 입장표를 그녀의 손에 쥐어주었다.

"작은아버지가 뭐라고 하세요?"

탄궁다가 물었다.

"무슨 말을 하셨겠어요?"

그녀가 얼굴을 붉혔다.

"저더러 당신에게 시집가라고 하죠."

이 말을 입 밖에 꺼내는 순간 그녀의 얼굴이 순식간에 목까지 벌겋게 달아올랐다. 탄궁다는 차마 정면으로 그녀를 바라볼 수 없었다. 그 역시 한참 동안 입을 열지 못했다. 이 순간 내가 그녀를 품에 꼭 껴안는다면 그녀가 반항을 할까? 그럴까, 아닐까?

확실히 문제다.

탄궁다가 갈팡질팡하며 속으로 수도 없이 망설이다가 몰래 상대방을 바라보니 샤오셴 역시 치맛자락을 잡고 고개를 숙인 채 뭔가를 기다리는 듯 깊은 생각에 잠겨 있었다. 탄궁다는 머리가 복잡했다.

야오페이페이 책상의 유리판 아래 검푸른 융단이 깔려 있었다. 융단 위에 누렇게 바랜 어릴 적 사진 한 장이 있었다.

사진에는 젊은 부부가 어린 여자아이 하나를 안고 있었다. 여자는 모피 라펠외투, 남자는 반듯한 신사복 차림이 점잖고 멋있었다. 사진 상단에 하얗게 바랜 글씨 한 줄이 보였다.

1937년 섣달그믐, 야오페이쥐姚佩菊 돌 기념

사진 속 통통한 아이가 야오페이페이라면 페이페이의 금년 나이가 겨우 열아홉이네. 샤오셴과 나이가 같구나. 본명이 야오페이쥐. 더구나 섣달그믐날에 태어났네.

바이샤오셴은 상대방이 책상만 멍하니 뚫어져라 바라보고 있자 의자에서 일어나며 말했다. "늦었네요. 돌아가야겠어요. 11시가 넘으면 못 들어가요."

그 말에 탄궁다는 퍼뜩 정신을 차리고 허둥지둥 일어나 그녀와 함께 계단을 내려갔다. 정문 밖까지 나왔을 때 탄궁다는 얼핏 누군가 서류가방을 끼고 4층에서 내려오는 모습을 보았다. 복도 불빛이 어두워서 상대방이 누군지는 확실치 않았다. 그들을 발견한 상대방이 갑자기 움찔하며 목을 움츠리더니 후다닥 4층으로 되돌아갔다. 🐝

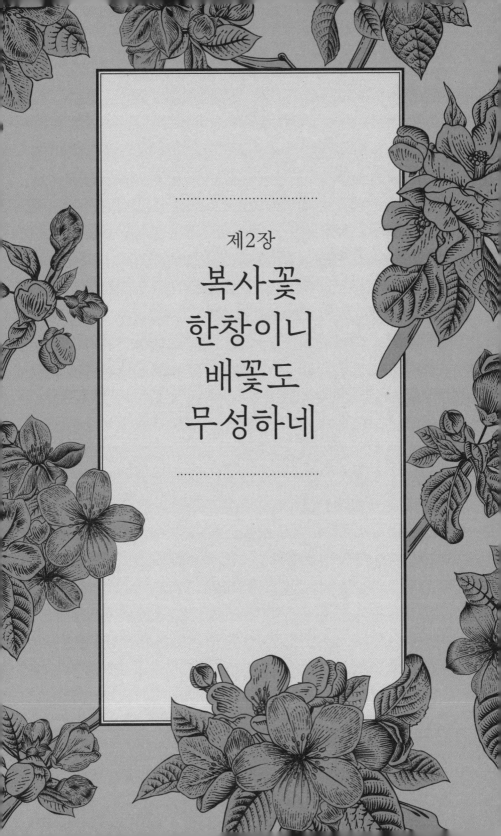

제2장

복사꽃
한창이니
배꽃도
무성하네

1

무릇 우주 만물이 몸과 마음의 관계를 맺는 것은 배고프고 추울 때 옷과 음식이 필요한 것과 같습니다. 자신에게 절실하면 설사 사소한 것일지라도 버리지 않고, 자신에게 절실하지 않으면 비록 태산일지라도 돌아보지 않습니다. 공은 메이청의 현정縣政을 주관하면서 백성들을 일용의 의복과 양식으로 배부르고 따뜻하게 해 줄 생각은 하지 않고 사악하고 음험한 기교나 우레와 같은 호령, 벽력같은 지시로 길거리마다 굶어 죽은 시체가 널리고 집집마다 하룻밤을 지낼 식량조차 없게 만들었습니다. 백성들의 원망이 끓어오르고 인심이 날로 흉흉해지고 있습니다. 큰 둑을 만들고 운하를 뚫으며, 장사는 파하고 인민공사만 흥하니 예로부터 부유한 지역인 메이청이 결국 피폐하기 이를 데 없는 곳이 되었습니다.

공을 생각하면 비통하여 잠을 이룰 수 없습니다. 메이청은 무릉도원이 아니라 작은 현임을 알아야 할 것입니다. 한 사람의 편협한 생각으로 십

수만 백성을 방기할 수 없습니다. 인민공사에서 탈퇴하려는 열풍이 부는 것도 이런 이유 때문이라 생각합니다. 사람의 일과 하늘의 도는 자고로 경계가 있는 법입니다. 사람이 이루지 못하는 일은 하늘의 도를 기다려야 할 것입니다. 사람이 하늘을 이긴다는 말은 들어보지 못했으니, 만약 그렇다면 어리석거나 망령된 것으로 더 이상 상세한 설명이 필요 없을 듯합니다. 공산주의가 1962년에 실현된다는 것은 황당무계한 말로 어리석은 자의 꿈 이야기일 뿐입니다. 허황된 육조六朝시대 사람들의 말을 들어보지 못했습니까? 연蓮으로 기둥을 삼으려 하니 연약한 연은 들보가 되지 못하고, 연으로 거울을 삼으려 하니 어찌 빛을 낼 수 있단 말입니까? 그대가 비록 연은 아니지만 그 행동이 이와 다를 바 없습니다. 공처럼 권력에 의지한 자가 선조의 음덕으로 남의 의견은 무시하고 제멋대로 행동하나, 연꽃이 지고 나면 비를 가릴 덮개가 없다는 말을 들어보지 못하셨나요?

섣달그믐 밤, 어두운 하늘빛 아래 희끗희끗한 눈발이 흩날렸다. 혹독한 추위였다. 아침에 타 둔 찻잔에 살얼음이 꼈다. 탄궁다는 서재 탁자 앞에 앉아 익명의 편지를 세 번이나 읽었다. 향촌의 학자가 쓴 글 같았다. 글에 문어적 어투가 뚜렷하고 비난 가득한 내용에도 불구하고 함부로 욕을 하진 않았으니 말이다. 육조六朝시대의 짧은 시를 통해 중임을 감당하기 힘든 자신의 무능함을 비난하면서 물러날 것을 권고하는 뜻을 담고 있었다. 그러나 마지막 "연꽃이 지고 나면 비를 가릴 덮개가 없다"는 구절은 조금 지나치다는 느낌이 들었다. 소인으로 볼 때 푸지에서 부친 편지였다. 시골에 살면서 현의 대소사를 손바닥 들여다보듯 하고 자기 배후에 '막강한 보호세력'이 있다는 것을 알고 있을 뿐만 아니라, 1962년 공산주의를 앞서 실현하자는 내용으로 성과 중앙에 보냈던 보고서까지 알고 있는 걸 보면 보통내기가 아닐 것이다.

편지에서 말한 '막강한 세력'이라 함은 아마도 허비鶴壁에 사는 라오후老虎, 즉 네주펑을 가리킬 것이다. 한 시간쯤 전에 탄궁다는 그에게 전화를 걸어 새해 인사를 했다. 네주펑의 음성이 유난히 늙고 기운이 없어 보였다. 그는 탄궁다에게 최근 위쪽의 소문이 흉흉한 걸 보니 비바람이 몰아칠 것 같다고 경고했다. 지구위원회 쪽 역시 평탄치가 않으니 매사에 조심하라고 당부했다. 대운하 준설은 서두를 필요가 없는 일이라고도 했다.

"난 늙었어. 지구위원회의 일은 아무래도 상관없지. 하지만 메이청은 우리 근거지이니 어떤 손실도 있어선 안 되네. 안 그러면 노후에 갈 곳이 없어지는 거야."

네주펑이 말을 이었다.

"판 서기가 그렇게 병으로 세상을 떠난 후 성의 몇몇 지도자들은 새로운 서기를 메이청에 보내야 한다고 주장하고 있어. 하지만 새로운 서기가 임명되면 자네가 갈 곳이 없어질까 싶어 서기 직을 자네가 겸임해야 한다고 했네. 그러나 이것도 임시방편이네. 자네가 서기가 되면 현장 자리는 조만간 내놓아야 해. 자네의 그 통신원은 이미 부현장이 됐지? 그 사람은 어떤가? 믿을 만한가?"

마지막에 네주펑이 웃으며 그에게 물었다.

"문화선전공작단의 그 아가씨와는 어찌 돼가나? 내가 보기엔 좀 더 불을 당겨야겠어. 인터내셔널가에도 나오지. '뜨거울 때 철을 내리쳐야 성공적으로……'"

바이샤오셴은 설을 쇠러 집으로 돌아갔다. 눈발이 점점 더 거세졌다. 탄궁다는 배가 고픈 나머지 위가 살살 아파왔다. 먹을 것을 찾으러 주방으로 갔지만 부뚜막은 싸늘했다. 솥뚜껑을 열어보니 아침에 끓여 먹고 남은 죽이 얇은 얼음이 되어 있었다. 주방 바닥에 배추 두 포기, 실파 한 묶음, 헌 신문지로 말아둔 훈제고기, 겨울 죽순 한 뿌리가 놓여 있었다. 모두 푸지의 가오마쯔가 보낸 설맞이 음식재료들이었다.

평소 탄궁다는 하루 세 끼를 대부분 기관의 식당에서 해결했다. 주말에도 집에서 밥을 해먹는 일이 드물었다. 하지만 오늘은 설이라서 기관의 식당이나 거리의 음식점 모두 문을 닫았다. 탄궁다는 그저 멀뚱하니 바닥에 놓인 재료들을 쳐다보기만 할 뿐, 어떻게 손을 대야 할지 몰라 난감했다.

날이 점점 어두워졌다. 나무격자 창문 너머로 집집마다 밥 짓는 연기가 피어올랐다. 집밖 공터에서 아이들이 눈사람을 만들고 있었다. 큰 소리로 웃고 떠들고, 눈밭에서 구르고, 발로 차는 바람에 눈발이 사방으로 날렸다. 붉은 솜옷을 입은 작은 여자아이가 고개를 쳐들고 할아버지가 문에 춘련 붙이는 모습을 구경하고 있었다. 좀 더 먼 수로에는 가죽 모자를 쓴 중년남자가 커다란 돼지 머리를 들고 가면서 손이 시린지 연신 입김을 불어가며 집을 향해 걸음을 재촉하고 있고, 아내로 보이는 여인은 머리에 네모난 수건을 두르고 한 손으로는 아이를 붙잡은 채 그 뒤를 쫓아가고 있었다. 누구는 한밤중에 과거장으로 달려가고 또 누구는 눈보라 맞으며 고향으로 돌아오네.[16] 남자는 걸음이 빨라 가다가 한 번씩 멈춰 서서 그들을 기다렸다. 사람들이 순식간에 그의 시야

---

16) 오경재(吳敬梓),《유림외사(儒林外史)》, "有人漏夜赶科場, 有人風雪還故鄉." 제1권 역주 27 참조.

산하는 잠들고

를 벗어났다. 넓은 벌판에 북풍이 몰아치고 바람에 실린 눈보라가 하늘을 가득 메운 가운데 숲의 텅 빈 상공에 비 오듯 눈을 흩뿌렸다.

탄궁다는 콧물을 훌쩍거리며 싸늘하기 짝이 없는 부엌을 바라봤다. 익명의 편지 내용 중 '일용할 의복과 양식으로 배부르고 따뜻하게 해 줄 생각은 하지 않고'라는 말이 절로 생각났다. 곰곰이 생각해보니 일리가 없는 것도 아니었다. 첸다췬 집에 가서 밥을 얻어먹는 수밖에 없었다. 원래 메이청 일대의 풍습에 따르면, 그믐날 밤에는 다른 사람 집에 가서 밥을 먹지 않는다. 그러나 꾸르륵거리는 배 때문에 이것저것 따질 때가 아니었다. 침실 탁자까지 걸어가 첸다췬에게 전화를 걸었다. 톈샤오펑이 전화를 받았다. 낮에 바이 부현장 전화를 받고 긴급회의에 참석하러 나갔다고 했다.

"무슨 회의요?"

"현장님은 몰랐어요?"

톈샤오펑이 웃었다.

"그냥 우리 집에 와서 만두나 빚어요. 양고기 소 잔뜩 넣어서요. 어차피 밥도 할 줄 모르잖아요."

탄궁다는 전화를 끊고 속으로 중얼거렸다. 섣달그믐에 바이팅위와 첸다췬은 무슨 긴급회의를 하러 갔지? 설사 진짜 회의를 하러 갔다고 해도 현장인 자기는 왜 아무것도 모르는 거지? 그는 다시 바이팅위 집에 전화를 걸었다. 아무도 받는 사람이 없었다. 마지막으로 양푸메이 집에 전화했다. 노부인이 전화를 받았다. 가래가 끓는 목소리가 또렷하게 들리지 않았다.

"어디 갔냐고요? 난들 알겠소? 회의한다고 안 그랬습니까? 일 년 내내 그 하고 많은 날들 놔두고 하필 오늘 같은 날 회의를 한답니까. 집에 친척들이 한가득 몰려와 그 애 하나를 기다리고 있는데, 원! 여보세요? 근데, 누구세요?"

정말 이상한 일이었다. 모두들 회의를 하러 갔다니, 메이청에 무슨 긴급한 상황이라도 벌어졌단 말인가? 수화기 너머로 노부인이 계속 '여보세요, 여보세요!'라고 소리를 질렀다. 그제야 자신이 아직 전화를 끊지 않았다는 것을 알았다.

첸다쿤이 집에 있지 않다면 그의 집에 밥을 먹으러 가려던 생각은 접어야 한다. 그는 부엌으로 돌아가 아침에 먹다 남은 죽을 데워 부뚜막 앞에 서서 후룩후룩 죽을 마셨다. 이어 마당의 문을 닫은 후 서재로 돌아와 진하게 차 한 잔을 탄 후, 책상 앞에 앉아《메탄가스 설계상식》을 읽기 시작했다. 그런데 몇 쪽 읽지 않아 정전이 됐다. 방안이 칠흑처럼 어두웠다. 섣달그믐날 정전이 되다니, 탄궁다는 속이 부글부글 끓었다.

2년 전, 탄궁다가 성省과 지구위원회에 연거푸 여섯 부의 보고서를 올리고 나서야 전력電力 삼청三廳에서 성으로 가는 고압전력선 하나를 연결해 메이청의 조명 설비를 위해 쓰도록 허가했다. 그러나 일단 전력공급 상황이 비상에 들어가면 메이청은 언제나 첫 번째 희생자였다. 푸지의 저수지 건설 건에 대해서는 이미 의견이 모아졌지만, 발전기에 관한 문제는 진전이 없었다. 본래 동남아 화교 일가가 출자해 발전기를 구매하겠다고 했고, 두 번이나 푸지 현지답사까지 실시한 후 성에 보고서도 올렸지만 계속 허가가 떨어지지 않았다. 성의 지도자 한 사람이 전화기에 대고 노발대발 난리를 피우기도 했다.

"화상華商 두 사람의 정치적 배경에 대해 똑바로 알고 있기나 한 거야? 이자들, 대체 타이완과 관계는 있는 거야, 없는 거야? 자네가 말한

댐은 창장의 지류에다 건설하는 거야. 만약 일이라도 터지면 이건 막대한……."

걱정스러운 일은 이뿐만이 아니었다. 다른 현에서는 고급합작사 보급이 완료되었는데 메이청은 초급합작사 보급률도 60%에 불과했다. 성을 통틀어 꼴찌에서 두 번째였다. 그런 와중에 암암리에 가입철회를 하는 사람까지 나오고 현위원회에서 파견한 공작조를 돼지우리에 가두고……. 합작사를 탈퇴한 주민들은 현에서 다시 가입을 하라고 할까 봐일부러 농기구를 부수고, 경작용 소와 나귀를 도살해 먹어치우는가 하면 쟁기는 설탕이랑 바꿔 먹고, 숲속의 수령 백 년이 넘는 커다란 나무를 모두 베어버렸다. 지地, 현縣 공안당국에서 사람들을 몽땅 잡아다 이런 일에 앞장 선 대여섯 명을 총살했지만 사건이 잠잠해지기도 전에 다시 누군가 단독으로 마을 숲과 연못을 개인에게 분배하는 사건이 벌어졌다.

식량 징수 상황 역시 낙관적이지 못했다. 농민들은 개인용으로 남겨 둔 식량이 충분치 않자 보릿고개인 봄에서 여름으로 넘어가는 시기에 아이를 슬쩍 현 정부 마당에 내다버렸다. 현 정부는 하는 수 없이 탁아소를 마련하고 보모 12명을 고용했다. 그러자 문제가 더욱 복잡해졌다. 안후이성과 허난성에서 유입된 걸인들이 숨이 깔딱 넘어가기 직전인 아이들을 현위원회 마당에 버리고 달아난 것이다. 강보에 잠들어 있는 아기들이 말을 할 리도 만무하니 아기들의 신분이나 내력을 파악하는 것은 애초에 불가능했다. 아이들이 자라나면 취학이나 호구도 큰 문제였다. 탄궁다는 녜주평에게 몇 번이나 전화를 해서 고충을 털어놓았지만 '호랑이'는 언제나 성가신 듯 잔소리만 늘어놓았다.

"다른 현은 다 잘하는데 왜 자네 현만 이렇게 소란스럽나? 머리 좀 잘 써 봐!"

 1년 전, 그는 각 향촌을 잇는 운하 건설을 제안했다. 그런데 막상 추수가 끝난 농한기에 각 향촌으로 토목공사가 배당되자 마을 사람들은 현장에 나왔다가 대충 시늉만 하고는 집으로 모두 돌아가버렸다. 땅이 얼어 삽이 안 들어가니 차라리 집에 가서 카드나 치는 편이 낫다고 했다. 현에서 감찰 인원을 파견했지만 그들은 눈 하나 깜빡하지 않았다. 답답한 마음에 사무실에 앉아 무더기로 쌓인 골칫거리들을 생각하면서 탄궁다는 비서인 야오페이페이에게 구시렁거리기도 했다. 그럴 때면 페이페이는 피식 웃으며 그에게 손사래를 쳤다.

 "현장님, 그만요. 난 좀 빼줘요. 현장님 때문에 나까지 골치가 아프다고요."

 페이페이는 이렇게 말한 후 머리를 감싸고 탄궁다를 흘겨봤다. 때때로 그녀는 현에 와서 일하라고 했을 때 아예 거절했어야 했다고 하면서 차라리 시진두에서 털실 팔 때가 더 자유로웠다고 짜증을 내기도 했다. 야오페이페이는 변덕이 얼마나 죽 끓듯 하는지 도무지 기분을 종잡을 수가 없었다. 기분이 좋을 때면 누굴 봐도 헤헤거리지만 일단 기분이 나빠졌다 하면 며칠씩 사람들을 상대도 하지 않았다. 때로는 아프다는 핑계를 대고 집에 틀어박혀 출근도 하지 않았다. 언젠가 탄궁다는 바이샤오셴한테도 성 정부에 관한 이야기를 해본 적이 있었다. 하지만 그녀역시 열심히 듣는 척하기는 해도 전혀 진지하게 듣는 눈치가 아니었다. 그가 말을 마치고 나면 그녀는 '혼자서 이렇게 큰 현을 관리하려고 하니 얼마나 재미있겠어요!'라거나 '현장님, 그러지 말고 우리 한번 바꿔봐요. 제가 대신 현장할 테니, 현장님은 우리 문화선전공작단에 가서 춤이나 추세요'라고 했다. 분명히 탄궁다의 말을 귓등으로도 안 듣는 것이 분명했다. 어둠 속에 앉아 잡다한 생각에 빠져 있으려니 두 다리가 꽁꽁 얼었다. 몸을 좀 풀어보려고 자리에서 일어나려는데 전화벨이 울렸다.

늙고 허스키한 목소리였다.

"내가 누군지 알겠소?"

탄궁다는 대충 누군지 짐작이 갔지만 확신은 서지 않았다. 그는 한참만에야 쌀쌀맞게 대답했다.

"미안합니다. 모르겠는데요."

"자오환장이요."

상대방이 껄껄 웃었다.

"어, 웬일입니까?"

탄궁다는 뜻밖의 반응에 의아해서 물었다.

"난 현장에게 전화도 못 거나?"

그래도 처음 있는 일이었다. 게다가 평소 말도 잘 안 하고 웃지도 않는 사람이 이렇게 허허, 웃으며 전화를 하다니 조금 예상 밖이었다. 무슨 좋은 일이라도 있는 건가? 두 사람은 서로 새해 인사를 한 후 잠깐 동안 한담을 나눴다. 자오환장이 말했다.

"다른 게 아니라 작별인사를 하려고."

"네? 새해부터 출장이라도 가십니까?"

"출장이 아니라 출문出門(문밖으로 나가다. 여기서는 쫓겨남의 뜻)이지."

탄궁다는 갑작스런 말에 이해를 할 수가 없었다. 그가 다시 물어보려고 하는데 자오환장이 먼저 그에게 물었다.

"아우, 꽃 키우는 것 좋아하나?"

탄궁다는 갈피를 잡을 수가 없었다. 상대방의 꿍꿍이를 알 수 없어 그가 떨떠름하게 물었다. "좋아하죠. 왜요?"

"난蘭? 아니면 수선화?"

둘 다 본 적도 없지만 굳이 물어오니 예의상 잠시 생각하는 것처럼 뜸을 들이다가 대답했다.

"수선화가 더 좋습니다."

"자 그럼, 또 봅시다."

자오환장은 그가 인사도 하기 전에 전화를 끊었다. 탄궁다는 수화기를 내려놓고 책상 옆에 멍하니 한참을 서 있었다. 다짜고짜 전화를 걸어 새해인사를 하더니 자기 멋대로 전화를 끊어버리고…… . 대체 무슨 일이지? 자오환장은 상무인서관商務印書館 자전字典 편집자 출신으로 먹물깨나 먹은 사람이었다. 하지만 평소 정리정돈하고는 거리가 멀고 꾀죄죄한 인물이었다. 목욕도 잘 안 하는 걸로 알고 있는데 뜻밖에 화초를 가꾸는 쁘띠 부르주아적인 취미를 가지고 있었다. 원래 화초 가꾸기를 좋아하는 양푸메이 말에 의하면, 자오환장 집 마당에는 계단, 담, 땅 위 할 것 없이 각양각색의 화분, 화초로 발 디딜 틈이 없다고 했다. 어느 핸가 그녀가 '미인'(매화 화분)이 맘에 들어 자오환장에게 달라고 했더니 선뜻 내줬다고 했다. 그런데 문제는 그 다음이었다. 자오환장이 정기적으로 찾아와서는 그의 '미인'이 잘 있는지를 점검하는 바람에 양푸메이의 엄마가 몹시 성가셨다고 하는 말을 들었다. 양푸메이는 결국 잘 기르지 못하겠다는 핑계를 대고는 매화 화분을 자오환장에게 돌려줬다고 한다. 한편 자오환장은 '만사萬事가 쇠해지면 일어설 약이 없나니, 몸져누우면 꽃과 함께 묻히리라'는 말을 입에 달고 다녔다. 좀 퇴폐적인 말이긴 하지만 여하간 현 정부 사람들은 그가 꽃을 목숨처럼 아낀다는 사실을 잘 알고 있었다.

이런저런 생각에 빠져 있을 때였다. 갑자기 밖이 소란스러웠다. 창문가로 다가가 귀를 기울여보니 마오쩌둥 사상선전대 대원들이 '이풍역속, 파구입신'移風易俗, 破舊立新(풍속과 습관을 바꾸고 낡은 사상과 풍습을 버리고 새로운 것을 세우다)을 선전하는 노래를 부르고 있었다. 간간히 들려오는 노랫소리 가운데 양철 확성기를 통해 고음의 여자 목소리가 들렸다. 아늑한 밤, 먼 곳에서 울려 퍼지는 소리를 듣고 있으려니 조금 처량한 기분이 들었다.

눈이 끊임없이 조용히 내렸다.

전기는 여전히 들어오지 않았다. 메이청 주민들은 눈 내리는 희뿌연 어둠 속에서 그믐밤을 보내야 할 것 같았다.

2

정월 초여드레, 야오페이페이는 새해 출근 첫날부터 지각을 했다. 자전거를 밀며 현위원회 마당을 들어서던 페이페이는 왕 기사가 닭털 먼지떨이를 들고 눈이 쌓인 마당에서 뭔가를 찾느라 빙빙 돌고 있는 모습을 보았다.

"왕 기사님, 뭘 찾고 있어요?"

야오페이페이가 웃으며 그에게 인사했다.

왕 기사가 고개를 들어 야오페이페이를 힐끗 쳐다보고는 혼잣말로 중얼거렸다.

"내 열쇠가 왜 갑자기 '무중생유'無中生有(무에서 유가 나오다)하지?"

페이페이가 '푸!' 하고 웃음을 터트렸다.

"어? 또 내 말이 이상해요?"

왕 기사가 바보 같은 얼굴로 그녀를 바라봤다.

"당연하죠!"

야오페이페이가 웃었다.

"그리고 일상에서 말할 때 꼭 사자성어를 쓸 필요는 없어요. 그냥 차 열쇠가 안 보이네, 라고 하면 되죠, 얼마나 편리해요?"

"만약에 꼭 사자성어를 써야 한다면 어떻게 말해야 하지?"

"음, 그건……."

야오페이페이가 잠시 생각하더니 말했다.

"'불익이비不翼而飛(날개도 없이 날아가다. 물건이 온 데 간 데 없이 사라짐)'라고 말할 수 있겠네요."

"그럼 뭔가 물건을 잃어버렸을 때 '무중생유'라고 말할 수 있는 거야?"

"뭘 잃어버렸을 때도 그렇게 말하면 안 돼요, 그 성어는 그런 뜻이 전혀 아니에요."

왕 기사는 '아, 아'라고 하더니 계속 자기 열쇠를 찾느라 바닥을 샅샅이 살폈다.

야오페이페이는 손목시계를 들여다봤다. 벌써 8시 반이었다. 지프차 옆에 검은색 작은 승용차 하나가 세워져 있었다. 성에서 또 사람이 왔나 보네. 또 4층 대회의실에서 회의를 하고 있을지도 몰라. 그녀는 자기 사무실로 가지 않고 쿵쾅거리며 계단을 뛰어올라 곧바로 4층 회의실로 달려갔다.

회의실 문이 닫혀 있는데 희미하게 안에서 사람 목소리가 들렸다.

바이팅위 같았다. 언성이 높아진 걸 보니 누군가와 싸우고 있는 것 같았다. 야오페이페이가 문을 두드리려 할 때 갑자기 문이 열렸다. 양푸메이가 보온병을 들고 나왔다.

"무슨 일 있어?"

양푸메이가 말했다. 언제나처럼 쌀쌀맞은 목소리였다.

"회의 참석하려고요."

야오페이페이가 이렇게 말하고 문틈으로 들어가려 했다.

양푸메이가 그녀를 잡아끌었다.

"지도자들 회의야, 너랑은 상관없어."

양푸메이는 문을 닫은 후 야오페이페이를 잡았던 손을 내려놓고 혼자 아래층으로 물을 뜨러 갔다. 페이페이는 벌겋게 얼굴을 붉히며 생각했다. 매번 지도자가 왔을 때마다 회의에 참가할 자격이 있는 건 아니지. 그녀는 창피한 마음에 계단을 달려 내려가며 계속 '바보, 멍청이'라고 자신을 나무랐다.

사무실 문을 들어서자 꽃향기가 코를 찔렀다. 다시 보니 자기 책상 유리 위에 묵란墨蘭 화분이 놓여 있었다. 야오페이페이는 이제껏 이렇게 예쁜 묵란을 본 적이 없었기에 너무 기뻐 하마터면 비명을 지를 뻔했다. 상하이 정안사靜安寺에 있을 때 집에서 일하던 우 아줌마 고향이 톈무산天目山 산자락이라서 매번 집에 다녀올 때마다 묵란 화분 몇 개를 가져다 마당 꽃밭에 심었다. 꽃이 피는 계절이 되면 아버지는 그중 하나를 화분에 옮겨 심어 3층 큰 서재에 뒀다. 그런데 메이청에서 이런 꽃을, 그것도 이렇게 잘 자란 묵란을 보게 되다니!

야오페이페이는 책상 앞에 앉아 천천히 화분을 돌려가며 햇살 아래 반짝이는 화분을 천천히 감상했다. 묵란은 잎이 넓고 곧게 자라 먹빛에 초록빛을 띤 색깔로 잎이 기름을 바른 듯 매끄러웠다. 잎을 뚫고 짙은 자줏빛 꽃봉오리 네다섯 개가 올라왔는데 그중 두 개는 이미 활짝 핀 상태였다. 꽃봉오리 주변에 연노랑 테두리가 둘러져 있었다. 코를 대고 냄새를 맡아보니 진한 향기에 취해버릴 것만 같았다. 유일하게 아쉬운 부분이 있다면 화분이 너무 평범하다는 것이었다. 색은 그런대로 어울리지만 볼품없이 낡았고 화분 위에 작은 칼로 '난은 심산유곡深山幽谷에 피어도 절로 향기롭다'라 새겨놓은 글자가 너무 커서 영 어울리지 않았다.

그런데 화분 밑받침에 물이 가득 차서 책상 유리판까지 흘러넘친 건 도무지 이해가 가지 않았다. 난꽃은 습한 걸 싫어하는데 이렇게 훌륭하게 묵란을 키운 사람이 어떻게 이 모양으로 물을 준 걸까? 정말 이해할 수가 없었다. 화초에 대한 감각이 남다른 그녀는 묵란의 향기에 뭔가 은은한 또 다른 향기가 섞여 있다는 것을 알아차렸다. 향기를 따라가 보니 탄궁다의 책상에 커다란 수선화 화분이 있는 것을 발견했다. 수선화 화분은 전체가 흰색이었다. 아마도 화분 고르기에 훨씬 신경을 쓴 듯했다. 그것은 평범한 화분이 아닌 것이 안쪽에 고운 문양이 그려진 둥글고 촉촉한 압화석壓花石이 있어 그 자체로 산수화를 연상케 했다. 그 속에서 튼튼하게 쭉 뻗은 줄기를 따라 노란 꽃이 피어 있었다. 화분 바깥쪽에 작은 글씨로 '언연유곡'嫣然幽谷(아늑하고 아름다운 골짜기)이라고 적혀 있었다.

야오페이페이는 꽃 주인이 '유곡'이란 두 글자를 무척 좋아한다고 생각했다. 그러나 수선화 화분 역시 아쉽게도 물을 너무 많이 준 데다 꽃자루에 찻잎찌꺼기까지 붙어 있었다. 그녀는 마른 걸레를 찾아다 화분의 물을 닦아내며 킥킥거리다 욕을 퍼부었다. 바보! 겨우 물 한번 준다는 게 이렇게 둘 다 물에 잠기게 만들어놓다니!

점심때가 되어 탄궁다가 회의를 마치고 위층에서 내려오다 탁자에 엎드려 난을 감상하고 있는 페이페이를 발견했다. 그가 페이페이를 향해 득의양양하게 큰 소리로 말했다.

"어때, 예쁘지? 네 꽃에도 물을 줬어."

"현장님이 물을 줬을 거라고 생각했어요. 꽃이 익사하기 일보 직전이던데요?"

"왜? 물을 주면 안 돼?"

탄궁다가 진지한 표정으로 그녀를 바라보며 물었다.

페이페이가 웃었다.

"당연히 줘야죠. 하지만 한꺼번에 그렇게 많이 주면 안 돼요."

탄궁다가 '오!' 하고 감탄하더니 페이페이 앞으로 바짝 다가와 물었다.

"네 화분에는 왜 꽃송이가 서너 개밖에 안 돼? 꽃 이름이 뭐야?"

"묵란요."

페이페이는 꽃을 누가 준 건지, 어떻게 이렇게 정성껏 키운 좋은 꽃을 기꺼이 남에게 주었는지 물었다. 탄궁다의 표정이 무거워지더니 습관처럼 인상을 찌푸렸다. 그리고 한숨을 내쉬고는 한참 후에야 입을 열었다.

"자오 부현장, 자오환장 동지가 줬어."

탄궁다는 조금 전 성에서 온 진橋 비서장으로부터 성위원회와 지구위원회의 지시를 전달받았는데 자오환장이 이미 해임되었더라고 말했다.

아마 자오환장은 이러한 결정을 미리 알고 있었던 듯했다. 그는 이

후 고향으로 돌아가 그곳 소학교의 국어선생님을 할 모양이었다. 그러다 보니 마당의 꽃들을 가져갈 수가 없어 현 정부 기관에 있는 동료들에게 기념으로 선물을 한 것이었다.

"부현장님이 뭘 잘못했어요?"

야오페이페이는 의아한 목소리로 물었다.

"잘 모르겠어."

그런데 야오페이페이가 보니 탄궁다는 한손으로 뺨을 감싼 채 계속 입을 우물거리며 치아 틈새로 공기를 빨아들이는 모습이 왠지 입안이 몹시 아픈 사람 같았다.

"충치가 생겼어. 어제 밤새도록 아팠어, 뺨이 다 부었다고. 혹시, 약 가진 것 있어?"

야오페이페이는 우황해독환이 있는데 집에 두고 왔다고 했다.

"가서 가져올까요?"

탄궁다가 우물쭈물 결정을 내리지 못하자 그녀가 나섰다.

"자전거 타고 가면 금방 갔다 와요."

"됐어. 병원에 가보지 뭐."

탄궁다는 서류가방을 겨드랑이에 끼고 입을 감싼 채 끙끙대며 밖으로 나갔다.

야오페이페이는 창문 앞에 앉아 멍하니 묵란을 바라보고 있으려니 마음이 허전했다. 현 정부에서 일한 몇 년 동안 자오환장을 마주친 적도 몇 번 없는데, 그가 멀리 떠나기 전 자신에게 화분을 남겨주다니 뜻밖이었다.

어느 날 오후 회의가 끝나고 사람들이 모두 떠났는데 자오 부현장만 얼굴이 벌겋게 달아올라 멍하니 담배를 문 채 의자에 앉아 있던 모습이 기억났다. 담뱃재가 뭉텅이로 옷에 떨어지는데도 알아차리지 못했다. 페이페이가 그에게 살그머니 다가갔다. 그리고 행여 놀라게 하지나 않을까 가만히 말을 걸었다.

"자오 부현장님, 회의 끝났는데요……."

금년 춘절 전에 자오환장이 작은 해서체로 쓴 〈임강선〉臨江仙(사패詞牌의 곡명)의 가사가 생각났다. 작은 배 타고 이곳 떠나, 강호에 여생을 맡겨 볼거나小舟從此逝, 江海寄餘生. (소동파의 〈임강선·야귀림고〉夜歸臨皋) 그 글은 복도 게시판에 붙어 있었는데 페이페이 외에는 아무도 눈길을 주지 않았다. 바람에 흔들리는 옅은 자줏빛 꽃은 뭔가 생각을 하고 있는 것 같기도 하고, 하고 싶은 말이 있는 것 같기도 했다. 야오페이페이는 코끝이 시큰해지며 자기도 모르게 눈물방울이 떨어졌다.

낮에 첸다쿤으로부터 전화를 받았다. 홍싱반점에서 밥을 먹자고 했다. 페이페이가 말했다.

"왜 갑자기 제게 밥을 사주시려는 거예요?"

첸다쿤은 그저 헤헤거리며 웃기만 했다. 페이페이가 다시 물었다.

"저만 부른 거예요, 아니면 제게 다른 누굴 모시라는 거예요?"

"와 보면 알아."

자전거를 타고 홍싱반점에 도착한 야오페이페이는 좁은 나무 계단을 따라 2층으로 올라갔다. 바닥에 깔린 카펫은 시커멓고 계단 손잡이도 닳고 닳아 미끈거렸다. 손잡이를 잡는데 불결한 느낌이 들었다. 2층 홀에 사람들이 가득 앉아 있었다. 종업원이 그녀를 데리고 옆으로 돌아 북쪽으로 난 커다란 방으로 안내했다. 첸다쿤이 창가 쪽 자리에 앉아 그녀를 향해 손짓했다.

성에서 온 진 비서장이 주빈 자리에 있고 그의 오른쪽으로 차례로 바이팅위, 양푸메이 그리고 신방판공실의 쉬씨가 앉아 있었다. 그 밖에 몇 명이 더 있었는데 모르는 사람들이었다. 야오페이페이는 문 옆의 의자 하나가 비어 있는 것을 보고 불안한 마음으로 자리에 앉았다. 첸다췬은 사람들이 모두 모이자 종업원을 불러 음식을 내오도록 했다.

진 비서장은 대충 쉰 정도의 나이로 보였다. 회색 중산복을 입고 주머니 위쪽에 마오 주석 배지를 달고 있었다. 풀어놓은 목깃 사이로 커다란 목젖이 보였다. 가까운 거리였기에 그의 입가 검은 점이 유난히 눈에 띄었다. 검은 털이 촘촘히 박혀 있어 왠지 음흉하고 악랄해보였다. 성 정부 지도자들을 모시고 식사하는 자리였구나. 그런데 왜 첸다췬은 굳이 날 오라고 했을까? 게다가 하필이면 진위^{晉偉} 비서장 맞은편에 앉는 바람에 시선을 어디에 둬야 할지 난감했다. 야오페이페이는 그냥 고개를 숙이고 있을 수밖에 없었다. 불편하기 짝이 없었지만 후회해도 소용없었다.

냉채 몇 가지가 나온 후 첸다췬이 일어나 술을 따랐다. 양푸메이는 마시지 않겠다고 계속 사양하며 종업원에게 차 한 잔을 요구했다. 야오페이페이 역시 차를 마시려고 했었는데 양푸메이가 차를 시키자 갑자기 차를 마시기가 싫어졌다. 그녀는 입술을 꼭 다문 채 아무 말도 하지 않았다. 다행히 다정다감한 첸다췬이 종업원을 시켜 그녀에게 뜨거운 물 한 잔을 따라주도록 했다.

바이팅위가 술잔을 들고 일어나 발언을 하려는 순간 갑자기 진위가 물었다.

"탄궁다 현장은 왜 안 왔죠?"

첸다췬이 막 설명을 하려는데 야오페이페이가 생각 없이 끼어들었다.

"탄 현장님요? 치과 치료하러 가셨어요."

순간 자신이 생각하기에도 뭔가 이건 아닌데, 라는 생각이 들었다. 현장을 위한답시고 나서서 변명을 한 것인데 그것 때문에 오히려 탄 현장이 고의적으로 자리에 불참했음을 재차 확인시키고 말았다. 페이페이는 얼굴이 달아올라 고개를 푹 숙였다. 심장이 마구 뛰었다. 몰래 눈을 들어 사방을 훔쳐보니 빈 의자가 없었다. 아마도 아예 탄궁다에게 연락을 하지 않은 건지도 모른다. 첸다췬이 그녀에게 전화를 했을 때도 탄 현장은 언급조차 하지 않았으니까.

바이팅위가 무슨 말을 했는지 그녀는 정확히 듣지 못했다. 바이팅위가 말을 마치자 진위가 일어나 발언했다.

"바이 부현장은 너무 겸손하시군요. 섣달그믐에 갑자기 메이청에 나타나 설도 쇠고 들른 김에 조사연구를 하겠다고 하는 바람에 뜻하지 않게 여러분들의 정성 어린 환대를 받았습니다. 그동안 내내 여러분의 보살핌을 받아 감개무량합니다. 환대해주셔서 감사합니다. 오늘 조촐한 자리를 마련하여 감사의 마음을 표함과 동시에 여러분을 번거롭게 한 미안함에 보답을 하고자 합니다."

그가 말을 마친 후 술잔을 들어 건배했다.

알고 보니 진위가 사의를 표하는 술자리였다. 그의 말을 듣자하니, 설 이전에 이미 메이청에 왔고 이제 성으로 돌아가려고 하는 것 같았다. 진 비서장의 말에 바이팅위가 허겁지겁 말을 이었다.

"접대가 소홀했습니다. 정말로 소홀했습니다."

첸다췬 역시 연거푸 말했다. "너무 사양하시네요. 정말로 진 비서장님은 너무나도 겸손하십니다."

양푸메이 역시 그 사이에 끼어들어 맞장구를 쳤다.

"그럼요, 저희가 대접이 소홀했습니다. 진 비서장님이 우리를 높이 평가하여 메이청에 와서 설을 쇠셨으니 이건 우리 현 전체 인민의 홍복이지요. 평소 저희가 초청하고 싶어도 감히 할 수 없는 분이신데요."

이는 신방판공실의 쉬씨의 발언이었다. 비록 직위는 낮지만 매우 차분하고 담대하게 자신의 심정을 표현했다.

"따지고 보면 진 비서장님도 반은 메이청 사람이시죠?"

진위가 말했다.

"그건 그렇지. 당시 옌안 항일군정대학으로 공부하러 가기 전 메이청에서 7, 8년을 살았으니까."

"괜찮으시면 조금 있다가 식사를 마친 후에 저희 몇 명이 모시고 옛집을 둘러보러 갈까요?"

바위팅위가 제안했다.

진위가 잠시 골똘히 생각하더니 말했다.

"그럴 필요는 없습니다. 란즈蘭芝가 죽고 집도 일찌감치 국가에 귀속되었는데……. 듣기로 지금은 탄 현장이 살고 있다지요?"

첸다쥔이 고개를 끄덕였다.

"52년에 가옥을 분배할 당시만 해도 여주인이 돌아가신 지 얼마 안되었을 때라 누가 감히 들어가려고 하질 않았습니다. 그런데 탄 현장이 자기가 이사를 가겠다고 하더군요. 미신을 믿지 않는 사람이라."

첸다쥔이 살며시 웃었다.

야오페이페이는 그들이 흥미진진하게 이야기를 하느라 자기 존재에 신경을 쓰지 않자 마음속으로 쾌재를 불렀다. 그제야 조마조마하던 마음을 내려놓을 수 있었다. 그런데 가만히 들어보니 사람들 대화 속에 중요한 내용들이 담겨 있는 듯했다.

진위가 원래 메이청에 살았다고? 그의 옛 집에 어쩌다 탄궁다가 들어가 살게 되었을까? '란즈'는 또 누구지? 평소 동료들이 자주 입에 올리던 그 평 과부를 말하는 건가? 저 진위란 사람과 평 과부는 대체 어떤 관계야? 한참 이런 생각에 빠져 있을 때 갑자기 바이팅위의 말소리가 들렸다.

"란즈의 죽음에 대해서는 우리 역시 책임이 있습니다. 위에서 파견한 공작조가 란즈를 데리고 거리로 나가 비판투쟁을 벌였어요. 사전에 우리는 그 상황을 알지 못했고요. 마을의 건달패들이 소동을 벌이면서 상황이 걷잡을 수 없이 돌아가 버렸습니다. 저희가 구하러 갔을 때는 이미 한발 늦었지요. 그날 집에 돌아가 곧장 들보에 목을 매 자살을 하고 말았으니까요. 정말 생각지도 못했습니다. 저희가 제대로 처리하지 못한 불찰입니다. 죄송합니다. 진 비서장님……."

"이미 지나간 일입니다. 다시 거론할 것 없습니다."

진위가 담배에 불을 붙이며 천천히 말했다.

"정식으로 이혼수속을 한 건 아니니 명분상으로는 부부지만 사상이나 감정적으로는 갈라선 지 오래되었죠. 아무런 연관이 없어요. 그 여자는 그 여자고, 나는 납니다. 그 여자의 죽음은 어떤 의미에서 자업자득이지요. 여러분은 어떤 책임도 없습니다. 다만 약간의 물건들, 그러니까 편지 같은 건 아직 그곳에 남아 있는지……."

첸다췬이 말했다.

"그곳 물품은 당시 쉬씨가 접수해서 처리했으니 잘 알고 있을 것입니다."

쉬씨가 말했다.

"장신구, 은식기에 귀중한 가구 몇 점은 주인 없는 물건으로 국유물품으로 귀속시켰습니다. 책은 메이칭 도서관에 기증했고요. 서신은 4백여 통 정도에 원고가 약간 있는데 하나도 건드리지 않고 그대로 현의 문서실에 보관해뒀습니다. 내일 사람을 보내 다시 조사, 정리하겠습니다."

"정리는 무슨!"

첸다쥔의 소리가 높아졌다.

"아무도 손대지 말게 하세요. 조금 후에 제가 쉬씨랑 가서 편지를 모두 밀봉하여 며칠 내로 비서장님께 보내겠습니다."

쉬씨의 얼굴이 벌게지더니 겸연쩍게 웃었다.

"그게 제일 좋겠네요. 그게 최선이죠."

진 비서장은 가타부타 말을 하지 않고 그냥 미소만 지었다. 야오페이페이는 속으로 '그 편지들이 마음에 걸렸었구나'라고 생각했다. 편지 내용이 유출되지나 않을까 걱정하던 차에 쉬씨가 하필이면 '조사, 정리'를 한다고 했으니! 편지 내용을 읽어 보지 않았다면 그 편지들이 진위가 쓴 건지 어떻게 알았겠는가, 정말 머리가 안 돌아가는군! 쉬씨와 비교하면 첸다쥔의 반응은 훨씬 기민했다. 역시 현 정부의 위, 아래 모든 사람들로부터 높은 평가를 받을 만한 인물이었다. 이런 생각에 빠져있을 때 갑자기 진위가 그녀의 이름을 불렀다.

"야오페이쥐 동지……."

진 비서장이 페이페이를 향해 웃고 있었다.

처음에 야오페이페이는 그가 다른 사람을 부르는 줄 알았다. '페이쥐'佩菊란 이름은 할아버지가 지어 준 이름이다. 태어나서 1949년 해방이 될 때까지 한 번도 이 이름에 문제가 있다고 생각해 본 적이 없었다.

그런데 부모님이 모두 큰 재난을 당해 상하이로 허둥지둥 장례를 치르러 왔던 삼촌, 이모, 고모는 이구동성으로 집안의 수많은 변고가 모두 그녀의 이름 때문에 빚어진 일이라고 입을 모았다.

"이름이……, 원! 누가 국화를 가슴 앞에 달겠어? 사람이 죽었을 때뿐이지."

삼촌이 말했다. 그런데 고모의 눈에는 심지어 야오페이페이 자체가 화근덩어리로 보이는 모양이었다. 의지할 곳을 찾아 메이청으로 왔을 때의 일이다. 고모는 하루 종일 페이페이의 얼굴에 음울한 기운이 가득하다고 구시렁구시렁 볼멘소리를 하며, 성질만 났다 하면 그녀를 '저승사자'라고 불렀다. 후에 그녀는 자기 이름을 야오페이페이라고 개명하긴 했지만 호적을 고치진 못했다. 그런데 진위가 어떻게 그녀의 원래 이름을 알았을까? 가슴이 철렁 내려앉으며 마치 꿈을 꾸는 사람처럼 멍하니 상대방을 향해 바보 같은 미소를 지었다.

"야오페이쥐 동지, 어서 먹어요."

진위가 말했다.

세상에, 내 본명을 알고 있다니! 속으로는 욕을 해대면서도 겉으로는 여전히 바보처럼 웃을 뿐이었다. 손이 심하게 떨렸다. 문제는 진위가 음식을 권하기에 즉시 아무것이나 젓가락으로 집느라 하필이면 짜오류위糟溜魚(산둥 요리. 주재료가 조기이며 전분과 생강즙을 넣어 만든다)를 집었다는 것이다. 조기 살을 채 입으로 넣기도 전에 그만 탕 그릇으로 떨어져 국물이 사방으로 튀고 입으로는 빈 젓가락만 빠는 꼴을 보이고 말았다. 자기 모습이 얼마나 바보 같을까, 쥐구멍이라도 있으면 들어가고 싶은 심정이었다. 그나마 다행히도 첸다쥔, 바이팅위가 자리에서 일어나 진비서장에게 술을 올리고 있었다. 쉬씨는 못 본 척 딴전을 피우고, 양푸메이만 웃을 듯 말 듯 야릇한 표정으로 그녀를 지켜보고 있었다.

식사자리가 끝나기 전에 야오페이페이는 화장실에 간다는 핑계를 대고 슬그머니 자리를 빠져나왔다. 혼자서 텅 빈 거리를 따라 쫓기듯 걸음을 재촉했다. 한참을 걷고 나서야 그녀는 자전거를 두고 왔다는 생각이 들었지만 돌아갔다가는 다시 사람들을 만날까 봐 걱정이 되었다. 그녀는 걸음을 멈추고 라오후짜오老虎竈(물을 끓이기 위한 대형 부뚜막 또는 물을 끓여 팔던 곳)에서 김이 쉭쉭 올라오는 모습을 멍하니 바라보다 가까스로 정신을 차리고 계속 걸었다.

커다란 태양이 환하게 세상을 비추고 있었지만 아무리 애를 써도 꿈을 꾸고 있는 것만 같았다. 기록 업무를 맡은 후로 이처럼 몽롱한 기분을 떨쳐버릴 수가 없었다. 마치 옷을 입지 않은 채 대로를 걸어가는 기분이었다. 자신에게 벌어지는 일들이 모두 어처구니없고, 분명하게 설명을 할 수 없는 것들뿐이었다. 사람들의 얼굴이 정확하게 보이지 않고 흐릿한데 다른 사람들은 자신을 힐끗 쳐다보기만 해도 그녀의 모든 것을 속속들이 단번에 파악하는 것처럼 보였다. 난 정말 세상에 살고 싶지 않아, 정말 살고 싶지 않아! 천도는 아득히 멀기만 하고, 인생은 험난하기만 하다. 내 삶은 이런 세상에 맞지 않아……. 어렴풋이 어떤 흐름을 따라 흘러가는 자신의 운명이 보이는 것 같았다. 자신이 힘겹게 감추고, 숨겨 왔던 걱정거리들은 끝까지 없어지지 않고 마음속에서 썩어 문드러질 때까지 남아있을지 모른다. 오히려 문드러지면 다행이다. 무엇보다 두려운 건 조만간 어느 날 자운영 그림자 속에 숨어 있던 비밀이 만천하에 폭로될지 모른다는 것이었다. 아, 멀구슬나무와 자운영의 그림자여!

3

예로부터 물산이 풍부해 살기 좋은 곳으로 유명한 관탕진^{官塘鎭}에서 올해 한 해 동안에만 세 명이 굶어죽었습니다. 종자와 공물로 내는 식량을 제외하고 나면 백성들에게 남겨진 개인 식량은 겨우 두 달 정도의 분량뿐이었습니다. 공공식당^{公共食堂}도 문을 닫았어요. 느릅나무 껍질을 벗겨 볕에 말렸다가 가루로 빻아 경단을 만들어 허기를 달래야 했습니다. 그러다 소화가 되지 않아 변비가 생기는 탓에 항문에 손을 넣어 파내야만 했지요. 수초 뿌리를 말려 가루로 빻으면 소화는 시킬 수 있지만 너무 써서 목구멍에 넘기기가 힘듭니다. 마을 사람들 모두 얼굴이 누렇게 떠서 언뜻 보면 통통해 보이지만 바람만 불어도 쓰러질 정도로 허약하지요. 느릅나무 껍질마저 다 뜯어가버려 관음토^{觀音土17)}를 먹는 사람이 생겨났습니다. 현장께서는 관음토가 무엇인지 알고 계십니까? 바로 고령토입니다. 마을 노인 세 사람이 관음토를 먹다 죽었습니다.

탐욕스러운 촌장 타오궈화^{陶國華}는 부패가 극에 달했어요. 그는 작년에 식당에서 두부를 만들고 남은 콩비지를 몰래 집으로 가져가 소금에 절여 족히 네 달을 넘게 먹었습니다. 화가 난 마을 사람들이 그를 집에서 끌어내 흠씬 두들겨 패는 바람에 그는 반신불수가 되어 자리에 누워 지내는 신세가 되었습니다. 여성주임인 딩슈잉^{丁秀英}은 뛰어난 외모를 이용해 생계를 유지한답시고 파렴치하게 몸을 팔다가 덜컥 임신을 했어요. 그녀는 몰래 낙태를 하다가 하혈이 그치지 않아 결국 저 세상 문턱을 넘

---

17) 관음토(觀音土): 고령토를 말한다. 지금은 도자기를 만들 때 사용되는 중요한 원료이지만 기근에 시달리던 과거에 허기를 달래느라 관음토를 먹기도 했다.

고 말아 사람들 마음을 후련케 했으니…….

탄궁다가 7, 8쪽에 달하는 이 익명의 편지를 겨우 서두만 읽었을 때 신방판공실의 쉬씨가 배시시 웃으며 그의 사무실로 들어왔다. 쉬씨가 그에게 작년에 현장 친척을 사칭했던 여자가 또다시 현에 나타나 신방판공실에서 울고불고 난리를 치고 있다고 했다. 직원들이 아무리 달래도 나가지 않고 말끝마다 현장을 만나야 한다고 소란을 피우고 있다고 보고했다.

"돈 좀 줘서 대충 돌려보내지 그래요."

탄궁다가 성가신 듯 말했다.

"우리가 3위안을 전부 10전짜리 종이돈으로 모아서 줬어요. 제법 두툼했죠. 근데 그 여자가 침을 묻혀 세어보더니 돈을 내팽개치며 '누굴 거지로 알아?' 하면서 욕을 하지 뭡니까? 이번에는 제법 많은 액수를 바라고 왔나 봐요."

"그럼 이렇게 소란을 피우게 내버려둘 수는 없겠네요! 끝도 없겠어!"

탄궁다가 들고 있던 편지를 탁자에 던지며 짜증을 냈다.

"이번에는 이불까지 둘둘 말아가지고 왔어요. 우리가 쫓아내려 하니까 이불을 벽에 붙여 깔고 누워서 꼼짝을 안 해요. 여자가 얼마나 지독한지 어떻게 해야 할지 모르겠어요."

탄궁다가 잠시 생각하더니 자리에서 일어나 다 식은 차를 한 모금 마시고 쉬씨에게 말했다. "됐어요, 나랑 같이 가봅시다."

그가 야오 비서 책상 앞으로 걸어갔다. 페이페이가 놀라서 그를 바라봤다. 그러다가 이내 얼굴이 빨개져서 재빨리 몸을 돌렸다. 탄궁다는 어안이 벙벙했다.

아래층으로 내려가니 쉬씨가 헤헤, 웃으며 그의 팔을 툭 쳤다.

"현장님, 바지 단추요!"

탄궁다가 고개를 숙여보니 바지 단추를 잠그지 않아 빨간 내복이 삐져나와 있었다.

신방판공실로 들어섰다. 구석에 깔린 꽃무늬 이불에 앉아 있는 봉두난발의 여자가 눈에 들어왔다. 손에 푸른색 보따리 하나를 끌어안고, 발목 부분의 바짓단을 잡아매고, 바닥이 다 터진 천 신발을 신고 있었다. 옆에는 너덧 살로 보이는 남자아이가 앉아 있었다.

여자는 쉬씨와 탄궁다 두 사람이 들어왔는데도 일어나거나 무슨 말을 하지도 않은 채 얼굴을 돌리고 다리를 포갠 채 앉아 있었다. 남자아이만 낯선 사람들을 보고 조금 겁을 먹었는지 여자 옆에 바짝 몸을 기댔다. 탄궁다가 의자에 앉아 여자에게 말했다.

"아주머님은 어디서 오셨습니까?"

여자가 빙긋 웃으며 나지막하게 말했다.

"아이고, 현장님! 쇤네는 샤촹 사람입니다."

탄궁다가 웃었다.

"아주머님, 그 먼 샤촹에서 현까지 무슨 일로 오셨습니까?"

여자가 코웃음을 쳤다.

"현장 나리는 정말 쇤네를 기억하지 못하시는 겁니까, 아니면 모르는 척하는 겁니까?"

쉬씨는 어리둥절했다. 저 정도 배짱이라면 두 사람 사이에 정말 남에게 밝힐 수 없는 뭔가가 있는지도 몰라. 과거에 정말 현장하고 친한 사이였다면 내가 중간에 끼면 안 될 텐데! 핑계를 대서 자리를 피해야지! 이렇게 생각하고 있을 때 여자가 다시 입을 열었다.

"높은 분들께서는 잊어버리는 일이 많다더니! 작년 봄, 푸지 저수지 공사현장에서 만난 적이 있죠!"

조금 전에 사무실에 들어서며 그녀를 보고 탄궁다는 어딘가 낯이 익다고 생각했었다. 그러나 언제, 어디서 만났는지는 잘 생각이 나지 않았다. 여자의 말에 탄궁다와 쉬씨는 안도의 한숨을 내쉬었다. 탄궁다는 이제 분명하게 기억이 났다. 작년 댐 건설과 관련해 주민 이주 건으로 마을사람들과 분쟁이 있었다. 당시 왕더뱌오라는 사람이 실수로 발을 헛디뎌 골짜기에 떨어져 죽고 말았다. 눈앞의 이 여자는 분명히 왕더뱌오의 부인일 것이다. 왕더뱌오는 샤창의 향장인 쑨창훙의 생질이기도 하다. 쑨창훙의 친척이란 사람이 앞장서서 문제를 만들다니, 어찌나 화가 났던지 탄궁다는 지금도 분이 안 풀린 상태였다. 그때 생각을 하자 탄궁다는 얼굴이 굳어지면서 말투도 갑자기 사나워졌다.

"그건 이미 해결된 일 아닙니까? 그런데 현까지 달려와서 이게 웬 소동입니까?"

"해결? 웃기시네! 겨우 위로금 18위안으로 사람 목숨을 바꾼답디까? 관 살 돈도 부족해요. 지금은 가는 곳마다 흉년이라 우리 불쌍한 두 모자는 목숨도 부지하기 힘들어요. 이런 마당에 현 말고 날더러 누굴 찾아가라는 말입니까?"

여자 역시 말투가 거세졌다. 그녀가 한 손으로 힘껏 코를 풀자 긴 콧물이 나왔다. 어디다 닦나 했더니 바로 옆의 벽에 문질렀다.

"생활하는데 어려움이 있으면 향을 찾아가 해결해야죠. 그리고 쑨창훙이 거기 무슨 친척 되지 않습니까?"

그런데 탄궁다가 쑨창훙 이야기를 꺼내자 여자가 벌떡 바닥에서 일어나 탄궁다에게 삿대질을 하며 고함을 질렀다.

"당신들이 향장 바꾼 지가 언젠데 그런 말을 해? 그 사람도 지금 자리에 누워 죽을 날만 기다리고 있다고! 그런 사람이 우릴 신경이나 쓸 것 같아?"

탄궁다는 여자의 말에 말문이 막혔다. 더군다나 쑨창훙이 면직된 일은 어디서부터 어떻게 이야기를 해야 할지 난감했다. 자초지종을 물어보려 하는데 갑자기 여자가 눈을 까뒤집고 입가를 실룩거리다가 대성통곡을 하기 시작했다. 그녀가 주먹을 쥐고 자기 가슴을 세차게 내리쳤다. 연약한 가슴을 내리치는데 어디서 그렇게 엄청난 소리가 나는지, 탄궁다는 놀라움을 금치 못했다. 아이가 겁을 먹고 반짝반짝 빛나는 작은 눈으로 탄궁다와 바닥을 데굴데굴 구르는 엄마를 번갈아 쳐다보다가 왕! 하고 울음을 터트렸다. 쉬씨는 어쩔 줄을 모르다 한참만에야 신방판공실 사람들 몇몇과 힘을 합쳐 가까스로 그녀를 의자에 앉힌 후 찻물 한 잔을 건넸다.

여자는 찻잔을 받는 대신 이렇게 말했다.

"현장님이 해결해주지 않으면 우리 모자, 오늘 여기서 죽을 거예요."

탄궁다가 말했다.

"그럼 말해보세요. 어떻게 해결해드려요?"

여자는 탄궁다가 한 걸음 양보하는 듯하자 금세 울음을 멈춘 채 고개를 숙이고 한참을 생각했다.

"우선 죽은 남편을 열사로 만들어주세요."

푸지 저수지 사건은 쉬씨 역시 들은 적이 있었다. 그런데 오늘 여자가 와서 난리를 피우는 바람에 당시 정황을 자세히 이해하게 되었다. 여자가 열사 운운하자 그가 웃으며 말했다.

"열사라는 게 그렇게 함부로 아무렇게나 정해지지 않습니다. 아주머니 남편은 공공을 위해 희생한 것도 아니고 실족해서 골짜기에 떨어져 죽었잖아요. 좀 듣기 거북한 말 하나 해드릴까요? 설사 베이징을 찾아간다 해도 열사가 될 수 없을 겁니다."

"그럼 현 정부에 일자리를 만들어줘요. 샤창, 그 우울한 곳에는 어차피 돌아가고 싶지도 않아요."

쉬씨가 말했다.

"현에서 일하는 것도 그렇게 마구잡이로는 안 돼요. 기관 직원들은 모두 학력이 있는 사람들인데 아주머니가 뭘 할 수 있습니까?"

"글자는 하나도 모르지만, 뭐든지 할 수 있어요. 실도 잘 뽑고……."

탄궁다는 이렇게 계속 얽히는 건 좋은 방법이 아니라는 생각이 들었다. 그가 쉬씨를 몰래 구석으로 잡아당겼다.

"수중에 돈 가진 것 있어요?"

"네."

"얼마나요?"

"막 월급을 받았는데 40위안이 채 안 됩니다. 얼마나 필요하세요?"

"전부 줘 봐요."

쉬씨가 서랍을 열어 고무줄로 가지런히 묶어둔 지폐를 탄궁다에게 건넸다. 탄궁다가 다시 자기 옷에서 돈을 꺼내 50위안을 맞춰 여자에게 줬다.

"50위안입니다. 내가 개인적으로 주는 겁니다. 우선 시장가서 먹을 것도 좀 사고, 살림밑천으로 쓰세요. 어려울 때마다 매번 현으로 달려오지 말고. 길도 먼데!"

뭉칫돈을 본 여자가 눈이 휘둥그레지더니 재빨리 일어나 돈을 받으면서 입으로는 "미안해서 어찌 받습니까? 그럼 내가 뭐가 됩니까? 안 돼요, 안 돼. 현장님 돈을 받을 수는 없지요."라고 중얼거렸다. 그러면서 말을 채 끝맺기도 전에 탄궁다의 손에서 돈을 낚아채 홑저고리를 걷어 올리고 솜저고리 주머니에 챙겨 넣으면서 쉬지 않고 주절거렸다.

"이거 미안해서……. 사람이 할 짓이 아닌데."

여자는 웃다가 울다가 말을 마치더니 아이를 잡아당겨 탄궁다에게 머리를 숙이도록 했다.

아마 현장이 그렇게 많은 돈을 주리라고는 생각 못했던지 몸까지 부들부들 떨었다. 탄궁다는 여자의 초췌한 얼굴, 더럽게 구겨진 옷이 눈에 들어왔다. 하지만 목은 하얗다 못해 푸르고 양미간에 요염한 기운이 흘렀다. 대충 나이를 생각해보니 서른이 갓 넘었을 것 같은데……. 울다가 웃다가 정신없는 여자에다 피골이 상접한 아이를 보니 마음이 짠했다.

쉬씨가 모자 둘을 밖으로 내보낸 후 탄궁다와 차를 마셨다. 두 사람은 탁자를 사이에 두고 잠시 한담을 나눴다. 쉬씨가 돌연 미소를 지으며 언제 국수를 먹여줄 건지 물었다. 그는 현 정부에 소문이 자자하다고 알려주면서 그 이야기들이 모두 진짜인지 가짜인지 모르겠다고 말했다. 탄궁다는 자기와 바이샤오셴 이야기라는 것을 알았다. 쉬씨가 외부 사람도 아니란 생각에 그를 향해 웃으며 말했다.

"그런 일이 없다고 말할 수도 없죠. 하지만 둘이 나이 차이가 너무 많이 나서 아직 정식으로 시작도 안 했어요."

"나이 차이가 열 살, 스무 살 나는 건 문제도 아닙니다. 티토 모릅니까? 티토?"

"당연히 알죠, 루마니아 원수죠."

"루마니아가 아니고 유고슬라비아요."

쉬씨가 웃으며 틀린 답을 고쳐줬다.

"그 사람 부인이 요시쁘 브로즈^{Josip Broz}라고 티토보다 서른둘이나 적은데 천생배필, 금슬 좋은 혁명부부로 즐겁게 잘 지내지 않습니까?"

탄궁다가 아무 반응이 없자 쉬씨가 다시 언제 결혼을 할 건지 물었다.

"여자 부모님은 하루라도 빨리 혼사가 이루어졌으면 좋겠다고 하죠. 하지만 샤오셴이 아무 반응이 없어요. 제2차 5개년 계획[18]이 실현될 때 결혼하자고 하거든요."

"제2차 5개년 계획이요?"

쉬씨가 손가락을 꼽아보더니 말했다.

"그럼 아직도 2, 3년은 더 기다려야 하잖아요. 내가 볼 때 이런 일은 급해서도 안 되지만 마냥 기다릴 수도 없는 일인데……."

"그 말뜻은?"

탄궁다가 물었다.

쉬씨가 탄궁다 쪽으로 바짝 머리를 대며 의미심장하게 피식 웃으며 말했다.

"'온갖 꽃이 밤새워 피게 하여 새벽바람이 불 때까지 기다리지 말라'[19]는 말이 있지요."

"그건 누구의 시예요?"

---

[18] 중국은 전쟁으로 폐허가 된 중국을 재건하기 위해 1953년부터 제1차 5개년 계획을 실시했다. 이후 제2차 5개년 계획(1958~1963년)이 진행되었는데, 사회주의 건설을 추진하기 위한 총노선을 확정하고, 마오쩌둥의 주도하에 대약진과 인민공사 건설을 적극 추진했다. 현재 제13차 5개년 계획(2016~2020)이 진행 중이다.

[19] 측천무후의 〈최화시〉(催花詩), "花須連夜發, 莫待曉風吹."

산하는 잠들고

탄궁다는 갑작스러운 시 인용에 쉬씨를 바라봤다.

"측천무후則天武后요."

쉬씨는 이미 자기 뜻을 분명하게 전달했다고 생각했는데 현장이 이해를 하지 못하자 순간 어떻게 다시 설명을 해야 할지 몰라 머뭇거리다 다시 입을 열었다.

"치지 않으면 상대는 안 쓰러지지요. 청소를 안 하면 먼지가 알아서 없어지지 않습니다. 아시겠어요?"

"그건 또 누구 말이에요?"

"마오 주석요. 내 말은 그러니까…… 어휴, 어쨌거나."

쉬씨가 사방을 힐끔거리더니 잔뜩 목소리를 낮췄다.

"아가씨야 수줍어하는 건 당연한 거잖아요. 예를 들면 아가씨 손을 잡으려고 하는데 상대가 싫다고 했을 경우, 그걸 진짜로 알아들으면 현장님이 바보란 소리죠. 내 말 알겠어요?"

탄궁다의 눈살이 자꾸 찌푸려지는데 눈빛을 보니 여전히 갈피를 못 잡는 눈치였다.

쉬씨는 탄궁다가 남녀 문제에 무지몽매하다는 결론을 내리고 최후의 비유 하나를 날렸다.

"현장님, 꽃에 물을 안 주면 꽃이 핀답디까?"

바이샤오셴은 설을 보내고 돌아와 있었다. 그날 밤, 그는 바이샤오셴과 집에서 만나기로 약속했다. 샤오셴의 첫 방문이다. 좋은 예감이 들었다. 적어도 어느 정도 둘 사이에 일대 전환이 이루어지고 있다는 반증이었다.

신방판공실에서 나온 탄궁다는 가는 내내 쉬씨가 한 말을 곱씹었다. 생각하면 생각할수록 심장이 벌렁거렸다. 자연스럽게 발걸음이 빨라졌다. 나중에는 숨이 턱까지 차올랐다. 이 노인네 보게. 그저 성실하고 고지식한 줄만 알았는데 이런 말을 해줄 줄은 정말 몰랐네, 하! 하!

사무실로 돌아와 벽에 걸린 커다란 괘종시계를 보니 벌써 점심시간이 지나 있었다. 야오페이페이는 식당으로 식사를 하러 가지 않고 책상에 기대 뜨거운 맹물에 사오빙燒餅(밀가루로 반죽하여 화덕에 구운 빵으로 표면에 참깨를 뿌려서 먹기도 한다)을 먹고 있었다. 탄궁다가 그녀에게 하나 더 있는지 묻자 야오페이페이가 깨 부스러기가 잔뜩 묻은 입술로 우물우물 대답했다.

"하나밖에 안 샀어요, 반 나눠 드릴까요?"

탄궁다가 잠시 뜸을 들이다 대답했다.

"그래."

야오페이페이가 입 안 댄 쪽을 반 잘라 그에게 건넸다. 그러고는 책상 위의 작업일지를 펼쳐들고 현장에게 오전에 걸려온 전화, 방문자 등을 보고한 후 내용을 설명했다. 탄궁다는 줄줄이 이어지는 야오 비서의 보고를 중간에 끊고 지시를 내렸다. 머릿속으로 무슨 다른 생각을 하는 것이 분명했다.

"야오 비서, 오후에 출근할 필요 없어. 도서관에 가서 티토의 자료를 좀 찾아줘."

"티토요?"

"응, 티토."

야오페이페이는 '아' 하며 새로운 지시사항을 노트에 기록한 후 물잔을 들고 화장실로 향했다.

그날 오후 탄궁다 역시 사무실에 머물지 않았다. 야오페이페이가

산하는 잠들고

나간 다음 바로 사무실을 빠져나와 새 셔츠를 사러 메이청 공급판매합작사에 갔다. 여자 판매원은 그의 신분을 알고 조금 지나칠 정도로 친절했다. 그녀는 탄궁다에게 합작사에서는 단 한 번도 셔츠를 판매한 적이 없으며 천만 판다고 했다. 셔츠를 원하면 천을 사서 재봉사에게 가서 만들어야 했다. 탄궁다는 다시 백화점 천 집 두 세 곳을 찾아갔지만 대답은 마찬가지였다. 이렇게 큰 메이청 현에 새 셔츠 한 벌 살 곳이 없다니. 내일 회의를 열어 이에 대해 토의를 해봐야겠다는 생각이 들었다.

이어 그는 목욕탕에 가서 시원하게 목욕을 한 후 등도 밀고 손발톱도 정리했다. 목욕탕에서 나왔는데도 시간이 많이 남아 이발소에 가서 이발을 하고 면도도 했다. 이발관 의자에 앉아 입 주변 가득 차가운 면도크림을 얹고 바이샤오셴 생각을 하다가 쉬씨의 노골적인 표현을 생각하니, 뭔가 뭉클 기운이 솟기도 하면서 점점 몽롱한 기분에 빠져들었다. 물만 주면 행복의 꽃이 천지에 피어날 거야. 배梨 맛을 알려면 직접 맛을 봐야지. 두둥둥둥 챙…….

4

여섯 시도 채 안 됐는데 날이 벌써 어두워졌다. 탄궁다는 바이샤오셴과 시진두 패루牌樓(중국의 전통적 건축양식의 하나로 차양이 있고 기둥이 두 개 또는 네 개인 장식용 건축물) 아래서 만나기로 약속했다. 어제가 입춘이었지만 날씨는 여전히 몹시 추웠다. 횡횡 불어대는 서북풍에 쉬지 않고 흩날리는 눈발이 돌길 위에서 맴돌았다. 탄궁다는 7시 반까지 기다렸지만 샤오셴은 나타나지 않았다.

시진두는 찾기 어려운 곳이 아니었다. 7시 반에도 그녀가 오지 않자 무슨 일이 생긴 건 아닌가 걱정이 됐다. 탄궁다는 다시 반시간 정도를 더 기다렸다. 인근 저수장의 등불이 모두 꺼진 후에야 그는 축 처져서 집으로 발길을 돌렸다.

집으로 돌아오는 길에 탄궁다는 문득 사람이 들고 다니는 전화기가 있으면 얼마나 좋을까 하는 생각을 했다. 하지만 곰곰이 생각해보니 너무 황당무계한 생각이었다. 전화기를 들고 다니는 건 별로 어려운 일이 아니지만 전화선은 어떡한단 말인가? 예전에 전쟁 때는 전화기를 언제나 지휘부가 가지고 다녔지만 그때는 통신병이 장비를 갖추고 따라다니지 않았던가! 바로 첸다췬의 과거 업무가 그것이었다. 만약 전화선이 땅속에 있다면? 50미터마다 전화기 한 대씩을 설치하면 어딜 가든지 언제나 연락을 주고받을 수 있을 텐데. 이런 생각을 하자 탄궁다는 자기도 모르게 흥분이 되며 약속이 어긋나면서 느꼈던 고통이 많이 누그러졌다. 그는 이 기발한 생각을 적어두려고 주머니에서 작은 공책을 꺼냈다. 내일 현위원회에 가서 토론해 봐야지. 그런데 이번에는 만년필이 보이지 않았다. 강둑을 따라 걷던 그는 금세 조금 전 생각을 지워버렸다. 이유는 간단했다. 전화를 거는 사람은 언제나 전화기를 찾을 수 있지만 전화를 받는 사람은 위치가 유동적이니 상대방이 어디에 있는지 알 방법이 없지 않은가! 거리에 전화기가 가득 깔려 있다 한들 어디로 전화를 걸어야 할지 알지 못할 것이다. 실현 불가능한 아이디어였다. 그럼 무선전신으로 바꾸면? 영화에서 보면 조선전쟁(6.25전쟁) 때 병사들이 무전기를 메고 다니는 모습이 나왔었다. 위에 'Y'자 형의 부드러운 '꼬리'가 달려 있었는데…… 그렇다고 사람들에게 밖에 나오면서 모두

들 그렇게 무겁고 큰 철가방을 메고 다니라고 할 수도 없다! 그런데 집 앞에 가까이 다다르자 벌거벗은 숲 너머로 문 울타리 옆에 누군가 서 있는 모습이 눈에 들어왔다. 그는 너무 기뻐 미칠 것만 같았다.

"추워서 귀가 떨어질 것 같아요!"

바이샤오셴이 팔짱을 끼듯 양쪽 소매 안에 손을 집어넣은 채 발을 동동 구르고, 호호 입김을 불며 투덜거렸다. 그녀 옆에 하얀 포대와 나일론 망태기가 보였다.

"시진두에서 만나기로 약속하지 않았어요?"

"거기서 두 시간이나 기다렸어요. 7시가 넘었는데도 당신이 안 오기에 여기로 찾아왔죠."

바이샤오셴이 씩씩거렸다.

그녀의 말을 듣고 나서야 탄궁다는 시진두에 동, 서 양쪽으로 패루가 있는데 약 2리 정도 떨어져 있다는 생각이 났다. 분명히 동패루 쪽으로 갔을 거야. 그쪽에 야외 시장이 큰 게 있으니까. 좀 더 정확하게 약속을 잡았어야 했는데……. 그는 자기 머리를 툭 치며 웃었다.

"내가 여기 사는 건 어떻게 알았어요?"

"펑 과부 옛 집이라고 하니까 주변 인력거꾼들 중에 모르는 사람이 없던데요?"

탄궁다는 열쇠를 꺼내 문을 열며 놀리듯 말했다.

"머리 좀 썼는데요? 제법 똑똑한 구석이 있군요."

"마치 전에는 내가 바보인 줄 알았다는 말투 같네요?"

샤오셴의 목소리가 높아졌다.

탄궁다는 어둠 속이라 그녀가 농담을 하는 건지, 아니면 진짜 화를 내는 건지 잘 구분이 가지 않았다. 그는 재빨리 그녀가 들고 있던 물건을 받았다.

"아뇨, 아뇨. 전혀 그렇게 생각하지 않았어요. 그런데 이 보따리 안에는 뭐가 들었는데 이렇게 무거워요?"

"당신 장모님이 당신에게 보낸 라창臘腸(중국식 소시지), 땅콩, 찹쌀가루 그리고…… 또 뭐, 아무튼 나도 잘 몰라요."

샤오셴이 자기 엄마를 '당신 장모님'이라고 말하는 소릴 듣고 탄궁다는 자기도 모르게 눈이 휘둥그레져 고개를 돌려 그녀를 바라봤다. 흐뭇했다.

실내로 들어가 물건을 내려놓자마자 탄궁다는 식사를 하러 나가고 했다.

"이렇게 늦었는데 그러지 말고 집에서 뭐 좀 만들어 먹어요. 대충한 끼 먹으면 되죠."

샤오셴이 여전히 추운지 손에 입김을 불며 머리에 쓰고 있던 붉은색 수건을 벗어 눈을 턴 후 목에 맸다.

"난 국수 삶는 것밖에 못하는데……. 샤오셴, 밥 할 줄 알아요?"

"못해요."

바이샤오셴이 실내를 이리저리 둘러보며 말했다.

"하지만 불은 지필 줄 알아요."

그녀는 어릴 적 추운 12월이 오면 으레 부엌으로 달려갔다고 한다. 아궁이에 불을 피우면 집안에서 그곳이 가장 따뜻했다. 그녀의 집에는 '장 어멈'이라고 부르는 찬모가 있었다고 한다. 자주 그녀를 안고 부뚜막 아래에서 옛날이야기를 해주곤 했는데 나중에는 그녀에게 불 지피는 것을 도와달라고도 했다. 그녀의 엄마는 처음에는 그녀가 하인들과 하루 종일 어울리는 걸 못마땅하게 생각했다. 그렇지만 때때로 설에 손

산하는 잠들고

님이 찾아와 주방이 정신없이 바쁘면 한껏 소리를 지르며 그녀를 불렀다.

"샤오셴, 샤오셴! 부엌에 가서 장 어멈 불 지피는 것 좀 거들어!"

그녀가 수다스럽게 어릴 적 이야기를 하다 말고 갑자기 탄궁다의 한쪽 손을 잡으며 그의 소매를 걷어 올려 손목시계를 살폈다.

"아, 벌써 시간이 이렇게 됐네. 빨리 부엌에 가서 뭐 좀 먹어요. 먹고 가야 해요."

탄궁다는 샤오셴이 갑자기 자기 손을 잡자 가슴이 떨렸다. 그러나 밥을 먹고 가야 된다는 것을 보니 여기서 밤을 보낼 것은 아니라는 것이 분명했다. 그는 찬물을 흠뻑 뒤집어 쓴 것처럼 기운이 쭉 빠졌다. 탄궁다가 아궁이 앞으로 다가와 솥에 물을 몇 바가지 넣자 바이샤오셴이 불을 붙였다. 불빛이 그녀의 얼굴을 환하게 밝혔다. 탄궁다는 살짝 몸을 숙여 기름등을 올려둔 벽 구멍을 통해 그녀의 예쁜 얼굴을 찬찬히 바라보았다. 샤오셴 역시 고개를 들어 네모난 구멍을 통해 그를 바라보며 미소를 지었다. 타오르는 장작불이 비친 얼굴이 마치 일몰에 빨갛게 물든 화창花窓(투각 도안으로 장식한 창문) 같았다. 솥뚜껑 가장자리를 따라 어느새 스멀스멀 뜨거운 김이 올라오고 있었다. 그의 마음 역시 하늘하늘 피어나는 봄바람처럼 들뜨기 시작했다.

"추워요?"

샤오셴이 물었다.

"안 추워요. 안 추워!"

탄궁다가 놀라서 후다닥 말했다.

"아궁이 아래로 와서 불 쬐요."

샤오셴이 작은 걸상 안쪽으로 옮겨 앉으며 그에게 공간을 내줬다.

무슨 뜻이지? 설마……? 내 다리가 왜 떨리는 걸까? 내 목구멍은 왜 캑캑 소리를 내는 거지? 내 혈관이 왜 터질 것 같지? 내 창자는 왜 엉킨 새끼줄처럼 서로 꼬이는 거지? 별일이 다 있네! 왜 죽고 싶을까? 왜 이 세상만물이 이렇게 공허할까? 왜 이렇게 슬픈 거야! 나의 아가씨. 당신을 안을 거야. 오늘은 거침없이 날 보여줄 거야. 오늘은 내 멋대로 할 거야! 날 막을 수 있는 건 아무것도 없어! 당신이 허락해도, 아니 허락하지 않아도 괜찮아. 어차피 난 당신을 안을 거니까! 당신을 진흙처럼, 재처럼, 가루처럼 부스러지게 안아줄 거야! 하늘도 무너지고 땅이 꺼지고, 나는 죽을…….

그가 침을 꿀꺽 삼키고, 깊이 숨을 들이마신 후 부뚜막 아래로 빙 돌아가 묘하게 웃고 있는 샤오셴을 멍하니 바라봤다. 샤오셴은 고개를 살짝 기울인 채 아름답고 커다란 눈동자를 반짝거리며 그를 향해 웃었다. 그렇게 웃던 그녀의 표정이 갑자기 얼어붙었다. 입술이 잇몸에 붙은 채 내려가지도 않았다.

탄궁다는 갑자기 '샤오셴!'이라고 외치며 마치 태산이 누르듯, 산을 밀어내고 바다를 뒤엎을 기세로 그녀에게 와락 달려들었다. 아무 생각 없이 앉아 있던 그녀는 보리짚단이 쌓여 있는 뒤쪽으로 넘어지고 말았다.

부뚜막 쇠 지팡이가 솥바닥에 부딪치면서 아궁이에서 불꽃이 사방으로 튀었다. 머리가 바닥에 세게 부딪치는 순간, 샤오셴은 온 세상이 빙글빙글 돌고 목에서 진한 피비린내가 올라와 구토가 나올 것만 같았다. 대체 무슨 일이 벌어진 건지 정신을 차리기도 전에 탄궁다의 한쪽 손이 그녀의 저고리 밑으로 들어와 가슴이 차가워졌다.

잠깐 동안 바이샤오셴은 탄궁다의 번개 같은 기습에 몸을 맡기는 듯했다. 그러나 그건 탄궁다를 받아들이겠다는 생각에서가 아니라 갑작스런 상대방의 행동에 너무 놀란 나머지 아무 생각도 할 수 없었기 때문이었다. 그녀의 머릿속에 짧은 길 하나가 나타나 그곳에 꼼짝없이 누워 눈만 껌뻑이고 있는 자신의 모습이 그려졌다. 마치 꿈을 꾸고 있는 듯했다. 한데 탄궁다 역시 별다른 다음 행동을 취하지 못했다. 그는 샤오셴을 어떻게 다루어야 할지 갈피를 잡지 못했다. 그저 '엄마, 엄마'를 외치고 끙끙대며 마치 한 마리 돼지처럼 그녀의 품속에서 허우적댔다. 곧이어 정신을 가다듬은 바이샤오셴이 반격을 결심했다. 그녀의 무기는 날카로운 비명이었다. 이제껏 탄궁다가 단 한 번도 들어보지 못한 날카로운 비명이 한없이 이어졌다.

"소리치지 말아요. 조용히 해요!"

탄궁다가 소리를 낮췄다.

그러나 바이샤오셴의 비명은 더욱 날카로워졌다. 그는 손을 뻗어 그녀의 입을 막았다. 허둥대던 바이샤오셴의 손에 부뚜막 쇳덩이가 닿았다. 그녀가 쇳덩이를 꼭 쥐고는 탄궁다의 눈앞에 들이대며 중얼거렸다.

"잘 봐요, 이게 뭐죠?"

그녀가 빨갛게 달아오른 쇳덩이를 탄궁다의 가슴팍에 들이댔다. 그의 솜옷에서 역하게 타는 냄새가 났다. 탄궁다는 무장 해제된 포로처럼 천천히 자리에서 일어나 두 손을 높이 들어 올리며 뒤로 물러섰다. 바이샤오셴이 쇳덩이를 그의 가슴에 들이대며 물독이 있는 벽 구석까지 몰아붙였다.

"저질!"

바이샤오셴이 고개를 저었다.

목소리가 높진 않았지만 마치 나지막이 탄식하는 것 같았다.

"저질, 당신은 정말 저질이야. 원래 이런 사람이었군요. 개자식, 이런 저질이었다니!"

지나치게 놀란 탓인지 그녀는 계속 이런 말만 되풀이했다. 그녀가 쇳덩이를 물독으로 내던지자 '피식' 하는 소리와 함께 항아리에서 흰 연기가 피어올랐다. 그녀는 한손으로 바지허리를 붙잡고 한참 동안 부엌 이곳저곳을 헤매며 입에서 나오는 대로 알 수 없는 소리를 지껄였다. 자기 스스로도 무슨 말을 하는 건지 알 수가 없었다. 한참 만에 부엌문을 열고 나가려던 그녀가 바닥에서 바지 허리띠를 주우며 탄궁다를 향해 나지막이 말했다.

"당신, 정말 재수 없어. 정말 짜증나. 난 가겠어."

바이샤오셴은 문화선전공작단 숙소 대신 곧장 삼촌 집으로 향했다. 곤하게 잠을 자고 있던 바이팅위는 갑자기 누가 문을 부서져라 두드리자 화들짝 놀라며 침대에서 벌떡 일어나 달려 나갔다. 그의 아내가 이미 담요를 둘둘 뒤집어쓰고 나가 문을 열어주고 있었다. 바이샤오셴이 헝클어진 머리에 얼빠진 모습으로 입구에 서 있었다. 부부는 깜짝 놀라 그녀를 안으로 들인 다음, 한참 동안 위아래를 훑어보다가 무슨 일이 있었던 건지 물었다.

바이샤오셴은 마치 몽유병 환자처럼 초점을 잃은 눈으로 중얼거렸다.

"강간, 강간! 그 개자식이 날 강간했다고요."

바이팅위는 조카 얼굴이 온통 피범벅인 데다 윗입술이 잔뜩 부어 있고, 목에도 피멍이 들어 있는 것을 발견했다. 부부가 한참 동안 대체 누가 강간한 거냐고 물었지만 그녀는 대답 대신 혼자서 자문자답을 할 뿐이었다. 둘은 서로 눈짓을 했다. 바이팅위가 아내에게 말했다. "먼저 좀 데려가서 씻겨. 깨끗한 옷으로 갈아입히고 나서 다시 이야기하자고."

조금 후 바이샤오셴이 얇은 솜이불로 몸을 감싸고 거실로 돌아왔다. 입술에 자약수紫藥水를 발라서 마치 금방 오디를 먹은 것 같았다. 소파에 웅크리고 앉은 그녀는 여전히 몸을 사시나무 떨 듯 덜덜 떨었다. 숙모가 뜨거운 물 한 잔을 건네주자 냅다 맞은편 벽에 던져버렸다. 벽에 걸려 있던 엥겔스 초상화 유리액자가 흔들리다 그대로 바닥에 떨어져 산산조각이 났다. 그녀가 이번에는 재떨이를 집어 들었다. 깜짝 놀란 바이팅위가 몸을 피하면서 재떨이는 자단나무 시렁 위 어항으로 날아갔다. 어항이 박살나면서 물이 바닥으로 쏟아지고 빨간색 금붕어가 바닥에서 파닥거렸다.

불같이 화가 난 조카를 보며 바이팅위의 아내가 한시름 놓은 듯 빙긋이 웃었다.

"깨라, 깨! 깨고 싶은 대로 다 깨버려. 다 깨부수는 걸 보니 미치진 않겠네."

바이팅위는 슬슬 짜증이 밀려오는 듯 담뱃갑에서 담배 한 개비를 꺼냈다. 그러나 불을 붙이지는 않고 그냥 코앞에 대고 냄새만 맡으며 냉정하게 말했다.

"말해 봐. 누가 널 강간했어? 내가 당장 공안국에 연락해 체포하라고 할 테니."

바이팅위의 아내가 눈을 부릅뜨며 그에게 눈치를 준 후, 그의 곁으로 다가가 귀에 대고 속삭였다.

"단 헌징이래요."

순간 바이팅위가 넋 나간 사람처럼 꼼짝도 하지 않았다. 멍하니 한참을 생각하던 그는 대머리를 쓱쓱 문지르다가 갑자기 껄껄 웃으며 혼잣말로 중얼거렸다.

"하하! 탄궁다, 이 자식! 하하, 급했군, 급했어. 정말이지! 여자는 있어도 그만, 없어도 그만이라고 허풍을 떨더니만! 하하!"

바이샤오셴은 절대 그냥 넘어갈 수 없다는 입장이었다. 그녀는 울고불고 소리를 지르며 몇 시간 전에 일어났던 일을 처음부터 끝까지 늘어놓은 후 당장 체포명령을 내리라고 난리를 피웠다.

"더 늦으면 그 개자식이 도망가버릴 거예요!"

바이팅위는 능글맞게 웃는 얼굴로 조카가 요란법석을 떨며 늘어놓는 하소연을 모두 듣고 난 후 입을 열었다.

"샤오셴, 그게 말이야, 그런 건 강간이라고 하는 게 아니고……."

바이샤오셴은 삼촌의 말이 도저히 믿기지 않는다는 듯 화가 나서 눈이 휘둥그레지며 또다시 물건을 던지려 했다. 하지만 다탁 위 경태람景泰藍20) 화병은 이미 숙모가 먼저 들고 자리를 피한 뒤였다.

"이게 강간이 아니면 뭐예요?"

"그건 강간이라고 하는 게 아니야."

바이팅위의 생각은 확고했다.

"그 자식이 내 가슴을 더듬었다고요. 그래도 강간이 아니에요?"

"좀 작은 소리로 말해라!"

바이팅위가 나지막이 조카에게 경고했다.

---

20) 경태람(景泰藍): 동기(銅器) 표면에 무늬를 내고 법랑(琺瑯)을 발라서 불에 구워 낸 공예품. 명대 경태(景泰) 연간에 베이징에서 대량으로 제작하기 시작하였으며 남색(藍色)을 띠기 때문에 이런 이름이 붙었다.

산하는 잠들고

"이웃사람들 다 깨겠다. 내가 분명히 말하는데, 그건 강간이 아니야."

"그럼 뭐냐고요, 네? 삼촌, 그럼 그게 뭐예요?"

"조급한 마음에 안달이 난 거지."

바이팅위가 이렇게 내뱉은 후 피식 웃었다. 아내 역시 겨우겨우 웃음을 참으며 남편을 향해 눈을 부릅떴다.

"내 바지 허리띠도 풀어버렸어요. 저질! 삼촌이랑 숙모가 이렇게 나오면 내가 내일 아침 일찍 직접 현에 가서 고발할 거예요."

바이팅위가 담뱃불을 붙였다.

"네가 현에 가서 고발을 해도 결국 우리가 처리하지 않겠어? 더구나 상대가 현장인데!"

"현에서 안 되면 성으로, 성에서 안 되면 베이징으로 갈 거예요. 꼭 법적 처벌을 받게 할 거라고요."

바이샤오셴의 황소고집은 도저히 말릴 수가 없었다.

바위팅위는 두세 시간에 걸쳐 숱한 사례를 들어가며 이치를 설명하고, 논리적으로 설득하면서 자신의 말대로 강간이 아님을 거듭 주장했다. 이는 남녀 사이에 흔히 볼 수 있는 현상이며 정당한 행위이고, 심지어 마르크스와 부인인 예니 사이도 마찬가지라고 말하기도 했다. 이런 행위는 강간과는 외형상으로 차이점이 별로 없지만 동기는 아주 다르다고 알려줬다.

"다시 말하면 당과 국가의 미래에 관계되는 것이라 말할 수 있지. 탄 현장이 확실히 조금 급하긴 급했네. 더구나 아직 결혼한 사이도 아니니 부적절한 행동이긴 해. 그에게 자아비판을 하라고 해야겠어. 하지만 생각 좀 해봐라. 탄 현장 나이가 마흔이 넘었어. 현 정부 업무에만 전념하느라 아식도 아내를 맞이하시 못했는데 우리가 이런 셈은 높이 사야 하는 것 아니냐? 풀이나 나무도 아니고, 사람이라면 칠정육욕七情六欲이 있는 거야. 순간적으로 마음이 조급해져서 뭐에 홀린 듯이 정도를 좀 벗어나는 행동을 한 것을 전혀 이해 못할 바도 아니야. 이런 일은 철저한 유물주의자라고 해도 피할 수 없는 일이고, 반드시 진지하게 생각해야 하는 일인데……."

바이샤오셴은 삼촌의 일장 연설에 넘어가 말로는 절대 용서할 수 없는 일이라고 하면서도 마음은 조금씩 안정을 되찾았다. 특히 마크르스와 부인 예니 사이에도 이런 '추악한 짓'이 있었다는 말에 길게 한숨을 내쉬며 무거운 짐을 내려놓는 듯했다. 바이샤오셴은 평소 마르크스와 예니를 가장 숭배했다. 한때 자기 이름을 바이예니白燕妮로 바꾸고 만나는 사람마다 앞으로 자신을 바이샤오셴이라 부르지 말고 바이예니로 불러달라고 할 정도였다. 하지만 그녀의 말을 진지하게 생각하는 사람은 아무도 없었다. 숙소를 같이 쓰는 여자아이들조차 계속해서 그녀를 샤오셴이라고 불렀다. 그녀는 자신의 결혼 후의 생활에 대해서도 꼼꼼히 계획을 세웠는데 그중 가장 중요한 한 가지 요건이 바로 탄궁다에게 수염을 기르게 하는 것이었다.

찬찬히 살펴보니 수염이 진하고 숱이 많아서 몇 년 잘 기르면 마르크스와 엇비슷할 것 같았다. 그러나 그와는 별개로 아직 탄궁다를 용서하겠다는 생각은 전혀 없었다. 특히 마치 돼지처럼 허둥지둥 달려들어서 쿵쿵거리며 들이대고, 헛소리를 늘어놓는 후안무치한 행동은 도저히 용납할 수가 없었다. 손가락질 당해도 마땅한 행동이었다.

바이팅위 부인이 샤오셴을 달래 잠자리를 들게 했을 때는 날이 거의 밝았을 무렵이었다. 창문으로 희미하게 새벽 햇살이 비쳐들었다. 바이팅위는 밤새 조카를 달래느라 진을 다 빼는 바람에 침대에 누워서도

산하는 잠들고

잠이 오지 않았다. 일어나 화장실에 가는데 아내 방에 불이 켜져 있고 두 여자가 아직도 뭔가 쏙닥거리고 있었다. 볼일을 다 본 후 아내 방 문 앞을 지나는데 안에서 샤오셴의 목소리가 들렸다.

"내 바지를 내리고……, 어쨌거나 볼 것 다 봤어요. 앞으로 그 사람한테 내가 무슨 신비로움을 주겠어요!"

아내가 키들키들 웃으며 그녀를 위로했다.

"아이고, 바보 같은 아가씨. 다 보여줬어도 괜찮아! 어쨌거나 결혼하면 조만간 다 볼 거였는데 뭐. 부부 간에 신비한 게 뭐 필요해!"

"날 물었다고요. 정말 개새끼가 따로 없어!"

"좋은 거네. 아직 젊고 기운도 넘친다는 증거잖아."

"그게 뭐 좋은 거예요!"

"아직 넌 뭘 몰라. 나중에 다 알게 될 거야."

아내가 헤헤 웃었다.

"나랑 너희 삼촌은 밤이 되면 각자 자기 방에 들어가서 자. 일 년 내내 이야기라고는 서너 마디도 안 하고. 나야말로 과부나 다름없지!"

여기까지 듣던 바이팅위의 표정이 일그러졌다. 그는 속으로 쓴웃음을 지으며 절레절레 고개를 저었다. 그리고 살금살금 자기 방으로 돌아가 잠을 청했다.

다음 날 오전, 그는 사무실에 들어가자마자 자신을 기다리고 있는 탄궁다를 발견했다. 탄궁다는 얼굴이 벌겋게 달아올라 귀를 긁적이다가 다시 턱을 매만졌다가, 초조하게 뭔가 말을 할 듯 말 듯 망설였다. 바이팅위는 어젯밤 일을 생각하며 아무 일 없다는 듯 웃는 얼굴로 탄궁다의 어깨를 툭 쳤다.

"탄 형, 그냥 가만히 있어요. 내가 전부 해결할 테니. 그냥 거하게 밥이나 한번 사요."

탄궁다가 입을 열었다.

"어떻게 말을 해야 될지……, 그게……, 나도 모르게 어쩌다보니……, 내가 순간적으로 허튼 생각이……."

"아무것도 아닙니다. 그럴 수 있어요. 하지만…… 좀 여유를 가져요. 어쨌거나 이제 갓 스물 넘은 애 아니오!"

"그럼요. 물론이죠!"

"내 생각으로는 탄 형이 샤오셴에게 그때 상황을 잘 설명하면서 사과의 편지를 한 통 쓰는 것도 좋을 것 같아요."

두 사람은 곧이어 다른 이야기를 주고받았다. 탄궁다가 자리에서 일어나자 바이팅위는 그를 사무실 밖까지 배웅하다 갑자기 그를 잡아당기며 웃었다.

"어젯밤 우리 집 어항을 그 애가 깨부숴버렸어요. 잊지 말고 새 걸로 하나 사 줘요."

5

지프차가 푸지로 향하는 도로를 달리고 있었다. 야오페이페이는 사탕을 빨면서 조수석에 앉아 있었다. 창밖으로 비가 억수같이 쏟아지고, 탄궁다는 요란하게 코를 골며 뒷좌석에서 잠이 들어 있었다. 쏴쏴, 빗소리에 페이페이는 사방이 적막하게 느껴졌다. 말로는 뭐라 형용하기가 힘든 기분이었다. 마치 비의 장막이 그녀를 이 세상과 격리시켜 놓은 것 같았다. 마음이 조용히 가라앉았다. 때로 빗방울이 지붕 방수포 사이로 파고들어 그녀의 얼굴에 떨어졌다. 싸늘했다. 퍼붓는 빗줄기 때문에 차창 밖으로 아무것도 보이지 않았다.

춘분에서 곡우까지 메이청 일대는 장마 기간이자 일 년 중 찾아보기 힘든 농한기이다. 탄궁다의 소집으로 현 기관의 모든 간부들이 운하 수리현장을 찾았다. 양푸메이가 당직을 서고 간부들은 모두 시골로 내려갔다. 커다란 현 정부 청사가 순식간에 정적에 휩싸였다. 노약자, 환자를 제외하면 온종일 복도에서 한 사람도 마주치지 않을 때도 있었다. 식당도 텅 비었다.

탄궁다는 한동안 신장염을 앓아 병원에서 링거를 맞았다. 그는 수시로 야오페이페이에게 전화를 걸어 여러 가지 업무를 지시했다. 페이페이가 글을 좀 쓴다는 말을 어디서 들었는지 탄궁다는 그녀에게 현 정부 방송국에 줄 통신문 몇 편을 작성하도록 지시했다. 골치가 지끈지끈 아팠다. 현장이 대부분의 내용을 구술해주긴 했지만 관에서 발표할 문장을 일기처럼 쓸 수는 없었다. 한마디, 한마디를 쓸 때마다 적당한 문구를 찾느라 얼마나 머리를 쥐어짜냈는지 모른다. 1천 자 정도의 원고를 작성할 뿐인데도 완전히 기진맥진하기 일쑤였다. 페이페이는 일상 업무를 보는 틈틈이 시간만 났다 하면 도서관으로 달려갔다. 도서관에도 사람이 없기는 매한가지였다. 여자 관리원은 하루 종일 창구에 앉아 스웨터를 짰고, 때로는 집에서 풋콩을 가져와 껍질을 벗기기도 했다. 야오페이페이는 손에 잡히는 대로 서가의 책을 뽑아 뒤적거렸다. 처음으로 똑같이 '메이'梅라는 글자가 들어가지만 양메이楊梅(소귀나무 열매), 차오메이草梅(딸기), 메이쯔梅子(매실)가 서로 다른 식물이란 사실도 알았다. 마오 주석을 마오룬쯔毛潤之(마오쩌둥의 자字, 원래는 융즈咏芝라고 하다가 나중에 룬쯔潤之라고 바꿨다)라고 부른다는 사실도 알았으며, 아내가 몇 명이나 되는지도 알았다. 또한 공산당이 자싱嘉興 난후南湖의 한 배에서 시작되었다는 사실도 알게 되었다.[21] 어쩌면 비가 내려 자못 시적인 흥취가 넘쳐 옛 문인들의 아집雅集(옛날 문인들이 모여 시문을 읊고 학문을 논하던 모임)과 같았을지도 모른다. 20여 명이 웃고 떠들며 이 세계를 평정했다. 이로 인해 순식간에 세상천지의 색깔이 바뀌다니 정말 누가 감히 상상이나 했겠는가. 세상 모든 사람이 다 알고 있는 상식을 야오페이페이는 요지경을 통해 보듯 호기심 가득한 모습으로 살펴보고 있었다. 그러나 자신과 이 세상의 괴리감을 생각하자 망연자실한 채 슬픔이 밀려왔다.

탄궁다는 그녀의 글을 읽고는 병원에서 전화를 걸어 칭찬을 하곤 했다. 페이페이는 조금 창피했지만 자기도 쓸모가 있다는 생각에 허영심에 빠지기도 했다. 고모 성화에 병원으로 탄궁다가 먹을 닭 국물을 가져가기도 했다. 오후 내내 병동에서 단둘이 이야기를 나누고 있자니 이상한 기분이 들기도 했다. 하루 종일 같은 사무실에 있을 때는 마치 원수처럼 단 한마디도 없이 지냈는데 병원에 오니 갑자기 이러쿵저러쿵 수다를 떠는 아낙네들 같았다. 페이페이는 슬그머니 혼사가 어떻게 진행되고 있는지 물었다. 의외로 탄궁다는 서슴없이 '샤오셴, 샤오셴'이라고 친근하게 이름을 들먹거리며 이야기를 했다.

한가로운 날이었다. 아침부터 저녁까지 비가 내렸다. 페이페이는 밥 먹고, 일하고, 잠자는 것, 꿈을 꾸는 것까지 너무 편안하고 여유롭게 느

---

21) 1921년 7월 23일, 중국공산당 제1차 전국대표대회가 상해 조계에 있는 망지로(望志路) 106호에서 비밀리에 개최되었다. 회의 진행 도중 조계의 순포(巡捕)가 갑자기 조사를 나오는 바람에 정회를 하고 말았다. 이후 자싱(嘉興) 난후(南湖)의 배에서 대회가 속개되어 회의를 마치고 중국공산당 탄생을 선언했다.

산하는 잠들고

껴졌다. 심지어 이렇게 계속 시간이 흘러간다면 얼마나 좋을까, 라는 헛된 망상까지 꾸게 되었다. 이 세계가 정말 고요하고, 한가한 세상이 될 수 있을 텐데! 온종일 배불리 먹고 신경 쓸 일도 없을 텐데. 그런데 실망스럽게도 완쾌가 되고 나자 탄궁다는 예전의 준엄한 현장으로 되돌아갔다. 페이페이는 갑작스런 통보를 받고 다음 날 일찍 탄궁다를 따라 시골로 내려갔다.

그날 저녁, 고모가 그녀의 짐을 싸주고 있을 때 페이페이는 불현듯 현장이 티토의 자료를 조사해보라고 한 일이 생각났다. 그런데 최근 며칠 동안 도서관의 자료를 모두 뒤졌지만 그에 관한 자료는 전혀 찾을 수 없었다. 도서관 관리자들에게 모두 물어봤지만 그들은 티토가 누군지도 몰랐다. 그녀가 탕비원에게 물었다.

"중국에는 그런 성을 가진 사람이 많지 않아. 테무친鐵木眞(징기즈칸을 말한다. 티토의 중국어 이름이 테튀鐵托이기 때문에 비롯된 오해이다)의 친척 정도 될지도 모르지. 한번 찾아 봐."

고모부가 옆에서 담배를 피우고 있었다. 메이청 고등학교 교사인 고모부는 분명히 상식이 풍부할 거라고 생각하고 그에게 물었다. 고모부는 잠시 고민하는가 싶더니 이렇게 대답했다. "한 번도 들어본 적이 없는 이름인데? 잘못 들은 것 아냐?"

바로 그때 옆에서 부산을 떨던 고모가 입을 열었다.

"우리 옆집 중매쟁이 말이 옛날에 서문경西門慶(중국 명나라 장편 소설 《금병매》의 주인공)이란 사람이 있었는데, 거기 무슨 튀쯔托子22)라는 게 나와, 하지만 테鐵가 아니고 인銀이라고 하던데……."

---

22) 튀쯔(托子): 서문경이 쓰던 음기(淫器)의 일종인 인튀쯔(銀托子), 즉 구슬이 달린 은사슬을 말한다.

고모 말이 끝나기도 전에 고모부가 '푸!' 하고 웃음을 터트렸다. 한참만에야 웃음을 그친 고모부가 근엄한 표정으로 고모에게 말했다.

"아이들 앞에서 그런 난잡한 말은 좀 삼가시지. 당신 '뭐쯔'가 뭐에 사용하는 건지나 알아?"

글쎄, 서문경의 '뭐쯔'는 대체 뭐에 사용하는 걸까?

이것도 정말 문제다.

지프차가 현의 식량저장고 근처까지 갔을 때 갑자기 왕 기사가 급브레이크를 밟았다. 타이어가 미끄러지며 '끼익!' 하는 소리와 함께 옆으로 기울어지는 바람에 하마터면 길옆 도랑으로 차가 뒤집힐 뻔했다. 도로에 임시 초소가 세워져 있고 검은 우비에 빨간 완장을 찬 사람 몇 명이 카빈총을 들고 지나가는 차량을 조사하고 있었다. 지프차가 멈추자 품에 양면으로 된 삼각기를 끼고 목에 금속 호루라기를 건 키 큰 중년의 남자가 다가왔다.

야오 비서가 재빨리 차문을 열었다. 아직 비가 내리고 있었기 때문에 그 사람 모자 테두리를 따라 빗방울이 끊임없이 흘러내렸다. 그는 차문으로 고개를 들이밀어 안을 살피더니 오만하게 명령조로 말했다.

"신분증!"

야오페이페이와 왕 기사가 재빨리 신분증을 꺼내 그에게 줬다. 그는 꼼꼼하게 신분증을 살피고 돌려준 뒤 뒷좌석에 앉아 있는 탄궁다를 향해 말했다.

"당신도!"

막 잠에서 깬 탄궁다는 어리둥절했다. 그는 하품을 한 후 서류가방을 다리에 끼고 안에서 신분증을 꺼내 상대에게 건넸다.

"아, 현위원회 서기님이시군!"

남자가 웃었다. 새카만 충치가 드러났다.

"담배 있습니까?"

어이가 없었다. 탄궁다는 조금 못마땅하긴 했어도 상의 주머니에 납작하게 눌려진 채 들어있던 '대생산'大生産 담배 한 개비를 꺼내 그에게 건넸다. 남자가 담배를 입에 물자 왕 기사가 재빨리 불을 붙여줬다. 남자가 깊게 한 모금을 빨더니 눈을 감았다. 그리고 한참만에야 자신들은 공안부와 협조해 중요한 범인을 검거하라는 명령을 받고 출동한 성 군구軍區 사람들이라고 말했다. 껄렁껄렁한 모습이 뭔가 미심쩍었다. 상대는 일부러 페이페이의 얼굴에 메케한 담배연기를 뿜어댔다. 페이페이는 눈물을 줄줄 흘리며 고개를 돌렸다.

"좀 메케하지? 그래, 안 그래?"

남자가 큰 소리로 기침을 하더니 웃으며 그녀에게 말했다.

"상후이上會로 가는 길 알아?"

페이페이는 얼굴이 차가운 게 빗방울 때문인지 말할 때 튀는 남자의 침 때문인지 알 수가 없었다. 그녀는 '상후이'라는 지명은 들어본 적이 없다고 말했다. 왕 기사도 잘 모른다고 했다. 남자는 지프차 반사경에 담배를 눌러 끈 후 '쾅!' 하고 차문을 닫고 가슴에 걸고 있던 호루라기를 힘차게 불었다.

지프차가 초소를 통과하고 나자 왕 기사가 길게 한숨을 내쉬고는 페이페이에게 말했다.

"빨간 완장 찬 사람만 보면 심장이 부르르 떨려요. 게다가 총까지 들고 있으니 온몸에 '계모산피'鷄毛蒜皮(닭털과 마늘껍질-사소하고 보잘 것 없는 것을 가리키는 성어)가 가득 돋네."

왕 기사가 또 성어를 잘못 인용했다. '계피흘탑'鷄皮疙瘩(닭살 즉, 소름을 말한다)이라고 말해야 하는데! 그러나 페이페이는 마치 비 오는 날 뿌옇게 변해버린 세상처럼 마음이 축축하고 곰팡이가 낀 것 같아 성어나 고쳐주고 있을 기분이 아니었다. 그때 갑자기 뒷좌석에 앉아 있던 탄궁다가 입을 열었다.

"왕 기사, 자네의 성어 시합은 어떻게 됐나?"

"현장님, 말도 마십시오."

왕 군이 겸연쩍은 듯 웃었다.

"첫 대결에서 바로 상대방에게 '처지태연'處之泰然(어떤 상황에서도 태연함을 유지하다) 당했어요."

왕 기사가 왜 갑작스레 하루 종일 성어 연습에 몰두하나 했더니, 성어시합에 참가하려 했구나! 페이페이가 의아한 눈초리로 물었다.

"근데 '처지태연'이 뭐예요?"

왕 기사가 말했다.

"그것도 몰라요? 바로 밀렸다는 뜻인데."

푸지에 도착했을 때는 이미 정오가 되어 있었다. 지프차는 푸지 정류소 근처에서 진흙탕 흙길로 접어들어 잠시 직진한 후 다시 좌회전해서 긴 골목길로 접어들었다. 골목을 빠져나와 우회전하니 커다란 저수지가 나왔다. 저수지 사방에 작고 하얀 개나리꽃이 잔뜩 피어 있었다. 저수지 맞은편은 흰 벽에 검은색 기와를 얹은 아늑한 정원이 자리 잡고 있었다. 야오페이페이는 멀찌감치 정원 입구 쪽에 모여 있는 사람들이 눈에 들어왔다. 제일 앞에 면직 중산복 차림을 한 사람과 지난번에 봤던 가오마쯔라는 사람이 있었다.

차가 멈추자마자 가오마쯔가 향 간부 몇 명을 데리고 탄궁다와 인사를 나눴다. 멍쓰선孟四嬸(맹씨 넷째 숙모라는 뜻)이라는 여자가 혼자 서 있는 페이페이를 보고 앞으로 다가오더니 끊임없이 '바오바오'寶寶(귀염둥이)를 연발하며 그녀의 머리를 쓰다듬고 손을 만지작거리기도 했다. 스물이 넘은 여자한테 '귀염둥이'라니 페이페이는 어안이 벙벙했다. 순간적으로 당황스러움을 감출 수 없었던 그녀는 쭈뼛거리며 왕 기사 뒤로 숨었다.

왕 기사가 살그머니 그녀를 뒤쪽으로 데리고 가 말했다.

"멍쓰선은 원래 창장 한가운데 있는 섬 출신인데, 그 지역 사람들은 그렇게 부르는 게 관습이에요. 스물은 물론이고 칠팔십 된 사람에게도 친근감을 표시하기 위해 그렇게 불러요. 그렇게 부르지 않으면 오히려 무시하는 게 되거든요."

이해가 될 듯 말 듯 했다. 하지만 다행히 멍쓰선은 그녀를 놔둔 채 대광주리를 끼고 강가로 야채를 씻으러 갔다.

점심을 먹을 때였다. 가오마쯔가 자꾸 야오페이페이를 힐끗거렸다. 눈가에 눈곱이 잔뜩 끼어 있었다. 술을 몇 잔 마셔서 그런지 한껏 목소리가 높았다. 가오마쯔의 눈길에 야오페이페이는 좌불안석, 얼굴이 자꾸만 화끈거렸다. 탄궁다 역시 약간 취기가 올라 나중에는 가오마쯔와 '화취안'劃拳23)을 하기 시작했다.

야오페이페이는 평소 남자들이 술좌석에서 '화취안'을 하는 모습이 제일 꼴 보기 싫었다. 그런데 평소 잘 웃지도 않고 말수도 적은 탄 현장

---

23) 화취안(劃拳): 술자리에서 흥을 돋우기 위해 하는 놀이의 일종. 숫자를 부르며 서로 손가락을 펴서 외친 숫자와 상대의 손가락 숫자가 동일하면 이긴다. 진 사람은 술을 마셔야 한다.

이 이런 놀이를 하는 걸 보니, 기분이 나쁘고 짜증이 밀려왔다. 가오마쯔가 다시 곁눈질로 페이페이를 쳐다보더니 술기운을 빌어 사람들 앞에서 탄 현장에게 말했다. "현장님 안목이 대단해요. 어디서 이렇게 보기 드문 미인을 골라왔습니까? 국수는 언제 먹여줄 거예요?"

야오페이페이는 뜨끔했다. 마치 바늘에 찔린 것 같았다. 이 사람, 술이 취해서 날 바이샤오셴으로 착각하는 거야. 순간 그녀의 얼굴이 새빨개졌다. 그런데 탄궁다는 전혀 해명할 생각이 없어 보였다. 그녀가 화를 내며 쏘아붙였다.

"가오 향장님, 사람을 잘못 보신 것 같네요."

그녀의 말에 가오마쯔가 화들짝 놀라며 그녀의 말이 이해가 안 간다는 듯 쥐새끼 같은 두 눈을 끔뻑이다가 의심쩍은 눈초리로 물었다.

"아닌데! 현장님 약혼녀가 문화선전공작단의 바이샤오셴 아닌가요? 최고의 미인이잖아요? 보름 전 공작단이 운하작업 현장에서 공연했을 때 사진도 찍었는데, 내가 틀릴 리가 있나!"

야오페이페이의 얼굴이 빨개졌다. 사람들의 시선이 일제히 그녀를 향했다. 가오 향장의 말에는 틀린 곳이 없었고, 그냥 자기가 오해를 했던 것이다. 그러게 바이샤오셴 이야기를 하면서 쓸데없이 왜 시선은 날 향한 거야? 페이페이는 화도 나고, 초조하고, 창피해서 어정쩡한 표정으로 식탁 가득한 사람들을 바라보며 어찌할 바를 몰랐다.

식탁에 있는 사람들이 아무도 입을 열지 않자 가오마쯔가 손에 든 술병을 흔들며 갑자기 곁에 있던 간부들에게 야오페이페이를 소개했다.

"여긴 야오 비서, 탄 현장님의 양딸입니다. 목욕탕에서 산가지를 팔 때 우연히 탄 현장님 눈에 띄어 현에서 일하게 됐어요, 야오 비서, 그렇죠?"

페이페이는 '목욕탕에서 산가지를 팔던'이라는 말에 이를 악물었다. 당장에 식탁을 엎어버리고 싶었다. 그러나 어쨌거나 사람들 앞에서 성질을 부릴 수도 없었다. 탄궁다를 힐끗 쳐다보니 멍쓰선으로부터 김이 폴폴 나는 수건을 받아 힘껏 얼굴을 닦고 있었다. 오히려 왕 기사가 재치 있게 가오마쯔 손에서 술병을 낚아채고는 웃으면서 말했다.

"향장님, 이제 그만 드세요. 오후에 현장에 가서 흙 파기도 해야 한다고요."

이렇게 해서 대충 위기가 넘어갔다.

현장의 마음속에 자신은 영원히 목욕탕에서 산가지를 팔던 철없는 어린애일지 몰랐다. 슬픔이 밀려왔다. 아무 이유도 없이 이런 모욕을 당하는 것도 사실 알고 보면 모두 자기 탓이었다. 가오마쯔가 분명히 보기 드문 미인이라 했는데 목욕탕에서 산가지나 팔던 계집애가 가당키나 해? 실없이 별 생각을 다하고 그래. 내가 뭐 대단하다고! 초조하게 자운영 꽃밭의 그림자로 점이나 치는 주제에!

사람들이 이구동성으로 바이샤오셴의 외모에 찬사를 보내고, 남자들마다 경국지색이 따로 없다고 한다. 페이페이는 양짜수이랑 같이 메이청 고등학교 강당 입구에서 그녀를 본 적이 있었다. 그러나 아무리 뜯어봐도 그 정도까지 예쁘진 않았다. 별로 마음에 들지 않았다. 식탁 앞에서 혼자 생각에 잠겨 있던 페이페이는 생각하면 할수록 화가 났다. 멍쓰선이 세숫대야를 들고 식탁 위의 그릇과 수저를 모두 정리한 후에야 그녀는 자리에 있던 사람들이 모두 흩어지고 자기만 멍하니 앉아 있었다는 사실을 깨달았다.

오후에 탄궁다는 향 간부들에게 에워싸여 운하건설 현장으로 갈 준비를 했다. 왕 기사가 페이페이에게 와서 서두르라고 재촉하자 그녀가 두 손으로 머리를 감싼 채 말했다.

"왜 이렇게 머리가 아프지?"

새 삽을 들고 막 밖으로 나가려던 탄궁다가 페이페이 말을 듣고 고개를 돌렸다.

"가고 싶지 않으면 핑계대지 말고 그냥 있어."

탄궁다가 차갑게 쏘아붙인 후 삽을 끌면서 나가버렸다.

안 가려는 게 아니었는데, 탄궁다가 선수를 치는 바람에 이제 와서 따라가기도 어색했다. 저놈의 현장, 그 속을 누가 알아? 조금 전만 해도 그래, 술좌석에서 그렇게 난처한 일을 당했는데 그럴 땐 좀 나서서 '구원'해주면 얼마나 좋아? 구원은커녕 아예 못 들은 척했잖아. 그녀는 속으로 현으로 돌아가면 이제 다시는 상대도 하지 않겠다고 다짐했다. 그런데 다시 생각해보니 현장이 자기와 무슨 사이라고 이러는지 스스로 생각해도 한심했다. 평생 상대를 안 한다고 해봤자 그가 콧방귀나 뀌겠는가? 자기만 속을 끓일 뿐이지, 현장은 관심조차 없을 것이 분명했다.

비는 그쳤지만 바람은 점점 더 심해졌다. 누런 구름이 북쪽을 향해 빠르게 몰려가면서 마당에 칙칙한 그림자를 드리웠다. 지붕 위에서 윙윙, 바람소리가 들렸다. 할 일 없이 바람소리를 듣고 있던 야오페이페이는 마음이 허전했다. 주방으로 가 설거지를 하던 멍쓰선을 도왔다. 두 사람은 부뚜막 아래에서 잠시 이야기를 나눴다. 멍쓰선은 옆집에 사는데 가오마쯔가 불러서 그들 밥을 해주러 온 것이었다.

"이 집은 수십 년 동안 아무도 살지 않았어. 얼마 전 현장이 돌아온다는 말을 듣고 가오 향장이 특별히 사람을 시켜 며칠 밤을 새워 정리했지. 벽에 새로 칠한 석회가 아직 마르지도 않았어."

그녀는 가오 향장과 탄 현장이 의형제를 맺은 사이로 매우 가깝다고 했다.

부뚜막 정리를 마친 멍쓰선은 또다시 사람들을 위해 저녁 식사를 준비했다. 아무런 도움이 되지 않을 거라는 생각에 야오페이페이는 혼자 마당으로 나와 여기저기 한가롭게 거닐었다. 확실히 오래된 집 같았다. 담은 보수를 하긴 했지만 기반이 이미 삐딱하게 기울어지고 백토가 여기저기 드러나 있었다. 뜰에 남죽자南竹子(천축자天竺子라고 부르기도 한다) 한 그루가 심어져 있고 벽을 타고 길게 자라난 칡넝쿨이 바람결에 흔들렸다. 뜰에 대청과 이어진 회랑이 있고 왼쪽으로는 2층짜리 곁채가 보였다. 문양이 새겨진 위층 복도 난간에 포동포동한 칼새 한 마리가 목을 움츠린 채 앉아 그녀를 바라보고 있었다. 뒤뜰은 더 컸다. 벽을 따라 여러 종류의 나무가 보였다. 골목으로 통하는 월량문月亮門(정원의 담에 뚫어놓은 아치형의 문)은 닫혀 있고 맞은편으로 낮은 나뭇간(땔나무를 쌓아두는 곳간)이 줄지어 있고 처마 아래 깨진 벽돌 사이로 봉선화가 자라고 있었다. 돌로 된 작은 길이 허물어진 다락방으로 통해 있고, 다락방 옆에 태호석太湖石으로 만든 가산假山이 있었다. 다락방을 보는 순간 페이페이는 이상한 느낌이 들었다. 어디선가 본 적이 있는데……. 그럴 리가 없다는 생각이 들었지만 아무리 봐도 눈에 익었다. 돌계단을 따라 위로 올라가자 잘 만들어진 육각정이 있었는데 울타리가 쳐져 있었다. 돌 탁자 하나, 돌 의자 몇 개 위로 녹나무 잎사귀가 가득 쌓여 있었다. 수년간 청소를 한 적이 없었나 보다. 정자에서 뜰 서쪽으로 채마밭이 보였다. 야오페이페이는 원래 주인이 꽃을 키우던 곳일지도 모른다고 생각했다. 채마밭에 허물어진 찔레나무 시렁이 보였다. 어릴 적 정안사靜安寺 화원에도, 자기 집에도 이런 찔레나무 시렁이 있었다.

"참찔레꽃이 필 때가 되었다." 開到荼蘼花事了24)

《홍루몽》에 나오는 시구이자 엄마가 그녀에게 남긴 마지막 말이기도 하다. 당시 엄마는 둥글고 커다란 화장대 거울 앞에서 머리를 빗고 있었다. 가방을 메고 학교에 가려고 문을 나서던 야오페이페이는 왠지 걱정이 돼서 엄마 쪽으로 고개를 돌렸는데 엄마도 우연찮게 뒤돌아 그녀를 봤다. 엄마의 얼굴에 눈물 흔적이 역력했는데 이상하게 입가에는 웃음을 띠고 있었다. 학교가 끝나고 집에 와보니 뜰과 발코니, 거실에 사람들이 가득했다. 장의사가 엄마의 시신을 내갔다. 엄마의 시신은 하얀 이불 천으로 어찌나 꽁꽁 싸맸는지 머리카락 몇 올만 밖으로 삐져나와 있었다. 집안에서 일하는 사람들은 다 어디로 갔는지 아무도 보이지 않았다. 페이페이는 밤에 혼자 거실 소파에 웅크리고 앉았다. 그제야 자기 집 거실이 얼마나 크고 넓은지 알게 되었다. 두 손으로 얼굴을 감싸고 손가락 사이로 몰래 엄마가 목을 맨 들보를 훔쳐봤다. 창으로 날아든 남풍에 거실에 걸린 나뭇가지 모양 수정등이 짤랑거리며 계속해서 흔들렸다. 무서움에 잠시 슬픔이 달아나버렸다. 작은 주먹을 꼭 쥐었다. 마치 비밀스러운 희망을 거머쥔 것처럼. 아빠의 포드 자동차가 묵직한 소리와 함께 바람처럼 마당으로 들어오던 기억이 났다. 전조등이 마당의 화살나무 모양 철제 울타리를 환하게 밝혔었다. 그렇다. 그래도 아빠가 있다. 아빠가 언젠간 돌아올 거야. 이렇게 생각하며 잠이 들었다. 다음 날 오전, 가장 먼저 달려온 이모가 눈물을 흘리며 아빠가 3일 전에 제람교提籃橋(상하이의 감옥 이름)에서 '정법'正法(처형하다)되었다고 말했다.

---

24)《홍루몽》에 나오는 말이다. 참찔레꽃은 봄의 끝자락, 초여름에 꽃이 핀다. 참찔레꽃이 지고 나면 봄꽃의 계절이 끝난다. 꽃이 지면 더 이상 아름다운 향기는 맡을 수 없다는 뜻이 담겨 있다.

산하는 잠들고

페이페이는 아빠 서재로 가서 《강희자전》을 찾아 '정법'이 무슨 뜻인지 찾아보고 싶었는데 방문 위에 봉인 종이가 붙어 있었다.

돌계단을 따라 위로 올라가자 다락방이 나왔다. 문고리에 버드나무 가지가 꽂혀 있었는데 햇빛에 말라비틀어져 새카맣게 변해 있었다. 아마도 청명절에 사악한 기운을 몰아내기 위해 꽂아놓은 것 같았다. 상하이에도 이런 풍속이 있지만 상하이에서는 버드나무 가지 대신 쑥을 사용했다. 문은 잠겨 있지 않았다. 살짝 건드리니 문이 쉽게 열렸다. 다락방에 꽃문양이 새겨진 나무 침상이 있었고 침상 옆으로 서랍도 달려 있었다. 침상의 이불, 요, 모기장 모두가 새 것으로 은은하게 목화 냄새가 났다. 침대 옆에 오두주五斗欌(오단 서랍장)가 있고 벽에 마호가니 서가가 나란히 세워져 있었지만 책은 하나도 없이 텅 비어 있었다. 잠시 침대 가장자리에 앉았다. 나른했다. 오후에 별다른 일이 없다는 생각이 들어 옷을 입은 채 침대에 누웠다가 살포시 잠이 들었다.

등을 켤 시간이 되어서야 왕 기사가 혼자서 돌아왔다. 멍쓰선이 왜 혼자 왔는지 물었지만 왕 기사는 아무 대답 없이 부뚜막으로 가서 물독에서 물 한 그릇을 떠 꿀꺽꿀꺽 들이켰다. 그는 소맷자락으로 입술을 닦고 나서야 대답했다.

"현장님은 샤쾅으로 술 마시러 갔어요."

일찌감치 저녁을 먹고 부엌에서 세수를 하던 야오페이페이는 탄궁다가 샤쾅으로 술을 먹으러 갔다는 말에 어이가 없다는 듯 웃으며 물었다.

"왜 샤쾅에 가서 술을 마셔요?"

"우리 일행이 막 현장에서 일을 끝내고 돌아오려는데 제방 쪽에서 사람들이 나타나 우리를 가로막았어요. 그쪽 선두에 선 사람이 샤쨩의 신임 향장인데 우리 현장 손위 처남이래요. 바이샤오후라고! 그 사람들이 우리 탄 현장을 낚아채 가버렸어요.”

“그럼 바이샤오셴이 원래 샤쨩 사람이었어요?”

페이페이가 물었다.

“물어 뭘해요?”

왕 기사가 말했다.

“장모, 장인이란 사람이 다 왔어요. 장모라는 사람이 현장님을 보자마자 다짜고짜 흙을 뿌리더라고. 내가 뒤에 있었는데 뭔가 뭔지 상황을 알 수 없으니 그냥 겁만 먹고 있었죠. 그냥 속으로 어디서 이런 무지막지한 여자가 있나 생각했죠. 현장님을 보자마자 사람을 마구 때리는 거 있죠.”

멍쓰선이 허리가 꺾어질 듯 웃었다.

“그건 원래 이 지역의 풍속인데 왕 동지가 말하니 정말 우스꽝스럽게 들리네.”

야오페이페이가 입을 다물고 정색을 했다.

“그런데 왜 돌아왔어요? 마침 좋은 기횐데 현장님이랑 가서 고기도 좀 먹고 그러지!”

왕 기사는 페이페이의 말투가 자신을 비꼬는 것 같았지만 대체 왜 자기한테 성질을 부리는지 알 수가 없었다. 그가 그냥 웃는 얼굴로 말했다.

“나도 붙잡던데 야오 비서 혼자 있으면 쓸쓸할 것 같아서 돌아왔죠.”

“그렇게 신경을 써주다니 감사하네요.”

페이페이가 빈정거렸다.

왕 기사가 식사를 마치자 멍쓰선이 새로 수확한 호박씨를 한 접시 볶아줬다. 세 사람은 아궁이에 둘러앉아 호박씨를 까먹으며 수다를 떨었다. 밤이 깊었는데도 현장은 돌아오지 않았다. 멍쓰선이 말했다.

"아직까지 안 오는 걸 보면 오늘 밤엔 안 돌아오실 것 같네. 분명히 술이 과해서 처갓집에서 묵을 거야."

페이페이가 쓸쓸하게 웃었다.

"나 같으면 문화선전공작단에 전화해서 바이샤오셴까지 불렀을 텐데!"

왕 기사가 헤헤 웃었다. 멍쓰선도 입을 오므린 채 키득거리며 아무 말 없이 야오페이페이의 눈치를 살폈다.

다음 날도 현장은 돌아오지 않았다. 가오 향장과 몇몇 향 간부들도 보이지 않았다. 왕 기사는 페이페이를 설득해서 현장으로 데려갔다.

"그래도 하는 시늉이라도 해요."

다른 몇몇 여자들과 한참 동안 흙을 고르고 나자 야오페이페이는 허리와 등이 쑤시고 아팠다.

페이페이는 단 한 번도 농사일을 해본 적이 없었다. 멜대를 어깨에 걸치고 목을 움츠리기만 하면 그냥 주르륵 미끄러졌다. 연거푸 두세 번 해봤지만 마찬가지였다.

"어깨가 왜 이렇게 미끄럽지?"

페이페이의 말에 마을 아낙들이 배를 잡고 웃었다. 여자들은 하는 수 없이 페이페이에게 땅을 파도록 시켰다. 그런데 아무리 용을 써도 땅에 조그만 흠집조차 내지 못했다. 마지막으로 작업관리인 여자가 그녀를 제방 쪽으로 보냈다. 페이페이는 이가 다 빠진 할머니와 작은 걸상에 앉아 산가지를 분배했다. 농촌에 와서 일을 해도 산가지를 나눠주고 있구나. 사람들이 흙을 강바닥에서 날라 오면 할머니로부터 대나무 산가지를 하나씩 받았다. 그리고 마지막에 산가지 숫자에 따라 임금을 계산했다. 빨간 칠을 한 대나무 산가지를 보자 야오페이페이는 감정이 북받쳐 눈물이 흘러내렸다.

할머니는 야오페이페이가 우는 걸 보고 영문을 알 수 없었다. 어떻게 달래야 할지 몰라 난처하던 할머니는 점심 시간에 취사원에게 하얀 찐빵 하나를 얻어 반을 갈라주며 말했다.

"아가씨, 매사를 넓게 생각해. 고난이 닥치면 마음을 강하게 먹어야지. 마음이 강해지면 버티지 못할 일이 없어. 난 아들 넷을 낳았다오, 그런데 두 놈은 일본 놈에게 맞아죽고 한 놈은 조선에 가서 죽고, 남은 한 놈은 몇 달 전 병으로 세상을 떠났어. 나 같은 사람이야말로 무슨 재미가 있어 살겠나? 그냥 버티는 거지."

말을 마친 할머니가 훌쩍훌쩍 울기 시작했다. 이번에는 야오페이페이가 할머니를 달래야 했다.

오후가 되자 야오페이페이는 몸이 쑤시고 아프다는 핑계로 작업장에 나가지 않겠다고 고집을 피웠다. 혼자 집에 남아 다락방으로 올라가 침대에 고꾸라져 얼굴을 파묻고는 곤히 잠에 빠져들었다.

밤에 왕 기사가 집에 돌아와서는 히죽거리며 야오페이페이에게 말했다.

"우리 탄 현장님, 이번엔 정말 '낙불사촉'^{樂不思蜀25)}인가 봐."

---

25) 낙불사촉(樂不思蜀): 안락하여 고향에 돌아갈 것을 잊다. 촉한(蜀漢)이 망한 후 위(魏)나라에 잡혀 온 유선(劉禪)에게 사마소(司馬昭)가 촉나라 음악을 연주하게 하자 함께 따라온 촉의 관리들이 모두 눈물을 흘렸는데, 그만은 태연하게 웃으며 "이곳이 즐거워 촉나라가 생각나지 않는다(此間樂, 不思蜀)"고 말했다.

산하는 잠들고

페이페이가 웃었다.

"그래요? 근데 이번에는 성어가 딱 들어맞았네요. 드디어 머리가 트였나 봐요."

싱글벙글하는 왕 기사의 표정이 우쭐해보였다. 잠시 후 야오페이페이가 말했다.

"탄 현장님은 자기 결혼 때문에 이곳에 온 것이면서 입으로는 작업현장 노동이 어쩌고저쩌고, 옛날 황제들이 친경親耕(농업을 권장하기 위해 황제가 직접 농사를 짓는 모범을 보이던 의식)하는 것처럼 흉내만 내고 있네요. 처가에서 며칠 내내 화기애애한 시간을 보내는 거야 뭐라 안 하겠지만 괜히 우리 둘만 고생하잖아요. 중간에 끼여 거치적거리고 난처하기만 하니. 이러느니 차라리 내일 아침 일찍 메이청으로 돌아가요."

왕 기사가 말했다.

"현장님을 그런 식으로 말하다니, '이원보덕'以怨報德(은혜를 원수로 갚는다) 꼴이네. 어제 오후 작업현장에 가니 현장님이 날 잡아끌면서 몰래 물으시더라고. 페이페이가 왜 갑자기 머리가 아프냐고. 의사에게 보여야 하는 것 아니냐고!"

페이페이는 왕 기사의 말을 듣고 정말 현장이 그랬을까 생각하다가 한참만에야 입을 열었다.

"'이원보덕'이란 말이 적절한 순간에 쓰이긴 했는데 그래도 사실과는 달라요. 그 누구는 매일 어떤 사람만 생각하느라 전전긍긍일 텐데 다른 사람 죽고 사는 데 신경 쓸 여유가 있겠어요?"

왕 기사는 그녀가 자기 말을 믿지 않자 가슴을 툭툭 치며 맹세했다.

"페이페이, 근데 왜 내가 보기엔 현장님이 페이페이를 좀 무서워하는 것 같지요?"

"내가 무슨 홍수나 맹수도 아니고, 왜 날 무서워하겠어요? 내가 뭐랬다고?"

"페이페이만 무서워하는 건 아니고. 어쨌거나 예쁘고 나긋나긋한 젊은 여자애들은 전부 무서워하는 것 같아요."

왕 기사가 이렇게 말하다 말고 혼자 입을 가리고 웃었다. 야오페이페이가 정색하며 그를 꼬집었다.

"어휴, 입만 살아가지고! 언제부터 그렇게 유들유들해졌어요?"

왕 기사가 킥킥거리더니 목소리를 낮췄다.

"못 들었어요? 우리 현장님, 유명한 색정광이래요."

페이페이가 눈동자를 빙그르르 굴리더니 다짜고짜 이렇게 말했다.

"현장님 돌아오면 방금 그 말 그대로 일러바쳐야지!"

왕 기사가 깜짝 놀라며 야오페이페이의 소매를 붙잡고 사정사정했다. 페이페이는 벌로 자기에게 '누나'라고 세 번 부르게 했다. 왕 기사는 그대로 따를 수밖에 없었다. 이렇게 둘이 옥신각신하고 있을 때였다. 멍쓰선이 발 씻는 대야를 가지고 부엌으로 들어가는 것이 보였다. 멍쓰선이 대야에 뜨거운 물을 붓자 페이페이가 대야 옆에 앉아 신발을 벗으며 왕 기사를 밀어냈다.

"나가요, 나 발 씻을래요."

왕 기사는 속으로 목욕하는 것도 아니고, 발 씻는데 사람은 왜 쫓아내는지 의아했다. 막 문까지 걸어갔는데 다시 페이페이가 불렀다.

"내일 돌아갈 거예요, 안 갈 거예요? 안 갈 거면 나 혼자라도 갈래요."

왕 기사는 농담이라고 생각하고 그냥 웃어넘겼다.

"발이야 자기 다리에 달린 건데 뭐! 누가 밧줄로 묶어둔 것도 아니고, 잘 가요!"

그는 이렇게 말하고 휑하니 가버렸다.

다음 날 아침 야오페이페이는 날이 밝기도 전에 일어났다. 그리고 혼자 길을 물어 정류소까지 간 다음 첫 차를 타고 푸지를 떠났다.

6

그날 저녁 샤좡의 간부가 제방으로 나와 탄궁다에게 술대접을 했다. 탄궁다는 그 안에 바이샤오셴 집안사람들도 끼어 있는 것을 보고 기분이 좋지 않았다. 사양을 할까했지만 바이샤오셴을 생각하고 마음을 누그러뜨렸다. 올해 정월 샤오셴과의 일이 있고부터 탄궁다는 줄곧 마음이 켕겨 일기에 자신을 짐승이라고 욕했다. 다행히 바이팅위가 의리 있게 중간에서 중재를 잘 해주고, 자기도 샤오셴에게 반성하는 편지를 예닐곱 통이나 보내자 그녀가 마음을 풀고 다시 그와 왕래를 하기 시작했다. 이제 샤오셴의 오빠 바이샤오후白小虎와 장차 장인과 장모가 될 사람들까지 찾아와 대접하겠다고 나서니 막무가내로 가지 않겠다고 고집을 부리면 나중에 샤오셴을 보기가 민망할 거라는 생각이 들었다. 이런 생각이 들자 그는 고개를 돌려 가오 향장을 보며 말했다.

"가오 향장도 같이 갑시다."

가오마쯔는 평소 술 욕심이 많은지라 샤좡 사람들이 술대접을 한다는 말에 입이 절로 벌어졌다. 그러잖아도 따라가고 싶은 생각이 굴뚝 같았던 그는 현장의 말이 떨어지기 무섭게 고개를 끄덕였다.

"같이 가지요."

그는 몸에 묻은 먼지를 털고는 희희낙락하며 탄궁다의 어깨에 손을 얹고 샤챵으로 향했다.

그들이 샤챵에 도착했을 때는 이미 날이 어두워져 있었다. 탄궁다는 사람들에게 에워싸여 저수지를 돌아 좁은 길로 들어갔다. 길 양 옆으로 벽돌로 된 높은 담이 이어져 있었다. 끝에 이르자 갑자기 웅장한 옛날식 문루가 나타났다. 문 앞에 돌사자 한 쌍이 엎드려 있고 처마 밑에 커다란 등롱 세 개가 걸려 있었다. 바람에 등롱이 흔들렸다.

마당으로 들어서니 넓은 공간이 환하게 트여 있었다. 구불구불 이어진 첨랑檐廊(처마 밑으로 이어진 복도)과 곳곳에 누대, 정자 등이 보였다. 다만 이미 날이 많이 어두워져서 마당 모습이 잘 보이지는 않았다. 탄궁다가 웃으며 말했다.

"이곳 관청이 현 정부보다 훨씬 더 권위가 느껴지네요."

바이샤오후가 재빨리 앞으로 나와 탄궁다의 귓가에 대고 말했다.

"향 정부에서 무슨 돈으로 이렇게 큰 집을 지었겠습니까? 원래 샤챵의 최고 부자였던 쉐薛 거인舉人의 개인 원림입니다. 당시 쉐쭈옌이 반청 조직인 조고회蜩蛄會를 조직해 집안 전체가 재산을 몰수당하고 처형되었습니다. 오랫동안 비어 있었는데 향 정부 건물이 너무 오래되고 낡아 지금 대대적으로 수리중입니다. 올봄부터 이곳을 임시로 사용하고 있습니다."

탄궁다가 말했다.

"향 정부 건물이 수리되고 나면 다시 돌아가십시오. 이곳은 후에 학교 같은 곳으로 활용함이 적합할 듯합니다."

"그럼요."

바이샤오후가 주머니에서 노트를 꺼내 기록했다.

이렇게 이야기를 나누는 사이 일행은 매우 잘 꾸며진 건물 앞에 이르렀다. 주위에 꽃나무가 무성하고, 고목이 하늘을 찌를 듯 솟아 있었으며, 옆에는 작고 앙증맞은 연못이 있었다. 바이샤오후의 소개에 따르면 이곳은 원래 쉐 거인이 비를 감상하던 곳이었다고 한다. 몇 사람이 자리를 잡고 앉자마자 김이 모락모락 나는 음식들이 나왔다. 바이샤오후가 잽싸게 탄 현장에게 술을 따랐다.

탄궁다는 향 간부들이 끊임없이 '향장, 향장' 하고 부르는 소리에 주위를 돌아봤지만 샤촹 향장 쑨창훙은 보이지 않았다. 그는 이상한 생각이 들어 물었다.

"여긴 누가 향장입니까?"

순간 장내가 조용해지며 향 간부들이 서로를 쳐다볼 뿐, 아무 말도 하지 않았다. 조금 후 나이가 조금 들어 보이는 사람 하나가 입을 열었다.

"우리 샤촹은 지금 바이 부향장이 업무를 지휘하고 있습니다. 쑨 향장은 병이 나서 자리에 누운 지 벌써 몇 달이 되었습니다."

탄궁다의 얼굴이 일그러졌다.

"쑨 향장은 무슨 병에 걸렸습니까?"

"그, 그건 우리도 정확히 모릅니다."

탄궁다는 문득 바이샤오셴의 부모를 처음 만났을 때 샤오셴의 엄마가 자기 큰아들을 관리에 임명해달라고 했지만 자기가 일언지하에 거절하는 바람에 서로 불쾌하게 헤어졌던 기억이 났다. 이제 반년이 조금 지났을 뿐인데 바이샤오후가 이미 샤촹에서 업무를 이끌고 있다니!

더욱이 향 정부 간부의 임면이라면 현위원회에서 결정해야 하는데 이렇게 중요한 일에 대해 자기는 아무런 소식도 전해 듣지 못했으니 사태가 심각했다. 탄궁다가 뒤돌아 바이샤오후를 노려봤다.

"부향장 직에 언제 임명되었습니까?"

"금년 설이 지난 후니까, 대략 2월 중순이었습니다."

바이샤오후는 얼굴을 붉히며 우물거렸다.

"누가 임명했습니까?"

탄궁다는 절로 목소리가 높아졌다.

탄궁다가 당장 화를 낼 것 같자 가오마쯔가 재빨리 그의 소매를 잡아끌며 술잔을 들었다.

"어서 드세요!"

향 간부들도 너도나도 술잔을 들며 말했다.

"듭시다, 들어요."

탄궁다는 가까스로 화를 누르고 술잔을 비운 후 식탁 가득 차려진 술과 음식을 멍하니 바라봤다. 이건 너무하잖아! 지나쳐도 너무 지나치군! 바이팅위, 이 개자식 너무 심해! 바이샤오후가 연거푸 세 번 술잔을 들어 현장에게 술을 올렸다. 탄궁다는 못 본 척, 마치 나무 조각처럼 뻣뻣하게 굳은 얼굴로 상대를 하지 않았다. 그럴수록 바이샤오후는 더더욱 얼굴이 벌겋게 달아올라 술잔을 들고 마시지도, 그렇다고 내려놓지도 못한 채 어찌할 바를 몰랐다. 향 간부들 역시 놀라서 감히 아무런 반응도 보이지 못했다.

바로 그때 샤오셴의 엄마가 무슨 소리를 들었는지 허리에 앞치마를 멘 채 황급히 부엌에서 나왔다. 그녀가 웃으며 탄궁다 옆으로 다가가 직접 그에게 술을 따라주며 권했다.

산하는 잠들고

"우리 집 샤오후는 정말 성실한 애예요. 그런데 세상물정을 잘 모르죠. 이제 이 애가 부향장으로 추대되어 현 지도자, 인민대중 특히 탄 현장님의 신임을 받고 있어요. 잘못된 점이 있으면 탄 현장님께서 잘 지도해 주십시오."

가오마쯔가 돌아가는 상황을 보고 재빨리 탄궁다에게 말했다.

"우리 지역에서는 장모가 사위에게 술을 권하는 게 매우 큰 예법이에요. 이 술은 반드시 드셔야 해요."

탄궁다는 할 수 없이 자리에서 일어나 두 손으로 술잔을 받들고 억지웃음을 지으며 감사의 말을 전한 후 술잔을 비웠다. 여자는 탄궁다의 안색이 부드러워지자 팔로 자기 아들을 툭 치며 말했다.

"현장님, 천천히 드세요. 난 부엌에 가서 불을 지펴야 해서."

이렇게 말한 후 바람처럼 나가버렸다.

그런데 이상하게도 장모라는 사람이 나가자 그 후로 탄궁다는 바이샤오후는 물론이고 다른 누가 술을 권해도 가타부타 아무런 말없이 주는 대로 들이켰다. 오직 술을 들이부어 취하는 것만이 목적인 것처럼 보였다. 가오마쯔는 탄궁다가 내심 분노와 원망이 가득하지만 차마 이를 드러낼 수 없는 상황이라는 것을 잘 알고 있었다. 사람들 앞이라 그를 제지하기도 마땅치 않았다. 그렇지만 탄궁다가 연거푸 열 잔 넘게 술을 들이키자 슬슬 걱정이 됐다. 탄궁다는 눈앞이 흐릿해지며 몸이 자꾸 흔들렸다. 더 이상 지탱하지 못할 것 같았다. 잠시 후 그는 그대로 식탁에 고꾸라져 쿨쿨 잠이 들어버렸다. 바이샤오후와 가오마쯔 두 사람이 그를 부축해 근처 손님방으로 데리고 갔다. 밖으로 나가자마자 탄궁다는 화단에 한참 동안 구토를 했다. 그렇게 토할 것을 다 토해내자 사람들은 그를 방으로 부축해 잠자리를 봐줬다. 샤오셴의 엄마는 예비사위가 취했다는 말에 부엌에서 진하게 차 한 잔을 내왔다. 사람들은 그렇게 한참 동안 부산을 떨다가 탄궁다가 침대에서 고르게 코를 골며 잠이 들고 나서야 살며시 밖으로 나왔다.

다음 날 아침, 탄궁다가 깨어보니 이미 날이 환하게 밝아 있었다. 창밖으로 시끌벅적 떠드는 사람들 소리와 북, 징소리가 들려오자 순간적으로 자신이 어디에 있는 건지 알아차릴 수가 없었다. 한쪽에서 가오마쯔가 담배를 피우고 있었다.

"밖이 왜 이렇게 소란해요?"

"오늘이 음력 4월 15일이라 샤챵 장날이지요. 인근 마을 사람들이 모두 모여들어 시끌벅적합니다."

탄궁다가 '아!' 하고 탄식하며 가오마쯔를 쳐다본 후 옆에 서 있는 바이샤오후를 힐끗 바라봤다.

"위에서 공문이 안 내려왔습니까? 시골 장터를 열지 말라는 공문!"

바이샤오후는 탄궁다가 창문 아래에 있는 세숫대야 쪽으로 가서 세수를 하려고 하자 재빨리 다가가 치약을 잔뜩 묻힌 칫솔을 내밀며 공손하게 웃었다.

"시골 장터라는 것이 오랜 풍속 아닙니까. 이미 수천 년 동안 이어져 온 건데요. 완전히 없애라는 건 비현실적입니다. 게다가 공급판매사의 생산품 공급이 많이 부족한 상태입니다. 다른 건 그렇다 쳐도 수확 철인데 농민들이 낫 하나 사기가 힘들어요. 우리 몇몇 향 간부들이 상의한 끝에 새로운 사회주의 장터를 열기로 결정했습니다. 생산에 필요한 물품 교환이나 일용품 매매 이외에 장터에서 마오쩌둥 사상 문화공연을 열면 '이풍역속'移風易俗, '고위금용'古爲今用(옛것을 현재에 맞게 활용함)이 가능할 것 같아서요."

산하는 잠들고

탄궁다는 그의 말에도 일리가 있다고 생각했다. 가만히 보니 사람이 영특하고 일처리도 결단력이 있어 보였다. 시시비비도 잘 못 가리는 어수룩한 쑨창훙보다는 확실히 몇 배나 나은 것 같았다. 다만 머리를 주석主席 스타일로 빗은 모습이 조금 눈에 거슬렸다. 이런 생각이 들자 그래도 화가 좀 가라앉았다.

옆에 있던 가오마쯔가 말했다.

"어제 취한 걸 보고 행여 무슨 일이 생기지나 않을까 걱정이 돼서 바이 향장이 밤새도록 침대 옆을 지키다가 새벽 4시에야 갔었어요."

탄궁다는 가오마쯔의 말에 어젯밤 일이 생각나면서 조금 미안한 생각이 들어 미래의 손위 처남을 향해 미소를 지었다.

"어젯밤엔 내가 형님 창피를 주려고 그런 게 아니고, 그놈의 바이팅웨이 탓이에요. 그렇게 중차대한 일이 있었으면 내게 미리 귀띔이라도 해 줬어야지!"

바이샤오후도 따라 웃었다. 그는 탄궁다가 세수를 마치자 재빨리 주머니에서 정교하게 생긴 작은 백자 병을 꺼내 탄궁다에게 건넸다. 탄궁다가 손으로 거부 의사를 표시했다.

"쉐화가오雪花膏? 저 이런 거 안 씁니다."

아침식사를 마친 후 탄궁다가 갑자기 무슨 흥이 났는지 바이샤오후에게 말했다.

"아까 말한 새로운 장터에 가보고 싶은데요? 어때요?"

바이샤오후가 연거푸 좋다고 말했다. 그가 앞장서 안내를 하고 향간부들이 뒤를 따랐다. 일행은 건물을 벗어나 어두운 골목길을 줄줄이 통과했다. 골목을 벗어나자 커다란 저수지가 나왔다. 저수지 가장자리에 창포와 교백茭白26)이 보였다. 저수지 가운데 커다란 무덤 하나가 있었고 봉분에 빽빽하게 갈대가 자라있었다. 시장은 저수지를 따라 형성되어 사당 근처 탈곡장까지 이어져 있었는데 많은 인파가 몰려들어 성황을 이루었다. 수많은 철기, 죽제품, 목기, 다양한 농기구가 길가에 펼쳐져 있었다. 사당 옆에는 공연무대도 설치되어 선전대 연기자들이 삼구반드句半[27] 공연을 펼쳤다. 모여든 사람들 사이에서 와르르 웃음이 터져 나왔다. 아이들은 나무에 올라가고, 담장 위에도 빼곡하게 사람들이 서 있었다. 시장은 떠들썩하긴 했지만 혼란스럽지는 않았다. 향에서 조직한 민병들이 완장을 차고 순찰을 돌았다.

처음에 바이샤오후는 탄궁다에게 바짝 붙어 현장이 처음 보는 물건일 거라고 생각되는 도리깨, 멍에, 죽방울, 소리 나는 연, 신발 골 등을 일일이 설명했다. 그럴 때마다 탄궁다는 천천히 고개를 끄덕였다. 고향 물건들을 보자 탄궁다는 마음이 푸근해졌다. 그러다 사람들에게 떠밀려 두 사람은 서로 헤어지고 말았다. 가오마쯔가 토우 상인 가판대 앞에서 그에게 손짓을 해 탄궁다는 사람들 틈을 비집고 그에게 다가갔다.

"이 토우 괜찮은데, 샤오셴에게 하나 사다 줄래요?"

"샤오셴이야 이 지역 출신이니 어렸을 때부터 자주 봤을 것 아녜요? 별로 신기해하지도 않을 것 같은데."

탄궁다가 토우를 손에 들고 살펴보다가 다시 내려놨다.

"어떻게 생각하건 그게 중요한 게 아니죠. 사다 주는 성의가 중요한 겁니다. 분명히 이런 선물을 받으면 절로 미소를 지을걸요?"

---

26) 교백(茭白): 여러해살이 풀인 줄의 어린 줄기가 깜부깃병에 걸려 비대해진 것으로, 열매인 고미(菰米)는 식용으로 사용한다.

27) 삼구반(三句半): 중국민간 전통설창문화공연방식. 일반적으로 네 명이 공연하는데, 그 중 세 사람이 어휘가 많고 긴 장구(長句)를 말하면 나머지 한 사람이 짧은 두 글자 단구를 말하는 형식으로 이루어진다.

산하는 잠들고

가오마쯔가 자꾸만 권하자 탄궁다는 가격을 물어보고 하나를 구입했다. 가오마쯔가 후다닥 그 대신 돈을 지불했다. 두 사람이 자리를 뜨려는 순간 탄궁다가 갑자기 다시 돌아와 똑같은 토우를 하나 더 골랐다.

가오마쯔가 웃었다.

"두 개 살 거면 모양이 다른 걸로 사야죠."

"이건 야오 비서 줄 거예요. 상하이 출신이니까 이런 시골 장난감은 본 적이 없을 거 아니에요."

가오마쯔가 빙긋이 웃으며 뭔가 말하려다 바이샤오후가 다가오는 것을 보고 입을 다물었다.

시장을 돌아본 탄궁다는 향촌 각급 간부회의를 소집했다. 가오마쯔는 타지 사람이긴 하지만 그 역시 회의에 함께 불렀다. 회의가 반쯤 진행되었을 때 쑨창훙이 왔다. 청명이 지났지만 쑨창훙은 여전히 낡은 솜옷을 입고 있었다. 얼굴이 누렇게 뜬 걸 보니 병이 위중해 보였다. 회의가 끝난 후 탄궁다는 쑨창훙을 남도록 했다. 탄궁다는 그에게 어젯밤에 왜 참석을 안 했는지 물었다. 쑨창훙이 두 눈을 치켜뜨며 소매에 손을 넣더니 기분 나쁜 듯이 말했다.

"나야 현장님 만나길 눈 빠지게 기다렸죠. 하지만 못 오게 합디다!"

"누가요?"

쑨창훙이 목을 꼿꼿이 세운 채 더 이상 아무 말도 하지 않았다.

그때 향 간부 한 사람이 탄궁다의 귓가에 대고 나직이 말했다.

"쑨창훙은 간에 문제가 있어요. 복수가 심하게 차고, 전염성도 높습니다."

탄궁다가 뒤돌아보며 쑨창훙에게 말했다.

"여기 향에 장진팡張金芳이란 사람 알아요?"

"어찌 모르겠습니까?"

쑨창훙이 말했다.

"우리 외조카 며느리요. 저수지 부근 싱룽춘에 살지요."

"하루가 멀다 하고 현에 와서 소란을 피웁니다. 신방판공실을 완전히 뒤집어놓는 바람에 문제가 많았습니다. 친척이라고 하니 그 여자를 만나면 말 좀 잘 해보세요."

"말은 무슨!"

쑨창훙이 핏대를 세우며 소리를 높였다.

"자기 발로 자기가 간다는데 어떻게 말립니까? 그런 시답지도 않은 일에 신경 쓰고 싶지 않습니다."

쑨창훙은 이렇게 말하고 다 터진 솜옷 겨드랑이에 손을 끼우더니 휙 돌아 그대로 나가버렸다.

탄궁다는 화가 치밀어 한참 동안 아무 말도 못했다. 바이샤오후는 쑨창훙이 일언지하에 부탁을 거절하는 바람에 현장 체면이 구겨지자 웃는 얼굴로 탄궁다를 위로했다

"어차피 곧 죽을 사람입니다. 그런 사람과 괜히 옥신각신할 필요없습니다."

그의 말에 은근히 마음이 찔린 탄궁다는 고개를 들어 바이샤오후를 머리부터 발끝까지 훑어봤다.

점심 식사 후 탄궁다는 작별인사를 하고 푸지로 돌아갔다. 바이샤오후가 사람들을 데리고 마을 입구 커다란 버드나무 아래까지 그를 전송한 후에야 악수하고 헤어졌다.

푸지로 돌아가는 길에 가오마쯔는 혼자서 뒷짐을 지고 빠르게 나아갔다. 1킬로미터도 채 못 가 그가 숨을 몰아쉬었다. 물살이 거센 계곡

산하는 잠들고

주변에 이르렀다. 물 위로 작은 나무다리가 있었다. 그는 다리 위에서 고개를 돌려 탄궁다에게 말했다.

"정말 많이 달라졌네요. 온종일 사무실에 앉아 있었다고 겨우 몇 걸음 걸었을 뿐인데 이렇게 힘이 들다니!"

탄궁다 역시 숨을 몰아쉬며 욕을 했다.

"좀 쉬었다 가면 안 돼요? 뭐가 그렇게 급해요? 집에 불이라도 났어요?"

맑은 계곡물이 콸콸 흘렀다. 떼 지은 강 갈매기가 뽕나무 숲 상공을 맴돌고 있었다. 멀지 않은 곳에 양봉하는 사람이 안전망을 쓰고 천막 앞에 벌 상자를 놓고 있었다. 그의 뒤로 오르락내리락 펼쳐진 거대한 계단식 밭에 자홍빛 작은 꽃이 가득 피어 있었다. 탄궁다가 계곡 가장자리 띠풀 위에 앉자 가오마쯔가 그에게 담배 한 개비를 건넸다. 밭 전체에 빼곡히 피어 있는 붉은 꽃은 햇살 아래 불타오르는 것 같았다.

"저건 무슨 꽃이에요?"

"교요翹搖(자운영의 별명)입니다."

가오마쯔도 자리를 잡고 앉아 답했다.

"자운영이라고도 하죠. 여기 사람들은 그냥 홍화초紅花草라고 합니다."

"왜 난 한 번도 본 적이 없죠?"

"별로 이상할 것 없어요, 1954년 봄에 허비 지구위원회에서 우리에게 화자서花家舍에 참관을 가도록 했어요. 그곳은 산이고 들판이고 온통이 화초더라고요. 지역의 나이 든 농사꾼에게 종자를 좀 얻어왔어요. 당시에는 하도 예뻐 보여서 가져왔는데, 이 꽃이 마을 사람들 생명을 구할 줄은 꿈에도 생각지 못했죠."

"자운영이 약으로도 쓰여요?"

"약이요?"

가오마쯔가 탄궁다를 흘겨봤다.

"현의 수장이라는 분이 어찌 무릉武陵 사람마냥 위진魏晉은 물론이고 한漢나라도 모르는 것처럼 말하십니까? 몇 년 동안 메이청 현에서만 얼마나 많은 사람이 굶어죽었는지 아세요? 허비 다섯 현에서는 또 얼마나 많이 굶어죽었고요! 그런데 푸지 향만은 죽은 사람이 없죠, 다 이 자운영이 살린 거라고요. 지금 생각해도 끔찍해요. 이 작은 화초를 무시하면 안 됩니다. 생명력이 엄청납니다. 씨를 뿌리고 비가 한 번 내린 후 보름 가량이면 꽃이 펴요. 밭이랑이든 산비탈이든 어디서도 잘 자라죠. 밑동을 잘라주면 며칠 지나지 않아 또 줄기가 나오고 꽃이 핍니다. 이건 돼지, 소는 물론이고 사람도 먹을 수 있는 데다 맛도 좋아요. 작년에 소금에 절여 단지 두 개에 담아 놓았는데 아직 다 먹지 못했어요. 이따가 집에 가서 안사람에게 술 좀 내오라고 하면 어떨까요?"

"그럼 좋죠."

탄궁다가 말했다.

나이로 치면 가오마쯔가 탄궁다보다 한 살이 많았다. 당시 그는 푸지에서 사숙을 몇 년 다녔고 줄곧 신사군新四軍 군부에서 문서수발을 담당했다. 환난사변皖南事變(1941년 1월 안후이성安徽省에서 국민당군과 공산당군 간에 발생한 대규모 전투)으로 그의 부대가 흩어지자 장쑤 북부 지역으로 탄궁다를 찾아가 그의 수하에서 참모를 지냈다. 1948년, 강남 신사군을 개편할 때 그는 연대장이 되었다. 해방이 되자마자 가오마쯔는 증문정공曾文正公(증국번曾国藩1811~1872. 청나라의 정치가, 학자로 태평천국 운동을 진압하였고 양무운동에 힘썼다)처럼 공을 세운 후 은퇴하여 전원으로 돌아갔다. "수많은 전쟁 끝에 돌아와 다시 책을 읽다"白戰歸來再讀書(중국번이 동생 증국전曾國荃에게 준 송별시 가운데 일부)는 말이 딱 어울렸다. 지위地委(중국공산당 지구위원회)의 녜주평이 그에게 현에 와서 탄궁다를 보좌해달라고 부탁했지만 단번에 거절했다.

푸지로 돌아온 후 그는 현지 시골 여자와 결혼하여 소학교에서 보조교사로 일했다. 이후 탄궁다가 갖은 말로 설득한 끝에 결국 향장 직책을 맡게 되었다.

현 정부의 업무에 대해 탄궁다는 고심이 이만저만이 아니었다. 도무지 어디서부터 문제인지 알 수가 없었다. 멀쩡한 일도 일단 자기 손에만 들어오면 엉망진창이 되어 실마리를 풀 수가 없었다. 그가 몇 마디 고충을 털어놓자 가오마쯔가 가차 없이 그의 말을 끊었다.

"생각해보면 정말 상황이 좋지 않아요. 다른 건 그렇다 치더라도 현장님 주변에 있는 그 영악한 사람들, 현장님은 절대 못 이깁니다. 그 사람 영향력이 얼마나 큰지 알아요? 현장님이 그 사람을 직접 발탁했지만 그리 믿을 만한 사람은 못 될 겁니다."

탄궁다는 그가 말한 '그 사람'이 어떤 사람인지 잘 알기에 마음이 더욱 답답했다.

"게다가 저 위쪽의 풍운은 감지하기조차 힘들죠. 왼쪽인가 하면 금방 다시 오른쪽이니 말입니다. 주원장朱元璋 흉내를 내는 사람이 있는가 하면 이자성李自成이 되려는 사람도 있고 말이에요. 밑에서 별것도 없는 관직을 맡고 있으니 씁쓸한 일이 많을 겁니다."

탄궁다는 뜻밖에도 말속에 뼈가 들어 있는 그의 이야기에 깜짝 놀라 주위를 살폈다. 아무도 보이지 않았지만 그래도 소리를 낮춰 그에게 물었다.

"이자성은 뭐고, 주원장은 또 뭐예요?"

가오마쯔가 들고 있던 꽁초를 눌러 끈 후 다시 한 대를 물었다.

"이자성은 말할 필요도 없지요. 당시 후금^{後金}의 대군이 베이징을 압박해 들어오는 바람에 대명제국이 풍전등화의 위기에 봉착했어요. 이자성이 창졸지간에 산시^{陝西} 미즈^{米脂}에서 병사를 일으켜 숭정제의 등에 단단히 비수를 박았습니다. 그가 왜 그랬겠습니까? 설마 대명제국을 구하기 위해서였겠습니까? 시안^{西安} 성을 공격한다고 말은 했지만 그 즉시 시안을 창안^{長安}으로 개칭하여 대순제^{大順帝}가 되지 않았습니까? 게다가 그의 수하들이 대가리를 바지 허리띠에 찔러 넣듯이^{腦袋掖在褲腰帶上}(중국 공산당원이자 소설가인 리만톈^{李滿天}의 소설 《물은 동쪽으로 흐르고》^{水向东流}에 나오는 구절. 어떤 일을 도모하기 위해 목숨을 건다는 뜻) 위험을 무릅쓴 것도 알고 보면 모두 높은 관직에 오르고, 자신의 처자까지 봉호를 받는가 하면 자손만대 세습관직을 차지하기 위한 것 아닙니까? 일단 분봉^{分封}이 이루어지면 숙원을 이룬 셈인데 누군가 한사코 트로츠키²⁸⁾처럼 '끊임없는 혁명'(영구혁명)을 하라고 하면 그자들이 받아들일 수 있겠습니까? 그런 유형의 인물들에 대한 기록은 역사서에 끊임없이 등장하죠. 대부분 안목이 짧고 명확한 정치적 목표가 없어요. 그저 보잘 것 없는 이암^{李巖}(?~1644. 명나라 거인으로 이자성에게 의탁하였으나 1664년 모함을 받아 처형되었다)같은 서생이니 무슨 쓸모가 있겠습니까?"

"하지만 주원장은 달랐어요. '높은 성벽을 쌓고, 식량을 비축한 다

---

28) 트로츠키(Leon Trotsky, 1879~1940.) : 1917년 러시아 10월 혁명의 지도자로, 민주적 방식으로 사회주의로 나아갈 것을 주장하는 멘셰비키 편에 서서 레닌과 볼셰비키에 반대했다. 레닌이 죽은 뒤 권력투쟁에서 요시프 스탈린에게 권력을 빼앗겨 1928년 국외로 추방되었으며, 1940년 멕시코에서 암살되었다. 그가 주장한 영구혁명론은 특히 마오쩌둥에게 큰 영향을 주었다.

음 천천히 패권을 잡는다'29)는 구호를 보면 그가 지향하는 바를 엿볼 수 있습니다. 일단 황제가 되면 천하는 태평하고 '오로지 하늘만 위에 있을 뿐 가지런히 견줄 만한 산이 있을 리 없지요'.30) 당연히 안목이나 포부 또한 원대할 수밖에 없습니다. 천하강산을 천추만대 모두 주朱씨의 땅으로 해 영원을 누리고자 한 거죠. 수하 24명의 용맹한 장수 중 누구 하나도 눈에 찼을 리가 없어요. 호유용胡惟庸(?~1380. 명나라 개국공신. 황제의 신임을 얻어 권세를 휘둘렀지만 이선장李善長과 결탁하여 반란을 일으키려다 발각되어 처형당했다)은 어떻게 죽었죠? 이선장李善長(1314~1390. 명나라 개국공신. 호유용胡惟庸 사건으로 피살당했다)은 또 어떻게 죽었고요? 홍무제洪武帝(주원장)는 왜 재상제도를 폐지했습니까? 엄하고 철저한 법을 세우고, 관리를 엄하게 다스리니 천하 산하가 모두 꿈속으로……. 아, 내가 하는 이런 말들 모두 알아들으시겠어요?"

"그렇지만 가장 우스운 건 이 세상에 또 한 부류의 사람이 있다는 거죠. 원래 가난한 집안 출신이면서도 일상의 먹고사는 일에는 관심이 없고 신기루만 좇는 사람이요. 게다가 커다란 댐을 건설하고 운하를 파고 메탄가스를 생산하겠다는 등 천하대동의 도화몽을 꾸는 사람 말입니다."

가오마쯔가 처음에 주절주절 말을 시작했을 때는 대체 무슨 뜻인지 알 듯 말 듯 잘 이해가 가지 않았다. 그러나 뒷부분에 이르러 탄궁다는 절로 실소가 나왔다.

---

29) 고축장, 광적량, 완칭왕(高築墻, 廣積糧, 緩稱王): 주원장이 학사 주승(朱升)에게 천하를 평정할 전략방침을 물었을 때 주승이 한 말. 주원장은 이를 깊이 새겨 천하평정의 구호로 삼았다.

30) 지유천재상, 갱무산여제(只有天在上, 更無山與齊): 송대 구준(寇准)이 화산을 읊은 시 〈영화산〉(咏華山)의 한 구절이다.

"이런! 돌리고 돌려 결국 내 욕을 하고 있었군요."

가오마쯔가 자리에서 일어나며 엉덩이를 털었다.

"그냥 해본 소리예요. 신경 쓸 필요 없어요."

탄궁다는 뭔가 개운치 않았지만 들고 있던 담배를 바닥에 문질러 끄고 자리에서 일어설 수밖에 없었다. 두 사람은 나무다리를 지나 뽕나무 숲 작은 길을 따라 푸지로 걸어 돌아갔다.

함께 걸으면서 탄궁다는 지난 일을 다시 꺼내며 가오마쯔에게 현에서 일을 하지 않겠느냐고 물었다.

"우선 부족하나마 1년은 민정과장으로 일하면서 지내봐요. 내년에 다시 현위원회 상임위원회에 들어오고요. 이건 내 개인의 의견이 아니라 지구위원회 네 서기도 몇 번이나 건의한 내용이에요."

가오마쯔는 탄궁다에 앞서 걸으며 그를 위해 어지럽게 뻗어 있는 뽕나무 가지를 헤치고 나갈 뿐이었다. 그는 조금 전 그의 말에 대한 대답 대신 이렇게 말했다.

"라오후(녜주핑)도 몸이 안 좋아요. 예전 상처도 있고 천식도 있어요. 의사가 이를 다 뽑았습니다. 작년 설에 허비로 그를 만나러 갔었어요. 기억력이 예전만 못하고 기력도 떨어졌더군요. 라오후가 그 자리에서 조금만 더 버텨줘도 안심하고 부현장을 할 텐데. 연꽃이 지고 나면 비를 가릴 덮개가 없다 하지요. 그쪽에 무슨 변고라도 생기면 그 후 상황이 복잡해져요. 모든 일은 장기적인 부분을 고려해야 해요."

탄궁다가 그의 말을 되받아 다시 한 번 권유했다. "바로 그렇기 때문에 마쯔 당신이 와서 날 도와달라는 겁니다."

가오마쯔가 갑자기 걸음을 멈추고 뒤돌아서서 이상한 눈초리로 탄궁다를 한참 동안 바라보다 입을 열었다.

"내가 바로 현장님을 위해서 그러는 것 아닙니까! 좀 듣기 거북한 말 한마디 할까요? 만일 현에 무슨 일이 생기면 내가 있는 곳에 현장님 자리를 마련할 수 있어요. 푸지는 우리 근거지니까요. 후방은 그렇게 쉽게 버리는 게 아닙니다."

그 말이 입 밖으로 나오는 순간 두 사람 모두 마음이 상했다. 그들은 각자 자신의 고민에 빠져 고개를 숙인 채 뽕나무 숲을 빠져나왔다. 가는 내내 두 사람 모두 말이 없었다.

마을 초입에 이르렀을 즈음, 분위기가 너무 가라앉았다고 생각했는지 가오마쯔가 탄궁다의 어깨를 치며 웃었다. "현장님 그 상하이에서 온 비서, 그 비서 이름이 뭐랬죠?"

"야오페이페이요."

"맞아, 맞아! 야오페이페이. 그 아가씨 재미있어! 흥미로운 아가씨야! 그 꼬마아가씨 말이에요, 왜 현장을 향한 마음이 보통이 넘는 것처럼 느껴지죠?"

탄궁다는 불쑥 내뱉은 가오마쯔의 말에 당황해 어쩔 줄을 몰랐다.

"함부로 말하지 말아요! 무슨 그런 말을! 그럴 리가 없어요……."

"함부로 하는 말 아닌데요?"

가오마쯔가 끈질기게 물고 늘어졌다.

"그날 점심 때 그쪽 일행이 막 도착했을 때, 술좌석에서 내가 바이샤오셴 이야기를 꺼냈을 때 말입니다. 그때 그 애 반응 봤어요? 열심히 감춘다고 감췄지만 내 눈에는 확연하게 보이던데."

"그 아이는 절대 그런 생각 없어요. 아무 말이나 지껄이지 말아요."

탄궁다는 애써 화가 난 것처럼 말했지만 헤벌쭉 벌어진 입을 다물 줄 몰랐다.

"틀림없어요."

가오마쯔가 말했다.

"내가 다른 능력은 없어도 그래도 사람 보는 눈은 있습니다. 외모가 결코 바이샤오셴에 비해 처지지 않아요. 영민함은 더더욱 샤오셴이 못 미치고요. 구사회였다면 나는 두 사람이 함께하는 쪽을 권하겠어요."

가오마쯔가 껄껄 웃었다.

"그런 엉터리 같은 소리를!"

탄궁다가 웃으며 말했다.

"심각한 얘기에는 대꾸도 안 하고, 뜬금없는 그런 이야기는 신바람 이 나서 하고! 당신이랑 농담하고 싶은 생각 없다고요!"

"그런 꽃처럼 아리따운 아이를 옆에 두고 온종일 한 사무실을 들락 거리면서 전혀 마음에 동요가 없었다고요? 정말 아무런 사심이 없다면 시장에서 그 아이한테 줄 토우는 왜 삽니까? 귀신이나 그 말을 믿지! 아 마 모르긴 몰라도 젊고 아리따운 두 아가씨를 두고 취사선택이 어려운 거겠지요. 궁다 형, 우린 모두 철저한 유물론자들이오. 두려울 게 뭐 있 어요? 그렇다고 내가 페이페이하고 결혼하라고 떠미는 것도 아닌데!"

그의 말에 탄궁다는 마음이 두근두근, 가슴속에서 용암 같은 쇳물 이 당장이라도 터져 나올 것 같았다.

7

야오페이페이는 메이청으로 돌아와 집에서 이틀을 쉬었다. 3일째

산하는 잠들고

되는 날, 집에 있기도 따분해서 천천히 출근길에 올랐다. 시골에 간 현 간부들은 아직 돌아오지 않은 상태라 사무동 전체가 텅 비어 있었다. 야오페이페이는 자기가 출근했다는 사실을 알리려 4층 양푸메이의 사무실 탁자 앞에 가서 얼쩡거렸다. 자기 사무실로 돌아온 페이페이는 오전 내내 답답하게 앉아 있으려니 다시 따분해지며 조금 후회가 되었다. 혼자서 괜히 씩씩거리며 돌아올 일이 아니었는데! 샤창에서 돌아와 자기가 없는 걸 알고 탄궁다는 어떻게 생각할까? 상대방은 아무렇지도 않은데, 자신을 화나게 하지도, 건드리지도 않는데 왜 나 혼자서 화를 내고 있는 걸까? 이렇게 혼자 와버렸으니 오히려 상대방은 어두운 나의 내면을 꿰뚫어보고 몰래 웃은 다음, 이런 사실을 바이샤오셴과 속닥거렸을지도 몰라. 탄궁다와 바이샤오셴이 서로 툭툭 치며 자기를 비웃는 모습을 떠올리자 페이페이는 절로 화가 치밀었다. 정말 미쳤어! 왜 쓸데없이 혼자 속을 끓이고 그래?

페이페이는 문득 자기가 오랫동안 양짜수이를 보지 못했다는 생각이 들었다. 요즘 어떻게 지낼까? 사무실 문을 닫고 아래층으로 내려가 아무도 없는 복도를 따라서 다각경영판공실 쪽으로 걸어갔다.

유리창 너머로 뚱뚱한 중년여자가 플라스틱 자를 들고 탁자에 엎드려 도면을 그리고 있었다. 탕비원이 전에 말하기를 자기 사무실의 뚱뚱한 상관은 아무리 봐도 꼭 두꺼비 같다고 투덜거린 적이 있었는데. 가만히 살펴보니 정말 조금 닮아보였다. 게다가 여자 입가에 검은 털이 보송보송 난 걸 보니 양짜수이가 온종일 뒤에서 '털보'라고 부르는 것도 일리가 있었다. 확실히 지나치게 비대했다. 게다가 말만 했다 하면 입에서 벌떼소리가 터져 나오고, 갑자기 기침이라도 할라치면 온몸의 허연 살덩어리가 출렁거리며 오랫동안 멈출 줄을 몰랐다. 그러나 '털보'는 자주

페이페이의 사무실에 와서 현장에게 자료와 각종 양식을 제출했고 페이페이에 대해서도 매우 예의바르게 행동했다.

'털보'가 알려주길, 탕비원이 출근을 안 한 지 벌써 한 달이 넘었다고 했다. 결근신청도 안 하고, 사직서 같은 것도 제출하지 않아서 무슨 일인지 알 수가 없다는 것이다. 탕비원 집으로 사람을 보내봤지만 본인을 만나지 못했다고 했다.

"집안사람들이 요란하게 손짓발짓을 하며 잘 알아들을 수도 없는 이상한 말만 잔뜩 늘어놓았는데 결국 이유는 말하지 않더라고. 이번 달 말까지 출근을 안 하면 규정에 따라 제명시킬 수밖에. 그땐 우리도 어쩔 수가 없고."

'털보'는 목소리가 엄청 컸고 생긴 것도 조금 험악해 보였지만 그녀의 말에는 일리가 있었다. 탕비원이 말한 것처럼 그렇게 난폭한 것도 아니었다. 야오페이페이가 탕비원 집 주소를 좀 적어달라고 하자 '털보'는 탁자 가득 펼쳐진 도면 아래에서 주소록을 꺼낸 후 일력 한 장을 쭉 찢어 뒷면에 주소를 써 줬다.

"별 다른 일 없으면 앉아서 차 한 잔 해. 여기 아주 좋은 메이자우梅家塢(메이자우 차 문화촌을 말한다. 항저우 시후 서쪽에 위치한 작은 마을이다) 룽징차龍井茶가 있어."

상대방이 이미 서랍을 열어 차 통을 꺼내고 있었기 때문에 야오페이페이는 하는 수없이 사무용 탁자 맞은편 의자에 앉았다. 차를 보니 시커먼 잎에 줄기는 억세고 꼭 간장국처럼 색이 탁한 게 맛도 텁텁하고 썼다. 이게 무슨 메이자우 룽징이야? 그냥 오래된 나뭇잎이지. 하지만 겉으로는 "좋은 차네요! 좋은 차예요! 제 평생 이렇게 좋은 차는 마셔 본 적이 없어요"라고 너스레를 떨었다. '털보'가 눈을 가늘게 뜨면서 자

산하는 잠들고

상한 표정을 지었다. 그녀가 손에 들고 있던 차 통을 페이페이에게 밀어
줬다.

"맘에 들면 가져가. 난 평소 차를 잘 안 마셔. 이렇게 좋은 차를 썩
히긴 아깝지."

야오페이페이는 한참을 사양했지만 상대방이 하도 권하는 바람에
하는 수없이 차 통을 받아들고 연신 고맙다는 인사를 한 후 그 자리를
떠났다.

탕비원의 집은 성의 남쪽 강변 난장강亂葬崗(시신을 매장하는 둔덕으로
별도의 관리자가 없는 곳) 일대에 있었다. 예전에는 줄곧 처형 집행 장소로
이용되던 곳으로, 최근 현 정부에서 화장터와 구치소를 세우려고 계획
중이었다. 창장의 물길이 여러 번 바뀌면서 사구가 형성되어 지류가 많
아지고 여러 가지 수종이 뒤섞이면서 분위기가 음침했다. 야오페이페이
는 주소에 따라 갑문 가장자리에서 탕비원의 집을 발견했다.

집에 들어서자마자 신선한 대나무 향이 풍겼다. 탕비원의 아버지가
죽세공 장인으로 여자보다 솜씨가 좋다는 말을 들은 적이 있었다. 페이
페이에게도 정교하게 만든 여치 상자를 준 적이 있었다. 실내가 어두웠
다. 벽 쪽에 죽기, 바구니, 체, 소쿠리, 찜통 등 없는 것이 없었다. 쉰 정
도 되어 보이는 남자가 허리에 흰 앞치마를 두르고 손에 죽도를 든 채
맨발로 바닥에서 대나무를 마름질 해 자리를 짜고 있었다. 긴 청죽이
그의 손에 들어가자 마치 마술을 부리듯 잠깐 만에 수없이 많은 가느다
랗고 낭창낭창한 똑같은 크기의 대오리로 변신했다. 그는 열 손가락에
고무줄을 감고 페이페이는 쳐다보지도 않았다. 집안에 들어온 페이페이
의 인기척을 알면서도 전혀 신경을 쓰지 않는 것 같았다. 야오페이페이
는 그를 어떻게 불러야 할지 한참 동안 생각하다 그를 '탕비원 아빠'라

고 부르고 말았다. 자기가 생각하기에도 좀 어색한 호칭이었다. 탕비원을 만나러 왔다고 말했지만 그는 고개도 들지 않은 채 한참 있다가 말했다.

"집에 없다."

"비원에게 무슨 일이 생긴 거예요? 왜 한 달 넘게 출근을 안 해요?"

"그 애 집에 없어."

여전히 똑같은 소리였다.

그는 바닥에서 일어나 죽도를 잡은 채 신발을 질질 끌면서 휘장을 젖히고 안으로 들어갔다. 잠시 후 안에서 쓱쓱, 칼 가는 소리가 들렸다.

비원 집에서 나온 야오페이페이가 강 언덕을 따라 한참을 걷고 있는데 갑자기 뒤에서 '바오바오'라고 부르는 소리가 들렸다. 고개를 돌려 보니 비원의 아버지가 문 앞에서 그녀를 향해 손짓을 하고 있었다. 페이페이는 후다닥 비원의 집으로 되돌아갔다. 비원의 아버지는 그녀를 데리고 안으로 들어가 거의 다 완성된 대자리를 빙 돌아 까치발로 걸으며 안쪽 방으로 들어갔다. 남자는 아무 말 없이 벽 가장자리에 놓인 사다리를 가리킨 후 문을 닫고 나갔다.

알고 보니 위에 나무판으로 만든 다락방이 있었다. 야오페이페이가 좁은 나무사다리를 따라 위로 올라가자 마루판에 물레 하나가 놓여있고 벽감壁龕에 남포등 하나가 불을 밝히고 있었다. 탕비원이 얇은 이불을 몸에 감고 이마에는 흰 천을 질끈 동여매고는 벽에 반쯤 기대 앉아 그녀를 향해 웃었다.

"빌어먹을 양짜수이, 너 대체 어떻게 된 거야?"

야오페이페이가 욕을 퍼부었다. 그러나 말이 채 끝나기도 전에 '아야' 하고 비명을 질렀다. 머리를 천장 들보에 세게 부딪쳤던 것이다.

조금 전 탕비원이 연거푸 '조심해'라고 말하긴 했지만 야오페이페이는 무슨 뜻인지 몰랐다.

탕비원은 안으로 몸을 옮겨 페이페이와 나란히 앉았다. 그녀가 페이페이의 머리를 잡아당겨 등불에 비춰보더니 웃으며 말했다.

"괜찮아. 피는 안 나네."

아직 화가 덜 가라앉은 페이페이가 그녀를 밀치며 소리쳤다.

"미쳤어? 왜 그렇게 오랫동안 출근도 안 하고 이런 다락방에 숨어 있어? 몸이라도 푸는 거야?"

탕비원은 웃기만 했다. 그녀가 베개 머리맡에서 귤 하나를 꺼내 껍질을 까서 페이페이에게 줬다. 페이페이는 등을 돌리고 앉으며 말했다.

"다시는 너랑 말 안 할 거야. 내가 밖에서 너희 아빠한테 한참을 물었는데 넌 왜 여기 있으면서도 못 들은 척했어? 너희 아버지도 상대를 안 해줘서 하마터면 허탕 칠 뻔했잖아."

"우리 아빠는 원래 성격이 좀 이상해. 그냥 그러려니 해. 누구한테나 다 그러니까. 나도 아빠랑 진지하게 대화를 나누기가 너무 힘들어."

"아빠 고향이 창장 가운데 있는 섬이야?"

"그걸 네가 어떻게 알아?"

"조금 전에 날 '바오바오'라고 부르길래."

"그곳 사람들은 마오 주석을 만나도 바오바오라고 부를걸?"

탕비원 말이 그의 아버지는 10대에 섬을 나와 메이청에 죽세공 가게를 열었는데 1949년 해방이 되면서 가게를 접었다고 했다. 그땐 작은 노점도 정부에서 허락을 하지 않았기에 아버지는 몰래 집에서 바구니, 체, 찜통, 소쿠리를 만들어 강북지역 장날이 되면 새벽에 몰래 내다 팔았다. 때로 현에서 나온 감시반원들이 죽기를 담은 그의 멜대를 몽땅

강에 던져버리기도…….

"그렇게 자세히 설명할 건 없고. 대체 그동안 집에 틀어박혀 무슨 짓을 한 거야?"

야오페이페이는 어느 새 귤을 받아 한쪽을 쪼개 입안에 집어넣고 있었다.

"방금 말하지 않았어? 산후조리 했다니까?"

"헛소리 하지 말고! 아팠어? 어디가 아팠는데?"

탕비원이 계속 히죽거렸다. "아냐, 사실이야. 정말 아기 낳았어."

페이페이가 깜짝 놀라며 돌아앉아 탕비원을 정면으로 바라보았다. 두 눈이 휘둥그레졌다. 처음에는 그냥 농담을 하는 줄 알았다. 탕비원이 계속 웃고 있었기 때문이다. 그런데 그렇게 웃고 있던 탕비원의 미간이 일그러지더니 눈물이 뺨을 타고 흘러내렸다. 거짓말이 아닌 듯했다. 야오페이페이는 가슴이 철렁 내려앉으며 심장이 두근거렸다.

"어떻게 된 거야? 무슨 말을 하는 거야? 너, 너 남자가 있었어? 애는? 너, 나쁜 사람 만난 거야?"

페이페이가 초조한 표정으로 비원의 한쪽 팔을 부서져라 잡고 흔들었다.

탕비원은 한참 동안 아무 말도 없이 혼자 조용히 눈물을 흘렸다. 한참이 지난 후에야 그녀가 코맹맹이 소리로 말했다.

"너도, 참! 정말 성가셔! 뭐든지 그냥 넘어가는 법이 없어. 조금 전에 우리 아버지랑 이야기하는 소리가 들리기에 널 부를까 망설였어. 만나면 이것저것 물어보고 끝까지 무슨 일인지 캐내려 할 테니까. 그래서 마음을 모질게 먹고 아무 소리도 안 날 때까지 기다린 거야. 그런데 막상 네가 가버리고 나니까 너무 보고 싶어서 아빠한테 쫓아가 불러달라고 했어."

그녀는 야오페이페이가 잡고 있던 손을 빼낸 후, 뒤돌아 베개에 얼굴을 묻고 소리 없이 울기 시작했다.

페이페이는 아무 생각도 나지 않았다. 더 이상 추궁을 할 수도 없었다. 그저 탕비원 몸 위에 엎드려 그녀와 함께 눈물을 흘릴 수밖에 없었다.

"급하게 널 찾아온 건 다른 게 아니고, 주임이 너 월말까지 출근 안 하면 제명시킬 거라고 해서야!"

"괜찮아. 이미 다 생각하고 있어. 내일 아침 일찍 출근할 거야. 우리 둘, 자매 같은 사이잖아. 서로 마음을 주고받을 수 있는 그런 사이! 내게 무슨 일이 있어도 널 속여서는 안 되는데 말하면 네가 놀랄 게 뻔해서……. 넌 나랑 달리 별일 없을 때도 항상 의심이 많잖아. 괜히 너까지 걱정시킬 필요 없다고 생각했었어."

바로 그때 아래층에서 여자 목소리가 들렸다. 억양이 역시나 섬사람 같았다. 탕비원이 일어나 이마에 붙은 머리카락을 넘기며 페이페이에게 말했다.

"괜찮아. 엄마야. 조금 전에 엄마한테 공급판매사 가서 종이 좀 사다달라고 했거든."

"무슨 종이?"

"아래에서 뭐가 계속 줄줄 흘러서 댈 종이가 필요해. 오늘은 많이 좋아졌어."

잠시 후 비원 엄마가 대추탕 한 그릇을 받쳐 들고 위로 올라와 미소를 지으며 페이페이에게 건넸다. 계란도 들어 있었다. 야오페이페이는 그릇을 받아 탕비원에게 줬다.

"우리 엄마가 특별히 너 주려고 만든 거야. 먹어. 난 요즘 대추탕 냄새만 맡아도 토할 것 같아."

페이페이는 두 모금밖에 마시지 않고 그릇을 내려놓았다.

"시간이 많이 됐네. 가야겠어."

"간다고? 뭐가 그렇게 급해? 겨우 만났는데 앉아서 이야기나 더 하고 가."

야오페이페이는 탕비윈이 답답한 걸 못 참는 성격이기 때문에 뭐든지 털어놓을 거라고 생각했다. 뭔가 물어볼 때마다 언제나 시치미를 떼고 상대방이 궁금해 미칠 지경이 될 때까지 아무 말도 하지 않았다. 그러나 상대가 별로 관심을 보이지 않으면 결국 자기가 참다못해 이야기를 털어놓았고 그럴 때마다 상대방은 반드시 그의 말에 귀를 기울여야 했다.

과연 탕비윈이 베개 밑에서 비마飛馬 담배를 꺼내 한 개비를 뽑아 입에 물더니 남포등 유리덮개로 바짝 다가가 불을 붙인 후, 연거푸 몇 모금을 빨고는 입을 열었다.

"페이페이, 너 우리 집에 산우山芋 1백 근 배상해야 돼."

"산우? 산우가 뭔데?"

"백서白薯(고구마의 다른 이름) 말이야. 북방 사람들은 지과地瓜라고 부르기도 하지."

"내가 언제 너희 집에 그렇게 많은 고구마를 빚졌는데?"

페이페이의 눈이 휘둥그레졌다.

"내 불운이 바로 너로 인해 시작된 거니까."

"나 때문이라고?"

"그래."

산하는 잠들고

"무슨 말을 하는 건지 모르겠네."

"좀 있으면 알게 돼."

비윈이 손에 끼고 있던 담배를 쳐다보며 말했다.

"담배 맛 좋네. 너도 한 대 피워볼래?"

"어휴, 할 말 있으면 빨리 해. 고구마가 어쩌고, 담배가 어쩌고 하면서 뜸 들이지 말고."

페이페이가 정말 궁금해 하는 것 같자 비윈은 오히려 비밀스러운 뭔가가 있는 것처럼 그냥 페이페이를 향해 웃기만 했다.

"그렇게 웃고만 있을래?! 너 같으면 벌써 답답해서 숨넘어갔을걸? 그래도 웃어? 남자처럼 담배까지 피우고! 너 정말 건달 같아!"

"작년 봄, 우리 같이 4층 대회의실 회의장에 갔을 때 기억 나?"

"기억하지."

"진위進威가 왔던 그때 말이야. 그날 네가 늦게 회의장에 들어왔는데 모두 '국제가'國際歌(인터내셔널가)를 부르고 있었잖아. 노래가 끝나고 탄 현장이 모두 자리에 앉으라고 했는데 네가 자리가 없어서 혼자 우두커니 서 있었고……."

"당연히 기억하지. 그런데 그게 어쨌는데?"

야오페이페이는 진위라는 이름을 듣자마자 그의 음흉하고 악랄한 인상이 떠올라 왠지 뭔가 안 좋은 예감이 들었다.

"네가 외로운 학처럼 혼자 서서 좌우를 둘러보고 있을 때 널 주시하던 사람이 있었어. 그 사람, 내가 굳이 네게 이름을 말해줄 필요가 있을까?"

탕비윈은 야오페이페이가 마치 학질에 걸린 사람처럼 심하게 몸을 떨자 손에 잡고 있던 꽁초를 페이페이에게 줬다. 페이페이는 자기도 모르게 담배를 받아 그럴듯하게 두 모금을 빨았다.

"내가 널 내 옆에 앉으라고 불렀지. 바로 그 순간에 일이 엉망이 되
어버린 거야. 회의가 끝나갈 무렵, 사람들이 박수를 치면서 회의장을 떠
나는 성 지도자들을 배웅했었어. 회의장이 시끌벅적할 때 진쑤 비서장
이 첸다쿼 귓가에 대고 물었어. '뽀얀 저 여자애 말이야, 제법 예쁘네.
이름이 뭐야?' 화내지 마, 확실히 그렇게 말했대. 첸다쿼, 그 사람 너도
잘 알지? 얼마나 영특한 사람인지 말이야. 그런데 그땐 첸다쿼 역시 진
비서장이 누굴 말하는지 정확히 몰랐나 봐. 그래서 진위에게 '비서장님,
누굴 말하시는 겁니까?'라고 물었지. 그랬더니 진위가 우리가 앉아 있
는 방향을 가리켰고, 첸다쿼은 그가 말한 사람을 나로 잘못 안 거야. 첸
다쿼이 그날 오후에 나랑 이야기 좀 하자고 찾아왔더라고. 내 무덤을
내가 판 꼴이지."

페이페이는 심장이 벌렁거리고 화가 치밀어 올라 얼굴이 온통 시뻘
겋게 달아오르고, 손발은 얼음장처럼 차가워지면서 시선이 자꾸 흔들
리고 호흡이 가빠졌다. 비원의 얼굴을 똑바로 쳐다볼 수가 없을 정도였
다.

탕비원이 계속 말을 이었다. 그날 점심에 식당에서 억고반을 먹은
후 그녀는 첸다쿼과 한 약속을 까맣게 잊어버렸다. 다음 날 낮에야 그
일이 생각난 탕비원은 서둘러 첸다쿼 사무실로 갔다. 이제 막 승진을
한 첸다쿼이 양푸메이와 인수인계 문제를 의논하고 있다가 비원이 들어
오자 그녀에게 손을 내저었다.

"지금은 너무 정신이 없으니 오후 다섯 시 반에 다시 와."

오후 여섯 시가 다 되어갈 무렵, 사무동 사람들이 모두 퇴근했다.
첸다쿼이 등나무 의자에 앉아 한쪽 발을 다탁에 올리고 신문을 보다가

탕비원이 들어오자 '앉아'라고 말했다. 이어 신문을 보다말고 뚫어져라 탕비원을 쳐다봤다. 웃을 듯 말 듯 표정이 애매했다. 그렇게 그는 탕비원의 얼굴이 새빨개지고 숨이 차올라 고개를 푹 숙이고 나서야 발을 내리고 바로 앉으며 신문을 내려놓았다.

"가지. 밥이나 먹으러 가자."

탕비원은 상대방이 지나치게 확고하게 말을 하자 사양할 생각도 못하고 그냥 그를 따라 거리로 나갔다. 거리에서 조용한 식당을 하나 찾아 들어가 밥을 먹었다. 첸다쿤이 술을 한 병 시키더니 다짜고짜 탕비원에게도 한 잔을 따랐다. 탕비원이 말했다.

"첸 부현장님, 무슨 일이세요?"

첸다쿤이 웃더니 술잔을 들었다.

"자, 먼저 한 잔 비우자고."

탕비원은 말로는 계속 사양하면서도 이미 손으로는 술잔을 받쳐 들고 있었다. 하지만 입술에 갖다 대기도 전에 그녀는 자신의 몸을 지탱하지 못하고 휘청거리며 어지러움을 느꼈다. 첸다쿤이 뚫어져라 그녀를 바라보며 한껏 낮은 목소리로 중얼거렸다.

"비원, 넌 비밀을 잘 지키는 사람이지. 그렇지?"

순간 탕비원의 눈빛이 흔들리며 힘껏 고개를 끄덕였다.

"아마도요. 지켜야 할 비밀이라면 지켜야죠."

그러자 첸다쿤은 진 비서장이 뽀얀 피부의 여자애를 마음에 들어했고, 처음에 자기는 그 상대를 탕비원으로 오해했지만 나중에 진 비서장에게 전화를 걸어 확인을 하고는 탕비원이 아닌 것을 알게 되었다고 그녀에게 말해줬다. 끝으로 첸다쿤은 음흉하게 웃으며 "원래 진 비서장이 마음에 든 건 네가 아니라 마지막으로 회의장을 나간 애였어"라고 말했다.

첸다쥔의 말이 다 끝나기도 전에 탕비윈은 머릿속이 어지러워졌다. 덕망 높은 지도자들 사이에 이런 일이 있으리라고는 꿈에도 생각지 못했었는데! 더더욱 첸다쥔이 이런 은밀한 이야기를 자기같이 평범한 사무원에게 이실직고하다니, 정말 상상할 수도 없는 일이었다.

그러나 사람을 잘못 알았다는 말에 그녀는 길게 안도의 한숨을 쉬었고 한편으로는 페이페이가 걱정이 됐다.

술기운이 조금 돌자 그녀는 대담하게 첸다쥔에게 물었다.

"잘못 알았다는 걸 아셨다면서 부현장님은 왜 저한테 그 이야기를 하세요?"

그녀의 말은, 왜 페이페이에게 가서 이야기하지 않느냐는 뜻이었다.

첸다쥔은 뒤를 돌아 사방을 둘러보더니 다른 사람이 없다는 걸 확인하고는 입가에 묘한 미소를 띠며 대놓고 말했다.

"그건 비단 진 비서장 한 사람만 뽀얀 피부의 아가씨를 좋아하는 게 아니라는 사실, 그리고 뽀얀 피부를 가진 애가 페이페이 하나만은 아니라는 것 때문이지. 이런 걸 보고 '무심코 심은 버들이…….'"

"그늘을 드리웠네!"[31] 탕비윈이 자기도 모르게 그의 말을 이었다.

그녀가 갑자기 뒷말을 잇는 바람에 첸다쥔은 눈물에 콧물까지 흘려가며 폭소를 터트렸다.

그날 밤, 그녀는 집으로 발길을 재촉하며 자기를 둘러싼 세상 모든 것이 변했음을 깨달았다. 하늘도, 나무도, 집으로 걸어가는 이 길도……, 더 이상 이전에 자신이 알고 있던 세상이 아니었다. 마음이 무

---

31) 무심삽류류성음(無心揷柳柳成蔭): 명대 편찬된 아동계몽서 《증광현문(增廣賢文)》에 나오는 말이다.

산하는 잠들고

너졌다. 혼자 멍하니 바지 위의 혈흔을 바라보다 베개에 엎드려 밤새도록 울었다. 그러나 날이 밝아올 무렵이 되자 첸다쉰이 생각났다. 첸다쉰이 그의 귓가에 대고 지껄인 저질스러운 말이 떠오르며 이상하게도 부끄럽고, 가슴이 마구 뛰기 시작하면서 불결하다는 생각이 들면서도 뭔가 기분이 달콤했다.

다음 날 아침, 탕비원은 벌겋게 부은 눈으로 출근했다. 사무실에 들어서자 첸다쉰이 다리를 꼬고 앉아 '털보'와 이야기를 나누고 있는 모습이 눈에 들어왔다. 그날 그들은 민물진주조개 양식에 대해 이야기를 나누고 있었던 것으로 기억한다. 첸다쉰은 시치미 떼는 데 선수였다. 그는 탕비원에게는 제대로 눈길 한 번 주지 않은 채 9시 반까지 앉아 있다가 사무실을 나갔다. 사무실을 나가기 전 그는 마치 이제야 탕비원을 발견했다는 듯 그녀 앞으로 다가와 웃었다. "어, 샤오퉁즈小同志(어린 동지란 뜻)! 오늘은 낯빛이 별로 안 좋아 보이네? 무슨 일 있나?"

탕비원은 마침 잔에 물을 따르고 있었다. 어찌나 당황스러운지 찻잔 뚜껑으로 물병을 덮을 뻔했다.

"어제 개에게 물려 밤새도록 잠을 못 잤어요."

탕비원이 마음을 가다듬고 무심한 척 대답했다.

첸다쉰이 다정하게 물었다.

"개에게 물린 건 대수롭지 않지만 그 개가 미친개인지 아닌지는 중요하지. 의사에겐 보였나? 어서 의사에게 가서 소독해야지. 예방주사 같은 것도 맞고, 혹시 모르니 말이야."

"괜찮아요."

말은 그렇게 했지만 분해서 죽을 지경이었다. 첸다쉰이 자기 사무실에 들른 건 분명히 어제 일을 걱정하며 상황을 살피기 위해서였다. 탕비원은 상대방이 마음을 놓을 수 있도록 처신하긴 했지만 속으로는 끊임없이 저급한 자신을 욕했다. 첸다쿤이 빙긋이 웃으며 문을 열고 나갔다.

그가 나가기가 무섭게 '털보' 주임이 사무실 천陳씨에게 말했다.

"첸 부현장 말이야, 오늘 웬일인지 말이 두서가 없어. 마치 정신을 어디다 버리고 온 것 같아. 내가 창장 입구에 진주조개를 양식하자고 했더니, 아니 글쎄 '돼지? 창장에 어떻게 돼지를 기릅니까?'라고 하는 것 있지?"

낮에 첸다쿤이 사무실로 전화해 그녀를 찾았다. 밤에 다시 어제 그곳에서 만나자고 했다. 그는 자기 말만 하고 비원의 대답은 듣지도 않은 채 전화를 끊었다.

그가 말한 어제 그곳이란 근교의 감로정甘露亭을 가리키는 것이었다. 첸다쿤은 감로정 옆 마을에 뜰이 있는 집 한 채를 가지고 있었다. 이 집은 원래 그의 외삼촌 개인 자산으로, 외삼촌이 죽은 후 두 사촌이 타이완으로 떠나면서 현 소유가 되었지만 줄곧 그가 관리를 했다.

오후 내내 그녀는 마음속으로 첸다쿤에게 욕을 퍼부었다. 그러나 욕은 욕이고, 퇴근 시간이 되자 미적미적 망설이다가 결국 될 대로 되라는 심정으로 퇴근했다. 약속시간을 어기지나 않을까, 또한 첸다쿤이 자신이 오지 않을 거라고 오해할까 봐 절로 걸음이 빨라졌다. 나중에는 거의 날아갈 듯 달리기 시작했다. 첸다쿤은 그녀가 땀으로 범벅이 된 채 감로정 바깥 길 쪽에 모습을 드러내자 숲 뒤쪽에서 불쑥 나타나 시계를 보며 웃었다.

"결국 왔네. 이 미친개가 다시 물까 봐 걱정이 안 됐나 보지?"

그 후 첸다쿤과 탕비원은 늘 감로정에서 만나기로 약속을 잡았다.

산하는 잠들고

하지만 그곳에서 밤을 새는 일은 없었다. 첸다쥔은 행여 톈샤오펑이 의심을 하지 않을까 걱정했다. 시간이 흐르면서 첸다쥔은 아예 그녀에게 매번 전화를 걸지도 않았다. 때로 길에서 우연히 만나면 그냥 눈짓만 해도 탕비원이 희희낙락하며 달려가 그를 만났다. 점차 그녀는 첸다쥔에게 깊은 연애감정을 느끼기 시작했다. 한 주만 그를 만나지 못해도 거의 미칠 지경이었다. 마지막엔 탕비원이 그에게 열쇠 하나를 맞춰달라고 했고 첸다쥔은 흔쾌히 승낙했다.

"내가 좀 저질로 보이니?"
탕비원이 야오페이페이에게 물었다.
"'좀'이란 표현이 맞기나 해? 흥!"
야오페이페이가 화를 냈다.
"듣기 싫은 말부터 할게. 난 그런 지저분한 일은 신경 쓰고 싶지 않아. 네가 하고 싶은 대로 해."
"그렇게 쉽게 이야기하지 마. 쪽팔리든 말든, 어쨌거나 상황은 이렇게 됐어. 넌? 넌 아직 시작도 안 했잖아."
야오페이페이는 금세 안색이 어두워졌다. 마치 무거운 돌덩어리가 가슴을 누르는 것 같았다.
해가 지나자 생리를 하지 않았다. 한 달을 더 버티고도 소식이 없자 당혹스러움을 감출 수 없었다. 의논할 사람도 없었다. 첸다쥔을 찾아가자 그는 대수롭지 않게 "그거야 간단하지. 현의원 의사에게 연락해둘게. 20분이면 돼."라고 말했다.
탕비원은 현의원에 가고 싶지 않았다. 만일 소문이라도 새어나가면 모든 것이 끝장이었다. 가장 두려운 이는 엄마였다. 그러나 시간이 흐르자 더 이상 속일 수가 없었다. 결국 엄마를 힘들게 하는 수밖에 없었다. 어머니는 이야기를 듣자마자 그녀의 뺨을 때렸다. 그리고 바닥에 쓰러져 울고불고 생난리를 폈다.

탕비원의 아버지는 그녀의 머리채를 잡고 물독에 고개를 처넣고 죽이려 했다. 당장 무슨 일이 벌어질 것 같자 어머니가 일어나 남편 다리를 부둥켜안았다. 그렇게 가족이 오전 내내 실랑이를 벌인 후 나중에는 아버지가 탕비원을 내동댕이친 후 번쩍거리는 죽도를 가져와 고함을 질렀다.

"그놈의 짐승이 누군지 말해. 지금 당장 가서 죽여버리겠어!"

탕비원은 더 이상 숨길 수가 없자 하는 수없이 첸다췬의 이름을 말했다. 그런데 이상하게도 '첸다췬'이란 세 글자에 아버지가 마치 마법에 걸린 사람처럼 금세 안정을 되찾고 아무 일도 없었던 것처럼 조용히 자기 일을 하러 갔다. 어머니 또한 길게 한숨을 내쉬더니 점차 안심하면서 오히려 기뻐하는 눈치였다. 그날 밤 내내 어머니는 비원 옆에 누워 이것저것 꼬치꼬치 캐물었다.

다음 날, 집에 친척 한 사람이 왔다. 어머니가 에둘러 이렇게 물었다.

"고모, 이 신사회의 관리도 첩을 두는 일이 있나요?"

어머니의 말에 비원은 심장을 칼로 도려내는 것처럼 슬펐다.

어머니가 시골 고향에서 나이든 한의사를 불러다 온갖 방법을 동원해 아이를 유산시켰다. 한의사는 돌아가기에 앞서 이렇게 말했다.

"돈은 필요 없고, 고구마 1백 근만 내시오."

탕비원이 아이를 유산하고 어머니는 국물을 끓이고 물을 준비하는 등 그녀 시중을 드는 사이사이마다 그녀에게서 뭔가 다른 이야기를 더

산하는 잠들고

듣고 싶어 했다. 비원은 어머니의 마음이 너무 천진난만하고 또한 어리석다는 생각이 들었다.

"첸 부현장이 너랑 잘해보기로 결정을 했다면 집에 있는 그 나이든 여자는 어떻게 할 거래? 톈샤오펑과 이혼한대?"

놀랍게도 어머니는 첸다쿼의 아내 이름이 톈샤오펑이란 것도 알고 있었다. 대체 어디서 그런 건 알았을까? 그뿐만이 아니었다. 어머니는 딸에게 첸 부현장에게 '잘 이야기를 해볼 수 있도록' 한번 만나게 해줄수는 없는지 자꾸만 물었다. 어머니의 집착에 짜증이 난 탕비원은 기분이 상해 소리를 질렀다.

"늙으면 죽지도 않나? 이렇게 자꾸 성가시게 들쑤실 거예요? 화가 나서 미쳐버리겠어! 차라리 썩어빠진 이놈의 집구석 홀라당 태워버릴까 보다!"

딸의 고함에 화들짝 놀라는 바람에 어머니는 하마터면 등잔을 엎을 뻔했다. 그녀는 딸을 물끄러미 바라보기만 할 뿐, 아무 말도 하지 못하고 나가버렸다.

"이젠 말 한마디도 함부로 잘 못해. 내가 조금 무서운가 봐."

탕비원이 웃었다.

"그걸 방안통수[32]라고 하는 거야. 첸다쿼에게는 유린당하고 짓밟혀도 찍소리도 못하면서 자기 아빠, 엄마한테는 멋대로 행동하는 것 말이야!"

"내가 어떻게 엄마를 괴롭히겠어? 그저 엄마가 허황된 생각에 낄

---

[32] 원문은 "반주문광자한(扳住門框子狼)"이다. 문고리를 꽉 움켜쥔다는 뜻으로 바깥에서는 아무 말도 하지 못하고 집안에서만 큰소리치는 사람을 말한다.

데 안 낄 데 가리지 못하고 떠들고 다니다가 또 다른 사달을 만들까 봐 걱정이 돼서 그러지. 그럼 난 정말 끝장이야."

"넌 어떻게 할 건데?"

"어떻게 할 거냐고? 그냥 하루하루 보내는 거지. 이런 일은 대가리가 빠개질 때까지 생각해봤자 아무 소용이 없어. 그 사람이 나를 지겨워하게 되면 아무나 딴 사람한테 시집가야지 뭐."

탕비원은 넋 놓고 벽감 속에 놓인 남포등을 쳐다보았다. 예전에는 가장 큰 꿈이 공군조종사에게 시집가는 거였는데 지금 생각해보니 정말 가소로운 일이 되고 말았다. 이젠 어찌되든 상관이 없었다. 아이를 지운 후로는 웬일인지 마음이 독해진 것 같았다.

탕비원 집에서 나온 페이페이에게 처음 떠오른 생각은 강변에 위치한 잡화점에 가서 '대생산' 담배 한 갑을 사는 것이었다. 담뱃갑 안쪽 은종이를 뜯어내고 담배 한 개비를 꺼낸 후 불을 붙였다. 그리고 옆에 아무도 없는 듯 연기를 내뿜으며 성큼성큼 강 언덕을 따라 앞으로 걸었다. 지나가던 행인들이 모두 발걸음을 멈추고 그녀를 바라봤다.

현위원회 마당 입구에 들어서니 흙탕물이 가득 튄 지프차가 있었다. 탄궁다가 시골에서 돌아왔구나.

왕 기사가 수위인 창씨 아저씨와 바닥에 쪼그리고 앉아 이야기를 나누고 있었다. 그가 야오페이페이를 보더니 잽싸게 일어나 헤헤거리며 다가왔다. 야오페이페이도 그를 향해 웃었다.

"탄 현장님이 샤쌍에서 돌아오셨네요. 내가 아무 말도 안 하고 그냥 와버려서 화 많이 나셨을 거야, 그죠?"

"'물급필반'物扱必反(사물의 발전이 극에 달하면 반전을 이룬다)이지. 욕은 커녕 선물도 챙겨오셨는데?"

산하는 잠들고

"'흡흡상반'恰恰相反(전혀 반대라는 뜻)이라고 해야죠. 근데 무슨 선물을 가져왔는데요?"

"샤쟝 토우요. 바지 안 입은 인형."

"피! 누가 그런 거 좋아하기나 한대요?"

야오페이페이는 조그만 소리로 핀잔을 준 후 그곳을 떠났다.

8

너무 느려! 메이청현 사회주의 신농촌 건설 속도가 너무 느려!

인근 창저우현은 이미 솔선수범하여 인민공사를 설립했는데 우린 아직도 뭘 기다리는 거지? 천지가 뒤집히고, 시간은 자꾸 흐르고, 혁명의 형세는 시시각각 변하는데. 혁명은 소나 낡은 수레, 그림이나 자수가 아니야. 그렇게 정교할 필요도, 침착하게 시행하거나 온화, 선량, 공경, 절검, 겸양 같은 덕을 지킬 필요도 없어. 창장 맞은편 언덕의 몐샹향旬上鄕은 이미 둥팡훙東方紅 인민공사로 개칭됐어. 혁명의 물결이 퍼져 나가면서 시시각각 엄청난 변화가 일어나고, 가는 곳마다 붉은 깃발이 파도처럼 펄럭이고, 노랫소리가 구름을 뚫고 울려 퍼지며, 인민군중이 사회주의의 탄탄대로를 걷고 있으니 이 얼마나 자랑스럽고, 행복하고, 감격스러운 일인가! 아, 새들이 노래하네! 몇 사람이 굶어죽었다고 무엇이 두렵겠는가? 우리에겐 6억 명이 있는데, 겨우 10여 명 죽었다고 무슨 대수란 말인가? 몇 사람이 죽었다고 우리가 발걸음을 멈추고 지켜봐야 하는가? 걸음을 멈추고 전진을 포기할 것인가? 그것 때문에 간담이 서늘해져야 하는가?

우리 메이청은 어떤가. 메이청현 당위원회 사람들은 머리에 녹이 슬고, 사상에 곰팡이가 슬었으며, 온통 흰 구더기가 기어 다닌다. 삽으로 퍼내고, 솔로 닦아내고, 모래로 갈고, 나아가 '666' 약물을 뿌려 철저하게 소독함으로써 이 끝에서 저 끝까지, 밖에서 안까지 환골탈태의 노력을 기울이지 않으면 안 된다…….

샤챵 장터에서 사 온 토우는 지프차가 험한 길을 덜컹거리며 달려오는 바람에 메이청에 도착하고 보니 한 개가 깨져 있었다. 탄궁다는 깨진 쪽을 바이샤오셴에게 줄 건지, 아니면 야오페이페이에게 줄 건지 아직 결정을 내리지 못했다.

이건 정말 문제다.

그는 메이청에서 돌아온 후로 거의 한 달 넘게 샤오셴에게 연락을 하지 못했다. 바이팅위가 자신을 속이고 자신의 조카 바이샤오후를 향장 대리에 임명한 일은 탄궁다에게 큰 충격이었다. 가오마쯔는 바이팅위의 영향력이 너무 크다고 했는데 사실이었다. 만약 자신이 바이샤오셴과 결혼해서 일가가 되면 앞으로 많은 일의 경계선이 불분명해질 것이다. 바이팅위가 그렇게 열심히 자신과 샤오셴을 엮으려 한 것도 그런 점에서 심사숙고한 결정이리라. 탄궁다는 아직 어떤 얼굴로 바이팅위를 만나야 할지 마음의 결정을 내리지 못했다. 대놓고 속을 드러내는 것은 당연히 불가능했다. 바이팅위란 자는 하루 종일 허허실실하며 수더분하게 다니는 것 같지만 미꾸라지처럼 교활하고 속에 꿍꿍이가 많은 사람이었다. 한두 마디로 이미 전체 상황을 완벽하게 파악하는 자로 절대 남에게 칼자루를 내주는 법이 없었다.

산하는 잠들고

탄궁다가 바이샤오셴을 몇 주 동안 푸대접하자 샤오셴의 반응은 탄궁다의 예상을 뛰어넘었다. 그로 인해 탄궁다는 다시 한 번 연애가 얼마나 복잡하고 해괴한 것인지 깨닫는 계기가 되었다. 2, 3주가 지난 후 샤오셴이 먼저 그에게 전화를 걸어 만나자고 했다. 하지만 그는 세 번이나 연거푸 약속을 거절했다. 그러자 뜻밖에도 그의 냉랭하고 무례한 태도가 오히려 상대의 마음에 불을 당겨 급기야 수습할 수 없는 지경에 이르게 했다. 그녀는 처음에는 하루건너 한 번씩 탄궁다에게 편지를 보내더니 나중에는 하루에 한 통씩 편지를 보냈다. 그리고 끝에 편지를 쓴 구체적인 시간을 적어두었다. 때로는 편지 한 통에 예닐곱 개의 시간이 적혀 있었다.

곰곰이 그녀가 보낸 편지를 살펴보던 탄궁다는 놀라운 결론을 얻을 수 있었다. 새벽부터 자정까지 매일 4, 5시간의 수면시간 이외에 그녀는 늘 편지를 쓰는 일에 매달려 있었다. 탄궁다는 바이샤오셴이 한밤중에도 잠을 자지 않고 눈을 부릅뜨고 천장을 바라보거나 그리움이 지나쳐 눈물을 참지 못하고 있는 것은 아닐까? 하는 생각이 들기도 했다. 그러자 샤오셴의 상황이 조금 걱정되면서도 다른 한편 자신에 대한 허영심이 채워지기도 했다.

그가 사무실에 출근을 하자 야오 비서가 전화내역을 그에게 건넸다. 열에 여덟, 아홉은 문화선전공작단에서 온 것이었다. 6월 말이 되자 문화선전공작단 단장이 직접 그에게 전화를 걸어 바이샤오셴이 근래 들어 정신이 오락가락하고 눈빛이 멍한 것이 마치 뭔가 큰 충격을 받은 것 같다고 했다. 또한 같은 기숙사생들 말이 그녀가 아무하고도 말을 하지 않고 걸핏하면 버럭 화를 낸다고 했다. 최근에는 단식을 하겠다고 으름장을 놓기도 하니 어찌해야 좋을지 모르겠다고 했다. 전화를 끊은 탄궁다는 고민에 빠졌다. 차분히 생각해보니 자기가 너무 유치하게 행동했다는 생각이 들었다. 사실은 바이팅위에게 화가 난 것인데 아무 죄도 없는 여자를 이처럼 잔혹하게 괴롭히다니, 대체 이게 무슨 돼먹지 못한 꼴이란 말인가! 게다가 양단간에 확실한 의사표현을 하지 않고 어정쩡한 태도를 보여 결국 상대가 죽느니 사느니 하게 만들었으니, 이건 정말 할 짓이 아니었다. 탄궁다는 바이샤오셴과 이야기를 한번 해봐야겠다고 생각했다. 그러면서도 한편으로는 샤오셴을 만났다가 그녀가 울고불고 난리를 치면 자신의 의지가 꺾일까 봐 걱정이 되었다.

결국 그녀에게 편지를 쓰기로 했다. 그러나 밤을 새워 편지를 썼다가는 찢고, 다시 쓰기를 반복했지만 날이 밝고 나서도 완성을 하지 못했다. 한편으로 이처럼 활달하고 아름다운 여자와 맺어지지 못한다고 생각하니 조금 가슴이 아프기도 했다. 고작 편지 한 통을 쓰는 것이지만 결국은 삶의 뭔가 가장 진귀하고, 가장 은밀한 것과의 철저한 결별이었다. 그는 바이샤오셴의 편지를 찾아 자세히 읽고 또 읽었다. 그리고 결국 자기도 눈물을 흘렸다. 어쨌거나 일련의 소동 끝에 그 역시 상대방의 진심을 알게 된 셈이다. 그는 다시 잡다한 생각에 빠져들었다. 자꾸만 생각하다 보니 가오마쯔가 강변에서 했던 말들이 생각나면서 페이페이의 얼굴이 떠올랐다. 만약 샤오셴이 아니라 야오페이페이였다면 상황은 어떻게 됐을까? 그는 자신의 추악한 생각에 식은땀이 흘렀다. 차마 더 이상 생각을 이어갈 수가 없었다. 창밖을 보니 이미 날이 밝아 있었다. 세상에 여자가 없다면, 복잡한 남녀 간의 감정이 없다면 얼마나 평화로울까! 탁자 위에 놓인 작은 토우가 그를 향해 웃고 있었다.

다음 날 오전, 탄궁다는 과위원회의 젊은 간부 몇 명과 '모든 마을을 이어주는 도로' 계획을 논의했다. 이어 메탄가스시험소에 가서 연구소조의 보고를 들었다. 사무실로 돌아와 보니 위층, 아래층 할 것 없이 사람이 하나도 보이지 않았다. 그제야 오늘이 토요일이란 것을 깨달았다. 일찍 집에 돌아가 잠이나 푹 자야겠다고 생각했다. 그런데 현청의 문 앞에 이르자 맞은편에 흰 조끼를 입은 쉬씨가 보였다.

"현장님을 뵈러 왔습니다. 집에 손님이 왔어요."

"손님이라뇨? 누가 찾아왔어요?"

"누구겠어요?"

쉬씨가 묘한 웃음을 흘리며 자전거 뒷자리를 두드렸다.

"여기 앉으세요. 태워다 드릴 테니."

탄궁다는 고개를 저으며 쉬씨 자전거에 올라탔다. 두 사람은 힘들어 비틀거리는 자전거를 타고 집으로 향했다. 쉬씨의 말에 따르면, 바이샤오셴이 점심때부터 와서는 안으로 들어가지도 않고 뜨거운 태양 아래 마냥 서 있다는 것이었다.

"우리 집사람이 아무리 집에 들어가 차라도 한잔 하자고 해도 상대도 안 합니다. 아무도 없는 집 앞에서 눈물을 훔치면서 무작정 대문을 걷어차고 있어요. 우리 집사람이 '바보같이 그렇게 오랫동안 문을 차도 나오는 사람이 없으면 분명히 현장님이 집에 안 계신 거예요. 발로 차서 문이 망가지는 건 괜찮지만 발이 아프지 않겠어요?'라고 했더니, 글쎄 그 아가씨 고집이 황소고집이에요. 눈을 부릅뜨면서 집사람에게 '내가 차겠다는데 무슨 상관이에요?'라고 대들더라고요."

쉬씨는 숨이 차 헐떡이면서도 허허거리며 웃었다.

두 사람은 잠시 후 시진두 밖 수로 옆에 이르렀다. 막 돌다리를 지났을 때였다. 꽃이 핀 자귀나무 숲 사이로 바이샤오셴이 문밖 울타리 옆에 서 있는 모습이 보였다. 이제 지쳤는지 더 이상 문을 차고 있진 않았다. 다만 울타리에 있는 구기자나무의 보랏빛 꽃을 하나씩 쥐어뜯어 땅에 버리고는 샌들로 짓이기고 있었다. 입구에 도착한 탄궁다는 자전거에서 뛰어내렸다. 쉬씨가 몸을 기울이며 재빨리 발을 굴러 멀리 달려갔다.

바이샤오셴은 은행 빛깔 원피스에 '인민을 위해 복무하다'라는 글씨가 쓰인 초록색 책가방을 겨드랑이에 끼고 있었다. 얼굴은 눈물과 땀이 범벅이 되고 머리는 축축하게 젖어 이마에 엉겨 붙어 있었으며, 눈은 울어서 벌겋게 부어 있었다. 그녀는 탄궁다를 보자마자 그 사랑스러운 작은 코를 실룩거리며 고개를 삐딱하게 기울인 채 목은 빳빳이 쳐들었다. 그리고 눈을 흘기면서 한마디씩 끊어가며 또박또박 말했다.

"왜 답장 안 해요?"

탄궁다가 막 해명을 하려하는데 바이샤오셴이 다시 소리를 질렀다.

"왜 전화는 안 받아요?"

탄궁다가 웃으며 문을 열고 그녀를 데리고 들어가려했지만 바이샤오셴은 힘껏 그를 뿌리쳤다.

"개자식!"

그녀가 소리를 지르더니 다시 훌쩍거리며 울기 시작했다.

탄궁다는 안절부절못하고 자기 귀를 잡아당기기도 하고 뺨을 긁적거리기도 하면서 주위의 담벼락과 나무 아래, 수풀 뒤를 두리번거렸다. 무수히 많은 눈이 자기를 지켜보고 있음을 보지 않아도 알 수 있었다. 쉬씨의 아내 역시 자기 집 마당에서 까치발을 하고 목을 길게 빼고 탄궁다 쪽을 바라보고 있었다. 그러나 탄궁다와 눈길이 마주치자 고개를 쑥 집어넣었다.

"할 말 있으면 들어가서 하죠, 여기서 이러면 이웃사람들 웃음거리밖에 안 돼요."

탄궁다가 작은 소리로 웃으며 말했다.

"안 들어갈 거예요. 진짜예요!"

"그럼 우선 눈물부터 그쳐요, 물 떠다 줄 테니 얼굴 좀 씻고."

"안 씻을 거예요. 진짜예요!"

"정말 들어가고 싶지 않으면 어디 시원한 데 가요. 이야기하기도 좋게."

"안 가요. 진짜예요!"

계속해서 '진짜예요!'를 되풀이하는 바이샤오셴의 모습이 어린애 같았다. 난처하긴 했지만 초조한 마음이 들진 않았다. 오히려 그녀가 뾰로통하게 화를 내면 낼수록 사랑스럽다는 생각이 들었다. 그가 한참 있다가 샤오셴 앞으로 다가가 다정하게 물었다.

"그럼 혼자 여기 서 있을 거예요?"

"안 서 있을 거예요. 진짜예요!"

"진짜 안 서 있을 거면 그럼, 눕고 싶어요?"

바이샤오셴은 자기가 이미 그에게 말려들었다고 생각하며 '푸' 하고 웃음을 터트렸다. 그리고 작은 주먹으로 탄궁다의 가슴을 마구 때리기 시작했다. 탄궁다는 때를 놓치지 않고 그녀를 껴안고 안으로 들어갔다. 이웃들은 재미있는 구경거리가 싱겁게 끝나자 아쉬워하며 흩어졌다.

안으로 들어서자 바이샤오셴은 작은 걸상을 찾아서 앉았다. 그리고 여전히 입을 삐죽거리며 그를 모른 척했다. 탄궁다는 하는 수없이 맞은편 바닥에 쪼그리고 앉아 그녀를 쳐다보며 말을 걸었다. 그러나 그녀는 그를 외면한 채 고개를 돌려 그가 오른쪽을 바라보면 왼쪽으로 돌아

앉고 왼쪽을 바라보면 오른쪽으로 돌아앉았다. 탄궁다는 별 수 없이 자리에서 일어나 우물물 한 통을 떠서 물수건을 적신 다음 그녀에게 줬다. 샤오셴이 잠자코 얼굴이랑 목을 닦았다. 탄궁다는 그녀가 메고 있던 가방을 벗겨줬다. 바이샤오셴이 갑자기 들고 있던 수건을 물통에 내던진 후 탄궁다의 손을 잡아당겼다. 그녀는 고개를 들고 한참 동안 탄궁다를 바라보더니 외치듯 말했다.

"우리 결혼해요!"

"결혼요?"

탄궁다는 감전이 된 듯 찌릿찌릿했다.

"몇 년 지나 제2차 5개년 계획이 실현되면 결혼하자고 했잖아요?"

바이샤오셴이 걸상에서 벌떡 일어서 탄궁다의 품에 고개를 박았다. 갑작스런 그녀의 행동에 탄궁다는 뒤로 몇 발짝이나 밀려났다.

"상관없어요. 우리 결혼해요, 진짜예요! 당장! 바로 결혼해요, 당장이요!"

샤오셴이 그의 품에 고개를 묻었다.

"다시는 당신을 놓치지 않을 거예요!"

그녀의 몸은 너무도 작고, 너무도 부드럽고, 게다가 너무도 심하게 떨고 있었다! 탄궁다는 그녀를 꼭 껴안았다. 바이샤오셴이 그의 품안에서 재잘재잘 무슨 말을 지껄였지만, 탄궁다는 단 한마디도 알아들을 수가 없었다. 너무 꼭 껴안아 으스러지지나 않을까 그녀의 얼굴을 받쳐 들었다. 샤오셴이 눈을 꼭 감고 있었다. 입에서 아기 젖 냄새가 났다. 하얀 이마에는 뜨거운 햇살 탓인지 땀띠가 나 있었다. 땀띠에 입맞춤을 하는 순간, 자신에게 약속했던 여러 가지 독한 맹세들이 구름 너머로 모두 날아가버렸다. 팔딱거리는 심장을 도저히 진정시킬 수가 없었다. 탄궁다! 아, 탄궁다! 너에게 오늘 같은 날이 있으리라 어찌 생각했겠는가? 그 순간 그는 공산주의가 벌써 실현된 것처럼 느껴졌다. 모든 번뇌가 사라지고, 모든 불안과 초조가 말끔히 사라졌기 때문이다. 그런데 그 순간 바이샤오셴이 눈을 뜨더니 눈동자를 굴리며 곰곰이 생각하더니 살짝 탄궁다를 밀쳤다. 그녀가 얼굴을 붉히며 탁자 옆 등나무 의자로 가 앉더니 숨을 골랐다. 탄궁다가 그녀를 따라가 한 손을 그녀의 어깨에 얹었다. 한데 샤오셴이 그의 손을 떼어낸 후 뒤돌아보며 의심스러운 눈초리로 그를 쳐다봤다.

"흥분이 안 돼요."

"뭐라고요?"

"조금 전 내게 입맞춤할 때 왜 난 전혀 흥분이 안 됐을까요?"

바이샤오셴의 표정이 얼떨떨했다.

"왜 내가 상상한 것과 다르죠?"

"흥분이 안 되는 것, 그게 맞아요."

탄궁다는 참을성 있게 그녀를 이끌었다.

"《등에》[33]에 보면, 진정한 사랑은 장엄하고 신성해서 매우 평온하고 조용한 느낌을 준다고 했어요. 사람들을 전혀 흥분시키지 않는답니다. 반대로 당신이 흥분하면 그건 진정한 사랑이 아니라는 거래요. 알겠어요?"

샤오셴은 그의 설명을 듣자 금방 웃었다.

"알겠어요, 알겠어요."

---

33) 《등에》The Gadfly: 아일랜드 작가 보이니치(Voynich, E. L)의 작품. 이탈리아 혁명당원 아서(리바레즈)의 일생을 다룬 작품.

잠시 후 그녀가 다시 탄궁다에게 오늘 낮에 뭘 먹었는지 물었다. 탄궁다가 잠시 생각한 후 기억이 안 난다고 말했다.

"양파 먹었어요, 안 먹었어요?"

"먹었어요, 먹었어."

탄궁다가 이마를 치며 웃었다.

"앞으론 양파 먹지 말아요. 그리고 마늘이랑 부추랑 또……."

바이샤오셴이 눈을 굴리며 잠시 생각해보더니 또다시 말했다.

"또 밥 먹고 나면 꼭 양치하고요."

탄궁다는 아이처럼 고개를 끄덕였다. 바이샤오셴은 다시 열 가지 조항을 제시한 후 약속을 받았다. 밤에 잠이 오지 않을 때 혼자 침대에서 생각해낸 것이라고 했다. 열 가지 조항 중 첫 번째는 바로 '답장을 하지 않으면 안 된다'였다.

탄궁다는 그녀의 말을 듣고 웃음을 터트렸다. "결혼하면 하루 종일 같이 있을 건데 그때도 편지를 쓸 거예요?"

바이샤오셴이 생각해보더니 그 조항은 빼고 대신 '양파를 먹지 않는다'라는 조항을 넣었다. 탄궁다는 하나하나 모두 약속을 한 다음, 새끼손가락까지 걸었다.

"좋아, 됐어요,"

바이샤오셴이 길게 한숨을 쉰 후 갑자기 다시 입을 열었다.

"비누 어디 있어요?"

"비누는 뭐 하게요?"

"당신 옷 빨려고요."

탄궁다가 비누를 찾아왔다. 샤오셴은 탄궁다가 바닥에 가득 흩어놓은 더러운 옷, 신발, 양말, 토시를 한꺼번에 발 씻는 대야에 놓고 우물

가로 가서 빨래를 하기 시작했다. 탄궁다는 머리가 어지러웠다. 어쩌다 이런 상황이 벌어진 건지 생각할 여유가 없었다. 세상이 순식간에 변한 것 같았다. 그는 떨어지기 아쉬운 듯 샤오셴을 따라 우물가에 쪼그리고 앉아 빨래하는 그녀를 바라봤다. 샤오셴이 말했다.

"가서 당신 일이나 해요."

흥을 깨지 않도록 탄궁다는 고분고분 서재로 들어갔다. 책 한 권을 들어 막 펼쳐보려고 하는데 바이샤오셴이 바람처럼 뛰어 들어왔다.

"빗자루 어디 있어요?"

탄궁다는 마당으로 나가 빗자루를 찾아줬다. 문 뒤쪽까지 갔을 때 탄궁다가 다시 그녀를 살며시 안았다. 잠시 후 바이샤오셴이 고개를 들었다.

"지금은 조금 흥분돼요. 머리도 좀 어지럽고. 이건 또 왜 그런 거죠?"

"진정한 사랑을 하면 어쩌다 약간의 흥분이 느껴지는 건 당연한 거예요."

그날 오후, 두 사람은 마치 넋 나간 사람들 같았다. 떨어져 있다가도 어느새 보면 한데 붙어 있었다. 순식간에 그들은 진지하게 설에 약혼을 하는 것에 대해 상의를 하기 시작했다.

바이샤오셴은 우물가에서 거의 태양이 서산을 넘어갈 때까지 꼼지락거리며 탄궁다의 옷, 양말, 신발을 모두 빨았다. 빨랫줄에 걸어둔 걸 보니 탄궁다가 얼마 전에 마련한 흰 셔츠가 짙은 쪽빛으로 물들어 있었다.

"어쩌다 이렇게 된 건지 모르겠어요."

바이샤오셴이 인상을 쓰면서 셔츠를 바라봤다.

"괜찮아요. 그냥 파란 셔츠로 생각하고 입으면 되죠."

월요일 아침, 탄궁다가 막 사무실에 들어서는데 탁자 위 전화가 울렸다. 바이샤오셴 전화였다. 그녀가 탄궁다에게 어제 저녁 몇 시에 잠이 들었는지, 자기를 생각했는지, 아침은 먹었는지 등을 물었다. 모두 쓸데 없는 자질구레한 질문이었다. 탄궁다가 소리를 낮춰 우물우물 한참 동안 통화를 한 후에야 상대가 전화를 끊었다. 그런데 반시간이 채 안 돼. 바이샤오셴이 또 전화를 걸어 그의 키를 물었다.

탄궁다가 웃으며 물었다.

"1미터 73인데, 그건 왜 물어요?"

"몰라도 돼요."

그날 오전, 그녀는 연거푸 다섯 번이나 전화를 걸었다. 모두 별것도 아닌 내용이었다. 탄궁다는 문화선전공작단에 전화가 한 대밖에 없다는 사실을 잘 알고 있었다. 자기에게 전화를 걸려면 반드시 단장 사무실까지 가야 한다. 그렇게 자주 전화를 독차지하면 공작단 업무에 지장이 있을 수 있었다. 그런 말이 새어나가면 별로 좋지 않을 거란 생각에 완곡하게 경고를 줬다.

"그렇게 자주 공작단 전화를 사용하면 지도자가 어떻게 일을 합니까?"

바이샤오셴이 키득거리며 말했다.

"괜찮아요. 단장님이 내가 걸고 싶을 때면 언제든지 마음대로 사용하랬어요. 이 전화는 내 거나 마찬가지예요."

"그럼 연습에 지장이 있잖아요?"

"감독을 바꿨어요. 원래 그 대머리 감독은 성으로 돌아갔고 새 감독은 아직 안 왔어요. 단장이 우리에게 의무노동을 시켰는데요, 마당에서 잡초 뽑는 거예요. 근데 나는 참가할 필요 없대요."

전화를 끊고 보니 야오 비서가 자기 책상에 앉아 두 손으로 귀를 막은 채 심란한 듯 표정이 일그러진 모습이 눈에 들어왔다. 시계를 보니 벌써 점심시간이었다. 야오페이페이에게 같이 식당에 가지 않겠느냐고 물었다. 페이페이는 고개도 들지 않고 그냥 중얼거렸다.

"혼자 가세요. 난 조금 있다 갈게요."

탄궁다가 식사를 마치고 식당에서 나와 막 계단 입구에 이르렀을 때였다. 위층에서 전화벨소리가 들렸다. 분명히 바이샤오셴일 것이다. 그는 조급한 마음에 후다닥 위층을 향해 달려갔다. 2층 구석에 이르렀을 때 위에서 내려오던 야오 비서와 마주쳤다. 그가 입을 헤벌쭉 벌리며 웃었다. 야오 비서는 급하게 달려가는 탄궁다를 위해 몸을 옆으로 틀어 벽에 바짝 붙으며 코웃음을 쳤다.

"조심하세요. 허리 삐끗하지 않게!"

분명히 자신을 비웃는 소리였다. 하지만 탄궁다는 이것저것 생각할 여유도 없이 사무실로 뛰어 들어가 전화기 앞에 털썩 주저앉으며 몸을 굽혀 수화기를 집어 들었다.

"선물 주려고요. 맞춰 봐요. 뭘 것 같아요?"

탄궁다는 숨을 헐떡이며 연거푸 일곱, 여덟 번을 얘기했지만 정답을 맞추지 못했다.

"공작단 부근 양복점에서 새 셔츠 맞췄어요."

바이샤오셴이 킥킥거리며 웃었다.

"내가 당신 셔츠 버려놨잖아요. 그 대신 주는 선물이에요."

탄궁다는 절로 마음이 훈훈해졌다. 바이샤오셴, 평소에는 건성건성 철없는 애처럼 굴더니, 연애를 시작하니 그래도 세심하게 마음을 쓸

줄 아네? 마음이 흐뭇했다. 바이샤오셴이 다시 그에게 양치질을 했는지
묻자 이제 막 식사를 마쳤기 때문에 그럴 여유가 없었다고 했다.

"다른 건 다 제쳐두고라도 이는 꼭 닦아야 해요."

바이샤오셴이 재삼 당부했다.

"내일 밤에 당신 집에 새로 맞춘 셔츠 입혀보러 가도 돼요?"

원래 일주일에 한 번만 만나기로 약속했는데 하루 만에 약속을 번
복하는 꼴이었다.

"안 되긴! 오늘 밤이라도 괜찮아요."

탄궁다가 웃으며 말했다.

"오늘은 안 돼요. 밤에 공작단에서 환영회가 있어요. 그리고 셔츠도
내일 낮에야 다 돼요."

두 사람이 주거니 받거니 여전히 수다를 떨고 있을 때 야오 비서가
식당에서 돌아왔다. 탄궁다가 전화를 끊으려 하는데 샤오셴은 아직도
성에 덜 찬 듯 다시 한 번 당부했다.

"이 닦을 때는 이가 옆으로 밀리지 않도록 틈새를 따라 위에서 아래
나 아래에서 위로 살살 닦아야 돼요. 안 그러면 잇몸이 상할 수 있어요."

"양치질 못하는 사람도 있어요? 그런 것까지 일일이 다 가르쳐 줘
요?"

탄궁다가 허허, 웃었다.

"그래요, 됐어요. 끊읍시다. 일이 있으면 내일 밤에 만나서 다시 말
해요."

탄궁다가 전화를 끊고 자리에서 일어나며 야오페이페이에게 말했
다.

"페이페이, 양치 컵이랑 칫솔 좀 빌려줄래?"

야오페이페이는 순간 너무 어이가 없어 일부러 못 알아들은 척 꼼짝 않고 그를 바라봤다. 그리고는 한참 만에야 고개를 저으며 쓴웃음을 지었다.

"그렇게 애써 양치질하는 법까지 알려주면서 가장 기본적인 위생습관은 깜빡 잊고 못 가르쳐줬나보죠? 칫솔을 어떻게 두 사람이 같이 써요? 그런 말은 듣도 보도 못했네요!"

"걱정 마. 야오 비서 것 망가뜨리지 않을게."

야오페이페이는 성가시다는 생각에 결국 창가에 말려놓은 칫솔과 양치 컵을 그에게 건네며 웃었다. "더러워도 괜찮으면 가져다 쓰세요. 내일 집에서 새것 하나 더 가져오면 되니까."

다음 날 밤 집에 돌아온 탄궁다가 한밤중까지 기다렸지만 바이샤오셴은 나타나지 않았다. 내가 시간을 잘못 알았나? 아니면 양복점에서 옷을 다 안 만들었나? 이런저런 가능성을 모두 생각해 보다가 결국은 잠만 설쳤다. 다음 날 출근한 그는 실핏줄이 터져 붉어진 눈으로 다탁 위에 놓인 전화기를 자꾸만 힐끔거렸다. 그런데 이상하게도 하루 종일 샤오셴으로부터 단 한 통의 전화도 오지 않았다. 그 후 며칠 동안도 마찬가지였다. 바이샤오셴이 돌연 인간세상에서 사라진 것처럼 모든 소식이 끊겼다. 초조해진 탄궁다는 마치 하루가 1년처럼 느껴졌다. 샤오셴의 전화를 놓치지 않기 위해 점심도 식당에 가지 않고 야오 비서에게 가져다달라고 했다. 화장실만 갔다 와도 공작단에서 걸려온 전화가 없는지 물어보는 바람에 페이페이는 짜증이 나서 죽을 것 같았다. 야오페이페이가 빈정거렸다.

"공작단에 직접 전화해보면 안 돼요? 꼭 뜨거운 국물에 빠진 개미,

큰불에 집이 홀랑 타버린 벌처럼 왜 그러세요?"

페이페이의 말에 탄궁다는 화가 치밀었지만 어쩔 도리가 없었다.

가까스로 원래 만나기로 약속했던 토요일이 왔다. 바이샤오셴이 나타났다. 그러나 그동안 사람이 완전히 변해 있었다. 우선 그 긴 머리를 싹둑 자르고, 잔뜩 어두운 표정으로 계속 한숨만 쉬는가 하면, 넋 나간 사람처럼 문에 기대 있더니 방에 들어와서는 앉지도 않은 채 가방 끈만 만지작거렸다. 그러다 한참 후에야 입을 열었다.

"이제 와서 제가 당신을 사랑했던 게 아니라고 말해도 화 안 낼 거죠?"

탄궁다는 근심에 싸인 그녀의 모습을 보며 뭔가 일이 틀어졌다는 것을 알았다. 갑작스런 그녀의 말에 심장이 아래로 툭 떨어지는 것 같았다. 마치 벼랑 끝에서 허공에 발을 내딛은 것처럼 정신이 없었다. 그가 무슨 일인지 물었다.

"당신을 사랑하지 않아요. 정말요, 사랑하지 않아요. 전혀, 조금도요."

바이샤오셴이 중얼거렸다.

"이거 당신 거예요."

그가 샤오셴에게 준 만년필, 난징 창장 대교 도안이 인쇄된 비닐공책 등을 모두 돌려줬다. 그와 완전히 헤어지겠다는 의미였다.

탄궁다는 억지로 입가에 미소를 띠며 아무렇지 않은 듯 말했다.

"헤어질 때 헤어지더라도 똑바로 말해 봐요. 대체 무슨 일이에요?"

"내가 말하면 절대 화내지 말고, 그리고 절대 비밀을 지켜줘야 해요."

탄궁다가 고개를 끄덕이며 그녀의 등을 토닥이자 그녀는 재빨리

산하는 잠들고

그의 손길을 피했다. 헤어지자고 마음먹더니 손닿는 것도 싫단 말인가.

월요일 밤, 성 정부에서 그녀가 속한 공작단에 새로운 무용 감독을 보냈다. 환영회에서 샤오셴은 새로 온 감독을 보는 순간, 갑자기 사탕이 녹아내리듯 달콤하고 짜릿했다. 그가 저녁 모임에서 새롭게 연출한 발레를 공연했다. 《백모녀》白毛女[34]의 제5장 '양거창에 홍기를 꽂다'紅旗揷到楊各莊라는 대목이었는데 기존의 대머리 감독에 비해 얼마나 멋진지 황홀 그 자체였다. 경쾌하고 힘찬 몸짓, 특히 공중으로 떠오르는 스플립 점프 동작을 보면서 단장까지도 감탄을 금치 못했다. 그날 밤, 샤오셴은 어찌나 박수를 쳐댔는지 손바닥이 벌겋게 부어올랐다. 다음 날 새로 온 무용 감독은 단원들의 연습하는 동작을 지켜본 후 대번에 그녀를 지목해 에티튜드(한쪽 다리를 뒤로 들어 올리는 발레 기본 동작)와 아라베스크(한 다리로 서서 다른 다리는 뒤로 올리고 충분히 뻗치는 발레 기본 동작)를 훈련시켰다. 그녀는 금방이라도 심장이 튀어나올 것 같았다. 자꾸만 쓴 담즙이 올라오고 온종일 머리가 어지러웠다. 낮에는 무용 감독이 그녀를 자전거에 태우고 밖으로 식사를 하러 갔다.

"그가 내게 자기 허리를 감싸 안으라고 하는데 차마 안을 수가 없었어요. 감독이 야단을 쳤어요. 샤오셴 동지, 왜 그렇게 봉건적입니까? 자전거에서 떨어지면 어떡하려고 그럽니까? 그래서 그의 허리를 감싸 안았어요. 가는 내내 그의 등에 얼굴을 기대고 싶었지만 도저히 그럴 수가 없었어요. 마치 열병에 걸린 것 같아요."

바이샤오셴은 스스로 최종결론을 내렸다. 새 감독에 대해서는 아

---

34) 《백모녀(白毛女)》: 1945년 옌안(延安)에서 초연된 중국의 현대가극. 지주의 박해로 산속에 숨어살던 빈농의 딸 시얼(喜兒)이 연인인 다춘(大春)과 함께 온 팔로군에 의해 구조되는데 머리가 온통 백발이 되었다가 본래의 머리카락을 되찾는다는 내용의 가극이다.

직까지 아무것도 아는 것이 없었다. 특히 그가 기혼자인지, 아닌지도 잘 모르지만 '한 가지 분명한 것은 내가 사랑하는 사람은 당신이 아니라 새로운 온 무용 감독, 왕다진王大進'이라고 말했다.

탄궁다는 얼떨떨한 모습으로 그곳에 멍하니 서서 한마디도 하지 않았다. 샤오셴이 나가기 전 그와 작별의 악수를 할 때도 그는 아무런 반응도 보이지 않았다. 마당으로 나간 바이샤오셴이 갑자기 뒤돌아서며 탄궁다에게 소리쳤다.

"앞으로 우리는 아무 사이도 아닌 거예요. 날 잊어버려요, 철저하게 잊어버리세요. 좋은 말은 머리를 돌려 자기가 밟고 온 땅의 풀을 먹지 않는다好馬不吃回頭草(지난 일에 연연하지 않는다)고 했어요. 난 왕다진 감독과 잘 안 된다고 해도 다시는 당신을 사랑하지 않을 거예요. 안녕!"

바이샤오셴이 떠나고 얼마 후 탄궁다는 문화선전공작단 단장에게 전화를 걸었다.

"거기 새로 무용 감독이 왔습니까?"

탄궁다가 다짜고짜 이렇게 물었다.

"네, 네. 왕 감독이라고, 기술이 아주 뛰어나고 사람도 선량하고 학생들이 모두 좋아하……."

"웃기고 있군!"

탄궁다가 그의 말을 끊고 욕을 퍼부었다.

"내일 아침 일찍, 왕다진인지 하는 개자식을 당장 쫓아내 버리세요!"

9

탕비원과 다락방에서 밀담을 나눈 후 페이페이는 줄곧 걱정이 머릿속에서 사라지질 않았다. 마치 자신이 이미 사형선고를 받았는데, 다만 어떤 이유로 집행문이 아직 형장에 오지 않은 상태 같았다. 암울한 생각 때문에 한밤중에도 소스라치게 놀라 잠에서 깨면 온몸이 땀으로 범벅이 되었다. 그저 첸다쥔 눈에 띄지 않고 몇 달, 몇 년이 지나면 그들이 자기 존재를 저절로 잊어버릴지도 모른다는 한 가닥 요행만 바라고 있었다. 그러나 스스로도 이런 생각이 너무 천진난만하다는 것을 알고 있었다. 탕비원이 제안한 것처럼 아무나 골라 결혼을 한다면 혹 재난을 피해갈 수도 있으리라. 하지만 그 결과 역시 마찬가지로 심각하고 황당한 것이라 도저히 감당할 수가 없었다. 결혼한다 한들 누구에게 시집을 간단 말인가?

"예를 들면 왕 기사 있잖아,"

한번은 탕비원이 진지하게 왕 기사를 추천했다.

"그 사람 성격 괜찮잖아. 하루 종일 웃고 다니고 시원시원하고. 네가 쑥스러우면 내가 한번 말해볼까?"

"됐어."

야오페이페이가 웃었다.

"왕 기사는 그냥 큰 남자아이일 뿐이야. 약간 계집애 같기도 하고, 그냥 재미로 만나보면 모를까. 게다가 왕 기사가 반드시 날 맘에 들어하리라는 보장도 없잖아."

첸다쥔과 부딪치지나 않을까 걱정할수록 페이페이는 자주 그와 마주쳤다. 어느 날은 하루에 대여섯 번이나 마주친 적도 있었다. 첸다쥔은 언제 어디서나 급하게 움직였다. 마치 세상의 1분, 1분이 모두 경천동지할 만한 대사건이고, 그 사건마다 자신의 지휘나 결단이 내려지지 않으면 큰일이 나는 사람 같았다. 그의 뒤에는 항상 많은 사람들이 따라다녔다. 양푸메이 같은 사람은 아는 사람이지만 한 번도 만난 적이 없는 사람들도 있었다. 그는 언제나 반짝거리는 구두와 반듯한 상의, 칼날같이 주름이 잡힌 바지를 입고 괴이한 웃음을 짓고 있었다. 다만 약간 살이 올라 셔츠 위로 뱃살이 불룩했다. 페이페이가 첸다췐 앞에 자꾸만 '모습을 드러내자' 그의 기억력이 되살아났고 마침내 어느 날, 그가 사무실로 전화를 걸어 저녁에 함께 식사를 하자고 했다. 야오페이페이가 불필요한 걱정을 하지 않도록 첸다췐은 저녁 장소를 집으로 잡았다. '나하고 아내밖에 다른 사람은 없어', '이건 내 아내 생각이야, 오랫동안 널 못 봤잖아. 온종일 너랑 옛날이야기도 하고'라고 말했다.

몇 년 전, 첸다췐이 시진두 털실 가게로 자기를 찾아왔을 때 그의 집에 잠시 머물렀던 적이 있었다. 당시 톈샤오핑은 그녀에게 단 한마디도 말을 건네지 않았다. 하지만 첸다췐의 전화를 받은 후 그녀는 긴 안도의 한숨을 쉬었다. 마치 죄수가 판결의 정확한 시간을 알게 된 것처럼 조금 흥분이 되기도 했다. 만약 첸다췐이 진위 그자를 들먹이면 목숨을 걸고 절대 부탁을 들어주지 않을 거라고 다짐했다.

그런데 정말 예상 밖으로 저녁식사 내내 첸다췐은 진위에 대한 말은 단 한마디도 꺼내지 않았다. 도리어 친근하게 '누이, 누이' 하는 바람에 뭔가 어색하기도 했고, 수시로 페이페이의 그릇에 음식을 올려주기도 했다. 톈샤오핑 역시 예전과는 달리 이런 저런 잡다한 이야기를 늘어놓았다. 나중에 첸다췐은 과음을 핑계로 톈샤오핑에게 그녀를 전송하라고 한 후, 자신은 방으로 들어가 누웠다. 친절하다고까지는 말하지 못

산하는 잠들고

해도, 그렇다고 쌀쌀맞지도 않았다. 본론을 꺼내지 않으니 페이페이는 별다른 조치를 취할 수 없었다. 상대방이 불구경하듯 나오자 오히려 더 안개 속을 헤매는 듯했다. 마음속에 요행히 비켜갈 수도 있겠다는 희망도 싹텄다. 물론 뭔가 상대방에게 농락당한 것 같은 수치스러움도 느꼈다. 첸다췬의 머릿속에 대체 무슨 생각이 있는 건지 우둔한 자기 머리로는 알아내기가 힘들었다.

언젠가 그가 탕비원과 현기관 주최 의무노동에 참가하느라 시진두에 가서 청소를 한 적이 있었다. 한여름 갑자기 쏟아진 폭우에 야오페이페이는 빗자루를 내팽개치고 비를 피하려 탕비원과 처마 밑으로 달려간 적이 있었다. 그런데 패방 쪽으로 달려간 두 사람은 깜짝 놀랐다. 첸다췬과 탄궁다가 그곳에서 비를 피하며 뭔가 소곤소곤 이야기를 나누고 있었던 것이다. 페이페이와 비원은 마치 잘못을 저지른 소학생처럼 함께 부둥켜안고 패방 나무 기둥에 바짝 붙었다. 첸다췬을 본 탕비원은 귀까지 시뻘겋게 달아올라 고개를 들지 못한 채 숨을 몰아쉬었다. 분위기가 정말 난처했다. 그런데 뜻밖에 첸다췬이 씩 웃으며 두 사람에게 다가오더니, 탕비원에게 그럴싸하게 내숭을 떨었다.

"양짜수이, 사람들이 양짜수이라고 부르던 것만 기억나네. 이름이 뭐였더라? 내 머리도 참……."

"탕비원요."

비원이 잠시 머뭇거리다 부들부들 떨면서 대답했다.

"아, 그렇지. 탕비원."

첸다췬이 웃으며 고개를 끄덕인 후 다시 물었다.

"그러니까 그게, 어느 부서에서 일하지?"

"민정과民政科인가?"

첸다쿼이 다시 '어……' 하고 반응을 보인 후 계속해서 물었다.

"고향이 메이청이 아니었나?"

탕비원은 그제야 첸다쿼의 의도를 알고 맘 놓고 수다를 떨었다. 마지막으로 능청을 떨며 비원에게 '탕비원' 세 글자를 어떻게 쓰는지 묻는 첸다쿼의 모습을 보면서 야오페이페이는 분노를 참느라 뒤로 돌아 한껏 심호흡을 해야 했다.

탄궁다가 끼어들었다.

"다쿼, 이 사람도 나나 마찬가지군. 현위원회에 사람이 어느 정도인지, 누가 누군지 나도 정확하게 아는 게 없거든."

바보, 바보! 저자는 당신이랑 전혀 다르거든? 당신은 바보지만 저자는 바보가 아니야. 첸다쿼은 탕비원과 이야기를 나누면서도 눈은 페이페이를 보고 있었다. 자기 얼굴에서 그들의 비밀을 알고 있다는 티가 나지 않도록 페이페이는 어찌나 마음을 졸였는지 나중에는 온몸에 진땀이 났다.

그날 낮, 야오페이페이는 식당으로 밥을 먹으러 갔다. 변전실 옆 작은 숲을 지날 때였다. 첸다쿼이 성냥개비로 이를 쑤시며 사람들에 둘러싸여 거들먹거리며 다가왔다. 페이페이는 숨고 싶었지만 이미 때를 놓친 후였다.

"꼬마小鬼!" 첸다쿼이 불렀다. 그는 그녀를 '페이페이!'라고 불렀다가 '야오야!'라고 불렀다가 또 때로는 '야오 누이!'라고 부르기도 하고, 아예 '야오페이페이 동지'라고 부르기도 했다. 오늘 그의 수하 간부들 앞에서 그는 다시 페이페이를 '꼬마'라고 불렀다. 첸다쿼의 부름에 페이페이는 마치 다리에 납을 들이부은 것처럼 아무리 해도 발걸음이 떨어지지 않

산하는 잠들고

왔다. 첸다췬이 옆 사람들에게 손을 내저었다. 사람들이 모두 멀어지자 그가 페이페이에게 작은 소리로 말했다.

"당원이야, 아니야?"

"아직 아니에요."

야오페이페이는 잠시 생각한 후 신중하게 한 글자 한 글자 대답했다.

"당원 가입 신청할래?"

"그건, 생각해본 적 없어요."

첸다췬이 성냥개비를 물고 웃기 시작했다.

"사람들이 널 낙후분자라고 말하는 것도 전혀 틀린 말이 아니네. 어서 가서 이력서 하나 써와. 2년 동안의 총 업무보고서도 쓰고. 내일 출근하자마자 현위원회 사무실 양푸메이 동지에게 제출해."

"왜요?"

"쓰라면 써."

이렇게 말한 후 첸다췬은 머리를 절레절레 흔들며 혼자 가버렸다.

대체 이력서는 왜 쓰라는 거야? 게다가 연말도 아닌데 갑자기 무슨 업무총괄보고서를 쓰라고 하지? 야오페이페이는 무거운 마음으로 식당에서 식사를 마치고 사무실로 돌아왔다. 탄궁다는 아직도 전화기를 붙들고 있었다. 보아하니 바이샤오셴이란 진전이 있나 보네. 그가 수화기에 대고 헤벌쭉 웃는 걸 보니 화가 치밀었다. 웃긴 뭘 웃어? 그렇게 꽃처럼 웃어도 상대방은 당신이 눈에도 안 들어오거든? 탄궁다가 수화기를 내려놓고 헤헤거리며 다가와 양치 컵을 빌렸다. 제일 화가 나는 것은 다 쓴 후에 뻔뻔스럽게 칫솔을 다시 돌려주는 것이었다. 척 보기만 해도 칫솔에 채소 이파리 조각이 끼어 있는데! 몇 마디 덧붙여 창피를 주고 싶었지만 갑자기 모든 것이 시큰둥했다. 이렇게 큰 정부기관에서 감히 탄궁다에게 성질을 부리다니! 그녀는 하려던 말을 삼켜버리고 멍하니 혼자 탁자에 앉아 이력서를 썼다. 그런데 겨우 한 줄을 썼을 뿐인데 어린 시절 생각이 났다. 하마터면 눈물이 주르르 흘러내릴 뻔했다. 날이 어둑어둑해질 무렵, 야오페이페이의 연필에는 둥근 잇자국이 가득했다. 가까스로 이력서를 모두 작성했다. 탄궁다가 언제 나갔는지도 몰랐다. 이어서 빌어먹을 업무총괄보고서를 쓰려고 하는 순간, 갑자기 '타닥' 하는 소리가 들리며 머리 위의 형광등이 켜졌다. 고개를 돌려보니 왕 기사가 문 옆에 서서 그녀를 향해 바보같이 웃고 있었다.

"어, 뭐하는 거예요? 그렇게 살며시 고개를 들이밀고. 깜짝 놀랐잖아요."

페이페이가 웃었다.

"이렇게 어두운데 불도 안 켜고! '일엽장목'一葉障目(나뭇잎 하나가 눈을 가려 태산을 보지 못하다)이 되고 싶으신가?"

"한 번만 더 그 엉터리 성어 쓰면 앞으로는 상대도 안 할 거예요. 제발 말 좀 제대로 하면 안 돼요?"

페이페이가 웃음을 참으며 왜 아직도 집에 가지 않고 혼자 돌아다니느냐고 물었다.

왕 기사가 멋쩍게 웃었다.

"페이페이도 안 갔잖아요? 같이 있어주려고 왔죠."

"괜히 귀찮게 하지 말고요. 난 일한단 말이에요."

왕 기사가 헤헤, 웃더니 말했다.

"일 봐요. 나 신경 쓰지 말고. 여기서 기다리며 '이양천년'頤養天年(양생을 잘해 천수를 누리다) 할게요."

그의 말에 페이페이가 다시 웃음을 터트렸다.

"있으려면 있어요. 정말 신경 안 쓸 거니까. 물 마시고 싶으면 따라 마시고."

이렇게 말한 페이페이가 연필을 잡고 다시 보고서를 쓰려는 순간, 갑자기 이상한 생각이 들었다. 저 사람, 오늘 무슨 일인데 퇴근을 안 하고 있는 거지? 왕 기사는 탁자에서 신문 한 장을 들어 들여다보고 있었다. 그러더니 신문을 내려놓고 이번에는 벽의 거울을 들여다보다가 사무실 안을 여기저기 둘러보는 등 뭔가 안절부절못하는 모습이었다. 야오페이페이가 탁자에 엎드려 겨우 몇 글자를 썼을 때 왕 기사가 그녀 앞으로 다가와 고개를 기울여 그녀의 얼굴을 바라봤다.

"뭘 써요?"

"첸 부현장이 갑자기 무슨 업무총괄보고서를 쓰라네요."

야오페이페이가 이렇게 말하며 편지지를 접었다.

"보면 안 돼요. 방해하지 말고 가만히 있다가 가요."

"요즘 같은 시기에 무슨 업무총괄보고서를 작성하고 그래요?"

왕 기사가 웃었다.

"승진하는 거예요?"

"승진은 무슨!"

야오페이페이가 버럭 화를 냈다.

"방해하지 말고요. 내일 아침 일찍 내야 해요."

"정말 쓰는 거예요?"

"내가 왜 거짓말을 하겠어요?"

"그럼 괜히 힘들게 끙끙대지 말고, 여기 작성해둔 것이 하나 있어요. 이대로 베껴 쓰면 돼요."

이렇게 말하는 왕 기사의 표정이 조금 달라보였다. 페이페이는 그가 농담을 하고 있다고 생각했다. 그런데 뜻밖에도 그가 윗도리 주머니에게 두꺼운 편지봉투를 하나 꺼내 탁자에 휙 던지면서 '먼저 갈게요'라고 하고는 뒤돌아 달려가버렸다.

야오페이페이는 탁, 탁, 계단 내려가는 소리를 들으며 왜 저렇게 빨리 달아나는 거야, 라고 생각했다. 곧이어 아래층에서 지프차 엔진소리가 들렸다. 야오페이페이는 쓴 웃음을 지으며 고개를 절레절레 흔들었다. 그런데 편지봉투를 뜯는 순간 그녀의 얼굴이 빨개졌다.

연애편지였다.

장장 열 장이 넘는 연애편지 서두에서 왕 기사는 야오페이페이에게 정중하게 사과했다. 상당히 오랫동안 '파렴치하게' 그녀를 속였다고 말했다. 사실 자기 학력이 그리 높진 않지만 성어를 말하는 족족 틀릴 정도는 아니라고 했다. 어느 날 페이페이하고 차를 타고 푸지에 갈 때였다. 우연히 성어 하나를 틀렸는데 그녀가 까무러칠 정도로 좋아하며 웃음을 터트리자 그 후부터는 입에서 나오는 대로 성어를 사용하기 시작했다. 페이페이가 또다시 그렇게 웃는 모습을 보고 싶었기 때문이었다. 그렇게 시간이 가다 보니 페이페이가 기분이 울적해 보인다 싶으면 일부러 성어를 '조작'했다. 그러다 보니 입만 열었다 하면 헛소리가 나오는 게 습관이 되고 나중에는 고치고 싶어도 고쳐지지가 않더라고 했다. 그는 그저 페이페이가 웃는 모습이 좋았다. 그래서 못된 장난이라는 것을 알면서도 그 재미에 푹 빠져버렸다.

여기까지 읽은 페이페이는 평소 솔직하고 고지식하다고 생각했던 왕 기사가 사실은 생각이 많은 사람이라는 것을 알게 되었다. 자기는 이런 그의 속셈도 모르고 《성어사전》까지 사줬었다. 그러나 돌려 생각하니 자기를 위해 이처럼 마음을 쓰는 것도 쉬운 일이 아니었으리라는 생각에 살짝 위안이 되었다.

편지 말미에 왕 기사는 탕비원 누나의 깊은 관심과 뜨거운 격려로 용기를 내어 편지를 쓰게 되었다고 적었다.

"답장 쓸 필요 없어요. 다음번에 만나면 그게 언제든, 어디서든, 내가 '파시스트 타도'라고 외치면 만약 나랑 사귀고 싶으면 '승리는 인민에게'라고 대답해 줘요."

동의하지 않으면? 이런 바보!

이에 대해서는 한마디도 적어놓지 않았다.

야오페이페이는 얼굴이 화끈거렸다. 하지만 연애편지 끝에 적힌 왕 기사의 서명을 보고 갑자기 웃음이 터져 나왔다. 알고 보니 그의 이름이 왕샤오얼王小二이었다. 그렇게 한참을 웃다보니 다시 의심이 하나 생겼다. 혹시 날 웃기려고 일부러 이런 괴상한 이름을 지은 건가?[35]

10

"그자를 내가 무서워한다고? 웃기고 있네! 허비 지구위원회 배경만 없으면 온종일 따라다니며 각시 노릇을 하지도 않아. 내 질녀를 소개해 주지도 않았고! 그 뽀얗고 어린 젊은 애를, 흥! 나이 마흔 넘은 놈한테 소개

---

35) 샤오얼(小二): 고대소설에 많이 보이는 이름으로 객잔이나 주막에서 심부름 하는 아이를 부르던 호칭. 베이징에서는 '작은 얼궈터우주'(이과두주二鍋頭酒)의 약칭으로 쓰이기도 한다.

해 줬더니!"

바이팅위 부현장이 한 말이다. 동파이프 공장 검사업무를 나갔을 때 술에 취해 그렇게 지껄였다. 동파이프 공장 취사실에 친척이 일하는데 우연히 듣게 된 말을 직접 내게 일러줬다. 취중진담이란 말이 있지 않은가. 내 생각에 바이 부현장이 말한 '그자'란 현장 당신이 아니겠는가?

......

설사 취중이었다는 점을 감안한다 해도 공개적인 장소에서 바이팅위가 이런 말을 했다는 것은 조금 이례적인 일이었다. 이 익명의 편지로 인해 탄궁다는 오랫동안 마음속에 눌러뒀던 분노가 폭발했다. 바이팅위는 자기 조카를 향장 대행을 시킨 것도 모자라 몰래 몇몇 향에 포산도호包産到戶36)를 시행하고 있었다. 탄궁다는 최근 여러 가지 제안을 내놓았다. 그중에는 마을을 도로로 연결하는 계획, 주민 집단거주 지역 건설, 상례喪禮 개혁, 메탄가스 보급 등등인데 모두 그로부터 공개적인 비판을 받았다. 심지어 바이팅위는 당위원회에서조차 구체적인 이름을 거론하진 않았지만 누군가 무모하게 우경모진주의右傾冒進主義(우경화되어 무모하게 돌진하는 경향) 행동을 일삼고 있다고 비판했다. 무엇보다 탄궁다를 화나게 한 것은 자신이 심혈을 기울여 온갖 어려움을 극복하면서 겨우 착수시킨 푸지 발전소 건설에 대해 암암리에 정지 명령을 내린 것이었다. 4월에 푸지에 갔을 때 가오마쯔에게 댐을 보러가자고 했다. 그러자 가오마쯔는 가지 않는 편이 좋다고 했다.

---

36) 포산도호(包産到戶): 중국의 농가생산책임제의 일종으로 사실상 집단농장, 인민공사 체제를 해체하고 농가에 생산과 거래의 자유를 주는 정책.

"가서 보면 속만 상할 겁니다. 건설노동자들도 모두 가버리고 잡초만 무성해요. 임시지휘부였던 건물도 지역 농민들을 시켜 철거했어요."

그리고 첸다췬. 이 사람은 도무지 봐줄 만한 구석이 없었다. 탄궁다는 허비의 녜주펑 서기를 설득해 첸다췬을 부현장으로 발탁했는데 가오마쯔는 그때 재삼 그에게 신중하게 생각하라고 권유했었다. 탄궁다가 고집을 부려 그를 발탁한 데는 나름의 이유가 있었다. 아무리 신뢰를 할 수 없다고 해도 어쨌거나 여러모로 애를 쓰며 여러 해 동안 자신을 따라다닌 사람이었다. 그런데 부현장이 된 후 그의 성향이 갈수록 모호해지면서 점점 갈피를 잡을 수가 없었다.

한 간부가 사적으로 그에게 첸다췬이 성위원회 진 비서장과 무척 가깝게 지낸다고 알려줬다. 올해 진위가 메이청에서 설을 지낼 때 첸다췬은 그를 접대하면서도 자기에게는 일언반구도 없지 않았던가! 아니야, 이대로는 안 돼. 기회를 봐서 이야기를 해봐야겠어.

탄궁다는 익명의 편지를 갈기갈기 찢어 뭉친 후 쓰레기통에 버렸다. 이어 현위원회 사무실 주임 양푸메이에게 전화를 걸어 그 즉시 현의 상임위원 여섯 명을 집으로 불러 회의를 열겠다고 통지했다.

"지금요?"

"지금."

"나중에 하시죠?"

양푸메이의 하품소리가 들렸다.

"날이 어둑어둑해졌어요. 밖에 바람도 많이 불고……."

탄궁다는 전화 수화기를 들고 창밖으로 시선을 돌렸다. 그제야 밖에 비바람이 몰아치고 있다는 사실을 발견했다. 나뭇가지들이 미친 듯이 흔들리면서 누런 잎이 어지러이 날아다니고 차디찬 비가 쏟아지는 모습이 완연한 늦가을이었다.

"그럼 이렇게 하시죠."

양푸메이가 말했다.

"상임위원회는 내일 오후 두 시에 4층 회의실에서 여시면 어떨까요? 제가 바로 전화를 돌려 통지하겠습니다. 어떠세요?"

다음 날 오후 두 시, 탄궁다는 가죽가방을 끼고 정시에 회의실로 들어섰다. 기록을 맡은 야오페이페이만 그곳에 있었다. 순간 가슴이 철렁 내려앉았다. 탄궁다는 의자에 앉아 손목시계를 들여다봤다.

두 시 반이 지나서야 양푸메이가 나타났다. 그녀가 멀찌감치 회의탁자 다른 한쪽 끝에 앉아 머리를 받치고 있었다. 정신이 없는 듯 보였다.

"다른 사람들은 왜 안 오는 거요?"

화가 난 탄궁다가 손가락으로 탁탁, 탁자를 치며 소리쳤다.

"다른 사람요? 누구요?"

양푸메이가 영문을 알 수 없다는 듯 그를 쳐다봤다.

"회의 통지하라고 했는데, 왜 한 사람도 안 나타납니까?"

"아!" 양푸메이가 자리에서 일어나 마치 책을 읽듯 말했다.

"바이 부현장은 시골로 업무 시찰 갔고요. 첸 부현장은 성에 출장 가서 아직 안 왔고, 다른 두 명 중 한 명은 병이 나고, 다른 한 명은 오전 내내 전화를 했는데 안 받습니다."

"그럼 왜 내게 일찍 보고를 안 한 겁니까? 네? 이렇게 해서 무슨 썩어빠진 회의를 엽니까!"

탄궁다가 의자에서 일어나며 탁자를 내리쳤다.

"양 주임은 또 왜 45분이나 늦은 겁니까? 그렇게 늦게 나타나서도

산하는 잠들고

졸고 있고, 왜 이렇게 산만해졌어요?"

양푸메이가 고개를 숙이고 뭐라고 중얼거리는데 내용은 알 수가 없었다.

"어디서 구차하게 변명을 하고 그래요!"

탄궁다가 그녀에게 소리쳤다.

양푸메이가 입을 다물었다. 하지만 손에 든 빨간 색연필을 돌리는 그녀의 입가에 슬며시 냉소가 번졌다.

"웃음이 나옵니까!"

탄궁다의 말에 야오페이페이는 놀라서 몸을 부르르 떨었다.

양푸메이는 이제 웃진 않았지만, 단발머리를 귀 뒤로 넘기며 자리에서 일어나 탁자 위의 두꺼운 자료들을 정리해 겨드랑이에 끼고 한마디 말도 없이 나가버렸다.

바로 그때 어느 부서의 사무원인지 손에 보고서 한 장을 들고 들어와 탄궁다에게 서명을 요청했다. 양푸메이 때문에 이미 이성이 마비된 그는 사무원의 손에서 보고서를 낚아채 잠시 살펴보더니 상대방 품에 내팽개치며 크게 소리쳤다.

"서명 좋아하네! 바이팅위한테나 가서 해달라고 해!"

그런데 그 아가씨 역시 하늘 높은 줄 모르고 성질깨나 부리는 사람이었다. 그녀가 눈을 흘기며 버르장머리 없이 맞받아쳤다.

"현장직이 하기 싫으면 그냥 관두세요. 어쨌거나 말씀 좀 가려서 점잖게 하시죠."

탄궁다는 얼굴이 벌게지더니, 아무 소리도 하지 않고 서류가방을 확 집어 들고는 씩씩거리며 나가버렸다.

야오페이페이가 사무실로 돌아와 보니 현장은 의자에 퍼질러 앉아 씩씩거리며 차가운 차를 들이붓다시피 마시고 있었다. 한창 부글부글 화가 나 있는 것 같아 건드리지 않았다.

"야오 비서, 아래에 내려가 담배 한 갑만 사다줘."

야오페이페이가 종류를 물어봤다.

"대전문大前門으로. 한 갑에 0.38위안이야. 갔다 오면 돈 줄게."

막 나가려던 페이페이는 문득 반 년 전에 산 담배를 아직 다 안 피운 기억이 났다.

"현장님, 제게 '대생산' 있는데 피우실래요?"

"'대생산'도 좋지. 가져와. 근데 페이페이, 네게 왜 담배가 있어?"

"혼자 심란할 때 재미삼아 피워봤어요."

"담배도 재미삼아 피울 수 있나? 여자가 담배 피우는 건 보기 좋지 않아."

야오 비서는 그의 말에 별 신경을 쓰지 않고 서랍에서 담배를 꺼내 탄궁다 쪽으로 가서 그에게 담배를 건넸다. 탄궁다가 담배 한 개비를 꺼내 입에 물고 야오 비서를 쳐다보더니 담뱃갑을 들어올렸다.

"너도 한 대 피울래?"

"피우라고 하면 정말 피울 거예요."

"그래."

탄궁다는 전혀 개의치 않는 눈치였다.

야오페이페이는 잠시 머뭇거렸다. 그만두는 게 낫겠어. 평범한 사무원도 저렇게 맞장을 뜨는데, 사람들이 우리 둘이서 사무실에 앉아 맞담배를 피우고 있으면 분명 또 입방아를 찧을 거야. 탄궁다의 잔에 물이 없는 걸 보고 물병을 들어 그의 잔을 채웠다. 일그러진 탄궁다의 얼굴을 보며 잡담이라도 해서 분위기를 바꿔야겠다는 생각에 웃으며 말했다.

"탄 현장님, 지난번 장터에 가서 제게 줄 선물을 사셨다고 들었어요. 그게 언제 적 일인데 왜 아직까지 안 주세요?"

"어, 그 작은 토우 말이군."

탄궁다가 인상을 썼다.

"샤좡 장터에서 두 개를 샀어. 근데 메이청으로 돌아오는 길에 차가 하도 들썩거려서 아깝게 한 개가 깨졌어."

말할 것도 없이 깨진 게 내 거겠지. 멀쩡한 건 분명히 바이샤오셴 수중에 들어갔을 거야. 평소 같았으면 벌써 삐쭉거리며 말도 안 되는 소리를 잔뜩 늘어놓았을 것이다. 하지만 그녀는 아직 화가 가시지 않은 탄궁다의 모습을 보며 하고 싶던 말을 삼켜버렸다.

그런데 뜻밖에도 탄궁다가 다음과 같이 말했다.

"남아 있는 멀쩡한 토우는 아직 우리 집 침대 머리맡 장에 놓여 있어. 내일 가져다줄게."

그렇다면 바이샤오셴에게는 안 줬단 말인가?

페이페이는 그의 말을 곰곰이 생각해봤다. 그녀는 엉뚱한 생각에 빠져 멍하니 탁자 위 찻잔을 돌렸다. 창밖으로 하늘이 어두컴컴해지더니 잠시 후 비가 퍼붓기 시작했다.

"페이페이, 누가 널 성 정부에 가서 일하라고 발령 내면 갈 거야?"

탄궁다가 눅눅해진 성냥을 연거푸 여러 개 긋고 나서야 겨우 담배에 불을 붙였다. 말투가 많이 누그러져 있었다.

"아뇨, 아무 데도 안 가요."

야오페이페이가 돌아서며 그를 바라봤다.

"누가 날 성으로 보낸대요?"

"첸 부현장이 당위원회에서 제안했어. 널 성의 간부훈련학원에 보내 학습시키겠다고. 하지만 내가 부결해버렸어."

야오페이페이는 첸다췬이 자신을 성으로 발령내려 했다는 말에 심장이 오그라들고 다리가 다 후들거렸다. 하지만 탄궁다가 이를 막았다고 하자 무거운 짐을 내려놓은 것 같아 한숨을 내쉬었다. 하지만 겉으로는 멋쩍은 듯 응석을 부렸다.

"현장님이 부결시켰다고요? 저보고 성에 가지 말라는 건 제 능력이 모자란다는 거예요? 아니면 부리기 편해져서 제가 떠나는 게 아쉬운 거예요?"

표현이 조금 노골적이었다. 하지만 이미 내뱉은 말을 주워 담을 수도 없었다. 그녀가 얼굴을 붉히며 탄궁다를 몰래 힐끗 살펴봤다. 한데 다행히 둔한 그 바보는 손을 휘저으며 중얼거렸다.

"능력? 모자라지, 그럼! 사실대로 말해 한참 모자라지! 노동모범도 아니고, 선진업무를 선보이는 것도 아니고, 게다가 당원도 아니니, 뭘 믿고 널 보내겠어?"

그의 말에 야오페이페이는 왠지 부아가 치밀었다. 그녀가 씩씩거리며 뒤돌아 앉아 《삼국지》를 읽으러 가려는데 탄궁다가 다시 그녀를 불렀다.

"야오 비서."

"네."

"좀 들어보자, 앞으로 계획이 뭐야? 꿈이 뭐야?"

탄궁다는 무슨 이야기를 하고 싶은 것 같긴 했지만 여전히 얼굴에는 먹구름이 잔뜩 끼어 있었다.

"생각해 본 적 없어요."

야오페이페이가 살짝 코웃음을 치며 빈정거렸다.

"저처럼 낙후된 인간이 무슨 꿈이 있겠어요? 그저 하루살이 인생이죠."

"어린 나이에 무슨 생각이 그렇게 비관적이야? 그럼 안 되지, 안 돼."

탄궁다가 잠시 뜸을 들인 후 다시 입을 열었다.

"앞으로 구체적으로 어떤 일을 하고 싶은지 알고 싶어. 내가 현장이란 직책을 언제까지 할 수 있을지 장담할 수가 없는데 너도 평생 남의 비서나 하고 살 수는 없잖아."

알게 모르게 자신의 미래를 걱정해주고 있다는 생각에 페이페이는 갑자기 자신이 처량하게 느껴졌다. 그녀가 볼펜을 입에 물고 질근질근 씹다가 갑자기 웃음을 터트렸다.

"꿈이라면 하나 있긴 해요. 하지만 죽었다 깨나도 절대 실현불가능이에요."

"어디 한번 말해 봐."

"아무도 없는 작은 섬으로 도망가 숨어사는 거요."

"범법자도 아닌데 왜 도망을 가!"

"내가 법을 어기지 않았는지 현장님이 어떻게 알아요? 또 앞으로 그러지 말란 법도 없잖아요? 저 같은 사람은 태어나는 순간부터 죄가 있는지도 모르죠."

거기까지 말한 야오페이페이의 얼굴 표정이 돌변했다. 꼭꼭 눌러뒀던 슬픔이 올라오는지 마치 끈 떨어진 구슬처럼 눈물이 뚝뚝 떨어져 펼쳐놓은 책이 젖었다.

탄궁다는 그녀가 눈물을 흘리자 조금 전에 한 말 중에 뭔가가 그녀의 아픈 상처를 건드렸으리라 생각했다. 안타까웠지만 무슨 말로 그녀를 위로해야 할지 몰라 그냥 그녀의 말을 이해 못하는 척했다.

"사람도 없는 작은 섬에 가서 뭘 할 건데?"

"아무것도 안 해요."

야오페이페이가 소매를 들어 눈물을 닦았다.

"그냥 그렇게 이름도 속이고 한평생 사는 거죠."

"왜 이름까지 속여야 해?"

"사람이 지겨워요. 사람이라면 전부 지긋지긋해요."

"그럼 나도 지긋지긋한가?"

"지긋지긋해요. 현장님은 원래부터 지겨웠다고요."

탄궁다가 껄껄 웃더니 그녀를 놀렸다.

"아예 산속으로 들어가 절에 가서 비구니나 되지 그래?"

"산 속 비구니 사찰도 관리라는 사람들이 모두 뭉개버리지 않았어요?"

페이페이가 반문했다.

"그렇긴 하지. 하지만 페이페이……."

"네."

야오페이페이가 힘없이 그를 바라봤다.

"페이페이, 네 꿈을 실현하러 갈 때 내게 한마디쯤 해주고 가렴."

"뭐 하러 현장님께 말해요?"

"나도 너랑 같이 가면 안 될까?"

탄궁다가 잠시 생각하더니 다정하게 말했다.

어리둥절해진 페이페이는 순간 심장이 조여들며 조금 현기증이 일었다. 엉겁결에 그녀가 이렇게 말했다.

"정말 가려고요? 난, 난 장난으로 한 말이 아니라고요."

"나도 진심이야."

야오페이페이는 탄궁다가 아무리 바보 같다고 해도 이런 말은 그냥 내뱉은 말이 아니라는 것을 알 수 있었다. 순간 오장육부가 뒤틀리며 얼굴이 빨갛게 달아올랐다. "그럼, 그럼, 그 여자도 함께 데리고 가겠죠?"

"아니, 우리 둘만."

두 사람 다 조금 전 '그 여자'가 누구라는 것을 잘 알고 있었고, 그게 누군지 입 밖으로 내고 싶어 하지 않았다. 마치 거뜬하게 거대한 장애물을 비켜간 것 같은 기분이 들었다.

심란해진 야오페이페이는 눈을 어디다 둬야 할지 난감했다. 밖의 빗줄기는 점점 더 거세져 유리창에 들이붓듯 쏟아졌다. 누군가 슬프게 울고 있는 얼굴처럼 보였다.

페이페이가 한참 만에 마음을 가다듬은 후 중얼거렸다.

"안 돼요. 현장님을 데리고 갈 수는 없어요. 현장님을 데리고 가면 조용한 섬에 댐을 건설해 전기를 돌리겠다고 하고, 메탄가스저장소를 만들어 조명을 밝히겠다고 하겠죠. 그러다 또 도로 십여 개를 깐다고 법석을 떨다가 운하를 판다고 물길 수백 개를 만들 거예요. 그렇게 난리굿을 치면 멀쩡하게 아늑했던 곳이 금방 뒤죽박죽 난장판이 될 텐데요. 게다가 섬의 너구리, 노루, 늑대, 원숭이들을 다 집합시켜 하루 종일 회의도 열겠죠. 안 가느니만 못하겠어요."

두 사람이 한바탕 웃음을 터트렸다.

"그럼 아무것도 안 하고 하루 종일 집에 틀어박혀 네가 지껄이는 이상한 이야기들만 들으면 되겠네."

세상에! 그가 '집에서'란 말을 하다니!

이어 두 사람은 자못 진지하게 섬 계획에 대해 이야기를 나누기 시작했다. 야오페이페이의 구상에 따르면 그녀는 섬 구석구석에 모두 자운영을 심을 거라고 했다. 평생 그렇게 예쁜 꽃은 본 적이 없었다. 햇살 아래 피어난 보라색 꽃송이는 마치 비단을 펼쳐놓은 듯 아득한 하늘가까지 산과 들에 끝없이 펼쳐지리라. 그렇게 이야기를 나누는 사이 두 사람은 이미 작은 섬에 가 있는 것 같은 기분이었다.

둘은 끝나지 않는 이야기를 하며 비가 그치길 기다렸다.

훗날 오늘 밤이 어떤 밤으로 기억될지도, 그나마 평온한 시간을 몰아낼 어둠이 밀려오고 있는 줄도 모른 채…… ❀

산하는 잠들고

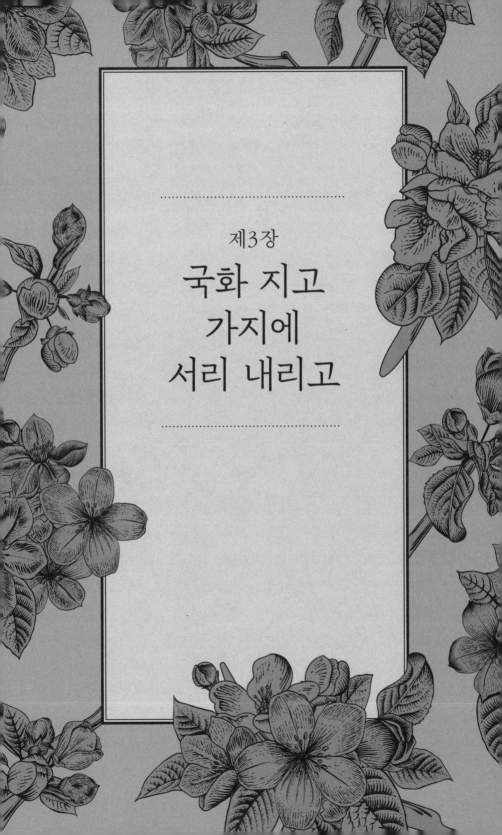

제3장

국화 지고
가지에
서리 내리고

1

6월 말 어느 날, 단잠을 자던 탄궁다는 요란한 전화벨 소리에 놀라서 잠에서 깼다. 마치 못된 장난의 시작을 알리는 소리 같았다. 그가 손을 휘장 밖으로 내밀어 어둠 속에서 더듬더듬 전화기를 잡는 순간 수화기 너머로 한 소녀의 노랫소리가 들렸다. 하얀 연꽃 같은 구름 속으로 달 스쳐지나가고, 밤바람에 실려 즐거운 노랫소리 나부끼는……. 아마도 혼선이 된 것 같았다. 심한 기침소리와 함께 잔뜩 쉰 목소리로 그에게 나지막이 묻는 소리가 들렸기 때문이다.

"어때, 그곳 상황은? 그땐 엄마가 땅이 없어서 그저 두 손에 의지해 생활을 했었지……. 어, 말해봐!"

잠이 덜 깬 몽롱한 상태에서 태양혈에 심한 통증이 느껴졌다. 한참 동안 정신을 차리지 못한 채 대체 누구 전화인지 잘 알아들을 수가 없었다.

"무슨 상황이 어쨌다는 겁니까? 누구세요?"

그랬더니 상대방이 화를 버럭 내며 전화통에 대고 소리를 질렀다.

"그 망할 놈의 현장 자리에는 어떻게 오른 거야? 그녀는 지주에게 양피 저고리 꿰매 주러 갔다가 춥고 배고파 눈밭에 쓰러졌대. 어쩐지, 널 해임하라는 빌어먹을 익명의 편지가 연거푸 세 통이나 온 것도 당연하네. 지금이 어느 땐데, 그렇게 정신을 못 차리고 노래나 흥얼거려?"

탄궁다는 마침내 그 짜증나는 노랫소리 너머로 전화를 건 사람이 녜주펑이라는 것을 알 수 있었다. 그가 침대에서 벌떡 일어나 전등 줄을 잡아당겼다. 어렴풋이 벽의 괘종시계가 눈에 들어왔다. 시계는 새벽 3시 10분을 가리키고 있었다. 이 시각에 웬 전화지? 대체 무슨 일일까? 하지만 상대방은 이런 생각에 빠질 여유를 주지 않은 채 다그쳐 물었다.

"지금 어디 있나? 여보세요? 지금 어디 있냐고? 왜 말을 안 해? 그 험난한 세월을 다 보내고 엄마가 이제야 오늘같이 좋은 날을 만났는데, 내가 묻잖아! 대체 넌 지금 뭘 하고 있는 거야?"

"자고 있었죠!"

탄궁다가 마치 그의 말을 못 알아들은 사람처럼 우물거렸다.

"자고 있었다고요."

"잠을 자? 뭐라고? 우린 하늘높이 쌓아올린 곡식더미 옆에 앉아 있는데, 잠을 잔다고? 이렇게 큰일이 벌어졌는데 자빠져서 잠이나 자고 있어?"

"무슨 일이 일어났나요, 녜 서기님?"

다시 컥컥거리는 기침소리가 들렸다. 마치 자신의 오장육부를 모두 토해낼 것 같은 기침소리에 탄궁다는 할 수 없이 입을 다물고 거친 호흡이 잦아들길 기다렸다. 한참이 지나 상대방이 목청을 가다듬고 무슨

산하는 잠들고

말인가를 하려는 순간, 갑자기 적막이 감돌았다. 어린 여자아이의 노랫소리도 뚝 끊어졌다. 탄궁다는 전화통에 대고 애꿎은 '여보세요!'만 한참 외쳤지만 이미 전화기 너머 상대의 소리는 끊어진 뒤였다.

바람이 너무 거세서 전화선이 끊어졌을지도 모를 일이다.

장대비가 퍼붓고, 바람이 미친 듯이 불어댔다. 엄청난 기세로 쏟아붓는 빗줄기가 유리창을 세차게 때렸다. 창틈으로 빗물이 새어들어 탁자 위《레닌 선집》이 다 젖었다. 마당의 대문이 덜커덩거리고 바람에 날린 기왓장이 바닥에 떨어져 깨지는 소리도 들렸다. 탄궁다는 침대 옆에 앉아 정신 나간 사람처럼 전화기를 바라봤다.

네주펑은 성격이 좋기로 소문난 사람이었다. 그는 한 번도 이렇게 화를 낸 적이 없었다. 새벽 3시가 조금 넘은 시간에 전화를 건 적도 처음이었다. 확실히 뭔가 심각한 일이 벌어진 것이 분명하다.

탄궁다는 휘장을 걷고 대충 몸의 물기를 닦았다. 불안한 마음에 심장이 벌떡벌떡 뛰었다. 그는 네주펑이 전화에 대고 했던 말 하나하나를 곱씹어봤다. 하지만 앵앵대는 모기소리와 짜증나는 노랫소리가 뒤섞여 아무 생각도 나지 않았다. 전화선은 끊어지고 밖에 비는 저리 퍼붓고 있으니 아무리 심장이 두근거려도 지금은 날이 밝기를 기다리는 것밖에 달리 할 수 있는 일이 없었다.

다시 침대에 누워 되는대로 지난 신문 한 장을 집어 심란한 마음으로 읽기 시작했다. 5월 12일자 신문에 다음과 같은 소식이 실려 있었다.

중국정부는 카를로스에게 전보를 보내 미제국주의 침략에 항거를 위한 쿠바 인민의 정의로운 사업을 결연히 지지했다.

수도首都 각계는 톈안먼광장에서 국제노동의 날을 경축하는 성대한 집회를 열었다.

중국과 라오스 외교관계 수립.

얼마 전에 막을 내린 제26차 세계탁구선수권대회에서 쫭쩌둥莊則棟, 추중후이邱鍾惠가 각기 남녀 단식 금메달을 차지했다.

칭화淸華대학 개교 50주년 경축행사를 거행했다.

국무원은 '오풍'五風에 대한 단호한 시정, 농업 '12조' 관철을 위한 좌담회를 개최했다

......

'오풍' 시정은 뭐고, '12조' 관철은 뭐더라……. 다시 졸음이 몰려왔다. 그는 힘껏 눈을 떴다. 안 돼, 안 돼. 잠들면 안 돼! 하지만 자기도 모르게 금세 꿈속으로 빠져들었다.

다음 날 아침, 탄궁다가 잠에서 깼을 때는 이미 햇살이 그의 침대 머리맡을 눈부시게 비추고 있었다. 그는 세수도 하지 않은 채 서류가방을 끼고 복사뼈까지 잠기는 빗물을 철퍽거리며 현으로 출근했다. 논의 모가 모두 물에 잠기고 저수지 물이 범람해 흘러넘쳤다. 웃통을 벗은 젊은이들이 어망을 들고 밭에서 물고기를 잡고 있었다. 시진두 다리를 건널 때 보니 혼탁한 강물에 잠긴 다리는 난간의 쇠말뚝만 드러나 있었다. 거리에도 온통 빗물이 가득 고여 있었다. 거센 바람에 꺾인 나무가 거리에 나뒹굴고 사람들이 시동이 꺼진 자동차를 앞으로 천천히 밀고 있었다. 공급판매사 카운터도 물에 잠겨 여자판매원 두 명이 바짓가랑이를 걷어 올린 채 사발로 물을 퍼내고 있었다. 햇살 아래 그들의 종아리가 희다 못해 시퍼렇기까지 한 모습이 눈에 들어오자 왠지 모를 슬픔

산하는 잠들고

이 밀려왔다.

현위원회 입구에 도착했을 때는 이미 9시가 넘은 시각이었다. 수위 창씨가 석탄 난로 쇠 쑤시개를 들고 막혀 있는 재를 긁어내고 있었다.

"하늘에 구멍이 났나! 평생 이렇게 많은 비는 본 적이 없어요."

그가 웃으며 탄궁다에게 말했다.

"현장님, 왜 시골에 안 가셨어요?"

탄궁다는 그와 말을 섞고 싶은 마음이 아니어서 인사 대신 그냥 건성으로 응수했다. 그는 샌들을 들고 엉거주춤 마당의 붉은 벽돌을 밟으며 마치 춤을 추듯 위층으로 올라갔다. 사무동이 텅 비어 있었다. 정적이 감도는 가운데 단 한 사람도 보이지 않았다. 평소 복도에서 청소를 하던 여자 직공들도 보이지 않았다. 그는 계단을 통해 3층으로 올라갔다. 사무실 문이 닫혀 있었다. 야오 비서가 출근을 하지 않았다는 이야기였다. 잠시 외출을 한 거라면 보통 잠그지 않고 나갔을 텐데, 열쇠를 꺼내 문을 열고 들어서니 자기 사무탁자 위에 야오페이페이가 그에게 남긴 쪽지가 먼저 눈에 들어왔다.

저는 현 의원에 있습니다.

현 의원에 왜 갔지? 병이 난 건가? 그는 한가득 근심을 안고 전화기 앞에 서서 바이팅위, 첸다췬, 양푸메이에게 돌아가며 전화를 걸었다. 불길한 예감처럼 아무도 전화를 받는 사람이 없었다. 큰일이다! 그는 빠른 걸음으로 창문 앞으로 다가가 창문을 열고 아래층에서 막힌 난로를 뚫던 창씨에게 소리쳤다. "창 형, 올라와 봐요."

잠시 후 창씨가 손에 쇠 부집게를 들고 찌꺼기가 가득 묻은 손으로 그의 사무실 입구에 나타났다.

"사람들은요? 사람들은 다 어디 갔어요?"

"사람? 누구요?" 창씨가 어리둥절한 눈초리로 되물었다.

"사무동에 왜 사람이 하나도 안 보여요?"

창씨가 어이가 없다는 표정으로 그를 바라보더니 인상을 쓰고는 한참 만에 입을 열었다.

"시골로 긴급구조를 가지 않았습니까?"

"긴급구조라니요? 무슨 긴급구조요?"

아뿔싸! 탄궁다는 가슴이 철렁 내려앉으며 얼굴이 하얗게 질렸다.

"푸지 댐이 홍수에 무너졌어요. 강물이 역류해서 마을 두 개가 휩쓸려나갔다고요. 그, 그 성의 지구위원회에서 사람들을 보냈어요. 탄 현 장님, 어떻게 아무것도 모르고 있어요?"

"푸지 저수지의 댐이 무너졌다고요? 그게 언제 일인데요?"

"어제, 아니 그제요."

창씨가 말했다.

"죽은 사람은 없고요?"

"어찌 안 죽었겠습니까? 어제 왕 기사가 시골에서 돌아와 하는 말이 실려 온 중상 환자 가운데 현 의원에 도착해서 죽은 사람만 두 명이래요."

"그렇게 큰 사건이 났는데 어떻게 내게 연락을 안 했습니까?"

창씨가 눈을 껌뻑이며 시선을 피했다. "현장님, 그건……, 그건 저도 잘 모르겠습니다."

"담배 있어요?"

탄궁다가 속이 답답한 듯 갑자기 그에게 물었다.

"탄 현장님, 알잖아요. 저, 담배 안 피워요."

탄 현장은 그에게 홍수에 떠내려간 마을 이름을 물었다. 창씨는 그 것도 잘 몰랐다.

탄궁다는 성에서 온 지도자가 누군지 물었다.

"그것도 잘 몰라요. 다른 일 없으면 전 이만 내려가겠습니다."

탄궁다가 메이청 현 의원에 도착했을 때는 이미 정오가 가까운 때 였다. 문밖 공터에 네다섯의 달구지와 리어카식 삼륜차가 어지럽게 서 있었고 병원 입구는 물이 아직도 다 빠지지 않은 상태로 사람들이 밟고 지나다니느라 엉망진창이 되어 있었다. 하얀 가운을 입은 의사 몇 명이 붕대를 감은 부상자를 리어카에서 내렸다. 정문 계단에 60대로 보이는 노인이 앉아 있었는데 미친 듯이 자기 가슴팍 옷을 쥐어뜯으며 목 놓아 울고 있었다. 친척 몇 명이 굳은 표정으로 그를 바라볼 뿐 말리지도 않 았다. 옆 담벼락 아래 부들 꾸러미가 펼쳐져 있는데 위에 대여섯 살 난 여자아이 시신이 뉘어 있었다. 얼굴이 이미 새카맣게 변한 상태였다.

병원 복도도 온통 진흙탕이었다. 미끄러짐을 방지하기 위해 마른 볏짚을 깔아놓았고 간호사 한 사람이 쓰레받기를 들고 바닥을 향해 석 탄재를 뿌리고 있었다. 복도 양측 나무의자에 부상자와 가족들이 어수 선하게 가득 들어차 있었다. 얼마 못 가 한 간호사가 손에 식염수 병을 들고 들것을 밀며 앞으로 다가왔다.

"비켜요."

간호사가 머리도 들지 않은 채 그에게 호통을 쳤다.

탄궁다는 그녀에게 원장실이 어딘지 물었다. 그러자 간호사가 갑자 기 눈을 부릅뜨며 화가 나서 소리 질렀다.

"비키라니까요?"

탄궁다가 몸을 옆으로 비키자 들것이 그의 배를 스치고 지나가면서 중산복 단추 하나가 떨어졌다.

그럼에도 탄궁다는 전혀 화가 나지 않았다. 간호사의 눈이 너무 깊고 맑아 마치 가을 갈대에 덮인 깊은 연못 같았다. 다만 그녀가 마스크를 벗었을 때 어떤 모습인지는 알 길이 없었다. 이렇게 다급한 순간에도 그의 마음에 이렇게 추잡한 욕망이 꿈틀거리다니! 빌어먹을 개잡놈! 넌 개잡놈이야! 그는 원장실을 찾았다. 의사 한 사람이 문 옆 세면대에서 손을 씻고 있었다. 탄궁다는 입구에 서서 그가 손을 다 씻기를 기다렸다가 그에게 물었다.

"여기 지도자 계십니까?"

"전데요."

그 사람이 마스크를 잡아당겨 수염이 가득한 삼각형 얼굴을 드러냈다.

"무슨 일이십니까?"

"원장님을 찾습니다."

원장은 성이 펑彭씨로 작년 봄, 신장염 때문에 이 병원에 입원했을 때 치료를 해준 적이 있었다.

"원장님은 의료진을 이끌고 시골에 갔어요. 제가 여기 부원장입니다."

가운을 입은 상대가 두 손을 호주머니에 넣은 채로 대답했다.

"무슨 일이십니까?"

"사람 몇 명 찾아 여기서 임시로 긴급회의를 해야 할 것 같은데요. 여기 상황을 알고 싶습니다."

"회의요? 회의를 한다고 말씀하셨습니까? 무슨 자격으로 우리를 소집해 회의를 열겠다는 겁니까?"

그는 한참 동안 위아래로 탄궁다를 훑어보더니 고개를 저으며 냉소를 지었다.

"흥! 회의? 미쳤군! 난 저쪽에 대수술이 또 남아 있어서. 당신은 그냥 여기 있다 가시지요."

이렇게 말하며 수술 장갑을 낀 손으로 그를 밀치는 바람에 탄궁다는 하마터면 벽에 머리를 부딪칠 뻔했다. 의사가 수술실 방향으로 걸어가면서 힐끗 돌아보며 말했다.

"자기가 뭐라도 되는 줄 아나 보지? 환자가 따로 없군."

굴욕을 당한 탄궁다는 그 자리에 멍하니 서 있었다. 현 의원 의료진들의 작업태도를 손봐줘야겠군. 지금 상황이 종료되면 상임위원회에서 이 문제를 끄집어내 낱낱이 토론을 해야겠어! 필요하다면 병원에서 현장회의를 열고 저 동지에 대해 철저히 조사해야겠어. 그는 복도를 따라 입원실이 있는 작은 건물 앞까지 걸었다. 머리가 어지러웠다. 갑자기 등 뒤에서 누군가 그를 불렀다. 고개를 돌려보니 다각경영판공실의 탕비원이었다.

그녀가 바닥에 쪼그리고 앉아 얼굴을 붕대로 칭칭 감은 환자에게 숟가락으로 물을 떠먹이고 있었다. 그가 병원에서 만난 첫 번째 직원이었다. 그는 마치 친척이라도 만난 것처럼 반가워 조금 마음이 들떴다. 탄궁다가 그녀 옆에 앉아 현재 상황을 물었다.

탕비원이 고개를 저었다.

"말도 말아요. 완전히 엉망진창이에요. 이틀 동안 밤낮을 가리지 않고 한숨도 못 잤어요."

탄궁다는 다시 이번 댐 붕괴사고에서 대체 사람이 얼마나 죽었는지 물었다. 탕비원이 팔을 들어 콧잔등의 땀을 닦았다

"대충 그래요."

탄궁다는 다시 '대충 그래요'가 무슨 의미인지 물었다.

"현 의원에 실려 온 환자는 세 명밖에 없어요. 노인 하나에 아이 두 명이요. 그리고 막 한 사람이 실려 왔는데 지금 수술실에서 응급수술을 한대요. 버틸 수 있는 정도인지는 모르겠어요."

탄궁다는 댐 쪽 상황을 물었다. 그러자 탕비원이 갑자기 고개를 들고 그를 힐끗 쳐다보더니 킥킥 웃기 시작했다.

"현장 아니세요? 왜 그런 걸 제게 물어요? 지금 막 달나라에서 오셨어요?"

그러면서도 탕비원은 구구절절 말을 이었다.

"푸지는 고지대라 별 피해가 없어요. 싱룽興隆하고 창왕長旺 두 향이 심각한 편이에요. 그쪽에서 온 사람 이야기를 들으니 벌써 시신을 6, 7구나 찾았고, 실종자는 아직 파악도 못하고 있대요. 여기 실려 온 사람은 모두 중상자예요. 경상자는 푸지, 샤창의 위생원으로 보냈고요. 지구위원회 의료진이 오늘 아침에 도착했대요. 날씨가 너무 더워 어젯밤 이곳 의사들이 잘못하면 전염병이 돌 수 있다고 했어요. 그렇게 되면 상황이 심각해진다고……."

망할 놈의 메탄가스! 탄궁다는 절로 얼굴이 붉어졌다.

"야오 비서도 여기 있다던데 왜 안 보이지?"

"걔요? 말도 마세요!" 야오페이페이의 이름을 말하자 탕비원이 쓴웃음을 지었다.

"돕기는커녕 더 방해만 돼요. 어젯밤에는 집에서 걸어오느라 온몸

이 물에 빠진 생쥐 꼴이 되었더라고요. 할 수 없이 우리 모두 하던 일을 잠시 멈추고 간호사에게 그 애 갈아입힐 옷을 좀 달라고 했어요. 그렇게 대충 그 애를 봐주고 나서 부상자 실어온 사람들을 도와주라고 했더니 글쎄, 토하는 사람을 보자마자 들것을 팽개치고 그냥 기절해버렸어요. 부상자가 바닥에 패대기쳐지는 바람에 죽는다고 소리를 질렀다니까요. 의사들이 페이페이부터 먼저 치료를 했으니 일을 더 성가시게 만든 게 아니고 뭐겠어요!"

탄궁다도 따라 웃었다. "그래서 지금 어디 있어?"

"104호 입원실에요. 거기서 링거 맞고 누워 있어요. 조금 전에 가봤는데 이제 괜찮아졌더라고요."

탄궁다는 입원실 쪽으로 향했다. 104호 병실은 열려 있었다. 안에 출산이 임박한 임산부 몇 명이 누워 있고 가족들이 병상에서 잡담을 나누고 있었다. 탄궁다가 고개를 들이밀어 한참 동안 안을 두리번거리고 나서야 북쪽 창가에 있는 야오페이페이를 찾았다. 그녀는 침대에 누워 거울을 보고 있던 중이었다. 탄궁다를 발견한 페이페이는 기쁜 기색이 역력했다. 그녀의 얼굴에 웃음이 피었다.

"어떻게 된 거예요? 어쩌다 그렇게 거지꼴이 됐어요?"

그녀의 말에 병실에 있는 임산부들의 시선이 모두 탄궁다를 향했다. 탄궁다는 손에 샌들을 들고 맨발차림에 바짓가랑이를 무릎까지 걷어 올린 데다 더운 여름에 중산복을 입고 가슴을 풀어헤친 상태였다.

"어때? 머리가 아직도 어지러워?" 그가 야오페이페이의 병상 머리맡에 놓인 작고 둥근 걸상에 앉았다.

야오페이페이는 그가 다가오자 아무 말도 못하고 잔뜩 인상을 썼다. 입술이 조금 말라 있었다. 한참 만에 그녀가 한숨을 내쉬더니 몸을 옆으로 돌려 그를 바라보며 작은 소리로 말했다.

"전 괜찮아요. 현장님은요? 현장님은 어떡하실 거예요?"

그는 야오페이페이의 말속에 복잡한 뜻이 담겨 있다는 생각에 마음이 뜨거워지며 목이 메었다. 페이페이가 그에게 점심은 먹었는지 물었다. 탄궁다가 고개를 저었다. 그녀가 침대 머리맡의 도시락을 가리키며 자기 고모가 조금 전에 계원죽^{桂圓粥}을 좀 가져왔는데 먹겠느냐고 물었다. 탄궁다는 입맛이 전혀 없으며 그냥 여기 좀 앉아 있다가 가겠다고 했다.

야오페이페이는 금요일 오후 퇴근시간이 거의 다 되었을 때 처음으로 가오마쯔에게 전화로 경보 발령 소식을 들었다. 그때부터 미친 듯이 현장을 찾아다녔다. 건물을 모두 뒤졌지만 그는 보이지 않았다. 그의 집에도 어두워질 때까지 계속해서 전화를 걸었지만 받는 사람이 없었다. 그제야 페이페이는 하는 수없이 바이팅위에게 보고를 해야겠다는 생각이 났다. 바이팅위는 둑이 무너졌다는 말에 혼비백산했다. 바이팅위는 페이페이를 시켜 모든 현 기관 직원들에게 통지를 하도록 하고, 아직 퇴근하지 않은 사람에 대해서는 일괄적으로 퇴근을 금했다. 이미 귀가한 사람들은 20분 내에 다시 불러 모든 직원이 4층 회의실에서 긴급회의를 열었다. 야오페이페이는 회의에 참석하지 않고 사무실에서 계속 전화기를 지켰다.

"만일 어디서든 소식을 듣는다면 전화를 할 거라고 생각했죠. 며칠 동안 대체 어디 갔었어요? 외지에 갔던 거예요? 이렇게 큰일이 벌어졌는데 현장에 있지 않다니, 앞으로 어떡하실 거예요?"

"아무 데도 안 갔어." 탄궁다가 한숨을 쉬었다. "며칠 동안 집이 아니라 교외 홍기^{紅旗} 양돈장에 있었어."

"양돈장에는 왜 가셨어요?"

"또 그 망할 놈의 메탄가스 때문이지 뭐! 수요일에 출근하자마자 메
탄가스 연구소조의 아룽阿龍이 찾아와서 1년 동안 실험하던 메탄가스
탱크에서 불을 붙일 수 있는 가스를 생산할 수 있게 되었다는 거야. 그
러면서 같이 현장에 가서 좀 봐주지 않겠냐고 했어. 우리가 막 그곳에
도착했을 때 비가 내리기 시작했어."

"메탄가스는 성공했어요?"

"몇 번이나 불을 붙여봤지만 실패했어. 나중에 아룽 말이 비가 너무
많이 내려서 아마도 밀폐탱크에 물이 들어간 것 같다고 했어. 비가 잠깐
그쳤을 때 그가 2호 탱크로 나를 데려갔어. 그런데 아룽이 탱크에 실수
로 성냥 하나를 떨어트려서 '펑' 하는 소리가 나더라고. 하마터면 탱크
가 폭발할 뻔했어. 그 덕분에 난 온통 돼지 분뇨를 뒤집어썼고!"

"어쩐지 몸에서 악취가 진동을 하더라니!"

"그날 밤, 아룽이 바닥에 잠자리를 깔아주면서 하룻밤 자고 다음
날 비가 개면 다시 한 번 시도를 해보자고 했는데, 우린들 알았겠나. 다
음 날이 되니 빗줄기가 더 거세지면서 한도 끝도 없이 퍼붓더라고."

"그럼 이제 어쩌실 거예요?"

"푸지 저수지 쪽에 가 봐야지."

페이페이가 베개 밑에서 상자를 꺼내 안에 든 돈과 식량표를 몽땅
집어 그에게 줬다.

"지금 거기 가면 어메이산蛾眉山의 원숭이가 되지 않겠어요?"

"원숭이? 무슨 원숭이?"

야오페이페이가 냉소를 지었다.

"어메이산의 원숭이가 내려왔으니 승리의 과실을 뺏으려는 건 아닌

가……. 그쪽 총지휘, 부총지휘가 지금 신바람이 나서 일을 하고 있는데 지금 나타나서 쓱 숟가락을 얹으면 좋다고 하겠어요? 굴욕을 자초하는 꼴일 뿐이죠. 나라면 아예 아무 데도 안 갈 거예요. 집에 가서 뜨겁게 목욕이나 하고 실컷 잠이나 잘 거예요. 이렇게 큰일이 벌어졌으니 다른 일은 잘 모르겠고 여하튼 그 현장 직도 그만 내려놓아야 될걸요?"

그녀는 탄궁다가 넋을 빼고 멍하니 앉아 있자 살짝 그를 밀었다.

"그건 그렇고, 간다고 해도 어떻게 가실 건데요? 왕 기사도 없는데."

"길에서 지나가는 차 아무거나 세워서 타고 가지."

탄궁다는 병원 밖으로 나와 부상자를 운송하고 온 달구지가 큰길 맞은편에 서 있는 것을 발견했다. 새카만 중년남자가 허름한 밀짚모자를 쓰고 목에는 수건을 걸치고 나귀에게 뽕잎을 먹이고 있었다. 탄궁다가 그에게 다가가 푸지까지 좀 데려다 주겠냐고 물었다.

"안 돼요, 안 돼!"

"아무리 돈을 많이 줘도 안 돼요! 하루에 현성을 두 번이나 뛰었더니 나귀가 지쳐서 피를 토하기 직전이라고요. 당신은 고사하고 나도 돌아갈 때 안쓰러워 탈 수가 없을 지경이오."

탄궁다는 더 이상 아무 말도 하지 않았다. 나귀가 뽕잎을 다 먹고 나자 남자는 손에 든 버드나무가지를 흔들며 나귀를 몰고 흐느적흐느적 멀어져갔다. 햇볕이 뜨겁게 내리쬐는 도로에서 탄궁다는 거의 한 시간 넘게 기다렸지만 단 한 대의 차도 잡지 못했다. 석탄을 실은 차가 한 대 멈추긴 했지만 궐련을 물고 있던 기사가 차에서 뛰어내려 심한 욕만 한가득 퍼부으며 밀치는 바람에 하마터면 탄궁다는 길옆 도랑으로 빠질 뻔했다.

탄궁다는 화가 나서 두 손을 허리춤에 올리고 뭔가 찾으려는 듯 더
듬었다. 총을 찾는 것이었다. 이는 부대에 있을 때 생긴 습관으로 매번
참기 힘든 모욕을 당할 때마다 나오는 무의식적인 반응이었다.

그는 콸콸 흐르는 도랑 물소리를 들으며 이제 자신의 시대는 철저하
게 막을 내렸구나, 라는 생각이 들었다. 가슴이 쓰라렸다. 고개를 들어
멀리 철강처럼 푸른빛이 도는 뭇 산을 바라보다 오르락내리락 구불구불
이어진 도로를 쳐다보았다. 주위의 너른 들판이 적막하기 그지없었다.

그는 손에 들고 있던 비닐 샌들을 신고 돌아서서 현성 쪽으로 향했
다. 하지만 스스로도 어디를 가고 있는 건지 알 수 없었다. 순식간에 이
세상이 자신과 전혀 무관하게 변하고 자신은 아무짝에도 소용이 없는
잉여인간이 된 것만 같았다.

황혼 무렵 그는 메이청 버스정류장 매표소 앞에 이르렀다. 안에 여
자 판매원 두 사람이 침대에 양반다리를 하고 앉아 카드놀이를 하고 있
었다. 탄궁다가 고개를 들이밀고 푸지 가는 차가 있는지 묻자 젊은 아
가씨가 그를 뚫어지게 쳐다보며 말했다.

"막차는 30분 전에 떠났어요."

이렇게 말한 후 침상에서 뛰어내리더니 '탁' 하고 작은 창문을 닫아
버렸다.

2

그날 아침, 야오페이페이는 늦잠을 잤다. 고모가 복숭아 한 꾸러미

를 들고 아침시장에서 돌아와 그녀를 깨웠을 때는 이미 10시 15분이었다. 고모는 그녀가 허겁지겁 옷을 입으며 벽에 걸린 시계를 살피자 그녀에게 말했다.

"지금 시간이 몇 신데! 이제야 씻고 준비해서 출근하면 거의 점심시간에나 도착해. 차라리 오전에 가지 말고 훈툰^{餛飩}(얇은 만두피에 소를 넣은 중국식 만두) 만드는 거나 도와주렴."

야오페이페이가 잠시 생각해보더니 쓴웃음을 지었다.

"안 돼요. 어제 막 새로운 업무시간 관련 제도와 업무 조례가 발표되었는데 앞으로 무단결근하면 그대로 잘린대요."

"그럼 아래층 쑨씨네 가서 기관에 전화해서 아프다고 그래. 아니면, 내가 대신 걸어줄까?"

"됐어요, 내가 할게요."

야오페이페이는 졸린 눈으로 침대에서 일어나 슬리퍼를 끌고 요란하게 아래층으로 내려갔다. 바로 옆이 현의 육류연합가공공장이었다. 경비실의 쑨 영감에게 전화기가 한 대 있는데 근처 주민들은 급한 용무가 있을 때마다 거기 가서 전화를 빌려 썼다. 쑨 영감은 변덕이 심한 사람이라 기분에 따라 허락을 해주기도 하고, 그렇지 않기도 했다. 사람들은 그의 기분을 맞출 수가 없었다. 쑨 영감은 기분이 나쁠 때면 설사 상대방 집에 불이 났다고 해도 전화기를 만지지도 못하게 했다. 그런 날이 오래되다 보니 이웃 주민들 모두 조금씩 그를 두려워했다. 고모부가 부교장이 된 후 고모는 자주 쑨 영감의 예를 들어가며 고모부에게 처신을 잘해야 한다면서 일장 훈시를 늘어놓았다.

"관리가 됐으면 처신을 할 줄 알아야지. 저 쑨 영감 좀 봐요. 정부 관리는커녕 낡아빠진 전화기 한 대 가지고도 사람들을 쥐락펴락 하잖

산하는 잠들고

아요. 누구든지 그 앞에서 굽실굽실……."

야오페이페이는 잔뜩 긴장을 한 채 현 사무실에 전화를 걸었다. 그런데 뜻밖에도 양푸메이가 지나치게 친절하게 전화를 받았다. 페이페이를 '야오야'라고 했다가, '페이페이'라고 부르는 등 친근함의 극치를 보여주자 야오페이페이는 어색하기 짝이 없었다. 양 주임은 그녀가 몸이 안좋다는 말에 다정하게 대체 어디가 아픈 건지, 머리에 열은 없는지, 의사 진찰은 받았는지 물었다. 또한 특별히 복통이 났을 때 효과 있는 민간요법을 가르쳐주며 질경이씨를 빼내 깨끗이 씻어 갈대뿌리와 함께 달여 마시라고 했다. 마지막으로 양푸메이가 웃으며 말했다.

"페이페이 동지, 며칠 동안 모두 죽음을 불사하고 열심히 애썼잖아. 재난구조 최전선에 앞장서서 악전고투하며 감동적인 사례가 많았었어. 그렇지? 현 의원에서 보여준 동지의 행동 역시 괄목할 만한 업적이었어. 많은 사람들이 동지가 부상자와 사망자를 거두는 과정에서 피곤에 지쳐 쓰러지긴 했지만 그래도 구조의 손길을 놓지 않았다고 칭찬하더군. 얼마나 귀한 정신이야? 그렇지? 개인을 바쳐 철저하게 인민을 위해 이바지하는 정신! 정말 우리 모두가 학습할 가치가 있어. 홍수재난구조 중 과로로 쓰러졌으니 집에서 잘 쉬고, 오전 회의는 참가할 필요 없어요. 하지만 오후 두 시에 중요한 회의가 또 있으니, 그땐 아프더라도 좀 버텨주면 좋겠는데? 여보세요?"

양푸메이가 전화에 대고 끊임없이 주절거리는 바람에 페이페이는 가까스로 전화를 끊었다.

페이페이가 쑨 영감에게 고맙다는 인사를 하고 막 가려는데 쑨 영감이 헤헤거리며 페이페이를 불렀다. 쑨 영감은 양반다리를 하고 돗자리에 앉아 손톱으로 발바닥의 굳은살을 파내며 반짝거리는 쥐새끼 같은 작은 눈을 굴리며 웃었다.

"페이페이야, 올해 신선한 복숭아가 벌써 시장에 나왔다면서?"

페이페이는 속으로 분명히 영감이 조금 전 고모가 들고 오는 복숭아 꾸러미를 보고 그런 말을 하는 것이라 생각했다. 그녀는 재빨리 집으로 들어가 커다란 복숭아 네다섯 개를 집어다 그에게 가져다줬다.

점심을 먹은 야오페이페이는 자전거를 타고 현 정부로 출근했다. 태양이 뜨겁게 내리쬐는 가운데 홍수가 이제 막 끝난 터라 땅에는 아직도 작은 물고기나 미꾸라지가 나뒹굴며 악취를 풍겼다. 막 골목 입구에 이르렀을 때 맞은편에 회색 반팔 제복을 입은 두 사람이 보였다. 두 사람 모두 안경을 쓰고 주머니에 만년필을 꽂고 손에는 똑같은 모양의 서류 가방을 들고 있었다. 야오페이페이가 다시 자세히 살펴보니 두 사람은 생긴 모습도 많이 비슷했다. 조금 우습다는 생각이 들어 자꾸만 그들에게 시선이 갔다. 그들 중 하나가 웃으며 그녀의 자전거 손잡이를 잡았다.

"동지, 여기가 다바바항大壩壩巷입니까?"

"그런데요."

"부융순卜永順이란 사람이 여기 살고 있습니까?"

페이페이는 부융순이란 사람을 찾는다는 말에 웃음이 나왔다. 고모부를 찾고 있구나. 그녀가 골목 쪽을 가리켰다.

"골목 끝까지 가서 좌회전하면 커다란 참죽나무가 보이는데 거기서 우회전하면 육가공연합공장 정문이 보여요. 우리 집, 아니, 그분 집이 바로 그 공장 옆이에요."

두 사람이 동시에 이를 드러내고 웃으며 고맙다고 인사한 후 통통한 배를 내민 채 똑같은 걸음걸이로 그 자리를 떴다.

야오페이페이가 현위원회 정문에 이르러 손목시계를 보니 이미 5분이 늦은 시간이었다. 왕 기사가 양철통을 들고 걸레로 지프차를 닦고 있었다. 지프차 옆에는 까만 승용차 한 대도 세워져 있었다. 작은 승용차 창문에는 흰 휘장이 쳐져 있었는데 차체가 온통 진흙투성이였다. 경비실 창씨도 옆에서 왕 기사를 돕고 있었다. 손에 막대기를 잡고 타이어에 잔뜩 들러붙은 마른 진흙을 파내고 있었다.

왕 기사의 연애편지를 받은 후부터 야오페이페이는 알게 모르게 그를 피해 다녔다. 왕 기사 역시 예전과 달리 우울한 표정으로 하루 종일 기운이 없었다. 예전보다 마르고 입가에 거뭇거뭇하게 수염도 길렀다. 왕 기사는 겁도 많고 수줍음을 잘 타기 때문에 때로 길에서 야오페이페이를 만나면 마치 도둑질이라도 한 것처럼 얼굴이 붉어지며 멀찌감치 길을 돌아서 갔다. 그런 시간이 길어지자 야오페이페이는 죄책감을 느꼈다. 원래 좋은 친구처럼 함께 웃고 떠들던 사이였는데 양짜수이가 부추기는 바람에 공연히 원수나 된 것처럼 분위기가 어색해지고 불편했다. 때로 그에게 편지를 쓸까 생각도 했지만 그의 자존심이 다치지나 않을까 이러지도 저러지도 못하는 상태가 되었다.

페이페이가 마당에 자전거를 세우고 막 위층으로 올라가려 할 때 뜻밖에도 왕 기사가 그녀에게 다가와 뜬금없이 "파시스트 타도!"를 외쳤다.

야오페이페이는 그제야 연애편지에 적혀 있던 약속이 생각났다. 그와 사귀기를 원하면 '승리는 인민의 것'을 외쳐야 한다. 하지만 그러길 원하지 않으면? 편지에 그런 내용은 적혀 있지 않았다. 아예 대꾸를 안 하면 예의에 어긋나는 것 같아 급한 나머지 일부러 그의 말을 못 알아들은 척 되는대로 지껄였다.

"갑자기 무슨 파시스트예요? 깜짝 놀랐잖아요!"

그러고는 고개도 안 돌리고 그의 곁을 지나쳐버렸다. 그런데 왕 기사는 포기하지 않고 손에 걸레를 든 채 그녀를 건물 입구까지 바짝 쫓아와 페이페이의 등에 대고 소리쳤다.

"혁명은 아직 성공하지 않았어!"

페이페이는 깜짝 놀라 그 자리에 멈춰 섰다. 그녀는 그에게 '동지는 아직 노력이 필요하다'라고 대꾸를 하려고 했지만 다시 생각해보니 적절치 않다는 생각이 들었다. 그런 식으로 말하면 격려의 의미를 나타내는 또 다른 표현이 될 수 있다. 비록 지금은 받아들일 수 없지만 열심히 노력하면 희망을 가져도 좋다는 의미로 들릴 수 있다는 뜻이다. 세상에, 교활하군! 어디서 이런 이상한 생각을 해냈을까? 하마터면 함정에 빠질 뻔했잖아! 그런 생각이 들자 야오페이페이는 그를 돌아보며 정색하고 말했다.

"동지, 계속 차나 닦으시지요!"

그리고 고개도 돌리지 않고 그대로 위층으로 올라가버렸다.

뒤에서 창 씨가 왕 기사에게 중얼거리는 소리가 들렸다.

"아이고, 요놈들! 암호까지 맞춰 다니는구나!"

회의는 아직 시작 전이었다. 복도에 사람들이 무리지어 서서 작은 소리로 쑥덕거리고 있었다. 탄궁다만이 혼자 멀찍이 떨어져 복도 창문 쪽에 서서 담배를 피우고 있었다. 회의실 역시 시끌벅적했다. 탕비원이 종이부채로 부채질을 하고 있는 모습이 눈에 들어왔다. 회의실 안에 시큼한 땀 냄새가 진동했다. 탕비원이 확성기 회로에 문제가 있어 회의가 늦어지는 것 같다고 했다.

산하는 잠들고

의장석에서 몇몇 사람이 머리를 맞대고 이야기를 나누고 있었다. 첸다쥔이 담뱃대를 받쳐 든 채 진위 귀에 대고 뭔가를 말하고 있었고, 푸른 작업복을 입은 전기기술자 몇 명이 땀에 절어 확성기 회로를 손보고 있었다. 여름용 검은 실크 차림의 진위가 연신 고개를 끄덕이며 회의장을 두리번거렸다. 누군가 아는 사람을 찾고 있는 듯했다.

탕비윈은 오늘따라 뭔가 잔뜩 불만스러운 듯 별로 말을 하지 않았다. 야오페이페이가 아래층에서 왕 기사와 부딪혔던 일을 말해줬지만 비윈은 그냥 씩, 억지웃음을 지을 뿐이었다.

"너 왜 그래?"

야오페이페이가 그녀를 툭 밀쳤다.

"꼭 뭔가 빚진 사람처럼 왜 그래?"

비윈이 뭔가 말을 하려는 찰나 갑자기 확성기에서 '끼익!' 하고 소리가 들려 사람들이 모두 재빨리 귀를 막았다. 확성기를 고치자 첸다쥔이 목청을 가다듬고 개회를 선언했다. 항상 그랬던 것처럼 모두 일어나 《국제가》를 합창했다. 야오페이페이는 어려서부터 음치에다 가사도 잘 기억을 못하기 때문에 원래 노래를 안 부르려 했는데 탕비윈이 박자를 잘 맞춰 노래를 부르자 할 수 없이 괴상한 음색으로 되는대로 그녀를 따라 불렀다. 그런데 몇 마디 부르기도 전에 갑자기 탕비윈 얼굴이 붉으락푸르락하더니 그녀의 귀에 대고 말했다.

"잘 모르면 아예 부르지 마! 아무렇게나 부르지 말고! 나도 같이 엉망이 되잖아."

야오페이페이는 얼굴이 빨개지면서 더 이상 소리를 내지 못했다. 속이 부글부글 끓었다. 양쩌수이, 너 오늘 왜 그래? 갑자기 심각한 척하고!

첫 번째 의정은 진위가 성위원회를 대표해 탄궁다의 당 내외 직무

철회와 정직 조치에 대한 결정을 선포하는 것이었다. 이어 지구위원회 부서기 추중구이邱忠貴가 메이청현의 새로운 간부 임명을 선포했다. 바이팅위를 메이청현 현위원회 서기, 첸다쥔을 현장 대행에 임명하고, 양푸메이를 부현장 겸 판공실 주임으로 임명했다. 야오페이페이가 고개를 들어 의장석의 사람들을 하나씩 훑어봤다. 탄궁다의 모습은 이미 보이지 않았다. 예상했던 것이지만 그래도 서글펐다. 장내가 쥐 죽은 듯이 고요했다. '쉭, 쉭' 소리를 내는 구식 선풍기 바람에 의장석 위에 있는 종이가 하나둘씩 날아갔다.

이어서 신임 현장 대행인 첸다쥔이 홍수재해 지원에 나선 선진적 인물의 명단을 읽어 내려갔다. 야오페이페이는 자신의 이름도 명단에 들어 있자 슬프면서도 우스꽝스러웠다. 탕비원이 경건한 표정으로 단정하게 앉아 있는 걸 보고 종이에 몰래 사적인 말을 적은 후 연필 꼭지 지우개로 그녀의 팔을 콕콕 찔렀다. 그런데 뜻밖에도 탕비원은 성가시다는 듯 혀를 차더니 종이에 재빨리 글을 쓴 다음 그녀에게 건넸다.

미안해, 지금 회의 중이잖아. 할 말 있으면 회의 끝나고 말해!!

두 개의 느낌표에 야오페이페이는 자기 눈을 의심했다. 점차 페이페이의 눈빛이 초점을 잃고 얼굴이 화끈 달아오르면서 눈물이 핑 돌았다. 슬프게도 각자의 마음은 철저하게 고립된, 마치 망망대해의 외로운 섬과 같았다. 어느 누구의 마음도 자신만의 은밀함을 간직하고 있어 결국 닿을 수가 없나 보다, 라는 생각이 들었다. 지금부터 그녀의 곁에 앉아 있는 탕비원은 이제 더 이상 기꺼이 낙후분자로 자처하며 그녀와 의기투합하던 자매나 다를 바 없는 아이가 아니었다. 아무리 그럴싸한 대

산하는 잠들고

관원大觀園일지라도 한순간에 쓸모없는 황무지로 변해 대설에 덮인 허연 눈밭이 될 수 있었다. 페이페이는 자신의 마음에 한없는 어둠이 밀려와 가장 소중하고 가장 밝았던 불빛이 영원히 꺼져버린 것을 깨달았다. 앞으로는 이제 오로지 자기 혼자서만 소름끼치는 이 불안한 세상을 마주해야 한다.

첸다쥔이 더듬더듬 회의의 마지막 의정을 선포한 후 탄궁다에게 단상 위에 올라와 자아비판을 하라고 했다. 첸다쥔은 '탄궁다'라는 세 글자를 말할 때 확실히 조금 주저하는 것처럼 보였다. 마치 자신의 오랜 상급자가 이미 대권을 잃긴 했지만 여전히 그 위엄이 남아 있다고 생각하는 듯했다. 장내가 잠시 술렁거렸다.

페이페이는 고개를 숙이고 자기 발끝을 봤다. 다음에 이어지는 장면을 어떻게 마주해야 할지 알 수가 없었다. 그러나 그녀가 걱정하던 일은 일어나지 않았다.

문 옆에 앉아있던 간부 한 사람이 바이팅위에게 회의가 시작되고 얼마 지나지 않아 단상 아래 앉아 있던 탄궁다가 갑자기 자리에서 일어나더니 나가버렸다고 보고했다. 바이팅위는 매우 난감해 보였다. 그는 재빨리 옆에 앉은 양푸메이에게 뭐라고 말했다. 페이페이는 양푸메이가 비대한 두 다리를 내딛어 의장석에서 내려와 황급히 밖으로 나가는 모습을 봤다. 아마 탄궁다를 찾으러 나간 것이리라.

얼마 되지 않아 양푸메이가 다시 씩씩거리며 뛰어 돌아왔다. 그녀는 의장석 앞으로 걸어가 까치발을 들고 바이팅위에게 귓속말을 했다. 첸다쥔은 얼굴이 시퍼렇게 질려 폐회를 선포하고 모두 사무실로 돌아가 일을 하도록 했다.

야오페이페이는 한숨을 내쉬며 속으로 그나마 다행이라고 생각했다. 탄궁다와 함께했던 몇 년 동안 탄궁다가 내린 가장 잘한 결정이었다. 머릿속이 윙윙거렸다. 폐회 전에 탕비원에게 말을 해야 하지 않을까 주저하고 있었는데, 정신을 차리고 보니 옆 의자는 이미 비어 있었다. 회의실을 나가는 줄도 몰랐다. 야오페이페이가 사무실로 들어가자 탄궁다가 책상 서랍 두 개를 꺼내 자기 물건을 정리하고 있었다. 오늘 회의에 대해 일찍부터 마음의 준비를 했던 것이 분명했다. 표정이 홀가분해 보였다. 그는 야오페이페이가 문서를 한 무더기 들고 들어오는 것을 보고 그녀를 향해 웃었다 .

"날더러 자아비판을 하라니, 뭘 가지고 자아비판을 하라는 거야? 내 직책을 내려놓았으면 됐지, 날더러 자아비판을 하라니, 어림도 없는 소리!"

야오페이페이가 아무 대꾸도 하지 않자 탄궁다가 다시 말했다.

"조금 전에 양푸메이가 나에게 자아비판을 하라고 했을 때 내가 어떻게 대답했는지 알아?"

"뭐라고 하셨는데요?"

"씹할!"

그의 말에 페이페이는 조금 창피하긴 했지만 왠지 모르게 통쾌한 기분이 들었다. 탄궁다는 현장을 하지 않게 되면 아마 좀 똑똑해질지도 몰라. 저 바보가 해직되는 편이 꼭 나쁜 일이라고 할 수는 없어! 그녀는 문서를 내려놓고 후다닥 다가가 물건 정리하는 것을 도와줬다. 탄궁다가 그녀를 보더니 한데 묶어둔 우편물을 밀어주며 화장실에 가서 태워버리라고 했다.

"이걸 태우라고요?"

"전부 태워버려! 배불리 밥 먹고 무슨 할 일이 없어서 하루 종일 익

산하는 잠들고

명의 편지를 이렇게 써대는지…….”

“하지만…….”

야오페이페이가 갑자기 그의 말을 끊더니 얼굴이 발갛게 달아올랐다.

“그중에 몇 통은 제가 쓴 것도…….”

“네가?”

탄궁다가 멍하니 그녀의 얼굴을 바라보다 순간 아주 다정하게 그러면서도 미심쩍은 목소리로 물었다.

“정말? 그, 그럼 우리 그건 찾아볼까?”

“찾을 필요 없어요. 그냥 현장님 욕하는 내용이에요.”

페이페이가 나지막한 소리로 말했다. 이런 익명의 편지에 대해 전혀 기억하는 바가 없다니! 아마 현장은 아예 뜯어보지 않았을지도 모른다! 보아하니 자기가 그렇게 고심한 것도 괜한 짓이었던 것 같았다. 조금만 참았으면, 조금만 더 기다렸다면 멀구슬나무 위의 그림자는 그냥 지나갈 수도 있었는데…….

“몇 통이나 썼는데?”

“잘 기억이 안 나요.”

“매일 사무실에서 만나는데 할 말이 있으면 직접 하지 않고! 편지는 왜 썼어?”

“왜 그랬을 것 같아요?”

……

바로 그때 첸다췬이 당황한 표정으로 들어왔다. 그가 난처한 듯 페이페이를 쳐다봤다.

“야오 비서, 잠깐 나가주겠소? 탄 형과 할 말이 있어서.”

야오페이페이가 탄궁다를 바라봤다. 탄궁다가 눈짓을 보냈다. 페이페이는 하는 수 없이 의자에 걸어뒀던 자기 가방을 들고 나갔다.

쳰다췬이 문을 닫는 소리가 들렸다.

집으로 돌아와 보니 고모가 함박웃음을 짓고 있었다. 고모가 페이페이를 뚫어져라 바라보며 웃자 그녀는 뭔가 미심쩍어 더럭 겁이 났다. 고모가 그녀의 팔을 잡고 페이페이를 거실 의자에 앉히고는 그녀의 손등을 토닥였다.

"아이고 우리 예쁜 아가씨, 왜 이렇게 엄청난 일이 있는데 내게 한마디 말도 안 했어?"

야오페이페이의 머릿속에는 온통 탄궁다가 해직을 당한 일밖에 없었다. 그저 걱정스럽고 정신이 없는데 고모가 갑자기 그런 말을 하자 어리둥절해서는 물었다.

"대체 무슨 일인데 이렇게 신이 나 있어요?"

고모는 짐짓 화가 난 것처럼 그녀의 손을 밀어내며 화를 냈다.

"계집애도, 그래도 시치미를 떼려 들어? 정부에서 현지조사를 나온 사람 둘이 내게 다 말해줬다고."

야오페이페이는 '현지조사'라는 말에 머리가 멍했다. 그녀는 어깨에 멘 가방끈을 잡은 손에 힘을 주었다. 문득 오늘 낮에 골목 입구에서 만난 두 낯선 사람이 생각났다. 고모부 기관의 동료인 줄 알았는데 알고 보니 자기 일 때문에 온 사람이었다.

"오늘 오후에 네가 막 나가자마자 그 사람들이 왔어. 집에 들어오자마자 수첩을 꺼내들고 여러 가지를 묻더라. 대체 뭘 알고 싶은 거냐고 물으니까 그 사람들 말이 페이페이 동지와 관련된 일이라면 단 한 가지도 조직을 속여서는 안 된다고 했어. 그땐 너무 놀라서 네가 기관에서 무슨 잘못을 저질렀나 했지. 그런데 그 두 사람 낯빛을 보니까 표정도 선하고 굉장히 친절하더라고. 그래서 대충 별로 상관도 없는 일로 얼버무리면서 자초지종을 파악하려고 에둘러 물어봤어. 온 이유를 정확히 알기 전까지는 아무것도 그들에게 이야기하지 않으려고 말이야. 그중 좀 젊은 사람은 아무래도 연륜이 깊지 않아서인지 내가 자꾸만 캐물으니까 '페이페이 동지를 성省 정부 쪽으로 발령내려한다'고 말하더라고. 네가 성으로 옮겨간다니 그 다음부터는 말을 하기가 편했지. 마치 한 송이 꽃처럼 칭찬을 늘어놓았어. 어쨌거나 눈 딱 감고 나오는 대로 지껄였다니까! 죽은 것도 살리고, 산 건 날아오르게 말이야. 그 두 사람 정말 아둔하더라! 내가 하는 말을 모조리 다 믿는 거 있지? 내가 하는 모든 말을 다 기록하더라고. 그래서 다시 물었어, 페이페이가 만약 성 정부로 가면 어떤 업무를 하게 되냐고. 나이가 좀 많은 쪽은 입이 무거웠어. 자기도 잘 모른다는 거야. 자기들의 임무는 그저 자료를 모으는 것뿐이라고. 너라는 애도 참……, 반혁명집안 출신인데도 명이 질겨. 하하! 대체 어디서 그런 복이 굴러들어 왔을까? 하늘에서 떨어진 금덩어리가 어쩌다 내 머리꼭대기에 맞았는지 정말 궁금하구나!"

고모가 한참 희색이 만면해 이야기를 하고 있을 때 고모부도 퇴근했다. 고모는 페이페이를 제쳐두고 고모부에게 달려들어 조금 전 했던 말에 살을 덧붙여 다시 한 번 늘어놓았다. 고모부도 한껏 기뻐하며 페이페이를 옆으로 불러 어른스럽게 그녀를 격려했다. 마지막으로 고모가 다시 페이페이를 잡아당기더니 잔뜩 소리를 낮춰 말했다.

"하지만 그 두 사람이 너의 가족사에 대해서도 물어보더라. 네 아버지가 처형당했던 일, 엄마가 목을 매단 일에 대해서도 자세히 캐물었어.

처음에는 그냥 모른 체할까 생각도 했지. 하지만 그렇게 큰일을 어떻게 속일 수 있겠니! 또 얼마나 중요한 건지도 사실 잘 모르겠고……."

고모부는 상관없다는 듯 고모 말에 끼어들었다. "그건 당신이 모르는 소리야. 괜찮아! 아빠는 아빠고, 애는 애야. 우리 정책에 성분 이론이 있긴 하지만 이런 성분이 다는 아니야. 중요한 건 개인의 실천……."

"그놈의 '우리, 우리' 좀 그만 해요. 무슨 정부 대변인도 아니고!"

고모가 웃었다.

"그래, 그래. 당신 말이 맞긴 맞아. 조사를 나온 두 동지 역시 그렇게 말했으니까."

고모는 이렇게 말한 후 신이 나서 주방으로 저녁을 준비하러 갔다

밥을 먹을 때 고모가 그녀에게 조금 이따가 아래층 탕과이즈 의상실에 가서 허리둘레 재놓고 오라고 말한 후 상자를 뒤져 페이페이 옷을 몇 벌 만들 거라며 천을 꺼냈다.

"뭐가 그렇게 급해? 당신도 참, 바람 불자마자 비 안 온다고 보채는 사람이로군! 이제 겨우 외부조사를 나왔을 뿐이야. 정식 발령이 나기는 아직 이르다고! 무슨 벌써부터 옷을 만들어 준다고 그래?"

"그래도 좀 미리 준비하는 편이 낫죠. 페이페이, 안 그래?"

야오페이페이는 요즘 너무 머리가 아프다고 말했다. 또한 입당신청서도 써야 한다고 하면서 어제 양푸페이가 특별히 당부했으니 내일 아침 일찍 제출해야 한다고 말했다. 고모는 그녀가 입당신청서를 써야 한다는 말을 한 데다 계속 걱정스러운 듯 인상을 찌푸리고 있자 더 이상 아무 말도 건네지 않았다. 고모부가 다리를 꼬고 신문을 보다 고개를 들고 페이페이에게 말했다.

"어? 입당하려고?"

페이페이가 쓴웃음을 지으며 한숨을 쉬었다.

"제가 무슨 그렇게 고매한 각오를 하겠어요? 입당할 자격이나 있겠어요? 그 사람들이 하도 들볶아서 그러죠."

그녀의 말에 고모부는 낯빛이 돌변하며 신문을 내려놓더니 정색하며 말했다.

"기이한 일이네! 입당을 재촉했다고?"

페이페이는 양푸메이가 그녀에게 입당신청서를 쓰게 했지만 자신은 별로 원하지 않는다고 하면서 양푸메이가 이는 매우 엄숙한 정치적 임무이므로 내일 아침 일찍 제출하라고 했다는 등등 자초지종을 모두 이야기했다. 고모부는 화가 나 온몸을 부들부들 떨더니 핏대를 세우며 소리 질렀다.

"무슨 그런 일이 있을 수 있어? 입당은 순수하고 자연적인 내면의 요구에서 비롯되는 행위야. 그런 걸 어떻게 강제로 명령할 수가 있어? 난 너한테 쓰지 말라고 하고 싶다. 어디 그뿐이야? 이런 상황을 즉시 상급 당 조직에 알려야 해. 이는 매우 심각하게 당장黨章에 위배되는 행위야!"

"무슨 헛소리예요?"

고모부가 의기양양하게 말하고 있을 때, 뜻밖에 고모가 탁자를 쾅! 내리치며 벌떡 일어났다. "지도자가 입당을 하라는데 당신이 무슨 참견이에요? 애가 발전하길 바라는 거잖아요! 멀쩡하게 밥 잘 먹고, 똥 잘 싸고 무슨 말 같지 않은 소리예요? 몇 년 동안 당신이 쓴 입당원서가 얼마나 되는지 알아요? 열일곱, 여덟 통은 썼다고요, 그런데 무슨 소용이 있었어요? 빌어먹을! 자기가 포도를 못 먹게 됐다고 포도가 시다고 말하지 말아요. 당신이 일찍 입당을 했으면 부교장 자리에서 끌려 내려오는 일은 없었을 것 아녜요."

고모는 일단 욕을 시작하면 폐부를 꿰뚫는 후련함이 있었다. 이유는 잘 모르겠지만 신랄한 욕을 늘어놓는 고모의 말에 페이페이는 왠지 가슴이 통쾌했다.

고모부는 머쓱해서 입을 다물었다. 그는 밥그릇을 밀어놓고 부들부채를 집어 들더니 요란하게 부채질을 하며 혼자 아래층으로 산책을 하러 내려갔다.

밤새도록 야오페이페이는 자기 화장대 앞에 앉아 넋 나간 사람처럼 탁자에 놓인 편지지를 바라봤다. 고모는 아직 흥분이 가시지 않은 듯 수시로 문을 밀고 들어와 이야기했다. 입당신청서가 쓰기 어렵지는 않은지 물어보다가 페이페이 어깨에 얼굴을 딱 붙이고 다정하게 말했다.

"페이페이, 성에 가서 간부가 되면 이 고모를 안면몰수하진 않겠지? 예전에 내가 좀 모질게 했던 것 말이야, 말이 좀 심하긴 했지만 내 진심은 널 친딸보다 더 가깝게 느꼈어. 나랑 저 늙은 고모부는 자식 하나 두지 못했으니 앞으로는 그저 너 하나만 의지할 거야……."

말을 마친 고모가 울먹이기 시작했다. 야오페이페이는 하는 수 없이 펜을 놓고 돌아앉아 그녀를 위로했다.

아홉 시가 되었는데도 고모부는 여전히 돌아오지 않았다. 한데 고모가 뜻밖에도 키득거리며 한 무더기나 되는 서류를 안고 와 페이페이의 화장대 앞에 놓더니 듣는 사람도 없는데 소리죽여 그녀에게 말했다.

"이건 네 고모부 서랍을 뒤져서 가져온 거야. 고모부는 아무것도 할 줄 모르지만 이 입당신청서만큼은 정말 잘 써. 한번 찾아봐. 고모부가 쓴 신청서가 있는지. 있으면 한 부 베껴 쓰면 될 거야. 뭐 하러 그렇게 힘을 빼?"

이렇게 말하며 까치발을 하고 조용히 밖으로 나갔다. 방문 앞에 이른 그녀가 다시 고개를 돌려 페이페이에게 당부했다.

"베낄 거면 빨리 베껴. 고모부가 곧 돌아올 거야."

야오페이페이는 쓴웃음만 나왔다. 그녀는 고개를 절레절레 저으며 서류를 들어 한 쪽씩 넘겨봤다. 몇 쪽 넘기지 않아 갑자기 눈이 번쩍 뜨이며 가슴이 철렁 내려앉았다! 이게 무슨 입당신청서야! 서류는 모두 여섯 부가 있었다. 고모부가 쓴 시말서였다. 고모부와 같은 학교 화학담당 여교사 사이의 스캔들에 관한 내용이었다. 처음에는 '타락'이 무슨 의미인지 몰랐다. 그러나 두세 쪽을 읽다 얼굴이 시뻘게졌다.

고모부는 시말서에 지주 가정 출신의 '백골정'白骨精(《서유기》에 등장하는 요괴. 삼장법사가 서천으로 불경을 얻으러 가는 도중 만난 요괴) 여교사가 자신에게 얼마나 맹렬히 진격했는지, 자신은 어떻게 흔들리지 않고 점잖게 위용을 지켰는지, 또한 상대방이 얼마나 끝까지 쫓아와 공격을 퍼부었는지에 대해 적고 있었다. 그녀는 혁명교사 대오에 몸을 숨긴 뱀 같은 자산계급의 미녀로, 영화배우 왕단펑王丹鳳(1924~2018. 중국의 유명 영화배우) 같은 그녀의 외모에 자신이 순간적으로 참지 못하고 '금수만도 못한' 짓을 했다고 자아비판을 했다.

7월 한여름임에도 자료를 다 살펴본 야오페이페이는 오싹한 기운을 느끼며 온몸을 떨었다. 평소 정직하고 고지식하며 뭇사람들로부터 존경을 받는 고모부가 이런 사람이었다니! 특히 일이 터진 후 고모부는 모든 과오를 왕단펑처럼 생겼다는 가련한 그 여교사에게 떠넘기지 않았는가! 마음속에 말로 다 할 수 없는 혐오감이 밀려왔다. 왠지 갑자기 다시 탕비원이 생각났다. 머릿속에 '사람 속은 모른다'는 말이 떠올랐다. 아득한 창밖의 밤풍경을 보고 있으려니 갑자기 서글퍼지면서 눈물이 흘러내렸다.

3

탄궁다가 현으로 출근을 안 한 지 벌써 2주가 넘었다. 그는 지금 자기가 할 수 있는 일은 꿈을 꾸는 것임을 잘 알고 있었다. 밤낮없이 잠에 취해 있었고 그러다보니 시간에 대한 감각이 무뎌졌다. 여름밤 환한 달이 하늘을 휘영청 밝게 비추고, 이슬이 촉촉하고, 귀뚜라미와 방울벌레가 끊임없이 울었다. 숱한 밤, 그는 부채를 부치며 마당의 대나무 평상에 누워 금가루 같은 하늘의 별을 바라보며 몽롱하게 잠을 자다가 동이 틀 무렵 새소리에 깨어나곤 했다.

그는 갑자기 10여 일 전, 그러니까 그의 직무해제 비판이 있었던 다음 날, 집에 도사 같은 차림새를 한 점쟁이가 찾아왔던 기억이 났다. 그는 이가 까맣고 누렇게 뜬 얼굴이 마치 아편쟁이 같았다. 누군지, 어디서 왔는지도 모를 그가 집으로 불쑥 들어서며 말했다.

"당신이 왜 현장 자리에서 끌려 내려왔는지 아시오? 이 집에 귀신이 있어서 그래. 평 과부의 영혼이 아직도 이곳을 떠나지 못하고 있는 거야!"

이어 그는 품에서 작고 동그란 거울을 꺼내면서 그를 위해 요괴를 잡아주겠다고 했다. 그날 낮에 막 소나기가 그치면서 하늘에 두 줄기 아름다운 무지개가 떴다. 도사가 말하길, 이런 기이한 천문기상은 1백 년에 한 번밖에 나타나지 않는 것이라고 말했다.

"그럼 이게 길조란 말입니까?"

혐오감이 든 탄궁다가 야유하듯 그에게 물었다.

"다 그런 건 아니오. 저 무지개 두 개는 각기 미래로 통하는 도약판인데, 좌측은 길조고 오른쪽은 말하기 거북하오."

산하는 잠들고

탄궁다는 자신이 앞으로 결혼은 할 건지 물었다.

도사는 잠시 생각하더니 말했다.

"할 거요. 할 거야. 애도 있소. 사내아이요."

"누구와 합니까?"

"그건 봐야죠. 지금은 모든 것을 확실하게 말하기 힘듭니다. 어쨌거나 목욕물이 아직 당신 몸에 젖지 않았으니까. 마찬가지 이치로, 시간은 거꾸로 흐를 수 있소. 멀구슬나무와 자운영꽃의 그림자 역시 다시 햇살에 흩어질 수 있듯이……. 먼저 복채를 내겠소?"

허튼소리를 마구 지껄여대는 그를 탄궁다는 별로 신경 쓰지 않았다. 그가 자기 아랫배를 누르며 물었다.

"요 며칠 왼쪽 신장이 자꾸 아파요. 신장염을 앓은 적이 있습니다. 수술도 했었고. 요즘 또다시 상처에 묵직하게 통증이 느껴져요. 무슨 문제가 있지 않을까요?"

"몸이 안 좋으면 병원에 가셔야지."

도사가 간교하게 웃으며 말했다.

"하지만 당신 문제는 왼쪽이 아니라 오른쪽에 있소. 기억해요, 꼭! 오른쪽……."

"오른쪽? 오른쪽은 간인데, 내 간은 아무 문제도 없는데?"

도사가 코웃음을 치며 먼저 돈을 달라는 듯 뼈다귀처럼 깡마른 손한쪽을 그에게 내밀었다. 탄궁다는 결국 인내심을 잃고 욕을 퍼부으며 그를 내쫓아 버렸다.

그러나 도사는 화도 내지 않고 이렇게 말할 뿐이었다.

"비참해, 비참해! 당신은 비참해! 비참의 끝이야! 며칠 지나지 않아 목욕물이 당신 머리 위에 뿌려질 거야……."

목욕물? 빌어먹을, 무슨 목욕물을 말하는 거야?

그의 서재 탁자에 메이청현 개발계획도가 놓여 있었다. 그가 이제 막 파견돼 온 미술대학생에게 맡겨 그린 도안으로 매우 정교하고 그림에 깊이가 있었다. 계획도에는 메이청현 각 마을의 구체적인 위치가 명확하게 표시되어 있고 산과 하류, 호수, 협곡의 대체적인 모양도 그려져 있었다. 평범한 지도가 아니었다. 조금만 수정하면 중국미술협회 연례 전시회에 내보내도 될 정도였다. 그가 그린 건 앞으로 펼쳐질 메이청현의 봄날이었다. 물감으로 아름다운 꽃, 길 위의 행인, 자동차까지 모두 채색한 상태였다.

"이게 자운영인가?"

그가 그림 속 꽃들을 가리켰다.

"아뇨, 복사꽃이에요."

대학생이 말했다.

그는 이 지도에 도원행춘도桃園行春圖라는 이름까지 지어줬다. 탄궁다는 그림에 긴 회랑을 그려 메이청현의 모든 마을을 연결할 수 있을지 물었다.

"왜요?"

대학생이 놀라서 물었다.

"왜 회랑을 그리려고 하세요?"

"그래야 현 전체 사람들이 어딜 가든지 햇빛 걱정도 할 필요 없고, 비를 맞지도 않지."

"사람들이 모두 절 미치광이라고 하는데 알고 보니 현장님이 저보다 더 미쳤네요."

대학생이 웃으며 그에게 말했다.

"그건 불가능해요."

"왜 불가능해?"

"이유는 없어요."

대학생이 몽환적인 표정으로 눈썹을 치켜떴다.

"예술! 현장님은 이해 못해요!"

안타깝게도 탄궁다는 이 새로운 지도를 상무위원회에 제출해 토론에 붙이기도 전에 자리에서 쫓겨났다. 밤에 되자 지도 위의 산천과 물길이 모두 그의 꿈속으로 밀려들었다. 심지어 잔잔한 물소리, 한밤중에 꽃망울 터지는 소리까지 들렸다.

1주일 전, 현의 노동자 몇 명이 사다리를 메고 그의 집 전화를 철거하러 왔다. 이로써 외부와의 연락도 중단되었다. 이틀이 채 지나지 않아 다시 목공과 미장이, 기와장이들이 손에 줄자를 들고 나타났다. 그들은 마당에 들어서자마자 이리저리 손짓발짓 해가며 집을 둘러보더니 오전 내내 이곳저곳을 재느라 요란법석을 떨었다. 탄궁다가 그들에게 뭘 하는 건지 물었다.

"이 집을 대대적으로 수리할 거래요."

노동자가 말했다.

탄궁다가 황망히 물었다.

"누가 시켰습니까?"

"걱정하실 것 없어요. 철거하려면 적어도 한 달은 기다려야 합니다. 현위원회 사무실에서 지시가 내려왔어요."

"집을 철거하면 난 어디 삽니까?"

"그걸 우리가 어떻게 알아요?"

탄궁다는 메탄가스를 담은 탱크를 실험하는 일이 마음에 걸렸기 때문에 그래도 짬을 내 홍기 양돈장에 갔다. 그날은 특히 아침 일찍 일어나 메이청현 버스정류장에서 외곽의 짜오자촌까지 가서 도보로 250미터를 걸어서 양돈장에 도착했다. 돼지사육자 말이 메탄가스 실험자들은 이미 철수했다고 말했다. 실험에 쓰이던 커다란 탱크 몇 개는 이미 분뇨통으로……

"이제 현장 그만두지 않으셨어요?"

돼지사육자가 어리둥절한 표정으로 그를 바라봤다.

"왜 아직도 이까짓 일에 신경을 쓰세요?"

그날 저녁 탄궁다는 시진두의 한 작은 음식점에서 가게 주인이 몇 번이나 가게 문을 닫을 시간이라고 재촉을 할 때까지 배갈을 마시다 씩 씩거리며 가게를 나왔다. 술을 너무 마셔서 바람만 불어도 속이 메스꺼웠다. 구토가 나오려는 것을 겨우겨우 참았다.

집에 거의 도착했을 때 짙은 안개 너머로 자기 집에 환하게 불이 켜져 있는 것을 발견했다. 그는 비틀거리며 겨우 앞으로 나아갔다. 분명히 아침 일찍 나올 때 문을 걸어 잠갔는데 왜 집에 불이 켜져 있지? 다시 한 번 대문의 자물쇠를 만져보니 여전히 잠겨 있는 상태였다. 그런데 왜 불빛이 있는 거지?

부엌 쪽 불빛에 비쳐 어른거리는 모습이 누군가 사람이 있는 것 같았다. 도사 말처럼 펑 과부의 억울한 영혼이 있는 걸까? 의심을 떨쳐버릴 수가 없었다. 대문을 열고 살금살금 부엌 옆으로 다가가 안을 들여다보려는 순간, 갑자기 검은 그림자가 '쏴!' 하고 안에서 물 한 대야를 뿌렸다. 온몸이 흠뻑 젖었다. 탄궁다가 괴성을 지르자 상대방이 깜짝 놀라 꺄악, 비명을 질렀다.

"하필 지금!"

상대가 낄낄거리며 웃기 시작했다.

"아이구, 어쩌다 세숫물을 현장님 얼굴에 뿌렸네요."

여자 목소리였다. 탄궁다는 대충 얼굴의 물기를 닦고 주방 불빛 아래로 다가갔다. 자세히 살펴보니 지난번 쉬씨 사무실에서 만난 농촌 여자 장진팡이었다. 펑 과부의 영혼은 무슨!

그녀는 막 목욕을 하고 꽃무늬 반바지에 앞여밈 조끼 하나만 걸친 상태였다. 젖가슴이 불룩하게 솟아 조끼가 금방이라도 터져버릴 것 같았다. 그녀가 문가에 기대 키득거리며 탄궁다를 향해 속삭였다.

"탄 현장님, 나 기억 못하겠어요?"

"이제 더 이상 현장 아닙니다. 앞으로 그렇게 부르지 마세요."

탄궁다는 아직도 심장이 벌렁벌렁 뛰었다.

"그건 그렇다 치고, 내가 문을 잠그고 갔는데 어떻게 들어왔습니까?"

"잠근다고 못 들어오나요? 울타리 틈으로 비집고 들어왔죠."

장진팡은 수건을 비틀어 짠 후 탄궁다에게 다가와 머리의 물을 닦아줬다. 그녀의 젖가슴이 탄궁다의 눈앞에서 흔들거렸다. 빨간 반바지 차림의 허벅지가 뽀얗고 튼실했다. 몸에서 향긋한 비누냄새가 났다. 그녀가 데려온 대여섯 살의 아이가 조그만 입을 벌린 채 부엌 장작더미 위에 비스듬히 누워 잠이 들어 있었다. 여자는 목욕을 한 후라 싱그럽고 향기로웠다. 넓적한 얼굴에 가는 눈썹, 큰 눈, 발그스레한 피부색에 몸이 풍만했다. 탄궁다는 갑자기 속이 뒤틀리며 취기가 올라왔다. 그가 그녀를 멍하니 바라보자, 그녀 역시 그를 바라보며 요염하게 웃었다.

"왜 또 왔어요? 이제 안 온다고 하지 않았어요?"

탄궁다가 벽에 기댔다. 눈앞이 어지러웠다.

"집도 쓸려가고, 땅도 물에 잠겼는데 현에 안 오면 날더러 누굴 찾아가란 말이에요?"

여자는 여전히 웃고 있었다.

"현에서 푸지에 임시거처를 마련해주지 않았습니까?"

"그런 귀신같은 곳에서 사람이 어떻게 살아요? 아무렇게나 천막 몇 개 지어서 우리를 쑤셔 넣고 매일 쉰내 나는 찐빵 몇 개 던져주면 끝인 줄 알아요? 밤에는 모기장도 없어서 불쌍한 우리 애는 온몸이 모기에 물려서 살이 남아나질 않아요. 그저께 아침에 방역소 사람이 와서 약을 뿌렸는데 물어보니 콜레라 방역이래요. 간이 콩알만 해졌다고요. 콜레라가 돈다는 말에 그날 밤으로 아이를 데리고 현으로 달려왔죠. 현에 오니 날은 어두워지고 문은 다 닫혔는데 다행히 경비실 영감이 날 알아봅디다. 그런데 죽어도 문을 안 열어주는 거예요. 하는 수없이 물어물어 현장님 집을 찾아왔어요."

"일이 있으면 현에 가서 말해요. 그리고 난 이제 더 이상 현장도 아닙니다."

탄궁다가 다시 한 번 그녀를 일깨웠다.

장진팡은 탄궁다가 뭐라고 하든 말든 물독에서 물을 퍼서 조금 전 갈아입은 옷을 발 씻는 대야에 넣고 쪼그려 앉아 빨기 시작했다. 탄궁다가 아무리 나가라고 해도 여자는 들은 척도 하지 않고 빙그레 웃기만 했다. 그리고 이따금씩 몰래 그를 힐끗거렸다. 탄궁다는 되도록 위엄 있는 모습을 보이려 했지만 그의 목소리는 전혀 마음과 딴판으로 놀았다. 아무리 모진 말도 일단 입 밖으로 나오면 마치 봄날 풀밭을 흐르는 맑은 물처럼 부드럽고 달콤한 중저음의 속삭임으로 바뀌었다.

사방이 고요하고 창밖의 조각달이 푸르스름하게 차가운 빛을 내고

산하는 잠들고

있었다. 갑자기 그의 눈앞에서 달이 빙빙 돌기 시작했다. 이어서 부엌 전체가 마치 맷돌처럼 돌기 시작하더니 점점 그 속도가 빨라졌다. 똑바로 서 있을 수가 없었다. 몸이 앞으로 휘청거려 벽을 짚고 토악질을 했다. 장진팡이 잽싸게 다가와 젖은 손을 몸에 문질러 닦은 후, 그를 안고 등을 살살 두드려줬다.

한참 동안 구토를 하다 보니 마지막에는 쓰디쓴 푸른 물까지 나왔다. 둘의 얼굴이 너무 가깝게 붙어 장진팡 귓가의 머리카락이 때때로 그의 얼굴을 스쳤다. 장진팡은 계속해서 그의 등을 두드렸다. 탄궁다가 더이상 아무것도 토하지 않자 그의 한쪽 팔을 잡아 자기 어깨에 걸치고 그의 허리를 감싼 채 침실로 향했다.

바이샤오셴을 제외하면 여인과 이렇게 가깝게 붙어 있기는 40여 년 만에 처음이었다. 온몸이 흐느적거리고 기운이 하나도 없었다. 그러나 몸속의 피가 마치 고삐 풀린 야생마처럼 날뛰는 것은 느낄 수 있었다. 그녀의 땀 냄새에 불안한 그의 마음이 요동쳤다. 깊이 잠에 빠져들면서도 장진팡이 그의 신발과 양말을 벗기고, 옷의 단추를 푸는 것을 느낄 수 있었다. 여인이 젖은 수건으로 그의 목과 그의 가슴, 겨드랑이를 닦는 것도 느껴졌다. 장진팡의 작은 목소리도 들렸다.

"으이그 냄새! 도대체 며칠이나 목욕을 안 한 거야?"

그녀가 부채로 모기장의 모기를 쫓아내는 소리가 들렸다. 이어 금속의 모기장 고리가 '철렁' 채워지고 그를 꼬드기는 달콤하고도 불결한 목소리가 그의 귓가에서 울려 퍼졌다.

됐어, 이렇게 하니 얼마나 좋아! 아무것도 신경 쓸 것 없어. 편하게 해!

그는 돗자리에서 신나게 한 번 구른 후 침대로 기어 올라가 깊은 잠에 빠져들었다.

한밤중, 탄궁다는 머리가 찢어질 것 같은 두통에 잠에서 깼다. 모기장 꼭대기에 어두컴컴한 달빛이 비쳤다. 전등 줄을 잡아당기려고 더듬거리는데 웬 둥근 머리통이 손에 닿았다. 뭔가 잘못 되었다는 생각에 술이 확 깼다. 왼쪽을 더듬어보니 여자 얼굴이 잡혔다.

"물 마시려고요?"

아직 잠이 들지 않은 장진팡이 맑고 커다란 두 눈을 껌뻑이며 조용히 물었다.

그녀는 탄궁다의 팔을 잡아당겨 자기 가슴에 올리고 탄궁다가 아무리 용을 써도 놓아주지 않았다. 이렇게 경험이 풍부한 여자 앞에서 탄궁다는 세상모르는 철부지 아이 같았다. 그녀는 그의 손을 덧옷 아랫자락 쪽으로 가져간 후 그녀의 가슴을 향해 미끄러지듯 잡아당겼다. 젖가슴이 이렇게 크다니, 거의 겨드랑이까지 쳐져 있었다. 몸은 또 얼마나 부드러운가……. 이렇게 부드럽다니, 정말 신비스러웠다. 온몸이 땀으로 범벅이 된 장진팡은 돗자리에 반듯하게 누워 거친 숨을 몰아쉬기 시작했다. 그리고 나지막이 중얼거렸다. 어서, 어서……. 그녀의 숨소리가 빨라지면서 가슴이 심하게 오르내렸다. 사납고 흉측하게 일그러진 눈빛, 이를 앙다문 모습에 탄궁다가 재빨리 몸을 굽히며 그녀에게 물었다.

"장 동지! 저, 어디가 불편합니까?"

다음 날 아침, 잠에서 깬 탄궁다는 온몸이 편안했다. 이렇게 침대에 늘어져 있으니 아무 걱정도 없었다. 상쾌하게 불어오는 미풍에 마음이 편안했다. 탁자에 놓인 담뱃갑을 더듬어 잡은 후 한 개비를 꺼내 불을 붙이려고 하는데 실오라기 하나 걸치지 않은 자기 모습을 발견했다. 문득 한 가지 생각이 떠올랐다. 입에서 절로 '이런!' 소리가 흘러나오며 벌떡 자리에서 일어났다. 어찌나 놀랐는지 낯빛이 하얗게 질렸다.

곰곰이 생각해봤다. 어젯밤에 무슨 일이 있었지? 그런데 단편적인 모습만 떠오를 뿐, 기억이 나지 않았다. 마치 달콤하고도 먹먹한 꿈을 꾼 것 같았다. 황급히 옷을 걸치고 맨발로 집 구석구석을 돌아봤다. 장진팡 모자의 모습은 어디에도 보이지 않았다. 창밖 해당화나무에서 매화새 한 마리가 끊임없이 울어댔다.

마당으로 나가 대문을 활짝 열자 이름 모를 기쁨이 봇물처럼 밀려들었다. 모두 가버린 걸까?

그러나 그건 그의 헛된 바람일 뿐, 당연히 그럴 리가 없었다.

이내 탄궁다는 그들이 가져왔던 꼬질꼬질한 커다란 가방이 우물돈대에 걸쳐 있고 장진팡이 어젯밤에 빨아둔 옷이 빨랫줄에서 나풀거리고 있는 것을 발견했다. 부엌으로 가니 바닥도 깨끗이 비질이 되어 있고 물독에 물도 가득 채워져 있었다. 부뚜막을 만져보니 뜨거웠다. 솥을 열자 솥 바닥에 찐 밀가루 떡 한 덩어리와 계란 하나가 있었다.

막 빵을 집어 몇 입 먹지 않았을 때 마당에서 사람 목소리가 들렸다. 얼른 나가보니 장진팡이 한 손에는 노화계蘆花鷄(중국 토종닭의 한 종류) 수컷 한 마리, 다른 한 손에는 물이 뚝뚝 떨어지는 미나리를 들고 들어오고 있고, 아이는 엄마 뒤에 숨어 대문을 들어서고 있었다.

"일어났어요? 내가 만든 떡 맛있어요?"

장진팡이 웃으며 말했다.

그녀가 아이를 탄궁다 앞으로 밀었다.

"라바오臘寶, 아빠라고 불러. 어서."

아이가 잔뜩 겁먹은 얼굴로 탄궁다를 쳐다보더니, 홱 뒤돌아 달려가 엄마 허벅지를 꼭 끌어안았다. 장진팡의 얼굴이 찌푸려지면서 화를 냈다.

"오면서 내내 엄마가 뭐라고 했어? 엄마가 시킨 대로 부를 거야, 안 부를 거야?"

말을 마친 그녀가 아이의 뺨을 때리자 라바오가 으앙! 하고 울음을 터트렸다. 눈물, 콧물이 범벅이 되어 흘러내렸다.

장진꽝은 아이는 거들떠보지도 않고 수탉을 바닥에 패대기쳤다. 수탉이 푸드득 날갯짓을 하더니 바닥에 나뒹굴었다. 장진꽝은 닭이 죽지 않은 것을 보고 더 성질이 났는지 성큼 앞으로 다가가 닭 날개를 발로 밟고 머리를 지그시 눌렀다. 닭이 외마디 비명과 함께 목을 축 늘어뜨리고 죽었다.

장진꽝이 소매를 걷으며 탄궁다에게 말했다.

"다 먹었으면 가서 솥에 물 좀 끓여줘요. 낮에 보양삼계탕 끓여줄게요."

그녀가 발끝으로 땅바닥에 있던 빗자루를 튕겨 손에 비를 거머쥐었다. 손바닥에 '퉤, 퉤' 하고 침을 두어 번 뱉고 손을 비비더니 단단히 자세를 잡고 마당 청소를 시작했다. 라바오도 울음을 멈추고는 막대기를 들어 마당에 널브러져 있는 수탉 머리를 쑤시기 시작했다.

탄궁다는 입에 문 떡을 도저히 삼킬 수가 없었다. 눈앞에서 벌어지는 광경을 믿을 수가 없어 눈이 휘둥그레질 뿐이었다.

장진꽝은 마당 청소를 마치고는 곧이어 어젯밤에 자기가 비집고 들어오다 망가뜨린 울타리를 손보기 시작했다. 탄궁다가 깊이 숨을 들이마신 후 그녀 곁으로 다가가 바닥에 쪼그리고 앉아 나뭇가지 하나를 집어 바닥의 흙을 쑤셨다. 어떻게 말을 꺼내야 좋을지 난감했다.

"아주머니……."

한참 만에 그가 그녀를 불렀다.

장진팡이 이상야릇한 표정으로 고개를 돌려 그를 바라보더니 큰 소리로 웃었다.

"아주머니라니요. 이제 한 가족이 됐는데 그러면 이상하잖아요? 나도 이름 있어요, 앞으로 진팡이라고 불러요."

"진팡 동지, 난……."

도저히 그녀의 얼굴을 똑바로 바라볼 수 없었다. 탄궁다는 고개를 숙였다.

"우리 이야기를 좀 했으면 싶은데요."

"말해요."

장진팡이 큰 소리로 말했다.

그녀는 날랜 솜씨로 무너진 대나무 울타리를 세워 새끼로 단단히 묶었다. 탄궁다가 그녀의 소매를 잡아끌며 울타리 밖을 가리켰다. 장진팡이 밖을 내다보니 사람들 그림자와 함께 요란한 발소리가 들렸다. 그녀는 몸의 먼지를 털고 자리에서 일어나 웃었다.

"당신도 참! 정말 걱정도 많네요."

두 사람이 앞서거니 뒤서거니 방으로 들어갔다. 침실로 들어서자마자 장진팡이 문을 안에서 잠갔다. 침대 쪽으로 가서 가장자리에 앉아 머리의 두건을 벗었다. 그리고 몸을 옆으로 기울여 침대 가장자리 먼지를 털어냈다.

"당신도 여기 와 앉아요."

탄궁다는 차마 그녀에게 다가가지 못하고 침대 옆에 있는 탁자에 기댔다. 그가 덜덜 떨며 담배에 겨우 불을 붙이고는 힘껏 빨았다.

"내게 할 말이 있다면서요? 말해요."

손가락 사이에 낀 담배가 자꾸만 흔들렸다. 이상하게 손가락을 마음대로 움직일 수가 없었다.

"장진팡 동지, 언제 떠날 겁니까?"

"떠나요? 어디로요?"

장진팡이 그를 향해 기분 나쁘게 웃었다.

"내 말은 언제 여길 떠날 거냐고요!"

"날 쫓아내려고 한다는 것 알아요, 안 그래요?"

장진팡이 냉소를 지었다.

"안 돼요! 너무 늦었어요. 이제 땅도 갈았고, 씨도 뿌렸고 당신 사람이 됐어요. 그런데도 날 쫓아낸다면 당신은 개자식, 양심까지 팔아먹은 개자식이에요."

탄궁다는 억지웃음을 지으며 어젯밤에는 술을 너무 많이 마신 탓에 한순간의 실수로 그런 돼지, 개만도 못한 일을 저질렀다고 반성하면서 깊이 자아비판을 하겠다고 말했다. 이에 대한 보상으로 그간 모아둔 모든 월급을 아낌없이 그녀에게 주겠다는 말도 덧붙였다.

"다만……."

"다만 내가 떠난다는 약속만 해주면 그렇게 하겠다는 이야기죠? 안 그래요?"

탄궁다의 말이 채 끝나기도 전에 장진팡이 입을 벌리며 웃었다.

"어림 반 푼어치도 없는 소리! 좆 빼고 나니 그새 모른 척해? 당신이 내게 금으로 된 산을 준다고 해도 난 가지 않을 거야. 그리고 이제 난 당신 사람이니, 그 돈도 어차피 내 건데, 뭐."

그녀의 말을 듣고 나서야 상황이 그가 예상했던 것처럼 그리 간단하지 않다는 것을 깨달았다. 머리가 터질 것 같았다. 그는 멍하니 자리에 앉아 있었다. 뭘 어떻게 해야 할지 알 수가 없었다.

한참이 지난 후 그는 또 다른 말로 장진팡을 설득하기 시작했다.

"장진팡 동지, 아마도 당신은 지금 내가 얼마나 심각한 정치적 과오를 저질렀는지 모를 겁니다."

탄궁다는 일부러 '심각'하다는 말을 강조했다. 이미 자신은 현장이 아니며 자기가 어쩌다 자리에서 쫓겨나 처벌을 받고 있는지 처음부터 끝까지 털어놓았다.

장진팡은 일고의 가치도 없다는 듯 입을 삐죽거리며 웃었다.

"어디서 또 그런 거짓말로 날 속이려고 해요? 멍청하다고 생각했더니만 아주 똑똑하시네! 날 세 살짜리 어린애로 아시는군!"

그녀가 침대에서 뛰어내리며 살랑살랑 탄궁다 옆으로 다가왔다. 그리고 자신의 얼굴을 그의 얼굴에 붙이며 부드러운 목소리로 말했다.

"이봐, 멍청이! 내 생각에 당신은 태어나서 40년이 넘도록 여자는 냄새도 못 맡은 위인이야. 이제 내가 거저 당신의 마누라가 되어주겠다는데, 싫다고? 시골사람이라고 얕보지 마. 한창 때는 인근 마을을 통틀어 둘째가라면 서러운 미인이었다고! 다만 먼저 간 우리 집 귀신이 복이 없어서 당신 손에 굴러들어온 거라구. 당신네 탄씨 가문이 몇 겁의 복을 쌓아 이런 행운이 굴러들어왔는데, 이렇게 쩨쩨하게 구시기야?"

탄궁다가 무슨 말을 하려고 했지만 장진팡은 두꺼운 입술을 들이대며 그의 입술을 막아버렸다. 몸이 흐물흐물해지며 금방이라도 마비될 것 같았다. 탄궁다는 하는 수없이 손으로 그녀를 막았다. 그녀가 다시 숨을 헐떡이기 시작했다. 그녀의 숨소리에 탄궁다의 심장도 들썩이기 시작했다. 이 여인의 몸은 마치 발효가 잘된 밀가루반죽처럼 나긋나긋했다. 두 사람이 비틀거리며 침대 쪽으로 다가갔다. 마치 작은 잘못 하나를 없애기 위해 더 큰 잘못을 저지르려는 것 같았다. 그는 마음을 모질게 먹은 후 일단 시작한 것, 완벽하게 끝내자는 심정으로 그녀를 침대에 누르고 한 손으로 그녀의 바지에서 허리띠를 빼내려 했다. 장진팡은 탄궁다가 한껏 성욕이 달아오른 것을 보고 일부러 힘껏 그의 손을 뿌리치며 그를 비웃었다.

"이럴 거면서 날 쫓아내겠다고?"

탄궁다가 멋쩍게 웃으며 말했다.

"쫓아내지 않을 거요."

"잘 생각했어요. 마음 변하면 안 돼요!"

탄궁다는 절대 변치 않겠다고 맹세했다.

장진팡은 자꾸만 그에게 맹세를 요구했고 거듭해서 더 독하게 다짐을 받았다. 그녀는 탄궁다가 계속해서 확답을 한 후에야 손을 풀었다. 얼마 지나지 않아 두 사람은 벌거벗은 채 침대에 누워 있었다. 마치 죽은 개처럼 축 늘어졌다. 탄궁다는 조용히 담배를 피우며 이렇게 된 이상 차라리 잘 됐다고 자신을 설득했다. 이것도 좋아, 정말 잘됐어! 장진팡이 머리를 그의 팔에 기대며 키득거렸다. 탄궁다가 뭐가 그리 우스운지 물었는데도 그녀는 아무런 대답도 하지 않았다. 잠시 후 장진팡이 그의 코를 꼬집으며 가만히 속삭였다.

"당신은요, 정말 바보예요."

탄궁다가 멍하니 자기를 바라보자 여자가 계속해서 말했다.

"홍수가 물러간 후 현에서 우리더러 몇 번이나 시골로 돌아가 집을 재건하라고 하더라고요. 하지만 현에서도, 향에서도 돈을 얼마 줄 수 없다는데 그걸로 어떻게 새 집을 지어요? 그래서 현 정부를 찾아가 난리를 좀 피우고 돈이나 몇 푼 얻어 생활에 보태려고 했죠. 그런데 현위원회

산하는 잠들고

입구에 가니 날은 어두운데 경비실에서 한사코 우리를 들여보내주지 않는 거예요. 간부들이 모두 퇴근했으니 다음 날 다시 오라고. 우리 모자는 둘이서 불쌍하게 한참 동안 거리를 헤맸어요. 묵을 곳도 못 찾겠지, 가진 돈도 없지……. 그때 갑자기 당신이 생각났죠. 길가에서 아무나 붙잡고 물어보니 금방 당신 집 주소를 알 수 있었어요. 당신 집에 와 보니 대문은 닫혀 있고 한참을 기다려도 돌아오지 않아서 그냥 떠나려고 했었어요. 그런데 우리 집 라바오가 눈이 보배죠, 글쎄 당신 집 울타리에 난 구멍을 발견한 거예요. 그때는 배가 고파서 눈앞은 어질어질한데 주위를 살펴보니 사람은 아무도 없고, 이것저것 따질 겨를이 없었어요. 원래는 그냥 여기서 물 한 대접이나 먹고 대충 밤을 넘길까 했어요. 운이 좋으면 돈이나 몇 푼 얻어서 다음날 돌아가고, 운이 나쁘면 다음 날 현에 가서 난리를 또 한바탕 피우고요. 그런데 당신이 옴팡 취해서 돌아온 거예요. 당신이 내 몸을 물끄러미 쳐다보기에 속으로 현장이나 되는 사람이 어쩜 저렇게 경박할까, 라고 생각했어요. 그런데 순간 '이런 방법도 있구나'란 생각이 들었어요. 사실 나부터도 깜짝 놀랐어요. 현장이 마흔인데 아직 결혼을 안 했다고 하더니 음심이 생길 수도 있겠다고 생각했죠. 내가 단언컨대 부엌으로 들어온 순간부터 당신의 눈은 날 떠난 적이 없어요. 난 속으로 생각했죠. 다시 한 번 당신을 자극하면 정말 내 생각대로 진행될 수 있겠더라고요. 그 결과는 바로! 정말 성공을 했죠."

이렇게 말한 후 탄궁다를 안고 신나게 웃어댔다.

탄궁다는 순간 말을 잃었다. 후회해도 소용이 없었다. 마음속에 그저 이렇게 되었으니 차라리 잘됐어, 라는 생각뿐이었다.

저녁 무렵, 이웃에 사는 쉬씨가 퇴근하고 돌아와 그에게 편지 한 통을 쳤다. 안으로 들어온 쉬씨는 탄궁다가 모자 둘과 다정하게 한 탁자에 둘러앉아 밥을 먹고 있는 모습에 너무 놀란 나머지 그 자리에서 옴짝달싹 못한 채 말도 제대로 잇지 못했다.

야오페이페이가 그에게 쓴 편지였다. 일력 뒷면에 쓴 아주 간단한 편지였다.

전화가 안 되네요. 상의할 일이 있어요.
저도 현에 사직서를 낼까하는데 어떻게 생각하세요?

그날 밤, 탄궁다는 밤새도록 잠을 이루지 못했다. 장진꽝이 자꾸만 부르고, 건드리고, 집적대도 그는 짜증스럽기만 했다. 그녀의 몸에는 손도 대지 않았다. 아이가 그의 옆에서 살짝 코를 골며 자고 있었다. 그는 속으로 페이페이의 이름을 부르며 회한의 눈물을 흘렸다.

페이페이. 페이페이.

4

탄궁다가 해직된 후 그의 책상은 계속 비어 있었다. 야오페이페이는 첸다쿼이 신임 현장 대행으로 이곳에 오면 아침저녁으로 그를 봐야 하는데 어떡하나, 자꾸만 불안했다.

그녀는 온종일 첸다쿼이 갑자기 자기 사무실에 나타나 그녀를 이상야릇한 표정으로 바라보지 않을까 조마조마했다. 하지만 2, 3주가 지나도 그녀가 걱정하는 일은 일어나지 않았다. 복도에서 한 번 마주친 적은 있었다. 어쩌다 다쳤는지 머리에 붕대를 감고 있었는데 붕대에 살짝 진홍빛 피가 배어나와 있었다. 나중에 알고 보니 탄궁다가 찻잔을 던지는 바람에 생긴 상처라고 했다.

그날 오후, 첸다쥔이 사무실로 탄궁다를 찾아와 이야기를 나눴는데 얼마 지나지 않아 둘이 다투기 시작했다고 한다. 마당에서 석탄 난로를 피우고 있던 경비원 창씨는 위층에서 찻잔 깨지는 소리가 나는 것을 듣고 뭔가 소동이 벌어졌음을 직감했다. 무슨 일인지 위에 올라가보려고 하는데 갑자기 재떨이가 창문 너머로 날아왔다. 위층으로 달려가 보니 복도에 사람들이 가득 몰려 있었다. 첸다쥔과 탄궁다 두 사람이 맞붙어 복도까지 밀려나온 상태였다. 첸다쥔이 손으로 이마를 누르고 있었다. 손가락 사이로 핏방울이 떨어졌다. 탄궁다가 미친 듯이 청석靑石(옹회암)으로 만든 문진文鎭을 휘두르고 있었다. 마흔이 넘었지만 어쨌거나 군인 출신인 그가 성질을 부리자 젊은 사람 두세 사람이 달려들어도 말릴 수가 없었다. 위층까지 맞붙어 올라가고 난 후에야 두 사람을 겨우 떼어놓을 수 있었다. 탄궁다가 몸부림을 치며 욕을 퍼부었다.

"빌어먹을 얼간이! 네가 그때 중대에서 그 추잡한 짓을 했을 때 총살해버리지 못한 게 후회막급이다!"

첸다쥔은 아무런 대꾸도 없이 사람들에게 둘러싸여 황급히 의무실로 향했다. 창씨가 다른 몇몇 사람과 함께 탄 현장을 부축해 사무실로 가려고 할 때였다. 바이팅위 서기가 4층 난간 손잡이에 기대 한가롭게 담배를 태우다 아무 말 없이 순식간에 사라져버렸다.

탄궁다가 해직된 후 야오페이페이는 자신의 존재 역시 점차 사람들에게 잊히고 있다는 느낌을 받았다. 그녀에게 지시를 내리는 사람도 없었고 그녀 사무실로 전화를 거는 이도 없었다. 그렇게 날이면 날마다 탁자 앞에 앉아 턱을 괴고 멍하니 창밖을 바라봤다. 입당신청서도 제출을 안 했지만 양푸메이 역시 더 이상 재촉하지 않았다. 성 정부 발령 역시 아무런 소식이 없었다. 이렇게 정적만이 감도는 여름, 그녀는 온종일 나른하게 졸면서 시간을 축내다보니 심장까지 곰팡이가 스는 느낌이었다. 수년 간 마음속에 차곡차곡 쌓여 있던 생각이 수면으로 떠오르기 시작했다

일단 사직을 해야겠다는 생각이 들었다.

하지만 그만두면 어디로 갈 수 있을까? 고모부가 막 부교장이 되었을 때는 그래도 좀 괜찮은 상황이었다. 고모부에게 메이청 고등학교 국어 선생님으로 취직을 시켜달라고 부탁하고 싶었다. 나름 공부도 많이 했고 부족한 부분이 있다면 가르쳐본 경험이 없다는 것뿐이었다. 중, 고등학교가 안 된다면 소학교 아이들에게 글자를 깨우쳐주는 일쯤은 전혀 문제없었다. 그런데 문제는 고모부 쪽에서 일이 터졌다는 것이다. 게다가 지난번에 본 고모부 시말서를 떠올리니 고모부 역시 믿을 만한 사람이 아니라는 생각이 들었다.

퇴근할 때면 매일 자전거를 타고 전에 산가지를 팔던 메이청 목욕탕 앞을 지나갔다. 이상하게 자꾸만 눈길이 갔고 그럴 때마다 언젠가 다시 그곳으로 돌아가 산가지를 팔게 되지나 않을까, 라는 이상한 예감이 들었다. 얼룩덜룩 석회를 바른 목욕탕 대문과 아치형 머릿돌 위의 시멘트로 만든 색 바랜 오각형 별을 바라보고 있자니 마음이 공허하기도 했지만 그만큼 안정도 됐다. 그런데 어느 날 갑자기 목욕탕 쪽에서 '웅웅' 하고 직조기 돌아가는 소리가 들리면서 흰 옷에 흰 모자를 쓴 여공들이 들락거리기 시작했다. 알고 보니 목욕탕은 일찌감치 사라지고 그곳

에 방직공장이 새로 문을 연 상태였다.

이제 정말 어디 섬이라도 가서 은둔생활을 해야 된단 말인가? 눈앞에 탄궁다의 얼굴이 떠올랐다. 사실, 그 사람이 셔츠의 목깃이 꼬질꼬질 더럽지 않았다면, 몸에 잘 맞는 옷을 맞춰 입고 단추를 잘 채우고 깨끗하게 다녔다면 제법 괜찮은 사람이었을 것이다. 탄궁다를 생각하니 애가 탈 정도로 안타까웠다. 정말이지 인간세상에서 완벽하게 사라져버린 사람처럼, 한 달이 넘도록 그의 소식을 듣지 못했다. 전화 한 통이 없었다. 멍청해도 이만저만 멍청한 게 아니야! 당시 그가 바이샤오셴과 좋은 만남을 이어가자 본능적으로 질투심이 일어 괜히 이래저래 그의 속을 뒤집었다. 이상하게 입만 열었다 하면 불평불만이 끊임없이 줄줄 새어나왔다. 그러다 가까스로 마음을 다잡았다. 심지어 탄궁다가 바이샤오셴과 결혼을 하면 무슨 선물을 하면 좋을까 생각까지 하게 되었는데, 탄궁다가 얼토당토않은 말로 자신을 놀렸다. 둘이서 작은 섬에 가서 농사짓고, 베를 짜며 살아가자고 하는 것이 아닌가. 그가 너무도 확고하게 그런 약속을 하는 바람에 야오페이페이는 그날 밤 눈을 말똥말똥 뜨고 하늘의 별을 세며 밤새도록 잠을 이루지 못했다. 그런데 그런 약속은 깡그리 잊어버리다니. 다음 날 그는 아무 일도 없었던 것처럼, 아무 일도 일어나지 않았던 것처럼 여전히 멍청했다.

탄궁다가 해직되던 날, 그는 책상에 쌓여 있던 문서와 종잇조각들을 모조리 집어던졌고, 결국 야오페이페이 혼자 그것들을 다 치워야 했다. 종잇조각들을 정리하던 그녀는 잔뜩 구겨져 바닥에 떨어져 있는 흰 종이뭉치들을 펼쳐봤다. 그 위에 자기 이름이 가득 적혀 있었다. 세어보니 모두 13번 '페이페이'가 적혀 있었다. 분명히 탄궁다의 글씨체였다.

종이 아래쪽에는 이상한 셈이 적혀 있었다.

1961-1938=23

1938-1912=26

27-23=4

전에도 이런 등식을 본 적이 있었는데 대체 무슨 셈을 한 건지 알 길이 없었다. 자기 이름이 쓰여 있으니 분명히 자기와 관련이 있을 것 같았다. 이 묘한 숫자에서 자신이 줄곧 알고 싶어 했던 어떤 은밀한 비밀을 알아낼 수 있을지도 모른다. 그녀는 그 종이를 몰래 바지 주머니에 숨겨 집으로 가져와 등불 아래에서 인상을 잔뜩 찌푸린 채 곰곰이 생각에 빠졌다.

밤이 깊도록 머리에 쥐가 날 정도로 보고 또 봤지만 숫자와 등식이 무엇을 뜻하는지 알 수 없었다. 잠이 들기 전 우연히 탁자 위에 놓인 탁상용 달력이 눈에 들어왔다. 그 순간, 그녀는 기쁨의 함성을 지를 뻔했다. 1961은 연도, 올해가 1961년이야. 1938은 페이페이가 태어난 해, 23세는 자기 나이였다. 내 나이를 계산하고 있었던 거야?

두 번째 셈도 그리 어렵지 않았다. 1912이라는 숫자는 아마도 탄궁다의 출생연도일지 모른다. 그가 줄곧 자신은 신해혁명 다음 해에 태어났다고 말했기 때문이다. 그렇다면 26은 두 사람의 나이차를 말해준다. 두 사람의 나이차가 너무 커서 심리적으로 큰 부담을 느끼고 있었다면 (사실 전혀 그럴 필요가 없는데 말이다) 자신에 대한 어정쩡한 그의 태도가 충분히 해석 가능했다. 하지만 바이샤오셴의 나이 역시 자기보다 많지 않은데 그 여자에 대해선 왜 걱정을 하지 않았던 거지? 왜 그런 걸까?

만날 수만 있다면 물어보면 좋으리라.

그렇다면 세 번째 셈은 또 무엇을 설명하는 것일까? 핵심은 27이라는 숫자였다. 한참 동안 생각했지만 무슨 숫자인지 알 수가 없었다. 그 후로 계속해서 며칠 동안 그녀는 종이에 적힌 숫자를 여기저기에 다 맞춰봤지만 아무리 머리를 써 봐도 27이란 숫자에 대한 답은 얻을 수가 없었다. 이 숫자게임이 그녀에게는 상상 속에서 탄궁다와 연결되는 유일한 통로였다.

여러 번 그의 집으로 전화를 걸었다. 그러나 매번 전화통에서는 호루라기를 부는 것처럼 '삐삐삐' 소리만 들릴 뿐이었다. 직접 그의 집에 가볼까 생각도 했지만 정확한 주소를 알지 못했다. 다만 어렴풋이 신방 판공실의 쉬씨가 그의 옆집이라는 말을 들었던 기억이 났다. 물론 부끄럽기도 하고 자존심 때문에라도 찾아갈 엄두가 나지 않았다.

결국 그녀는 탄궁다에게 편지를 써서 쉬씨를 통해 전달하기로 결심했다. 거의 꼬박 하루가 걸려 편지를 썼다. 쓰고 찢고, 또다시 쓰다 보니 휴지통이 종이로 가득 찰 정도였다. 편지를 지나치게 노골적으로 쓸 순 없었다. 그랬다가 상대방으로부터 거절을 당하면 모욕을 참을 수 없을 것 같았다. 아무리 생각해도 그럴 가능성도 없지 않았다. 탄궁다가 그녀에게 대놓고 가슴을 설레게 하는 그런 미친 이야기를 했던 적도 있었지만 그의 진짜 마음은 알 길이 없었다. 종이에 적힌 숫자는 그의 걱정을 말해주는 것 이외에는 어쨌거나 그리 많은 문제를 설명해주지 못했다.

편지를 지나치게 어렵게 쓸 수도 없었다. 그렇게 되면 탄궁다처럼 단순한 사람은 내용을 대수롭지 않게 생각할 것이며, 그 안에 담긴 자신의 마음을 파악하지 못할 가능성이 높았다. 그렇게 해서 거의 퇴근 시간이 되어갈 무렵에야 겨우 편지를 완성했다. 편지는 단 한 줄이었다.

페이페이는 두 연인 사이에 꼭 말을 해야 한다면 겨우 이 정도의 말밖에 할 수 없을 것이라 생각했다.

전화가 안 되네요. 상의할 일이 있어요.
제가 현에 사직서를 낼까 하는데 어떻게 생각하세요?

그녀는 이런 내용이 차갑지도 뜨겁지도 않으며, 비굴하지도 거만하지도 않다는 생각에 스스로 만족스러웠다. 겉으로는 냉정하게 별다른 흔적을 남기지 않았지만 사실 그 안에는 상대방이 그녀를 위한 결정을 내려주길, 나아가 상대방이 자신을 책임지고 이끌어달라는 뜻이 담겨 있었다. 그녀는 귓불이 화끈 달아오르며 얼굴에 홍조가 피어올랐다. 다시 한 번 심사숙고한 끝에 편지 내용을 다음과 같이 바꿨다.

전화가 안 되네요. 상의할 일이 있어요.
저도 현에 사직서를 낼까 하는데 어떻게 생각하세요?

이전과 비교해 '저도'라는 표현만 바뀌었지만 한층 더 깊은 의미를 담고 있었다. '저도'라는 표현 하나로 탄궁다의 해직과 자신의 자발적인 사직 사이에 인과관계를 발생시키면서 해직당한 탄궁다에 대한 동정과 함께 그를 따르겠다는 의도를 드러냈다. 심지어 어느 정도 두 사람 운명의 공통성과 더불어 자신이 그와 환난을 함께하려 한다는 결심을 드러낼 수도 있었다. 편지에 약간의 사적인 감정을 집어넣기 위해 그녀는 편지 말미에 '야오페이페이'라고 쓴 서명을 그냥 '야오'라고 고쳤다. 잠시 생각해보니 영 마음에 들지 않아 '페이페이'로 고쳐 썼다. 그러나 그것도 마음에 들지 않아 조금 뻔뻔스럽게 '페이페이' 대신 '페이'라는 말로 끝냈다. 편지를 다시 옮겨 적은 후 편지봉투에 넣어 밀봉하고 나자 금방이라도 쓰러질 것처럼 온몸이 녹초가 되고 말았다.

신방판공실로 가는 길, 그녀는 그 바보가 그래도 자기 마음을 몰라주면 어떡하나 불안했다.

다음 날 출근하자마자 야오페이페이는 문 앞의 바닥에 떨어져 있는 편지 한 통을 발견했다. 아마도 쉬씨가 문틈으로 밀어 넣은 것이리라. 편지를 주워들었지만 열어볼 용기가 나지 않았다. 밀봉을 하지 않은 편지봉투를 보며 불길한 예감이 들었다. 탄궁다의 답신은 이러했다.

야오페이페이 동지,
사직은 오로지 당신 자신이 결정해야 하는 일입니다.
나는 아무런 의견이 없습니다.
-탄궁다

그녀의 눈에 편지지 상단에 빨간 글씨로 적힌 '메이청현 인민정부 공함'公函이라는 글자가 아프게 파고들었다. 도저히 자기 눈을 믿을 수가 없었다. 화가 치밀어 온몸을 부들부들 떨면서 입술을 꽉 깨물었다. 어찌나 세게 깨물었는지 하마터면 입술이 찢어질 뻔했다.

탄궁다는 그녀가 어떤 희망도 품지 못하도록 '오로지'와 '아무런'이란 표현으로 일말의 여지도 주지 않고 거부의사를 드러냈다. 마치 험악한 표정에 두꺼운 모자까지 쓰고(페이페이가 아니라 야오페이페이 동지라고 지칭한 것을 말한다) 긴 장화를 신어(그녀가 기대하고 있던 '궁다'나 '다'라는 다정한 표현 대신 '탄궁다'라 쓴 것을 말한다) 온몸을 중무장한 사람처럼 보였다. 이에 비하면 자신의 편지는 거의 발가벗은 상태나 마찬가지였다. 편지봉투와 함께 편지지를 갈기갈기 찢어버렸다. 눈물이 맺혔다가 자기도 모르게 주르르 흘러내렸다. 정말 수치스럽고 모욕적이었다. 이어진 감정은 적개심이었다. 자신의 모든 불행을 그가 가져다줬다는 생각이 들었다. 메이청의 목욕탕에서 자신을 발견하고 현위원회로 불러들이지 않았다면, 가슴 밑바닥에 보은의 마음이 자리하지도 않았을 것이고, 마흔도 넘은 늙수그레한 남자에게 어떤 환상 같은 것도 품지 않았을 텐데……. 탄궁다는 마치 옛 소설 속, 화살에 맞은 여우요정을 살려주었다가 돌연 다시 내팽개치고 모른 척하는 서생 같았다. 나라는 인간, 정말 자업자득이야, 자업자득…….

실컷 탄궁다를 욕하고 난 그녀는 다음으로 자신을 원망하기 시작했다. 다시는 그를 상대하지 않을 거라고 맹세했다. 탄궁다가 이미 해직을 당하긴 했지만 그래도 분이 가시지 않았다. 그녀는 속으로 그에게 지옥에나 떨어지라고 저주를 퍼부었다.

그러나 이런 지독한 원망은 겨우 2주밖에 지속되지 않았다. 7월 마지막 주 금요일, 결국 그녀는 자신의 수치심과 의심, 원망을 뒤로 하고 마지막 몸부림을 쳐보자는 심정으로 다시 한 번 탄궁다에게 편지 한 통을 보냈다. 직접 그를 만나기로 했다. 그의 답장을 기다리느라 꼬박 불면의 밤을 보내고 싶지 않았기에 편지 쓰는 시간을 금요일 오전까지 미루고 또 미뤘다. 이렇게 편지를 발송한 후 퇴근했다. 상대방이 그녀에게 거절의 답장을 보내고 싶어도 알릴 시간이 없도록 했다. 심사숙고한 끝에 약속장소도 그녀가 자주 가는 청진관으로 정했다. 메이청에는 청진관이 그곳 하나밖에 없었고, 현 정부에서도 그리 멀지 않았다. 그가 그곳을 모를 리가 없었다. 편지 내용은 다음과 같다.

산하는 잠들고

내일 밤 6시, 청진관에서 뵙겠습니다. 말씀드릴 일이 있습니다.

나오실 때까지 기다리겠습니다. 꼭, 꼭, 나와 주십시오.

그러나 그날 밤 야오페이페이는 꼬박 한숨도 잠을 이루지 못했다. 30분 정도 늦게 나가는 식으로 소심한 앙갚음을 해야겠다고 생각했지만, 다음 날 그녀는 원래 약속시간보다 10분이나 일찍 청진관에 도착했다. 10분이라는 힘겨운 시간이 초조와 혼돈 속에서 흘러갔다. 시간이 마치 흐르는 물결처럼 그녀의 손가락 틈새로 매끄럽게 빠져나가는 동안 그녀의 마음속에 자리한 광란의 소리도 점점 커져만 갔다. 탄궁다! 더 이상 안 나타나면 당신을 죽여버릴 거야! 죽여버릴 거야! 죽여버릴 거야! 그녀의 눈이 한시도 쉬지 않고 뚫어져라 창밖의 가로수 길을 노려봤다. 그렇게 7시 15분이 돼도 탄궁다는 나타나지 않았다. 종업원이 품에 메뉴판을 안고 벌써 두 번째 그녀에게 다가와 주문할 음식을 물었다. 그녀는 다짜고짜 큰 소리로 답했다.

"그래. 죽여버리겠어!"

"네?"

종업원이 놀라서 그녀를 바라봤다.

페이페이가 쑥스러운 듯 미소를 지으며 뭐라고 해명을 하려는 순간, 갑자기 온몸이 굳으며 하마터면 눈물을 쏟을 뻔했다. 두 손이 지그시 그녀의 어깨를 눌렀기 때문이다. 고난을 구제하는 보살, 드디어 당신이 왔어! 그러나 고개를 돌린 순간 그녀는 실망감을 감출 수 없었다.

탕비원이었다.

"너 혼자야? 아니면 다른 친구랑 약속이 있어?"

탕비원이 고개를 갸우뚱하며 웃는 얼굴로 그녀에게 물었다.

야오페이페이가 당황한 목소리로 대답했다.

"응, 응······. 나 혼자, 혼자야."

"그럼 같이 먹자."

탕비윈이 다짜고짜 그녀 맞은편에 앉았다.

그녀가 담뱃갑을 꺼내 툭툭 털어 야오페이페이에게 내밀었다. 잠시 주저하던 페이페이가 담배 한 개비를 꺼냈다. 탕비윈이 불을 붙여줬다. 이때 옆 탁자에 앉아 있던 노인 한 사람이 쳐다보며 말했다.

"아가씨, 여자에게 흡연은 안 좋아."

노인의 말이 떨어지기가 무섭게 탕비윈이 탁자를 내리치며 벌떡 일어서서 노인에게 삿대질을 했다.

"헛소리하고 자빠졌네. 꺼져!"

노인이 깜짝 놀라 고개를 움츠렸다.

"그래, 그래. 내가 말하지 않은 것으로 하지. 아무 말도 하지 않았다고 말이지······."

노인은 화가 나서 진저리를 치며 벌떡 일어나 자리를 떠나버렸다.

탕비윈의 얼굴은 마치 찬 서리를 맞은 가을 나뭇잎처럼 누렇게 떠서 기운이 하나도 없었다. 몸도 많이 여위어 쇄골이 유난히 도드라졌다. 눈언저리는 거뭇거뭇하고 얼굴도 조금 부어 있었다. 두 사람은 담배를 피우며 서로 마주보았다. 둘 다 먼저 입을 열기 싫은 듯했다.

지난번 회의실에서의 불쾌함이 마치 가시처럼 페이페이의 목에 걸려 있었다. 상대방이 먼저 무슨 말이든 하기 전에는 페이페이는 그녀를 용서하고 싶지 않았다. 하지만 탕비윈의 이런 모습에 대해 본능적으로 마음이 편치 않았다. 혹 탕비윈 역시 같은 생각을 하고 있는 건 아닐까. 어색한 침묵이 잠시 이어진 후 야오페이페이가 탁자 밑으로 상대방의 구두코를 찼다.

"뭐 생각해?"

그녀가 얼굴을 붉히며 물었다.

"죽고 싶어."

탕비윈이 무표정한 얼굴로 대답했다.

그녀가 수건을 꺼내 눈물을 닦았다.

"또 무슨 일이 있는 거야?"

야오페이페이가 그녀의 한쪽 손을 지그시 잡았다.

탕비윈이 최근 자신의 자살 시도에 대해 말하기 시작했다. 보름 전쯤, 아버지가 마름질할 때 쓰는 죽도를 이용했다. 그녀가 손목을 들어 왼손 팔찌를 밀어 올리자 딱지가 앉은 상처가 드러났다.

첸다쿤의 미친 마누라 텐샤오펑에 대한 이야기가 나왔다. 어느 날 텐샤오펑이 감로정에 있는 첸다쿤의 집에 쳐들어와 첸다쿤의 앞에서 그녀의 양쪽 따귀를 후려갈긴 것도 모자라 벽에 머리를 처박았다. 텐샤오펑은 탕비윈에게 개잡년, 쓰레기, 파렴치한 계집애 등등 차마 들을 수 없는 역겨운 욕설을 되는대로 퍼부었다. 그런데 첸다쿤은 가만히 서서 한가롭게 담배를 문 채 심지어 미소까지 띄우며 그 모습을 바라만 보고 있었다.

그녀는 두 달 전 또 낙태를 했다. 현 의원에서 한 남자의사가 인공유산을 시켰다. 의사는 이번에 인공유산을 하고 나면 아마 영원히 아이를 갖지 못할 수도 있을 것이라고 말했다.

탕비윈은 주위도 아랑곳하지 않고 자신이 겪은 이야기를 모두 털어놨다. 야오페이페이가 몇 번이나 목소리를 낮추라고 경고했지만 탕비윈은 신경을 쓰지 않았다. 그녀의 목소리가 갈수록 커지면서 페이페이의

얼굴에까지 침이 튀었다. 마치 부슬비가 오는 것 같았다. 다행히 식당에
는 사람이 별로 없었다. 종업원 하나가 멀찌감치 서서 손에 파리채를 들
고 파리를 잡고 있었다.

탕비원은 뇌진탕 증세가 있어 집에 보름 넘게 누워 있었다고 했다.
그런데 병이 낫자마자 첸다쿼이 전화로 그녀를 불러냈다. 그는 진지하
게 그녀와 헤어져야겠다고 말하면서 더 이상 자신을 성가시게 하지 말
아달라고 말했다. 두 사람 사이에 아무 일도 없었던 것처럼 해달라는
이야기였다. 첸다쿼은 이에 대한 대가로 현 정부 판공실 부주임과 현의
여성연합회 주임 두 자리 중 하나를 제안했다.

"뭘 고를 건데?"

야오페이페이가 웃었다.

"너라면?"

탕비원이 웃으며 그녀에게 물었다. 두 사람은 서로의 눈을 바라봤
다. 굳이 말을 하지 않아도 서로의 마음이 느껴졌다. 이유는 잘 모르겠
지만 비원의 웃는 얼굴이 예전처럼 맑고 깨끗하지 않았다. 안개가 드리
운 것처럼 막막하고 어두웠다.

"다 끝났어."

탕비원이 한숨을 쉬었다.

"이젠 그 사람 원망하지 않아. 원망이라면 딱 한 사람 원망할 사람
이 있지."

"나?"

"그래."

진심이든 농담이든 듣는 페이페이로서는 그녀의 말이 마음에 걸렸
다.

페이페이는 입술을 앙다물고 경악에 가까운 눈초리로 비원을 잠시 바라보다가 침착하게 말했다. "내 탓을 하면 안 돼! 자업자득이야!"

탕비원이 '흥!' 하고 웃더니 속을 긁었다.

"내가 너랑 비교나 되겠어? 얼마나 잘 나가시는 몸인데! 끝내주지! 입당도 하시고, 간부로 발탁도 되시고, 성으로 전근도 가실 텐데! 자신은 멀쩡한 채로 다른 사람을 엉망으로 만들어놓고! 내가 네 능력의 반만 돼도 이 모양으로 엉망이 되진 않았을 거야. 얼마 전 홍수가 났을 때도 난 병원에서 꼬박 사흘 밤낮을 눈 한 번 못 붙이고 종아리가 땅기고, 잇몸이 다 부을 정도로 일했는데도 누구 하나 알아주는 사람 있었어? 그런데 넌 어땠어? 편안하게 이틀 동안 병상에 누워 지내놓고도 선진적이란 평가를 들었지!"

"그런 식으로 말하면 나도 너랑 마찬가지로 재수가 없어야 해? 그것도 너보다 더 재수가 없어야 마음이 흡족하단 거야?"

야오페이페이 역시 목청을 높였다. 그녀의 눈에 핑그르르 눈물이 고였다.

이 말이 비원의 아픈 상처를 건드렸는지, 그녀는 한동안 말없이 줄줄 눈물만 흘렸다. 그 바람에 진하게 화장한 얼굴이 엉망이 되었다. 비원이 갑자기 페이페이의 손을 잡더니 자기를 용서해달라고 했다. 거의 미치기 직전이라 날이 밝을 때까지 매일같이 뜬눈으로 밤을 샌다고 했다. 한 차례 자살 시도를 한 후로 행여 또다시 바보 같은 짓을 하지 않을까 그녀의 어머니는 집안의 칼과 밧줄을 모두 숨겨놨다고 했다. 비원이 그날 회의실에서 일부러 페이페이를 모른 체했던 건 그날 아침 병원에서 보내 온 검사결과표를 받았기 때문이라고 했다. 황달 간염에 걸렸다는……

비원이 간염에 걸렸다는 소리에 야오페이페이는 마치 전기에 감전된 사람처럼 흠칫하며 쥐고 있던 젓가락을 움츠렸다. 그러면서도 행여 감염을 우려하는 마음을 들킨 것은 아닌지 미안한 생각이 들어 얼굴이 새빨개졌다.

탕비원이 피식 웃을 뿐, 아무 말도 하지 않았지만 야오페이페이는 얼굴이 자꾸만 화끈거렸다.

그간 어색해진 묘한 관계를 회복시키기 위해 두 사람은 애써 상대방의 비위를 맞추며 자아비판을 서슴지 않았다. 그러다보니 지나치게 예의를 차리는 바람에 오히려 분위기가 더 어색해졌다. 문제는 이 두 여자가 마치 두 개의 거울을 들여다보듯 상대방에게서 각자의 마음을 들여다봤다는 것이었다. 마음이 울적해진 야오페이페이는 조금 전 인정머리 없었던 자기 행동에 대한 보상이라도 하듯 힘들게 입을 열었다.

"너 국수 남길 거야? 난 아직 배 다 안 찼는데."

페이페이가 이렇게 말한 후 이것저것 따질 것 없이 비원의 그릇을 가져다 먹으려 했다. 탕비원이 그녀의 손을 막으며 가만히 말했다.

"더 먹고 싶으면 다시 한 그릇 시켜. 간염은 전염돼. 장난처럼 생각하면 안 돼."

식당을 나갈 때는 두 사람이 서로 밥값을 내겠다고 우겨 돈 받는 사람이 난처해할 지경이었다.

탕비원이 갑자기 생각이 난 듯 빙그레 웃으며 말했다.

"네 양아빠 결혼한다더라."

페이페이는 마침 계산중이라 대꾸할 정신이 없었다. 식당을 나와 가로수 길로 접어들어서야 야오페이페이가 비원의 팔을 잡으며 말했다. 페이페이의 눈빛이 심상치 않았다.

"너, 방금 뭐라고 했어?"

"방금?"

"음……, 무슨 말을 했더라? 아, 탄궁다 결혼한다고. 맞춰 봐, 신부가 누구일 것 같아?"

"결혼? 누구랑?"

"너보고 맞춰보랬잖아!"

"음……, 바이샤오셴?"

야오페이페이가 이를 악물었다.

"바이샤오셴은 무슨! 그건 전부 지난 이야기고. 아마 백 번을 생각 해도 맞추기 힘들걸? 어제 현 기관에서 탄궁다의 결혼신청서를 접수했 대. 상대가 글쎄……, 거지과부래. 게다가 혹까지 하나 딸린! 너 믿을 수 있겠어?"

비원의 말에 페이페이가 웃음을 터트리며 환한 얼굴로 조금 전 들 은 말을 그대로 반복해 말했다. 오직 그 순간만은 자신의 불행을 깡그 리 잊은 듯했다.

5

그날 저녁 무렵, 바이샤오셴은 플라스틱 대야를 들고 욕실을 나와 머리를 빗으며 기숙사로 돌아갔다. 막 피아노방 옆을 지날 때였다. 단장 이 땀을 뻘뻘 흘리며 그녀를 향해 뛰어오고 있었다.

"한참을 찾았는데, 샤워하러 갔었구나."

단장이 숨을 헐떡이며 말했다.

"무슨 일이에요?"

바이샤오셴이 쌀쌀맞게 물었다. 그녀는 계속해서 머리를 빗으며 발걸음을 더욱 빨리했다.

샤오셴은 여전히 작년에 그가 무용 감독을 해고한 일에 대해 화가 나 있었다. 단장은 할 수 없이 그녀를 따라 몸을 옆으로 돌려 걸으며 억지로 미소를 지었다.

"바이 서기한테 방금 전화가 왔는데 급한 일이 있대."

"바이 서기가 누구예요?"

"삼촌 말이야."

작고 통통하며 튼실한 단장은 계속 그녀를 쫓아왔다.

"지금 바로 집에 한번 왔다 가라는데?"

무용 감독 왕다진은 허비에서 메이청으로 발령받은 지 1주일이 채 안 돼 탄궁다의 전화 한 통에 영문도 모른 채 해직 당했다. 그는 그날 밤 바로 메이청을 떠났고, 떠나기 전 바이샤오셴에게 작별인사도 하지 않았다. 다음 날, 바이샤오셴은 아무리 찾아도 왕다진을 찾을 수가 없자 단장에게 그의 행방을 물었다. 당연히 단장은 탄궁다의 뜻이었다는 말 대신 그냥 종잡을 수 없는 말만 늘어놓고 넘어갔다. 그런 단장의 태도에 바이샤오셴은 더욱 이상하다는 생각이 들었다. 그녀는 직감적으로 뭔가 털어놓을 수 없는 음모가 그 안에 자리하고 있다는 것을 눈치챘다. 그날 오후 바이샤오셴은 사건의 진상을 파악하기 위해 아무에게도 말하지 않고 혼자서 허비로 가는 장거리버스에 올랐다.

그녀는 허비의 모든 기관을 다 뒤지고서야 극적으로 지구地區 무용학교 집단기숙사에서 왕다진을 찾아냈다. 당시 왕다진은 기숙사 건물

복도에서 조개탄을 피우고 있었다. 그는 마누라에 네 명의 아이들까지 데리고 10평 남짓 되는 중앙복도식 건물인 퉁쯔루筒子樓에 살고 있었다. 방에는 2인용 침대 두 개가 놓여 있었는데, 그중 다리 하나가 짧은 침대는 가지런히 쌓아올린 석탄으로 받쳐놓았다.

왕다진은 아내 앞이라 몹시 난처한 얼굴이었다. 그는 바이샤오셴에게 눈짓을 하며 처음 보는 사람처럼 그녀에게 어디서 왔고 누구를 찾아왔는지 물었다. 바이샤오셴은 입술을 꽉 깨문 채 얼굴이 하얗게 질렸다. 어떻게 대답을 해야 할지 몰라서가 아니라 아예 할 말을 잃었다. 하지만 왕다진의 아내는 이미 직감적으로 그것이 어떤 상황인지 눈치채고 말았다. 그녀가 방에서 그릇, 솥 등을 있는 대로 내던졌다. 왕다진이 불을 피우던 난로를 팽개치고 아내를 진정시키려 달려갔다. 그의 아내가 발작을 하듯 소리소리 질렀다.

"당신이랑 저 화냥년이 붙어먹지 않았으면 왜 멀쩡한 당신을 해고했겠어? 빌어먹을 개자식, 제 버릇 못 고친다더니 어딜 가도 똑같은 짓이야!"

방안에 있던 아이들이 울음을 터트렸다. 석탄난로의 매캐한 연기가 계속 뿜어져 나와 복도에 안개처럼 가득 피어올랐다. 이웃집 문이 벌컥 열리며 조끼를 걸친 뚱뚱한 사람이 머리를 내밀었다. 그는 한 손에 카드를 든 채 기침을 해대며 소리 질렀다.

"왕다진, 빌어먹을 난로 좀 어떻게 해봐. 우리 전부 다 숨막혀 죽겠어!"

허비에서 돌아온 바이샤오셴은 마치 큰 병이라도 난 사람처럼 하루 종일 정신을 차리지 못했다. 사람들과 대화를 나눌 때도, 뭘 봐도 항상 멍한 눈동자였다. 계속해서 무슨 말을 중얼거리긴 하는데 대체 뭐라고 말하는지도 알 수가 없었다. 단장이 안절부절못하며 식사를 하라고 권했지만 바이샤오셴은 상대도 하지 않았다.

바이샤오셴은 자전거를 타고 삼촌 집으로 향했다. 날이 이미 어두워진 후였다. 그저께가 중앙절이었는데 여전히 후텁지근했다. 거리곳곳에 바람을 쐬러 나온 사람들, 한가한 남자들이 부채를 부치며 웃통을 벗은 채 작은 걸상에 앉아 당장이라도 싸울 듯이 목청껏 소리 높여 이야기를 나누고 있었다. 어떤 사람은 아예 침상을 밖에 내놓은 이도 있었다. 바이샤오셴은 오랫동안 삼촌 집에 가지 않았다는 생각이 나서 노점에서 과일을 좀 샀다.

바이팅위의 집은 문이 열려 있었다. 희미한 불빛이 문 앞 철책을 비췄다. 집안에서 누군가의 말소리가 흘러나왔다. 하지만 안으로 들어가자 숙모 한 사람밖에 보이지 않았다. 숙모는 막 샤워를 마친 후 팔을 들어 올리고 겨드랑이에 화장수를 바르고 있었다. 숙모는 샤오셴이 올 줄 알고 녹두탕을 끓여 식히느라 창가에 올려놓았다고 말했다. 녹두탕은 아직도 뜨거웠다. 숙모가 잘라 놓은 수박을 그녀에게 건넸다.

"우선 이거부터 먹고 있어."

샤오셴이 수박을 한입 크게 베어 물며 중얼거렸다.

"삼촌은요? 무슨 일인데 이렇게 급하게 불러요?"

그녀가 입을 열자 빨간 수박물이 입가를 타고 흘러내렸다. 재빨리 손으로 수박 물을 받쳤다.

"방에서 누굴 만나는 중이야."

숙모가 입을 삐죽이며 웃었다.

"우선 우리끼리 이야기하자."

삼촌 서재가 닫혀 있고 안에서 때론 높게, 때론 나지막하게 두런두런 이야기소리가 들렸지만 무슨 말을 하는지는 분명치 않았다. 숙모는 문화선전공작단 상황에 이어 집 이야기를 묻더니 탁자에서 헝클어진 털실을 잡아 샤오셴에게 주며 팽팽하게 당기도록 했다. 숙모가 잡담을 하며 담뱃갑을 동그랗게 뭉쳐 실을 감기 시작했다. 실을 감는 고모의 흐물흐물한 겨드랑이 살이 덜렁거렸다. 아직 해방 전 삼촌이 숙모를 데리고 둥베이東北에서 집으로 돌아왔을 때 숙모는 쌍상투머리를 한 어린 여자아이였을 뿐인데, 눈 깜짝할 사이에 저렇게 늙어버리다니! 자신도 언젠가 그런 모습이 될 것이라 생각하니 기분이 울적했다.

잠시 후 삼촌 서재 문이 열렸다. 바람이 불며 방안의 담배연기가 몽글몽글 새어나왔다. 연기가 걷히면서 방에서 누군가가 나왔다. 큰 키에 반팔 셔츠, 기름을 발라 빗겨 넘긴 머리, 머리모양은 마오 주석을 닮았다. 그는 손에 커다란 담뱃대를 들고 있었다.

방문을 나서며 그가 샤오셴을 보더니 웃었다.

"바이샤오셴 동지, 맞죠?"

그가 그녀에게 손을 내밀었다. 그러나 샤오셴의 손에는 털실이 칭칭 감겨 있었기 때문에 상대는 내밀던 손길을 멈추고 머리를 긁적였다. 샤오셴이 그를 향해 피식 웃었다. 이렇게 더운 날 머릿기름을 바르다니 가렵지도 않나?

바이팅위가 그 뒤를 따라 나오며 샤오셴에게 그를 소개했다.

"첸 현장님이셔!"

그자가 담뱃대를 든 채 빙그레 웃었다.

"첸다쥔, 첸다쥔이라고 합니다."

그가 고개를 돌리며 바이팅위에게 말했다.

"정말 백문이 불여일견이란 말이 맞습니다."

바이팅위가 말했다.

"저 애를 이전에 봤었던가요?"

"아, 그건 무대에서였고, 또 화장을 해서……."

첸다쥔이란 사람이 삼촌 귓가에 대고 뭐라고 중얼거리자 바이팅위가 갑자기 껄껄 웃었다. 샤오셴은 두 사람이 자기 이야기를 하고 있을 거란 생각에 얼굴이 화끈거렸다. 첸다쥔은 숙모와 이런저런 이야기를 한참 나누고 나서야 집을 떠났다. 바이팅위는 멀리까지 나가지 않고 그냥 첸다쥔을 향해 손을 흔들었다.

바이팅위가 뒤돌아 바이샤오셴을 힐끗 쳐다보더니 최근 공작단의 소식이랑 집안일을 물었다. 이상한 것은 삼촌이 상투적으로 건네는 인사말이 숙모와 한 글자도 다르지 않다는 것이었다. 마치 사전에 미리 상의를 한 사람들 같았다. 이어 한참 만에 그가 샤오셴에게 말했다.

"샤오셴, 내 방에 잠깐 가자."

바이샤오셴이 방으로 들어가 앉자 숙모가 사과 한 알을 가지고 들어와 껍질을 깎으며 남편에게 말했다.

"할 말 있으면 해요. 나 신경 쓰지 말고."

"샤오셴, 이제 올해 스무 살이지?"

바이팅위가 소파에 기대 눈을 감고 두 손으로 양쪽 태양혈을 눌렀다.

"무슨 소리예요! 스물넷이에요." 샤오셴이 웃으며 말했다.

"이 세상은 복잡해……. 아, 사물의 본질을 정확하게 인식하는 건 하루 만에 완성될 수 있는 게 아니야. 정수를 취하고 나머지는 버리며, 거짓은 제거하고 진실을 보존하며, 이를 통해 저 너머까지 지평을 넓히고, 현상에서 본질을 추구하는 일종의 과학적 개조의 노력이 필요하지. 조금만 나태해도 주관주의와 경험주의의 오류로 빠져들게 된단다. 하물며 사물이란 것은 끊임없이 변화, 발전하는 거잖아. 양적 변화에서 질적 변화를 하다보면 일정한 조건에서 비약이 일어날 수도 있고 말이지. 좋은 일도 나쁜 일로 바뀔 수 있고, 나쁜 일도, 아, 그것 역시 좋은 일이 될 수 있어. 마르크스주의 변증유물론은 지금껏……."

"여보, 그냥 애한테 단도직입적으로 말해요. 그렇게 빙빙 돌리지 말고. 나까지 정신이 없네."

숙모가 웃으며 삼촌의 말을 끊고 다 깎은 사과를 샤오셴에게 내밀었다. 막 수박 두 조각을 먹은지라 배가 불렀던 샤오셴은 사과를 과일 접시 위에 내려놓았다.

바이팅위가 다시 입을 열었다.

"예를 들어 우리가 애초에 네게 탄궁다를 소개했잖아. 그런데 그게 바로 주관주의적 착오였다는 거지. 이제 보니 탄궁다가 아주 교묘하게 자신을 위장했더라고! 아주 은밀하게 자신을 감췄었어! 수많은 인민대중의 순수한 눈을 속인 거지. 메이청에서 그는 우리 혁명대오에 숨어 있던 가장 사악한 계급의 적이었어. 그건 그렇다 치고, 그가 왜 마흔이 넘도록 결혼을 안 했었는지 알아? 그건 바로 연애라는 이름으로 무지한 우리의 청년여성들의 감정을 농락하려 했기 때문인 거야. 네가 사귀어봤으니 이 점에 대해서는 가장 발언권이 있겠지."

바이샤오셴은 삼촌이 '혁명대오에 숨어 있던 가장 사악한 계급의 적'이란 말에 본능적으로 가슴이 덜컥 내려앉았다. 이어 감정을 농락했다는 말에 자기도 그 무지한 청년여성 틈에 낄 거라 생각하니 몹시 불쾌했다.

그녀가 바이팅위에게 말했다.

"탄 현장에게 무슨 일이 생겼어요?"

"이제 현장도 아니야."

바이팅위의 얼굴에서 돌연 웃음기가 가시며 근엄한 표정이 되었다.

"그는 대 반역자야, 쓰레기 건달에 엄청난 야심가! 널 오라고 한 건 다시 한 번 재작년 봄에 있었던 그 일을 들어보려고 해서야."

"무슨 일요?"

바이샤오셴은 경계심에 찬 눈초리로 삼촌을 바라봤다. 삼촌이 부른 의도를 어렴풋이 알 수 있을 것 같았다.

"바보! 탄궁다가 널 강간했던 그 일 말이야."

숙모가 웃으며 말했다.

"그날 저녁, 그러니까 밤이 깊었을 때 너 혼자 얼굴이 피투성이가 돼서 우리 집으로 달려와 문을 두드렸잖아. 눈도 내리고 있었고…… 생각 안 나?

바이샤오셴이 고개를 끄덕이며 황급히 말했다.

"그날 밤에 그 사람이 날 안았죠. 날 강간하려 했다고 생각했는데 숙모랑 삼촌이 밤새도록 그건 강간이 아니라고 했잖아요."

"그게 강간이야!"

바이팅위가 단호하게 말했다.

"그게 강간이 아니면 뭘 보고 강간이라고 해?"

바이샤오셴의 얼굴이 순간적으로 귓불까지 빨갛게 달아올라 항변했다.

"그때 그렇게 말씀하셨잖아요. 강간이 아니고 그냥 지나치게 조급해서 그런 거라고요. 그리고 남녀 사이에 포옹은 그냥 감정적으로 필요한 윤활제고, 혁명 동지들 사이에서는 흔히 볼 수 있는 혁명적 행위라고요. 혁명사업의 후속작업을 위해서 반드시 필요한 전주곡이라고도 했어요. 마르크스와 예니 역시 이런 일이 있었다고요. 그리고 또……."

"그래, 그래."

바이팅위가 그만 말해도 된다는 뜻으로 손을 들어 올린 후 냉소를 지었다.

"샤오셴, 기억력이 아주 좋구나. 그래 확실히 내가 그런 말을 했었지. 당시 나는 많은 부분에 대한 이해가 부족한 탓에 상황을 잘못 이해하고 주관주의적 착오를 범한 거야. 우리 공산당은 착오를 인식하는 것만으로는 안 돼. 또한 착오를 고칠 줄 알아야지. 오늘 널 오라고 한 건 바로 뒤엎어진 일을 바로 세우기 위해서야."

"삼촌이 뭐라고 하든 어쨌거나 그건 강간이 아니라고 생각해요."

바이샤오셴이 야무지게 팔짱을 끼며 중얼거렸다.

"그냥 그 사람은 조금 조급했을 뿐이에요."

"강간이란 게 뭐야? 성교를 목적으로 여성의 의지와는 상관없이 취하는 폭력적 행위이지. 당시 네 의지에 반하는 일을 하지 않았어? 폭력을 행사하지 않았어? 네 입술은 그가 깨물어서 터졌었잖아. 그런데도 그 사람을 변호해?"

바이팅위가 화가 나서 소파에서 벌떡 일어섰다.

숙모는 두 사람의 감정이 격해지자 재빨리 끼어들었다.

"샤오셴, 그자가 너의 순수한 감정을 가지고 논 거야. 결국 그가 널 차버렸잖아. 그런데도 그가 밉지 않아?"

"미워한다고요? 왜 그 사람을 미워해요?"

바이샤오셴이 쌜쭉한 표정을 지었다.

"그 사람에게 도리어 감사해도 모자라는데!"

숙모가 물었다.

"넌 참! 아직도 이게 얼마나 심각한 상황인지 모르는구나. 그 사람이 널 속인 게 분명한데도, 뭐? 감사를 해야 한다고?"

"탄 현장이 과감하게 행동하여 그 개 같은 왕다진이 문화선전공작대에서 해직되지 않았다면 나는 벌써 그 건달 손에 놀아났을……."

"왕다진이 누군데?"

바이팅위가 뒤를 돌아보며 궁금한 듯 물었다.

바이샤오셴은 새로 온 무용 감독에게 유혹 당했던 일, 탄궁다를 버린 일, 화가 난 탄궁다가 왕다진을 해직시킨 일, 이후 허비로 찾아갔던 일 등을 있는 그대로 설명했다. 바이팅위는 샤오셴의 말이 끝날 줄을 모르자 일단 그녀의 말을 끊고 짜증을 냈다.

"왕다진인지 뭔지 그놈 말은 그만 해! 시간이 늦었으니 우리 본론부터 이야기하자."

"대체 날더러 뭘 하라고 하시는 거예요?"

바이샤오셴이 경멸하듯 피식 웃으며 삼촌에게 물었다.

바이팅위가 다시 소파에 앉아 조카의 어깨에 한쪽 팔을 걸쳤다.

"그건 말이지, 아주 간단해. 탄궁다가 널 어떻게 강간했는지 자세하게 기억을 더듬어 글을 쓰고, 서명을 하면 돼. 부끄럽게 생각할 것 없어. 진취적인 청년들에게 수치는 비겁한 핑계야."

"그건 못할 것 같은데요!"

바이샤오셴이 차갑게 쏘아붙였다.

"쑥스러우면 이렇게 해도……."

숙모가 삼촌에게 눈을 깜빡거리더니 웃으며 말했다.

"우리가 대신 다른 사람에게 작성하도록 할 테니 네가 살펴본 후 서명만 해도 돼."

"그건 모함이잖아요. 날 때려죽인다고 해도 그런 짓은 못해요."

바이샤오셴이 화를 내며 자리에서 벌떡 일어섰다.

"다른 일 없으면 이만 가볼게요."

바이팅위가 다시 샤오셴을 소파에 눌러 앉혔다. 조카의 거절에 화가 난 그가 고함을 질렀다.

"이제 네 삼촌이 아니라 메이청현 현위원회 서기 신분으로 정식으로 말하겠어. 그래, 정식으로! 어쨌거나 넌 보고서를 써야 해! 이건 흥정할 일도, 손님 식사 대접을 하는 일도 아니야. 엄숙한 정치적 임무라고!"

"제멋대로시군요!"

바이샤오셴이 예전처럼 황소고집을 피우기 시작했다. 바이팅위를 똑바로 노려보는 그녀의 맑고 커다란 두 눈에 놀라움과 분노의 불길이 활활 타올랐다. 그녀가 나지막하게 단호한 목소리로 말했다.

"그 추잡한 손 내 어깨에서 내려놓으시죠!"

두 사람 모두 분노에 찬 눈길로 상대방을 노려봤다. 두 사람 모두 고집을 굽힐 것 같지 않자 결국 숙모가 나설 수밖에 없었다. 그녀는 바이샤오셴을 감싸 안고 자기 침실로 들어갔다.

함께 침대 머리맡에 앉아 숙모가 아무리 으르고 달래도 바이샤오셴은 단 한마디도 하지 않았다. 손에 땀이 가득 차고 머릿속은 엉킨 실타래 같았다. 마지막에 숙모가 물었다.

"농부와 뱀의 이야기 들어본 적 있니?"

샤오셴이 멍하니 고개를 끄덕였다.

"탄궁다가 바로 그런 독사야! 지금 비록 해직이 되긴 했지만 잠깐 동면상태에 들어간 거나 다름없어. 그를 품안에 품고 따뜻한 온기를 주면 그가 깨어나서 네게 어떤 짓을 할 것 같아? 응?"

숙모가 제발 정신을 차리라는 듯 말했다.

"몰라요."

바이샤오셴이 입술을 깨물며 말했다.

"정말 가야 돼요. 내일 아침 일찍 연습이 있어요."

"루쉰 선생의 문장, 너도 읽어봤겠지?"

숙모는 여전히 단념하지 않고 그녀를 설득하려 했다.

"루쉰 선생의 명언 가운데 물에 빠진 개를 호되게 내려치라는 말이 있어. 생각해 봐. 이미 물에 빠진 개를 왜 호되게 내려쳐야 할까? 루쉰 선생의 탁월한 점이 바로 그런 거야. 일반적으로 개는 집을 잃고 나면 기운이 떨어져. 그런데 물에 빠지기까지 했으니 정말 불쌍하겠지, 그렇지? 하지만 그 개를 때려죽이지 않으면 언젠가는 기어 올라와 내 종아리를 물지도 몰라. 그렇게 덥석 한입 물면 살덩어리가 왕창 떨어져나가겠지! 그땐 후회해도 소용이 없어! 그래서 루쉰 선생은 자신의 풍부한 혁명투쟁 경험으로 귀에 못이 박히도록 우리에게 충고하고 있어. 물에 빠진 개를 호되게 내려치라고! 탄궁다가 바로 그런 물에 빠진 개야! 그래서 우린 그에게 자비를 베풀 수 없어. 마오 주석이 그러셨지. 당내투쟁은 어물쩍 넘어가선 안 된다고 말이야. 상대가 죽어야 내가 살아. 일단 손을 댈 거면 결코 네 적수가 반격할 기회를 주어선 안 돼. 무수히 많은 혁명선열이 붉은 피를 흘려가며 얻어낸 가슴 아픈 교훈이야. 탄궁다는 직위해제 되었지만 아직 살아 있어. 기운은 죽지 않았다고! 일단 바람이 불고 풀잎이 움직이면 그는 다시 미친 듯이 반격해 올 거야. 그의 음모가 뜻대로 성사되면 반동세력이 다시 힘을 얻고 일어설 거고. 그럼

산하는 잠들고

우리는 끝장이야. 혁명선열이 생명을 대가로 일군 홍색 강산이……."

"다 끝났어요?"

바이샤오셴이 혐오스러운 눈길로 숙모를 노려봤다.

"급할 것 없어. 뭐가 그리 급해?"

숙모가 그녀에게 다가와 두 손으로 그녀의 어깨를 어루만지면서 말을 이어갔다.

"모두들 우리 요 예쁜 아가씨가 고집불통이라고 하더니만 정말 머리가 꽉 막혔네. 삼촌이랑 숙모는 개인적인 이익을 위해서 이렇게 하는 게 아니야. 네 삼촌, 성격도 안 좋고 말도 좀 함부로 하지만 방금 삼촌이 한 말은 다 옳아. 이건 엄숙한 정치적 임무야. 당시 내가 홍성紅토기계공장에서 실제 작업에 참가하면서 조사연구하고 사업을 지도했는데……, 너도 아는지 모르겠지만 그게 바로 잠시 업무를 내려놓고 기층基層(각종 조직 가운데 가장 아래에 있는 것으로 일반 대중들과 직접 만나는 곳)에서 임시 직무를 담당하는 거지. 상부에서 지표가 하달되었는데 공장에서 우파를 하나 지정하라는 거야. 그런데 공장장 서기가 내게 고개를 저으며 자기네 공장에는 '공교롭게도' 우파가 없다고 하더라고. 난 그들에게 엄숙하게 말했지. 당신이 말한 것처럼 실제로 공장에 우파가 없다면 당신, 공장장 서기가 바로 우파라고! 나중에는 그 사람들이 정말 방법을 생각해내더라. 공장 입구 쪽에 쇠를 달구는 커다란 돌덩이가 하나 있었는데 공장장이 직공들을 줄을 세워 그 돌덩이를 들어 올리라고 했어. 모두들 시도를 해봤지만 아무도 그 돌덩이를 들어 올리지 못했지. 바로 그때 별명이 '노지심'鲁智深(《수호전》의 등장인물 중 하나. 키가 8척으로 언행이 거칠고 난폭하다.)인 키 큰 뚱보가 출근시간에 늦어 헐레벌떡 뛰어 들어왔어. 그가 소매를 걷고 손바닥에 퉤퉤, 침을 뱉더니 '으랏차' 하는 소리와 함께 쫓 먹던 힘까지 다 짜내 돌덩어리를 들어 올렸어. 결국 그 뚱보가 우파로 낙인이 찍혔지. 이 이야기는 우리가 위의 정책을 집행할 때 절대 회피할 수 없다는 현실을 극단적으로 설명해주고 있어. 탄궁다 그 사람, 당시 네 삼촌이 네게 소개시켜주자고 할 때 난 반대했어. 그 사람은 말투도 거칠고, 형식이란 걸 모르고, 기상천외한 발상에 제멋대로 행동하는 사람이라 난 마음속으로 정말 별로였어. 그런데 넌 아직까지도 제대로 파악이 안 돼? 자신의 정치적 미래는 아랑곳없이 그저 그 사람 변호나 하려 하다니. 난 정말 이해가 안 된다. 대체 그 사람 어디가 좋은 거야? 응?"

바이샤오셴은 끊임없이 주절대는 숙모의 말에 자기가 꿈을 꾸는 것은 아닌지 의심이 들 정도였다. 숙모의 입에서 저처럼 파렴치한 말들이 줄줄 엮여 나올 줄은 꿈에도 생각 못 했는데! 세상이 이토록 칙칙한 암흑이라니! 눈앞에 있는 저 여자는 삼촌보다도 더 후안무치한 사람이야! 바이샤오셴은 자리에서 일어나 숙모를 향해 또박또박 말했다.

"적어도 바이팅위란 사람보다는 훨씬 나아요."

샤오셴은 말을 마친 후 문을 열고 고개도 한 번 돌리지 않은 채 쌩, 하고 바람처럼 나가버렸다.

6

탄궁다의 결혼신청서는 곧바로 허가가 났다. 현의 민정과에서는 그에게 사진을 가지고 와서 수속을 하도록 통지했다. 며칠 동안 탄궁다는

산하는 잠들고

장진꽝과 이사를 하느라고 바빴다. 그런 와중에도 장진꽝은 짬을 내 공급판매사에 가서 천 두 덩이를 끊어왔다. 탄궁다를 위해서는 짙은 청색 면직물 중산복을, 자신은 데님 저고리를 맞췄다. 탄궁다는 장진꽝의 독촉에 이발관에 가서 이발까지 해야 했다. 그 후 두 사람이 번듯하게 옷을 차려입고 '신시대 사진관'에서 결혼사진을 한 장 찍는 것으로 일은 순식간에 마무리되었다.

붉은색 바탕에 금박을 붙인 결혼증명서는 마치 운명의 판결서 같았다. 탄궁다는 마음이 무거웠다. 장진꽝 역시 신이 나진 않았다. 보름 전쯤 그녀는 탄궁다가 해직당한 걸 알았다. 하지만 애까지 하나 딸린 과부가 현에 자리를 잡고 뿌리를 내릴 수 있다는 것만으로 위안을 삼았다. 그녀는 시장에 가서 유채 씨를 구입해 마당을 정리했다. 다음으로 청경채를 심었다. 채소라도 팔아 생계에 보태려는 생각이었다. 어린잎이 막 땅을 뚫고 나올 즈음, 현에서 사람을 보내 이사를 재촉했다.

그들에게 새로 분배된 집은 시진두에 있었다. 장진꽝이 먼저 가서 둘러봤다. 본채 하나에 방도 하나뿐으로, 그나마 작고 초라하기 이를 데 없었다. 게다가 이상하게 역겨운 피비린내까지 났다. 주방이라고 해봤자 사실 좁은 복도에 불과했다. 장진꽝은 그래도 결혼을 하면 그럴듯한 자리를 마련해 시골에 사는 친척과 친구들을 불러 구경도 시키고 행복한 결혼생활을 보여줄 생각이었다. 그런데 실제상황은 자신의 예상보다 훨씬 더 열악했다. 점차 그녀는 속았다는 기분이 들면서 원망이 쌓여갔다. 딱히 뭐라고 말은 안 했지만 하루 종일 길게 한숨만 내쉬며 찌푸린 얼굴을 펼 수 없었다. 결혼잔치 이야기도 쑥 들어가 더 이상 입에 올리지 않았다.

탄궁다는 하루 종일 서재에 앉아 책상에 엎드려 지도를 보거나 옛

신문을 들춰가며 빨간 색연필로 표시를 하는 등 다른 일에는 신경도 쓰지 않았다. 이제 현장도 아닌데 도대체 뭘 그리 표시를 하고 써내려 가는지, 도대체 무슨 꿍꿍이속인지 알 길이 없었다. 처음에는 그런대로 참고 지나갔지만 시간이 흐르자 결국 장진팡도 거칠고 짜증 섞인 말투로 그에게 이러저런 일을 시키기 시작했다. 하지만 무슨 일이든 그의 손만 거치면 엉망진창이 되었다. 밤이 되어 장진팡은 마음을 차분히 가라앉히고 곰곰이 비교를 해 본 결과 사별한 원래 남편이 훨씬 나았다는 결론에 도달했다. 목공이었던 전 남편은 솜씨도 좋고, 성격도 온유하고, 하루 종일 방실방실 웃는 모습이었다. 입관을 할 때조차 관속에 누워 웃고 있었는데…….

이사 당일, 짐을 정리하던 장진팡은 편지 한 통을 발견했다. 아직 뜯지 않은 편지라 그대로 탄궁다에게 가져다줬다. 상자를 묶고 있던 탄궁다가 힐끗 봉투의 글씨체를 보더니 황망히 짐을 내팽개치고 편지를 낚아채더니 서재로 들어가버렸다. 장진팡이 등 뒤에서 냉소를 지었다.

"쓸데없이! 글자도 모르는 내가 무슨 비밀이라도 훔쳐보겠어?"

야오페이페이의 편지였다.

내일 밤 6시, 청진관에서 뵙겠습니다. 말씀드릴 일이 있습니다.
나오실 때까지 기다리겠습니다. 꼭! 꼭! 나와 주십시오.

편지 아래쪽 날짜를 보니 한 달 전쯤이었다. 아마도 쉬씨가 편지를 가져왔을 때 장진팡이 받아 아무데나 쑤셔 넣고는 깡그리 잊고 있었던 듯하다. 탄궁다는 멍하니 창밖의 고요한 푸른 하늘을 바라보다 마치 나라를 잃은 것 같은 커다란 설움이 닥쳐왔다. '꼭! 꼭!'이란 글자를 뚫어

산하는 잠들고

져라 쳐다봤다. 참기 힘들 정도로 가슴이 아렸다. 머릿속으로 청진관의 구체적인 자리를 상상하기도 했다. 쓸데없이! 마치 방금 편지를 받은 사람처럼, 야오페이페이가 지금 이 시각 청진관 창문 앞에 앉아 초조하게 시계를 들여다보며 자신을 기다리기라도 하는 것처럼……

페이페이, 페이페이.

현의 규정에 따르면 살고 있던 집의 원래 가구들은 가져갈 수 없었다. 수년 동안 탄궁다는 번듯한 물건 하나 더 보탠 것이 없었다. 그러니 이사는 생각했던 것처럼 힘들지 않았다. 장진팡은 어디서 빌렸는지 나귀가 끄는 수레 하나를 구해왔다. 옆집 쉬씨 부부가 그를 전송했다. 그들은 마당 밖에 서서 잠시 이야기를 나누었다. 피차 마음이 좋지 않았다. 쉬씨가 어깨를 두드리며 나지막한 소리로 말했다.

"내가 볼 땐 그 사람들과 억지로 부딪칠 필요 없어요. 멋진 남자는 눈앞의 손익을 따지는 법이 아닙니다. 청산이 그대로니 장작은 걱정할 필요가 없다고 했어요. 시말서 한 장 쓰고 나면 일은 대충 끝날 겁니다."

탄궁다는 얼굴이 시퍼렇게 질려 아무 말도 하지 못했다. 쉬씨 아내는 사람들이 다른 데 정신이 팔린 틈을 타 몰래 눈물을 훔쳤다. 장진팡은 마당의 청경채를 몽땅 뽑아 큰 망태기에 넣었다. 수레 끄는 사람은 기다리다 지쳤다.

그들의 새 집은 시진두의 옌즈징臙脂井이라는 골목에 있었다. 그 일대는 해방 전까지 기녀들의 집단 거주지였다. 한눈에 봐도 음습하고 긴 거리 양측으로 낮고 작은, 마치 새둥지 같은 집들이 늘어서 있었다. 원래 하얀색이었던 시멘트벽은 새카맣게 곰팡이가 슬어 있었다. 골목을 따라 안으로 조금 들어가면 털실가게 하나, 찻집 한 곳, 국수 가게 한 곳이 보였다.

탄궁다의 새 집은 골목 중간에 있었다. 이곳은 원래 기생들이 손님을 맞이하던 곳으로 무척 협소한 공간이었다. 들어가는 문은 그늘지고 어두운 통로로 물컹한 흙바닥이 축축했다. 통로 끝이 안방이고, 안방에 북쪽으로 창이 하나 나 있었다. 좁긴 하지만 그래도 밝았다. 장진팡이 며칠 전 이미 목공에게 큰 침대 하나를 맞춰 옮겨놓은 상태였다. 한데 침대를 들여놓자 방이 거의 다 찼다. 세 사람이 방에 들어서자 몸을 돌리기도 힘들 정도였다.

장진팡은 먼저 와서 주변을 둘러봤는데 창문 바깥쪽에 띠를 심은 넓은 밭이 있어 북쪽 벽으로 작은 문을 하나 내고 바깥에 부엌방을 하나 만들면 그곳에서 밥을 해먹을 수 있다고 말했다.

"헛소리 작작해!"

탄궁다가 버럭 화를 냈다.

"서재도 없는데, 날더러 어디서 책을 보란 말이야?"

"조급해할 것 없어요. 천천히 생각해 봐요."

장진팡이 그를 위로했다.

그날 밤, 세 식구가 옌즈징 국수집에서 식사를 한 후 집으로 돌아와 일찌감치 잠자리에 들었다. 얼핏 잠이 들려다 등이 축축한 것 같아 고개를 돌린 탄궁다는 장진팡이 홑이불을 입에 문 채 온몸을 심하게 떨면서 울고 있는 것을 발견했다. 순간적으로 짜증이 나고 성가셨기 때문에 별로 위로하고 싶은 생각도 들지 않았다. 어둠속에서 장진팡의 탄식소리가 들렸다.

"궁다, 내 인생은 왜 이렇게 고달프죠? 부모님은 죽기 살기로 선창가를 돌면서 장사를 했어요. 누에도 기르고 복어도 내다팔았으며, 두부를 팔기도 했어요. 그렇게 피를 토할 정도로 고되게 일하면서 가까스로 돈을 모아 40묘畝(약 8,000평) 남짓 땅을 샀어요. 그런데 씨앗을 뿌리고 미처 추수도 하기 전에 해방이 되더니 우리 아버지에게 부농이라는 딱지가 붙더라고요. 출신이 그러니 나도 좋은 집으로 시집을 갈 수가 없었어요. 대충 마을의 작은 목공에게 시집을 갔는데 형제가 예닐곱 명에 가랑이가 찢어지게 가난하더라고. 하지만 그나마 그런 생활도 몇 년 지나지 않아 끝장이 났어요. 댐이 터졌다고 하니 그 뒈질 놈이 한사코 구경하겠다고 나섰다가 사람들에게 떠밀려 낭떠러지 밑으로 떨어져 묵사발이 되고 말았지 뭐예요. 결국 우리 모자만 남게 되었으니 누구에게 빌붙어 살아야 할지 막막하기만 했죠. 그런데 다행히 보살님이 신통력을 발휘하여 당신과 같은 사람을 만나 인연을 맺게 해주었다고 생각했어요. 그런데 당신이 이렇게 재수 없이 미끄러지다니……. 난 어딜 가도 악운이 쫓아다니나 봐. 이렇게 더러운 곳으로 내몰린 데다 당신마저 할 일이 없어졌으니 앞으로 어떻게 살아가지요?"

탄궁다는 하는 수없이 몸을 돌려 그녀에게 마음에도 없는 말을 하며 위로했다. 그런데 갑자기 장진팡이 울음을 그치더니 그를 손으로 밀어내며 말했다.

"그런데 아까부터 무슨 냄새 안 나요? 방에서 이게 무슨 냄새죠? 마치 창자 썩는 냄새 같은 게……."

탄궁다가 냄새를 맡아 보니 정말 공기 중에 이상한 냄새가 느껴졌다. 축축한 안개 속에 휘감긴 뭔가 달짝지근하고 비린 냄새였다.

"혹시 그 기생들이 아닐까요?"

장진팡이 말했다.

"그럴 리가? 벌써 10년도 전에 모두 사상개조 대상이 되어 잡혀간 걸. 허튼 생각 말고 어서 자."

장진꽝은 계속 중얼거리는가 싶더니 목소리가 점점 작아지면서 라바오를 껴안은 채 깊은 잠에 빠지고 말았다. 하지만 탄궁다는 한바탕 시달리고 나니 더 이상 숙면을 취할 수 없었다. 얼핏 잠이 들었지만 살얼음처럼 금세 깨질 것만 같았다. 얼마 지나지 않아 그는 칼 가는 소리에 잠을 깼다. 눈을 떠보니 사방이 칠흑처럼 어두운데 '스윽, 스윽' 칼 가는 소리에 심장이 오그라들 것만 같았다. 이 한밤중에 누가 칼을 가는 걸까? 칼 가는 소리는 거의 두 시간 남짓 계속되었다. 날이 스치는 미묘한 소리 변화를 통해 점차 칼의 두께와 형태까지 분별할 수 있을 정도였다. 거의 날이 밝을 무렵이 되어서야 마침내 신경을 거스르는 소리가 멈췄다. 탄궁다가 이불을 돌돌 감고 다시 잠을 청하려 할 때 웬 여자의 고함소리가 들렸다.

"피롄성皮連生! 피롄성! 일어나! 날이 밝았어. 일어나 돼지 잡아야지!"

알고 보니 옆집에 돼지 잡는 이가 살고 있었다.

다음 날 정오, 샤오웨이小魏라는 현 사무원이 자전거를 타고 옌즈징에 나타났다. 탄궁다에게 회의를 통지하러 온 사람이었다. 장진꽝은 현에서 남편을 회의에 참석하라고 했다는 소식에 뭔가 변화가 생긴 것이라 생각했다. 함박웃음을 지으며 샤오웨이를 집안까지 끌고 들어왔지만 마땅히 앉을 곳을 찾을 수가 없었다. 샤오웨이는 나이는 많지 않았지만 엄숙한 표정으로 시종일관 딱딱한 표정을 풀지 않았다. 장진꽝은 차 한 잔을 내왔지만 찻잔을 내려놓을 곳도 마땅치 않았다. 뜨거운 찻잔을 들고 있느라 이를 악물고 입을 일그러뜨리며 양손을 바꿔가며 잔을 들었다. 그런데도 샤오웨이는 못 본 척 찻잔을 받아주지 않았다. 그는 중요한 회의이니 빠져서는 안 된다는 말만 남기고 뒤돌아 가버렸다.

회의 장소는 여전히 현위원회 건물 회의실이었다. 어디서 그렇게 많은 사람들이 몰려들었는지 회의장은 발 디딜 틈조차 없었다. 위층으로 올라가니 청소원 두 명이 붐비는 회의장에 들어가지 못해 발을 동동 구르고 있었다. 직원 몇 명이 손에 손을 잡고 사람들 틈에 좁고 긴 통로를 하나 만들고 나서야 탄궁다는 가까스로 안으로 들어갈 수 있었다. 회의장 안은 엄청나게 몰린 사람들 때문에 거의 질식할 것 같은 분위기였다. 회의장 뒤쪽 사람들은 걸상 위에 올라가 계단 모양으로 겹겹이 올라서 있었다. 창틀마저 사람들로 가득 차 있었다.

의장대 앞에 나무 의자가 하나 놓여 있었다. 밤새 잠을 못 잔 그는 자리에 앉자 자기도 모르게 심장이 벌렁거리고 식은땀이 솟았다. 세심하게 배치한 회의장은 묘한 분위기가 감돌았다. 탄궁다는 본능적으로 자신의 죄질이 매우 심각하다는 것을 느낄 수 있었다.

바이팅위가 개회를 선포하자 한 젊은 간부가 먼저 발언에 나섰다. 그는 탄궁다의 '5대 죄상'을 열거했다. 비판의 핵심은 부과풍浮夸風37)과 공산풍共産風38)이었다. 그에 따르면 탄궁다가 연속 2년간 국가에 자연재해가 발생했는데도 불구하고 토목공사를 대대적으로 단행하고, 공적 쌓기에 급급하여 댐과 운하를 건설하는가 하면, 기상천외한 발상으로 모든 마을을 잇는 도로를 건설하고, 집집마다 메탄가스가 들어갈 수 있도록 한다는 황당한 계획을 세워 메이청 인민들을 빈곤으로 몰아넣어

---

37) 부과풍(浮夸風): 1958~1960년 대약진 시기에 대한 평가 가운데 하나이다. 대약진운동 기간 중 생산량에 대한 허위보고가 많이 이루어졌다. 이를 근거로 국가식량징수가 이루어짐에 따라 이후 대기근에 제대로 대처할 수 없는 중요 원인이 되었다.
38) 공산풍(共産風): 생산대 간의 차이를 인정하지 않고 평균분배를 실시하고, 공공축적과 의무노동이 과다했으며, 등가교환원칙을 무시하고 무상으로 생산대와 지역민들의 자산을 조달하여 부정적인 결과를 야기한 풍조를 말한다.

길거리에 아사자가 속출하니, 관탕진官塘鎭 한 곳만 해도 여섯 명이나 굶어죽었다고 말했다. 또한 심지어 5년 내에 공산주의를 실현하자는 제안은 우경모진주의의 심각한 착오를 범한 것이라 지적했다. 이렇게 큰 메이청현을 개인적인 자산계급의 도화원으로 생각하여 12만 메이청 인민들의 목숨을 담보로 자산계급적 허영심을 만족시켰다는 내용이었다.

"그렇다면 그 자신은 어떻습니까?"

그 간부가 마지막으로 내용을 총괄하였다.

"반동적 사상, 타락과 부패로 일관했습니다. 평소 넓은 마당에서 주지육림의 생활에 빠져 부패함이 극에 달한 생활이었습니다. 푸지에서는 댐이 무너져 사람이 죽고, 싱룽과 창왕 두 향이 수몰되는 위급한 상황에서 그는 돌연 종적을 감췄습니다. 우리 조사에 따르면 그는 당시 문화선전공작단의 한 아름다운 연기자와 불같이 뜨거운 사랑을……."

탄궁다는 의장석을 등지고 있었기 때문에 발언자가 누구인지 판단할 수 없었다. 금속처럼 낭랑하고 찰진 소리가 확성기를 통해 '웅웅'거리며 울려 퍼졌다. 뒤이어 이제 막 부현장으로 승진한 양푸메이가 발언을 이어갔다. 그는 비분강개한 목소리로 색마나 다름없는 탄궁다와 함께 일하던 시절의 치욕스러운 경험을 회고했다.

그녀는 자신이 탄궁다의 비서였던 어느 날 퇴근시간이 가까워졌는데 탄궁다가 갑자기 자신의 앞으로 달려와 두 눈에서 푸른빛을 번뜩이며 어디가 안 좋은지, 병이 난 건 아닌지 물었다고 했다. 양푸메이가 쑥스러운 표정으로 '그걸 시작해서……'라고 대답했다.

탄궁다가 곧바로 물었다.

"그게 뭡니까?"

"피가 나오는 거요."

산하는 잠들고

탄궁다가 계속해서 캐물었다. "피가 어디서 나옵니까? 내게 보여줄 수 있습니까?"

양푸메이가 여기까지 말하자 회의장에서 폭소가 터졌다. 양푸메이는 울먹이며 계속 말을 이었다.

"이와 비슷한 예가 부지기수입니다. 선하고 순수한 제 마음에 영원히 치유될 수 없는 커다란 상처를 남겼습니다."

그녀는 또 다른 이야기도 했다.

어느 날 그녀는 중요한 서류를 처리하느라 밤중에 사무실에 나가 야근을 했다. 거의 11시가 다 되어 막 아래층으로 내려갔는데, 때마침 탄궁다가 '임대옥林黛玉(《홍루몽》의 여주인공)처럼 예쁘게 생긴' 여자랑 같이 나오다가 서로 마주치는 바람에 매우 난처한 적이 있었다. 그녀는 자신이 결혼을 한 적은 없지만 임대옥처럼 생긴 여자가 얼굴이 발갛게 달아올라 아양을 떨며 숨을 할딱거리고 있는 모습을 보면서 본능적으로 탄궁다와 그녀가 사무실에서 추잡한 행위를 했다는 사실을 짐작할 수 있었다고 말했다.

"대체 추잡한 행위가 뭐냐고 물으신다면 제가 자세히 말씀드리기가 불편합니다."

조용히 듣고 있던 탄궁다 자신도 실없이 웃음이 흘러나왔다. 양푸메이가 말한 이야기가 전혀 없었던 일이라고 말할 수는 없다. 하지만 그녀의 발언은 모든 것을 조금씩 왜곡시키고 있었다. 예전에 그가 양푸메이와 여자의 월경에 대해 이야기를 나눈 적이 있긴 했다. 그러나 그것은 완전히 무지에서 비롯된 것으로 다른 뜻은 전혀 없었다. 그리고 실제 당시 상황은 다음과 같았다.

……탄궁다가 그녀에게 물었다. "피는 어디서 나옵니까? 심각합니

까?"

그러자 양푸메이가 곱게 웃으며 얼굴을 들어 한참 동안 그를 바라보더니 갑자기 목을 비틀며 교태를 부렸다.

"보고 싶어요?"

그녀가 탄궁다의 허리를 감쌌다. 그는 그녀의 행동에 뭔가 일이 잘못되어 가는 걸 깨닫고 놀라서 정신을 차릴 수가 없었다. 그는 양푸메이가 기관 안에서 유명한 노처녀임을 잘 알고 있었다. 상대를 숱하게 바꿔가며 연애를 했지만 그녀는 단 한 사람의 남자도 건지지 못했다. 그녀는 남자처럼 용감무쌍하고 목젖까지 튀어나온 데다 성격도 이상했다. 이런 그녀를 보면 남자들은 모두 기겁을 하고 꼭꼭 숨어버렸다. 양푸메이가 그를 껴안았을 때 탄궁다는 팔을 빼내려 힘을 준다는 것이 오히려 의자에 걸터 앉아 있던 그녀를 잡아당기는 꼴이 되고 말았다. 양푸메이가 그대로 고꾸라지며 그의 품에 안기더니 얼굴을 그의 가슴팍에 묻은 채 눈을 감고 말했다.

"꼭 안아주세요. 꼭요! 폭풍우가 더 세게 휘몰아치도록!"

……

그렇게 밑도 끝도 없는 생각에 빠져 있을 때였다. 갑자기 회의장 내에 젊은 한 여성이 손을 들고 발언을 요구했다. 탄궁다는 물론 회의를 이끌던 바이팅위 역시 전혀 뜻밖이었다. 바이팅위가 씩 웃더니 그녀에게 의장대로 올라와 발언하도록 했다. 그녀가 말했다.

"이전부터 우리는 탄 현장, 아니, 탄궁다가 색정광이라는 말을 여러 번 들었지만 그래도 전 믿지 않았습니다. 마음속으로 '색정광이 어떻게 현장이 될 수 있어?'라고만 생각했죠. 그런데 그 이후 발생한 일로 인해 그 말을 믿을 수밖에 없었습니다. 어느 날 제가 서명을 받을 일이 있었

산하는 잠들고

는데 기관 위, 아래층을 다 뒤졌는데도 그가 없었습니다. 마지막으로 이 회의실에서 그를 찾았습니다. 당시 그는 무슨 이유에서인지 화를 내고 있었는데 보고서를 보더니 살벌하게 제게 말했습니다. '서명 좋아하네! 바이팅위에게 가서 해달라고 해!' 이어 보고서를 제 품에 밀어 넣더니 손가락으로 더도 덜도 아닌, 바로 정확하게 제…… 제…… 제 급소를 찔렀습니다!"

일반적으로 법원에서 피고는 관중을 등지고 앉아 심판석을 향하게 되어 있다. 그러나 지금 탄궁다는 정반대였다. 이에 그는 진정한 죄인이거나 피고라고 말할 수 없었다. 이렇게 특수하게 자리를 배치했다는 것은 뭔가를 드러내고자 짓궂은 장난을 하고 있다는 계획된 의도가 분명했다. 그 뒤로 이어진 몇 가지 발언자의 공격은 대부분 '풍화'風化(풍속교화)와 관계가 있었다. 하지만 그들이 늘어놓는 이야기 안에 들어 있는 구체적인 사람은 오직 한 명, 바이샤오셴밖에 없었다. 실제로 그녀 외에 무슨 내용이 있을 수 있겠는가? 게다가 그들은 혹시라도 이야기를 하다가 자칫 실명이 나오면 어쩔까 싶어 바이샤오셴이란 이름을 감히 대놓고 말하지도 못했다. 탄궁다는 이런 생각이 들자 팽팽했던 긴장감이 느슨해지기 시작했다.

회의장 좌석과 의장석 사이에는 큰 공간이 있었다. 회의장이 심하게 붐볐기 때문에 많은 이들이 바닥에 신문지나 책을 깔고 앉아 탄궁다를 반원 모양으로 에워쌌다. 탄궁다는 바로 전방에 17, 18세 정도의 소녀 하나가 앉아 있는 모습이 보였다. 소녀가 두 다리를 감싸 안고 아래턱을 무릎에 올린 채 호기심이 가득한 모습으로 자신을 빤히 바라보고 있었다. 아이의 눈빛은 순결하면서도 몽롱하고, 따분하고 지겨워한

다는 느낌을 주었다. 아이가 입은 잔 꽃무늬 흰색 셔츠는 면인지, 실크
인지는 모르겠지만 매우 부드러워보였다. 셔츠 목깃 가장자리에 늘어뜨
린 초록빛 견사가 무척 눈에 띄었다. 네이비블루 군복바지와 양말 사이
로 순백의 종아리가 드러났다……. 탄궁다는 소녀의 얼굴에서 시선을
떼는 데 큰 결심이 필요하다는 느낌이 들었다. 현에서 왜 한 번도 이 애
를 못 봤을까? 새로 온 아이일까? 세상에 어쩌면 이렇게 빼어난 애가 있
을까? 아! 바이샤오셴이나 야오페이페이도 상대가 되지 않는구나! 이렇
듯 꽃처럼 아리따운 아이가 커서 결혼하여 남편과 아이가 생긴 후 자신
과 전혀 무관한 길을 걸어갈 거라고 생각하니 탄궁다는 자기도 모르게
가슴이 아렸다. 자세히 아이의 눈빛을 관찰해보니 증오와 경멸의 빛이
노골적으로 드러나고 있었다. 그 모습에 탄궁다는 또다시 자신이 부끄
러워졌다.

마지막 발언자는 문화선전공작단의 단장이었다.

더듬더듬 어눌한 그의 말투는 그래도 아직 그가 양심을 다 팔아먹
진 않았다는 것을 말해주고 있었다. 그는 탄궁다가 문화선전공작단의
어떤 배우(그 역시 여전히 바이샤오셴의 이름을 감히 거론하지 못했다)를 귀찮
게 하며 수차례 시찰업무라는 명분으로 공작단을 방문해 그녀와 난잡
한 언행을 서슴지 않았으며, 그녀에게 연애를 강요했다고 비난했다. 그
녀는 그의 권위에 눌려 하는 수없이 그와 교제를 했지만 시간이 흐른
후 탄궁다의 반동적인 본모습을 깨닫고 용감하게 혁명의 기백으로 탄
궁다의 거친 진격을 막아내 한 점의 오욕도 없이 혁명군중 대오로 복귀
했으며 탄궁다와 철저하게 선을 그었다고 증언했다.

"얼마 후 그녀가 허비 지구위원회에서 파견한 왕다진이라는 젊고
유능한 교사와 서로 협력하고 학습하는 가운데 뜨거운 혁명투쟁 속에

깊은 혁명적 감정이 우러나 연애하는 관계가 되었습니다. 그런데 이를 안 탄궁다가 노발대발 화를 냈습니다. 그가 신경질적으로 내게 전화를 걸어 '그 왕다진이란 개자식'을 당장 해고시키라고 했습니다. 저는 압박을 이겨내지 못했습니다. 제 입장을 확고히 하지 못해 오랜 세월 배움의 길을 열어준 당과 인민에게 죄송스러운 행동을 했습니다. 심각하게 자아비판 하겠습니다. 왕다진 동지가 문화선전공작단을 떠난 후 우리 공작단의 이 유능한 여배우가 받은 정신적 상처는 아직까지도 치유되지 않고 있습니다. 온종일 정신이 혼미하고 실성한 것처럼 정상이 아닙니다. 지금도 집에서 요양 중입니다. 우리 공작단의 정상적인 공연에도 큰 지장을 초래하고 있으며……."

회의는 오후 다섯 시가 되어서야 끝이 났다. 집으로 돌아가는 동안 탄궁다는 바이샤오셴의 정신이 온전치 않다는 말만 생각났다. 바이샤오셴과 헤어진 후로 그녀에 관해 처음 듣는 소식이었다. 답답해서 숨이 막힐 정도였다. 샤창에 한번 다녀와 볼까 생각도 했다. 그런데 지금은 죄를 뒤집어쓴 상태인 데다 그녀의 어머니나 형제들 모두 누구 하나 상대하기 힘든 자들임을 생각하니 찾아갔다가 또 무슨 난리가 날지 몰랐다! 그는 저 멀리 손에 파를 한 줌 움켜쥐고 문에 서서 골목 입구를 바라보고 있는 장진팡이 눈에 들어왔다. 라바오는 이미 이웃 아이들과 친해져서 시끄럽게 떠들며 골목 안을 휘젓고 다녔다.

"어땠어요? 회의는요?"

장진팡이 두 눈을 끔뻑거리며 그를 바라봤다.

"새 자리를 주겠대요?"

"아마도 조금 더 기다려야 할 것 같아."

탄궁다가 인상을 쓰며 대충 얼버무린 후 근심 가득한 얼굴로 안으로 들어갔다.

장진팡은 피곤해서 녹초가 된 탄궁다의 모습에 더 이상 말을 걸지 않았다. 방으로 들어선 탄궁다는 복도에 새 석탄난로가 활활 타오르고 있는 것을 발견했다. 반대편 벽에 난롯불 그림자가 춤을 췄다. 난로 위 알루미늄 냄비에서 열기가 피어오르며 맛있는 향내가 코를 찔렀다.

남편이 멍하니 화로를 바라보고 있자 장진팡이 그를 밀며 작은 소리로 말했다.

"알고 보니 옆집에 돼지 잡는 사람이 살더라고요. 오누이예요. 누나라는 사람은 친절하고 착해요. 남동생은 이름이 피렌성인데 인상이 조금 험악해요. 그래도 사람은 시원시원해요. 조금 전에 밖에서 돼지를 잡고 돌아오다가 돼지 소창을 조금 주더라고요. 거의 다 익었을 거예요······."

7

탕비원으로부터 탄궁다의 결혼소식을 듣고 처음에는 그저 좀 놀랍기만 할 뿐 자기와는 아무 관계가 없다고만 생각했다. 그저 치통처럼 처음에는 이가 조금 흔들리며 잇몸이 약간 시리기만 한 정도였다. 그렇게 몇 년을 심사숙고하며 고르고 또 고르더니만 결국 거지나부랭이와 결혼했다고? 게다가 혹까지 하나 딸린 과부라니, 어떻게 그럴 수가 있지? 야오페이페이는 사람 없는 거리를 따라 자전거를 타고 가다가 문득 점점 더 빨리 자전거 페달을 밟는 자신을 발견했다. 마치 자전거시합에라

산하는 잠들고

도 참가한 사람 같았다. 시진두 동쪽 패루 아래를 지날 때 사람들이 몰려 노천露天에서 영화를 보고 있는 모습이 보였다. 브레이크를 밟아 한쪽 발을 자전거에 올린 채 잠시 영화를 구경했다. 그런데 아무리 집중하려 해도 대체 영화 내용이 무엇인지 눈에 들어오지 않았다. 이발사 역의 연기자 이름은 왕단펑, 잘 아는 배우였다. 고모부 침실 벽에 그녀의 큰 사진이 걸려 있었다. 아마도 매일 고모부는 왕단펑의 사진을 보며 잠이 들다보니 그 화학 여교사의 진격을 이겨내지 못하고 쉽게 그녀의 포로가 되었겠지……. 사람들이 모두 입을 크게 벌리고 웃고 있었다. 그런데 페이페이는 그들이 왜 웃는지 이해가 가지 않았다. 그녀가 보기에 영화 줄거리에는 우스운 내용이 하나도 없었다.

싸늘한 밤바람이 얼굴을 스치자 얇은 피부에 얼음물을 뿌린 것처럼 얼얼했다. 손등을 살짝 갖다 댄 후에야 그녀는 자신이 계속 눈물을 흘리고 있었다는 것을 깨달았다. 목까지 흘러내린 눈물로 옷깃마저 젖었다. 영화가 다 끝나고 패루 아래의 사람들이 모두들 집으로 가버릴 때까지도 그녀는 그곳에 서 있었다. 영화 상영 관계자 두 사람이 커다란 사각 탁자 위에서 영사기와 필름을 정리하고 있었다. 발전기 소리가 갑자기 멈추고 대나무 막대 위에 걸려있던 전등도 꺼지면서 사방이 컴컴해졌다.

자전거를 밀고 집으로 돌아와서는 고모 내외를 깨울까 봐 불을 켜고 양치랑 세수를 할 수가 없었다. 그녀가 자기 방으로 돌아가 막 침대에 누워 자려고 할 때 고모가 살며시 정수리 머리숱이 줄어든 작은 머리를 들이밀며 "왜 이렇게 늦었어?"라고 묻고는 밖으로 나갔다. 잠시 후 고모가 비단을 들고 살금살금 방으로 들어왔다. 고모가 헤벌쭉 웃는 얼굴로 페이페이에게 옷감을 보여주면서 한껏 소리를 낮췄다.

"정말 좋은 천이지? 진짜 항저우 양면 비단이야. 정안사靜安寺를 떠나 귀신도 알을 안 낳을 이런 해괴한 곳에 시집온 후로는 이렇게 좋은 천을 본 적이 없어. 만져 봐. 갓난아기 엉덩이보다 더 부드러워!"

이렇게 늦은 밤에 고모는 무슨 흥이 그리 나는지 페이페이에게 천을 보여줬다. 잔뜩 의심스러워하는 페이페이 앞에서 고모는 천을 툴툴 턴 다음, 아래턱으로 한쪽 끝을 눌러 활짝 펼치더니 커다란 옷장 거울에 몸을 이리저리 틀며 비춰봤다.

고모가 뒤돌아 웃으며 말했다.

"페이페이, 이 천은 네가 입기에는 좀 나이가 들어 보여. 내가 치파오旗袍(청대淸代에 주로 입던 전통의복으로 옷깃이 높고 치마는 옆트임이 있으며 몸에 딱 맞는 형태이다)를 만들어 입으면 어떨까? 요즘 사람들은 치파오를 잘 안 입긴 하지만. 셔츠를 만들면 천이 조각나니 아까워서 그래."

고모의 말이 왠지 수상쩍었다. 천이 좋으면 고모가 알아서 치파오든 셔츠든 만들어 입으면 될 텐데 왜 날더러 물어보는 거지? 지난번 직원 둘이 조사차 나왔다 돌아간 후 자기를 대하는 고모의 태도가 어찌나 친절한지 오히려 경계심이 일었다. 그때부터 고모는 무슨 일이든 페이페이에게 물어보고 상의했다. 부모님이 돌아가신 후 고아가 된 페이페이는 어쩔 수없이 고모를 따라 메이청에 왔었다. 남의 집에 혹이 되어 붙어살고 있으니 눈칫밥을 먹는 것이 당연했다. 이런 지나친 친절은 큰 부담일 뿐 아니라 빚을 지는 것처럼 생각되기 마련이었다. 마치 아무 까닭 없이 은혜를 입은 후 보답을 하지 않는 것이나 마찬가지였다. 하물며 고모처럼 언제나 자신이 성회省會(성 정부 소재지)로 발령이 나서 가문을 빛내주길 원하는 사람이 베푸는 친절은 마지 선불로 주는 사례금처럼 느껴졌다. 만일 고모의 기대가 수포로 돌아간다면 그 실망을 어떻게 감당한단 말인가? 고모는 근심이 가득한 채 기운이 없는 페이페이의 표정을 보고 그녀가 피곤해서 그런 것이라 생각했다.

"시간이 많이 늦었네. 하루 종일 힘들었을 텐데 어서 자야지."

고모가 이렇게 말하고 나가며 문을 닫았다.

페이페이는 온몸이 노곤하고 기운이 없었다. 뼈마디까지 쑤시는 것 같았다. 그러나 침대에 누웠는데도 잠이 오질 않았다. 탁자 위에 놓인, 탄궁다가 선물로 준 작은 토우를 바라보며 어지러운 생각이 이어졌다.

토우가 인자한 노인처럼 그녀를 향해 웃고 있었다. 예전에는 인형을 볼 때마다 그 천진난만한 모습에 웃음이 절로 나왔었는데, 오늘은 마치 자기를 비웃는 것처럼 느껴졌다. 손을 뻗어 인형을 잡았다. 당장이라도 바닥에 내동댕이치고 싶었다. 한참을 망설였다. 차마 그럴 수가 없었다. 대신 인형을 뒤로 돌려놓았다. 그런데 엉덩이를 치켜든 장난기 어린 모습에 또 마음이 아팠다. 할 수 없이 그녀는 다시 인형을 정면으로 돌려놓았다. 고개를 돌려 탁자에서 시선을 뗐다. 그러나 눈을 감자 한 번도 본 적 없는 거지과부와 혹처럼 달고 다닌다는 아이가 머릿속에 자꾸만 등장하며 그녀에게 눈을 찡긋거렸다. 탄궁다가 그녀에게 했던 말들을 다시 한 번 찬찬히 생각해봤다. 상황을 이처럼 황당한 결과로 흐지부지 매듭짓다니……. 아무리 생각해도 씁쓸할 뿐이었다. 베갯잇이 축축했다. 베갯잇을 떼어내 옆으로 치웠지만 이젠 베갯속마저 축축하게 젖어 들었다.

다음 날, 눈을 뜬 페이페이는 또 지각을 할까 봐 재빨리 세수를 하고 아침도 먹지 않은 채 서둘러 나가려고 했다. 고모부가 거실 등나무 의자에 앉아 신문을 보다가 후다닥 밖으로 뛰어나가는 페이페이를 불렀다.

"페이페이! 일요일인데도 출근해?"

페이페이는 아차, 하며 머리를 툭툭 치고는 어깨에 걸친 가방을 다시 문 뒤에 걸어놓으며 고모부에게 말했다.

"깜빡했어요."

고모가 죽 한 그릇을 들고 부엌에서 나오며 페이페이를 보고 웃었다.

"내일모레면 시집갈 사람이 아직도 저렇게 어린애처럼 덜렁거리기는."

페이페이는 고모의 말이 뭔가 이상해서 죽 그릇을 받아들며 물었다.

"시집요? 누가 시집을 가요?"

고모가 묘한 웃음을 지을 뿐 아무런 대꾸도 하지 않고 부엌으로 들어가 버렸다.

페이페이는 식탁에서 아침을 먹는 내내 마음이 불안했다. 식탁 한쪽에 언뜻 보아도 값나가게 생긴 선물이 한가득 놓여 있었다. 젓가락으로 살짝 헤쳐 선물을 살펴봤다. 스펑獅峰의 룽징차, 쑤저우의 구굴무치 통조림, 광둥 차오저우潮州의 거위 간, 시후의 연근, 가오유高郵의 고추기름 염장 오리알…… 게다가 모란牡丹 담배 두 보루, 마오타이茅台술 두 병 등 모두가 평소 잘 볼 수 없는 희귀한 물건들이었다. 조금 이상한 생각이 들었다. 누가 이렇게 귀한 물건들을 보냈을까? 페이페이는 불길한 예감이 들었다. 그리고 문득 고모가 조금 전 시집이 어쩌고 했던 말이 생각나 젓가락을 내려놓고 그릇을 밀치며 고모에게 말했다.

"모르는 친척이라도 왔다갔어요? 이 물건들은 다 누가 준 거예요?"

고모가 두 다리 사이에 백자접시를 끼고 밝은 쪽을 향하고 앉아 풋콩을 까며 웃었다.

"우리가 묻지 않으니 네가 묻는구나. 계집애, 나이가 들었다고 음흉해지기는! 그렇게 무슨 일이든 비밀스럽게 해야 하는 거야? 이렇게 좋은 혼처 자리를 우리가 방해라도 할까 봐 그랬어?"

페이페이는 고모가 점점 더 이해 못할 말을 늘어놓자 초조해지기 시작했다.

"혼사라니요? 무슨 혼사를 말하는 거예요? 대체 이 선물들을 다 누가 줬냐고요!"

고모는 페이페이가 귀까지 온통 벌겋게 달아올라 목소리까지 부들 부들 떨며 정말 아무것도 모르는 듯하자 이상한 생각이 들었다. 고모가 정색을 하며 말했다.

"진씨라는 사람이 보낸 거야. 그렇게 돈이 많나, 이름에도 금을 둘렀어(金의 중국어 발음이 '진'이다). 어디 이뿐인 줄 아니? 비단에 다른 천들까지 몇 상자나 보내왔더라."

성이 진씨라는 말에 페이페이는 경악을 했다. 그녀가 하얗게 질려 다급하게 소리쳤다.

"그, 그 사람이 집에 왔었어요?"

"본인은 안 오고 물건은 어떤 여자가 들고 왔어. 난 그 여자가 중매 쟁이인가 했는데 나이도 젊고 차림새도 세련된 걸 보니 그건 아닌 것 같더라고. 이름이 뭐냐고 물어보니까 자기 성이 톈田씨라고만 하고는 집에 내내 앉아 있다가 거의 밤 12시가 되어서야 갔어. 그 여자에게 배우자 생년월일을 물어봤지. 너랑 맞는지 한번 맞춰보려고. 그 사람 정말 손도 크더라. 경력이 보통이 아니겠어. 대체 어디서 돈을 벌었는지 모르겠다고 그러니까 톈 동지는 그냥 웃기만 하고 자기도 잘 모른다고 했어."

톈씨라고 말한 걸 보면 아마 첸다쿼의 부인 톈샤오핑일 것이다. 페이페이는 가슴이 팔딱팔딱 뛰기 시작하면서 온몸이 바늘로 찌른 것처럼 화끈거렸다. 가슴 가득 분노가 치밀어 올랐다. 입을 헤벌리고 웃으며 자신을 바라보는 고모의 모습을 보고는 폭발하고 말았다.

"두 분은 왜 함부로 남의 물건을 받아요?"

페이페이는 소리를 지르다 스스로도 깜짝 놀랐다. 고모부가 손에 들고 있던 신문을 젖히며 안경 너머로 놀란 듯 페이페이를 바라봤다.

고모 역시 페이페이의 갑작스런 반응에 어이가 없는 듯했다. 곧이어 얼굴이 천천히 구겨졌다. 마치 맑은 하늘에 갑자기 먹구름이 몰려와 사방이 어두워진 것 같았다.

"너, 말이 너무 심하구나! 네 말은 무식하고 천한 우리가 네 덕을 보겠다고 앞뒤 분간 않고 덤빈다는 거니? 모르는 사람이 선물을 보냈는데, 넌 집에 없고, 우리가 미친 연놈처럼 이것저것 가리지 않고 바리바리 싸온 물건을 그 사람 얼굴에 내던지기라도 해야 한단 말이냐? 우리는 그저 너에게 좋은 일을 망칠까 봐 상대에게 바보처럼 웃으면서……."

고모의 말은 갈수록 험악해지고, 목소리도 점점 더 높아지면서 더욱 심하게 인상을 찌푸렸다. 페이페이는 최근 며칠 동안 마음속에 쌓였던 분노가 폭발하며 자제할 수가 없었다. 그녀는 울면서 자기 방으로 돌아가 문을 쾅하고 닫았다. 별로 힘을 주지도 않았는데 바람 때문에 '꽈당' 하고 엄청난 소리가 나면서 벽의 석회가 떨어져 내렸다. 페이페이는 상황이 묘하게 꼬였다는 생각에 두려운 마음으로 침대머리맡에 앉아 있었다. 성격이 사나운 고모는 일단 불이 붙었다 하면 상대방과 사생결단을 내기 전까지는 절대 싸움을 끝내지 않는 사람이었다. 과연 밖에서 '쨍그랑' 도자기 깨지는 소리에 이어 고모가 문을 발로 차며 욕을 퍼부었다.

"네가 아직도 무슨 귀한 가문의 응석받이라도 되는 줄 알아? 어디서 나한테 위세를 부려? 우리가 뭘 했다고 그렇게 펄펄 뛰고 지랄이야?

잿더미에 떨어뜨린 두부마냥 수습이 안 되는 애구나, 너! 그동안 먹이고 입힌 공은 다 어디로 가고 내가 이런 욕을 먹어야 해? 아직 성으로 발령도 나기 전인데 벌써부터 안하무인이 된 거야? 조상 덕에 그런 말단 자리 하나 차지했다고 네 눈에 나 같은 늙은이는 보이지도 않는단 말이야? 진씨인가 뭔가 하는 놈하고 맺어지니 이젠 이 집이 무슨 여관인 줄 알아? 밖에서 주제넘게 폴짝거리다 맘대로 되는 일이 없으니 이 늙은이한테 화풀이를 하는 거야? 내가 비록 세상 돌아가는 것은 별로 본 게 없다고 해도 어려서부터 정안사에 살면서 무슨 금이네 은이네 안 본 게 있는 줄 알아? 대단하시네! 공주라도 됐어? 내가 무릎을 꿇고 네게 머리라도 조아리랴?"

고모가 늘어놓는 욕지거리에 페이페이는 아무 대꾸도 못하고 그저 눈물만 흘렸다. 어젯밤에는 지나치게 자신에게 친절해서 마음에 걸렸는데 그새 본래의 고모로 돌아왔다. 마치 눈이 다 녹으니 발밑이 진흙탕 범벅인 것과 같았다. 자신은 여전히 보따리를 들고 의지할 곳을 찾아 다바바항에 온 고아였다. 세상이 이렇게 거대한데 자기 한 몸 누울 곳이 없었다. 어느 봄날 아침, 책가방을 메고 한백옥 계단을 따라 내려가다가 엄마가 부르는 소리에 되돌아갔던 기억이 났다. 자신을 꼭 껴안아주던 엄마의 눈에서 뜨거운 눈물이 흘러 그녀의 얼굴에 떨어졌다. 아가야, 학교 끝나고 집에 와서 엄마가 안 보이면 무서울까? 무서워하지 마! 엄만 눈을 감아도 여전히 널 볼 수 있어. 네가 어디로 가든지 엄마 눈은 널 따라다닐 거야……. 엄마, 지금, 날 보고 있어요?

밖에서 고모부가 애써 웃으며 다정한 목소리로 고모를 달래는 소리가 들렸다. 하지만 한창 머리 꼭대기까지 화가 난 고모는 여전히 거실에서 욕을 퍼부었다.

"씨 마른 집안의 고아 주제에 미쳐 날뛸 것이 뭐가 있어?"

'씨 마른 집안'이란 소리에 페이페이는 갑자기 대성통곡을 하기 시작했다. 엄마, 엄마, 내가 부르는 소리 들려요? 이건 우는 소리가 아니라 심장이 터지는 날카로운 비명이에요.

페이페이의 울음소리에 겁에 질린 고모가 점차 목소리를 낮췄다. 고모를 달랜 고모부가 조용히 문을 열고는 젖은 수건을 들고 들어와 페이페이를 향해 눈을 깜빡거리며 조용히 말했다.

"고모 성격 모르는 것도 아니면서……. 악바리 고모를 뭐 하러 상대하려고 그래?"

고모부는 페이페이와 함께 한동안 침대 가장자리에 앉아 있었다. 가까스로 눈물을 그친 페이페이가 벽을 보며 멍하니 한참을 앉아 있다가 코맹맹이 소리로 고모부에게 말했다.

"어쨌거나 그 선물은 돌려줘야 해요. 영문도 모르고 그렇게 많은 물건을 받으면 나중에 곤란해져요."

고모부가 한참을 멍하니 있다가 얼굴을 붉히며 말했다.

"그렇다고 물건을 어디로 돌려보내느냐? 진씨라는 사람이 톈씨 성을 가진 여자를 시켜 보낸 건데, 우린 톈씨라는 그 여자도 생판 모르지 않니."

여기까지 말한 고모부가 문을 닫고 잠시 뜸을 들이더니 다시 말을 이었다.

"가오유의 절인 오리알은 고모가 벌써 육가공장 쑨 영감에게 한 상자를 줬어. 마오타이는 내가 뚜껑을 따서 한 모금 맛을 봤고. 선물 가운데 옷감은 고모가 정리해서 네 옷장에 넣어뒀어. 너도 고모를 잘 알잖아. 물건을 받기는 쉽게 받아도 다시 내놓으라고 하는 건 하늘에 올라

산하는 잠들고

가는 것보다 힘든 일이야. 방금 그렇게 성질을 부려놓고 또 어떻게 고모에게 그런 말을 하겠어? 대체 그 진씨라는 사람이 누구야? 어떻게 알게 된 사이야?"

페이페이는 말하고 싶은 생각이 없었다. 하지만 만약 오늘 말하지 않고 영원히 입을 닫으면 아무에게도 말할 기회가 없을 거란 생각이 들었다. 페이페이는 마음을 모질게 먹고 길게 한숨을 내쉰 후 진위라는 사람의 내력, 만나게 된 경위, 오해가 생긴 이유, 첸다쿤이 그 와중에 슬쩍 양짜수이라는 여자애를 건드린 사건 등등을 처음부터 끝까지 모두 상세하게 털어놓았다. 그녀는 고모부가 호색한이기는 하지만 그래도 정직한 사람이라고 여겼다. 이런 중요한 일에 관한 한 자신을 위해 나름 방도를 생각해 줄 사람은 고모부밖에 없다고 생각했다.

페이페이의 말을 모두 들은 고모부의 표정이 애매해졌다. 고모부는 자꾸만 시선을 피하더니 한참 후에야 입을 뗐다.

"페이페이, 탁자 위의 토우 좋은데? 우시 후이산惠山의 특산품이구나. 솜씨가 좋아, 이 눈이랑 입 좀 봐. 정말 솜씨가 좋네."

밑도 끝도 없는 말을 끝내고는 고모부가 자리에서 일어나 나가려 했다. 페이페이가 고모부를 붙잡았다.

"고모부, 이제 전 어떻게 해야 돼요?"

페이페이가 눈을 깜빡이며 애절한 눈빛으로 그를 바라봤다.

"아, 어쩌지? 어떻게 하면 좋을까? 조카 생각은 어때? 아 참, 난로에 음식을 올려놨지. 음, 이건 무슨 냄새지? 뭔가 눌어붙는 냄샌데? 아, 안 되겠다. 부엌에 가봐야겠어."

8

야오페이페이는 바로 사직서를 냈다. 사직서의 내용은 매우 침통하지만 남다른 각오가 느껴졌다. 마치 사직이 아니라 온 세상에 작별을 고하는 내용 같았다.

"수차례 심사숙고한 결과 타인과 교류하는 업무에 적합하지 않을 뿐 아니라 심지어 이 세상에도 적합하지 않은 사람이라는 생각이 들었습니다."

야오페이페이는 존경하는 지도자가 자신의 사직을 허락하든 말든 오늘 오후 2시부터 스스로 자리를 떠날 것이며 더 이상 사직으로 인한 손실을 책임지지 않겠다고 썼다. 그녀는 채 한 시간도 안 걸려 사직서를 완성했다. 봉투에 집어넣기 전에 이 세상에도 적합하지 않다는 내용은 지워버렸다. 행여 후회하지나 않을까 싶어 그 즉시 현위원회 사무실로 가서 양푸메이에게 사직서를 제출했다.

그날 오전, 양 부현장이 사무실에 없었기에 불필요한 질문이나 만류에 시달릴 필요가 없었다. 페이페이는 사직서를 사무탁자 유리판 위에 놓고 마치 무거운 짐이라도 내려놓은 듯 한숨을 길게 내쉬었다. 도서관에 가서 빌린 책을 반납한 후, 도서관 문을 나서기 전 자신의 대출증을 찢어 입구에 있는 쓰레기통에 버렸다. 자기 화장품과 양치도구 외에 사무실에서 유일하게 가지고 나온 물건은 자오환장이 준 묵란 화분밖에 없었다. 정성껏 돌본 덕에 묵란은 곧고 예쁘게 자라 있었다.

고모는 페이페이가 3시도 안 돼 집에 화분 하나만 달랑 들고 돌아왔지만 쳐다보지도 않았다. 어제 한바탕 세게 부딪친 후로 두 사람은 한마디 말도 나누지 않았다. 문을 들어서며 페이페이가 '고모!'라고 불렀

산하는 잠들고

지만 고모는 아무런 대꾸도 하지 않았다.

　고모는 며칠 동안 출근하지 않는 조카 모습에 궁금하기 그지없었지만 체면 때문에 차마 직접 물어보지도 못하고 하루하루를 보냈다. 일요일, 고모가 더 이상 참지 못하고 무슨 일인지 알아보라고 남편을 부추겼다. 야오페이페이가 현에 사직서를 냈다는 말에 고모는 몸이 부들부들 떨렸다. 쪼그만 계집애가 나에 대한 불만을 이렇게 독하고 황당한 방법으로 풀 줄은 몰랐네. 고모는 죽도록 싫었지만 그래도 억지 미소를 띤 채 자신이 먼저 페이페이에게 가서 마음을 터놓고 사과했다. 늙으면 죽어야지, 자꾸만 망령이 들어, 가난하게 살아서 그런가, 제발 의지할 데 없는 이 불쌍한 고모를 봐주렴. 홧김에 고모가 개똥같은 욕설을 퍼부었다고, 순간 울컥한 마음에 앞길이 구만리인 네 찬란한 꽃길을 내팽개치지 말고…….

　좋은 말이란 말은 하나 가득 늘어놓았지만 페이페이의 굳센 결심은 흔들리지 않았다. 페이페이는 자신의 사직은 고모와 무관하다고 말했다. 자신이 공짜 밥 먹는 게 정말 싫다면 그래도 돌아가신 부모님을 생각해 며칠만 참아주는 자비를 베풀어달라고 했다. 짧게는 며칠, 길어봤자 몇 주면 일을 찾아 집을 나가겠다고 했다. 그래도 고모가 지금 자신을 쫓아낸다면 내일 아침 일찍 아무것도 가지지 않고 그냥 몸만 나가겠다고 말했다. 페이페이의 말은 너무나 굴욕적이었다. 자신을 모두 내려놓고 으르고 달랜 결과가 이런 인정머리 없는 미친 헛소리라니! 고모는 페이페이가 이번에야말로 단단히 마음을 먹고 진심을 털어놨다는 생각을 하자 그만 엉엉 울며 대성통곡을 했다. 그렇지만 페이페이는 고모를 달랠 생각도 하지 않고 자기 방으로 돌아가 문을 쾅 닫은 후 그대로 침대에 고꾸라져 쿨쿨 잠이 들었다.

다음 날 오전, 양푸메이가 사과 한 바구니를 들고 페이페이를 찾아왔다. 관례에 따라 사직을 만류하기 위한 방문이었다. 양푸메이는 페이페이가 성 정부로 가기를 원하지 않는다면 그곳에 가지 않아도 된다고 했다. 입당도 원치 않는다면 우선 이대로 있어도 된다고 했다. 비서직이 싫다면 현 정부의 자리나 관련 기관 중 어느 자리도 선택할 수 있다고 했다.

"그럼 되겠어? 동지랑 그 양짜수이인가 뭔가 하는 친구랑 가장 친하다며? 둘을 같이 발령내줄까?"

양푸메이는 떠나기 전 페이페이에게 첸 현장이 지금은 너무 바쁘지만 며칠 후 짬이 날 때 직접 그녀를 찾아올 거라고 했다. 그녀는 페이페이야말로 현 정부에서 보기 드문 인재라고 치켜세우면서 글도 잘 쓰고 업무 태도도 성실하다고 거듭 칭찬했다. 아울러 겸손함은 그녀의 장점이자 단점이기도 하다고 말했다.

양푸메이가 떠난 지 2주가 넘었지만 첸다췬은 찾아오지 않았다. 야오페이페이는 사방으로 직장을 찾아다녔다. 마지막에 한 면방직공장에서 그녀를 쓰겠다고 했지만 봉급이 형편없이 적었다. 기관에 있을 때의 절반 정도인 데다 한 달에 스무 번이나 야근을 해야 했다. 하지만 며칠을 망설인 끝에 하는 수없이 공장에 나가기로 결심했다.

그 사이 용기를 내어 몰래 탄궁다의 집을 찾아간 적도 있었다. 한바탕 소란을 겪다보니 오히려 마음이 평온해졌다. 탄궁다를 만나면 면전에서 몇 마디 물어보고 싶었다. 하지만 딱히 뭘 물어봐야 하나, 한참을 생각했지만 어디서부터 말해야 할지 생각이 나지 않았다. 마치 목에 가시가 걸려 당장 빼내지 않으면 한시도 편하지 않을 것만 같은 기분이었다. 펑 과부가 사는 곳을 가보니 그 집은 이미 개미는 모두 사라지고 뼈

산하는 잠들고

대만 남은 커다란 개미집 같았다.

목공 몇 명이 지붕에서 서까래를 교환하고, 밀짚모자를 쓴 미장이가 집밖에서 시멘트를 바르고 있었다. 그는 페이페이에게 집이 대대적으로 수리중이고 탄궁다는 여기 살지 않은 지 한참 되었다고 알려줬다. 페이페이가 그에게 탄궁다가 이사한 주소를 묻자 그는 한참 동안 생각하더니 "옌즈징이란 곳이라고 들었는데……"라고 말했다.

옌즈징은 그녀도 익히 아는 곳이었다. 메이청 목욕탕을 그만두고 시진두의 옌즈징 일대를 떠돌다 털실 파는 가게에서 두 달 간 머문 적이 있었기 때문이다. 다바바항에서 그리 멀지 않은 곳으로 강과 시내 중심에 있는 화단 너머에 있었다.

야오페이페이는 끝내 옌즈징으로 그를 찾아가지 않았다.

그날 오후, 면방직공장에서 퇴근하고 집에 가니 탕비윈이 거실에 앉아 있었다. 비윈이 그녀를 보고 웃었다. 날씨는 이미 많이 시원해지고 밖에는 비가 내렸다.

"오, 방직아가씨 오셨네! 물에 빠진 생쥐처럼 그게 뭐야?"

페이페이가 웃었다.

"멀쩡하게 맑은 날씨였는데 오는 길에 갑자기 비가 오잖아. 탕 부주임이 납시다니! 누추한 집에 웬일이세요? 보잘 것 없는 저희 집에 영광이옵니다! 영광!"

페이페이는 탕비윈이 현위원회 사무실 부주임으로 승진되었다는 소식을 알고 있었다. 그러나 '누추한 집'이란 말을 하려니 왠지 좀 씁쓸한 기분이 들었다. 이 집도 고모의 것이니 사실 '누추한 집'이란 말도 함부로 써서는 안 되는 표현이었다.

"한 번만 더 그런 식으로 농담하면 나 바로 갈 거야."

탕비원이 일부러 화가 난 사람처럼 말했다.

탕비원은 짙은 초록빛 칼라가 넓적하게 큰 셔츠에 흰색 코 뜨개 조끼를 입고, 귀에는 길게 늘어진 가짜 마노瑪瑙 귀걸이를 하고 있었다. 매우 생기 있어 보였다.

"방직공장은 어때? 피곤하지 않아?"

"너랑 비교를 할 수 있겠어? 그래도 어쨌거나 내 힘으로 밥은 먹고 사니까."

이렇게 말을 하고 보니 듣는 사람이 기분이 나쁠 것도 같았다. 자기 힘으로 밥을 먹고 산다니, 그렇다면 상대방은 권세에 기대 승진을 했다는 암시가 되니 욕이라 생각할 수도 있었다. 다행히 탕비원은 그 말을 마음에 담아두지 않는 것 같았다.

탕비원은 오늘이 추석이라 특별히 페이페이와 식사를 하고 싶어 왔다고 말했다. 서쪽 구이화항桂花巷에 새로 음식점이 문을 열었는데 평소에는 추석에 문을 열지 않지만 계화桂花(물푸레나무과에 속하는 목서木犀 나무)를 넣어 만든 떡이 기가 막히게 맛있다고 하면서 며칠 전 가봤는데 골목의 계화나무에 꽃이 만개했더라고 덧붙였다.

거실에 앉아 잠시 얘기하는 사이에 비가 그쳤다. 페이페이는 고모에게 말하고 비원을 따라 집을 나섰다. 고모가 기름종이우산을 페이페이의 손에 쥐어주면서 웃으며 말했다.

"우산 가져가. 하늘을 보니 조금 있다가 비가 또 오겠어."

고모가 어색하게 야오페이페이의 어깨를 토닥였다.

구이화항에 있다는 음식점은 서쪽 작은 언덕 위에 자리하고 있었다. 창 너머로 메이청 일대의 시커먼 옛 성벽이 보였다. 비온 뒤의 석양이 고혹적이었다. 비취 같은 엷은 옥빛을 드리운 하늘에 벌겋게 달궈진

인두 같은 구름이 먹빛 서산을 아름답게 받치고 있었다. '까악까악' 멀리 수풀 상공을 맴도는 까마귀떼에 숲속 나뭇가지가 무겁게 늘어졌다.

"왜 저렇게 까마귀가 많지?"

야오페이페이가 물었다.

한창 페이페이에게 줄 탕을 뜨고 있던 비원은 그녀의 말을 듣지 못한 것 같았다. 메이청에 살기 시작한 지 몇 년 만에 페이페이는 처음으로 이 고성의 처연한 아름다움을 맛보는 듯했다. 창밖 풍경에 몸과 마음이 다 편안해졌다. 비가 많이 내린 후라 공기가 상쾌했다. 약간 선뜩한 느낌이 들기도 했지만, 마당과 꽃나무 사이에 가득한 진한 계화 향기에 하염없이 그리운 생각에 빠져들었다. 턱을 괸 채 창밖을 바라보고 있으려니 마음이 고요해지며 진한 꽃향기 속으로 몸이 둥실 떠가는 것 같았다.

식당은 개장한 지 얼마 되지 않았다면서 그리 깨끗하지 않았다. 벌써 기름때가 낀 푸른 벽돌 바닥에 손님들이 오가며 흘린 빗물과 흙탕물까지 지저분하게 널려 있어 식사를 하기도 전에 페이페이는 입맛이 달아나버렸다. 음식이 나온 걸 보니 기름이 많은 데다 특히 종업원이 시커멓게 때가 낀 엄지손가락을 탕 속에 푹 담근 채 음식을 내려놓는 것을 보고 비위가 상했다. 왜 탕비원이 이런 곳을 골랐는지 알 수가 없었다. 눈치를 보아하니 탕비원은 마음이 딴 데 가 있는 사람 같았다. 계속해서 자신의 눈을 피하는 데다 예전처럼 어떤 열정도 보이지 않는 것이 마치 성가신 일에 연루된 사람 같았다.

탕비원은 자꾸만 화젯거리를 찾아가며 분위기를 살려보려고 했다. 그녀는 밑도 끝도 없이 갑자기 "야오페이페이(특별히 '야오'라는 성을 덧붙였다), 앞으로 나 미워하지 않을 거지?"라고 했다가 또다시 "야오페이페이, 너 분명히 속으로는 날 무시하고 있어. 그렇지 않아?"라고 말해 사람을 어리둥절하게 만들었다. 두 사람의 화제는 돌고 돌아 결국 첸다쿤에 대한 이야기로 넘어갔다. 페이페이는 비원의 의미 없는 이야기에 대꾸를 하다 보니 금방 지겨운 생각이 들었다. 그녀를 따라 나온 것이 조금 후회가 되었다.

"진위라는 사람 어떻게 생각해?"

탕비원이 갑자기 진위 이야기를 꺼내자 페이페이는 바짝 경계심이 생겼다. 내 생각이 맞았어. 비원 역시 날 설득하러 온 거야. 드디어 본론으로 들어가는군.

야오페이페이가 쌀쌀맞게 탕비원을 노려봤다. 얼굴이 실룩거렸다.

"그 사람 이야기라면 난 가겠어."

페이페이가 바짝 긴장한 채 젓가락을 탁자에 내려놓았다.

"말 안 할게. 안 할게."

탕비원이 이상한 표정을 지으며 씩 웃더니 그래도 자꾸만 진위 이야기를 했다.

"난 근데 그 사람이 왠지 괜찮게 느껴지던데. 다만 얼굴의 그 큰 사마귀만 보면 내 심장에 털이 솟는 것 같은 기분만 빼고 말이야."

"좋으면 네가 시집가지 그래? 어차피 첸다쿤에게서도 벗어났으니까 미치도록 한가할 텐데?"

야오페이페이가 좀 심한 말로 그녀를 조롱했다. 마치 맘먹고 그녀의 화를 돋우려는 사람 같았다. 그런데 뜻밖에 탕비원은 이런 그녀의 이야기도 그냥 호탕하게 웃어넘겼다.

"네 헛소리에 원래는 화가 나야 마땅하지만 난 화 안 낼 거야!"

그녀가 귀 옆머리를 넘기며 말했다.

"넌? 넌 뭐 얼마나 잘났어? 그 사람이 자리에서 물러났다고 바보처럼 따라서 사직이나 하고. 그런데 그 탄인가 뭔가 하는 작자는 그 새를 못 기다리고 얼렁뚱땅 떠돌이 젊은 과부 손에 넘어갔잖아. 넌 순장품의 가치도 없어, 그런데 웬 개고생이야?"

비원의 말에서 어렴풋이 첸다췬의 말투가 느껴졌다. 페이페이가 얼굴을 붉히며 바로 응수했다.

"내 사직이 그 사람과 무슨 관계가 있어?"

"됐어, 괜히 거짓말 할 필요 없어."

탕비원이 떡 한 덩이를 페이페이 접시에 담아주며 상냥하게 말했다.

"그런 말로 내가 속아 넘어갈 것 같아? 그냥 차마 까놓고 너에 대해 말을 할 수 없을 뿐이야. 하지만 단 하나, 이해가 안 되는 부분이 있어. 대체 그 탄궁다란 사람 어디가 그렇게 좋아서 해롱해롱 정신을 못 차려?"

야오페이페이는 입을 다물고 창밖으로 시선을 옮겼다.

"아마 그 사람과 같이 있어야 내가 안전하다고 느끼나 봐. 나도 잘 모르겠어."

탕비원이 갑자기 물었다.

"그럼 난?"

"너?"

야오페이페이가 웃었다.

"넌 꿍꿍이가 많잖아. 당연히 경계를 해야지. 언젠가 네가 날 팔아먹을지도 모른다는 생각이 항상 들거든."

그 순간 탕비원의 낯빛이 하얗게 질렸다. 젓가락을 든 손이 어쩌나 떨리는지 표고버섯조차 집지 못했다. 비원이 불안해하는 모습에 페이페이는 뭔가 의심쩍은 생각이 들었지만 별로 염두에 두지 않았다.

잠시 후 그가 비원을 툭 치며 웃었다.

"너 왜 그래? 농담도 못 해? 어떤 경우라도 우린 자매 사이인데. 어느 날 정말로 네가 날 팔아먹으면 기꺼이 받아들일 수밖에 없지. 어쨌거나 최고로 좋아하는 친구 손에 놀아났는데 어쩌겠어. 그렇다고 하늘을 탓할 수도 없는 일이잖아?"

페이페이의 말에 뜻밖에도 탕비원이 더욱 당황해하며 자줏빛 통통한 입술마저 심하게 떨기 시작했다. 그녀가 허둥지둥 담배 한 대를 꺼내 입에 물었다. 그런데 아무리 해도 불을 붙이지 못했다. 야오페이페이가 그녀의 팔을 붙잡으며 어디가 불편한지 묻자 탕비원이 담배를 몇 모금 세게 빨고서야 입을 열었다.

"하루 종일 굶다가 급하게 음식을 먹어서 좀 힘들었나 봐. 페이페이!"

"응?"

"페이페이, 내가 그렇게 나쁜 애 같아?"

탕비원이 이렇게 말하고는 닭똥 같은 눈물을 뚝뚝 흘렸다. 페이페이는 상대가 진심이라는 생각이 들자 자신도 눈가가 촉촉하게 젖어들었다. 조금 전에 한 말이 후회가 됐다. 하지만 어떻게 위로를 해야 할지 알 수가 없었다. 한참을 생각한 끝에 그들이 처음 만났을 때 했던 말을 다시 한 번 반복했다.

"됐어, 됐어. 그만 괴로워해. 네가 남자라면 전혀 주저하지 않고 네게 시집갔을 거야. 어때, 그럼 됐어?"

그녀의 말에 탕비원이 더 심하게 울기 시작했다. 한참 후 탕비원이

산하는 잠들고

고개를 들더니 새빨개진 눈으로 그에게 물었다.

"화자서花家舍라는 곳, 들어봤어?"

"아니, 왜?"

"아냐, 아무것도."

탕비원이 눈물을 닦더니 뭔가 큰 결심을 한 것처럼 종업원을 향해 손짓했다.

페이페이는 양짜수이가 오늘따라 말도 안 되는 소리만 늘어놓는 걸 보고 어리둥절했다. 페이페이가 혼자 생각에 잠겨 있을 때였다. 탕비원이 근교에 있는 첸다쿼의 집이 여기서 멀지 않은데 아직 그곳에 자기 물건이 남아있어 가지러 가야 한다고 말했다. 그녀가 자기랑 함께 가주겠는지 물었다.

"밤이 되면 음침한 데다 집 뒤에 무덤들도 있거든. 조금 무서워서."

야오페이페이가 잠시 생각하더니 말했다.

"첸다쿼 만나면 어쩌려고 그래?"

"그 사람 없어. 성에 회의하러 갔어. 가기 싫으면 안 가도 되고."

페이페이가 고개를 들어 나뭇가지 끝에 걸린 청동대야 같이 둥근 달을 바라보며 빙긋이 웃었다.

"겁은 많아가지고……. 귀신이라도 만나면 내가 구해주리라곤 꿈도 꾸지 마. 오늘 밤 달이 좋네. 내가 같이 가줄게."

말을 마친 두 사람이 팔을 잡고 식당을 나와 깊은 골목을 따라 걷기 시작했다. 두 사람이 골목 끝 계화나무 앞까지 이르렀을 때 탕비원이 걸음을 멈췄다. 그녀가 계화나무에서 계화를 몇 가지 꺾어 손수건으로 싸맨 다음 가져가서 차에 타먹으라고 내밀었다.

"페이페이!"

탕비원이 갑자기 몸을 돌리며 그녀의 얼굴을 바라봤다.

"관두자. 날이 많이 어두웠어. 먼저 집에 가. 나랑 같이 갈 필요 없어."

"왜 그렇게 이랬다저랬다 해? 가자고! 왜 그렇게 쓸데없는 말이 많아? 그 집에 개 있어?"

탕비원이 고개를 저었다.

"네가 가자고 했다! 나중에 귀신 만나더라도 내탓하면 안 돼."

9

작지만 잘 꾸며진 시골집이 감로정 옆 깊은 숲속에 자리하고 있었다. 동쪽의 작은 문은 잠겨 있지 않아 손으로 살짝 밀자 문이 열렸다. 마당은 작긴 하지만 수려한 멋이 느껴졌다. 사방이 높은 담으로 둘러쳐 있고 다양한 문양의 화창花窗들이 옛 정취를 담고 있었다. 우뚝 솟은 홰나무 한 그루는 마당 너머로 가지가 뻗어 있고, 수관에는 빙글빙글 달빛이 쏟아졌다. 맑은 바람에 절로 기분이 상쾌해지면서 자질구레한 근심이 깨끗이 사라지는 듯했다. 담 모퉁이의 파초와 연죽燕竹은 가지와 넝쿨이 흐트러져 있고 바닥에 깔린 촉금蜀錦(쓰촨 청두의 채색 비단) 문양 자갈 위로 빽빽한 홰나무 그림자가 멋스러웠다. 마당은 오랫동안 관리를 안 한 듯 잡초와 야생 갈대가 무성해 황폐한 느낌을 주었다. 화원과 천장 사이는 첨랑檐廊(처마 밑 주랑)이 이어져 있고 좌우 기둥에 대련이 붙어 있었다. 흰 칠이 벗겨져 얼룩덜룩했지만 글씨는 알아볼 수 있었으니 원래 주인의 한가로운 정취를 대련을 통해 알 수 있었다.

　한가로이 먹고 입는 걱정일랑 모두 떨쳐버리고
　폭풍한설 마다 않고 시장으로 술 사러 간다네

　마당으로 들어선 야오페이페이는 이쪽저쪽을 둘러보며 한가로이 마당을 거닐었다. 자신이 살던 상하이의 원림조차 이곳과 비교하면 세속적이라는 느낌마저 들었다. 그녀의 입에서 절로 감탄이 흘러나왔다.
　"메이청에 이처럼 우아한 집이 있는 줄 몰랐네."
　탕비윈은 페이페이가 이곳을 좋아하자 조금 우쭐해졌다. 그녀가 미소를 지었다.
　"마음에 들면 좀 더 둘러봐. 며칠 있다가 첸다쿼이 돌아오면 열쇠 돌려줄 거야. 그럼 다시는 오지 못할 테니까."
　그녀는 방문을 열고 안으로 들어갔다.
　천장은 더욱 그윽하고 멋들어진 모습이었다. 다만 화초가 모두 시들고 돌로 쌓아올린 높은 단에는 거미줄이 드리워져 있었다. 마당을 가꾸는 써레, 삽, 나무통 같은 도구들이 구석에 아무렇게나 쌓여 있었다. 야오페이페이는 천정天井(마당의 방과 방 사이 또는 방과 벽 사이 지붕이 뚫린 부분)에서 오랫동안 머물렀다. 탕비윈이 위층에서 그녀를 향해 손을 흔들었다. 우물 옆 계단을 따라 몸을 굽히고 위층으로 올라가자 다른 방문은 닫혀 있고 동쪽 한 칸만 열려 있었다. 탕비윈이 그곳에서 차를 우리고 있었다.
　아마도 첸다쿼과 밀회를 나누던 장소인 것 같았다. 방으로 들어서자 꽃 장식의 나한상羅漢床(의자 겸 침대로 쓸 수 있는 중국 고가구)이 눈에 띄었다. 남쪽 창 아래 작은 사각 탁자와 등나무 의자 몇 개가 놓여 있었다. 창에 기대앉으니 멀리 산과 마을 풍경이 고스란히 눈에 들어왔다. 창문의 빙열문冰裂紋 유리는 한눈에도 명, 청 시대 골동품이란 걸 알 수 있었다. 탕비원이 차를 따른 찻잔에는 노인네와 아이가 함께 놀고 있는 그림이 그려져 있는데, 이 역시 평범치 않은 내력이 있는 듯했다.

탕비원이 집이 시내와 많이 떨어져 전기가 없기 때문에 남포등을 켜야 한다고 했다.

"오늘 밤엔 달빛이 좋은데 등을 켜면 달빛이 죽잖아?"

페이페이의 말에 탕비원이 일어나 등불을 끄려 하자 페이페이가 그녀를 만류했다. "이왕 켜 놓은 걸 다시 끌 필요야 있겠어? 불빛이 환하니까 좀 덜 무서운 것도 같고!"

비원이 페이페이 맞은편에 앉아 턱을 괴고 말했다.

"어때? 여기 괜찮지?"

일방적으로 그에게 내쫓긴 처지에 천진난만한 얼굴로 자기 것도 아닌 집을 자랑하며 친구의 칭찬을 듣고 싶어 하는 양짜수이를 보니 페이페이는 문득 서글픈 생각이 밀려왔다. 티끌 한 점 없는 고요한 밤하늘에 은하수가 쏟아지고 달빛이 아름답게 빛났다. 페이페이는 아련한 감성에 젖어 쌓인 시름을 다 잊을 것만 같았다. 그런데 왜 눈이 잘 안 떠지지? 머리는 왜 이렇게 무겁고? 창틀에 손을 올리고 계화차를 마시면서 문득 이런 곳에 숨어 평생 동안 춘추삼전春秋三傳(좌씨춘추, 곡량전, 공양전)이나 사사초문四史妙文(《사기》, 《한서》, 《후한서》, 《삼국지》) 등을 읽고 있으면 이 세상에 태어난 것도 나름 보람이 있겠다는 생각이 들었다.

양짜수이가 갑자기 페이페이의 손을 잡으며 대담한 제안을 했다.

"어차피 첸다쥔도 없으니 여기서 하룻밤 자고 내일 아침 일찍 가자.

어때?"

페이페이는 안색이 어두워지며 단호히 거절했다.

"여기가 아무리 좋아도 남의 집이야. 항저우가 아무리 아름답다 해도 동경인 변량(汴梁[39])은 아니잖아. 구경 한번 했으면 됐어. 여기에 눌러 있는 건 재미없어. 어서 물건 정리해서 가자. 그리고 내일 아침 일찍 공장에 출근해야 해."

하지만 비윈은 제자리에서 꼼짝도 하지 않았다. 비윈의 웃음 띤 얼굴 표정이 자꾸만 이상해졌다.

"페이페이……."

비윈이 가만히 페이페이를 불렀다. 눈물이 뺨을 타고 흘러내렸다. 그녀의 눈물에 페이페이는 가슴이 철렁 내려앉았다.

"양짜수이! 사실대로 말해. 너 대체 왜 그래? 오늘따라 이상해."

탕비윈이 손수건을 꺼내 얼굴을 닦더니 웅얼거리며 자기를 탓하지 말라고 말했다.

순간 페이페이의 낯빛이 변했다. 뭔가 심상치 않은 일이 일어날 거라는 예감이 들었다. 갑자기 조금 전 문을 들어설 때 분명 대문에 자물쇠가 채워져 있었는데 눈 깜짝할 사이에 양짜수이가 자기에게 차를 타 준 일이 떠올랐다. 뜨거운 물이 어디서 났을까? 갑자기 소름이 끼쳤다. 심장이 터질 것만 같았다. 무시무시한 두려움이 발바닥부터 그녀의 바짓가랑이를 타고 스멀스멀 올라와 순식간에 전신에 퍼졌다.

페이페이가 탁자에서 일어나 비윈을 가리키며 말했다.

---

39) 변량(汴梁): 카이펑(開封)의 옛 이름. 북송 시대 4경이 있었는데 카이펑은 뤄양(洛陽)에 비해 동쪽에 있었기 때문에 뤄양을 서경, 카이펑을 동경이라 했다.

"양짜수이! 너, 네가 날 이렇게 속이다니……!"

말을 채 끝맺기도 전에 눈앞의 집과 달, 창문이 거대한 소용돌이에 휘말리면서 어지럽게 빙빙 돌기 시작했다. 희끄무레한 탕비원의 얼굴이 눈앞에서 어른거리며 여러 겹으로 보였다. 마치 방안 가득히 사람들이 모여들어 자신을 바라보고 있는 것 같았다. 머리가 무겁고 깨질 듯 아팠다. 다리도 말을 안 들었다. 도저히 걸음을 뗄 수가 없었다. 등나무 의자에 꼼짝없이 앉아 탁자 위 찻잔에 부딪치고 그대로 고꾸라지면서 깊이 잠이 들었다. 머릿속에 남은 마지막 한 가닥 희미한 빛마저 사라졌다. 찻잔이 뒤집혀 뜨거운 찻물이 손으로 흘러내리는 것을 느꼈다. 찻잔이 탁자에서 굴러 떨어지며 '픽' 하고 깨졌다. 현실 같지 않은 그녀의 몽상, 살얼음처럼 나약하기 그지없는 그녀의 마음, 마음 속 깊이 간직했던 긍지와 자부심, 그녀의 마음 밑바닥에서 꽃처럼 활짝 피었던 여인의 비밀이 함께 깨졌다.

야오페이페이가 눈을 번쩍 떴다. 제일 먼저 눈에 들어온 것은 새하얀 둥근 달, 그러나 달은 금세 처마에 가려 보이지 않았다. 비늘 같은 구름이 현실처럼 느껴지지 않았다. 하늘이 갑자기 갈라져버린 듯 동글동글 은회색의 잔금이 영롱하게 빛을 발했다. 담배 냄새가 났다. 몸이 뭔가에 묶인 것처럼 꼼짝달싹할 수가 없었다. 송곳이 머릿속으로 파고들어 신경을 휘젓는 듯했다. 손을 들어 침대 위를 마구 더듬자 털이 부숭부숭한 넓적다리가 잡혔다. 세상에 태어난 후로 가장 크게 비명을 지르기 시작했다.

"그만 해! 소리 지르지 말라고."

늙은 목소리가 그녀의 귓가에 울려 퍼졌다

산하는 잠들고

상대가 페이페이의 고개를 자기 쪽으로 돌렸다. 그의 입가에 난 커다란 사마귀가 보이는 순간, 그녀는 감히 더 이상 비명을 지를 수가 없었다. 부들부들 떨며 몸을 움츠리자 상대방이 그녀를 품에 안았다.

넌 몰라, 내가 얼마나 널 사랑하는지! 착하지, 내 귀염둥이, 내 심장! 널 처음 본 순간, 내 심장은 산산조각이 났어. 기억해? 회의실에서 네가 제일 마지막으로 들어왔지. 자리를 찾지 못해 그 자리에 서서 의장석, 그리고 날 바라봤어. 그때 난 네가 입고 있던 푸른색 레닌복을 벗기면 어떤 모습일까 상상했지. 아, 넌 앵두 같은 아이야. 이제 막 익은 동그랗고 매끄럽고, 붉은, 거기에 이슬까지 맺힌 앵두. 그럼 내가 어떻게 해야 하지? 유일한 방법은 말이야, 내 귀염둥이, 바로 널 한입에 삼키는 거지. 살과 껍질까지 한꺼번에 널 삼키는 거야. 이제 넌 내 배 속에 있어. 여기, 자, 만져 봐, 야오페이쥐 동지. 네 몸이 얼마나 풍만한지 알아? 내가 수없이 꿈속에서 봤던 것보다 만 배는 더 풍만해. 친애하는 야오페이쥐 동지, 이제 난 당당하게 네게 말할 수 있어. 널 사랑해! 신중하게 생각하고 또 생각했어. 역시 내게 시집오는 것이 맞아. 믿어 줘. 내 마음은 순결해. 친애하는 야오페이쥐 동지, 이제 당신이 해야 될 유일한 일은 이를 받아들이는…….

진위의 두 손이 그녀를 옭아매듯 꼭 붙잡았다. 오랫동안 야오페이페이는 아기처럼 온순하게 그의 품에 안겨 있었다. 그녀의 몸은 흠뻑 물을 먹은 솜처럼 무거워 손 하나 까딱할 수가 없었다. 방법이 없어, 정말 방법이 없어. 진위가 몸을 굽혀 그녀의 얼굴, 그녀의 눈을 쓸어내렸다. 그가 그녀의 가슴에 머리를 묻었다. 그리고 마치 사탕 한 알을 문 것처럼 나지막하게 중얼거렸다.

"야오페이쥐 동지, 이제 2차 혁명을 발동하려고 해. 그를 죽여버릴 거야. 당신도 반대하지 않지? 진짜 혼비백산魂飛魄散이라는 것이 무엇인지 네게 보여주고 싶어……."

야오페이페이는 힘껏 그를 잡아당기고, 꼬집고, 비틀고, 할퀴었다. 그러나 그녀의 이런 모든 몸부림은 상대방에게는 애교에 지나지 않았다. 전혀 힘을 쓸 수가 없었다. 진위가 그녀의 두 손을 잡고 비틀어 그녀의 고개를 뒤쪽으로 눌렀다. 야오페이페이가 그에게 침을 뱉었다. 그러나 진위는 화를 내기는커녕 혀를 내밀어 그녀의 침을 핥았다. 그녀의 허리는 마치 한껏 당긴 활처럼 그를 향해 자꾸만 높이 치솟았다. 안 돼, 이러면 안 돼! 내 모든 몸부림은 오히려 그를 조급하게 만들 뿐이야. 그 소리는 마치 담벼락의 지반을 달구질 하는 소리 같았다. 파열되기 쉬운 그 얇은 막은 바로 내 일생의 축소판이었다. 거기엔 치욕밖에 아무것도 남은 것이…….

진위가 드르렁 코를 골기 시작하자 야오페이페이는 손발에 온힘을 주어 서너 차례 버둥거리다 겨우 침대에서 일어나 앉았다. 진위가 본능적으로 그녀를 잡았지만 가볍게 손을 비틀자 이내 그의 손이 툭하고 침상 위에 떨어졌다.

그녀의 윗옷과 바지가 바닥 여기저기에 내던져져 있었다. 신발도 어디로 갔는지 찾을 수가 없었다. 바닥에 놓여 있을 옷과 신발을 더듬었다. 뭔가 날카로운 물건에 손가락이 긁혔다. 하지만 별로 아프다는 생각도 들지 않았다. 속옷 아래 뭔가 차가운 물건이 잡혔다. 들어 올려 달빛 아래 비춰보니 깨진 유리잔 받침이었다. 유리로 된 무거운 받침의 가장자리가 자못 날카로웠다. 받침을 얌전히 탁자에 올려두고 서둘러 옷을 입었다.

산하는 잠들고

멍하니 창에 기대앉았다. 이 모든 일들이 어떻게 벌어졌는지 기억해내려 애썼다. 탁자에 놓인 깨진 유리 받침에서 시선이 떠나지 않았다. 고개를 돌려 침상을 바라봤다. 진위가 '푸푸' 숨을 내쉬며 우레같이 코를 골았다. 깨진 유리 받침으로 그의 얼굴을 찍어버리면 어떻게 될까? 이제 달은 보이지 않았지만 위, 아래층이 모두 밝았다. 바람결에 마치 비 오는 소리처럼 나뭇가지가 '솨솨' 흔들렸다. 추위에 떨고 있는 것 같기도 하고 탄식하는 것 같기도 했다. 특이한 향내가 났다. 탁자 위에 놓인 톱밥 같은 계화향인지, 아니면 마당 깊은 곳에 피어난 장미향인지 모를 은은한 향기가 퍼져왔다.

미쳐버릴 것 같았다. 어서 이곳을 벗어나야 해. 하지만 머릿속에서 두 가지 생각이 싸움을 벌이고 있었다. 빨간 옷, 빨간 바지를 입은 아이가 나와 그녀에게 빨리 실행을 하라고 부추겼고, 흰 모자에 흰 저고리를 입은 아이가 나타나 그녀에게 포기할 것을 권했다. 목이 말랐다. 탁자 위에 놓인 차가 보였다. 하지만 그 안에 수면제가 들어 있을지도 몰라 마실 수가 없었다. 기이한 점은 수면제도 자신의 의지를 지니고 있어 사실을 증명함으로써 재판에서 한 몫을 담당할 수 있다는 것이다. 그렇다면 첸다쥔은 어떻게 현의 의원, 약제사와 밀모했을까, 또 어떻게 탕비원에게 자매나 다름없는 내게 손을 쓰도록 설득했을까? 야오페이페이는 비분에 젖어 생각을 거듭했다. 그러나 더 이상 이런 생각에 집착할 필요가 없다는 느낌이 들었다. 그녀는 이미 결정을 내렸다.

찻잔 받침을 손에 들었다. 다행히 손아귀에 꼭 맞았다. 살금살금 침대 옆으로 다가가 심호흡을 했다.

페이페이, 너 지금 뭐 하려고 하는지 알아?

알아.

꼭 그렇게 해야 돼?

그래, 꼭 이렇게 해야 돼!

더 이상 주저하지 않고 찻잔 받침의 예리한 날을 아래로 향하게 잡고 한참 동안 늙고, 처지고, 더러운 얼굴을 조준했다. 왼손으로 받침을 잡고 오른손으로 왼손 손등을 누르며 있는 힘껏 내리찍었다……. 무슨 일이 벌어졌는지 채 알아차리기도 전에 진위의 두 손에 밀려 그녀의 몸이 공중으로 붕 뜨더니 그대로 맞은편 벽에 머리를 부딪쳤다. 진위 역시 바닥에 나뒹굴었다. 진위의 눈두덩에서 피가 흘렀다. 그가 허리를 굽히고 머리를 이쪽저쪽으로 돌렸다. 무언가를 찾고 있는 것 같았다. 그가 계속 비명을 질렀다. 안 보여! 눈이 안 보여! 페이페이는 평생 그렇게 무시무시한 울부짖음을 들어본 적이 없었다. 그녀는 문 옆으로 기어가 방문 손잡이를 비틀어 열고 미친 듯이 맨발로 아래층으로 달려갔다.

진위가 그녀를 쫓아와 계단 모퉁이에서 그녀의 허리를 잡았다. 두 사람이 계단을 데굴데굴 굴러 우물가까지 다다랐다. 야오페이페이가 몸을 일으켜 밖을 향해 달려 나가려는 순간, 진위가 그녀의 다리 한쪽을 붙잡았다. 페이페이의 복사뼈 주위에도 흥건하게 피가 흐르고 있었다. 달빛 아래 우물 덮개를 눌러 둔 커다란 돌이 눈에 띄었다. 옆에 양동이도 보였다. 생각할 것도 없이 돌을 선택했다. 돌을 들어 올려 진위의 머리를 향해 내리쳤다. 육중하고 둔탁한 소리가 났다. 하나, 둘, 셋, 넷…… 숫자를 셌다. 아홉까지 셌을 때 진위의 손에서 힘이 빠졌다. 그의 몸이 뒤집히더니 우물가에 벌러덩 나자빠져 더 이상 움직이지 않았다.

야오페이페이는 마치 달리기를 잘하는 한 마리 영양처럼 폴짝폴짝

너른 경작지를 뛰어넘었다. 씨가 맺힌 유채 줄기가 그녀의 얼굴을 후려 쳤다. 논 진창에 자꾸만 다리가 빠졌다. 논밭과 목숙苜蓿(콩과의 월년초인 거여목)이 가득한 들판을 한참 동안 달렸지만 어제 왔던 길을 도무지 찾을 수가 없었다.

방향을 잘못 잡은 건 아닐까, 다시 뒤돌아 미친 듯이 달려갔다. 물이 졸졸 흐르는 도랑 옆에서 정자 하나를 발견했다. 푸른 고구마 밭이었다. 누가 고구마 밭 가운데 정자를 세워놓았을까? 꿈을 꾸고 있는 것은 아니겠지? 누군가 가만히 자기를 흔들며 '일어나요, 일어나!'라고 말하면 가뿐하게 원래 세상으로 돌아갈 수 있을지도 모른다.

어렴풋이 편액에 적힌 '감로정'이란 글자가 보였다. 전장鎭江에 있는 감로사甘露寺는 유비가 데릴사위가 된 곳이다. 한데 눈앞의 저 정자는 어느 시대 유적일까? 정자에 잠시 앉아 있던 페이페이는 그제야 피투성이인 외투를 벗어 바닥에 던져버리고 용수로에 가서 손을 씻었다. 담배 한 대 피울 수 있으면 얼마나 좋을까! 바짓단에도 피가 묻어 있었다. 진흙으로 비비자 그다지 표가 나지 않았다.

진정한 여행가가 가까스로 고적을 발견한 것처럼 페이페이는 정자 주변을 샅샅이 돌아봤다. 도랑에 하늘의 구름과 밝은 달이 비쳤다. 도랑으로 고개를 들이밀면 또 다른 세계로 들어갈 수 있을지도 몰라. 날이 밝으면 얼마 못 가 사람들에게 잡힐 것이다. 날이 밝기 전에 멀리 도망가야 해. 먼저 숨을 곳을 찾아야 하는 건 아닐까? 어디로 가지? 지프차를 모는 왕 기사가 생각났다.

야오페이페이가 자기 집으로 돌아왔을 때는 날이 거의 다 밝은 때였다. 너무 피곤해 쓴물이 올라올 지경이었다. 다행히 고모는 아직 자고 있었다. 그녀는 침착하게 목욕을 하고, 옷을 갈아입은 후 가지고 갈 물건을 정리했다. 담배를 연거푸 두 대나 피웠다. 침대 밑에서 커다란 여행용 가방을 꺼냈다. 예전에 바로 이 가방을 들고 고모를 따라 메이청에 왔었는데. 엄마가 직접 '쥐'鞠자를 수놓은 가방이었다. 닭털 먼지떨이로 대충 먼지를 털고 가방에 물건을 쑤셔 넣었다. 책 두 권, 대생산 담배 반갑, 모기약 한 병, 나무 빗 하나, 갈아입을 옷 몇 벌, 작은 원형 거울 하나, 쉐화가오雪花膏 한 병……. 순식간에 가방이 불룩해졌다. 가방을 들고 밖으로 나가 세숫대야 거치대가 있는 곳으로 양치 컵을 가지러 가는데 고모가 벽에 걸린 거울을 보며 머리를 빗고 있었다.

"오늘은 일찍 일어났네? 어젯밤엔 몇 시에 왔어?"

페이페이는 대충 '네, 네'라고 응수하며 몸을 옆으로 돌려 복도 끝까지 가서 양치 컵을 꺼내 마른 수건으로 싼 후 여행 가방에 넣었다. 고모는 페이페이가 허둥지둥 정신이 없어 보이는 데다 커다란 여행 가방까지 들고 있자 이상한 듯 물었다.

"페이페이, 출장 가니?"

"출장요? 아, 네, 출장가요. 며칠 다녀올 거예요. 고모, 돈 좀 빌려줄 수 있어요?"

"얘도, 무슨 말을 그렇게 해? 가족끼리 무슨 돈을 빌리고 말고가 있어? 얼마나 필요한데?"

고모는 말은 이렇게 하면서도 페이페이를 뚫어져라 바라봤다. 뭔가 의심스러운 눈초리였다. 고모는 영특한 사람이었다. 시간이 길어지면 고모가 뭔가 이상한 낌새를 알아챌 수도 있었다.

"얼마나 있어요?"

페이페이는 최대한 긴장을 풀고 헤헤 웃었다.

산하는 잠들고

고모는 60, 70위안밖에 없다고 했다.

"옆집 아뉴阿牛가 결혼한다고 150위안을 빌려갔는데 아직 안 주네. 부족하면 좀 융통해올까?"

"됐어요. 그냥 그것만 주세요. 5시 새벽차 타야 해요. 시간이 없어요."

고모가 이상하다는 듯 물었다.

"다섯 시? 벌써 다섯 시 반인데?"

아뿔싸, 말을 잘못 했어!

고모가 방으로 들어가 한참 동안 나오지 않았다. 고모부와 작은 소리로 뭔가 상의를 하는 눈치였다. 힐끗 괘종시계를 봤다. 더 이상 지체하면 안 될 것 같았다. 고모가 돈을 가지고 나올 때까지 기다릴 수가 없었다. 그냥 여행 가방을 들고 살금살금 입구까지 걸어간 다음, 문을 열고 황급히 계단을 내려갔다.

10

거리에는 아직 행인들이 보이지 않았다.

차가운 바람에 밥 짓는 연기와 석탄 냄새가 섞여 얼굴로 날아들었다. 운하 쪽 아치형 다리 너머 아름다운 노을이 하늘을 가득 채우고 있었다. 붉은 태양이 이제 막 모습을 드러내고 있었다. 급수처 노호조老虎竈 (난방시설이 없는 남방 특히 저장浙江 일대의 민가에서 뜨거운 물을 공급하는 곳을 말한다. 호랑이 모습을 닮아 노호조라고 부른다)의 화로가 벌겋게 달아올라

뭉글뭉글 연기가 솟아올랐고 청소부가 바닥을 쓸고 있었다.

단숨에 골목 입구까지 뛰어가고 나서야 기막힌 현실이 실감났다. 어디로 가야 할까? 정류소 광장의 커다란 괘종시계가 6시를 알렸다. 〈동방홍〉東方紅40) 노랫소리가 널리 퍼지고 있었다. 정말 많이 들었던 노랜데 오늘 아침에 들으니 더욱 아름답게 느껴졌다. 이 도시의 평안과 안녕을 대표하는…….

10분 쯤 뒤, 페이페이는 정류소 광장 옆 작은 음식가판대 앞에 도착했다. 훈툰 한 그릇을 시킨 후 주머니에 든 돈을 천천히 세어보며 도주의 첫 번째 목적지를 생각했다. 졸지에 도망자 신세가 된 자신을 생각하자 또다시 눈물이 흘렀다.

잠시 후 하얀 앞치마를 두른 여인이 훈툰 한 그릇을 내밀었지만 입맛이 하나도 없었다. 페이페이는 정류소 매표구 쪽으로 시선을 돌렸다. 두 명의 규찰대 대원이 붉은 완장을 차고 표 사는 사람들을 조사하고 있었다. 이렇게 빨리? 그럴 리가! 언제든지 체포될 수 있다는 공포감에 더 이상 시선을 돌릴 수가 없었다. 그때 갑자기 코맹맹이 소리가 들렸다.

"음식 다 식어요."

옆을 보니 노점에 또 한 사람이 앉아 있었다. 까만 기름때가 잔뜩 묻은 파란색 작업복 차림의 남자였다. 어릴 적에 천연두를 심하게 앓았는지 곰보 자국이 가득한 남자 하나가 유탸오油條(중국식 긴 파이)를 먹고 있었다. 지친 마음에 대꾸할 기운도 없었다.

"이봐요, 훈툰 식는다니까요." 그 사람이 다시 말했다.

---

40) 동방홍(東方紅): 1937~1949년 중화민국 내 행정구역 중 하나인 섬감녕(陝甘寧) 변구의 대표적인 신민요. 마오쩌둥 주석과 그가 영도하는 중국 공산당에 대한 충성과 열정을 담고 있다.

산하는 잠들고

"먹고 싶지 않아요." 페이페이가 짜증 섞인 목소리로 대답했다.

"정말요? 그럼 내가 먹어도 돼요? 음식을 낭비하다니 아깝잖아요."

"마음대로 해요."

페이페이가 차갑게 쏘아붙이고 다시 몸을 돌렸지만 눈은 계속 매표소 창구를 향했다.

식사를 마친 옆 사람이 입을 닦은 후 야오페이페이를 힐끗 바라봤다.

"어디까지 가요?"

훈툰까지 공짜로 먹어치우고는 무슨 말이 이렇게 많아? 그녀는 입에서 나오는 대로 대답했다.

"제파이요."

그 사람이 껄껄 웃었다.

"공짜는 아니었네. 아직 표 안 샀어요? 냄새가 좀 나도 괜찮으면 내가 가는 길에 데려다 줄게요, 어때요? 돈도 절약할 수 있고!"

그는 트럭 기사로 허비까지 돼지를 운반하는 중이었다. 그가 말하길, 제파이를 지나진 않지만 딩마오진^{丁卯鎮}까지는 데려다줄 수 있다고 했다.

"지름길로 가면 딩마오에서 제파이까지 30분도 안 걸려요."

그의 말에 페이페이는 그런 귀신같은 곳에 가서 할 게 뭐 있겠나라는 생각이 들었다. 그런데 다시 생각해보니 먼저 메이청을 벗어나는 것이 급선무였다. 고개를 들어 도로 쪽을 바라보니 과연 길가에 커다란 트럭 한 대가 서 있었다. 철제 난간이 있고 꿀꿀대는 흰 돼지들이 가득 들어있었다.

"그럼 신세 좀 질게요."

페이페이가 일어나 그를 향해 웃었다.

상대방은 순진해 보이는 얼굴로 자기 가슴을 툭툭 치며 말했다.

"소인은 저우수런周樹人이라고 합니다. 그냥 저우라고 불러요."

남자가 그녀의 손에서 가방을 낚아채고는 성큼성큼 앞으로 걸어갔다. '저우수런'이란 이름을 듣자 야오페이페이는 문득 마음이 한결 가벼워졌다. 루쉰 선생(루쉰의 본명이 저우수런이다)이 직접 자신의 탈출을 도와주다니 놈들에게 잡혀서 그대로 처형을 당한다 해도 값어치가 있을 것 같았다.

저우가 운전석 문을 열었다. 페이페이가 한 발을 발판에 올려놓자 저우수런이 뒤에서 그녀를 가볍게 밀어 올려줬다.

돼지 분뇨 냄새가 코를 찔렀지만 아무렇지도 않았다. 오히려 이상하게 마음이 편안했다. 저우수런의 큼직하고 건장한 신체도 든든하게 느껴졌다. 눈을 가늘게 뜨고 붉은 가을 태양을 바라보자 긴장이 풀리며 피곤이 밀려왔다.

"졸리면 한숨 푹 자요. 어차피 딩마오까지는 멀었으니까."

저우수런이 등 뒤에서 꼬질꼬질한 담요 하나를 꺼내 그녀에게 줬다. 페이페이는 담배와 땀 냄새가 찌든 담요를 덮고 금세 잠이 들었다. 잠깐 눈을 붙였다 생각했는데 저우수런이 급브레이크를 밟는 바람에 잠에서 깼다. 차량이 길게 늘어서 있었다. 어렴풋이 메이청현 의원 정문이 보였다. 한참을 왔다고 생각했는데 아직도 메이청을 못 벗어났구나.

저우수런이 심각한 표정으로 말했다.

"무슨 큰일이 벌어진 것 같아요. 공안국 사람들이 쫙 깔렸네."

페이페이는 공안국이라는 말을 듣고 잠이 싹 달아났다. 밖으로 고개를 내밀어보니 과연 공안국 사람들이 의원 정문 앞에 임시초소를 설치하고 지나가는 차량을 검문하는 중이었다.

그제야 야오페이페이는 어젯밤 일을 돌이켜 볼 용기가 생겼다.

그 커다란 돌로 그의 머리를 아홉 번이나 내리쳤다.

만약 시간이 거꾸로 흘러 추석인 어젯밤으로 되돌아간다면, 그래서 다시 한 번 선택의 기회가 주어진다면 주저 없이 진위에게 시집을 갔을 것이다. 주저 없이! 모든 굴욕을 감수한 채 마치 개처럼 그의 시중을 들고, 그의 노예가 되었을 것이다. 무릎을 꿇고 앉아 그의 발을 핥을 것이다. 그가 시키는 대로 하겠지. 심지어 그를 사랑해보려고 노력하며 그의 아이들도 낳겠지.

지금의 처지와 비교하면 참지 못할 일이 없었다. 죽음이 두렵다, 정말 두렵다.

잠시 후 공안국 사람 몇 명이 그들을 향해 다가왔다. 저우수런이 차에서 내려 두 손을 높이 올리고 공안국의 심문을 받고 있었다. 또 다른 경찰 하나가 그녀를 향해 빠른 걸음으로 다가왔다. 그의 목에 호루라기가 걸려 있고 품에 빨간색, 초록색 두 가지 색깔의 삼각기를 끼고 있었다. 얼굴이 익었다. 그런데 순간적으로 어디서 봤는지 기억이 나지 않았다. 상대방이 험악한 얼굴로 그녀를 바라보며 입을 거의 열지 않은 채 중얼거렸다.

"명령에 따라 중요한 범인을 체포하려고 합니다. 신분증 보여주십시오."

"조사할 필요 없어요."

그 순간 페이페이는 이성을 잃고 그를 향해 분노의 소리를 퍼부었다.

"조사할 필요 없다고요! 내가 바로 당신들이 잡으려는 그 범인이니까!"

비명에 가까운 그녀의 고함소리에 상대방이 몸을 부르르 떨었다. 그가 깃대로 차량을 덮은 천을 들춰 안을 살펴보더니 그녀에게 바짝 다가왔다. 양파 냄새가 풀풀 나는 뜨거운 입김을 쏟아내며 그가 한참 만에 물었다.

"방금 뭐라고 했습니까?"

야오페이페이가 부르르 몸을 떨며 허탈하게 비웃었다.

"내가 바로 당신들이 잡으려는 범인이라고요. 사람을 죽였어요. 정말이에요, 거짓말 아니에요. 돌로 그의 머리를 아홉 번이나 내려쳤어요. 피 묻은 옷은 감로정 밖 고구마 밭에……."

공안복 차림의 상대방이 짜증난다는 듯 그녀의 말을 끊고 화가 나서 소리쳤다.

"공안국 업무에 협조하는 것은 모든 공민의 의무요. 무슨 원수라도 졌소? 그런 헛소리로 우리 업무를 방해하면 정말 당신을 체포할거요."

그는 말을 마친 후 '탁' 하고 차문을 닫았다. 그리고 담배를 꺼내 물었다.

11

가오마쯔는 삼급 간부회의에 참석차 메이청을 방문해 시진두의 조양朝陽여관에 묵고 있었다. 그는 매일 회의가 끝나면 먹을 것과 술 한 병을 사서 옌즈징으로 탄궁다를 찾아왔다. 장진팡은 집 뒤편에 자기 생각대로 임시 부엌을 마련했다. 벽은 흙과 벽돌로 쌓아올리고 지붕은 비닐과 볏짚을 얹어 비바람을 막았다. 비닐은 공기도 통하지 않고 물도 흡수하지 않기 때문에 열기가 오르면 지붕에 작은 물방울이 가득 맺혔다.

탄궁다가 웃으며 가오마쯔에게 말했다.

"이게 진정한 증류수죠. 이걸 다 모으면 병원에서 수액으로 쓸 수도 있을 거예요."

그날 밤, 장진팡은 식사를 마치고 아이와 함께 일찍 잠자리에 들었다. 두 사람은 작은 휴대의자에 앉아 기름 먹인 담요를 깔고 그 위에 돼지고기와 땅콩 두 그릇을 차린 후 화로를 둘러싸고 이야기를 나눴다. 탄궁다가 잔뜩 목소리를 낮춰 자신을 푸지로 발령을 내 농사나 지으며 살게 해줄 수 있는지 물었다. 창녀들이 득실거렸던 곳에 한동안 갇혀 있으니 숨이 막혀 당장이라도 병이 날 것 같다고 했다.

"괜찮다고 생각하면 내가 내일 현에 신청을 해보려고. 나이 들어 귀향을 한다는 식으로요. 다만……."

탄궁다가 잠시 주저하며 땅콩 한 알을 입에 넣더니 다시 말을 이었다.

"장진팡은 시골로 가고 싶어 하지 않아요. 도시에서 굶어죽는 한이 있어도 시골에는 안 내려가겠다고 해요."

가오마쯔가 잠시 생각한 후 그를 위로했다.

"푸지로 돌아가는 건 쉬워요. 바로 알아볼게요. 푸지에 있던 탄 형네 집은 벌써 마을 창고로 만들었기 때문에 비우려면 시간이 필요해요. 그리고 말이에요. 충고하는데 좀 더 기다려 봐요. 그렇게 절망적인 상황은 아닌지도 몰라요."

탄궁다는 최근 삼급 간부회의에서 어떤 의제와 문제들이 토론되고 있는지 물었다. 가오마쯔는 괜히 이런저런 말을 많이 했다가 그가 자극을 받지나 않을까 별로 중요하지 않은 일만 대충 그에게 얘기해주며 술이나 자꾸 권했다. 그런데 탄궁다가 갑자기 뭔가 생각이 난 듯, 얼굴이 불그스레 달아올라 약간 흥분한 모습으로 배시시 웃었다.

"내가 뭐 하나 보여줄게요."

그가 이렇게 말한 후 벽 모서리에 세워둔 서류가방을 가져와 그 안에서 두꺼운 편지를 꺼내 가오마쯔에게 건넸다.

"어제 막 완성했는데 이걸 회의에서 토론해줄 수 있어요?"

가오마쯔가 살펴보니 메이청 하수도공사에 대한 건의서였다. 그는 대충 들춰보다가 난로 옆 조개탄더미 옆에 던져버렸다.

가오마쯔가 웃었다.

"어디서 이런 기괴한 생각들을 자꾸 해내는 거요? 그런 것 때문에 자기 처지가 지금 이 모양 이 꼴이 되었는데, 그렇게 밑도 끝도 없는 일들을 계획해서 뭘 하겠다는 거예요?"

탄궁다는 자신이 6, 7일씩이나 밤을 새가며 작성한 보고서가 내팽개쳐지자 마음이 아팠다. 조금 불쾌한 생각이 들긴 했지만 애써 마음을 진정시켰다.

"이게 뭐가 기괴하다고 그래요? 현실의 절박한 수요에 기반을 둔 필수불가결한 시설인데……."

그는 옌즈징으로 이사 온 후 이곳 주민들이 모두 정시에 변기통을 비우고, 분뇨운송 트럭이 와서 한꺼번에 실어가는 것을 '문득 발견'했다고 말했다. 매일 아침 7, 8시에는 집집마다 변기통을 가지고 큰길로 나왔다. 여자들이 소리 높여 웃고 수다를 떨면서 변기통을 씻는 것은 매우 비위생적이었다. 게다가 분뇨를 실어 나르는 양철 차량은 밀봉 상태가 너무 허술해서 달리는 내내 분뇨를 질질 흘리고 가기 때문에 도로에 악취가 진동했다.

"너무 뒤떨어졌어요! 이런 상황은 단 하루도 더 지속되면 안 됩니다. 소련의 카프카스 지역은 50년대 초에 벌써 하수도설비를 완비해서 집집마다 수세식 변기를 쓰고 있고, 모스크바와 레닌그라드는 더 말할 것도 없이……."

가오마쯔가 짜증이 나서 그의 말을 끊고 비웃었다.

"펑 과부네 집에 살 때는 변기통을 안 비웠어요?"

"아니, 아니. 난 한 번도 그런 것 한 적 없어요."

"그럼 어떻게 대소변을 봤어요?"

"집 뒤 대나무밭에 변기로 쓸 항아리를 묻어달라고 했지." 탄궁다가 아이처럼 그를 바라보며 웃었다.

"판결을 기다리고 있는 죄인 주제에 갑자기 이렇게 시답지 않은 보고서를 제출하면 누가 거들떠나 보겠어요?"

"직접 썼다고 하면 되잖아요?"

"난 탄 형처럼 그런 꿈은 꾸지 않아. 그야말로 기상천외한 사람일세!"

가오마쯔는 술을 몇 잔 더 하더니 목소리가 점점 높아지면서 급기야 하지 말아야 할 말까지 풀어놓기 시작했다.

"분명히 이런 말을 하면 듣기 싫을 텐데. 한번 맞춰 봐요. 탄 형이 면직되었다는 소식을 들었을 때 내 첫 반응이 뭐였는지 알아요? 아마 영원히 못 맞출걸? 길게 한숨을 내쉬었어요! 그리고 속으로 다행이란 생각을 했죠. 솔직히 말해 탄 형은 일찌감치 자리에서 물러났어야 한다고 느꼈어요. 봐요, 멀쩡한 메이청현을 어떻게 들쑤셔놨는지. 첸다쿼, 바이

텅위가 좋은 사람이 아니라는 건 나도 알아요. 이익이 있을 것 같으면 마치 파리처럼 귀찮게 달라붙는 속이 시커먼 족속들이죠. 그래도 어쨌거나 그 사람들은 현실주의자들이잖아요? 그 사람들이 메이청현을 관리하면 적어도 탄 형처럼 엉뚱하게……."

장진팡은 선잠이 들어 있었다. 벽을 사이에 두고 누운 그녀의 귀에 가오마쯔의 말이 분명하게 들렸다. 직설적인 그의 말에 분명히 남편이 견디지 못할 거라고 생각한 그녀는 탄궁다를 진정시키려고 한껏 기침을 했다. 헛수고였다. 얼굴이 벌겋게 달아올라 한참을 참던 탄궁다가 끝내 가오마쯔의 말을 끊고 시무룩하게 툭 내뱉었다.

"시간이 많이 늦었네. 이제 가야죠?"

"축객령逐客令인가요?"

가오마쯔 역시 멋쩍게 웃었지만 낯빛은 그리 좋지 않았다.

"그렇게 생각한다면 그럴 수도!"

탄궁다가 쌀쌀맞게 말한 후 자리에서 일어섰다.

가오마쯔가 목에 핏대를 세웠다.

"그게 무슨 말이에요? 난 좋은 마음으로 같이 술이나 한잔 하려고……."

"초대한 적 없는데?"

다음 날 저녁, 가오마쯔는 오지 않았다. 저녁 무렵, 장진팡이 근심스런 표정으로 내내 골목 어귀를 내다보다 한숨을 쉬고는 고개를 저었다. 밤이 깊어 인적이 끊기고 달이 나뭇가지에 걸릴 때가 되어서야 기다리기를 포기한 그녀가 탄궁다를 향해 한마디 했다.

"친구라고는 그 사람 하나 남았었는데, 어제 당신이 그 사람마저 쫓아버렸네요."

산하는 잠들고

또 하루가 지났다. 낮에 신바람이 나서 뛰어오는 가오마쯔의 손에 크고 작은 보따리가 가득 들려 있었다. 그는 바람같이 문을 들어서며 마치 아무 일도 없었던 것처럼 주절주절 이야기를 한바탕 늘어놓았다. 탄궁다는 미처 어디로 숨지도 못하고, 그렇다고 무슨 말로 어떻게 대꾸해야 할지도 몰라 그냥 한쪽에 뻣뻣하게 굳어 있었다.

가오마쯔는 라바오에게 줄 대백토^{大白兔}(중국의 유명한 사탕 상표) 유가 사탕, 장진팡에게는 바지 만들 데님 천에 쪼글쪼글한 국광 사과 한 망태기도 사왔다. 장진팡이 환하게 웃으며 호들갑을 떨었다.

"어젯밤에는 왜 안 왔어요? 형이 밤새 잠도 제대로 못 자고 기다렸는데."

탄궁다는 머리를 한쪽으로 돌린 채였다. 아직도 그젯밤 일로 화가 나 있었다.

분위기를 살핀 가오마쯔가 킥킥 웃으며 장진팡에게 말했다.

"말이 틀렸네요. 내가 '형수'라고 부르는 건 존중해서 나오는 호칭이고요. 나이로 보면 내가 탄 형보다 한 살 위니, 날 형이라고 불러야 맞죠. 탄 형, 안 그래요?"

탄궁다는 가오마쯔가 멋쩍은 얼굴로 화해의 제스처를 취하자 그의 말을 받아주지 않는 것도 너무 인정머리 없는 행동이라는 생각이 들었다. 그가 입을 열었다.

"나 같은 형이 없었으면 형수가 어디서 나오겠어?"

그의 말에 세 사람 모두 웃음을 터뜨렸다. 장진팡이 한숨을 돌린 후 안으로 차를 끓이러 가려고 할 때였다. 가오마쯔가 갑자기 입을 열었다.

"차 마실 시간 없어요. 작별 인사하러 온 거예요. 4시 반 차로 푸지에 가야 해요. 탄 형한테 인사나 하고 가려고요."

장진팡이 말했다. "왜 벌써 푸지에 가요? 삼급간부회의는 17일에나 끝나잖아요?"

"현에 난리가 났어요. 회의도 하는 수 없이 일찍 끝냈고요."

"무슨 일인데?"

탄궁다가 물었다.

가오마쯔가 장진팡을 쓱 살피고는 탄궁다에게 말했다.

"탄 형, 원래 탄 형 비서하던 여자 이름이 뭐였더라?"

"야오페이페이."

"그래, 야오페이페이! 그 여자가 사람을 죽였어요."

탄궁다는 가오마쯔가 난데없이 야오페이페이 이름을 물어보더니 그녀가 사람을 죽였다고 말하자 얼굴이 하얗게 질리면서 두 다리가 후들거렸다. 그가 깜짝 놀라 가오마쯔의 손을 잡아끌었다.

"가오 형, 페이페이 말하는 거야? 야오페이페이? 그 애가 사람을 죽였다고?"

가오마쯔가 가만히 고개를 끄덕였다.

"그럴 리가! 잘못 들은 것 아녜요? 그렇게 겁 많은 애가? 바퀴벌레만 봐도 기절하는데 어떻게 그런 애가 사람을 죽여요?"

"틀림없는 사실이요. 나도 처음에는 못 믿었지. 그런데 바이팅위가 대회에서 이 일을 공개 발표했어요. 그러니 틀릴 리가 있어요? 지금 밖에 공안이랑 공동방위대원들이 메이청에서 외부로 나가는 길목에 초소를 설치했어요."

"그럼 아직 안 잡혔다는 이야기네요?"

"조만간 잡히겠죠."

가오마쯔가 한숨을 쉬더니 탄궁다의 어깨를 힘껏 잡았다.

산하는 잠들고

"여자애가 도망가 봤자 얼마나 가겠어요? 탄 형, 지금 안 가면 차 놓칠 거예요."

탄궁다가 멍하니 그를 바라봤다. 뺨이 화끈거리고 사지가 말을 안 들었다. 머리가 텅 빈 것 같았다. 남편의 안색을 힐끗 쳐다보던 장진팡의 얼굴에 냉소가 번졌다.

가오마쯔를 전송하고 돌아오니 탄궁다는 여전히 침대 옆에 바보처럼 서 있었다. 장진팡이 발랑고撥浪鼓(중국 전통 놀이기구. 소고에 방울이 달린 형태)를 치우며 빗자루를 들고 그를 쿡 찔렀다.

"멍청하게 서서 뭐해요?"

그녀가 그를 밀치며 그의 얼굴을 만져봤다. 불같이 화끈거렸다. 탄궁다가 멍하니 맞은편 벽 위로 흔들리는 햇살을 바라보고 있었다.

"그 화냥년이 살인을 한 게 당신과 무슨 상관이 있다고 그렇게 얼이 빠졌어요? 구족을 멸한다 해도 당신 손끝 하나 건드리지 못할 텐데 뭘 그리 당황해요? 사실대로 말해 봐요. 혹시 그년하고 그렇고 그런 관계였어요?"

거의 두 주가 지나 탄궁다는 거리를 산보하다 골목 입구 회색벽돌 담장에 붙어 있는 지명수배를 알리는 포고문을 봤다. 허비 공안국이 정식 발표한 것으로 한눈에 야오페이페이임을 알아볼 수 있었다. 심장이 칼로 도려내는 것처럼 아팠다. 사진은 작고 희미했지만, 도도하면서도 수줍음 많은 페이페이의 얼굴과 목에 메고 있는 진초록의 스카프는 뚜렷이 기억할 수 있었다. 사진 속 야오페이페이는 지금보다 훨씬 더 어렸다. 쌍상투머리 스타일을 하고 입술 양끝이 살짝 올라간 모습이 아직 아이 티를 벗지 못한 모습이었다. 그녀의 슬픈 표정은 왠지 화가 나 있는 것처럼 보였다.

그때는 이미 진 비서장의 추도회가 끝난 후였다. 추도사는 세심하게 표현을 골라 쓰긴 했지만 여전히 의문투성이로 합리적인 설명이 부족했다. 야오페이페이의 도주와 벌거벗은 채로 죽었다는 소문은 "악당과 혈투 끝에 장렬히 희생되었다"는 식의 추도사 문구와 전혀 어울리지 않았을 뿐더러 사건의 윤곽을 파악하는데도 도움이 되지 않았다. 추석날 밤, 야오페이페이가 당했을 온갖 굴욕 역시 능히 상상하고도 남음이 있었다. 탄궁다는 그것이 자신의 죄업이라는 생각이 들었다. 7, 8년 전 섣달 그믐날 저녁, 하늘에는 눈발이 날리고 목욕하러 간 그와 바이팅위는 가까스로 창구까지 비집고 들어가 그녀에게 돈을 내밀었다. 그러자 그녀가 그의 손에서 돈을 낚아채면서……, 그녀의 뾰족한 손톱이 탄궁다의 손등을 스치며 상처를 남겼고, 그 자국은 오랫동안 그의 마음속에 남아 있었다.

탄궁다는 매번 골목을 지날 때마다 자신도 모르게 발걸음을 멈추고 지명수배 전단 쪽으로 시선을 돌렸다. 야오페이페이가 그곳에 있는 것 같았다.

밤이 되자 사진 속 그녀의 모습이 점점 만월이 되어가는 달과 함께 그의 꿈속으로 날아들었다.

11월, 가을비바람에 회색 벽돌 벽에 붙어있던 포고문은 어디로 날아가고 흰 테두리만 남은 상태였지만 그녀는 여전히 그곳에서 비를 맞으며 자신을 바라보고 있었다.

12월 말, 획획 소리를 내며 불어오는 북풍과 살벌한 눈보라에 그나마 붙어있던 하얀 테두리마저 곰팡이가 슬어 시커멓게 변했지만 그녀는 아직도 그곳에서 눈을 맞으며 있었다.

비웃음을 띠고 어딘가 슬퍼 보이는 얼굴에 잔잔히 웃는 모습도 여

산하는 잠들고

전했다.

　양력설이 막 지났을 때, 탄궁다는 신방판공실 쉬씨로부터 등기편지를 받았다. 네주펑이 허비에서 보내온 편지였다. 그는 탄궁다에게 메이청이라는 말썽 많은 땅을 벗어나 환경을 바꿔보고 싶지 않은지 물었다. 그는 이미 정식으로 성위원회에 보고서를 올린 상태였다.

　"우선 첫 번째 생각은 자넬 지급地給 순시원으로 보내는 것일세. 맑고 깨끗한 곳에서 몇 년 대기하면서 이후 새롭게 일을 하기 위해 농촌의 실제 상황에 대해 조사연구를 하면 좋지 않을까 싶네. 그렇게 하면 자네 임금도 회복(적어도 일부)될 수 있으니 빈곤으로 무너져 다시 일어서지 못하는 일은……"

　그날 밤 탄궁다는 장진팡에게 편지 내용을 말해줬다. 당시 장진팡은 임신한 지 4, 5개월이 지나 배가 점점 불러오는 중이었다. 9월부터 월급이 정지되었기 때문에 장진팡은 벌써 오래 전부터 그와 말도 섞기 싫어하던 참이었다. 그는 자기가 새로 임명을 받는다는 소식을 들으면 아내가 뛸 듯이 기뻐할 거라고 생각했다. 그런데 이상하게도 장진팡이 입술을 깨문 채 아무 소리도 하지 않았다. 그렇게 한참만에야 장진팡이 담담한 어조로 말했다.

　"그것도 좋겠네요."

　3월, 푸릇푸릇 싹이 자라나고 부슬부슬 끊임없이 비가 내리던 날 그의 임명장이 전달되었다. 인근 현인 화자서 인민공사의 순시원 자리였다. 부현장인 양푸메이가 그를 찾아왔다. 새로운 임명장 내용은 그녀의 입을 통하면서 "농촌에 가서 사상개조 감독을 받는다"는 표현으로 바뀌었다. 하지만 반년 넘게 하는 일 없이 지내며 나름 내공을 쌓은 덕분에 지금의 탄궁다는 더 이상 경솔하고 조급한 예전의 탄궁다가 아니었다. 그는 양푸메이의 고의적인 곡해에도 아무런 이의를 달지 않고 5월 말이 되자 서둘러 짐을 꾸려 수백km 떨어진 화자서로 떠났다.

집을 떠나기 전 아기가 태어났다. 당시 집집마다 단오를 맞이하여 쭝즈粽子(대나무잎에 싼 찹쌀밥)를 만드느라 분주했기에 탄궁다는 아이의 이름을 돤우端午라고 지었다. ✽

제4장

햇살 아래
자운영

1

5월 말 어느 날 아침 탄궁다는 장거리버스 첫 차를 타고 메이청을 떠나 3백km 떨어진 더우촹진으로 향했다. 더우촹과 화자서 사이 도로가 아직 개통 전이라서 더우촹에서 배로 갈아타고 화자서 인민공사로 가야 했다.

자동차는 전조등을 켜고 짙은 안개를 가르며 힘이 드는지 마치 숨을 헐떡거리듯 연신 부르릉 소리를 내며 흔들흔들 앞으로 나아갔다. 탄궁다는 새 밀짚모자를 손에 들고 있었다. 이슬에 젖은 머리카락이 가닥가닥 이마에 달라붙었다. 고개를 밖으로 내밀었지만 아무것도 보이지 않았다. 그저 축축한 습기에 섞인 냄새와 소리로 너른 들판의 풍경을 짐작할 뿐이었다. 다 자란 누에콩, 보리, 씨앗 가득한 유채, 박하, 그리고 마을에서 피어오르는 밥 짓는 연기……. 짙은 안개가 그 모든 것을 갈라놓았다. 덜커덩덜커덩 녹슨 구닥다리 고물차가 어둠속에서 그를 완전히 낯선 곳으로 데려가고 있었다. 마치 꿈을 꾸는 것 같았다. 사실 그는 정말 꿈을 꾸기 시작했다. 현위원회 사무실에 제출해야 하는 정식공문서 이외에 녜주펑이 화자서 인민공사 서기 궈충녠에게 써 준 친필 서신을 가지고 있었다. 밀봉이 되어 있어 펴볼 수가 없었다. 녜주펑이 그에게 이 편지를 궈충녠에게 직접 전달하라고 당부했다. 녜주펑은 궈충녠이란 사람을 소개하는 긴 편지도 보냈었다.

1949년 궈충녠의 부대가 루저우^{瀘州}를 공격할 때 녜주펑이 그의 목숨을 구해준 적이 있었다. 원래 그는 38군 부사단장으로 린뱌오^{林彪41)} 수하 유명한 18명의 맹장 가운데 하나였다. 쓰핑회전^{四平會戰}(1946~1948년 까지 지금의 지린성 쓰핑시에서 인민군대와 국민당군대가 벌인 네 차례의 전투)에 두 번 참가하여 동북의 넌장^{嫩江}에서 하이난다오^{海南島}까지 진격했었다.

"이 사람은 권모술수에 능하고 성격이 괴팍하여 항상 사람들의 예상을 벗어나는 행동을 했다. 혁혁한 전공을 세웠기에 우리 강남의 신사군을 거들떠보지도 않았다. (이는 물론 매우 잘못된 생각이다) 평소 그는 '신사군'이란 세 글자를 제일 듣기 싫어했다. 그러므로 그와 교류할 때는 매우 조심해야 한다. 일의 편의를 위해 최대한 너의 신분을 노출하지 말고……."

녜주펑은 또한 자신이 궈충녠의 목숨을 구해준 일이 있는데, 그는 이를 매우 큰 치욕으로 생각한다고 했다. 그는 못된 장난질을 좋아하여 그의 적수들은 국민당군이든 일본인이든 대부분 웃는 소리가 들리는 가운데 죽어갔다고도 했다. 아무리 잔혹한 전투에서도 마찬가지였다. 10년 전 그는 공군에 들어오라는 린뱌오의 명령을 거부하고 혼자 화자

---

41) 린뱌오(林彪, 1907~1971): 항일 전쟁 중 팔로군 115사단장을 지냈으며 1959년 국방부장이 되었다. 문화대혁명 시기에 마오쩌둥의 후계자로 지명되었으나 마지막에 신임을 잃고 1971년 가족과 비행기를 타고 도피하다가 추락하여 사망했다.

서에 와서 '산대왕'山大王(산적 두목)이 되었다. 1953년 명령을 받고 다시 입대하여 조선으로 부임하게 되었는데 평양에 닿기도 전에 정전협정이 체결되었다.

자동차가 더우청에 도착했다. 탄궁다는 여전히 입을 벌린 채 차창에 기대 잠에 곯아 떨어져 있었다. 온몸에 기름때가 가득한 기사가 손에 스패너를 들고 탄궁다 앞으로 다가왔다. 기사가 스패너로 의자 뒤를 툭툭 치고 나서야 탄궁다는 화들짝 잠에서 깼다. 차에는 탄궁다 혼자뿐이었다.

이미 정오가 되어 있었다. 강렬한 햇빛에 유리가 뜨거웠다. 커다란 백양나무에서 맴맴거리는 매미소리 외에 아무 소리도 들리지 않았다. 그는 재빨리 고개를 끄덕이고 입가의 침을 닦은 후 서류가방을 들고 차에서 내렸다.

사방을 둘러보다 지나가는 이에게 나루터가 어딘지 물어봤다. 이제막 잠에서 깬 탓에 정신이 몽롱했다. 눈부신 태양 아래 하늘이 물로 씻은 듯이 맑았다. 정류소 앞 냉차를 파는 여자가 나무 그늘 아래 앉아 부채로 파리와 벌레들을 몰아내면서 옆쪽 골목길을 가리켰다.

"북소리 들려요?"

가만히 들어보니 과연 은은하게 북소리가 들렸다.

냉차 파는 여자는 입을 다물었는데도 커다란 앞니 두 개가 밖으로 드러났다.

"골목을 빠져나가 동쪽으로 돌면 나루터가 보여요. 빨리 가요. 공산청년단 앙가대秧歌隊(중국 북방 농촌지역의 민간가무 중 하나인 앙가를 공연하는 문화공작대) 북소리가 그치면 배가 출발하니까."

탄궁다는 고마움에 냉차를 연거푸 두 잔이나 마셨다. 막 떠나려고 하는데 앞니가 큰 그 여자가 그를 다시 불러 세웠다. 그녀가 위아래로 탄궁다를 한참 동안 훑어보더니 웃을 듯 말 듯 표정을 지었다.

"그 배에는 발판이 두 개 있는데 배를 탈 때 왼쪽 걸로 밟아요."

"왜요?"

뜬금없는 말에 탄궁다는 의아한 생각이 들었다.

여자는 묘한 표정으로 웃기만 할 뿐 더 이상 아무 말도 하지 않았다.

탄궁다는 곰팡이가 가득 핀 음침한 골목으로 들어섰다. 북소리가 점점 잦아들자 그의 발걸음도 빨라졌다. 골목 끝까지 달려가 보니 멀지 않은 숲 옆에 작은 곳이 하나 있고 수면에는 갈대가 빽빽하게 자라 있었다. 요고腰鼓(허리에 매는 북)를 메고 화려하게 치장한 앙가대원들이 배에 오르고 있었다. 그들은 줄지어 발판으로 올라설 때도 여전히 요고를 두드렸다.

사실 시간은 넉넉했다. 탄궁다는 뜨거운 태양 아래 백 미터 달리기를 하듯 나루터까지 달려가서 배에 올라 선창 구석으로 갔다. 숨이 턱 밑까지 차오르고 입에서 단내가 났다. 줄줄이 배에 오르는 공산청년당원들은 아직도 반밖에 타지 않은 상태였다. 선창에는 분 냄새와 엔진 기름 냄새가 뒤섞여 속이 메슥거렸다. 대나무를 엮어 만든 지붕 사이로 마치 체로 친 듯 산산이 부서진 햇살이 흔들리는 선체를 따라 이리저리 오갔다. 맨발의 뱃사공이 까무잡잡하고 튼튼한 가슴을 드러낸 채 선수와 선미를 살펴보았다. 앙가대원들은 선창에 오른 후에도 계속 주거니 받거니 수다를 떨고 서로 밀치며 수선스럽게 장난을 쳤다.

탄궁다가 밀짚모자로 바람을 부치며 앉을 곳을 찾고 있을 때였다. 갑자기 '아악!' 하는 비명소리와 함께 소동이 벌어졌다. 선체를 잡고 밖을 내다보니 마지막으로 배에 오르던 앙가대원이 발이 미끄러지면서 물에 빠진 것이었다. 다행히 물은 깊지 않았다. 누군가 갈대숲 한가운데서 허우적대는 뚱뚱한 여자아이를 구해줬다. 아이는 온몸이 진흙투성이였다. 얼굴이 창백하게 질려 온몸을 부들부들 떨면서 울다가 웃다가 정신이 없었다.

한바탕 놀라기는 했지만 무사히 막을 내린 소동은 오히려 이후 이어진 여정에 잔재미를 더해줬다. 앙가대원들이 시도 때도 없이 그 아이를 놀렸고 아이는 금세 기운을 회복하고 사람들과 이야, 이야, 노래를 부르기 시작했다.

탄궁다만 혼자 선창 구석자리에 멍하니 앉아 강물을 바라봤다. 냉차 팔던 여자는 왜 자기에게 왼쪽 발판을 밟으라고 했을까? 여자 앙가대원이 오른쪽 발판을 밟다가 물에 빠진 것은 우연이었을까? 탄궁다는 미신을 믿지 않는 사람이었지만 이번에는 뭔가 자꾸 묘한 생각이 들었다. 안개가 가득 낀 어둠속에서 메이청을 출발해 햇빛 찬란한 더우촹 나루터에 이른 그는 메이청과 단순히 3백km 떨어져 있다는 지리적 차이뿐만 아니라 완전히 다른 세상에 들어왔다는 느낌을 받았다.

물위에 떠 있는 부평초와 뾰족한 끝머리를 드러낸 연잎을 바라봤다. 온몸이 나른했다. 아무리 떨쳐버리려 해도 떨쳐지지 않는 생각 하나가 그를 괴롭혔다. 60여 년 전, 그의 어머니가 토비에게 납치되어 화자서로 끌려가던 길이 바로 이 수로 아니었을까? 바로 그 순간 운명이 마침내 그에게 비밀, 즉 그와 모친의 운명이 묘하게 겹친다는 바로 그 비밀을 분명하게 보여주고 있었다. 다른 점이 있다면 선창에 앙가대원들이 있으며, 범선이 디젤 발동선으로 바뀌어 '푸푸!' 검은 연기를 내뿜어 뜨거운 바람과 기름 연기가 그의 얼굴을 스치고 있다는 것뿐이었다. 엄마,

엄마. 가만히 마음속으로 엄마를 불렀다. 눈앞에 꽃처럼 어여쁜 엄마의 얼굴이 나타났다. 엄마는 영원히 19세! 영원토록 어리고, 예쁘고, 감성적이며 수심에 찬 엄마. 눈물이 흘러내렸다.

엄마, 엄마. 만약 정말 영혼이 있다면 물고기가 수면에 튀어 올라 엄마가 내 곁에 있다는 걸 알려주세요.

물 위를 노니는 오리 떼들은 대답이 없었다.

해갈이 연꽃의 남은 뿌리나 시든 잎도 아무런 대답이 없었다.

흐르는 물에 비친 고요한 하늘도 대답이 없었다.

수면에는 헤엄치는 물고기조차 없었다.

갑자기 부표들이 나타났다. 창포가 가득 자란 호수에 부표가 한데 묶여 고정되어 있었는데 그것을 연결해보니 하나의 표어가 되었다.

화자서가 당신을 환영합니다.

호숫가 언덕에 배를 대자 모래톱에 키가 크고 늘씬한 청년 여성이 서 있었다. 흰 셔츠에 풀빛 군복을 입고 갈색 장교용 혁대를 차고 있었다. 묶은 머리를 어깨까지 늘어뜨리고 해방화를 신은 모습이 단정하고 상큼한 발랄함을 선사했다. 공사에서 그를 맞이하기 위해 내보낸 청년이었다. 알록달록한 옷을 입은 앙가대원들을 빼면 승객이라고는 탄궁다 한 사람밖에 없었다.

청년 여성은 척 보기에도 무슨 꿍꿍이속이 있다거나 그런 유형은 아닌 듯했다. 오히려 천진난만한 표정이 아직 어린아이 같았다. 천성적으로 성대가 좁아서일까, 그녀의 목소리는 새가 지저귀는 것 같았다. 그녀는 처음 만난 순간부터 끊임없이 웃음을 잃지 않았다. 그녀는 탄궁다에게 상급에서 파견한 순시원 탄 동지인지 물었다. 탄궁다가 고개를 끄덕였다. 탄궁다가 그녀에게 뭐라고 불러야 할지 묻자 그녀가 다시 웃으며 대답했다.

"샤오사오라고 부르면 돼요. 한자로 사오산韶山(마오쩌둥의 고향)의 '사오'예요."

셔츠 위에 마오 주석의 배지를 달고 있었다. 눈매가 바이샤오셴을 좀 닮은 것 같기도 하고, 야오페이페이를 닮은 것 같기도 했다. 다만 샤오셴처럼 긍지가 넘치지 않고, 야오페이페이처럼 우울하고 슬퍼 보이는 인상이 아니었다. 탄궁다는 문득 마음이 쓸쓸해지면서 슬픔이 밀려왔다. 매번 예쁜 여자애들을 볼 때마다 마음속에 애잔함의 씨앗 하나를 심는 것 같았다. ……저 마오 주석 배지의 작은 핀이 그녀의 살을 찌르는 건 아닐까? 이렇게 헛된 생각을 하는 그의 눈빛이 멍하니 샤오사오에게 향했다.

그의 시선에 얼굴이 발그레 달아오른 샤오사오가 재빨리 그의 손에서 서류가방을 뺏으며 작은 소리로 말했다.

"왜 그러세요?"

그제야 정신을 가다듬은 탄궁다는 상대방에게 실례를 했다는 생각에 어쩔 줄을 몰랐다. 문득 그녀의 입술에 검자줏빛 뭔가가 묻어 있는 것이 눈에 띄었다. 여자애들 화장품인지 아니면 자약수紫藥水인지 구분이 가지 않아 새삼 진지하게 그녀에게 물었다.

"입술에……, 입술에 뭘 발랐어요?"

샤오사오가 '킥킥'거리며 하얀 이를 드러내고 웃기 시작했다.

샤오사오가 손으로 멀찌감치 뽕나무 숲을 가리켰다.

"뭘 바르긴요, 오디를 너무 많이 먹어서 그렇죠. 먹어볼래요?"

샤오사오의 천진한 웃음에 탄궁다도 긴장이 풀어지며 따라 웃었다. 두 사람은 가볍게 이야기를 나누며 햇볕에 뜨겁게 달아오른 모래밭을 걸어 마을로 향했다. 뽕나무밭에 들어서자 행인들이 하도 밟아 허옇게 바랜 길이 나 있었다. 크게 자란 뽕나무 가지와 잎이 빽빽했다. 바깥보다 햇살이 덜하긴 했지만 바람이 통하지 않아 더 후텁지근하게 느껴졌다. 탄궁다는 사람들이 토시를 끼고 뽕잎을 따고 있다는 걸 알 수 있었지만 그들의 다리와 손만 보일 뿐, 얼굴은 보이지 않았다.

그렇게 둘이 계속해서 걷고 있을 때 샤오사오가 갑자기 무슨 생각이라도 난 듯 서류가방을 탄궁다의 가슴에 밀어놓고 "잠깐만 기다려요. 금방 올게요"라고 하더니 허리를 굽혀 뽕나무 숲 사이로 사라졌다. 탄궁다는 쓴 웃음이 나왔다. 오디를 따다 주고 싶은가 보네. 그런데 뜻밖에도 다시 나타난 샤오사오는 땀으로 범벅이 되어 있을 뿐, 기대했던 오디는 보이지 않았다.

"난 또, 내게 줄 오디를 따러간 줄 알았네."

샤오사오가 웃었다.

"먹고 싶으면 직접 따서 먹으면 되잖아요. 널린 게 오딘데."

"그럼 방금은 어디 갔다 왔어요?"

두 사람이 너무 가깝게 서 있어서 그녀의 얼굴에 난 보송보송한 솜털과 목덜미에 흐르는 땀까지 다 볼 수 있을 정도였다.

"아이! 왜 그렇게 꼬치꼬치 물어보세요?"

샤오사오가 탄궁다의 귀를 잡아당기더니 소곤거리며 조용히 말했다.

"오줌 싸고 왔어요."

이 아이 역시 페이페이처럼 집적거리길 좋아하는 것 같았다.

산하는 잠들고

화자서의 초대소는 호수 한가운데 있는 작은 섬에 위치해 있었다. 마을과 가까워 엎드리면 코 닿을 곳이었다. 새로 놓은 잔교가 섬과 마을을 연결해줬다. 탄궁다는 샤오사오의 뒤를 따라 잔교를 걸었다. 놀랍게도 잔교 난간의 껍질이 벗겨진 버드나무에서 새잎이 돋아나고 있었다. 예전에 어머니의 전기를 읽으면서 수도 없이 이런 섬을 상상했었다. 사람들의 마음이 외부와 철저히 차단된 섬, 고립무원. 어머니가 한 말인지 아니면 전기 작가의 상상력인지 알 수 없었다.

호수 한가운데 자리한 작은 섬은 예상보다 훨씬 더 작았다. 흰색 담장의 벽돌집이 키 큰 느릅나무와 오동나무 사이에 한 줄로 이어져 있고 주위가 온통 자운영 꽃밭이었다. 다만 지금은 5월 말이라 시든 꽃이 많았다. 그러나 멀리서 바라보니 뜬구름 아래 여전히 엷은 자줏빛 세상이 펼쳐져 있었다.

작은 섬에 이르자 샤오사오가 목청을 높여 건물을 향해 고함을 질렀다.

"바진ㅅ둗! 바진! 곰사등이 바진······!"

금세 건물 모퉁이에서 등이 굽은 비쩍 마른 노인 한 사람이 나타났다. 손에 나무통을 들고, 더러운 앞치마를 두르고, 허리에 양은 담배통을 차고 있었다. 그가 탄궁다를 보더니 재빨리 나무통을 내려놓고 종종걸음으로 다가왔다. 앞치마를 걷어 올려 손에 하나 가득 묻은 쌀겨를 닦아낸 그는 탄궁다의 손을 잡고 힘껏 흔들며 두꺼운 입술을 벌려 누런 이를 드러냈다.

"아, 어서 오십쇼! 어서 오십쇼!"

샤오사오가 얼굴의 땀을 닦으며 소개했다.

"이분은 바진 동지예요. 앞으로 탄 동지를 보살펴주실 거예요."

그녀가 장난처럼 바진의 굽은 등을 내리쳤다. 노인이 켁켁거렸다.

"바진, 손님 모셔왔으니 내 임무는 끝났어요. 난 빨리 돌아가 연습해야 돼요."

바진이 사람 좋은 웃음과 함께 고개를 끄덕였다.

"샤오사오, 오늘은 뭐 공연해?"

"백모녀."

"백모녀, 백모녀! 또 백모녀야? 만날 백모녀야."

곱사등이 바진이 투덜거렸다.

"공연 좀 바꾸면 안 돼?"

샤오사오가 대꾸하기도 귀찮다는 듯 뒤돌아 깡충깡충 잔교로 뛰어올라갔다. 그녀가 점점 멀어져갔다.

"샤오사오가 배우예요?"

그녀의 뒷모습을 바라보며 탄궁다가 물었다.

바진이 자랑스럽게 말했다.

"그럼요! 화자서의 아가씨들은 뭐든지 잘해요. 무대의상을 갖춰 입으면 연기를 하고, 의상을 벗으면 밭을 갈고, 총을 메면 그놈의 소련 수정주의, 미국 제국주의 놈들도 때려잡을 수 있죠."

멍하니 잔교 쪽을 바라보던 바진이 말을 이었다.

"샤오사오, 저 아이는 다른 건 다 좋은데 딱 한 가지 안타까운……."

바진이 말을 하려다 말고 입을 닫아버렸다.

탄궁다는 이제 막 알게 된 사람에게 이것저것 묻기가 머쓱해서 더이상 묻지 않았다.

2

햇살에 반짝이는 물결 너머로 탄궁다는 화자서 전체를 조망할 수 있었다. 심지어 학교 아이들의 책 읽는 소리나, 단조롭게 울려 퍼지는 풍금 소리도 들을 수 있었다.

마을은 완만한 언덕에 세워졌다. 탄궁다는 마을의 집들이 모두 똑같이 생긴 것을 보고 크게 놀랐다. 일률적으로 흰 벽에 검은 기와, 똑같은 나무문에 화창이 달려 있고, 집집마다 대문 앞에 대나무 울타리를 두른 마당이 있었다. 울타리마다 똑같은 넝쿨이 자라고 있는데 멀리서 보면 인동초 같기도 하고, 장미 같기도 했다. 심지어 마당의 크기나 구조도 모두 똑같았다. 벽돌과 나무로 이루어진 풍우장랑風雨長廊(비바람막이 장랑)이 언덕을 따라 산꼭대기의 커다란 굴뚝까지 이어져 있었다. 이 장랑은 화자서를 동, 서 양편으로 나누고, 그보다 약간 좁다란 수많은 회랑이 양쪽으로 이어져 인민공사의 각 기관과 가옥을 잇고 있었다. 붉은색으로 칠한 장랑 기둥 위로 회갈색 기와가 덮여 있어 멀리서 보면 마치 커다랗고 비대한 검붉은 지네 같았다.

마을은 엄격한 대칭구조로 건설되어 건축물의 위치와 숫자가 정밀한 계획과 계산 아래 정해졌다. 구불구불 산을 따라 이어진 도로는 마을 위쪽 산허리를 가로지르고 있었다. 도로에 밀짚모자를 쓴 농부가 오가고 때로 보릿짚을 가득 실은 트랙터가 '털털'거리며 달려갔다. 도로 위쪽으로 층층이 난 계단식 밭은 비단을 펼쳐놓은 것처럼 노란색과 초록빛이 어우러졌다.

바진은 상양向陽여관의 관리원이었다. 탄궁다의 하루 세 끼를 책임지고 있었고 틈이 날 때면 돼지 두 마리에게 먹이를 주러 갔다. 여관 식당의 잔반을 버리기가 아까워 돼지를 기르고 있었는데 물론 이 돼지들은 인민공사의 자산이었다. 바진은 말이 많지 않았고 언제나 신발도 신지 않은 맨발인 채로 하루 종일 여관 청소며 식사, 돼지사육, 분뇨 처리 등 온갖 일을 도맡았다. 어쩌다 어렵게 시간이 나면 '인민공사가 좋아요'란 글자가 적힌 커다란 백자 항아리를 안은 채 발바닥의 굳은살을 파내며 아래층 접대실에 앉아 차를 마셨다. 때로 손에 책 한 권이 들려 있을 때도 있었다.

접대실의 벽에는 손님들이 보내온 금기錦旗(비단으로 만든 기치旗幟)가 가득 걸려 있는데, '사해일가'四海一家 아니면 '빈지여귀'賓至如歸(제집처럼 편안하다)였다. 탁자 위에는 〈시자홍료〉柿子紅了라는 예전 그림도 있는데, 옌안 시절 마오쩌둥이 손에 책 한 권을 들고 동굴 집 문 앞에서 푸른 하늘을 우러러보고 있는 그림이었다. 그림 한 구석에는 진한 가을 멋을 풍기는 감이 주렁주렁 달려 있고 강인함이 물씬 풍기는 모습에 뭔가 생각에 잠긴 듯한 지도자의 모습이……

탄궁다와 마주칠 때마다 바진은 얼굴에 함박웃음을 지으며 깍듯이 손님에 대한 예의와 친절을 다했다. 그는 충실하고 선량했지만 그리 친근감을 주는 인물은 아니었다. 사실 그들 두 사람은 별로 대화를 나눈 적이 없었다. 탄궁다가 일부러 그와 이야기를 하고 싶어 찾아갈 때도 그는 언제나 복잡한 표정을 지으며 말을 삼가려는 기색이 역력했다.

탄궁다는 화자서에 온 다음 날 즉시 소개편지와 공문서를 인민공사 판공실에 제출했지만 10여 일이 지나도록 아무런 회답도 받지 못했다. 그는 마치 잊혀진 사람 같았다. 그 어떤 공식적, 비공식적 업무도 주는 사람이 없었다. 매일매일 여관 2층 철제 침대에 누워 언덕 아래에서 파도치는 소리며 물고기들이 수면 위로 솟구치는 소리를 들었다. 점점 권태가 밀려오며 마음속에 곰팡이가 스는 것 같았다.

작은 섬은 풍경이 아름답고 햇빛이 찬란했다. 하지만 탄궁다는 마치 검은 상자 안에 갇힌 듯 답답함과 공포를 느껴야만 했다. 그가 만나는 사람들은 모두 실없이 지껄이거나 웃는 법이 없었고 너 나 할 것 없이 무뚝뚝한 표정을 짓고 있어 마치 살얼음판을 걷고 있는 것 같았다. 길을 물어도 사람들은 습관처럼 시선을 피했다. 농업생산의 선진모범으로 전국 각지에서 참관자들이 줄을 이었고, 매일 아침마다 기범선機帆船(동력을 단 범선)과 장거리버스가 수많은 참관자를 실어 날랐지만 이상하게도 탄궁다를 제외하고는 어느 누구도 상양여관에 묵지 않았다.

날이 갈수록 무거워지는 쓸쓸함을 달래기 위해 어느 날 저녁 탄궁다는 마을 한가운데 있는 탈곡장에 들러 가무극《백모녀》공연을 관람했다. 그는 그곳에서 샤오샤오를 만나길 기대했다. 그러나 갑자기 쏟아진 큰 비에 공연은 취소되고 탈곡장이 진흙탕이 되고 말아 사람 그림자조차 볼 수 없었다.

왜 이곳 사람들은 이렇게 우울해 보일까? 바진은 항상 그렇듯 빙그레 웃을 뿐 대답을 하지 않았다. 섬의 주민들에게 금어령이라도 내린 건 아닐까? 하지만 바진이 어느 날 깊은 밤 자신의 이층 침실로 찾아와서너 시간이나 이야기를 나눈 적이 있었다.

매일 오후 마을에 사는 몇몇 노인네들이 멜대와 새끼줄, 낫을 들고 섬에 와서 자운영을 베어가곤 했다. 그들은 똑같은 밀짚모자를 쓰고, 팔에 똑같은 토시를 차고 있었다. 심지어 넓은 모자 차양 아래에 가려진 얼굴의 표정도 똑같았다. 그들은 자운영 줄기를 뿌리째 뽑아 인근 웅덩이로 가져다 퇴비를 만들었다. 햇빛 아래서 그들은 나란히 한 줄로 서서 똑같은 리듬에 맞춰 낫을 휘둘렀다. 질서정연한 동작이 마치 사전에 연습이라도 한 것 같았다. 도처에 햇볕에 바짝 말린 자운영의 후끈후끈한 열기가 넘치고 개구리와 여치가 뛰어다녔다. 갑자기 폭우라도 만나면 농부들은 여관 처마 밑으로 달려와 비를 피했다. 그들은 언제나 조용하게 비를 피해 서 있을 뿐 탄궁다라는 외지인에 대해서는 아무런 호기심도 보이지 않았다. 시선 한 번 주는 법이 없었다.

그날 오후 탄궁다가 낮잠을 자고 일어나보니 얼굴에 대자리 자국이 그대로 찍혀 있었다. 그는 산허리 근처의 인민공사 당위원회 사무실로 향했다. 운이 좋으면 귀충녠 본인을 만날지도 모른다고 기대를 품었지만 그를 맞이한 사람은 지난번에 만난 직원 샤오쉬小徐였다. 열흘 정도가 지나자 샤오쉬까지 탄궁다가 누군지 잊은 모양이었다. 그는 허겁지겁 탁자 위에 산처럼 쌓인 문서를 한참 뒤지더니 메이청 현위원회 사무실 소개서를 찾아냈다.

"오, 메이청에서 오신 순시원 동지!"

샤오쉬가 겸연쩍은 듯 웃었다.

"매일 처리해야 할 공문이 쌓여서요. 전국 각지에서 우리 지역을 참관하겠다고 난리거든요. 일이 밀리면 정신이 하나도 없어요. 무슨 일이신가요?"

그가 빨간 색연필을 획획 돌리면서 친절하게 물었다. 탄궁다는 자신이 화자서에 온 지 한 주가 넘었는데 인민공사 측에서 업무 배분을 안 해주니 좀이 쑤신다고 말했다.

샤오쉬가 그를 보고 웃었다.

"업무요? 무슨 업무요? 순시원으로 온 거 아니세요? 또 무슨 업무가 필요하세요?"

"그 말은……?"

산하는 잠들고

"그냥 돌아다니시면서 살펴보시면 돼요. 그게 동지 일이에요. 혹시 안내자 붙여드릴까요?"

"그건 필요 없고. 내 말은 하루 종일 마을을 쓸데없이 돌아다닐 수는 없고 구체적인 업무를 줄 수 없나 해서요. 예를 들면……."

샤오쉬가 단호하게 대답했다.

"그건 불가능합니다. 온 지 얼마 안 되셔서 화자서 인민공사의 업무 규칙에 대해 잘 모르시나본데……, 아 당연히 잘 모르시겠죠. 이제 막 오셨으니 천천히 배우세요. 제 말, 이해하시겠어요? 사실 우린 동지, 그러니까 지구위원회 지도자가 파견한 순시원 동지에게 구체적인 작업을 배치할 수 없습니다. 아니 누구한테도 일을 분배할 수 없어요. 첫째, 업무는 큰 명예입니다. 화자서의 모든 사람이 이런 명예를 누릴 자격이 있는 건 아닙니다. 예를 들면 마을의 토비 출신의 반혁명분자 같은 경우, 우리는 그의 작업 권리를 박탈합니다. 제 말 뜻, 아시겠어요? 또 다른 각도에서 말하면 일의 자발성, 그러니까 마르크스가 말한 주관적 자발성이 우리 업무의 진정한 영혼을 이끄는 원동력이라는 뜻입니다."

탄궁다가 의아한 표정을 짓자 잠시 이를 바라보던 샤오쉬가 설명을 덧붙였다.

"예를 들면 가정에서 자녀들이 매일 부모에게 자신이 무슨 일을 해야 하는지 물을 수는 없는 것과 마찬가지입니다. 안 그렇습니까? 집 마당이 더러운 걸 보면 그냥 자발적으로 빗자루를 들어 바닥을 쓸면 되고, 물독에 물이 없으면 자연스럽게 우물에 가서 물을 길어 오고, 집에 비가 새면 장인을 불러 수리하면 되죠. 제 말 뜻, 이해하시겠습니까? 화자서라는 사회주의 대가정에서도 상황은 같습니다. 우리는 어떤 사람에게도 업무를 배분한 적이 없습니다. 다만 각자 자기가 할 일을 또는 일의 방법을 스스로 결정합니다. 이 부분에 있어서 모든 인민공사 사원들은 완전한 자유를 누립니다. 밭의 밀이 노랗게 익으면 수확하러 가고, 못자리에 물이 마르면 물을 대러 가며, 밭에 잡초가 자랐으면 김을 매러 가고, 봄누에가 실을 토하려고 하면 고치를 만들 누에섶을 준비하지요. 모든 것이 이렇습니다. 제 말, 아시겠어요? 행정명령은 따로 없어요. 규정이나 제도도 없습니다. 심지어 영도자도 없습니다. 이론적으로 말하면 모든 인민공사의 사원은 상춘등^{常春藤}(담쟁이 덩굴)의 한 송이 작은 꽃과 같습니다. 공사의 운명은 우리 모든 사람들의 운명……."

"하지만 그렇게 하면 너무 혼란스럽지 않습니까?"

탄궁다는 호기심이 일었다. 언제부터인지 그는 작은 공책 하나를 꺼내 기록하고 있었다.

"예를 들면 밀을 수확하는 사람 수가 너무 많으면 오히려 작업을 그르칠 수 있고, 물을 대거나 풀을 뽑을 때 사람이 너무 적을 수도……. 그럴 때는 어떻게 협조를 요청하지요?"

"협조는 필요 없습니다.'

샤오쉬가 참을성 있게 그에게 설명했다.

"각각의 부분은 전체의 일부입니다. 부분적인 문제를 해결하려면 반드시 전체적인 측면에서 바라봐야 합니다. 모든 공사 사원이 보기에 자신이 하는 구체적인 일이 자질구레하면서도 무미건조해 보이지만, 이를 화자서 인민공사의 미래 청사진과 연결하면 상황은 완전히 달라집니다. 제 말, 이해하시겠습니까? 만약 만리장성을 만드는 사람들이 모두 자신의 마음속에 하나의 장성을 간직하고 있다면 그들은 벽돌 하나도 어떻게 올려야 하는지 압니다. 그렇기 때문에 화자서의 사원은 결코 피동적으로 상급에서 지시내린 임무를 시행하는 것이 아니라, 화자서

산하는 잠들고

미래의 모습을 그리며 자신을 희생하는 자세로 일합니다. 이렇게 모든 사람이 생산을 실천하는 과정에서 자연스럽게 기이하면서도 위대한 직관을 갖게 되죠, 제 말, 이해하시겠습니까? 이런 직관이 각자의 사명을 완수하도록 그들을 이끌어갑니다. 실제로도 일을 그르치거나 일손을 낭비하는 일은 벌어지지 않습니다. 모든 일의 영역에서 필요한 노동력은 조금도 남거나 부족하지 않습니다."

"그래도 잘 이해가 안 갑니다."

탄궁다가 솔직하게 자기 생각을 말했다. 그의 눈빛이 막막한 그의 심정을 잘 드러내고 있었다.

"물론 처음에는 확실히 엄격한 훈련이 필요합니다. 우리는 인민공사 사원 양성부가 있습니다. 농민 야간학교도 있고요. 그들이 구체적인 훈련을 책임집니다."

탄궁다가 그의 말을 끊으며 또 다른 문제를 제기했다.

"하지만 어떻게 성과를 확인합니까?"

"현재는 노동에 따라 보수를 지불하고, 민주적으로 점수를 매깁니다. 각각의 생산대와 생산소조가 일을 끝마치기 전에 민주평의를 실시해서 매 사원이 자신의 하루 작업을 이야기하고 자신이 받아야 하는 점수를 신청합니다. 그리고 마지막으로 점수기록원이 이를 등록합니다. 각각의 공사 사원은 모두 그에 대해 질문을 할 자격이 있고, 그의 노동 성과를 검사할 권리가 있습니다. 제 말, 이해하시겠습니까? 인민공사의 사원 개인 역시 이에 상응하는 답변을 할 수 있습니다. 그렇기에 성적을 거짓 보고하고 점수를 더 받는 일은 화자서에서는 발생하지 않습니다."

"감독원을 파견합니까?"

"사원 각자가 모두 감독원입니다. 물론 공평하고 진실한 평가를 위해 공사 사원은 높은 도덕적 의식을 가지고 있으며, 집단의 명예를 소중히 생각합니다. 이 부분에 대한 상황은 '도덕자율위원회'에 가서 문의하실 수 있습니다."

"만약……."

"자, 시간이 늦었네요. 4시에 회의실에 가서 쿠바에서 온 우호방문단을 접대해야 합니다."

샤오쉬가 일어나 시계를 보더니 탁자 위 문서를 정리하기 시작했다. 나갈 준비를 하는 모양이었다.

"상급에서 파견한 순시원이시니, 화자서의 구체적인 상황을 제가 여기서 이러쿵저러쿵 모두 털어놓을 수는 없습니다. 제 말, 이해하시겠습니까? 직접 조사, 연구하셔야죠. 직접 가보십시오. 그리고 스스로 결론을 내리십시오."

자리를 뜨기 전, 탄궁다는 별 뜻 없이 화자서 공사의 귀충녠 서기를 한번 만나게 해줄 수 있는지 물었다. 그는 서기에게 전달할 중요한 편지가 있다고 덧붙였다.

샤오쉬의 표정이 조금 이상하게 변했다. 그가 적잖이 놀란 눈으로 상대방을 바라봤다. 마치 그의 요구가 매우 무례하고 자격에 맞지 않는 것임을 일깨워주려는 눈빛 같았다.

샤오쉬가 확신하는 투로 대답했다.

"안 됩니다. 전혀 불가능합니다. 귀 서기는 병이 위중해 일 년 내내 외출을 안 하십니다. 공사에 업무를 수행하러 나오시는 일도 거의 없습니다. 전달한 서신이 있으면 제가 대신 전해드리지요."

탄궁다가 당위원회 사무실에서 나와 호수 한가운데 작은 섬으로 돌아오기 위해 산세를 따라 비바람막이 장랑에서 한 계단씩 내려오는데 갑자기 비가 쏟아지기 시작했다. 장랑 양쪽 나무와 푸른 대나무, 연못 수련 위로 빗방울이 후드득 떨어지고 댓바람이 쏴아 불며 화음을 이루었다.

탄궁다는 비바람을 막아주는 풍우장랑 속에서 장랑의 호위를 만끽하며 길게 한숨을 내쉬었다. 이제껏 한 번도 느껴보지 못한 평온함이었다. 사방을 둘러봤다. 사람은 하나도 보이지 않았다. 장랑 지붕 아래 빽빽하게 화살 모양 패가 꽂혀 있었다. 일부 패에는 각 집의 번호가 적혀 있었다. 크기가 일정치 않았고 색깔도 다양했다. 어떤 것은 양측으로 배열된 인민공사 기관을 가리켰다. 대충 살펴보니 공동식당, 극장, 보육원, 소사繅絲(고치에서 실을 뽑는 일) 제3공장, 의무소, 소학교, 중고등학교, 인민조정위원회, 우전국, 공급판매총사, 소사 제5공장, 종자보급소, 농기계수리소, 경로당, 농민야간학교, 101, 이풍역속移風易俗 판공실······.

앞으로 채 1백 미터를 가기도 전에 소사 공장 표지판 두 개가 보였다. 화자서 곳곳에 있는 뽕나무밭을 생각하니 잠사업이 화자서 경제에서 얼마나 중요한 비중을 차지하고 있는지 쉽게 추측할 수 있었다. 그런데 101이란 숫자는 어떤 기관을 가리키는 것인지 적혀 있지 않아 뭔가 신비스러운 느낌이 들었다. 수 년 간의 업무경험을 통해 볼 때 이는 보안이 필요한 기관인 듯했다.

장랑의 아치형 천장에는 대중적인 아름다운 유화와 수채화가 그려져 있었다. 물론 일정한 간격마다 마오쩌둥의 초서도 있기는 했다. 하지만 탄공다는 이런 그림들이 일반적인 장식그림이 아니라 분명한 과학보급의 메시지를 담고 있다는 것을 발견했다. 예를 들어 '바람에 파도처럼 흔들리는 벼와 밀의 물결, 석양 속 연기 같은 저녁놀을 보며 영웅열사들을 생각하자'와 같은 표제가 붙은 유화에는 메탄가스탱크의 생산 공정도가 그려져 있었다. 이는 화자서에 메탄가스 사용이 상당히 일반화되어 있음을 보여주는 것이다. 이어진 그림에는 전기의 기능과 위험에 대해 경고하는 내용이 담겨 있었다. 사람이 감전되었을 때 취해야 하는 응급절차를 보여주는 그림이었다. 물론 이러한 그림들은 대담하게 추상적으로 표현했기 때문에 자세히 살펴보지 않으면 안에 담긴 의미를 쉽게 파악할 수 없었다.

처마가 있는 장랑 아래 납작하고 기다란 나무 함이 있었다. 개미가 갉아먹어 듬성듬성 뚫린 구멍으로 들여다보니 어렴풋이 초록색과 노란색 전선이 보였다. 밤이 되면 화자서 집집마다 불이 켜지는데 마을 어디에서도 전봇대를 발견할 수 없었던 이유를 알 것 같았다.

비가 억수같이 쏟아졌다. 탄궁다는 계단을 따라 장랑 끝에 이르러 안개비에 희뿌연 호수를 바라봤다. 호수의 작은 섬과 샹양여관이 물안개에 갇혀 있었다. 장랑에서 앉을 자리를 찾아 비가 그치길 기다리던 중 문득 옆에 놓인 커다란 돌절구를 발견했다. 원래 농민들이 정미용으로 사용하던 절구였는데, 그 안에 삿갓 두 개와 우산 세 개가 놓여 있었다. 비바람이 불고 어두웠지만 돌절구에 붉은 칠로 적혀 있는 글씨를 알아볼 수 있었다.

주민을 위한 우장雨裝이니 사용 후 돌려주십시오.

기가 막혔다! 화자서를 건설하는 사람들이 호수 가운데 작은 섬과 장랑 사이에 별다른 시설이 없는 것을 감안해 이곳에 우장을 준비해둔 것이다. 이렇게 작은 부분까지 주도면밀하게 생각을 하다니, 탄궁다는 이 낯선 곳에 대해 경건한 마음이 절로 우러나왔다. 그는 손에 잡히는

산하는 잠들고

대로 돌절구 안에서 우산 하나를 꺼내 펼쳤다. 우산대나 손잡이가 모두 새것이었다. 산뜻한 오동나무기름 냄새가 났다. 우산에 떨어지는 빗방울 소리를 들으며 잔교를 따라 샹양여관으로 걸어가는 내내 감격이 가시지 않았다. 아마 이곳은 세상에서 가장 아름다운 곳일 거야. 심지어 그가 늘 마음속에 그리던 공산주의의 미래보다 더 좋은 곳 같았다. 이곳과 비교하면 메이청은 입에 올릴 가치도 없는 곳이었다. 자신이 현의 수장으로 있으면서 그곳을 그처럼 엉망으로 만들어놓고 이런 식으로 의기소침해져 자리에서 밀려나다니, 비참하기 짝이 없었다. 못나고 초라한 자신이 너무도 부끄러웠다.

샹양여관은 비가 와서 그런지 이미 불이 켜져 있었다. 곱사등이 바진이 부엌 탁자에 앉아 라디오 주파수를 맞추며 '뻑뻑' 잎담배를 빨고 있었다. 라디오에서 뉴스가 흘러나왔다.

외교부는 인도 군대가 중국 티베트 서부지역을 침입한 것에 대해 인도정부에 강력하게 항의하고…….

탄궁다가 들어오는 것을 보고 바진이 라디오의 소리를 낮추고 황급히 부뚜막으로 가서 밥을 펐다.

"샤오사오가 오후에 다녀갔어요."

바진이 등을 구부린 채 웃는 얼굴로 그를 마주했다.

"4시 반까지 기다렸어요. 무슨 할 말이 있는 것 같았는데 하늘이 잔뜩 흐려지며 비가 올 것 같으니까 가더라고요."

탄궁다가 그릇과 젓가락을 받아 막 식사를 하려는데 바진이 담뱃대를 물고 계속해서 중얼거렸다.

"편지 한 통을 가져왔더라고요. 참, 집에나 누구 다른 사람에게 전할 편지가 있으면 봉투만 잘 붙여 문밖 제비집 옆 나무 우편함에 넣어두면 돼요. 우표는 붙일 필요 없어요. 우체국에서 매일 사람을 보냅니다."

바진이 심하게 기침을 하기 시작하더니 가래를 부엌 바닥에 뱉고 발로 쓱쓱 문질렀다. 바진이 언제나 맨발인 걸 생각하니 탄궁다는 자기도 모르게 구역질이 났다. 바진은 언제나 몸에서 돼지 분뇨 냄새가 났다.

탄궁다는 식사를 하다 편지를 들어 부채질하며 코앞의 뜨거운 바람을 날려 보낸 후 다시 탁자에 내려놓았다. 너무 배가 고픈 데다 그리 급할 것도 없다고 생각했다. 그런데 편지 봉투에 적힌 어여쁜 글씨체에 시선이 멈춘 그는 순간 너무 놀라 낯빛이 하얘졌다. 목이 메여 금방이라도 숨이 막힐 것 같았다.

몰래 바진을 힐끗거렸다. 바진은 자기 자리에서 라디오를 만지는 데 정신이 팔려 있었다. 라디오 옆에는 책 한 권이 펼쳐져 있었다. 번개 때문에 라디오 전파가 방해를 받아 계속 잡음만 날 뿐 방송은 거의 들리지 않았다. 탄궁다의 귀에는 '쿵쿵' 뛰는 자신의 심장 소리밖에 들리지 않았다.

그 애야. 세상에, 분명히 그 애야!

그렇다면 8개월도 넘었는데 아직도 공안국에 안 잡혔다는 건가? 페이페이, 페이페이.

탄궁다의 눈앞에 문득 헝클어진 머리에 남루한 옷을 걸친 야오페이페이가 억수로 쏟아지는 빗줄기 속을 미친 듯이 뛰어가는 모습이 어른거렸다. 그녀는 한 마리 토끼처럼, 아니 장애물경기 운동선수처럼 이

산하는 잠들고

름도 모르는 깊은 산, 숲속을 뛰어갔다. 공안들이 경찰견을 앞장세우고 그 뒤를 바짝 쫓았다. 내리치는 번개가 사위를 밝혀 공포에 질린 그녀의 얼굴이 고스란히 드러났다. 페이페이, 페이페이.

탄궁다는 본능적으로라면 재빨리 편지를 주머니 속에 감춰야 했다. 그러나 그간의 경험으로 그의 이성이 절대 그렇게 행동하면 안 된다고 경보를 울렸다. 그는 무심한 척 편지를 멀리 밀어뒀다. 하지만 숨 가쁜 호흡, 떨리는 두 손을 제어할 수가 없었다. 이가 사정없이 부딪히고 사레가 들려 입에 있던 밥알이 사방으로 튀었다. 눈물이 흘러 식탁이 젖었다. 그제야 그는 자기의 진심을 들여다볼 수 있었다. 그동안 억지로 그녀를 밀어내려고 했던 것은 스스로를 속인 것이었다. 얼마나 보고 싶었던가!

곱사등이 바진이 의아한 눈빛으로 자신을 바라보고 있었다. 급기야 손에 들고 있던 책을 내려놓고 두꺼운 입술을 벌리며 헤벌쭉 웃었다.

"탄 동지, 쌀밥이 목에 메입니까? 천천히 먹어야죠. 메이면 억지로 삼키면 안 돼요. 물을 한 모금 마시면 괜찮을 겁니다."

그는 자신의 백자 그릇을 그에게 건넸다. 탄궁다는 시원한 차를 몇 모금 벌컥벌컥 마신 후에야 마음이 조금 가라앉았다.

천천히 밥을 먹었다. 점점 마음 깊은 곳에서 희열이 올라왔다. 밥을 다 먹고도 바로 위층으로 올라가지 않고 부엌에 앉아 바진과 이야기를 나누었다.

"무슨 책을 보십니까?"

"《천일야화》요."

"네?"

"아라비아의 민간 이야기예요. 탄 동지, 책 좋아합니까?"

그렇게 해서 그들은 부엌에서 조용히 담배통을 주거니 받거니 하며 한담을 나눴다. 탄궁다가 곧바로 방으로 돌아가 편지를 읽지 않은 것은 마치 오랫동안 담배를 못 피운 골초가 처음 한 모금을 피우기 전의 기다림을 음미하는 것과 같았다.

결국 바진이 연신 하품을 해대기 시작했다. 식탁을 치우고 발을 씻은 탄궁다가 여전히 바짓단을 높이 걷고 발을 씻는 대야 가장자리에 발을 얹은 채 이야기에 한창 재미가 붙은 사람처럼 굴자 바진이 그를 향해 웃었다.

"탄 동지, 발 다 말랐어요? 일찍 돌아가 쉬시지요?"

3

바람이 붑니다. 밤이 되자 이곳저곳 모두 무덤이고 사방에는 사람 하나 찾아볼 수 없습니다. 지금은 안후이 경계지역 근처 한 임업장에서 편지를 씁니다. 볜중리卞忠禮가 출산한 아내를 돌보러 집으로 돌아가 올해 늦가을에야 돌아온다고 합니다. 여긴 전부 소나무입니다. 볜중리가 말하길 여기 농장에서 계속 살아도 괜찮다고 하네요. 그가 남기고 간 건조식량은 내일이면 바닥이 납니다. 아마도 떠나야 할 것 같아요. 동쪽, 서쪽, 남쪽 아니면 북쪽 어디로 가야 할지 모르겠습니다. 이 편지가 당신 손에 들어갈 수 있을지 장담할 수도 없습니다. 밤에 정말 많은 비가 내렸고 갑자기 당신에게 편지를 쓰고 싶었습니다. 이유는 모르겠지만 아직도 체념이 잘 되질 않습니다. 정말 이대로 죽고 싶지 않습니다. 이미 너무도 지쳤습니다. 내일 잠에서 깨면 그대로 그들에게 잡혀갈지도 모릅니다.

작년 추석, 메이청에서 도망친 후로 지금까지 벌써 7개월이 넘었습니다. 7개월이 다 지날 때까지 목욕을 세 번밖에 하지 못했습니다. 아마 거리에서 절 만나면 -당연히 불가능한 일이지만- 아마도 절 알아보지 못할 거예요. 그런데도 벤중리는 어젯밤에 제게 덤벼들려고 하더군요. 두 사람이 깊은 밤까지 대치하다 결국 그가 포기했습니다. 마오 주석이 말했죠. 희망은 종종 끊임없이 노력하는 곳에 존재한다고요. 사실 그가 계속 덤볐다면 저는 굴복을 했을 겁니다.

가지고 온 돈은 이미 바닥났습니다. 어떻게 하면 좋을까요? 매일 밤 거의 똑같은 꿈을 꿉니다. 꿈속에서 저는 오랏줄에 꽁꽁 묶여 형장으로 압송되어 갑니다. 처형대에 오르지만 당신은 그저 미소만 짓고 있습니다. 왜 웃고만 있는 거죠? 그러고 나서 호송차가 절 폐기된 사격장으로 데려가요, 사격장입니다. 주위를 둘러싼 붉은 벽 옆에 한 줄로 과녁판이 줄지어 있고 땅 위의 풀이 다 시들어 말라버린 기억이 납니다. 총을 멘 사형집행자들이 귀신처럼 살며시 뒤로 와 오금을 발로 차서 무릎을 꿇렸습니다. 사방이 적막에 휩싸입니다. 가죽케이스에서 권총을 꺼내는데 아무리 꺼내도 꺼내지지가 않습니다. 만약 이대로 총을 꺼내지 못하면 내가 죽음을 피해갈 수도 있다는 의미인가 기대합니다. 그러나 차가운 총구가 이미 내 머리를 겨냥하고 있습니다. 고개를 돌려 그에게 잠깐만 기다려달라고 말했습니다. 그가 마스크를 내리며 내게 묻습니다. 할 말이 있습니까? 나는 오줌을 싸고 싶다고 말합니다. 그가 묘한 웃음을 짓더니 조금 있다가 총성이 울리면 오줌을 지릴 거라고 합니다. 그가 말을 마치자 총성이 울립니다. 그의 말이 맞았습니다. 나는 마치 한 마리 가축처럼 대, 소변을 지립니다. 몇 사람이 다가와 제 두 발을 들어 올려 끌고 갑니다. 나는 그때가 가을임을 느낄 수 있습니다. 풀이 모두 말라 있기 때문입니다. 그들이 나를 호송차 옆으로 끌고 가 바닥에서 끌어올린 후 '쿵!' 하고 호송차에 내던집니다. 나는 그때까지 아직 살아 있다고 느낍니다. 나는 하늘로 얼굴을 향한 채 호송차에 누워 있습니다. 두 발이 아직도 경련을 일으킵니다. 그 모습이 비참하지만 다행히 당신은 현장에 없습니다. 나는 긴 한숨을 내쉽니다. 이렇게 흉한 꼴로 죽어 가는데 당신은 현장에 없습니다. 그리고 나는 죽습니다.

정말 죽음이 두렵습니다. 수없이 죽음을 생각하며 스스로 두려워하지 말자고 다짐해도 소용이 없습니다. 여전히 죽음이 너무나 두렵습니다. 영화에서 보던 것처럼 여자 공산당원이 반동파에게 잡혀가 갖은 고문에 시달리면서도 혁명의 구호를 꿋꿋이 외치는 모습은 생각조차 할 수 없습니다. 만약 저라면 고춧가루 물이 가득 든 통이나 노호등老虎凳(고문의자의 일종) 같은 것만 봐도 놀라서 술술 자백을 할 것 같습니다. 나처럼 의지가 박약한 사람은 아무 쓸모가 없습니다. 처음부터 태어나서는 안 되는 사람, 애초에 이 세상에 적합하지 않은 사람입니다. 내 생명은 마치 여인의 가장 소중한 얇은 막처럼 그저 치욕만 있을 뿐입니다.

그러나 지금 나는 누구도 원망하지 않습니다. 첸다쥔을 원망하지 않습니다. 바이팅위를 원망하지 않습니다. 진위를 원망하지 않습니다. 탕비원을 원망하지 않습니다. 심지어 바이샤오셴도 원망하지 않습니다. 언젠가 당신의 사무탁자 위 유리판 밑에 넣어둔 바이샤오셴의 사진을 봤습니다. 점심때 사람들이 없는 틈을 타 사진을 꺼내 핀으로 그녀의 왼쪽 눈에 구멍을 냈습니다. 나라는 사람은 정말 못됐지요? 원망이라면, 진짜 원망할 사람은 다만 한 사람뿐입니다.

이름은 알고 계시기에 생략합니다, 종이가 다했군요雲泥兩隔, 無奈紙盡. 5월

15일.

편지는 두 쪽으로 빽빽하게 담배포장지 뒷면에 적혀 있었다. 하나
는 '대생산', 하나는 '광영'光榮 담배포장지였다. 옛날 서신처럼 상대방의
이름을 언급하면서 존경의 뜻으로 줄을 달리하여 쓰지는 않았지만 말
미에 쓴 '운니양은'雲泥兩隱이란 말은 예전에 서신을 주고받을 때 흔히 사
용하던 상투어이다. '니'泥는 발신자 자신을 지칭하는 것이며 '운'雲은 수
신인을 가리키니 이런 표현은 자신을 낮추는 겸손한 표현이다. 그러나
탄궁다가 보기에 이런 표현은 완전히 다른 두 사람의 처지를 암시하는
풍자적인 뜻을 담은 듯했다. 이는 야오페이페이의 일관된 모습이었다.

편지를 읽으면서 비록 구체적으로 말하지는 않았지만 야오페이페
이가 가장 원망하는 대상은 아마도 자신일 거라는 생각이 들었다. 그러
자 가슴을 죄는 고통 속에서도 실낱같은 희열이 느껴졌다. 그런데 '바이
샤오셴을 원망하지 않는다'라는 말 앞에 '심지어'라는 표현은 조금 이
해가 가지 않았다. 사리분별 없이 막무가내인 여자애의 복잡한 심리상
태를 보여주는 듯했다. 이런 생각이 들자 마치 그 순간 페이페이가 자기
맞은편에 앉아 자신을 향해 조소하고 있는 것 같았다.

지갑을 열어 바이샤오셴의 사진을 꺼냈다. 연습하는 사진이었다.
말총머리에 반바지를 입고 연습실 난간에 한쪽 다리를 올려놓은 모습
이었다. 유리지붕을 통해 쏟아지는 햇빛에 그녀의 하얀 피부가 눈이 부
시도록 아름다웠다. 바이샤오셴 왼쪽 눈에 작은 흰 점이 보였다. 핀으
로 찍은 자국이었다.

편지를 쓴 날은 5월 15일인데 우체국 소인이 찍힌 날은 5월 30일이
었다. 편지를 쓰고 보름이 지나 부친 것이다. 아마도 임업장 부근에서

우체국을 찾지 못했거나 편지를 부칠지 말지 망설였을 수도 있다. 도주 중인 범인이 편지를 쓴다는 건 자신의 행적이나 은닉처를 노출시킬 수 있는 위험이 있었다. 그렇지만 야오페이페이처럼 영특한 아이가 이런 부분을 생각지 못했을 리가 없다. 소인에 찍힌 장소는 '옌탕진蓮塘鎭 우전국'이었다. 지도가 없어 '옌탕진'의 구체적인 위치를 확인하기 힘들었다. 하지만 편지 내용으로 볼 때 아마 안후이 경계지역에서 가까울 것이다. 어쨌거나 메이청에서는 멀리 떨어졌다고 생각하니 조금 마음이 놓였다.

탁자 앞 등불 아래 미동도 하지 않고 있으려니 두 다리가 마비된 듯 몹시 저렸다. 비는 이미 그치고 다시 매미와 개구리 울음소리가 요란했다. 다시 한 번 편지를 처음부터 끝까지 자세히 읽었다. 수신지가 메이청현 인민정부로 되어 있었다. 자신이 이미 화자서로 옮겨왔다는 사실을 그녀가 알 리가 없었다. 편지 봉투의 주소지를 볼펜으로 그어버리고 아래에 '화자서 인민공사 전달'이라 적혀 있었다. 신방판공실 쉬씨의 필적이었다. 작은 글씨 옆에 볼펜으로 큼직하게 '쉬'라는 글자가 적혀 있기 때문이다. 필적을 자세히 살펴보는데 거의 한 시간이 걸렸다. 이는 결코 대수롭지 않은 문제가 아니다. 다시 말해 이 편지가 탄궁다의 손에 들어와도 기본적으로 안전에 문제가 없다는 뜻이기 때문이다.

그러나 탄궁다 자신의 위험성은 누가 봐도 알 수 있을 정도로 분명했다. 공개적인 수배범이 보낸 편지를 은닉하고 보고하지 않는 것은 결코 용서받을 수 없는 범죄였다. 메이청에서 10여 년 일하면서 경험한 것이나 국가의 현행사법제도를 생각해볼 때 이런 유형의 죄질에 대한 정치기관의 처벌은 매우 엄격했다. 심지어 흉악범 본인보다 더 심한 처벌을 받을 수 있었다. 만약 이 편지가 공안 손에 들어간다거나 야오페이페이가 체포되어 심문을 견디지 못하고 (이에 대해서는 그녀가 편지에 분명하

산하는 잠들고

게 언급하였다) 편지를 보낸 사실을 자백한다면 그 결과는 감당키 어려웠다. 게다가 야오페이페이의 체포는 시간문제인 듯했다. 다시 말하면 탄궁다에게도 잠재된 위험이 언제든 현실이 될 수 있다는 뜻이다. 공안이 이미 그녀의 은닉지에 대한 믿을 만한 단서를 잡고 렌탕으로 향하고 있을지도 모른다.

처음부터 두려움을 느꼈다. 심지어 아래층에서 처음 편지봉투를 봤을 때부터 거대한 두려움이 밀려왔다고 하는 것이 분명하나 다만 당시에는 잠시 두려운 마음이 가려져 있었을 뿐이었다. 이제 그는 이런 심각한 문제와 대면하지 않을 수 없었다. 탄궁다의 우려는 이뿐만이 아니었다. 야오페이페이에 대한 충성은 곧 국가에 대한 배반이자 열여덟 살에 들어간 자신의 조직과 모든 신념에 대한 배반이며, 무산계급 전제정치에 대한 공공연한 도전이고, 무엇보다 자신의 과거와의 철저한 결별을 의미했다. 물론 가장 안전한 선택은 받은 편지를 즉시 공안에 제출하는 것이었다.

이런 생각이 머리를 스치자 자괴감이 밀려왔다. 야오페이페이는 행적이 발각될 위험을 무릅쓰고, 심지어 편지가 반드시 자신의 손에 전달되리라는 확신도 없이 서신을 보냈는데, 그에 비하면 자신은 얼마나 이기적이고, 비겁하고, 구질구질한가! 자책과 동시에 양심의 가책을 느꼈다. 페이페이를 메이칭 목욕탕에서 데려온 자신의 어리석은 행동이 영원히 그녀의 운명을 바꿔버렸다. 1953년 큰 눈이 내리던 밤이 떠올랐다. 탄궁다는 손깍지를 끼고 머리를 받친 채 옷을 갈아입지도 않고 침대에 누워 멍하니 모기장을 바라봤다. 윙윙 귓전을 맴도는 모기 소리에 도무지 잠을 이룰 수 없었다. 태양혈이 작은 야수처럼 맹렬히 뛰고 머릿속을 바늘로 찌르고 혈관을 쥐어짜는 것처럼 심한 통증이 밀려왔다. 머릿속이 엉망이었다.

화자서의 아침 노동을 알리는 종소리가 울린 후에야 그는 땀에 흠뻑 젖은 몸으로 일어나 앉았다. 편지를 태워버리기로 결심했다. 문 뒤편에서 쓰레받기 하나를 찾았다. 다행히 양철로 만든 것이다. 페이페이의 편지를 봉투와 함께 태웠다. 불빛을 바라보며 그는 이로써 자신과 도주 중인 야오페이페이가 공범이 되었다는 생각에 흥분되면서도 마음이 아팠다. 편지 봉투에 새겨진 톱니바퀴 모양의 표시와 보리이삭, 그리고 트랙터 도안이 불길 속에 고통스럽게 일그러지다가 종이가 시커멓게 변하더니 다시 얇고 바삭바삭한 회색빛 재가 되었다. 비밀서한은 태워서 재가 되어도 일단 공안부서에 넘겨지면 전문가의 손을 통해 심지어 편지의 내용까지 완전히 복원이 된다는 설이 있다. 물론 당연히 황당무계한 이야기이다. 탄궁다는 허탈하게 웃으며 자기 머리를 툭 쳤다. 순진하기는! 하지만 재를 조금씩 손바닥에 올려놓고 종이부스러기에서 한 글자의 중량도 느낄 수 없을 정도로 완전히 가루가 될 때까지 비빈 후에야 자리에서 일어나 북쪽으로 난 창문을 열었다.

창문 아래 수북하게 금은화가 피어 있었다. 노란색과 하얀색 꽃에서 은은한 향기가 났다. 금은화 덤불 옆에 빗물이 고인 작은 물웅덩이가 있었다. 쓰레받기를 창밖으로 내밀어 조심스럽게 쏟아버렸다. 재가 풀풀 날리며 소리 없이 물 위로 떨어졌다. 바람이 불자 잔잔하게 흔들리더니 흔적조차 없이 가라앉았다.

아래층으로 내려가던 탄궁다는 계단 입구에서 바진과 마주쳤다. 그는 바닥에 쪼그리고 앉아 커다란 나무 대야를 놓고 칼로 당근을 자르고 있었다.

"탄 동지, 불을 켜놓고 자는 습관이 있는 것 같네요. 안 그렇습니까?"

그가 칼질을 멈추고 탄궁다를 바라봤다.

탄궁다는 잠시 멈칫하다가 겸연쩍게 웃었다. 모기장 안에 누워 책을 보다가 그만 잠이 드는 바람에 불 끄는 것을 잊어버렸다고 했다.

바진은 웃고 있긴 했지만 표정은 상당히 엄숙했다.

"그럼 안 되죠. 한참 여름 농번기라 농공업 생산을 위한 전기도 모자랍니다. 화자서에서는 전기를 쓰면서 돈을 내진 않지만 언제나 절전을 잊어선 안 됩니다. 생각해보세요. 1킬로와트의 전기는 별게 아니지만 만약 우리 각자가 매일 1킬로와트의 전기를 절약한다면 화자서 인민공사에 1687가구의 주민이 있으니 1년 365일을 계산하면 6×7=42, 4 올라가고, 6×8=48, 4 더해 5가 되고, 6×6=36……. 계산을 할 수가 없네요. 탄 동지가 좀……."

바진은 손가락을 꼽아가며 한참 동안 계산을 했지만 잘 풀리지가 않았다. 바진이 고개를 들었을 때 탄궁다는 이미 그곳을 떠난 후였다.

탄궁다는 마을의 신화서점에 가서 중화인민공화국 행정구획도와 두꺼운 지도책 한 권을 사고 옆에 있는 공급판매사에 가서 압정 한 통을 샀다. 그는 이 거대한 지도를 압정으로 벽에 붙인 후 지도책과 비교한 결과 금세 렌탕의 대략적인 위치를 찾았다. 쉬왕朔望 남쪽, 주푸舊鋪(강소와 안휘성 경계에 자리함)와 마바馬垻(강소성의 한 진鎭) 사이에 있었다. 그는 연필로 지도에 별표시를 했다. 작은 의문이 생겼다. 어쩌다 거기까지 갔을까?

그 후 매일 지도를 보면서 야오페이페이가 있을 것 같은 지역을 응시하며 도중에 겪었을 일들을 생각하는 것이 일상의 과제가 되었다. 이런 일상은 할 일이 없는 화자서 생활의 쓸쓸함을 어느 정도 잊게 해주었다. 그의 마음속에 페이페이와 비밀을 공유한다는 일종의 기쁨 같은 것이 자라기 시작했다. 한밤중에 문득 잠에서 깨어나 외투를 걸치고 지도 앞에 서서, 손전등 불빛을 비춰 페이페이의 행적을 상상할 때면 마치 부하들이 적진을 뚫도록 지휘하는 장군 같았다. 다만 회신을 보낼 수 없으니 자신의 유일한 병사인 페이페이에게 어떤 지령도 내릴 수 없다는 것이 아쉬울 뿐이었다.

대략 7, 8일이 지난 후 그는 야오페이페이로부터 두 번째 편지를 받았다. 그러나 편지의 내용은 크게 실망스러웠다. 아주 짧은 두 줄의 글씨가 송금영수증 뒷면에 적혀 있을 뿐이었다.

푸른 새 구름 밖 소식 전하지 않으니
정향화 남몰래 맺혀 빗속에 우수만 가득하네[42]

아마도 어떤 우체국을 지나다 급하게 쓴 편지 같았다. 시를 잘 모르긴 해도 두 구절을 음미하다 보니 한없는 시름에 젖어들었다. 앞 구절은 하늘의 푸른 새를 바라보며 회신을 받지 못하는 슬픔을 말한 것 같았다. 푸른 새는 대체 어떤 새일까? 기러기가 아닐까? 뒤 구절을 보면 당시 그녀가 있는 곳에 비가 내린 것 같다. 정향의 개화 시기가 지났으니 이는 그리 적절치 않아 보였다. 하지만 그는 '남몰래'라는 표현을 보고 기뻤다.

소인으로 보니 이미 롄탕 북쪽 차허叉河 이남인 뤼량呂良에 도착한 듯

---

42) 이경(李璟), 〈탄파완계사(攤破浣溪沙)·수권진주상옥구(手卷眞珠上玉鉤)〉, "青鳥不傳雲外信, 丁香空結雨中愁."

산하는 잠들고

했다.

"왜 동쪽으로 가는 거야? 바보! 서쪽으로 가야지! 안후이성으로 들어갔으면 오고 가는 거지들 틈에 끼어야 안전할 텐데!"

그는 지도를 마주한 채 작은 소리로 중얼거렸다. 마치 수백 리 밖에 있는 야오페이페이에게 자신의 말이 들리기라도 할 것처럼.

4

알고 보니 샤오사오는 《백모녀》에서 시얼喜兒 역이 아니었다. 그냥 눈에 띄지 않는 작은 배역으로 두 번 무대에 올랐으며 대사는 모두 합쳐 여섯 마디에 불과했다. 그녀는 공연을 시작한 지 얼마 되지도 않아 무대에서 내려왔다. 화자서의 관중들은 극을 볼 때도 질서를 유지했다. 딱딱한 표정으로 각자 걸상을 가져와 짚더미가 쌓여 있는 탈곡장에 가지런히 앉았다. 일 년 내내 똑같은 연극만 관람해도 매번 처음 보는 사람들처럼 흥미롭게 지켜봤다. 그들은 수시로 연기자들의 공연에 박수를 보냈고 인물들의 불행한 운명 앞에서 흐느껴 울었다.

탄궁다는 유일하게 서서 공연을 관람했기에 샤오사오는 화장을 지우기도 전에 단번에 그를 알아봤다.

"어때요? 내 연기 괜찮았죠?"

"응, 응."

탄궁다가 웃으며 대충 말했다.

"잘했어! 우리 어디 가서 이야기 좀 할까?"

"공연이 아직 안 끝났는데요?"

"예전에 본 적 있어."

"공식적인 이야기에요? 아니면 그냥 잡담이에요?"

샤오사오가 줄줄 땀을 흘리며 탄궁다를 바라봤다. 눈썹이 반짝이는 모습이 은가루를 뿌린 듯했다.

"물론 그냥 잡담이지."

탄궁다가 그녀의 소매를 잡아당겼다.

"이렇게 두꺼운 옷을 입고 덥지 않아?"

샤오사오가 헤헤거리며 잽싸게 무대복장을 벗자 둥근 깃의 흰 셔츠가 드러났다. 소매에 빨간 테두리가 있는 셔츠였다.

"어디로 가요?"

"자네 집으로 갈까?"

"안 돼요."

샤오사오의 낯빛이 금세 어두워졌다.

"우리 집은 별로 편하지 않아요. 게다가…… 집에 미치광이도 하나 있어요."

그때 옆에 있던 백발이 성성한 할머니와 우연히 눈이 마주쳤다. 할머니가 경계심이 가득한 눈길로 둘을 바라보고 있었다. 경멸이 가득한 눈초리였다. 절로 소름이 끼쳤다. 다행히 샤오사오는 옷을 갈아입느라 할머니를 보지 못했다.

"그럼 마을을 걷는 건 어때?"

샤오사오가 가만히 그의 팔을 잡아당겼다. 손바닥도 땀이나 축축했다. 그녀는 불안한 듯 광장을 둘러보더니 낮은 소리로 말했다.

"따라오세요."

산하는 잠들고

그들은 바로 탈곡장을 떠나 장랑의 돌계단을 따라 호숫가를 향해 걸었다.

"조금 전에 집에 미치광이가 있다고 했지? 그게 무슨 말이야?"

샤오사오가 길게 한숨을 내쉬었다.

"오빠 얘기예요. 원래 인민공사 농구팀 주장이었어요. 골대에 맞고 튀어나오는 공을 잡는 것도 잘하고 공도 얼마나 정확하게 잘 던졌는데요. 그런데 작년 국경절부터 갑자기 미쳐버렸어요."

"어쩌다가?"

탄궁다는 그녀와 나란히 걸어가며 소리 죽여 물었다.

"어휴, 다 그놈의 농구시합 때문이죠. 작년 국경절 전에 허난河南에서 참관단이 왔어요. 그 참관단을 따라 농구팀 하나가 왔는데 팀원들이 모두 농아들이었어요. 우리 공사와 시합이 벌어졌죠. 멀리서 온 손님들인데다 모두 장애인들이라고 공사에서는 우리에게 반드시 석 점 이상으로 져줘야 한다고 했어요. 한데 우리 오빠는 시합이 시작되자 그 말을 까맣게 잊어버린 거예요. 결국 8점 차이로 이겼지요. 이건 물론 매우 심각한 정치적 과오예요. 시합이 끝난 후 잔뜩 풀이 죽어서 집에 오더니 밥도 안 먹고 쓰러져 잠을 자더라고요. 며칠 동안 계속 말도 없고……, 그러다가 천천히 미쳐갔어요."

"어떤 지도자가 심하게 비판을 했겠지. 안 그래?"

샤오사오가 고개를 돌려 가만히 그를 바라봤다.

"아뇨, 전혀요. 사실 아무도 오빠를 비판하지 않고 어떤 처분도 내리지 않았어요. 심지어 오빠는 여전히 농구팀 주장이었지요. 아무도 나서서 오빠의 직무를 해제하겠다고 말하지 않으니 당연하죠. 그런데 이후 농구시합이 열렸는데 감독이 오빠를 안 내보낸 거예요. 때로는 아예 통지도 하지 않았어요. 이 일에 대해 인민공사 측에서는 아무런 조치도 하지 않았어요. 오빠에게 반성문을 쓰게 하지도, 공개적으로 비판을 하지도 않았고 가벼운 비난 한마디 없었어요. 잘못이라면 그냥 우리 오빠의 일시적인 충동을 탓할 수밖에요. 사실 오빠가 병이 나자 인민공사 측에서는 위문품을 가지고 문병을 오기도 했었어요. 후에 오빠를 모범노동자만 갈 수 있는 요양원에도 보내줬고요. 오빠는 흥분하기만 하면 사람을 때리고 물건을 부수기 때문에 인민공사에서 간호하라고 씨름 잘하는 건장한 청년 두 사람을 보내주기도 했어요. 모든 의료비는 당연히 무료였지요. 오빠가 노동력을 상실했는데 매번 지급하는 식량 한 근도 적지 않았어요. 그런데 나중에는 오빠가 간병하던 청년의 다리를 부러뜨렸고 나머지 한 사람은 아예 아래턱을 탈골시켰어요. 공사에서는 그제야 어머니에게 오빠를 성에 있는 정신병원으로 보내 전기치료를 받게 하자고 제안했어요. 그런데 엄마가 동의하지 않자 공사에서도 엄마 뜻을 존중해줬고, 엄마가 오빠를 집으로 데리고 온 거예요."

탄궁다가 인상을 쓰며 물었다.

"이해가 잘 안 되는 부분이 있어. 아무도 처벌을 내리는 사람이 없는데 왜 오빠가 미쳤지? 분명히 숨은 속사정이 있을 거야."

샤오사오가 말했다.

"그게 바로 중요한 부분이에요. 화자서 최대의 비밀이기도 하고요. 여기 오래 계시다보면 그 안에 담긴 이치를 깨닫게 되실 거예요."

이야기를 나누는 사이 두 사람은 장랑 끝에 이르렀다. 언덕에 닿아 소리치며 사라지는 호수의 물결 소리가 들렸다. 두 사람은 달빛에 비친 고요하고 푸른 물길을 따라 1백 미터 정도를 걸었다. 커다란 수양버들

두 그루 아래에 7, 8척의 작은 배가 정박해 있었다. 살랑거리는 바람에 한데 모인 배들이 가볍게 서로 부딪치고 있었다. 이미 탈곡장에서 멀어 졌지만 고요한 밤이라 무대 위 연기자들의 대사가 분명하게 들렸다.

"여기 배가 있는 걸 어떻게 알았어?"

샤오샤오가 그를 향해 히히 웃더니 잽싸게 신발을 벗어 나무 아래 두고 터벅터벅 물속으로 걸어 들어가 작은 삼판(배의 바닥에 댄 널판)을 끌어당겼다.

"왜 몰라요? 오늘도 호수에서 하루 종일 연밥을 땄는데요. 지금도 팔을 들어 올릴 수가 없을 정도라고요."

탄궁다가 배에 오르자 샤오샤오가 나무로 된 노로 삼판을 살짝 받 치며 배로 뛰어오른 후 배 좌우로 노를 젓기 시작했다. 작은 배가 언덕 주변을 몇 번 돌더니 조용히 호수 한가운데로 나아갔다. 도처에 사람 키만 한 연들이 우산처럼 빽빽하게 들어차 있고, 그중엔 활짝 핀 연꽃 도 있고 봉오리만 맺혀 있는 연꽃도 있었다. 가까이 가 보니 연잎에 가 려 보이지 않았지만 사이로 좁은 물길이 있었다. 겨우 배가 지나갈 정도 여서 언덕에 서서는 전혀 알아볼 수 없는 길이었다.

검푸른 연잎 아래 물에서 맑은 향기가 났다. 물길로 들어서자 탄궁 다는 문득 마음속까지 청량해지는 것 같았다. 어둠이 짙어 가까이 있 는 얼굴도 보이지 않았다. 배가 지날 때 때로 누워 있던 연잎이 배의 옆 구리를 훑었다. 물소리가 맑고 투명했다. 배에서 멀지 않은 수면에 물고 기가 모여 뻐끔거리는 소리가 들렸다.

샤오샤오가 노 젓기를 멈추고 무릎을 감싸 안고 앉았다. 수면 위에 서 배가 흔들거렸다. 그녀는 턱을 무릎 위에 걸치고 꼼짝 않고 물위에 비친 달을 바라봤다. 때로 혼자서 배를 타고 이곳에 와서 누워 하늘의 달과 별을 바라보며, 자신의 마음을 들여다보고 마음의 평온을 찾는다고 했다. 연꽃이 그녀와 세상을 갈라놓았다.

"어린 나이에 무슨 걱정이 그리 많아?"

탄궁다가 웃었다. 그는 배의 다른 쪽에 누워 팔베개를 한 채 짙푸른 밤하늘을 구경했다. 샤오사오는 그의 말에 직접 대답하는 대신 혼잣말로 중얼거렸다.

"여기 수역은 원래 푸룽푸芙蓉浦(부용 포구)라고 불렀어요. 지금은 그렇게 부르는 사람이 없지만……."

그녀가 잠시 말을 멈추었다가 커다란 연잎 하나를 따서 머리 위에 쓰고 작은 새처럼 고개를 흔들었다.

"1년? 아니 7, 8개월만 늦게 왔어도 이 호수를 볼 수 없었을 거예요. 논으로 몽땅 바뀌어 있었을 테니까요."

그녀는 인민공사에서 호수 구역의 식량생산 3개년 계획을 세워 금년 겨울 농한기에 호수를 메워 논밭을 조성할 거라고 했다. 이미 공사에서 세 차례에 걸쳐 동원대회를 마쳤으며 구체적인 면적도 벌써 산출하여 각 생산대와 생산소조에 분배한 상태였다. 청년돌격대도 성립되었다. 그녀는 이렇게 이야기하면서 지금 매일 저녁 배를 타고 이곳에 와서 서너 시간 정도 앉아 있는 것은 마치 친한 친구와 작별인사를 하는 심정이라고 말했다.

"이렇게 큰 호수를 메우려면 얼마나 많은 흙이 필요할까?"

"산을 파는 거죠."

샤오사오가 투덜댔다.

배에 누워 가늘고 긴 연잎 줄기와 비대한 연잎을 통해 그의 시선이 오래도록 화자서 하늘의 환상적인 별빛에 머물렀다. 정말 아름답구나!

산하는 잠들고

세상 어디서도 이보다 더 아름다운 곳을 찾기 힘들 거야. 자신이 예전에 품었던 모든 꿈이 여기서는 현실이 되어 있었다. 맑은 하늘 아래 불빛이 마치 금싸라기처럼 반짝거리고, 수정으로 만든 주렴처럼 어둑어둑한 산간 평지에 펼쳐져 끊임없이 반짝였다. 그러나 이 호수가 더 이상 존재하지 않을 거라는 말을 들으니 상전벽해桑田碧海의 자부심이 들기도 했지만 왠지 묘한 슬픔이 느껴졌다. 중년이 되면 무슨 일에 대해서나 감수성이 풍부해져 아주 사소한 일에도 이름 모를 슬픔에 허망한 생각이 든다고 했다.

"하고 싶은 말이 있으면 해봐요. 여긴 화자서에서 가장 안전한 곳이에요. 언덕 쪽에서 멀리 벗어났으니 소리를 질러도 아무도 들을 사람이 없어요."

샤오사오가 목소리를 낮춰 말했다.

그녀의 속삭이는 목소리에 공기가 절반은 섞여들어 그 속에 사방의 고요함이 묻어났다. 심지어 연잎이 자라나는 소리마저 들리는 듯했다. 사실 아무 말도 안 하고 싶어. 그냥 이렇게 너랑 조용히 앉아서…….

"그렇지 않을 것 같은데." 탄궁다의 음성이 조금 이상했다.

"왜요? 당의 성립대회도 모두 호수에서 열렸는데요."

샤오사오는 천진난만하게 커다란 두 눈을 반짝이며 그를 뚫어져라 응시했다.

"탄 동지 말은 여기도 안전하지 않다는 거예요?"

탄궁다는 반농담조로 그녀에게 말했다.

"네가 생각할 수 있는 건 다른 사람도 생각할 수 있어. 내 경험에 따르면 가장 안전한 곳이 종종 가장 위험한 곳이 될 수 있어. 반대도 마찬가지야. 이 순간 우리와 멀지 않은 곳에 이런 작은 배가 여기저기 모여 조용히 수많은 비밀을 속삭이고 있을 수도 있어."

샤오사오는 그의 말에 흠칫 놀라더니 목을 길게 빼고 잔뜩 경계하는 눈초리로 사방을 둘러봤다.

허둥대는 그녀의 모습에 탄궁다는 연꽃 한 송이를 끌어당겨 그녀의 얼굴 앞에서 흔들었다.

"농담한 거야. 이봐, 왜 그렇게 겁이 많아?"

잔잔히 웃음 짓는 샤오사오의 얼굴에 깊은 근심이 배어났다. 그녀가 팔을 배 밖으로 내밀어 물을 튀기다 뭔가 생각난 듯 물었다.

"연밥 먹을래요?"

탄궁다가 미처 대답을 하기도 전에 그녀는 이미 몸을 기울여 연잎을 잡아당겨 연방蓮房(연꽃의 열매가 들어 있는 송이)을 찾았다. 탄궁다가 자기 가까운 수면 위로 연방 하나가 올라와 있는 것을 보고 몸을 굽혀 따려는 순간, 샤오사오가 큰 소리로 비명을 질렀다.

"만지지 말아요!"

하지만 이미 늦었다. 연뿌리가 조금 이상하게 생긴 모습이 단단한 가시가 잔뜩 붙어 있었다. 탄궁다가 손을 대는 순간 심장을 찌르는 것 같은 날카로운 통증이 느껴졌다. 그가 손을 털며 급히 후후 입김을 불었다. 샤오사오는 한참을 깔깔대며 웃었다.

"그건 연방이 아니고, 닭대가리예요. 당해도 싸! 그러게 누가 나 그렇게 놀래키래요?"

그러면서 계속 낄낄거렸다.

"닭대가리가 뭐야?"

"호수에서 자라는 가시연밥이란 식물이에요. 겉으로는 연꽃이랑 비슷한데 잎이 힘없이 수면에 엎드려 있죠. 연잎처럼 수면 위로 높이 솟아 있지 않아요. 씨는 연이란 비슷한데 모양이 닭대가리 같아서 여기서는 닭대가리라고 불러요. 모양은 별로지만 그래도 먹을 수는 있어요. 다만 뾰족한 가시가 잔뜩 박혀 있어 살짝만 건드려도 살에 구멍이 날 정도죠. 어때요? 많이 다쳤어요? 아파요?"

"온통 가시던데, 그걸 어떻게 먹어?"

"간단해요. 다 익으면 낫을 긴 대나무 장대에 묶어 물에서 건져내는데 그때 씨가 갈라지면서 수면 위에 퍼져요. 그럼 절구에 넣고 빻으면 돼요. 씨가 완두만 한데 정말 단단해요. 철갑을 두른 것 같다니까요? 근데 마름보다 맛있어요."

샤오사오가 손수건을 꺼내 그에게 줬다. 손수건에서 은은한 향기가 났다. 치자 꽃향기 같기도 하고 목서화 향기 같기도 했다. 그러나 오른손 손가락이 전부 피가 나고 있어서 어떤 손가락을 싸매야 좋을지 몰라 그냥 손에 들고 있기만 했다.

"잘 이해가 안 되는 일이 하나 있어. 내가 화자서에 온 지 한 달이 넘었고 다섯 번이나 공사에 갔지만 귀충녠 서기를 한 번도 만날 수가 없었어. 직원인 샤오쉬에게 정식으로 만나게 해달라고 했는데 샤오쉬는 매번 얼버무리며 거절을 하더군. 마치 귀 서기가 날 일부러 피하는 것 같았어."

"쓸데없이 생각이 너무 많으시네요. 우리 화자서 사람이 보기에 그건 전혀 이상한 일이 아니에요."

샤오사오가 중얼거렸다.

"아마 못 만나실 거예요."

"왜?"

"이유는 없어요."

샤오사오가 잠시 머뭇거리다 말을 이었다.

"화자서에서는 실제로 그를 만나본 사람이 거의 없거든요."

"'실제로 만나본'이란 말이 무슨 뜻이야? 서기가 무슨 은신술이라도 부린단 말이야?"

"제 말은 설사 그를 만나신다 해도 꼭 알아보리라는 법이 없다는 말이에요. 예를 들면 공사에 기관이나 사무실이 정말 많잖아요. 온갖 직급의 관리들과 직원도 많고요. 제 말뜻은 아마 이미 그와 얼굴도 마주치고, 악수도 했을 수 있다는 말이에요."

"자네도 만난 적이 없나?"

탄궁다가 웃었다.

"확신할 수 없죠."

샤오사오가 멍하니 어두운 호수를 바라보며 한 발을 배 밖에 내밀고 물결을 툭툭 찼다.

"해방이 된 그 해, 서기님이 화자서에 왔을 때 전 겨우 일고여덟 살이었으니까요."

"그럼 어른들은? 어른들은 분명히 그를 만나봤을 거 아냐? 환영식 같은 자리에서라도."

"우리 마을 사람들은 대부분 잘 잊어버려요. 3일 전의 일도 또렷이 기억을 못하는데 10년 전의 일은 어떻겠어요? 하지만 왕하이샤王海霞는 얼마 전에 그를 봤대요. 《백모녀》에서 시얼 역을 하는 배우요. 궈 서기님이 직접 접견했대요. 화자서의 누구라도 정말 큰 영광이죠. 왕하이샤 말이, 궈 서기님의 머리카락이 무대 위의 시얼처럼 은백색이래요. 어깨까지 머리카락이 늘어져 있는데 밖에 잘 안 나오기 때문에 햇빛을 못 받아서 그렇게 됐다나 봐요. 피부는 어린애처럼 부드럽고 탄력이 있고요. 귀 서기님이 자기와 모범노동자 몇 명을 만났을 때 휠체어에 앉아서 그 부드러운 손을 왕하이샤에게 내밀며 말했대요. '잘했어요, 어린 아가씨!' 하지만 난 왕하이샤가 허풍을 떤 거라고 생각해요. 왜냐하면 소문에⋯⋯."

바로 그때 탄궁다는 멀리 언덕 쪽에서 손전등 불빛이 번쩍이며 사람들 몇 명이 이야기를 나누는 모습을 발견했다. 거리가 멀었기 때문에 그들이 무슨 이야기를 하는지는 알아들을 수 없었다.

"고개 숙여요!"

샤오사오가 작은 소리로 외쳤다.

"마을 순찰대예요."

탄궁다가 본능적으로 고개를 숙이는 순간, 손전등의 두 줄기 빛이 그의 머리 위를 스치고 지나갔다.

"아마 조금 전 제가 너무 깔깔대고 웃어서 주의를 끌었나 봐요."

샤오사오가 가만히 속삭였다. 다행히 순찰대 대원들은 손전등으로 호수 위를 대충 몇 번 훑어보고는 바로 자리를 떴다. 사방이 다시 적막에 휩싸였다.

"소문에 궈충녠은 3년 전에 이미 폐결핵으로 세상을 떠났대요. 인민공사 측에서 여러 가지 문제를 고려해서 그의 죽음을 비밀에 부치고 부고를 내지 않는다고 했어요."

"무슨 문제?"

"인민공사 사원들 사이에 불필요한 공황상태나 혼란을 야기할 수 있다는 거죠. 적어도 성원들의 적극적인 생산 활동에 심각한 타격을 줄 수 있다고요. 궈충녠은 화자서의 설계자로 이곳을 만든 사람이니까요. 그런데 이런 유언비어가 마을에 들끓긴 하지만 우린 진짜라고 믿은 적이 없어요. 말이 안 되죠. 생각해보세요. 만약 서기님이 정말 세상을 떠났다면 성이나 지구위원회에서 당연히 즉각 우리에게 새로운 서기를 보내야죠. 이게 무슨 장난도 아니고! 게다가 매년 양력 설 밤이면 귀충넌이 전체 사원들에게 1년에 한 번 있는 신년사를 발표하거든요. 그의 음성이 유선방송을 통해 모든 이들에게 전달돼요. 소리가 얼마나 우렁차고 힘이 있는데요, 전혀 병자 같지 않아요. 여전히 그는 수많은 군중들 속에 살아 있고 날마다 우리와 함께하고 있어요. 다만 구체적으로 어디에 숨어 있는지는 아마도 101만 알 거예요."

샤오사오가 연방 하나를 탄궁다에게 건넸다. 그가 감히 손을 내밀지 못하자 샤오사오가 웃었다.

"바보, 이건 진짜 연방이에요. 손 찔리지 않아요."

"101이 누군데?"

탄궁다는 연방을 쪼개 연밥을 파내 입에 넣었다. 조금 쓸쓸한데 단맛도 느껴졌다. 갑자기 샤오사오의 얼굴이 하얗게 질리며 눈빛이 흔들렸다. 마치 조금 전 입을 놀린 걸 후회하는 듯했다.

"101은 한 사람이 아니에요. 하나의 조직이에요. 아, 내가 어쩌다 이 말을 했지? 늦었어요. 돌아가야 해요. 내일 아침 일찍 산에 사격하러 가야 해요."

"군사훈련이야?"

"인민공사 핵심 간부 민병들의 예행 훈련이에요."

그녀가 노를 잡더니 서둘러 배를 젓기 시작했다. 그들은 원래 왔던 길로 되돌아갔다. 배는 금세 호수 끝에 닿았다. 샤오사오가 먼저 언덕으로 뛰어내리고 탄궁다를 잡아줬다. 그는 여전히 손수건을 꼭 붙잡은 채이를 샤오사오에게 돌려줘야 할지 망설였다.

그들은 모래사장을 따라 앞으로 걸어갔다. 샤오사오가 갑자기 머릿속에 걱정거리가 가득한 사람처럼 초조해하는 바람에 탄궁다는 아무 말도 할 수 없었다.《백모녀》공연은 이미 끝나고 탈곡장은 어둠속에 텅 비어 있었다. 샹양여관으로 가는 잔교 옆까지 이르렀을 때 탄궁다는 걸음을 멈추고 그녀에게 작별 인사를 했다.

"집이 어디야?"

샤오사오가 산 쪽을 가리켰다.

"산봉우리 쪽에 커다란 굴뚝 보여요?"

"응, 큰 굴뚝이 하나 있더군."

"우리 집은 바로 굴뚝 밑이에요. 인민공사에서 분배해준 집이에요."

"공사에서는 어떤 식으로 집을 분배해? 인구, 노동력, 아니면 업적……?"

"제비를 뽑아요."

샤오사오가 명쾌하게 대답했다.

"마지막 질문!"

탄궁다가 웃으며 말했다.

"저 굴뚝은 뭐에 쓰이는 거야? 여기 온 후로 왜 한 번도 굴뚝에서 연기가 나는 걸 못 봤지?"

"연기가 안 나야 좋아요. 매일 연기가 나면 큰일이죠."

"왜?" 탄궁다가 의혹에 찬 눈길로 그녀를 바라봤다.

"인민공사 장례식장이거든요."

5

황혼 무렵 인지銀集에 도착했습니다. 이미 가을이라 나뭇잎이 노랗게 물들었어요. 사람은 많지만 시내는 몹시 퇴락해 보였습니다. 벽마다 붉은 칠의 표어가 보이고 가끔 완장을 찬 사람들이 거리를 지나갔습니다. 나를 보는 시선이 이상했어요. 다가와 묻는 사람은 없지만 내가 뭔가 심히 의심스러워 보이는 표정이었습니다. 불안한 마음에 이곳에 정착할 용기가 나지 않았습니다.

마을 동쪽으로 2km도 채 못 되는 곳에 큰 저수지가 있습니다. 아직 완공되지 않은 푸지 저수지보다 훨씬 더 큽니다. 푸른 파도가 넘실거리는 저수지는 그 끝이 보이지 않습니다. 댐의 갑문 한쪽 배수로에서 밤을 보냈습니다. 배수로 입구에 들장미가 소복하게 피어 있었어요.

수중에 80전(0.8위안)밖에 남지 않았습니다. 이것도 그저께 벽돌공장에서 하루 종일 흙을 나르고 받은 돈입니다. 땀을 너무 많이 흘린 때문인지 조금 열이 나고 온몸의 뼈마디가 쑤셔요. 이끼가 가득 낀 배수로 벽에 얼굴을 대니 조금 시원합니다. 댐에서 갑자기 수문을 열면 마치 개미처럼 순식간에 흔적도 없이 쓸려 내려가고 말 거예요. 차라리 그랬으면 좋겠어요.

병이 나면 사람은 마음도 약해지기 마련입니다. 때로 그냥 자수를 하고 끝내버릴까 하는 생각도 합니다. 이런 몸부림은 내게 아무런 의미가 없으니까요. 하지만 언제나 결국은 미련이 남습니다. 왜 미련이 남는지 알 수가 없습니다. 아마도 살아 남아서 당신을 다시 만나고 싶은 걸까, 하지만 당신을 만난들 또 뭘 할 수 있겠어요? 정말 어리석은 생각이지만 떨쳐버릴 수가 없습니다. 배수로에 누워 멍하니 생각에 잠겼습니다. 이 순간 당신이 내 곁에 있다면 얼마나 좋을까? 아무 말도 하지 않아도 좋습니다.

나는 고아입니다. 이 넓은 세상에 내편은 없습니다. 아버지는 1950년 반혁명죄로 체포되어 처형되었습니다. 어머니는 소식을 들은 그날 대들보에 목을 맸습니다. 그날 저녁, 당신도 알죠? 그날 저녁, 난 혼자였어요. 사람들이 어머니의 시체를 내갔습니다. 바닥에 꽃자수가 놓인 신발 한짝, 그리고 오줌 자국이 있었습니다. 나비 수가 놓인 꽃신 역시 축축하게 젖어 있었습니다. 나는 그 신발 한 짝을 안고 어머니가 죽기 전 오줌을 지린 것을 생각하니 부끄러운 생각이 들었습니다. 흉악한 이웃들의 욕지거리가 무서워 감히 울 수도 없었어요. 다행히 한밤중에 억수같이 비가 내려 아무리 크게 울어도 듣는 사람이 없었습니다.

이곳은 조용해요. 배수로 입구에서 내다보니 뭇별들이 밤하늘에 가득합니다. 댐 아래 넓은 개펄이 보입니다. 사람들이 등불을 밝히고 게를 잡고 있습니다.

그날 밤 울다가 잠이 들었어요. 마치 잠에서 깨어 메이청으로 향하는 길을 밟고 있는 것만 같았지요. 우리 고모가 우마차 하나를 빌려 날이 밝기도 전에 출발합니다. 마차에서 나는 몰래, 한시도 쉬지 않고 고모의 얼굴을 살핍니다. 온종일 고모는 쌀쌀맞은 표정으로 내게 한마디도 말을 걸지 않습니다. 치수戚墅에 도착했을 때 나는 갑자기 홍콩에 사시는 이모가 한 경고가 생각났습니다. 날 거두어준 은혜에 감사하기 위해 나는 고모를 엄마라고 부르기로 결심했습니다. 나는 내 불쌍한 엄마를 잊고 뻔뻔스럽게도 고모의 사랑을 받고 싶었습니다. 고모의 소매를 잡아당기며 수치스러움과 맞바꾼 용기로 고모를 엄마라고 불렀습니다. 졸고 있던 고모가 내 소리에 깜짝 놀라 잠에서 깼습니다. 고모가 내 쪽으로 몸을 돌리더니 놀란 눈으로 날 바라보다가 내 뺨을 때렸습니다. 얼굴이 험악하게 일그러졌습니다.

"아무짝에도 쓸모없는 못된 계집애. 너, 방금 날 뭐라고 불렀어? 누가 네 엄마야? 뻔뻔스러운 화냥년! 상하이탄上海灘에서부터 아무에게나 다리를 벌리던 헤프기 짝이 없는 화냥년! 왜 그 화냥년하고 같이 목매 죽지 않고! 이 세상에 남아서 누굴 해치려고! 대체 내가 어쩌다 이렇게 더럽게 재수에 옴이 붙어서 이런 물건에게 엄마 소리를 듣는 거야! 흥, 어디서 감히!"

후에 고모부의 말을 듣고 나서야 고모가 날 그렇게 증오한 것도 전혀 이유가 없진 않다고 생각했습니다. 고모는 후손이 끊긴 집안의 유산을 얻을 수 있지 않을까 하는 기대로 상하이로 달려갔답니다. 그런데 너무 늦게 가는 바람에 집안의 값나가는 물건은 다른 친척들이 모두 훑어간 후였지요. 고등학교를 다니고 있던 작은 삼촌마저도 아버지가 남긴 쿠바 시가를 몇 갑이나 가져갔다고 하더군요. 재물 욕심이 많고 옹졸한 데다 난폭한 성격이긴 하지만 그다지 나쁜 사람은 아닙니다. 사실상 고모 역시 다른 친척들과 마찬가지로 날 놔두고 그냥 떠나버리면 그만이었지만 그래도 오갈 데 없는 나를 데려갔습니다. 고모 집에 간 후 내 유일한 희망은 하루빨리 도망을 치는 것이었습니다. 만약 그날 저녁 메이청 목욕탕에 당신이 목욕을 하러 오지 않았다면, 시진두의 털실가게에 있던 나를 데려가지 않았더라면, 나는 벌써 도망을 갔을 겁니다.

아버지가 체포되기 전날 밤, 내 손을 잡고 큰길 맞은편 미지오美吉奧 식당에 아이스크림을 먹으러 갔습니다. 아무리 오랜 시간이 흘러도 아빠의 손은 또렷하게 기억납니다. 아마도 당시 아빠는 자기가 처형될 운명이었음을 알았던지 내 손을 아플 정도로 세게 잡았습니다. 나는 아빠에게

산하는 잠들고

손이 아프다고 말했습니다. 그러자 뒤를 돌아보는 아빠의 얼굴에 눈물이 가득했습니다. 아빠가 쪼그리고 앉아 물끄러미 날 바라봤습니다. 쪼그리고 앉았지만 나보다 훨씬 컸습니다. 원래 까맣고 반질반질 윤이 나던 아빠의 구두는 오랫동안 닦지 않아 먼지가 가득했습니다. 구두 한쪽은 끈이 풀려 있었지만 아빠는 신경도 쓰지 않았습니다.

식당 제과 파는 코너, 예쁜 소나무 가지와 오색 리본으로 장식된 거대한 아치형 문에 앉아 나는 순식간에 아이스크림을 먹어치웠습니다. 멍하니 날 바라보던 아빠가 씩 웃으며 말했습니다.

"하나 더 먹을래?"

나는 재빨리 고개를 끄덕였습니다. 아빠가 종업원에게 손짓으로 두 개를 더 시켰습니다. 하나는 거기서 먹고 하나는 집에 가지고 돌아갔습니다. 이젠 아이스크림이 무슨 맛이었는지 기억도 안 납니다. 하지만 그날 잡았던 아빠의 손만은 생생하게 기억하고 있습니다. 정말 크고 따뜻했는데!

당신은 아마도 기억이 안 날 거예요. 현청으로 출근하던 첫 주말에 회식이 있었어요. 첸다쥔이 술을 몇 잔 마시고는 내게 당신을 양아빠라고 부르라고 하더군요. 난 당신이 화를 낼 거라고 생각했는데 당신은 그러지 않았어요. 내 기억으로 그때 당신은 고개를 끄덕이지도, 그렇다고 반대를 하지도 않았습니다. 그저 술잔을 든 채 날 보고 웃었죠. 그때 생각했어요. 이 사람은 내가 정말 아빠라고 불러도 화를 안 내겠구나. 나는 이 작고 작은 비밀을 여러 해 동안 마음속에 꽁꽁 숨기고 다녔는데 그러다 보니 점점 진짜 비밀이 되었습니다. 어느 날 또 다른 엄청난 비밀이 생기면서…….

아, 정말 상상하지도 못했던 일이에요! 처음에는 몰랐었는데, 하지만 그 비밀을 의식하게 되자 난 깜짝 놀랐습니다. 그 비밀은 마치 달콤한 사랑처럼 입안에 문 채 시간이 흐르면서 형체마저 녹아버리고 말았습니다. 2년 전, 비가 엄청나게 내리던 오후 기억하세요? 퇴근할 때가 되어서도 비가 그치지 않았는데 우린 우산이 없어서 꼼짝없이 사무실에 갇혀 있었지요. 유리창에 흘러내리는 빗물이 마치 누군가가 울고 있는 얼굴 같았어요. 우리는 한참 동안 서로 할 말을 찾지 못했습니다. 나중에 당신이 갑자기 내게 물었죠. 앞으로 꿈이 뭐냐고. 뭘 할 거냐고. 난 농담처럼 대답했어요. 사람이 아무도 살지 않는 작은 섬에 숨어 살 거라고요. 당신은 담배를 피우고 있었는데, 그 담배가 아직도 남아 있어요. 한 갑에 25전짜리 '대생산'이었죠. 당신이 담배를 피우며 웃더군요. "죄를 지은 것도 아닌데 왜 도망을 가?"

당시 난 아무 생각 없이 그냥 반문했어요.

"내가 죄가 없는 걸 어떻게 알아요? 앞으로 죄 짓지 않을 거라는 걸 어떻게 알겠어요?"

지금 생각해보니 그 말이 정말 씨가 됐네요! 이따금씩 잠에서 깨어나 보면 그날 밤 꿈에서 마치 선견지명이 있는 말투로 단호하게 '앞으로 죄 짓지 않을 거라는 것을 어떻게 알겠어요?'라고 말하던 꿈을 꾸었더라고요. 그때 날이 어두워지고 사무실에는 아무도 없었어요. 마음속으로 간절히 그 비가 그치지 않길 바랐어요. 영원히 비가 그치지 않았으면! 그대로 하늘과 땅이 호수가 되고 바다가 될 때까지 비가 내렸으면. 만약 정말 계속해서 비가 내렸으면 당신은 어떻게 했을까요? 우린 사무실에서 밤을 새웠을까요?

지금도 눈을 감으면 그날 그 비 냄새, 비가 막 내리기 시작할 때의 먼지 냄새, 담배 냄새, 그리고 탁자 위 묵란의 은은한 향기가 기억이 나요.

산하는 잠들고

······내게 한 말 기억나요? 작은 섬에 가서 숨어살기 전에 말해 달랬죠. 당신도 나랑 같이 가겠다고. 그리도 또······ 아, 이런 말들을 해서 뭐 한다고! 물론 당신은 그때 그냥 농담이었다고, 그냥 아무렇게나 웃자고 한 이야기라고 변명할 수 있어요. 혹시 바보 같은 날 보며 갑자기 장난을 치고 싶단 생각에 그렇게 말해놓고 몰래 속으로 웃었던 건 아니에요? 그 말들, 말 한마디, 한마디, 단어 하나하나가 지금 어둠 속에 빛나고 있어요. 마치 저수지의 게를 잡는 배의 등불처럼 반짝거리네요. 당신은 그렇게 말한 뒤, 그 말들을 저 하늘 끝 멀리 던져버렸겠죠. 그저 나만 이렇게 바보같이 그 말을 믿고 입에서 나오자마자 흔적도 없이 사라져버린 그 말 속에서 뭔가 믿을 만한 것들을 찾아······ 10월 17일.

위의 내용은 약 보름 전에 쓴 거예요. 어저께는 돌을 실은 해방 트럭을 얻어 타고 1백여 km 정도 떨어진 린쩌臨澤현에 왔어요. 이곳은 도로 건설 중이에요. 현장 도처에 사방팔방에서 모여든 개미 같은 도로 건설 대군이 그야말로 난리법석을 피우고 있네요. 날 태워준 트럭기사가 날 현장 책임자에게 소개시켜줬어요. 덕분에 도로 건설자 대오에 합류해서 일을 얻었습니다. 이 도로는 앞으로 전쟁을 할 때 비행기 이착륙 활주로로 쓴대요. 그래서 도로가 아주 넓고 튼튼해요. 내 일은 돌을 깨는 거예요. 채석장에서 운반해온 거대한 바위를 쇠망치로 두드려 깨죠. 우리 같은 노약자나 병약한 사람들은 이 돌을 깨서 도로를 까는 재료를 만들어요. 밤에 20여 명 되는 우리 노동자들이 한 막사에 모였습니다. 서너 명의 여자 말고 나머지는 전부 남자예요. 서로 모두 모르는 사이에요. 하루 종일 돌을 깨고 나니 손바닥이 모두 갈라졌어요. 가을바람이 불자 손바닥 깊이 통증이 느껴져 펜도 잡을 수가 없어요.

내가 자는 곳은 옥수수 밭이래요. 침대 머리말에 비리비리한 옥수수 한 그루가 서 있고, 사방에 비닐이 둘러쳐져 있어요. 그래도 전등은 있어서 침대에 앉아서 당신에게 편지를 쓸 수 있습니다. 주위에는 마을도, 가게 도 없어요. 대체 우체국은 어디로 가야 찾을 수 있을지 모르겠어요. 11월이 되니 날씨가 점점 더 추워져요. 까악, 까악, 울면서 남쪽으로 떼 지어 날아가는 기러기들 모습을 보니 마음이 서글퍼집니다. 하지만 이곳이 마음은 편해요. 늦가을이 되니 하늘도 파랗고 뭉게구름이 둥실 떠 있는데다 옥수수도 잔뜩 자라고 있습니다. 공사현장에서 일하는 사람들은 피차 상대방의 내력을 모릅니다. 서로 물어보지도 않습니다. 필사적으로 도망을 치는 나로서는 처음으로 마음이 편안해졌어요. 관리본부의 확성기에서 매일같이 12월 말 전에 도로를 개통해야 한다고 귀가 아프게 떠들어대지만, 난 이 도로건설이 영원히 끝나지 않았으면 좋겠어요. 그럼 이곳에서 합법적으로 죽을 때까지 살 수 있으니까요.

방금, 날 이곳 린쩌로 데려다준 트럭 기사가 또 왔습니다. 날 보러 왔다고 하며 허리를 굽혀 막사로 들어와 곧장 내 침대 앞으로 다가왔습니다. 그는 기름투성이 손으로 내게 사탕수수 한 대를 줬어요. 그를 보고 웃으며 "칼도 없는데 어떻게 먹어요?"라고 물었어요. 그가 웃으며 "그건 어렵지 않아요"라고 말하더니, 사탕수수를 가져다 이로 껍질을 벗겨줬어요. 사탕수수를 먹으면서 부근에 우체국이 있는지 물어봤어요.

"편지 부치려고요? 내게 주면 채석장 가는 길에 부쳐줄게요."

그가 다시 농담처럼 멀지 않으면 직접 편지를 가져다줄 수도 있다고 했어요. 난 결국 편지를 주지 못했어요. 그의 눈매, 몸매, 말투가 아무리 봐도 우리 현 기관의 왕 기사를 닮았거든요.

참, 그날 밤 살인을 하고 도망치면서 먼저 감로정 부근 사탕수수밭으로 뛰어가 피가 묻은 옷을 벗어버리고 도랑에 한참 동안 앉아 있었는데요, 본능적으로 숨을 곳을 찾기 위해 누구랑 상의할까 하다가 왕 기사를 떠올렸어요. 어느 해였던가, 양력설에 사람들과 그의 개인 숙소에 가서 만두를 빚어먹은 적이 있어서 그가 어디 살고 있는지 알았거든요. 그의 집으로 달려가 쾅쾅, 문을 두드렸어요. 그가 빨간 조끼에 꽃무늬 반바지 차림으로 나왔어요. 잠이 가득한 눈을 비비고 멍하니 날 보다가 갑자기 바짝 정신이 드는지, 정신 나간 소리를 한가득 쏟아놓았어요. 날 데리고 들어가 자기가 자고 있던 이불속에 누워 몸을 녹이라고 하면서 무슨 일인지 물었어요. 머리를 풀어헤친 꼴이 꼭 귀신같다고요. 날이 곧 밝을 것 같아 말장난할 시간이 없었어요. 그래서 다짜고짜 사람을 죽였는데 좀 숨어 있으면 안 되냐고 했어요. 처음에는 내가 농담하는 줄 알았나 봐요. 날 찬찬히 위, 아래로 훑어보더니 차가운 돼지기름처럼 웃는 표정 그대로 얼어붙었어요. 그 작은 눈동자가 꼼짝을 하지 않더라고요. 그가 반바지와 조끼 차림으로 침대에 앉아 마치 학질에 걸린 사람처럼 벌벌 떨었어요. 철제 침대가 마구 흔들리더라고요.

나 때문에 놀란 때문인지 또 엉터리 성어를 남발하기 시작했어요. 왕 기사가 작고 뚱뚱하잖아요. 난 그 사람 가슴이 그렇게 비계가 많은 줄 처음 알았어요. 그 비곗덩어리들이 덜덜 떨리며 도무지 알 수 없는 말들을 쏟아냈어요. "이해가 안 돼, 이해가 안 돼, 정말 이해가 안 돼."

그는 아예 바보가 되어버렸어요. 내가 무슨 말을 해도, 아무리 말해도 마치 회음벽回音壁(소리가 메아리처럼 되돌아오는 벽)에 대고 말을 하는 것 같았으니까요. 제가 말했죠. "공안에 신고하진 않을 거죠?" 하지만 그는 계속 신고! 신고! 신고!를 외쳤어요. 내가 우선 대야에 물 좀 가져다 씻을 수 있겠냐고 물었더니 그가 다시 대야의 물! 대야의 물! 대야의 물!을 외쳤어요. 옷이 필요한데 평소 안 입는 낡은 옷이 있냐고 물었더니 다시 낡은 옷! 아, 낡은 옷!이라고 말하더군요. 정말 왕 기사 때문에 화가 나서 미칠 것 같았어요. 그래서 왕 기사한테 버럭 소리를 질렀어요. "젠장! 제발 그만 좀 떨어요!"

그랬더니 그가 "어! 안 떨어, 안 떨어. 방금 뭐라고 했죠?"

분명히 당장 아래층으로 내려가 신고를 할 것 같았어요. 그래서 일부러 그에게 물었어요.

"날 자수하라고 몰아붙일 건 아니죠?"

"자수, 자수! 원래는 자수를 해야죠. 잃는 것이 있으면 얻는 것이 있고, 솔직하게 털어놓으면 관대히 처리하고, 항거하면 엄격히 처리하고……. 미국에 대항하고 조선을 원조하며, 나라와 국가를 보위하고……."

정말이지 어처구니가 없었어요. 왕 기사 집에서 나와 나뭇가지가 뻗어 있는 하늘가를 보니 벌써 여명이 밝아오고 있었습니다. 울면서 텅 빈 도로를 정신없이 달려갔습니다. 그러다가 문득 만약 당신 집으로 달려가면 당신은 날 어떻게 대할까, 라는 생각이 들었어요. 하지만 차마 더 이상 생각할 수 없었어요. 지금도 때로 이 편지들이 당신 손에 들어가면 당신은 편지를 공안국에 제출하고 공로를 인정받으려 할까, 그래서 무장한 공안들이 날 체포하러 올까, 라는 생각을 떨쳐버릴 수가 없습니다. 그럴까요? 해직 당했으니 공을 세우고 속죄한 후 다시 재기할 필요가 있잖아요. 정말 그렇다면 받아들이겠어요. 차라리 당신 손에 죽는 게 좋겠어요. 아무 미련도 없는 세상, 백 살까지 산다 한들 무슨 소용이 있겠어요?

페이, 10월 31일.

산하는 잠들고

6

화자서는 구름과 안개에 가린 듯 신비한 분위기에 싸여 있었다. 하지만 탄궁다는 모든 것이 좋아 보였다. 오랫동안 이곳에 산다면 어떤 괴로움도 없을 것 같았다. 화자서에 머무는 시간이 길어질수록 화자서에 대한 감탄과 호감이 갈수록 깊어졌다. 38군 출신의 귀충녠은 정말이지 천재야! 다만 꽁꽁 숨어서 사람을 만나려 하지 않는다는 것이 아쉬울 뿐이었다. 처음에는 행여나 하는 마음에 여기저기 그의 행적을 묻고 다녔다. 그런데 학교에서 귀가하던 어린 학생에게 화자서의 주민 모두가 귀충녠이라는 말을 들었다. 곰곰이 생각해 보니, 참으로 음미하면 할수록 의미가 있는 말이었다.

탄궁다의 강력한 요구로 그는 마침내 정식 노동허가권을 얻었다. 그는 제7생산대 제2생산소조에 편성되었다. 물론 다만 명목상의 노동조직에 불과할 뿐 구체적으로 무슨 일을 할지는 자유였다. 몇 달 동안 그는 누에치는 법, 작은 배를 타고 연못에 나가 바다의 흙을 퍼내는 일, 부평과 물싸리 키우는 법, 인민공사 소사공장 증기설비 수리보수, 벼 베기, 쟁기질, 보리키질 등등 많은 것을 배웠다. 심지어 농업생산 현장을 순회하는 문예공연대에서 들어가 지역에서 유행하는 문화예술 형식인 삼구반三句半을 배워 공연에도 참가했다. 공연은 삼구반이란 형식을 빌려 화자서의 춘위春雨라는 맨발의 여의사赤脚醫生를 찬양하는 것이었는데 제목은 〈맨발의 의사 해바라기〉赤脚醫生向陽花였다. 그는 마지막 반구절과 징을 맡았다.

그러나 밤이 되면 탄궁다는 슬프고 안타까운 마음에 젖어 살아야만 했다. 벽에 걸린 지도를 바라보며 페이페이가 지났을 울퉁불퉁한 진흙밭길을 생각하면 때로 밤새도록 잠을 이룰 수가 없었다. 그것은 완전히 다른 현실이자 햇살 아래 모든 사물이 가려진 음침하고 외진 길이었다. 사실 우리는 매일 이런 길을 걸으면서도 전혀 느끼지 못하는 것은 아닐까? 화자서에서 몰래 빠져나가 수백km 밖 린쩌로 달려가 야오페이페이를 만나보는 건 어떨까 하는 생각도 했다. 심지어 그녀와 함께 떠돌아다니며 동냥으로 생계를 유지하면서 살아가다 불귀의 객이 되면 어떨까라는 환상에 빠진 적도 있었다. 물론 그냥 생각뿐이었다. 곧바로 후회와 자책, 수치심과 공포, 여러 가지 뭐라 딱히 표현할 수 없는 고뇌가 광풍처럼 밀려들었다. 밤이 되면 찾아올 무너질 것 같은 감정의 몸부림과 혼란을 몰아내기 위해 낮 동안 미친 듯이 일을 했다. 뛰어난 노동성과로 인해 어느 날, 화자서 유선방송요원이 그를 찬양하는 통신문을 방송하기도 했다. 쾌판서快板書43) 형식의 〈우리의 순시원을 찬양하라〉라는 제목이었다. 새벽이나 황혼 무렵, 탄궁다가 삽을 어깨에 메고 논밭을 돌아다니는 모습을 보면 영락없는 화자서 토박이 농사꾼이었다.

그날 오전 탄궁다는 흰 두건을 두른 할머니 몇 명과 탈곡장에서 도리깨로 황두黃豆를 내리치고 있었다. 곱사등이 바진이 마치 풍뎅이처럼 잔교를 넘어 다가왔다. 놀라울 만큼 걸음이 빨랐다. 가까스로 탈곡장에 이른 바진은 땀으로 범벅이 되어 숨을 헐떡거리는 와중에도 외발로 서서 담뱃대로 신발 밑바닥을 툭툭 치며 탄궁다를 바라봤다.

"집에서 사람이 왔어요, 어서 가 봐요."

---

43) 쾌판서(快板書): 1950년대 톈진(天津)에서 처음 시작된 민간예술. 두 개의 대쪽으로 된 죽판(竹板)과 다섯 개의 작은 대쪽 사이에 2개의 동판을 낀 절자판(節子板)을 치며 노래한다.

산하는 잠들고

바진이 두꺼운 입술을 헤벌리고 이를 드러내며 웃었다.

집에서 사람이 왔다는 말에 탄궁다는 온몸에 소름이 돋으며 뜨악한 표정으로 넋 나간 듯 바진을 쳐다봤다. 메이청에 집이 있다는 사실을 잊은 지 오래되었는데! 장진팡을 잊고 있었는데! 혹덩어리 라바오를 잊고 있었는데! 떠나기 직전 태어난 강보 속의 아기까지! 그는 바진의 뒤를 따라 바짝 마른 호숫가까지 걸어가고 나서야 돤우端牛라는 아이의 이름이 생각났다. 그래, 단오절에 태어났었지.

장진팡은 두 아이를 데리고 부엌에서 밥을 먹고 있었다. 옆에 커다란 꽃무늬 보따리가 놓여 있었다. 라바오는 갑자기 키가 쑥 컸다. 무명 상의를 수선해 만든 바지가 작아져 종아리가 거의 다 드러났다. 아이의 입에 쌀밥이 가득 들어 있었다. 아이가 낯선 사람을 대하듯 가만히 자신을 바라보았다. 가을바람을 맞아 눈이 벌겋게 부은 장진팡은 그는 거들떠보지도 않은 채 씹어서 으깬 밥을 숟가락에 뱉어 안고 있는 돤우에게 먹였다.

탄궁다는 모자 쪽으로 다가가 군복 외투의 옷깃을 벌리며 손가락으로 아이의 작고 통통한 얼굴을 튕겼다. 아이가 방긋 웃었다. 장진팡이 팔꿈치로 그를 쿡 치며 못마땅한 얼굴로 말했다.

"먼저 가서 손부터 씻어요. 손에 흙먼지가 가득 묻었잖아요. 아이 눈에 들어가면 어쩌려고!"

탄궁다가 재빨리 몸에 묻은 먼지를 털고 물독에서 물을 떠 손을 씻었다. 장진팡이 등 뒤에서 코웃음을 쳤다.

"흥! 당신은 혼자서 이곳에서 팔자 편하게 살고 있군요. 어쩐지 반년이 님도록 집에 편지 한 통 안 부친다 했지. 하얀 쌀밥에 자라탕까지!"

바진이 장진팡의 말에 '헤헤' 웃으며 변명을 늘어놓았다.

"쌀밥은 맞는데 자라탕을 매일 먹는 건 아닙니다. 때마침 여기가 호수를 막아 밭을 만들고 있거든요. 호수의 물을 다 빼내는 바람에 물고기가 남아돌아요. 나랑 탄 형이랑 먹다가 물릴 정도니까. 눈이고 코고 온통 물고기로 가득 찬 것 같다니까요."

이어 그가 바닥의 세숫대야를 가리켰다.

"오늘 아침에도 호수 바닥을 한 바퀴 돌았는데 이렇게 큰 대야 가득 미꾸라지를 잡았어요. 저녁에는 미꾸라지를 구워먹읍시다."

바진은 이렇게 말하고는 배시시 웃으며 집을 나갔다.

탄궁다는 식사 대신 상의 주머니에서 납작해진 담배 한 개비를 꺼내 꾹꾹 눌렀다 편 후 불을 붙였다. 반 년 만의 만남이라 둘 다 갑자기 무슨 말을 해야 좋을지 어색하기만 했다. 장진팡의 표정이 뭔가 문제가 있어 보였다. 위 눈꺼풀이 부어 있는 모습이 바람 때문만은 아닌 듯했다. 라바오는 밥을 다 먹은 후 바닥에 쭈그리고 앉아 대야의 미꾸라지를 만지작거렸다.

"갑자기 웬일이야?"

탄궁다가 멋쩍은 듯 말했다.

장진팡이 눈을 부릅뜨며 짜증을 부렸다.

"내가 안 오면요! 서리도 내렸는데 당신은 뭘 입고 겨울을 날 거예요?"

탄궁다는 아무 대꾸도 하지 않았다. 그의 마음속에 문득 불안한 생각이 일었다. 서리가 내리고 나면 눈이 올 텐데…… 야오페이페이, 겨울옷은 가지고 있을까? 문제는 아직도 페이페이가 린쩌에서 도로 공사에 참여하고 있는지 아닌지 전혀 알 수 없다는 것이었다.

"반년이 넘었어요. 온종일 별이나 보고 달이나 보면서 하염없이 기

산하는 잠들고

다려도 당신은 돈 한 푼 부치지 않으니 어떻게 해요? 화자서 오는 비용
도 렌성이 내준 거라고요."

장진팡이 살짝 몸을 틀어 앉으며 잔소리를 늘어놓았다.

"월급은 연말에나 나와. 모르는 것도 아니면서! 그런데 렌성이 누구
야?"

"우리 옆집 사는 피렌성요. 돼지 잡는 사람, 잊어버렸어요?"

장진팡은 메이청 역시 현 단위에서 시로 승격이 될지도 모른다고
했다.

"아마 다음에 오면 집이 어딘지 못 찾을지도 몰라요. 듣자 하니 허
비 지구위원회의 각 기관이 메이청으로 옮긴대요. 지금 높은 관리들이
대대적으로 메이청에서 회의를 열고 있어요. 우리가 사는 시진두 연지
항 일대도 모두 옮길 거라네요. 다만 어디로 옮겨갈지는 모르고요."

탄궁다는 장진팡의 말에 반신반의했다.

"그건 사람들 사이에 떠도는 소문이야? 아니면 홍두문건紅頭文件(중앙
당정黨政 지도부에서 공포한 문건)으로 나붙은 거야?"

"그건 나도 모르겠어요. 피렌성이 그랬어요. 그 사람이야 하루 종일
밖에서 돼지를 잡느라 여기저기를 다니니 소식에 정통해요."

"그럼 원래의 메이청현은 어떻게 하고?"

"푸지현으로 바뀐대요. 현 기관은 여전히 메이청에 있고, 지도자들
도 대대적으로 바뀐대요. 도처에 굴삭기예요. 길을 넓히고 큰 건물을
짓고, 강변에는 성에서 가장 큰 발전소를 만든다고 하더라고요. 지금 메
이청은 온통 뒤죽박죽이에요. 피렌성에게 지구위원회와 현위원회가 같
은 곳에서 일을 하면 싸움은 없어지겠다고 말했어요. 그런데 피렌성 말
이 그건 중요한 게 아니라고 했어요. 베이징에 당 중앙이 없다면 베이징

시가 있겠냐고 하더라고요."

또 피렌성이다.

탄궁다는 장진팡이 말끝마다 피렌성을 들먹이자 눈앞에 문득 기골이 장대한 돼지백정 모습이 떠올랐다. 하지만 그의 얼굴은 흐릿하니 기억나지 않았다. 그저 그자가 매일 도축용 쇠꼬챙이를 들고 아침 일찍 나갔다가 저녁에 돌아오는 모습만 기억이 났다. 뾰족하거나 얇은 각종 칼, 갈고리, 대패 등을 쇠꼬챙이 한쪽 끝에 묶어 길을 걸어갈 때마다 도구들이 짤랑거렸다. 피렌성은 돼지 잡는 일뿐만 아니라 마을 안팎 소식이나 각종 소문에 관심이 많았다. 그는 자신도 모르게 뒤돌아 아내를 바라봤다. 무슨 이유인지 장진팡의 얼굴이 빨개졌다.

잠시 후 탄궁다는 아내에게 설에 자기가 집으로 돌아갈지, 아니면 그녀가 아이들을 데리고 화자서에 올 건지 물었다.

"당신도 올 필요 없고, 나도 오지 않을 거예요."

이렇게 말한 후 장진팡이 손을 들어 눈을 닦았다. 어리둥절해진 탄궁다가 무슨 뜻인지 물으려 입을 여는 순간, 곱사등이 바진이 어디서 가져왔는지 철사를 엮어 만든 침대 하나를 구해 들어왔다. 이마가 온통 땀으로 번들거렸다.

그가 침대를 부엌까지 끌고 와서 탄궁다에게 말했다.

"네 식구가 침대 하나에 자기에는 너무 비좁아요. 내가 군용 침대를 구해왔으니까 아이는 여기에 재워요. 그리고 내가 대신 휴가 신청을 해 놨으니 오늘은 편하게 쉬고 오후에도 작업 나올 필요 없어요."

말을 마친 바진은 물독으로 가서 물을 한 통 퍼서 걸레를 빨아 침대를 꼼꼼하게 닦았다. 이를 본 장진팡이 재빨리 아이를 탄궁다에게 맡겨놓고 바진을 거들러 갔다. 전보다 더 뚱뚱해진 모습이었다. 그녀의 통

산하는 잠들고

통한 발등 때문에 천 신발의 고리가 떨어져나갈 것만 같았다.

밤이 되자 하루 종일 힘들었던 라바오는 일찌감치 철사침대에 누워 잠이 들었다. 장진팡과 탄궁다는 돤우를 데리고 침대에 앉아 이야기를 나눴다. 두 사람이 각자 자신의 생각대로 서로 다른 이야기를 하는 바람에 대화가 이루어지지 않았다. 곱사등이 바진이 특별히 빨간 마름한 그릇을 수북하게 가져다줬다. 어색한 침묵이 흘렀고, 그들은 마름을 건드리지도 않았다.

"이 집에서 왜 뭔가 탄 냄새가 나죠?"

장진팡이 투덜거리며 침대에서 뛰어내렸다. 온몸의 살이 심하게 흔들렸다. 그녀가 여기저기를 쿵쿵거리며 냄새를 맡았다.

"냄새가 나는데! 재 냄샌데……, 방에서 뭐 태워요?"

탄궁다는 더욱 심란해졌다. 창밖에는 잎이 다 떨어진 금은화 덤불 속에 둥글고 커다란 달이 숨어 있었다. 밤이지만 화자서의 사람들은 호수 개조 현장에서 등불을 켜고 야간작업을 하고 있었다. 수시로 도란도란 나누는 말소리와 함께 가끔씩은 구호를 외치는 소리도 들렸다. 지금쯤이면 페이페이도 잠이 들었겠지. 그 애도 저 가을 달을 바라보고 있을까? 장진팡이 그의 옆에 앉아 뭘 보고 있는지 물었다. 왜 말을 한마디도 안 해요? 탄궁다는 잠시 생각해보다가 어쩔 수 없이 툭 한마디 던졌다.

"자자."

이어 그는 침대 머리맡 전등을 껐다. 한밤중에 등이 축축했다. 장진팡이 흐느껴 울고 있었다. 탄궁다가 게슴츠레 눈을 떴다. 달이 더 밝게 느껴졌다. 그는 굳은살이 잔뜩 박인 장진팡의 커다란 손을 잡았다. 갑자기 장진팡이 울먹거리며 말했다.

"여보, 나 원망하지 않을 거죠?"

"당신을 원망한다고?"

잠이 덜 깬 탓에 엉겁결에 목소리가 크게 나왔다.

"내가 왜 당신을 원망해?"

"내가 만약……."

그녀가 더 구슬프게 울기 시작했다. 그녀가 모기장을 걷고 코를 풀더니 침대 가장자리에 콧물을 문질러 닦았다.

"만약 내가 당신에게 미안한 일을 했다면요?"

탄궁다는 깊이 한숨을 내쉰 후 몸을 돌려 작은 소리로 말했다.

"혹시 그 피렌성과 관계된 일이야?"

"어, 어떻게 알았어요?"

장진팡이 의아한 눈초리로 그를 바라봤다. 달빛 아래 비친 그녀의 커다란 얼굴이 마치 거울처럼 느껴졌다. 탄궁다는 그녀의 얼굴에서 차가운 자신의 시선을 느꼈다. 장진팡에 대해 조금 미안한 감정을 갖고 있었는데, 이젠 그 감정마저 모두 달아나버렸다. 내 추측이 맞았군. 정말 일이 있었군! 이 여자와 돼지백정 피렌성 사이에 무슨 일이 있을 거라고 이미 짐작했어!

장진팡이 훌쩍거리며 굳이 핑계를 대자면 그날 탕 끓이는 양은솥이 망가진 게 문제였다고 말했다. 솥의 나무자루 나사가 헐거워져 손잡이가 빠지는 바람에 옆집에 드라이버를 빌리러 갔는데…….

"피렌성, 그 개 같은 새끼가 그날 하필이면 돼지를 잡으러 나가지 않았더라고요. 하필 그 사람 누나도 집에 없었고요. 낡은 대나무 침상에 누워 라디오를 듣고 있었어요. 그 자식을 보는 순간 심장이 덜컹 내려앉아 뒤돌아 나가려고 하는데 피렌성이 일어나 앉으며 음흉하게 웃었어요. '아주머니 무슨 일이에요?'라고 묻기에 양은솥 나사가 헐거워져 손잡이가 빠지는 바람에 손잡이를 끼울 드라이버를 빌리러 왔다고 말했어요. 그 개새끼가 눈빛이 이상하게 빛나더니 반바지를 아래로 내리며 웃었어요. '아주머니, 여기도 긴 자루가 하나 있는데 내가 대신 끼워 드릴까?'라고 했어요. 짐승, 그 짐승 같은 놈이 날 확 잡아당기더니 침대로 눕히더라고요. 침대가 왕창 무너졌어요. 고개를 들었더니 머리 위 들보에 쇠고리로 매달아 놓은 돼지 한 마리가 보였어요. 그 돼지에서 피가 내 얼굴로 뚝뚝……."

탄궁다는 조용히 그녀의 말을 들으며 한참 동안 아무 말도 하지 않았다. 오후 내내 그의 머릿속에는 그녀가 말한 상황이 수없이 떠올랐었다. 그런데 그의 머릿속에 떠오른 장면은 장진팡이 말한 것과 별로 비슷하지 않았다.

장진팡이 팔로 그를 툭 쳤다.

"아니, 당신……, 왜 전혀 화를 안 내요?"

"화 안 나. 화 안 난다고."

그는 한참 동안 그녀를 위로해 줄 말을 생각하다가 나중에는 그냥 그녀의 둥근 등을 쓰다듬은 후 불쑥 이렇게 말했다.

"당신, 당신 그때 괴로웠어?"

그런데 뜻밖에도 장진팡이 조금 전보다 더 심하게 울음을 터트렸다.

"차라리 괴로웠으면……."

장진팡이 갑자기 그를 꼭 껴안더니 아이와 아래층 바진은 아예 신경도 쓰지 않은 채 머리를 그의 품에 묻고 대성통곡을 하기 시작했다. 장진팡의 울음에 탄궁다는 마음이 복잡했다. 이불을 잡아당겨 자신의 얼굴을 덮었다. 다행이야, 페이페이가 아니니! 페이페이를 린쩌까지 데리고 간 트럭 기사는 왜 그녀에게 그렇게 잘해줬을까? 게다가 사탕수수까지 가져다주고! 입으로 사탕수수 껍질까지 벗겨주고…… 그는 또 다른 피롄성은 아닐까? 그런데 페이페이는 그 기사에게 호감을 가진 것 같았다. 눈을 감자 머릿속이 온통 페이페이의 모습으로 가득 찼다. 마치 그녀가 임시로 옥수수 밭에 친 작업장 천막 속 침대에 비스듬히 누워 사탕수수를 먹으며 피롄성 같은 기사를 향해 바보 같은 웃음을 날리고 있는 모습을 보고 있는 듯했다. 웃는 모습은 또 얼마나 애매하고 위험한가! 탄궁다의 마음이 조금씩 내려앉으며 아무리 애를 써도 잠을 잘 수가 없었다.

장진팡은 다음 날 아이를 데리고 화자서를 떠났다. 그들을 뽕나무 밭 옆 나루터까지 배웅했다. 뽕나무 잎이 다 떨어져 몇몇 인민공사 사원들이 장갑을 끼고 뽕나무 가지를 자르고 있었다. 배가 막 언덕을 떠나갈 무렵 장진팡이 다시 울기 시작했다. 그녀는 한 손으로는 라바오를 붙잡고, 다른 한 손으로는 어린 돤우를 안고 있었다. 세 사람이 멍하니 탄궁다를 바라봤다. 갑자기 배가 속도를 높이자 그녀는 중심을 잡지 못하고 비틀거렸다. 멀리서 장진팡이 있는 힘을 다해 탄궁다에게 고함을 질렀다.

"탄궁다! 탄궁다! 내가 당신 대신 아이 잘 키울게요."

그녀는 탄궁다를 여보, 또는 궁다라고도 부르지 않았다. 마치 결별의 뜻을 담은 호칭 같았다. 탄궁다는 그녀가 메이청으로 돌아가면 아마도 곧바로 자신의 언니와 남동생이 사는 곳으로 이사하여 같이 살 거라고 생각했다. 어쩌면 벌써 같이 살고 있을지도 모른다(그럴 가능성이 더 컸다). 한참을 언덕에 서 있던 탄궁다는 마음이 허전했다. 다시 고개를 들

산하는 잠들고

어 모자 셋의 모습을 찾아보려 했지만 배는 이미 멀리 사라져 호수 위 아주 작은 점이 되어 있었다. 순식간에 그 작은 점 역시 시들고 바짝 마른 갈대숲으로 들어가버렸다.

장진팡이 떠난 지 이틀도 되지 않아 메이청에서 회색 제복을 입은 사람 둘이 나타나 자신들을 현 기관의 민정과 인민조정요원이라고 소개했다. 그들은 장진팡이 대리인을 통해 작성하고 지장을 찍은 〈이혼신청서〉를 내밀었다. 신청서를 받아들었다. 그가 보지도 않고 그냥 서명을 하려 하자 조정요원이 엄숙하게 그를 제지했다.

"우리는 이혼에 동의하는 서명을 하라고 온 게 아닙니다. 오히려 당신의 혼인을 유지시켜 주려고 왔습니다!"

"유지? 그런 것은 필요 없습니다. 조정요원 동지, 애쓸 필요 없습니다. 완전히 동의합니다."

탄궁다가 성가신 듯 말했다.

"그렇게 말하는 건 옳지 않습니다. 혼인과 가정은 우리 사회의 가장 작지만 또한 가장 중요한 결합조직입니다. 가정의 화해와 행복은 사회 안정, 당과 국가의 안위에 연결됩니다. 어린애 장난처럼 보면 안 됩니다! 당신 생각에 부부 감정이 이미 완전히 파괴되었다고 할지라도 우리는 진지하게 조정 절차를 하나씩 밟아야 합니다. 메이청의 여성연합회 동지들 역시 장진팡 동지의 사상공작에 들어갈 것입니다. 요컨대 이혼 여부에 관해 우리는 당신이 엄숙하고 책임 있는 태도를 취하기 바랍니다. 오늘은 먼저 여기까지 말하고 3개월 후에 다시 오겠습니다."

"만약 3개월 후에도 여전히 이혼을 하겠다는 마음이면요?"

"6개월 후에 세 번째 절차가 있습니다. 당신들이 이혼하지 않겠다고 결정하고 이혼신청을 철회할 때까지입니다. 전체 과정은 3, 4년 걸립

니다. 그때에도 이혼을 하겠다면 구체적인 상황을 봐서 또 다른 절차
를······."

7

섣달그믐 전날 밤, 바람의 방향이 동쪽으로 바뀌며 하늘이 어스레
해지더니 갑자기 눈이 내렸다. 커다란 눈송이가 '쉭쉭' 추운 바람과 함
께 미친 듯이 흩날렸다. 대설은 다음 날 아침까지 계속되었다. 탄궁다가
침대에서 일어나니 찬란한 태양이 하늘 높이 솟아 있었다. 북쪽 창문
밖 처마 밑에 줄줄이 고드름이 매달려 있었고, 호수바닥이 온통 눈으로
뒤덮여 있었다.

작업장의 붉은 깃발들이 햇살 아래 유난히 아름다웠다. 호수 바닥
에 7, 8명의 사람이 흙을 지고 나르는 모습이 보였다. 어제 오후 공사에
서 휴가를 발표했던 걸로 기억하는데 오늘도 왜 일을 하고 있지? 화자
서 방향에서 은은하게 북소리가 울려 퍼졌다. 하지만 그는 그다지 진지
하게 듣지 않았다. 침대에 나른하게 누워 담배를 피우는데 갑자기 아래
층에서 누군가 그를 불렀다.

샤오사오였다. 지지배배 새 울음소리 가운데 그녀의 웃음소리가 섞
여 있었다. 탄궁다가 옷을 입고 막 계단을 내려가려는데 끙끙대는 곱사
등이 바진의 목소리가 들렸다.

"왼쪽, 왼쪽, 위, 다시 조금만 아래쪽으로, 그래, 힘껏······."

아래층으로 내려가던 탄궁다는 절로 웃음이 나왔다. 샤오사오가

바진의 가려운 곳을 긁어주고 있었다. 바진은 두 손을 벽에 대고 몸을 구부리고 있었고, 아마도 샤오사오가 가려운 곳을 정확히 긁었는지 시원해서 입이 헤 벌어져 있었다.

샤오사오는 오늘 새로 지은 솜옷을 입고 있었다. 흰 바탕에 초록색과 암홍색 꽃무늬가 그려진 솜옷이었다. 목에는 빨간 스카프를 두르고 있었다. 그녀의 얼굴이 바람 때문인지 벌겋게 달아올라 있었다. 탄궁다가 내려오는 것을 보고 바진이 농담을 던졌다.

"샤오사오, 요게 어디 내 가려운 곳을 긁어주려 했겠어? 분명히 내 굽은 등이 어떻게 생겼는지 궁금해서 만져보고 싶었던 거지."

이렇게 말하며 커다랗고 누런 이를 드러냈다.

샤오사오가 바진의 말에 표정이 샐쭉해지며 화가 난 것처럼 손을 거두고 등을 내리쳤다.

"못된 바진! 실속은 다 챙기고 괜히 인심이라도 쓴 것처럼 말하네요? 누가 그 혹이 궁금하기나 하대요? 꼭 둥근 대갈통 같아가지고, 미끈미끈한 게 속이 울렁거리는데! 피!"

노인과 어린 애 둘이서 문 앞에서 입씨름을 벌이며 한바탕 웃고 떠들었다. 탄궁다는 이미 이를 닦고 세수를 마친 상태였다. 샤오사오가 그를 데리고 인민공사 신년다과회에 갈 참이었다. 시간은 오전 10시였다. 행사에 늦을까 봐 바진이 그들을 재촉했다.

"밥은 먹을 필요 없고. 단체 세배를 하고 나면 과일이랑 먹을 것이 있으니까 요기를 할 수 있어."

탄궁다는 샤오사오를 따라 샹양여관을 나와 '뽀드득, 뽀드득' 언 눈을 밟으며 인민공사로 향했다. 막 잔교로 올라갔는데 샤오사오가 갑자기 뒤돌아 햇빛에 손의 앞, 뒤 양쪽을 살펴보더니 탄궁다에게 말했다.

"못된 바진, 못된 곱사등이! 내 손 좀 봐요."

그녀는 아침에 바진에게 회의 통보하러 들렀다가 바진이 마치 소처럼 등을 벽에 대고 긁적이고 있는 모습을 보았다. 샤오사오는 농담으로 등이 가려우면 자기가 긁어주겠다고 했다.

"원래는 그냥 농담이었는데 빌어먹을 바진 그 영감태기가 글쎄 엉덩이를 쭉 내밀며 정말 긁어달라는 것 있죠! 빌어먹을 곱사등이 영감태기! 일 년 내내 목욕도 안 하는지 온몸에 개기름이 줄줄 흐르잖아요. 가려운 곳을 긁어주고 났더니 다섯 손가락 손톱에 때가 잔뜩 끼었어요. 돌아가서 솔로 박박 비벼 닦아야겠어요."

잔교에 두껍게 쌓인 눈이 햇빛을 받아 보송보송 부드러웠다. 신발바닥이 조금 미끄럽기도 했다. 샤오사오는 탄궁다의 두 다리가 휘청하는 것을 보고 재빨리 뒤돌아 그의 한쪽 팔을 잡았다. 정말 자연스러운 행동이었는데도 불구하고 호수 바닥에서 작업을 하고 있는 사람들은 약속이나 한 듯 일을 멈추더니 의심이 가득한 눈초리로 소매에 양 손을 넣고 두 사람 쪽으로 시선을 돌렸다.

"공사는 안 쉬어? 왜 아직도 사람들이 일을 해?"

탄궁다의 음성이 조금 떨렸다. 그의 손이 샤오사오의 부드럽고 매끄러운 솜옷을 스쳤다. 솜옷 표면은 차가웠지만 그녀의 몸에서 은은하게 분 냄새가 풍겼다.

"분명히 인민공사 열성분자들이겠지, 그렇지?"

"물론 아니에요. 흑오류黑五類(문화대혁명 당시 지주, 부농, 반혁명분자, 악질분자, 우파분자)들이에요. 인민공사 규정에 따라 명절이나 휴가에도 반드시 모두 노동에 참가하고, 인민공사 사원들로부터 감독개조를 받아요."

산하는 잠들고

탄궁다가 고개를 끄덕였다.

쨍, 쨍! 징소리에 그의 시선이 소학교 운동장으로 쏠렸다. 그곳에 앙가를 부르는 사람들이 떠들썩하게 징과 북을 울리며 오색 리본을 날리고 있었다. 젊은 친구들 몇 명은 눈 쌓인 호수에서 죽마를 타고 놀고 있었다. 그들을 보고 있으려니 행여 죽마에서 미끄러지지나 않을까 탄궁다는 진땀이 흘렀다.

"인민공사의 앙가대에요. 탄 동지랑 같이 배 타고 화자서에 온 그 사람들요. 저 사람들은 지금 희소식을 알리고 있는 거예요."

"희소식이 뭐가 있는데?"

"모범노동자, 선진생산자, 백 세 이상 노인, 물론 열사의 유족 및 군인 가족도 들어가죠."

"빨간색 완장을 찬 사람들은 누구야?"

탄궁다가 장랑에 앉아 있는 사람들을 가리키며 물었다.

"이풍역속 사무실 사람들이에요. 관례대로 순찰을 돌다가 너무 피곤해서 장랑 아래에서 쉬고 있는 거예요."

이야기를 하는 동안 두 사람은 잔교 끝에 이르렀다. 장랑에 쌓인 눈은 이미 깨끗이 청소가 되어 있었고, 어떤 곳은 재가 뿌려져 있었다. 공기 중에 고기 냄새가 났다. 어디선가 도마를 내리치는 소리도 들렸다. 샤오사오는 공사식당의 주방장이 오늘 저녁 연야반年夜飯(음력설 전날 식사)을 준비하느라 바쁘다고 했다. 화자서의 관례에 따르면, 저녁에 모든 사원들이 함께 모여 만두를 빚고 합동으로 설을 쇤다고 했다.

"조금 전 식당에 가서 관리원인 랴오밍후이에게 탄 동지를 우리 탁자에 앉도록 좌석표를 조정해달라고 했어요."

"왜 좌석표를 조정해?"

샤오사오가 장난기 가득한 괴상한 표정을 지으며 웃었다.

"귀충년을 만나기 전까지는 우리 소관이거든요."

샤오사오의 말에 탄궁다는 기분이 좋았다. 정말 착한 애야! 하루 종일 희희낙락 저렇게 표정이 밝으니! 도무지 번뇌라는 건 애초에 모르는 아가씨 같았다. 근심걱정 하나 없는 샤오사오는 게슴츠레한 눈빛의 사원들과는 너무도 대조적이었다. 탈곡장 부근에 이르렀을 때 탄궁다는 다시 한 번 걸음을 멈췄다. 10여 명의 해방군 전사들이 주먹 쥔 손의 손바닥을 하늘로 향한 채 허리에 붙이고 탈곡장을 따라 달리고 있었다. 모자의 금장이 햇살 아래 반짝였다.

"어? 여긴 인민공사에도 군대가 있어?"

탄궁다가 뒤돌아 보며 그녀에게 물었다.

"아뇨, 올해 대풍작을 경축하기 위해 인민공사에서 특별히 부대에 연락해 손님들을 초청했어요. 저녁에는 불꽃놀이공연도 할 거예요."

샤오사오가 다시 유쾌하게 웃음을 터트렸다.

"그렇게 여기저기 둘러보느라 자꾸만 가다서다 하면 어느 세월에 인민공사에 가겠어요?"

그들은 15분이나 늦게 인민공사 회의실에 도착했다. 다과회는 벌써 시작한 후였다. 회의 탁자는 타원형으로 단정한 차림의 사람들이 세 겹으로 둘러앉아 있었다. 샤오사오가 그를 잡아 문 옆에 비어 있는 두 자리 중 하나에 앉혔다. 탁자에는 해바라기씨, 땅콩, 쌀로 만든 간식, 사탕 등이 가득 놓여 있었다. 샤오사오는 그가 아침을 안 먹었다는 것을 알고 있었기에 앉자마자 바나나 하나를 집어 껍질을 벗긴 후 그에게 줬다. 바나나를 받아 막 입에 넣으려던 탄궁다는 회의 참석자들의 표정이 지나치게 엄숙한 것이 눈에 띄었다. 사람들이 모두 똑같은 빨간 색연필을 들고 회의 자료에 뭔가를 쓰고 있었다. 창피한 마음에 탄궁다는 바나나를 내려놓고 다른 사람들처럼 연필을 집어든 다음, 긴장한 표정으로 그럴듯하게 회의 자료에 줄을 긋기 시작했다.

삼사십 대로 보이는 중년의 남자가 발언을 하고 있었다. 제복 단추를 단단히 채우고, 머리를 뒤로 빗어 넘기고, 상의 주머니에 만년필 몇 자루를 꽂고 있었다. 중산복中山服 차림에 짙은 회색의 낡은 나사羅紗 외투를 입고 있었다. 그는 빠르지도 느리지도 않게, 말끝마다 마지막 세 글자를 반복했다. 경력이 만만치 않은 간부임을 한눈에도 잘 알 수 있었다. 업무보고를 하는 그의 목소리가 높아질 때마다 단상 아래 청중들이 우레와 같은 박수로 화답했다. 탄궁다가 그의 발언내용을 통해 신분을 파악하려고 하고 있을 때 샤오사오가 회의기록지 한 장을 살며시 그에게 내밀었다.

왜 안 먹어요? 바나나에 독 없는 거 확실해요.

샤오사오가 보여준 뜻밖의 행동이 그의 마음에 파문을 일으켰다. 야오페이페이가 생각났다. 회의 때마다 페이페이는 종이에 뭔가를 적어 옆 사람과 이야기를 나누며 회심의 미소를 지었다. 단상에 앉아 있던 탄궁다는 그런 모습을 정확하게 볼 수 있었다. 매번 그런 모습을 볼 때마다 호되게 야단을 쳤지만 페이페이는 항상 제멋대로였다. 도무지 바로 잡을 방법이 없었다. 그런데 뜻밖에 오늘 샤오사오도 똑같은 행동을 하다니! 시간이 거꾸로 흐르는 듯했다. 정말, 정말 방법이 없어! 모든 상황이 암암리에 그녀를 향하고 있었다. 그는 송이를 잡아당겨 그 밑에 적었다.

지금 발언하는 사람이 궈충녠 아냐?

샤오사오가 그 즉시 답장을 보냈다.

아니에요.

이어 백발의 노인이 발언을 했다. 박수소리가 2, 3분 이어진 데다 긴 수염하며, 분위기가 심상치 않았다. 탄궁다가 재빨리 종이에 '이 사람?'이라고 썼다.

샤오사오가 조금 길게 답장을 보냈다.

이 사람도 아니에요. '푸샹가오'甫向高라고 중심中心소학교 교장선생님이에요. 창문 방향 보세요. 거기 자리 비어 있어요. 난로 옆이요.

탄궁다가 몸을 돌려 사냥 모자를 쓴 키 큰 사람 옆을 보니 정말 한 자리가 비어 있었다. 특별한 사람을 위해 남겨둔 자리가 분명했다. 아마도 궈충녠일 가능성이 높았다. 의자가 다른 사람의 것보다 훨씬 크고 커다란 팔걸이와 목 쿠션이 달려 있었으며, 자리 앞에는 만개한 납매 한 떨기도 놓여 있었다. 마이크 세 개가 나란히 놓여 있었는데 마이크마다 빨간 비단이 덮여 있었다. 사람은 아직 입장 전이었지만 백자 찻잔과 연필, 회의 자료들이 놓여 있었다. 궈충녠은 회의에 오지 않았지만 탄궁다는 웬지 그가 현장에 있다는 느낌이 들었다. 의자와 물건들이 마치 소리 없는 눈동자처럼 회의장 전체를 훑어보며, 자리에 없는 그가 각 부서책임자들의 보고를 듣고 있는 듯했다. 궈충녠이 시종일관 신비스러운

산하는 잠들고

상징적 인물로 화자서의 모든 것을 지휘하고 있다고 하니, 이 모든 배치가 또 다른 깊은 의미를 간직하고 있음이 분명했다.

뒤이어 탄궁다는 놀라운 광경을 목격했다. 회의 참석자 사이를 오가는 여자 종업원(모두 동일한 복장으로 흰 장갑을 끼고, 동일한 서비스 마크를 달고 있었다)이 십여 분 간격으로 그 빈자리의 찻물을 바꿔주고 있었다. 왜 출석도 안 한 사람의 차를 바꿔주고 있는 거지? 좀 지나친 행동 아닐까? 탄궁다는 아무리 해도 이해할 수가 없었다.

가까스로 회의가 끝나고 인민공사 마당 눈부신 햇살 아래에서 그가 샤오사오에게 질문을 했다.

"그건 궈충녠이 언제든지 회의에 올 수 있기 때문이에요. 회의에 오는지 여부는 아무도 장담 못해요."

"그럼 전에도 회의 도중에 궈충녠이 갑자기 들어온 적이 있었어?"

"아뇨, 한 번도 없었어요."

샤오사오가 목소리를 낮췄다.

"하지만 다음 회의에도 그가 나올지 안 나올지 장담할 수 있는 사람은 아무도 없어요. 애들처럼 장난기가 많아서요. 때로 변덕이 죽 끓듯할 때도 있대요. 그의 머릿속에 어떤 이상한 생각이 떠오를지 예측할 수 있는 사람은 아무도 없대요. 언젠가는 새벽 두 시에 비서를 통해 인민공사 전체 비상회의를 소집한 적이 있었대요. 그런데 살을 에는 바람을 뚫고 모두 집합하고 나니까 또 다른 비서를 보내 일방적으로 회의를 취소했다고 하더라고요."

탄궁다가 다시 무슨 말인가를 하려했지만 샤오사오가 저녁 공연을 걱정하며 인민공사 문화국에 리허설을 하러 간다고 하는 바람에 두 사람은 마당에서 헤어졌다.

그러나 막상 저녁이 되어 탄궁다는 공사식당에 마련된 임시무대에 오른 무대에서 샤오사오의 모습을 볼 수 없었다. 대신 그녀는 혼자 탁자 옆에 앉아 김이 모락모락 나는 음식을 쳐다보고 있었다. 답답하고 울적해 보였다. 자기와 샤오사오 사이에 세 사람이 더 앉아 있었기 때문에 말을 건네기가 불편해 눈짓만으로 그녀의 기분을 돌려보려 했다. 그런데 샤오사오는 아예 그를 못 본 척 상대도 하지 않았다.

바로 그때 탄궁다 오른 쪽에서 이가 다 빠진 합죽이 노인이 갑자기 술잔을 들고 부들부들 떨면서 자리에서 일어나 그에게 건배를 청했다. 탄궁다는 엉겁결에 그를 부축하느라 자신도 자리에서 일어나며 그와 몇 마디 대화를 나누었다. 다시 자리에 앉으려는 순간 그는 문득 샤오사오가 자리에 없는 걸 발견했다. 탁자에 자리한 사람들 모두 돌아가며 그에게 건배 제의를 했고, 젊은 여자 하나가 이따금 그의 그릇에 요리를 놓아주었지만 그는 전혀 흥이 나지 않았다. 어쩔 수 없이 술 몇 잔을 마셨다. 그리고 연야반 자리가 시작된 지 얼마 되지 않아 몸이 불편하다는 핑계로 사람들에게 작별인사 겸 새해 축하인사를 하고 혼자 식당을 나왔다. 얼어붙은 눈길을 걸어 샹양여관으로 향했다. 샤오사오에게 무슨 안 좋은 일이라도 있었던 걸까? 잔뜩 인상을 쓴 데다 눈이 이따금 반짝이는 것을 보니 울고 있었던 것 같은데. 마음이 놓이지 않았지만 달리 방법이 없었다.

곱사등이 바진도 연야반 모임에 오지 않았다. 그가 기르던 늙은 암퇘지가 그저께 밤에 새끼를 낳았으니 아마도 지금쯤 돼지들을 돌보고 있지 않을까?

부엌과 거실은 칠흑처럼 어두웠고 다만 바진의 침실에만 불이 밝혀져 있었다. 종이 창문 너머의 등불이 서쪽 창 아래 빗자루와 분뇨통 두 개를 환하게 밝혔다. 집안에 사람 그림자가 어른거렸다. 높은 소리로 한껏 웃고 떠드는 소리가 들렸다. 아마도 가족들과 함께 설을 쇠고 있으리라. 그런데 이상하게도 창문 아래 이르니 실내의 웃음소리, 이야기소리가 뚝 그치고 라디오의 8시 뉴스 방송만 흘러나왔다. 몽고 총리 체덴발 Tsogzolmaa Tsedenbal(1916~1991)이 중국을 방문한다. 《인민일보》에서 〈레닌주의와 현대수정주의〉라는 논설을 발표…….

이층 자기 방으로 올라와 불을 켠 탄궁다는 깜짝 놀랐다. 그의 탁자 위에 멋진 과일바구니가 놓여 있었다. 바구니 안에는 빨간 국광 사과, 잘 볶은 땅콩, 과일사탕 한 봉지가 들어 있었다. 아마도 공사에서 특별히 마련한 신년 선물 같았다. 바구니 옆에 모란^{牡丹} 담배도 보였다. 메이청에서 현장으로 있을 때도 잘 피울 수 없던 상표였다. 어느 핸가 첸다쿼이 어디서 구해왔는지 모란 담배 한 갑을 설 선물로 줬다. 그때도 그는 메케하기 그지없는 광영 담배를 한 갑 피운 후에야 겨우 모란 한 개비를 꺼내 입을 행구는 식이었다. 이것만 봐도 화자서의 경제력과 부를 가늠할 수 있었다.

바구니 속 호두 봉지 아래 밀봉을 안 한 봉투가 있었다. 탄궁다가 열어보니 안에는 그에게 보내는 새해인사 편지가 있었다. 편지 서두에는 예나 다름없이 마오 주석의 어록이 적혀 있었다.

우리 모두 오호사해^{五湖四海}(전국 각지)에서 공동의 혁명 목표를 위해 함께 모였습니다.

대충 되는대로 베껴 쓴 것이 아니었다. 편지를 쓴 사람이 그에게 주는 새해인사 편지에 적당한 내용을 정성껏 고른 것이 분명했다. 매우 적절한 표현이었다. 이어 발신자는 인민공사를 대표해 아홉 달 넘게 멀리 고향을 떠나 화자서 인민공사의 건설을 위해 애써 준 노고에 감사하며, 화자서 1천 6백여 주민에게 보여준 깊은 계급적 우정에 감사한다고 썼다. 아울러 그가 계속해서 인민의 순시원을 맡아 열심히 일해줄 것을 당부하고 화자서에 대해 많은 지도와 비판을 아끼지 말아달라고 하면서 화자서에서 진행될 전대미문의 위대한 사업에 계속해서 자신의 역량을 다해줄 것을 기대한다는 내용을 적었다. 비록 모두 상투적인 이야기지만 이런 특별한 밤, 특히 만년필로 직접 쓴 편지에 탄궁다는 따뜻한 온기를 느꼈다. 끝부분에는 다음과 같은 내용이 적혀 있었다.

> 친애하는 순시원 동지, 당신과 조석으로 함께하는 사이 당신이 항상 기침을 하고 심하게 담배를 피우는 것을 발견했습니다. 흡연이 나쁜 습관은 아니지만 많이 피우면 어쨌거나 몸에 좋지 않습니다. 좀 적게 피울 수 있겠습니까?

필적이 매우 힘이 있고 몇 곳은 번체자로 적힌 걸 보니 어느 정도 나이가 들고 문서 관련 일을 한 사람인 것 같았다. 또한 편지의 말미 어투에서 여성스러운 섬세함도 엿보였다. 그는 발신자의 모습을 상상하며 (물론 샤오샤오일 리가 없었다) 자신도 모르게 감동이 벅차올랐다. 문득 일년 내내 두문불출하는 귀충녠의 괴이한 행동이 사실 매우 통찰력이 뛰어난 선택이라는 생각이 들었다. 그에게 편지를 쓴 상대가 한 개인이 아니라, 그가 밤이나 낮이나 메이청에서 건설하고자 했던 인민공사라는 생각이 들자 하마터면 눈물이 쏟아질 뻔했다. 인민공사를 실제로 볼 수 있는 사람은 없었지만 인민공사는 없는 곳이 없었다. 화자서에 온 후 정작 서기를 만날 수 없다는 현실로 인한 답답한 느낌, 자신이 메이청에서 실패했다는 분노로 인해 어떻게 해서든지 화자서의 폐단을 찾아내 위안을 삼고자 했다. 그런데 불행하게도 그의 모든 노력은 지금까지 거의 다 실패로 돌아가고 말았다.

자정이 되어 불꽃놀이 소리에 놀라 잠에서 깬 탄궁다는 자신이 신발도 벗지 않은 채 다리까지 꽁꽁 얼어붙어 침대에 누워 있는 것을 발견했다. 머리가 깨질 듯이 아픈 데다 목이 타는 듯이 심한 갈증을 느꼈다. 손을 뻗어 탁자 위 보온병을 흔들어봤지만 텅 비어 있었다. 폭죽이 연이어 어두운 밤하늘로 솟구쳐 올라 화자서를 대낮같이 환하게 밝혔다. 하늘에서 터지는 우산 모양 불꽃에서 유성이 흩어지고 요란한 폭죽 소리가 들려왔다. 환한 불꽃에 탈곡장에 모인 아이들의 신나면서도 어리둥절한 얼굴도 볼 수 있었다.

문을 열어보니 아래층에 어렴풋이 불빛이 보였다. 곱사등이 바진도 잠을 자지 않고 있나 보다. 그는 바진에게 차 마실 끓인 물을 얻으려 찻잔을 들고 아래층으로 내려갔다.

바진의 방문은 잠겨 있지 않았다. 문틈으로 새어나오는 한 줄기 불빛이 계단 입구의 커다란 얼룩 고양이를 비췄다. 탄궁다가 가만히 문을 밀었다. 안에는 아무도 없었다. 곱사등이 바진의 침실에 들어간 건 처음인데 주인이 없으니 마음이 조금 불편했다. 방안은 어지럽기 짝이 없었다. 잡동사니가 잔뜩 쌓여 있고, 나무 탁자가 한가운데 놓여 있으며 사방에 걸상이 놓여 있었다. 바닥은 온통 담뱃재였다. 탁자에 찻잔이 놓여 있는데 수를 세어보니 모두 일곱 개였다. 새해인사를 온 손님용이었던 것 같았다. 찻잔 몇 개에서 아직도 김이 오르는 것으로 보아 손님들이 방금 나간 모양이었다. 곱사등이 바진은 아마도 손님을 전송하러 간 듯했다. 밖에서 불꽃놀이를 보고 있을지도 모른다.

일인용 침대는 말끔하게 정리되어 먼지 하나 없었다. 다만 베갯잇이 기름때가 묻어 좀 더러웠다. 물병을 들고 물을 따르려던 탄궁다는 우연히 침대의 베개 옆에 펼쳐져 있는 책이 눈에 들어왔다. 바진이 틈날 때마다 책을 손에서 놓지 않는 것을 보고 조금 호기심이 일었었는데, 그는 찻잔을 내려놓고 침대 머리맡에 앉아 책을 들춰봤다.

책의 출판연도는 분명히 오래되었을 것이다. 책을 펼치자 제본 실들이 드러났다. 표지와 처음 시작 몇 쪽은 이미 사라졌지만, 닳고 닳아 보풀이 일어난 책등의 《천일야담》이란 글자는 똑똑히 알아볼 수 있었다. 칠칠맞지 못한 곱사등이 영감이 이 책을 그렇게 흥미진진하게 읽는다는 자체가 그야말로 천일야담이었다. 탄궁다는 웃으며 고개를 저었다. 이 영감님, 정말 재미있는 사람이네. 책갈피(종이부채의 부챗살로 만든)가 끼워져 있는 368쪽, 곱사등이 바진은 다음과 같은 말 옆에 세로줄을 쳐놓았다.

어쨌거나 당신은 절대 그 문을 열어선 안 돼요, 절대로.

그 장 앞쪽과 가장자리 공백 부분에 빽빽하게 글씨가 가득 적혀 있었다. 어찌나 갈겨썼는지 마치 의사의 처방전 같아 알아보기가 힘들었다. 주인이 없을 때 남의 물건을 함부로 뒤져보는 것은 그다지 예의바르지 않은 행동이다. 게다가 바진이 언제든 문을 열고 들어올 수 있었다. 그런 생각이 들자 탄궁다는 후다닥 책을 덮어 원래 자리인 베개 옆에 내려놓은 후 바진의 침실을 나와 문을 닫고 위층으로 올라갔다.

산하는 잠들고

화자서의 불꽃놀이는 끝났지만 공기 중에 어렴풋이 유황 냄새가 남아 있었다. 칠흑같이 어두운 화자서는 이미 정적에 휩싸여 있었다. 안전과 이풍역속의 필요에 의해 화자서에서는 개인의 폭죽놀이는 엄금한다고 샤오사오가 말했던 것 같은데.

잠시 탁자 옆에 앉아 있던 탄궁다는 문득 자신이 조금 전 찻잔을 바진의 침실에 놓고 온 기억이 나 다시 아래층으로 내려가려 했다. 막 문을 열려는데 바진이 문밖 어둠속에 서 있다가 그를 향해 미소를 지었다.

"탄 동지, 찻잔을 내 방에 놓고 갔더군요. 연야반 때 술을 너무 많이 먹은 것 아닙니까?"

바진은 나일론 씌우개만 있는 유리잔을 탄궁다에게 주며 말했다.

"내 마음대로 동지 찻잔에 금은화 몇 개를 넣었습니다. 해장에는 그게 제일 좋지요. 입맛에 맞을지 모르겠네요."

8

정오에 샤오지小紀를 떠날 때는 날이 그래도 좋았었는데 잠시 후 눈이 내리기 시작했어요. 북동풍까지 세차게 불면서 사방으로 흩날리기 시작한 눈은 금세 거리를 온통 하얀 세상으로 만들었습니다. 샤오지를 괜히 떠난 건 아닌지 정말 후회했습니다. 혼자 눈 위를 걸었습니다. 주위 어디에도 사람이 보이지 않았어요. 얼마나 지났을까, 날이 어두워졌습니다. 무덤들이 있는 곳에서 길을 잃었습니다. 춥고 배가 고파 눈앞에 별들이 왔다 갔다 했어요. 마치 무수히 많은 반딧불이 날아다니는 듯했지요. 점점 앞으로 나아갈 기운이 없어졌어요. 무덤들 사이에 앉아 혼자 울기 시작했어요. 나중에는 울 기운조차 없어지더군요. 오늘 밤 이런 허허벌판에서 죽는 걸까? 들개마냥 마구 내다버린 시신들의 무덤들 사이에서 얼어 죽는 걸까? 잠시 후 가까스로 몸을 일으켜 다시 걷기 시작했습니다. 어두컴컴한 길에 집 한 채 보이지 않았습니다. 엄청난 눈이 모든 것을 뒤덮어버렸으니까요.

얼마나 걸었을까, 마침내 멀리 희미한 불빛이 보였습니다. 마을이 아닐까 기대하며 조심조심 불빛을 향해 나아갔습니다. 그런데 앞으로 한 발짝 가면 불빛도 한 발짝 앞으로 멀어졌습니다. 마치 영원히 따라잡을 수 없을 것만 같았습니다. 가까스로 다가가보니 마을은 웬걸, 운하에 떠 있는 작은 배 한 척이었습니다. 희미한 불빛 아래 그제야 눈이 얼마나 많이 내렸는지 알 수 있었습니다.

뱃사공을 부르려는데 목이 잠겨 소리가 나오질 않았습니다. 결국 배를 향해 손을 마구 휘둘렀습니다. 다행히 뱃사공 아가씨가 물을 길러 나왔다가 나를 발견하고 한참 동안 물끄러미 바라보더니 배를 언덕에 대고 디딤판을 놓아줬습니다. 배에 오른 나는 행여 아가씨가 내 요청을 거절할까 봐 일부러 무례한 말투를 썼습니다.

"어쨌거나 여기서 하룻밤 자고 가야 해요."

아가씨는 빨간색 스웨터를 입고 있었어요. 그녀의 눈빛이 조금 흔들리나 싶더니 나를 향해 웃었습니다.

"그렇게 해요."

그녀가 나를 부축해 두꺼운 휘장을 젖히고 선창으로 들어갔습니다. 선창 안은 난로 덕분에 따뜻했습니다. 한참 동안 나는 어깨를 감싼 채 난로 옆에 앉아 바들바들 떨었습니다. 이상하게 그 아가씨도 나랑 마찬가지로 한시도 쉬지 않고 덜덜 떨었습니다. 나보다도 더 심하게 떨었습니다. 내가 물었어요.

"지금 나 비웃는 거예요? 난 추워서 떠는데 당신은 왜 그렇게 덜덜 떨어요?"

무슨 병이 있는지 물었더니 그녀는 그냥 고개를 저으며 한숨만 쉬었습니다. 말수가 적었고 내 내력에 대해서도 전혀 호기심이 없는 듯 누군지, 어디서 왔는지, 어디로 가는지, 왜 이 지경이 됐는지 전혀 물어보지 않았습니다. 마치 가족을 대하듯 내게 따뜻한 밥을 차려준 후 옆에 앉아 덜덜 떨면서 내가 밥 먹는 걸 지켜봤습니다. 다 닳아서 너덜너덜해진 스웨터 소매에 올이 풀려 실오라기가 덜렁거렸습니다. 오른쪽 귓가에 혹 같은 살덩이가 보였습니다. 마음이 선한 아가씨였습니다.

지금 그 아가씨와 한 이불 속에 누워 편지를 씁니다. 선창이 따뜻합니다. 다만 이불이 조금 축축하네요. 사방이 고요합니다. 그녀의 이름을 물어보지 않았습니다. 기름등의 불빛이 칙칙, 소리를 내며 빛나네요. 눈이 운하에도, 배에도 소리 없이 내립니다.

야오페이페이의 편지를 읽고 이상한 느낌이 들었다. 그녀가 편지에서 말한 그 뱃사공 아가씨를 자기도 어디선가 본 적이 있는 것 같았다. 그런데 어디서 봤는지 아무리 생각해도 기억이 나지 않았다. 아마도 착각이겠지, 꿈속에서였든가. 자기의 기억력은 마치 다 탄 모기향처럼 외형은 처음과 같지만 사실은 완전히 재가 된 것 같았다.

이 편지는 대설이 날리던 겨울에 쓴 것이다. 하지만 그의 손에 들어온 것은 3월 말이었다. 오는데 꼬박 한 달이 걸렸다. 이제 봄이라 날씨가 점점 따뜻해지고 있었다. 아마 우체국에 설 연휴 기간 동안 편지가 쌓였을 수도 있고, 신방판공실 쉬씨가 설을 쇠러 고향에 가느라 제때 부치질 못했을 수도……. 그런데 이번에 그에게 편지를 전해준 이는 샤오사오가 아닌 열일곱, 열여덟쯤 되어보이는 젊은 남자애였다.

뽀얀 얼굴에 조금 수줍어하는 인상이었다. 탄궁다는 그에게 전에는 샤오사오가 편지를 전해줬는데 왜 사람이 바뀌었는지 물었다. 남자애가 겸연쩍게 웃으며 별말을 하지 않았다. 요즘은 왜 샤오사오가 보이지 않는지 묻자 잠시 생각하더니 신중하게 말을 골라가며 말했다.

"전에는 우체국에서 우리 마을에 순시원이 온 줄을 모르고 동지 주소도 모르다가 이제야 알게 됐거든요. 그래서 이제 샤오사오를 번거롭게 할 필요가 없어요."

나이는 어렸지만 신중하게 말을 해서 별달리 의심이 가지 않았다. 하지만 그래도 탄궁다는 샤오사오가 걱정되었다. 일부러《백모녀》공연을 보러 갔었지만 샤오사오가 맡았던 역할을 다른 사람이 대신하고 있었다.

6일 후, 탄궁다는 페이페이로부터 연거푸 편지 두 통을 받았다. 하나는 딩거우丁溝 우체국에서 보낸 것이었다. '딩거우'라고 적힌 소인을 보자 심장이 벌렁거렸다.

도로 옆 벌집 근처에서 편지를 쓰고 있습니다.

탄궁다는 침대에 누워 이 구절을 본 후 침대에서 벌떡 일어나 연필로 지도에 딩거우 위치를 찾아 별표를 했다. 마침내 그녀의 발자취를 발견했다. 세상에, 여기 있다니!

산하는 잠들고

저는 지금 도로 옆 폐쇄된 펠트지(섬유에 아스팔트를 입힌 방수지) 공장에서 편지를 씁니다. 낮에는 구걸을 하고 밤에는 여기 묵습니다. 어쩌다 이 지경이 되었는지 모르지만 별로 신경 쓰고 싶지도 않습니다. 어쨌거나 길만 있으면 앞으로 나아갈 뿐입니다. 그 길이 어디로 가든지 상관없습니다.

바보, 바보! 정말 바보! 죽고 싶어 환장했어? 지금 위치가 딩거우, 딩거우야! 모르겠어? 앞으로 3, 4일만 가면 메이청이야. 너무 위험해. 빨리 뒤돌아 북쪽이나 서쪽으로 가, 더 이상 남쪽으로 가면 안 돼. 왜 빙빙 돌아 다시 되돌아온 거야?

어제 구걸하는 길에 시장 한 곳을 지나갔습니다. 시장 낡은 책 가판대에서 어떤 책 한 권을 보니 당신에게 필요할 것 같더군요. 가진 돈을 다 세어봤는데도 책 가격의 반밖에 되지 않았습니다. 결국 책 팔던 사람이 귀찮았는지 반 가격인 37전에 제게 팔았습니다. 일은 다시 시작했나요? 아니면 아직도 그냥 놀고 있나요? 당신을 생각하며. 페이페이. 3월 6일.

탄궁다는 재빨리 나머지 봉투를 뜯어 책을 꺼냈다. 《메탄가스의 구조와 사용》이란 책이었다. 궁지에 몰린 막다른 길목에서도 통신 규정을 지켜 편지와 인쇄물을 분리해 부쳤다니, 탄궁다는 감탄하는 한편 마음이 너무도 쓰렸다. 페이페이, 페이페이, 시간을 거꾸로 돌릴 수만 있다면…….

편지를 보면서 지도 앞에 선 탄궁다는 계속 중얼거렸다. 마치 그의 한마디, 한마디를 페이페이가 들을 수 있는 것처럼.

탄궁다는 딩거우라는 곳을 너무 잘 알고 있었다. 속칭 '솥바닥'이라는 지형을 가진 유명한 곳이었다. 온통 늪지에다 하천이 종횡으로 흐르는 곳이다. 20여 년 전 유격전을 치를 때 그곳에서 7개월 정도 주둔한 적이 있었다. 어느 날 밤, 그가 십칠팔 명의 유격대원을 이끌고 딩거우의 갈대밭에서 기습 공격을 감행했다. 당시 그들의 행군 속도라면 하룻밤 만에 메이청에 이를 수 있는 거리였다. 페이페이가 도로를 통해 계속 남쪽으로 간다면 머지않아 싼허三河진에 도달한다. 싼허진과 메이청은 강을 바라보고…….

현 전체에 그녀의 수배전단지가 붙어 있는 점을 고려하면 일단 메이청현 경내에 들어가는 순간 누군가 그녀를 알아볼 것이다. 페이페이, 페이페이! 대체 뭐하는 거야! 스스로 화를 자초하고 있잖아!

그 후 매일, 매시간, 탄궁다는 초조와 불안 속에 시간을 보냈다. 창문 앞 금은화 덤불은 벌써 새 가지가 났고 화자서로 통하는 잔교는 철거된 상태였다. 시공에 편하도록 호수를 메우는 농민들은 호수 바닥에 임시 도로를 만들었는데 지금 그 길 위에는 풀이 가득 자랐다.

매일 꼬박 불면의 밤을 보내니 온종일 정신이 가물가물했다. 하루는 호수에서 흙을 나르다가 갑자기 흙더미 옆에 비스듬히 누워 잠이 들었다. 한밤중이 되어서야 곱사등이 바진이 손전등을 켜고 작업장에서 그를 찾아 데려왔다. 그 후 탄궁다는 연사흘 일을 나가지 않았고 점점 맥이 빠졌다. 면도도 하지 않았다. 하루 세 끼를 먹을 때 이외에는 아래층에 내려가는 일도 거의 없었다. 때로 부엌에서 바진을 마주쳐도 말도 하지 않았다. 그는 자기 몸이 부슬부슬 내리는 봄비 속에 급속히 노쇠해지고 있다는 걸 느꼈다. 어느 날 아침 우연히 거울을 들여다보니 양쪽 귀밑머리가 수염과 함께 온통 하얗게 세고, 몸도 비쩍 마른 것을 발견했다. 잇몸이 퉁퉁 붓고, 입은 마치 계란 한 알을 문 것 같았으며 눈언저리에서는 소름이 돋을 만큼 푸른빛이 돌았다.

인민공사 측에서는 이러한 그의 심상치 않은 거동을 파악하고 특별히 '맨발의 여의사'와 함께 간호사를 보내 무료 왕진을 주선했다. 차가운 청진기가 그의 가슴에 닿자 탄궁다는 이 마스크를 쓴 '맨발의 여의사'가 야오페이페이는 아닌지 의심이 들기도 했다.

야오페이페이는 거의 없는 곳이 없었다. 어둠 속에서 창문을 통해 크고 희미한 달빛이 비칠 때면, 그는 페이페이도 같은 시각 아득한 하늘을 바라볼 거라고 믿지 않을 이유가 없었다. 창밖으로 날아든 벌 한 마리를 보면서도 그 순간 페이페이 역시 도로 옆 낡은 벌통 사이에 있다는 생각을 했다. 나지막이 애원하는 페이페이의 탄식소리가 들리는 것 같았다. 바스락거리는 베갯속 소리도 마치 끊임없이 중얼대는 페이페이의 낮은 음색처럼 들리다가 천장의 비 떨어지는 소리로 빨려들었다. 페이페이, 지금 네가 내 생각을 알 수 있다면 얼마나 좋을까. 한시도 쉬지 않고 페이페이가 부딪치고 있을 모든 것을 상상했다. 도주 길에 지나가야 했던 산천과 하류, 그녀가 겪어야 했던 바람과 서리, 비와 눈, 아침과 저녁, 얼굴 위의 눈물……. 심지어 마치 요정처럼 그녀의 몸속으로 파고들어 영혼 깊숙한 곳에 숨어 매 순간 그녀의 미묘한 심리변화, 그녀의 전율과 공포를 느낄 수 있을 것 같았다.

점차 탄궁다는 자신의 운명이 야오페이페이와 기묘하게 들어맞는다고 생각했다. 형체와 악몽, 심지어 호흡의 리듬까지도 모두 하나가 되었다. 이 순간 도망 다니는 사람이 탄궁다 자신인 것 같았다. 페이페이, 나 또 꿈속에서 널 봤어! 넌 아직도 열여섯, 열일곱 살이더구나. 쌍상투 머리를 하고 빨간 혼례복을 입은 채 먼지 가득한 큰길에 서 있었어. 그날은 마침 바람도 없고 구름이 낮게 깔렸고 복사꽃은 활짝 피고…….

두 사람의 뜻은 하나가 되었다. 15일 후에 받은 야오페이페이의 편지가 이런 그의 느낌을 어느 정도 증명하고 있었다.

이상해요. 왜 갑자기 이곳 사람들의 말을 알아들을 수 있을까요? 이곳은 바이마오^{白茆}, 쌴허진 옆입니다. 바이마오촌 사람들의 사투리는 모두 알아들을 수가 있어요.

당연하지, 쌴허진에서 메이청이 얼마나 가까운데. 그곳에서 네가 몇 년을 일했어? 그곳 말을 못 알아들을 리가 있어? 쌴허진이란 곳을 왜 모르는 거야? 신방판공실 쉬씨가 쌴허진 사람이잖아!

산에 향을 태우러 온 할머니가 말했어요.

"아가씨, 그건 이상할 것이 없지. 그건 자네 윗대 사람들이 우리 마을 사람이었다는 증거야." 저는 마을 밖 산에 위치한 한 절에 있습니다. 절은 지붕이 무너지고 기둥이 썩어서 도처에 허리만큼 띠가 가득 자라 있습니다. 어렸을 때 읽었던 <서리>^{黍離}라는 작품이 생각납니다.

나를 아는 사람은 내게 근심이 있냐고 묻고,
나를 모르는 사람은 내게 뭘 원하느냐고 묻네.

절의 불상과 나한은 모두 사람들이 부숴버렸어요. 하지만 그래도 한밤중에 몰래 절에 와서 향을 피우는 사람들이 있습니다. 그들은 이따금 잿밥도 가지고 옵니다. 처음에는 잿밥을 보고 바보같이 기뻐하며 만두를

산하는 잠들고

하나 집어 깨물었습니다. 그런데 실망스럽게도 그건 밀가루로 만든 만두가 아니라 나무로 만든 거였어요. 아마도 이 일대는 식량이 매우 부족한 듯합니다. 대웅전에 쥐가 정말 많습니다. 그래도 달은 좋습니다. 그 밖에 샘물이 산에서 바위동굴로 떨어집니다. 정말 그윽합니다.

어젯밤에 꿈을 꿨습니다. 내가 큰길 한가운데 서 있었습니다. 길 위에 부드럽게 날리는 작은 먼지가 수없이 많았습니다. 아마도 옛 사람들의 시에서 자주 볼 수 있는 '향진'香塵이라는 것 같습니다. 멀리 내다보니 길 양쪽이 끝이 보이지 않았습니다. 남풍이 그곳에서 불어옵니다. 도로 옆에 어렴풋이 마을이 하나 보이는데 마을에 복사꽃이 빨갛게 모두 피었습니다. 이렇게 많은 복사꽃을 본 적이 없습니다. 살짝 두려움이 일 정도로 아름답고 화사합니다. 수많은 아이들이 목소리 높여 외치는 듯합니다. 하늘의 한가로운 흰 구름이 낮게 깔려 마치 손을 뻗으면 닿을 것 같습니다.

대로 중간에 서 있는데 어디로 가야 할지 모르겠습니다. 갑자기 지프차 한 대가 먼지를 일으키며 가까이 달려오더니 끼익, 하고 멈췄습니다. 차에서 한 사람이 뛰어 내리는데 살펴보니 왕 기사입니다. 왕 기사가 힐끗 날 바라보며 귀찮은 듯 말합니다.

"뭘 멍하니 있어요? 빨리 안 타고!"

차 안에 또 한 사람이 앉아 신문을 펼치고 있습니다. 신문이 그의 얼굴을 가려 당신인지 아닌지 알 수가 없습니다.

왕 기사에게 물었습니다.

"날 어디로 데려다 줄 거예요?"

왕 기사가 음흉하게 웃습니다.

"빨리 타요. 안에서 많이 기다리잖아요. 교회당 종소리 안 들려요? 결혼식이 곧 시작돼요."

하지만 난 여전히 길 중간에 서서 살핍니다. 신문지에 가린 얼굴이 당신 인지 아닌지 똑똑히 보려고 하는 듯 말입니다. 그리고는 커다란 돌 위에서 잠을 깼습니다. 혼자 한참을 울었습니다. 날이 이미 밝았습니다. 엉덩이를 드러낸 아이들이 허물어진 담벼락에서 돌로 절의 커다란 종을 두드리고 있었습니다.

탄궁다는 편지를 다 읽은 후 자신이 온통 땀에 절고 눈물을 흘리고 있다는 것을 알아차렸다. 이상해. 그 애의 꿈이 나랑 똑같아! 내가 꿈에 그 애의 꿈속에 간 걸까? 아니면 그 반대일까? 하지만 이런 슬픔과 망상에 계속 빠져 있을 수가 없었다. 그는 재빨리 싼허의 위치를 찾아내 다시 별표를 했다.

탄궁다는 지도 안의 한 지역이 이미 연필로 그린 크고 작은 별로 가득 차 있는 걸 발견했다. 이 지역들을 선으로 연결하니 완벽한 '야오페이페이의 도주로'가 완성되었다.

그녀가 편지에서 메이청을 벗어날 때 갔던 첫 번째 지역이 제파이라고 했고, 첫 번째 편지는 렌탕에서 보냈었다. 이어 뤼량, 인지, 린쩌, 샤오지……. 별들을 연결하던 탄궁다는 어처구니가 없었다. 야오페이페이는 그리 멀리 도망친 것이 아니었기 때문이다. 실제로 가오유高郵 호수를 크게 빙 돌아 다시 출발지로 돌아가기 직전이었다. 야오페이페이가 어디가 어딘지 모르는 상태이니 이곳저곳을 돌아다니는 것도 당연했다. 원래 그녀는 그렇듯 어리바리하여 사리에 어두웠다. 이상한 것은 그녀의 발자취가 지도에서 둥근 원을 그리고 있다는 것이다. 학생들이 쓰는 컴퍼스로 원을 그려도 그보다 더 둥글게 그리지는 못할 것 같았다.

정말 암암리에 그녀의 길을 이끄는 신령이 있단 말인가? 정말 그렇다면 그녀의 최종 목적지는 어디일까? 탄궁다는 담배를 피우며 오후 내내 그 이상한 원을 바라봤다. 이 원이 아직 완성되지 않았다는 것을 알고 있다. 만약 어둠 속에 페이페이를 이끄는 목적지가 메이청이라면 다음 장소는 메이청과 쌴허 사이, 바로 푸지였다.

푸지에 가는 순간, 누구든 그녀를 알아볼 것이고 공안국에 끌려갈 거라고 단정할 수 있었다. 푸지의 향 간부들 중 그녀를 모르는 사람은 없었다. 물론 페이페이가 푸지에 가려면 먼저 창장을 건너야 한다. 현재 그녀에게는 두 가지 선택이 있었다. 하나는 창저우長洲, 다른 하나는 4km 정도 밖의 차강叉港이다.

14년 전 그때도 역시 초봄이었다. 탄궁다는 도강渡江 전투지휘부 선발대의 지휘관이었다. 그는 참모들과 지도 앞에 엎드려 마등 불빛 아래 밤을 새고 있었다. 그의 부하들은 도강 지점을 창저우로 할 건지 아니면 차강으로 할 것인지에 대해 열띤 토론을 해가며 반복해서 예측을……

탄궁다는 야오페이페이가 창저우 쪽에서 강을 건너길 바랐다. 낮이라면 지척에 있는 푸지댐을 못 볼 리 없었다. 페이페이도 두 번이나 푸지에 가서 댐을 본 적이 있었다. 그 댐을 본다면 자신이 얼마나 위험한 곳에 와 있는지 직감하고 다른 곳으로 도망칠 생각을 하게 될 것이다. 순간 탄궁다는 내심 그나마 다행이라는 생각이 들었다. 반쯤 짓다 만 댐이지만 이처럼 급박한 순간에 도움을 주다니 전혀 무용지물은 아니었구나! 만약 정말 자신이 바라는 것처럼 야오페이페이에게 도움을 준다면 당시 무수히 많은 불면의 밤을 거치며 심혈을 기울였던 일이 완전히 허사는 아니리라. 그러자 초조하고 불안한 마음이 가시면서 안도감이 들었다.

그 후 일주일 동안 페이페이의 편지가 오지 않았다.

그리고 그 다음 일주일이 지나도 오지 않았다.

창밖의 금은화가 피었다 지고, 다시 피어났다.

날씨가 변덕스럽다. 구름이 자꾸만 모였다 흩어지고 비는 부슬부슬 끊임없이 내린다. 편지가 오지 않으니 야오페이페이가 체포되었을 가능성도 조금씩 커져간다. 바로 이 순간 드넓은 면화 밭에서 포위당해 마치 들개처럼 계속 돌고 돌며 소용도 없는 뜀박질을 하고 있을지도 모른다. 경찰과 민간 합동의 포위는 점점 좁혀가고……, 현재 메이청의 제2모범 감옥으로 압송되어 가는 중일지도 모른다. 밧줄에 꽁꽁 묶여 이 세상에 대한 증오와 공포를 느끼며 철망 바깥쪽으로 끊임없이 내리는 봄비를 바라보며……. 난 고아야, 이 세상엔 가족이 없어. 그녀의 죄를 심판하는 공판대회가 이미 끝났을지도 모른다(재판 자체가 없을 가능성이 크다). 형장으로 가는 길은 마치 저울처럼 남은 호흡의 무게를 잴 수 있을지도…….

이처럼 비참한 화면이 그의 머릿속에 깊이 각인되는 날이 하루하루 쌓여가면서 그의 신경은 약해질 대로 약해졌다. 이슬 속 거미줄처럼 가늘고도 맑았다. 안 돼, 더 이상 이렇게 어물거릴 수 없어. 지금 가능한 유일한 방법은 즉시 창저우로 출발하는 거다. 야오페이페이의 도피 장소가 싼허와 푸지 사이 삼각지대임을 알았으니 그곳 환경과 지형에 익숙한 탄궁다라면 쉽게 그녀를 찾을 수 있을 것이다. 설사 찾지 못한다 해도 최악의 결과는 아니다. 적어도 페이페이가 이미 배를 타고 강줄기를 따라 내려가 강으로 그리고 바다로 나아가 자취를 감췄음을 말해주기 때문이다. 한밤중에 잠시 숙면을 취했는데 창밖에서 누군가 흐느껴 우는 소리가 들렸다. 조각달이 중천에 걸려있고 차가운 바람이 창문 커

산하는 잠들고

튼을 펄럭이는 가운데 귀를 기울여 들어보니 사방이 다시 고요했다. 탄 궁다는 옷을 걸치고 살금살금 아래층으로 내려가 샹양여관의 측벽을 돌아 자기 침실 바깥쪽 창문 아래에 이르렀다.

무성한 금은화 덤불 옆에 네모난 물웅덩이가 있었다. 아마도 화자 서 촌민이 퇴비로 쓸 풀을 모아놓은 듯했다. 페이페이의 편지를 읽고 나 면 태운 다음, 재를 가루로 만들어 창문 너머 이 웅덩이에 내다버리곤 했는데 놀랍게도 그 물웅덩이에 갈대가 무성하게 자라 있었다. 아마 재 에서 양분을 얻어 유난히 무성하게 자란 것 같았다. 밤바람이 살짝 불 자 갈대 잎에서 나는 소리가 마치 페이페이가 낮은 소리로 그에게 원망 을 호소하는 소리처럼 들렸다. 탄궁다는 쪼그리고 앉아 손가락으로 이 슬방울이 잔뜩 묻은 갈댓잎을 툭툭 털었다. 마치 눈물이 가득한 얼굴을 만지는 듯했다. 그는 이 잎이 페이페이의 얼굴이라고 믿었다.

날이 밝으면 인민공사에 휴가를 신청하고 즉시 창저우로 가기로 결 심했다.

다음 날 아침, 탄궁다는 아래층으로 내려와 밥을 먹었다. 곱사등이 바진이 기름먹인 종이우산을 들고 나가려는 중이었다. 언제부터인지 또 다시 비가 내리고 있었다. 바진이 탄궁다를 힐끗 보더니 웃었다.

"탄 동지, 이발 좀 해야겠어요. 마을에 이발관이 있어요. 진료소 옆. 공짭니다."

이렇게 말한 후 나가려다 또 무슨 생각이 났는지 뒤돌아 탄궁다에 게 말했다.

"오늘 저녁에 일 없죠? 우리 술 한잔하면서 이야기나 하죠. 송별회 겸해서요."

"송별회요?"

탄궁다는 놀라서 멍하니 그를 바라봤다.

"여길 떠난다고 한 적 없는데요?"

"떠날 겁니다."

곱사등이 바진이 그를 향해 웃더니 우산을 펴 들고 나갔다.

9

"이렇게 하면 어떻습니까? 우리 군자君子협정을 맺지요."

곱사등이 바진이 검붉은 자사紫砂(장쑤성 이싱宜興에서 생산되는 흙) 술잔을 받쳐 든 채 침대에 양반다리를 하고 앉아 검푸른 군용 담요를 걸치고 눈가의 눈곱을 뗐다.

"화자서에 대해 궁금한 점이 있으면 내가 할 수 있는 한 최대한의 답변을 해드리죠. 역으로 내가 묻는 문제에 대해서도 탄 동지가 알고 있는 건 다 말해주기 바랍니다."

곱사등이 바진은 이미 조금 취기가 올랐는지 눈을 게슴츠레 뜨고 그를 향해 이상하게 눈을 깜빡거렸다. 어쩐지 탁발승처럼 보이기도 했다. 탄궁다가 미처 입을 열기도 전에 그가 다시 말을 이었다.

"아마 뭔가 굉장히 궁금할 거예요. 여관 관리인에 불과한 내가 동지에게 이런 약속이나 보장을 하다니 말입니다. 혹시 내가 그런 자격이 없다고 여기는 것 아닙니까? 동지의 우려를 덜어주기 위해 지금 알려줘야할 것 같군요. 내가 바로 귀충녠입니다. 또한 동지는 내일 아침 일찍 화자서를 떠날 겁니다. 동지가 유감스러운 상태로 이곳을 떠나게 하고 싶지 않아요."

이전부터 탄궁다는 그와 대화를 나누며 곱사등이 바진의 진짜 신분을 가늠하던 차였다. 탄궁다는 이미 답을 알고 있었던 터라 그다지 놀라지 않았다. 그는 눈앞의 노쇠한 곱사등이를 살피며 그의 첫 번째 질문을 내놓았다.

"제가 내일 이곳을 떠날 거라고 어떻게 아셨습니까?"

"그 질문에 대해서는 잠시 뜸을 들였다가 마지막에 대답하리다. 서두르지 마시오."

궈충녠이 미소를 지으며 침대 머리맡의 《천일야화》를 들어올렸다.

"호기심과 조급함은 우리 모두가 가지고 있는 결함입니다. 마치 이 책에 나오는 재수 없는 왕자처럼. 12년 동안 나는 계속 반복해서 이 책을 읽었소. 좀 우스꽝스럽게 들리지요? 안 그렇습니까? 하지만 난 이 책이 내게 많은 것을 깨닫게 해줬다고 말할 수 있소. 또한 내게 즐거움과 걱정도 가져다주었소. 동지는 늘 답을 알고 싶어 했지만 답은 언제나 동지의 예상을 훨씬 뛰어넘는 것이지요. 내 말인즉, 내가 동지에게 알려주려는 내용은 동지가 알고 싶어 하는 것보다 엄청나게 많은……."

그 말에 탄궁다는 궈충녠이 자신의 모든 것을 알고 있지만 자신은 상대방에 대해 아무것도 아는 것이 없다는 느낌을 받았다. 그가 일부러 뜸을 들이자 탄궁다는 화가 치밀었다. 하지만 일단 화를 억누르고 떠듬거리며 샤오사오 이야기를 꺼냈다. 30일 밤 연야반 모임 이후 더 이상 그녀의 모습이 보이지 않는다고 했다.

"마치 하룻밤 사이에 화자서에서 사라져버린 것처럼……."

"사라지지 않았소."

궈충녠이 몸을 일으켜 앞으로 살짝 숙이며 담뱃대로 침대다리를 쳤다.

"현재 인민공사의 전문 학습반에서 공부 중이오."

"그러면 승진하는 겁니까?"

"틀렸소. 낙후분자를 위해 만들어진 학습반이오."

"그 애가 무슨 잘못을 저질렀단 말씀입니까?"

"잘못은 없소." 궈충녠이 잠시 주저한 후 대답했다.

"적어도 현재까지는 그 애가 어떤 잘못을 저질렀다는 증거가 없소."

"그럼 뭘 근거로 그 애를 처벌합니까?"

"처벌이라니, 오해요. 화자서에서 처벌은 존재하지 않소. 우리는 그 누구도 처벌하지 않는단 말이요. 물론 지주, 부자, 반혁명분자, 악질분자, 우경주의자를 제외하면 나머지는 각자 자아처벌을 배워서 할 줄 압니다. 모든 사람은 자신만의 거울을 가지고 있어요. 샤오사오의 오빠가 그 한 예입니다. 농구팀 팀장이었는데 미쳐버렸지. 이 사건에 대해서는 샤오사오가 이미 얘기한 걸로 알고 있으니 더 이상 보충하지 않겠소. 동지와 샤오사오가 작년 7월 3일 늦은 밤 푸룽 포구에서 달빛 아래 배를 띄우고 늦게까지 이야기를 나눌 때……, 물론 그 일이 부당한 것은 아니요. 화자서에서 이는 허가되는 일이니까."

"그 일도 알고 있습니까?"

탄궁다는 순간 소스라치게 놀랐다. 자기 귀를 믿을 수가 없었다.

"물론! 물론이오."

조용히 그를 바라보는 궈충녠의 눈길에 자부심이 담겨 있었다.

"화자서에서는 모든 것이 투명하다는 것을 알 거요."

"그럼 샤오사오가 별다른 잘못도 저지르지 않았다는 것도 알 텐데 왜 그 애를 학습반에 보냈습니까?"

산하는 잠들고

"그 애가 곧 잘못을 저지를 것이라는 여러 가지 조짐이 있었소. 그래서 사전에 구제하려는 것이오. 옛날 중국인들은 어떤 일을 대할 때 언제나 '기'機(실마리)를 통해 판단했소. 큰 바람은 부평초 끝자락에서 시작된다고 했소. 그 끝자락이 바로 '기'지요. '기'가 변해 '세'勢가 되면 휘몰아치는 서북풍은 더 이상 막을 수가 없는 상태가 됩니다. 우리가 흔히 말하는 '대세가 이미 기울었다'라는 뜻이지요."

"자기 말이 모순된다고 느끼지 않습니까?"

탄궁다는 비웃는 투로 말하면서도 저절로 덜덜 떨리는 손으로 담배를 꺼내려 했지만 담뱃갑은 이미 텅 비어 있었다.

"조금 전에 당신 말씀이 인민공사에서는 누구도 처벌하지 않는다고 했으면서 '막수유'莫須有44) 같은 식의 주관적인 억측만 가지고 샤오사오를 가뒀습니다."

"오른쪽 서랍을 열면 담배가 있소."

궈충녠이 미소를 지으며 그에게 일러줬다.

"우리가 그 애를 학습반에 보낸 건 101에서 샤오사오가 자살할 조짐이 보인다는 보고가 있었기 때문이오."

"자살이요?"

"분명히 그렇소. 올봄 이래 두 번이나 자살미수에 그치는 일이 있었소. 그래서 단호하게 조치를 내릴 수밖에 없었던 것이오. 하지만 안심하시오. 샤오사오는 본질적으로 양호하지. 다만 행동거지가 약간…… 뭐

---

44) 막수유(莫須有): 반드시 있는 것은 아니지만 아마도 있을 것이라는 뜻. 남송시대 악비(岳飛)가 이끄는 악가군(岳家軍)이 여진족이 세운 금나라와 대항하여 승전하였으나 조정의 화친파에 의해 무장해제를 당하고 투옥된다. 명장 한세충(韓世忠)이 재상 진회(秦檜)에게 악비의 죄를 따져 묻자 그가 한 말이 바로 '막수유'이다. 항저우 악왕묘(岳王廟)의 악비 무덤 앞에 꿇어앉은 진회의 동상이 있다.

라고 말해야 되나! 약간 경망스럽다고나 할까. 웃기를 좋아하지요. 한 번 웃었다 하면 얼마나 예쁜지! 물론 사람들에게 친절하고, 웃는 얼굴로 상대를 맞이하는 것이 큰 문제는 아니오. 때로는 꼭 필요하기도 하지요. 하지만 모든 남자에게 그렇게 미소를 지으면 쉽게 오해를 살 수 있고, 상대가 불량한 시도를 하게 만들어요. 그 애의 웃음은 마치 칼로 당신의 살을 가르는 것처럼……. 얼마 안 있으면 나올 겁니다. 그때 동지가 만나게 될 샤오사오는 행동거지가 단정하고, 신분에 걸맞게 행동하며, 함부로 웃거나 경솔하게 행동하지 않는 새로운 사람이 되어 있을 것이오."

탄궁다는 학습반에서 나온 샤오사오가 어떤 모습일지 도무지 상상할 수 없었다. 자신의 마음 깊은 곳에 피어 있던 아리따운 꽃 한 송이가 시들어가는 느낌이 들었다.

화자서에 온 지 1년이 다 되어가고 있다. 모든 것이 좋았다. 가장 합리적이고 완벽한 제도, 사람들 모두 입을 것과 먹을 것이 풍족했다. 그런데 이런 곳에 살면서도 자살을 하려는 사람이 있다니! 샤오사오는 언제나 아이 같은 웃음을 띠고 있었는데, 그렇게 웃으면서 자살을 생각하다니. 그녀의 웃음이 뭉게뭉게 짙은 안개 속으로 말려들어가더니 창문 너머로 밀려들어와 살며시 탄궁다를 일깨워주는 듯했다. 당신이 본 화자서는 그냥 겉껍데기에 불과해……. 마음이 혼란스러웠다. 페이페이가 체포될 거라는 예감 또한 그의 심란함을 더했다. 창밖의 시끄러운 개구리소리에 정신을 가다듬고 궈충녠에게 술 한 잔을 따른 후 바로 다음 질문을 내놓았다.

"왜 화자서 사람들 얼굴에 근심걱정이 가득하고 우울해 보이지요?"

"생각하고 있는 겁니다."

산하는 잠들고

귀충녠이 손가락으로 잇새를 한참 쑤시더니 실처럼 작은 고기 찌꺼기를 파내 침대 밑으로 튕겨버렸다.

"언제나 생각하고 있어요. 으레 사람들은 깊이 생각에 빠지면 인상을 쓰잖습니까? 다른 사람들이 보기에는 근심걱정이 가득한 것처럼……"

"무슨 생각을 그렇게 하는데요?"

탄궁다가 그의 말을 끊었다. 은근히 그를 비웃는 속내가 드러났다.

"제한이오."

"무슨 제한요?"

"정치, 도덕, 일반적으로 사람이나 사물을 대할 때의 예의 등등, 모든 것에 제한을 둔다는 뜻이지요. 간단히 말하면 어떤 건 할 수 있고, 어떤 건 할 수 없는지 나름의 제한을 둔다는 말이오. 옛 사람들이 말하는 '전전긍긍, 여리박빙'戰戰兢兢, 如履薄氷45)과 같은 것이지. 화자서는 나 귀충녠 혼자만의 것이 아니에요. 이곳에 사는 모든 사람들의 것이지. 그들은 사고하는 법, 자신을 구속하는 법을 배워야 하오. 어떤 사회를 만들 것인가, 그런 바람을 어떻게 이루어갈 것인가를 생각하고, 그로써 진짜 주인이 되는 법을 배워가는 겁니다. 그것이 바로 내가 이런 작은 섬에 숨어살기로 결정한 이유이기도 하지. 마을 일에 관여하지 않은 지도 이미 오래 됐소. 화자서에서 나는 이제 있어도 그만, 없어도 그만인 존재지. 사실 나는 그냥 사육사 아니면 여관 관리원 정도에 불과하오."

"하지만……"

---

45) 전전긍긍, 여리박빙(戰戰兢兢, 如履薄氷):《시경·소아(小雅)·소민(小旻)》에 나오는 말로 살얼음을 밟는 것처럼 두려워하고 조심하라는 뜻.

"기다려보시오, 내 말 아직 안 끝났소."

궈충녠이 손을 흔들어 그의 질문을 제지하고 말을 이었다.

"우리 화자서는 최상의 제도를 실행하고 있소. 솔직히 말하면 아직까지 그리 완벽하지는 않소. 아직도 눈이 띄는 결함들이 있으니까. 예를 들어 주민들은 스스로 감독하는 법을 배우기 위해 광장, 학교, 우체국을 포함한 인민공사의 주요 길목에 철제상자, 그러니까 우편함 같은 것을 설치했소. 모든 사람이 타인의 과실, 착오 및 범죄를 적발하여 고발할 수 있게 만든 것이지. 고발자는 이름을 남길 수도, 익명으로 제보할 수도 있소. 이 제도는 당나라 무측천武則天이 고안한 거라고 기억하는데. 물론 그걸 바탕으로 조금 개량하긴 했지. 만약 이 우편물들을 읽는다면 아마 인성에 관한 당신의 모든 지식과 개념이 한순간에 무너질 거요. 사람은 그저 잔학무도한 동물일 뿐이오. 그들이 할 수 있는 건 단하나, 서로 물고 뜯는 것이지. 이 우편물은 음험하고, 이기적이며, 잔혹하고, 비겁하고, 파렴치한 인간 성정의 모든 것을 낱낱이 온 천하에 드러낸단 말이오. 대부분 마을 사람, 이웃, 친구들 사이에 일어나는 고발인 셈이지. 조카가 삼촌을 고발하고, 아내가 남편을 고발하고, 아이가 부모를 고발하고 심지어 자기 자신을 고발하는 사람도 있소. 검거 내용은 마을의 분쟁, 일반 절도, 간음에서부터 반혁명구호, 사회주의제도에 대한 악랄한 공격 등등 별의별 것들이 다 있소. 그래, 기억나는 고발 편지가 하나 있지. 결혼한 지 이제 막 사흘 된 신부가 쓴 글이었는데. 시아버지가 매번 자기 곁을 지날 때마다 이상한 눈초리로 자신을 힐끗거리더라는 거요. 그 여자는 시아버지가 자신에게 뭔가 이상한 짓을 하려는 게 아닌가 의심했지. 그래서 그자를 데려다 물어보니 그가 그 자리에서 무릎을 꿇고 앉더니 며느리를 덮치려 했다고 인정하더군. 그러면서 자기 뺨을 때리기 시작했소. 하! 하! 그 제도를 시행한 지 한 달이 안 돼 효과를 확인했지. 적어도 인민공사 사원들의 방탕한 행동이나 더러운 말씨가 갑자기 종적을 감췄으니까. 사람들의 얼굴도 순수하면서도 엄숙하게 바뀌었고. 우리 주민들이 사고하는 법을 배우기 시작했다는 증거지."

"하지만 적어도 군중의 감독 밖에 있는 사람이 하나 있죠. 바로 서기 본인이십니다. 안 그렇습니까? 서기님이 시행하는 이 제도가 독재와 뭐가 다릅니까?"

"탄 동지의 지적이 전혀 말이 안 되는 건 아니오. 이 제도의 시행은 부득이했소. 이건 우리의 최종목표가 아니오. 조금 전에 말한 것 같은데, 우리의 최종목표는 각자가 자기 자신을 감독하는 거요. 탄 동지가 방금 독재라는 말을 꺼냈는데, 여보시오, 형제! 솔직히 말해 너무 과장된 것 아니오? 심지어 악의를 품고 있는 것 같기도 하고. 현재 시행되는 호수간척공사는 나도 찬성하지 않았소. 정말 좋은 호수지 않소. 배도 띄우고, 고기도 잡고, 여름이 되면 연꽃이 가득 피어나고 물고기들이 노닐고 말이오. 시원한 바람이 불면 마을 전체에서 연잎 향을 맡을 수 있소. 그런데 주민들이 간척을 해서 벼를 더 심어 공출미를 좀 더 내자고 요구합디다. 그게 틀린 말이오? 그렇지 않소. 수많은 청원서가 마치 눈발처럼 인민공사 사무실로 밀려들었소. 무슨 청년돌격대, 철녀鐵女돌격대를 비롯하여 수많은 인민 대중들이 날로 고양되는 사회주의 건설의 열정을 보여주고 있는데, 당신이라면 보고도 못 본 척 그냥 놔둘 수 있겠소? 그래서 난 천 번, 만 번 원치 않았지만 그 즉시 그들이 보낸 보고서에 서명을 했소. 자, 그렇다면 이것이 동지가 말하는 독재라고 말할 수 있겠소?"

"누가 101입니까?"

"모든 사람이 101이 될 수 있소. 사실 나도 그들이 몇 명이나 되는지 모르오. 마을사람들이 부르는 노래가 하나 있는데 제목이 〈101은 당신 곁에 있다〉요. 모든 창문 뒤에 경계의 눈이 자리하고 있지. 작년 7월 3일, 당신과 샤오사오가 달밤에 배를 띄운 것, 그건 누구도 모르던 일 아니었소? 그런데 다음 날 투서가 들어왔지. 모두 12통이나 들어왔더군."

탄궁다의 얼굴이 시뻘겋게 달아올랐다. 만면에 웃음을 띠고 있는 궈충녠의 얼굴을 보니 순간 소름이 돋았다. 창밖으로 자운영 꽃밭의 청개구리가 갑자기 울음을 멈췄다. 멀지 않은 어딘가에서 들려오는 뻐꾸기 울음소리를 빼면 사방이 고요했다.

"그렇다면……."

주저했다. 이 질문을 해야 하나 저울질을 해보았다.

"화자서의 이런 제도가 얼마나 갈 것 같습니까?"

갑자기 궈충녠의 눈빛이 흔들렸다. 침묵은 순간이었지만 궈충녠이 짜증이 났다는 것을 느낄 수 있었다. 그의 질문이 의도치 않게 궈충녠의 가슴 밑바닥에 자리한 상처를 건드린 것이 분명했다. 그렇게 생동적이며 활기가 넘치던 표정이 이내 어두워지더니 말로 표현할 수 없는 애잔함이 얼굴에 가득 퍼졌다. 날씨는 그다지 춥지 않았지만 여전히 담요를 두른 채 조금 몸을 떨었다. 조금 후 그가 탁자 쪽으로 몸을 기울이더니 담뱃대를 들고 약간 쉰 목소리로 말했다.

"여보게, 화자서의 제도가 얼마나 유지될지는 나 혼자 결정한다고 되는 일이 아니고, 또한 그 어떤 사람(그가 손가락으로 지붕을 가리켰다)이 좌지우지할 수 있는 것도 아니오. 그건 기본적인 인성의 원칙이 결정하는 거지."

산하는 잠들고

"인성의 원칙이라뇨?"

"호기심의 원칙이지."

귀충녠이 근심이 가득한 말투로 말을 이었다.

"난 화자서에서 12년이나 일을 했지. 이 지역을 내가 직접 설계하고 건설했소. 내게 쏟아진 찬양만큼이나 공격을 받기도 했지. 형제 현縣의 동지들을 포함해 상급 지도자들은 날이면 날마다 날 비판하면서 내 실천은 진정한 사회주의가 아니라 봉건제도의 종교적 성격을 지닌 신비주의라고 말하더군. 그런 압력 정도는 그냥 치지도외置之度外할 수 있었어. 하지만 당신도 알다시피 인간의 욕망과 호기심에는 별다른 방도가 없는 법이오. 12년 동안 계속해서 《천일야화》를 읽었다고 말했잖소? 누군가는 그걸 《1001일의 밤》一千零一夜이라고 번역하기도 했었지. 그 책이 내게 큰 기쁨을 준 건 사실이지만 두려움도 느꼈소. 그 책은 아라비아인들의 엄청난 지혜를 보여주는 동시에 인성에 대한 그들의 이해의 깊이를 말해주고 있소. 책에는 정말 많은 이야기가 들어 있지. 기상천외한 이야기들인데, 사실 모든 이야기가 하나의 이야기나 마찬가지오. 아니, 모든 이야기가 완벽하게 동일한 결론을 내리고 있다고 말할 수 있지. 왕자든 공주든, 상인이나 칼리파, 수부水夫든지 간에 그들은 모두 똑같은 경고를 받소. 바로 절대 열어서는 안 되는 문이 하나 있다는 말이오. 예를 들어 궁전에 13개의 문이 있는데, 그중 12개는 마음대로 출입이 가능하지. 그 안에는 황금과 온갖 보화가 넘치고 마노와 진주가 가득 들어 있어 그야말로 세상천지 모든 값진 것들이 다 들어 있소. 어떤 사람, 어떤 바람도 모두 실현시켜줄 수 있는 방이지. 지금의 화자서와 조금 닮았다고 할 수 있소. 그러니 13번째 문은 사람들에게 아무런 소용이 없는 곳이오. 하지만 《천일야화》에 나오는 사람들은 그처럼 엄중한 경고에도 불구하고 결국 예외 없이 모두가 그 문을 열었소. 한 사람도 예외 없이, 아시겠소? 바로 그 점이 내게 슬픔과 절망을 느끼게 한다는 말이오. 인간의 욕망과 호기심은 영원히 만족시킬 수 없다는 것, 근본적으로 이는 제약할 수 없다는 뜻이오. 설사 공산주의가 실현되어 인간의 모든 욕망을 만족시킬 수 있다 해도 우리의 호기심은 여전히 시련을 안겨줄 거요. 때로 한밤중에 깨어나 스스로에게 말하지. 궈충녠! 궈충녠! 이런 제길, 뭐 한다고 모래 위에 성을 쌓고 있냐! 그놈의 젠장맞을 성이라는 것이 알고 보면 다 신기루인데!

그것과 내가 조금 전에 꿨던 도화몽桃花夢이 대체 무슨 차이가 있는 건가! 나는 내 사업, 아니 우리의 사업이 분명히 실패로 끝나고 말 거라는 걸 예감하오. 짧게는 12년, 길어봤자 한 40년이면 화자서 인민공사는 하룻밤 사이에 잿더미가 될 거요. 아무런 흔적도 남기지 않고. 그렇게 오랜 세월 동안 나는 단 하루도 근심 속에 지내지 않은 적이 없소. 신이 주문을 걸어둔 그 문이 열리고 솔로몬의 병에 들어있던 악귀, 마치 《수호전》에서 천강성天罡星 36인, 지살성地煞星 72인이 모두 쏟아져 나오는 것과 같을 것이오. 삼사십 년 후 사회는 모든 제한이 허물어질 거요. 가장 더럽고 파렴치한 행위가 막힘없이 횡행할 거요. 예를 들면 누군가는 자격미달인데도 불구하고 전 인민의 우상이 될 거고, 남자끼리 결혼을 하는 것도 당연하게 받아들여질 거고. 세상이 새로운 질서에 의해 돌아갈 거요. 다만 욕망의 규칙에 따라 움직이는……. 이 모든 것을 상상할 수 있겠소?"

침대 모서리에 웅크리고 앉아 벽에 머리를 기댄 궈충녠의 모습이 마치 아편쟁이 같았다. 탄궁다는 이 왜소하고 비쩍 마른 곱사등이 영감을 보면서 그가 상상하던 38군 부사단장의 모습을 연결시킬 수가 없었

산하는 잠들고

다. 귀충녠이 슬픈 미소를 지었다.

"내 등에 아직도 파편이 두 조각 있지. 쓰펑전투 때의 일이오. 의사 말이 파편 위치가 심장하고 너무 가까워 꺼낼 수가 없다고 했소."

"그렇다면 우리는 왜 화자서에 더 좋은 제도를 만들지 못하는 겁니까? 예를 들면 인간의 욕망이나 호기심까지 통제할 수 있는 제도를요. 더도 덜도 말고요."

한참이 지나서야 탄궁다가 말했다.

"제 생각이 너무 유치한가요?"

"확실히 유치하네. 너무 유치해서 웃음이 나오네! 하지만 동지가 '우리'라고 말해주니 매우 기쁘오. 그건 동지가 벌써 화자서 사회주의 대차 가정에 융화되었다는 뜻이니까. 사람이 뭐요? 욕망이란 건 또 뭐고? 세상의 종말이 오지 않는 한 사람의 욕망은 절제될 수 없소. 너무 적거나 넘치든지, 아니면 너무 부족하거나 과도하든지. 영양실조로 죽는가 하면 지나치게 비만해서 죽기도 하지. 아우! 자네가 말하는 많지도 적지도 않은 상황은 인류역사상 존재해본 적이 없는 상황이오. 우린 언제나 하나의 극단에서 다른 하나의 극단을 향하지. 방법이 없소. 그래서 우리는 반드시 엄격하게 통제해야 하오. 차라리 불공정하면 했지 무질서는 방치할 수 없소. 차라리 부족하더라도 올바른 것이 좋지 넉넉하지만 사악한 것은 받아들일 수 없다는 말이오. 자, 내가 이야기를 하나 해주겠소. 작년에, 그러니까 동지가 화자서에 왔을 무렵 외국에서 온 작가대표단을 접대했었소. 대표단 중에 매우 엄정하고 우호적인 일본인 오즈 켄시로小津健四郎란 자가 있었지. 여기서 3, 4일 동안 머무른 후 내게 화자서의 제도가 인류 역사상 최고의 제도인 것 같다고 했소. 그러니까 바로 이 작은 방에서 밤새도록 이야기를 나누었지. 밖에는 비가 조금 내리고 있었고. 그는 떠나기 전 눈물까지 보이며 내게 말했소. 그는 원래 이 세상에 대해 거의 절망하고 있었는데 화자서에 온 며칠 동안 문득 어렴풋이 인류도 희망이 있다고 느꼈다는 거요. 그는 부인과 상의한 후 중요한 결정을 내렸다더군. 아이를 하나 낳기로 말이오. 그 사람 말을 듣고 나처럼 목석같은 인간도 눈물이 나더군. 생각해 보시오. 화자서에 오고 나서야 아이를 낳겠다는 결심을 했다는 거요. 이유는? 바로 인류에게도 희망이 생겼다는 거지. 우리로서는 얼마나 영광스러운 일이오! 그가 정중하게 내게 물었소. 아직 태어나지 않은 아이에게 이름을 지어 달라고. 난 잠시 생각하다 아이가 희망을 안고 태어났으니 광*이라고 하자고 했지. 화자서를 떠난 지 1년이 되었으니 그 애가 이제 세상에 나왔을지도 모르겠군……."

이야기를 하면서 궈충녠의 눈에서 눈물이 반짝거렸다. 목이 메어 대화가 잠시 중단되었다. 어느새 창밖 하늘이 희끄무레 밝아오고 상쾌한 새벽바람에 오색찬란한 아침노을이 가득 퍼졌다. 청록 빛, 푸른 빛, 인두처럼 붉은 빛이 어우러진 아침놀! 탄궁다는 시계를 들여다봤다. 작별 인사를 해야 될 것 같았다.

"마지막 질문인데요. 왜 장의 시설을 마을에서 가장 눈에 띄는 곳에 두셨죠? 사람들이 고개만 들면 거대한 굴뚝이 눈에 들어와……."

궈충녠이 다시 그의 말을 끊으며 고개를 내젓더니 길게 한숨을 내쉬었다.

"날이 거의 밝았네요. 그렇게 질문을 많이 하면서 진짜 물어봐야 할 건 일언반구 말이 없군요. 만약 정말 마지막 질문을 할 거라면 적어도 왜 최근에 갑자기 야오페이페이의 편지가 오지 않는지 물어봐야 할 것 아닌가?"

너무 놀란 나머지 탄궁다의 얼굴에 아무 표정이 없었다. 차츰차츰 두 다리가 덜덜 떨리며 입이 떡 벌어졌다. 페이페이라고? 내가 잘못 들은 건 아니지? 그의 몸이 떨어지는 낙엽처럼 순간 모든 중량을 잃은 듯했다. 궈충녠은 마치 장난꾸러기 아이처럼 고개를 갸우뚱하고 배시시 웃으며 그의 낯빛을 관찰했다.

"방금 야오페이페이라고……?"

탄궁다가 잔뜩 가라앉은 목소리로 말했다.

궈충녠이 고개를 끄덕였다.

"어떻게 그녀를……?"

"화자서에는 불문율의 규정이 하나 있소. 수신이든 발신이든 예외 없이 모든 서신을 엄격하게 검열한다오. 예외는 없소. 자네가 침실에 붙여둔 지도 앞에서 그녀의 발자취를 더듬을 때 101 역시 더 커다란 지도 앞에서 정확한 위치를 확인하느라 여념이 없었지. 101은 야오페이페이가 동지에게 보낸 편지 하나 하나를 모두 베껴서 문서로 보관했소. 글자체까지도 원본하고 똑같을 거라고 자신할 수 있소."

"체포됐습니까?"

탄궁다는 이제 더 이상 다리가 떨리지 않았다. 그는 용수철처럼 의자에서 벌떡 일어나 침대 옆으로 가서 실핏줄이 선 눈으로 그를 빤히 바라봤다.

"아직은 아니오."

궈충녠이 웃었다.

"긴장할 것 없소. 원래대로라면 벌써 우리가 체포했어야지. 101은 그녀의 두 번째 편지를 받았을 때 이미 사람을 메이청으로 보내 그녀에 관한 기록을 열람했소. 그리고 주위 네 군데 현과 시에 체포 통보를 했지. 그런데 형제 현의 그 공안이라는 것들이 전부 밥통들이라 공개 수배된 살인범 하나를 제대로 못 잡고 번번이 눈앞에서 놓치고 말더군! 우리는 여기서 보고만 있으니 그저 헛되이 애만 태우고, 설사 역량이 있다고 할지라도 쓸 수가 없었던 거지. 만약 그녀가 화자서로 온다면 아마 5백 미터도 움직이지 못하고 곧장 우리에게 잡힐 거라 확신할 수 있소."

"그럼 지금은 어디에 있습니까?"

"여러 흔적으로 볼 때 이미 푸지에 도착했을 거요. 심지어 동지 집 안의 빈 집에 숨어 있을 수도 있지. 이건 101이 각 부분의 정보를 종합한 끝에 내린 믿을 만한 결론이오. 하지만 우선 잠시 기다리라고 내가 말했소. 그녀에 관한 최신 정보를 지구나 현 공안국에 통보하지 말라고 했소. 만약 오늘 아침에 동지가 5시 15분 배를 타고 떠나면 그녀가 잡히기 전에 마지막으로 얼굴을 한 번 볼 수 있을지도 모르지. 형제! 내가 이렇게 하는 게 얼마나 큰 정치적, 법률적 위험을 감수하는 건지 알고 있소?"

"그런데 왜, 왜 이렇게 하시는 겁니까?"

탄궁다는 제대로 말도 나오지 않을 정도로 긴장이 됐다.

귀충녠은 그의 질문에 대답하는 대신 다른 이야기를 꺼냈다.

"자네 그 옛날 상급자, 그 늙은 개, 네 뭐라고 하더라?"

"녜주평요!"

"그래, 녜주평. 그 새끼가 루저우에서 내 목숨을 구해준 적이 있지. 전구戰區의 임시천막진료소에서 깨어났는데 녜주평이 으스대며 날 보러 왔더군. 그 개새끼가 웃으면서 내게 '어때요? 이제 승복하시겠죠?'라고 했소. 목숨 빚을 졌으니 나중에 어떻게 보답할 거냐고! 난 그 개 같은 자식에게 이런 빚을 지고 싶지 않아서 그냥 되는대로 나중에 소원 하나를 들어주겠다고 했지. 내가 할 수 있는 것이면 말이오. 단, 한 가지만. 언제든지, 어떤 일이든 무조건적으로 해주겠다고 약속했소. 마치 《천일야화》 속 줄거리 같지 않소? 동지가 화자서에 왔을 때 샤오쉬에게 부탁해 내게 그의 친필서한을 전해달라고 부탁한 적 있었지 않소? 그 편지는 그저께 오후에야 내 손에 들어왔소. 네주펑이 마침내 소원을 말했더군. 모든 힘을 다해 자네를 돌봐달라고. 그것이 내가 이 큰 위험을 무릅쓰고 내 일관된 처신과 일 처리 원칙을 위배한 유일한 이유요. 동지와 야오페이페이 사이에 대체 무슨 일이 있었는지, 현장과 그의 여비서 사이에 대체 얼마나 파렴치하고 더러운 일이 있었는지 전혀 묻지 않겠소. 하지만 101은 그들 나름의 체계가 있고, 그들 나름의 상급기관이 있소. 게다가 그들 자신의 의지와 사유방식이 있소. 명심하시오! 설사 내 명령이라고 해도 그들은 때로 귀담아 듣지 않을 수 있습니다. 그래서 겉으로는 내 요구를 받아들였지만 자기들 방식으로 돌발적인 행동을 취할 수 있소. 그러니까 자네의 그 귀여운, 적어도 그녀의 편지를 보면 아주 귀여운 아이처럼 생각되는 야오 비서를 만나려면 약간의 운이 필요할 거요."

탄궁다가 후다닥 짐을 정리해 다시 아래층에 모습을 드러냈을 때 궈충녠은 문밖에서 기다리고 있다가 그와 악수를 나누었다. 새벽빛이 구름을 젖히고 세상을 온통 오렌지색으로 물들였다. 궈충녠이 신발을 질질 끌고 와 문틀에 기댄 채 어두운 얼굴로 말했다.

"아우, 조금 전 내게 왜 장의시설을 마을의 가장 눈에 띄는 곳에 두었냐고 했소? 그 질문에 대한 대답은 하고 싶지 않소. 내가 동지에게 주는 선물이라 치지, 스스로 생각해보시오."

10

강둑의 낮고 축축한 연꽃 가득한 습지를 돌아 무성한 면화 밭과 수없이 많은 벌통을 통과하자 갑자기 강 가장자리로 석탄 부스러기로 만든 길이 나타났습니다. 모든 것이 너무도 익숙했어요. 깨끗한 검푸른 강물이 빠르게 흐르고, 억새와 갈대가 가득 자라고, 떼 지은 백로가 수면을 스치고 날아올랐습니다. 강의 맞은편 가장자리에 자운영 꽃밭이 끝없이 펼쳐져 있었습니다. 작은 자줏빛 꽃이 들판과 언덕, 골짜기를 뒤덮고 있어 맑은 저수지가 비좁은 틈새처럼 느껴졌어요. 하늘은 높고 파랬습니다. 멀구슬나무 한 그루가 외로이 꽃밭에 우뚝 서 있었습니다. 내가 어디에 와 있는지 알 것 같았습니다. 구불구불 이어진 석탄 부스러기로 만든 길, 커다란 멀구슬나무를 보자 눈물이 흘러내렸습니다. 이 모든 것이 운명일지 모릅니다. 보이지 않는 운명이 나를 이곳으로 데려왔는지 모릅니다. 나는 내가 어디에 왔는지 알 것 같습니다.

낮 시간, 주위에는 아무도 없었습니다. 큰길 옆 시멘트 배수관 위에 앉아 대성통곡을 해도 아무도 듣는 사람이 없었습니다.

탄궁다가 화자서에서 배에 오른 시각은 5시 15분, 더우좡진에 도착했을 때는 거의 9시가 다 되어 있었다. 버스정류장 매표구에서 낮 12시 버스표를 샀다. 더우좡에서 메이청으로 가는 첫차였다.

어떻게 남은 세 시간을 보내야 할까. 메이청에서 차를 갈아탈 때도 아마 적잖은 시간을 허비해야 할 것이다. 푸지까지 가면 날이 이미 어두워질지도 모른다. 탄궁다는 겉보기에는 차분해 보였지만 심장이 미친 듯이 뛰고 있었다. 그는 역 앞 광장 가판대를 되는대로 돌아다니다 커

산하는 잠들고

다란 버드나무에 기대 숨을 몰아쉬었다.

　멀지 않은 곳에 뚱뚱한 여자 하나가 나무 그늘 아래 냉차를 팔고 있었다. 힐끗 그녀를 본 탄궁다는 1년 전 그가 더우좡에서 배를 타고 화자서에 갈 때 그녀에게 나루터 방향을 물어봤던 기억이 났다. 당시 어디서 그런 신기가 발동했는지 오른쪽 발판을 밟지 말라고 해서 왼쪽 발판을 이용해 배에 올랐었는데…….

　탄궁다는 호기심이 생겨 가판대 앞으로 다가가 그녀를 불렀다.

　"아주머니……."

　여자는 잠시 졸고 있었던 듯 그의 소리에 화들짝 놀라 잠에서 깼다.

　"아주머니, 저 기억하십니까?"

　여자는 가만히 그를 들여다보고는 부채로 찻잔 위를 앵앵거리며 날아다니는 파리를 쫓아내며 커다란 앞니 두 개를 드러낸 채 말했다.

　"몰라요, 몰라. 손님은……?"

　"작년에 나루터가 어딘지 물어봤을 때 가르쳐주셨잖아요. 배에 탈 때 왼쪽 발판으로 가라고 하고."

　"아, 생각나네. 그러고 보니 생각이 나."

　여자가 입을 다물었는데도 튀어 나온 앞니가 그대로 보였다.

　"눈썰미 없다고 탓하지 마시우. 생판 낯선 사람을 1년 후에 단번에 알아보는 사람이 어디 있답디까?"

　"근데 그때 오른쪽 발판으로 오르면 사고가 날 줄 어떻게 알았어요?"

　"바보가 따로 없구먼!"

　여자가 큰 소리로 웃었다. 조금 전에는 손님 어쩌고 하더니 금세 그를 바보라고 불렀다.

"사람이 정말 의심이 많네. 사실대로 말해줄까요? 그날 아침, 그 배를 타고 왔었는데 발판 하나를 새로 갈았더라고요. 막 오동나무 기름칠을 했는지 칠이 안 말라 미끄럽더라고요. 배에서 내릴 때 발이 미끄러져서 하마터면 호수에 빠질 뻔했다오. 그래서 알려준 거지. 진작 잊고 있던 일인데 그걸 아직도 기억하시네."

자초지종을 알고 나니 조금 쑥스러운 생각이 들었다. 하긴 무슨 신통방통한 비결 같은 것이 있었겠는가? 그는 작은 탁자 위에 놓인 찻잔 하나를 들어 마셨다. 그래도 목이 마르자 다시 한 잔을 마셨다.

"메이청에 가는 길입니까?"

여자가 물었다.

"아뇨, 급한 일이 있어 푸지에 가요. 메이청에서 갈아탈 거예요. 그런데 여기서 메이청 가는 차가 12시에나 있네요. 급한데!"

"바보, 바보! 정말 바보네."

여자가 찢어진 부채로 작은 탁자를 탁 내리치더니 연신 '바보, 바보'를 외치며 손짓을 했다.

"푸지에 갈 건데 왜 메이청에 가서 차를 갈아탑니까? 오늘 좋은 사람 노릇 좀 해야겠군! 내가 길을 알려드리리다. 9시 50분 관탕官塘 가는 차를 타고 가세요. 푸지에서 가까워요. 지름길로 가면 한 시간도 안 돼 도착할 거예요."

그녀의 말이 맞다는 생각이 들었다. 탄궁다는 찻잔을 내려놓고 손으로 입을 훔친 후 자리를 떴다. 찻값 내는 걸 잊어버려 여자가 급히 그를 불렀으나 탄궁다는 고개도 돌리지 않고 달려갔다. 아주머니는 코웃음을 치며 고개를 저었다.

9시 50분, 관탕 가는 버스가 서서히 더우창 정류소를 출발했다. 차

산하는 잠들고

에 탄 탄궁다는 얇은 차표 한 장을 손에 꼭 쥔 채 자꾸만 사람들에게
밀려 이리저리 쏠렸다. 그래도 그는 길게 안도의 한숨을 쉬었다. 미친 듯
이 기뻤다. 페이페이, 페이페이. 마음속으로 그녀의 이름을 불렀다. 세상
의 모든 난제가 다 해결된 것 같고 모든 번뇌가 구름 걷히듯 사라졌다.
마치 그 순간 이미 페이페이를 만난 것 같았다. 페이페이가 고개를 갸우
뚱하고 그를 향해 살랑살랑 웃음을 짓고 있는 듯했다.

　　푸지에서 내려야 할까, 아니면 계속 더 가야 할까 결정을 내릴 수 없었습
니다. 낮에는 감히 마을로 들어갈 수 없습니다. 누군가 날 알아볼까 봐
걱정이 되어 마을 밖 혁명열사공원 담벼락에 밤새도록 앉아 있던 나는
자운영 꽃잎으로 점을 치는 놀이가 생각났습니다.
　　날이 거의 밝을 무렵 한 남자가 날 향해 다가왔습니다. 한눈에 그를 알
아봤습니다. 물론 그 역시 날 알아봤어요. 그가 빠른 걸음으로 다가왔
습니다. 그리고 아무 말도 하지 말라는 듯 사방을 두리번거리며 둘째 손
가락을 입에 대고 고개를 흔들었습니다. 대나무 울타리 뒤에 아침 일찍
일어난 여자가 낫으로 솥바닥의 그을음을 긁어내고 있었고, 멀지 않은
곳에 요강에 앉아 대변을 보는 노인도 있었습니다. 그가 내 앞으로 다가
오더니 어색하게 내게 눈을 찡긋거리며 큰 소리로 말했어요.
　　"나무 빗 팔아요?"
　　잠시 어안이 벙벙했지만 곧바로 상황을 파악했습니다.
　　"네, 나무빗이랑 양뿔빗, 대빗……. 뭐든지 있어요."
　　"그럼 빨리 나무빗 하나 꺼내 보쇼.",
　　그는 내가 끼고 있던 바구니 위 낡은 천을 젖히며 안을 들여다보는 시늉
을 했습니다. 사실 그 안에는 밥을 얻어먹으려고 들고 다니는 그릇밖에

없었습니다.

"아, 여기 바늘이랑 실도 많네! 아내가 실이랑 바늘도 보자고 하던데 따라오쇼."

이어 그가 나를 그의 집으로 데리고 갔어요. 집안에 들어서자마자 방문을 걸어 잠갔습니다. 그는 온몸이 녹초가 된 듯 문에 기대 숨을 몰아쉬었습니다. 창문으로 나를 한참 동안 살폈다고 합니다.

"꿈에도 몰랐어. 근데 보면 볼수록 닮았더라고. 아직도 살아 있었다니!"

아주머니는 마침 친정에 가고 없었습니다. 그는 내게 어제 저녁 먹고 남은 귀리죽 한 그릇을 데워줬습니다. 나는 왜 사람을 죽였는지, 메이청에서 달아난 후 1년 동안의 일을 있는 그대로 그에게 이야기해줬습니다. 그가 탁자 가장자리에 앉아 담배를 피웠습니다. 내 말이 끝나자 그가 물었어요.

"이제 어쩔 거야?"

곧 이곳을 떠날 거라고 했습니다. 어디로 갈 건지 물었습니다. 나도 모르겠다고 대답했어요. 그냥 발길 닿는 대로 갈 거라고 대답했습니다. 그들에게 잡혀가든지 아니면 언젠가 더 이상 움직이지 못하게 되면 아무 데나 누웠다가 머리가 기울어지면 그렇게 죽어가겠지요. 그가 연거푸 담배를 몇 대나 피우더니 인상을 찌푸렸습니다. 낯빛이 좋지 않았어요. 그가 갑자기 자리에서 일어났습니다.

"여기 꼼짝 말고 있어. 금방 돌아올게."

그는 낮이 돼서야 돌아왔습니다. 그리고 대수롭지 않게 내게 말했습니다.

"페이페이, 아무 데도 갈 필요 없어. 여기 푸지에서 지내."

"그건 안 돼요. 나 때문에 당신까지……."

내가 말을 끝내기도 전에 그가 눈을 동그랗게 뜨며 말했습니다.

"이미 결정했어. 여긴 내 구역이야, 내가 말하는 대로 해."

대체 날 어디에 숨길 건지 묻자 그가 웃었습니다.

"예전에 갔던 탄 형 집 다락방에. 거긴 이미 마을 창고가 돼서 오랫동안 사람이 살지 않아. 마당 뒤쪽이니 가려져서 잘 보이지도 않고. 멍쓰선에게 창고 관리를 맡길 거야. 가서 너랑 같이 지내라고 해야지. 안심해. 내양엄마니까. 재계하고 염불도 하고 자식도 없는 사람이야. 사람은 믿을만해. 그 아주머니가 거기로 거처를 옮기면 사람들 이목도 피할 수 있고, 너도 돌봐줄 수 있어. 방금 가서 상의해봤는데 처음에는 너무 위험하다고 반대했지만 내가 으르고 달래니까 나한테 조건을 걸더라고. 만일 일이 잘못 돼서 네가 발각되면 모든 책임은 자기 혼자 지겠다는 거야. 그냥 자기가 널 거기 숨겨줬다고 말이야. 이미 예순셋이니 자긴 죽어도 벌써 죽었어야 한다고!"

멍쓰선이 방을 정리하고 있으며 한밤중에 사람이 없을 때 날 데리러 온다고 했습니다.

탄궁다가 관탕진에 도착했을 때 방송요원이 귀청이 떨어질 만큼 큰 확성기 소리로 12시를 알렸다. 그는 지름길로 갈 건지 아니면 도로를 따라 갈 건지 결정을 내리지 못했다. 먹구름이 몰려오고 천둥이 치기 시작했다. 거센 바람에 길가 유채꽃이 팔랑거리다 바닥에 흩어져 내렸다. 비가 내리기 시작하자 밭 사이 구불구불한 오솔길이 진흙탕이 되어버렸다. 그냥 도로로 가는 편이 나을 것 같았다. 도로를 따라 3, 4리 걸어가자 갑자기 구름층 사이로 태양이 얼굴을 내밀며 다시 하늘이 맑아졌다.

도로에는 지나가는 차량이 드물었다. 행인들도 보이지 않았다. 경사진 내리막길을 가다보니 멀찌감치 보이는 삼거리에 중형 지프차 한 대가 서 있었다. 운전기사 같은 사람이 타이어를 차로 옮기고 있었다. 가까이 다가가자 차에서 덩치가 우람한 남자 두 사람이 뛰어내렸다. 구레나룻이 온 얼굴을 뒤덮은 사내가 심한 콧소리가 말했다.

"아저씨, 말씀 좀 물읍시다. 푸지로 가려고 하는데 어느 길로 가야 합니까?"

탄궁다는 곧바로 좌측 길을 가리켰다. 구레나룻 남자가 허리의 총집을 툭 치며 예의바르게 그에게 감사의 인사를 한 뒤 차로 돌아갔다. 그런데 또 다른 젊은 남자가 키득거리며 탄궁다에게 말했다.

"이봐요, 담배 가진 것 없소?"

탄궁다가 몸 여기저기를 더듬다가 윗옷 주머니에서 담배 한 갑을 꺼내 그에게 주었다. 상대방은 담배 한 개비를 꺼낸 후 담뱃갑을 돌려줬다.

"푸지에 공무가 있습니까?"

젊은 사람이 고개를 돌려 지프차를 힐끗 보더니 소리를 낮췄다.

"허비 사복경찰인데요, 푸지로 살인범을 잡으러 가요. 여자래요."

젊은 사람이 뒤돌아 자리를 뜨려다가 갑자기 멈춰 섰다. 얼굴의 웃음이 싹 가신 채 의혹에 가득 찬 눈초리로 탄궁다를 바라봤다.

"이봐요, 당신! 다리, 내 말은 다리를 왜 그렇게 덜덜 떨고……?"

바로 그때 지프차가 경적을 울렸다. 젊은이가 뒤로 물러서면서 계속 그를 뚫어져라 쳐다봤다. 하지만 결국 그는 차에 오르고 요란한 엔진소리와 함께 지프차는 길게 먼지를 일으키며 푸지로 가는 도로 속으로 사라져버렸다.

어젯밤에 그가 몰래 날 보러 왔었어요. 내가 당신에게 편지를 보냈다는 말에 화가 나서 찻잔을 내동댕이쳤어요. 그리고 잔뜩 힘이 들어간 목소리로 온갖 욕을 퍼부었어요. 후에 멍 아줌마가 그를 달래자 그는 아예 아줌마까지 싸잡아 한바탕 설교를 늘어놨습니다.

"제정신이에요? 페이페이야 어려서 철이 없다고 해도 어떻게 당신까지 그렇게 사리분별을 못해요? 마을 우체국까지 가서 편지를 부쳐주다니 도대체 어쩌려고 그래요?"

한껏 욕을 먹은 멍 아줌마가 울기 시작했습니다. 그가 다시 나를 향해 냅다 사납게 소리를 질렀어요.

"빌어먹을 네 명줄이 아깝지 않으면 맘대로 해. 내일 당장 여기서 꺼져버려. 멀리 꺼져버리라고! 난 내 아내에게조차도 일언반구 입도 뻥긋 안 했는데 넌 그놈에게 편지를 써? 대체 그놈이 뭔데? 어? 그렇게 여러 해 동안 그놈 비서를 해놓고도 몰라? 세상천지에 그놈처럼 원칙주의자가 있는 줄 알아? 그자는 육친도 모르는 무지막지한 놈……."

사실 1년 전부터 당신에게 편지를 쓰기 시작했다고 말했어요. 당신이 날 고발하려고 했으면 지금까지 기다리지도 않았다고요. 그제야 그가 조금씩 마음을 가라앉혔어요. 편지에 뭐라고 썼는지 물었어요. 아무것도 안 썼다고 했죠. 그냥 한 줄, 내가 푸지에 있다는 말만 썼다고요. 편지봉투의 발신인으로 멍 아줌마 이름을 썼고요. 그가 멍하니 한참 동안 날 바라보더니 갑자기 내 머리를 쓰다듬며 부드럽게 말했어요. "어쩜 이렇게 멍청하냐! 너, 그 사람이 네게 답장이라도 써주길 기대하는 거야? 그래?"

눈물이 솟구쳤어요.

그도 소매를 들어 눈물을 닦았어요. 잠시 후 다시 날 위로하려고 하더군요. 하지만 그 사람도 이미 무척 심란하다는 걸 알 수 있었어요. 밖으로 나가다 문지방에 걸려 넘어졌거든요.

그날 밤, 난 한숨도 못 잤어요. 욕을 먹어서 괴로웠기 때문이 아니에요. 물론 잡혀가서 총살을 당할까 봐 그런 것도 아니에요. 당신이 날 고발할 건가 생각했어요. 그냥 아무 생각도 없을 땐 상관없었지만 곰곰이 생각해보니 사실 자신이 없더라고요. 어쨌거나 이곳 푸지도 있을 곳이 아니네요. 더 많은 사람이 연루되지 않도록 기회를 봐서 몰래 빠져나가야겠어요. 이 편지는 안 부쳐야겠어요. 그냥 혼자 여기 있으려니 답답해서 써 본 거예요. 아마 내일이면 태워버릴 거예요.

문 앞 연못가에 사람들이 잔뜩 몰려 있었다. 연못에 흰 구름, 들장미 그리고 삼삼오오 짝을 지은 사람들, 서로 머리를 맞댄 여자들 모습이 거꾸로 비치고 있었다. 탄궁다를 본 사람들이 모두 입을 다물었다. 탄궁다는 사람들의 시선은 아랑곳하지 않고 정신 나간 사람처럼 집으로 향해 달렸다. 그 순간 그의 머릿속에는 두 가지 생각밖에 없었다. 첫째, 야오페이페이는 이미 그곳에 없어. 그 애는 없어, 없어, 없어……

둘째, 페이페이는 분명히 내가 자신을 고발했다고 생각할 거야. 분명히 그렇게 생각할 거야. 그렇게 생각할 수밖에 없어. 탄궁다는 해명할 기회를 갖지 못할 것이다. 그녀는 이 세상에서 얻을 수 있는 어떤 위안도 얻지 못할 것이다. 슬픔과 두려움, 원한과 철저한 외로움 속에서 죽어갈 것이다.

난 고아야, 이 세상엔 가족이 없어.

안마당 여기저기에 해골이 그려진 농약병이 가득했고 공기 중에도 코를 찌르는 농약냄새가 가득 퍼져 있었다. 이 집이 언제부터 창고가 되었을까. 종자를 담는 망태, 녹슨 보습, 소 멍에 등이 어지럽게 쌓여 있었다. 뒷마당으로 통하는 장랑에는 소방용 펌프도 있었다. 여길 지나려면 몸을 옆으로 틀어야 했겠지.

뒷마당에 이른 탄궁다는 커다란 나무 아래에서 작은 걸상을 발견했다. 옆에 하얀 에나멜 그릇과 콩꼬투리 한 무더기가 있었다. 아마도 페이페이가 콩을 까고 있을 때 갑자기 들이닥쳐서 그릇의 껍질을 깐 콩을 바닥에 엎질렀을 수도…….

다락방 침실은 깨끗하게 정리가 되어 있었다. 탄궁다의 추측이 맞는 것 같았다. 뒤퉁스럽기 짝이 없는 공안들이 그녀를 체포하는 순간 얼마나 흥분했을지 안 봐도 눈에 선했다. 그녀의 방을 수색할 생각도 없었는지 머리핀 아래 눌러 둔 편지도 그대로였다. 빨간색 머리핀이었다. 창문과 침대 사이에 빨랫줄이 매여 있고 그 위에 양말 한 켤레가 걸려 있었다. 손으로 만져보니 아직도 조금 축축했다.

아직 완성되지 않은 편지였다. 볼펜 잉크가 다했는지 글씨가 점점 옅어지더니 나중에는 깊은 볼펜심 자국만 몇 줄 남아 있었다.

이 편지도 부치지 않기로 했습니다. 그냥 혼자 이곳에 있으려니 따분해서 재미삼아 써봤을 뿐입니다. 아마도 내일이면 태워버릴 거예요. 아, 5년 전 처음 푸지에 왔을 때의 광경이 마치 어제 일처럼 떠오릅니다. 그때 푸지 저수지의 댐 공사장에 사건이 터져서 당신이랑 함께 시골에 갔었죠. 바이팅위와 왕 기사도 함께요. 지프차가 관탕진의 삼거리에 이르렀습니다.

갑자기 엔진이 나갔습니다. 그때 처음으로 자운영을 봤습니다. 아, 자운영! 앞좌석에 앉아 있는 바이팅위에게 저게 무슨 꽃이냐고 물었습니다.

바이 부현장이 잘 모르겠다고 했어요. 왕 기사에게 물었더니 그는 내 말에는 대꾸도 안 한 채 지프차 엔진 덮개를 열고 있었습니다. 엔진에서 연기가 모락모락 올라와 그의 얼굴을 덮었습니다. 다시 뒤돌아 당신에게 물어보니 당신은 코르덴 등받이에 기대 잠이 들어 있었어요. 당신의 몸 위에 지도가 펼쳐져 있었고요. 메이청 시내 구획도였습니다. 가는 내내 당신이 지도에 뭔가를 계속 쓰고 긋고 하는 모습을 봤어요. 당신이 12만 메이청 주민들의 미래를 위한 청사진을 그리느라 바쁘다고 생각했어요. 살그머니 지도를 들여다 본 나는 순간 어안이 벙벙했어요. 지도 가장자리 공백 부분에 당신이 빨간 펜으로 빽빽하게 내 이름을 써놓았었으니까요. 심란했어요. 마치 시험보기 전 몰래 답을 훔쳐본 것 같았어요. 의문과 함께 기쁨이 마치 파도처럼 밀려들어 내 심장과 목을 통해 용솟음쳤어요. 설마! 그 다음은 더 이상 생각할 수 없었어요. 차마 당신 얼굴을 바라볼 수 없었어요. 왕 기사가 차를 수리하고 있었어요. 바이팅위 부현장이 길가에 서서 담배를 피우고 있었고요. 차에는 우리 두 사람밖에 없었어요. 조용히 그렇게. 난 혼자서 멍하니 창밖을 바라보며 한참을 바보처럼 생각했습니다. 나도 모르게 눈물이 흘러내렸어요.

바로 그때 멀리 자운영 꽃밭이 눈에 들어왔어요. 아, 자운영! 꽃밭에 외로이 커다란 멀구슬나무 한 그루가 꼿꼿이 서 있는 것도 봤어요. 마침 구름 그림자가 그 나무를 가렸습니다. 순간 마음이 흔들리면서 눈을 감았어요. 그리고 생각했어요. 이 일이 진짜 가능한 일이라면 지금 눈을 감고 속으로 열까지 세고 눈을 뜨는 순간 저 그림자가 멀구슬나무에서 비켜가 있으리라. 그런데 눈을 감은 후 차마 다시 눈을 뜰 수 없었어요. 족히 7, 8분이 지난 후 눈을 떠보니 세상에! 그 그림자가 여전히 그곳에……

그림자가 여전히 그곳에 있었어요. 꼼짝하지 않은 채요. 다른 곳, 마을, 강, 산언덕 모든 것에 찬란한 햇빛이 비치고 있는데 말이에요. 멀구슬나무 아래 그 작은 가련한 자줏빛 꽃이 마치 나 같았어요. 영원히 어두운 그림자 아래, 영원히 그렇게 있을 것 같았어요. 작은 꽃이 미풍 속에 불안한 듯 흔들렸어요. 생각에 잠긴 듯, 마치 불길로 타오를 것처럼……

11

야오페이페이 사건이 재판에 회부된 후, 탄궁다와 가오마쯔는 은닉죄와 반혁명죄로 동시에 체포되었다. 9개월 후 야오페이페이는 부슬비가 내리는 아침 군분구軍分區(지역 군관구)의 형장으로 압송되어 처형되었다. 당시 성省 의학원은 메이청에 제3분원을 설립했다. 야오페이페이의 시신은 무연고 시신으로 분류되어 작은 트럭에 버려진 후, 의학원 해부실로 옮겨 학습, 연구용으로 제공되었다. 마지막으로 남은 신장 하나는 포르말린 용액에 담가 의료용 표본으로 제작되어 해부실 밖 유리장에 진열되었다.

탄궁다는 메이청 제2모범감옥에서 1976년까지 복역했다. 그는 10여 년 동안 끊임없이 중앙과 지방 각급정부에 편지를 보냈다. 자기 혼자만 이해하는 '메이청 구획 초안'을 항상 첨부했다. 그 해 9, 10월 사이에 탄궁다는 간경화로 복수腹水가 찬 상태로 사망했다. 임종에 앞서 그는 밤새도록 감옥 밖에서 울려 퍼지는 폭죽소리를 들었다.

"누가 폭죽을 터트리는 거야?"

그가 투덜거렸다.

의식이 몽롱했다. 야오페이페이가 스르르 안으로 들어오더니 침상 옆에 앉아 그를 바라보며 예쁜 미소를 지었다.

"누가 폭죽을 터트리는 거지?"

그가 다시 큰 소리로 물었다.

"시의 모든 사람이 경축하고 있어요."

페이페이가 그의 이마를 쓰다듬으며 나지막한 소리로 말했다.

그녀의 손은 보드랍고, 차가웠다.

"경축한다고? 뭘 경축해? 왜 경축을 하지?"

"공산주의가 실현되었으니까요."

페이페이가 그를 향해 웃었다.

"그런데 난 왜 아무것도 안 보이지? 왜 사방이 어두컴컴하지?"

"볼 필요 없어요. 눈을 감아요. 내가 말해줄게요. 이 사회에는 사형이 없어요……."

사형이 사라지고,

감옥이 사라지고,

공포가 사라지고,

탐욕과 부패가 사라졌어요.

천지가 모두 자운영 꽃이에요. 영원히 시들지 않죠.

창장은 더 이상 범람하지 않고, 강물조차 달콤해졌어요.

일기와 개인의 편지도 더 이상 검열을 받지 않아요.

간경화도 없고, 복수도 차지 않아요.

타고난 죄악도, 영원히 지속되는 치욕도 없어요.

난폭하고 우둔한 관리도 없고, 전전긍긍하는 백성도 없어요.

당신이 누구랑 결혼하고 싶으면 더 이상 나이의 제한을 받지 않아도 돼요.

"그럼, 그 어떤 번뇌도 있을 수 없겠네?"

"그래요. 어떤 번뇌도 있을 수 없어요." ✿

더봄 중국문학 12

산하는 잠들고

- 강남 3부작 제2권

제1판 1쇄 인쇄	2019년 7월 1일
제1판 1쇄 발행	2019년 7월 5일

지은이	거페이
옮긴이	유소영
펴낸이	김덕문

책임편집	손미정
디자인	블랙페퍼디자인
마케팅	이종률
제작	백상종

「더봄 중국문학전집」 기획위원

심규호	중국학연구회 회장, 제주국제대 중국언어통상학과 석좌교수(현)
홍순도	매일경제·문화일보 베이징특파원, 아시아투데이 중국본부장(현)
노만수	경향신문 문화부 기자, 출판기획자 겸 번역가(현)

펴낸곳	**더봄**
등록번호	제399-2016-000012호(2015.04.20)
	12088 경기도 남양주시 별내면 청학로중앙길 71, 502호(상록수오피스텔)
대표전화	031-848-8007 ‖ 팩스 031-848-8006
전자우편	thebom21@naver.com
블로그	blog.naver.com/thebom21

ISBN 979-11-88522-55-2 04820
ISBN 979-11-88522-53-8 (전3권)